TO JE BILO JEDNE NOĆI

NA JADRANU

TO JE BILO JEDNE NOĆI NA JADRANU

Milica Jakovljević Mir-Jam

Globland Books

SADRŽAJ

PRVI DEO

Na brodu od Sušaka do Venecije

Spreman za polazak, sav blistav od čistoće, sa mornarima u besprekornom belom odelu i kapom na kojoj leprša pantljika na vetru, brod je čekao putnike. Primorski vetrić rasterivao je žegu julskog dana, a more se njihalo plavičasto i zelenkasto, i već su se počeli razlivati po njemu rumeni zraci sunca, koje se spuštalo sve niže u svom pohodu preko neba.

Bilo je četvrt do šest. Tri zadihane osobe utrčaše na brod, jedna starija gospođa i dve mlade devojke, njene kćeri.

— Ah, mogle smo zadocniti — govorila je crnomanjasta devojka, lepo razvijena i sva zažarena u licu.

— Nećete zadocniti — uteši ih jedan mladi mornar. — Samo polako! Ima vremena još četvrt sata — reče im i pogleda svojim sjajnim očima dve ljupke devojke.

— Kažem ja tebi, mama, da brod polazi u šest, a ti meni u pola sedam!

Nosač spusti jedan kofer, gospođa mu plati, i pođoše po brodu da ga razgledaju. Veliki salon je bio sav od zelenog somota, kao mahovina, i kroz prozor se videlo zelenkasto, malo svetlije more.

— Kako je lep brod! — govorila je druga kći, nežna plavuša.

Popeše se stepenicama na palubu, gde su bile stolice za ležanje.

— Mama, moraćemo i kabine da uzmemo.

— Moramo, jer stižemo tek sutra izjutra. Upitaću nekog mornara.

Gospođa se raspitivala i izabraše dve kabine na palubi broda.

— Ima i dole slobodnih, ali bolje je, kažu, na palubi, ima više vazduha.

Mlade devojke zauzeše mesta u ležajima, posmatrajući lepotu Kvarnera. Brod pisnu, zahukta se i lagano poče presecati talase.

— Sad ćemo videti pučinu — govorila je plavuša. — Sama voda i more.

Pokraj njih prođe kapetan broda, visok, snažan mornar, oštrih crnih očiju, opaljen od vetra i sunca. Bio je elegantan kao i svaki pomorac, i ljubitelj lepog pola. On pogleda mlade devojke znalački, kao onaj koji ume da oceni žensku lepotu, i zastade malo dalje od njih posmatrajući more, ali i gledajući mlade devojke. Njegov visoki, prav stas, kao u čoveka s mora, ocrtavao se na plavetnilu vode.

Mlade devojke su uzbuđeno posmatrale more. Za njih je to bio čitav doživljaj, i taj mali put do Venecije predstavljao je prvo putovanje u inostranstvo. Jer one nisu nikada videle drugu zemlju. Otac im je obećao da će im dati novaca, kad pođu na more, da naprave izlet do Venecije i one obe, Krinka i Lola, jedva su čekale taj trenutak.

Krinka je bila plavuša. Imala je čudnovat pogled. Njene duguljaste oči skrivale su dužice u senci crnih trepavica, a ispod njih zračilo je neko nežno plavetnilo. Ali taj se njen pogled menjao. Nekad su joj oči bile zelenkaste, a uveče su postajale crne od raširenih zenica. Kosa joj je bila prirodno plava, boje zrelog klasja, sa blagim talasima, koji su se pri dnu uvijali u jedan kovitljaj, dodirujući joj čak ramena. Ta razdeljena kosa u sredini uokviravala je jedno lepo čelo, pravilan nos i lice, koje nije bilo ružičasto kao kod plavuša, već je imalo neku zagasitu boju nežne slonove kosti.

Cela njena fizionomija imala je zamišljen izgled, malo sanjalački, sa poluotvorenim duguljastim plavim očima.

Njena sestra Lola bila je sasvim drugačija. Njena glavica sa kratkom dečačkom crnom kosom, koja se sjajila, ocrtavajući joj oblik glave kao pod nekom glazurom laka, imala je neku izazovnu lepotu. Kose oči, pojačane sa koso našminkanim obrvama, mali izazovni nosić, usta, koja su uvek bila malo otvorena i iz kojih su se stalno videla dva zubića, mamila su neprestano na poljubac.

Obe su bile lepe. Ali, dok je jedna imala koketnu, izazivačku draž, druga je skrivala neku zagonetnu, tajanstvenu lepotu, koju treba tek upoznati, otkriti je, a koja isto tako uzbuđuje jer je u prvi mah nedokučiva.

Mati njihova, elegantna i još mlada dama, bila je slična crnomanjastoj kćeri. Upravo, Lola je bila ulepšano i stilizovano, po zakonima nove kozmetike, izdanje svoje majke. I da u njenoj ruci nisu vazdan bile pincete, svakako bi i njene obrve bile guste kao mamine.

U belim platnenim haljinama, belim cipelama i čarapama, one su u stolicama za ležanje bile kao dve golubice.

Brod je plovio, a boja mora se stalno menjala. Kvarner se gubio, a more je bivalo sve šire, kao da se razliva preko kopna.

U trpezariji se već čuo zveket noževa i viljušaka. One su bile ponele večeru i nisu morale da plaćaju na brodu, već su se prihvatile tu, na palubi, posmatrajući zapenušanu igru talasa. Njihova ušteđevina za letovanje nije im dopuštala nikakav luksuz, jer plata njihovog oca koji je bio knjigovođa u jednoj banci, nije bila tolika da bi se mogle luksuzirati na putu.

— Posle da prenesemo ležaje tamo — reče Krinka Loli. — Odande imamo lepšu preglednost mora.

— Tamo su i naše kabine. Vas ćete dve biti zajedno, a ja ću sa gospođom Zagrepčankom.

Na brodu je bilo mnogo sveta. Bio je to pravi kosmopolitski parobrod. Najviše su se čuli nemački i češki jezik. Dve rumene Čehinje, sa debelim đonovima na cipelama, u puloveru kratkih rukava, živo su razgovarale i smejale se sa jednim crnomanjastim Čehom u turističkom odelu.

Jedna starija, mršava Nemica, u haljini od belog platna sa broderianglezom, i platnenom šeširu, posmatrala je kroz dvogled more. Bilo je i nekih Jevreja, grgurave kose i sjajnih očiju, kratkih nogu i bujnih grudi, i njihov španski je podsećao na italijanski. Jedna Mađarica, elegantno sportski obučena, sa vatrenim očima, koketno je posmatrala mornaričkog kapetana.

Sumrak se sve više zgušnjavao i skraćivao se vidik na pučini. Tamna, crna površina, protezala se svuda unaokolo. A nad njom je bilo sivkasto nebo sa zvezdama, i mesec je počeo da se izvlači nasmejan i crven, razbacujući po talasima svoje treperave zrake.

Krinka i Lola preneše svoje tri stolice za ležanje i ostadoše zanete posmatrajući mesec. Uz brod koji je plovio, plovio je i on, i kao da se smejao, kao da mu je bilo sasvim bezbrižno na toj opasnoj i nemirnoj pučini.

— Baš je divno! — govorila je Krinka, i njene duguljaste, plave, poluzatvorene oči, još više su se otvarale, zenice su postajale crne, u nastojanju da vide svu lepotu noći na pučini.

Nekakva svečana tišina i uspavanost obuzimala je putnike. More je bilo mirno. Na njemu su igrali samo penušavi talasi broda, a u daljini se svetleo poneki svetionik. Njegova žmirkava svetlost se ukaza, i Krinka pomisli kako mora biti usamljen život čuvara kule svetilje. Gledala je jednom neki film gde se u takvoj kuli razvija ljubav između žene čuvara i drugog čuvara. „A to mora biti i lepo, život dvoje zaljubljenih, samih u kuli svetilji!”

Njoj se činilo da bi mogla tako živeti, da bi joj bila slatka samoća. Lola to već ne bi mogla. Ona je svuda povezivala lepotu prirode sa kavaljerima. Bez kavaljera nije joj bila lepa ni priroda. A za Krinku je priroda bila sama za sebe nešto veličanstveno, nešto što daje inspiraciju, umiruje i odmara.

Jedna muška silueta pojavi se najednom na tom delu broda, kod kljuna, gde su one sedele. On priđe samoj ogradi i osta stojeći, gledajući more i mesec. One su ga mogle videti samo s leđa.

Bio je visok, i imao je divnu figuru mladića širokih ramena, snažnog vrata i lepa potiljka koji se završavao pravom linijom podšišane kose, crnje od pučine. Njegovo odelo od svetlog letnjeg štofa, pokazivalo je pravu eleganciju. Na nogama je imao bele lakovane cipele sa crnim prugama.

Kao da je i on voleo more, dugo je stajao ne okrećući se, zadubljen u sanjarije koje izaziva pučina. A brod je plovio sav kao u nekoj zlatnoj mreži odsjaja sijalica, koji su padali u more, njihali se, titrali i plovili dalje.

Mlade devojke su gledale pučinu u pravcu mladića, ili njegovu siluetu.

On se okrete. U polusvetlu noći, koju je obasjavao mesec, one spaziše dva ogromna crna oka mladićeva, i bujnu kosu kao neki crni oreol iznad visokog čela. Sa njegovog lica zračilo je nešto tamno, južnjačko, a ta tamna boja lica i očiju još je više bila u kontrastu sa njegovim svetlim odelom.

Mladić baci jedan nemaran pogled na dve mlade osobe u belom, pogleda oko sebe, kao da traži neki ležaj, spazi jedan prazan, prinese ga bliže, i sede tako da je bio okrenut profilom Krinki i Loli. Izvadi tabakeru, zapali cigaretu i osta zamišljen, puštajući kolutove dima. Nije se okretao, niti posmatrao koga, kao da ga, sem ove pučine i noći, ništa ne interesuje.

Sedeći prema njemu, devojke su ga morale gledati, htele ne htele.

Lola, koketna i kapriciozna, posmatrala je mladića, analizirajući njegovu lepotu. Sviđao joj se njegov profil i kroj glave, ali joj se nije sviđala njegova ravnodušnost. Ona je volela mladiće koji se uznemire u prisustvu žena. A ovaj kao da nije ni opažao da dve mlade, lepe osobe sede u njegovoj blizini. Volela bi da se bar jednom okrenuo, ali mladić je ostao ravnodušan, kao da nikoga nije bilo pokraj njega. Takvi mladići uvek su dražili Lolu, i sa njima je ona stupala u dvoboj. Krinka je na drugi način posmatrala mladića. Njoj se sviđala ta njegova zamišljenost, jer joj se činilo da je ozbiljan mladić koji voli prirodu.

Kapetan broda se pojavi i priđe mladiću. Reče mu nešto engleski i mladić mu engleski odgovori.

— Zar je on Englez? — šapnu Lola Krinki.

— Zašto mora biti Englez ako govori taj jezik? Po izgledu ne bih rekla.

Ućutaše slušajući njihov razgovor koji nisu razumevale.

Mladić je govorio okrenuvši se u pravcu devojaka, i dok je govorio zubi su mu u noći blistali.

Kapetan je pričao, ali je pogledao i mlade devojke, i Loli se to sviđalo. Nju su oduševljavali muškarci srednjih godina, stasiti, snažni, iskusni u ljubavi, ljubitelji mladih devojaka, uzrasta kad muškarac zalazi već u ono doba kad voli sve što je mlađe i lepše, i ona je znala da se takvima uvek dopada.

Majka im reče tiho:

— Ja osećam pomalo jezu, idem da legnem. Trebalo bi da i vas dve legnete.

— Ah, mama, zar da prespavamo noć na moru? Kao da ćemo često putovati. Mi bismo još malo ostale!

— Dobro, ostanite, ali nemojte dugo.

Mati ode, a one ostadoše.

Kapetan i mladić su i dalje razgovarali. Jedno vreme se ućutaše i samo se čulo ritmičko šuštanje talasa.

— Ja bih volela da doživim buru na moru — reče Lola malo glasnije, i na njene reči okrete se i kapetan i onaj mladić, i osmehnuše se.

Kapetan, kao domaćin broda, smatrajući da ima prava i da ih oslovi, odgovori sa osmehom:

— Nemojte to, gospođice, želeti. Bura nije prijatna za dame.

Lola, vesela što bar ima s kim reč da progovori, i što je to muškarac, jer priroda je tužna kad se u njoj ne čuje muška reč, odgovori sa osmehom:

— A ja bih baš to volela. Znate li hoće li biti noćas bure?

— Noćas neće biti — razočara je kapetan.

— Šteta!

— Recite hvala bogu, jer ćete sutra biti svežiji u Veneciji.

— A je li Venecija lepa? — nastavljala je ona razgovor.

— Interesantna varoš. Niste je videli?

— Nisam, nikada.

— Onda će vam se svideti.

Mladić opet reče nešto engleski i kapetan mu odgovori, što mlade devojke nisu mogle da razumeju.

Krinka je sve vreme ćutala i slušala svoju sestru.

Začudila se zašto nije kazala mornaru, kad ju je oslovio sa gospođice: „Oprostite, ja nisam gospođica, ja sam gospođa”.

Jer Lola, koja je ličila na mladu devojku, nije bila gospođica već gospođa, udovica, i sada, posle dve godine žalosti, vesela udovica.

Kapetan pođe, podiže ruku kapi, pozdravi mladu udovicu i njenu sestru i udalji se, a one ostadoše na brodu, i mladić se opet udubi u svoje sanjarije, pušeći i ne osvrćući se na njih.

— Hoćemo li da legnemo? — predloži Lola, koju je već vređala ova mladićeva nezainteresovanost.

— Možemo.

One ustadoše i mladić jedva tada okrete glavu, pogleda jednu i drugu, i osta i dalje opušten u stolici za ležanje.

Lola poče da se svlači, umi se, skide haljinu, osta u kombinezonu, i, pošto je bila punija, leže u donji krevet. Vrata su bila odškrinuta i Krinka ih otvori da još jednom pogleda mesec, koji se već bio uzdigao visoko. Pogleda u pravcu gde je sedeo mladić, i zasta sva užasnuta... Mladić se prevalio preko ograde, spreman da se baci u more.

U tren oka ona kriknu, nađe se pokraj njega, ščepa ga za mišicu i trže ga svom snagom.

— Ne! Šta ste to naumili? Zar da se bacite u more?

Jednim naglim pokretom mladić se izvi, pogleda mladu devojku zaprepašćeno, i njegove crne oči postadoše u noći još veće, kao dva talona kruga. Nekoliko sekundi gledali su se bez reči, a onda se mladić nasmeja i odgovori srpski:

— Gospođice, ja nisam imao nameru da se bacim u more. Zašto ste vi to pomislili i toliko se uplašili?

Mlada devojka je mucala.

— Ali... jeste. Vi ste hteli... Meni se učinilo i uplašila sam se. Izvinite...

— Zahvaljujem što ste se uplašili za mene — govorio je on malo ironično — ali ja sam se nagnuo, učinilo mi se kao da pokraj broda plovi neka ogromna životinja, a neki ribari su pričali na Sušaku da je doplovio jedan morski pas.

— Tako... Onda, molim vas, izvinite — mucala je sva postiđena mlada devojka.

Vrata na kabinama se pootvaraše i pojaviše se neki uplašeni putnici, pitajući ko je to vrisnuo. Pojavi se i Krinkina mama, i Lola je istrčala, ogrnuta haljinom.

— Šta je, jesi li to ti vrisnula? — pitala je mama. Mlada devojka nije znala šta da odgovori, sva zbunjena, ali mladić je odgovorio za nju.

— Gospođici se učinilo da je videla morskog psa, pa se uplašila.

— Otkuda morski pas? — pitali su iznenađeni putnici. — Gde je? Gde je? Da ga vidimo.

— Ne, nije morski pas, a i meni se učinilo — govorio je mladić.

Putnici uđoše u kabine, Krinka ode u svoju, a uđe za njom i mati.

— Što si vrisnula? — pitala je ponovo.

— Mama, bogami, ovaj mladić je hteo da se baci u more.

— Ti uvek imaš neke halucinacije — grdila ju je Lola.

— Meni se tako učinilo! — naljuti se Krinka. — A zar bi ti mogla da gledaš ravnodušno da neko pred tobom skoči u more?

— Izgleda suviše otmen da bi mogao tako da se udavi... I svakako zna i da pliva.

— Dobro, dobro, hajde sad lezite! — umirivala ih je mati.

Krinka i Lola legoše u postelje, ali ni jedna ni druga nisu mogle odmah da usnu. Krinka je razmišljala o mladiću, i neprestano je bila u uverenju da je hteo da se baci u more. Ležeći, ona se sećala kako im je mati pričala o jednom istinitom slučaju koji se odigrao na putu od Rijeke do Venecije. Jedna mlada devojka ukrcala se na brod i noću se bacila u more. Tek se izjutra doznalo da je nema, ali sve je bilo svršeno. Njena smrt je zauvek ostala tajna za njene roditelje, a telo nisu našli. „Ko zna da mladić noćas ne izvrši svoju nameru?! More skriva mnoge tajne.“ Čula je zapljuskivanje talasa i obuzeo je neki strah pri pomisli kako brod plovi sam u noći, po nedoglednoj pučini...

— Krinka! — zovnu Lola. — Zamisli ako se mladić noćas udavi.

— Baš i ja to isto mislim.

— Ipak, verujem da neće. A on govori i srpski?

— Sasvim čisto.

— Otkud zna engleski?

— Zar nije mogao studirati negde u Engleskoj?

— Interesantan je.

Opet ućutaše, i Lola se vinu maštom u razne avanture. Zamišljala je kako bi bilo lepo da mesec dana putuje brodom u društvu nekog lepog mladića. Moralo bi doći do flerta jer na lađi je ipak štimung za flert. Izađe joj pred oči i kapetan i ona se nasmeši. Šteta što je tako kratak put, samo jedna noć. Mora biti da je taj mornar iskusan ljubavnik.

Začuše se koraci kraj njihovih kabina. Lola oseti želju da vidi ko je. Lagano ustade, odškrinu vrata i pogleda. Prolazio je kapetan. „Ah, kako se taj šunja oko kabina.”

Sa sujetom mlade žene, koja voli sve da okreće u svoju korist, pomislila je da on šeta baš zbog nje. Znala je da je lepa i Krinka, ali pošto je bila žena, bila je svesna svoje privlačne moći. Posle prvih meseci žalosti, kada je osetila težak bol, jer je volela svoga muža i udala se iz ljubavi, ona se postepeno umirivala, žalost se stišavala, došla je najpre neka ravnodušnost, apatija prema životu, pa je postepeno počela da se budi u njoj želja za životom, i njena čula mlade žene kao da su se otvarala da s novim čežnjama udahnu život. I isto kao što bolesnik posle ozdravljenja oseti slast života, i ona je sada drugim očima gledala život, i drugim očima su na nju gledali muškarci.

Vratila se i legla. Taj mornar, beo, visok i opaljen suncem, snažan i smeo, bio joj je tako simpatičan. „Čega se sve on mora da nagleda ovde na brodu, u ovim odškrinutim kabinama, i koliko li parfema on mora da udahne!?”

— Šta si to gledala? — zapita je Krinka.

— Šeta se kapetan.

Krinka pomisli da se mladić neće udaviti kad je na palubi kapetan. Da on nije došao što je začuo njen vrisak? Ala će joj se smejati taj mladić.

Okrete se na drugu stranu, zaklopi oči, i ono tiho, slatko zapljuskivanje talasa, uljuška je u miran san.

———

Njihova mama je bila ustala ranije i uđe u kabinu.

— Hajde, deco, ustajte da vidite kako je lepo more! Možemo sići u trpezariju da popijemo belu kafu.

One ustadoše, umiše se i odmah dohvatiše svoj puder i ruž. Njihova mlada i sveža lica bila su tako ljupka posle sna i šminke. Izađoše iz kabine i zagledaše se u more. Ono je bilo mirno, nekako sanjivo, plavkasto, i samo su se podizali mali talasići oivičeni penom, kao da ih klobuša bela peraja neke ribe. Kraj broda talasi su bili veći, preganjali su jedan drugog, šuštali, a daleko iza broda ostavljali su razne figure, kao neke penušave arabeske.

Sunce se dizalo na pučini, kao da se pomalja iz nekog fantastičnog carstva. Dve sestre su sedele zadivljene. Htele su da zapaze svaki prizor, da sačuvaju utisak svakog trenutka. A tu na moru, na toj svetloj površini koja se njihala i bila sva u treperenju kao etarski talasi, svaki časak je pružao novu lepotu. Oni što su stalno pokraj mora, već su naviknuti na njegove čari. Ali onome ko ga prvi put vidi i oseti sve te promene na pučini, izgleda kao da je u nekom drugom svetu, na drugoj planeti.

— Hoćete li, deco, da idemo u trpezariju? Baš možemo po jednu belu kafu. Da zovnem i gospođu Zagrepčanku. I ona posle putuje s nama na Rab. Neka krasna žena.

Gospođa Branković priđe jednoj simpatičnoj sredovečnoj gospođi, koja je sedela u stolici za ležanje.

— Gospođo Župančić, hoćete li da doručkujemo?

— Hvala lepo, vrlo rado.

— Da vam predstavim moje dve kćeri, Lolu i Krinku.

One se ljupko pozdraviše sa gospođom iz Zagreba i ona ih milo pogleda.

— Kako imate lepe kćeri!

— A imate li vi dece, gospođo?

— Nemam... Ali imam jednog sestrića i sestričinu, koje smo ja i muž čuvali i podigli. Oni su s nekim društvom otišli na izlet, pa će doći na Rab. Sestrić mi je ove godine diplomirao na farmaciji, a sestričina mi je studentkinja filozofije, na trećoj godini... Nismo imali dece, pa smo ih uzeli i usvojili. Moj muž je profesor, a ja sam bila učiteljica, ali sam tražila penziju, nije mi prijao rad u školi.

— Izvolite, gospođo, da siđemo u trpezariju.

Kretoše sve četiri, i silazeći niz stepenice spaziše dva mornara kako vatreno gledaju mlade osobe. Onaj isti mladi mornar što je kazao da neće odocniti, nasmeši se na Lolu. Ona mu baci koketan pogled, a on zasta zanesen, diveći se obema mladim osobama, sa osmehom svojih blistavih zuba, koji su bili u stanju da poljube ili ujedu.

Kelner im nađe mesto, one sedoše, a Lola gurnu Krinku.

— Pogledaj, eno onog mladića! Nije se udavio.

On je sedeo za jednim stolom. Pred njim je bio poslužavnik s belom kafom, puterom i hlebom. On uze šolju, poče da meša po njoj kašičicom, podiže glavu i spazi Lolu i Krinku. Jedan trenutak njegove ogromne crne oči zaustaviše se na Krinki i on joj se pokloni.

Mlada devojka sva pocrvene, kao da se zastide onog događaja od sinoć, klimnu glavom mladiću, ali okrete oči da ga ne posmatra. A za to vreme Lola ga je slobodno posmatrala. Na dnevnoj svetlosti mogla je potpuno da ga vidi.

Dok im je majka razgovarala sa gospođom Župančić, Lola šapnu Krinki:

— Na koga ti liči onaj mladić?

Krinka podiže oči da ga vidi, zadrža pogled na njemu nekoliko trenutaka i šapnu Loli:

— Kao da je neki Rimljanin, ali od onih iz starog veka.

— Znaš da sam i ja to mislila. Zamisli da obuče rimsku togu. Prosto bi mu lepše stajalo. A na filmu bi mogao biti i šeik.

U tom trenutku mladić podiže glavu, spazi pogled mladih žena i na svetlosti jednog sunčevog zraka one spaziše njegove crne oči, sjajne i blistave, sa nekim plavičastim beonjačama. Sav je bio crnpurast, sa visokim čelom, samo su mu zubi blistali.

Posmatrajući mladića, Lola oseti slatku jezu kroz celo telo i zagleda se u njegova široka ramena na kojima bi ženi moralo biti tako prijatno da spusti glavu.

A Krinka sakri dugim trepavicama svoje plave, zagonetne dužice, zagleda se u svoju šolju, ne govoreći ništa i ne gledajući nikoga.

Kapetan opet priđe mladiću i sede za njegov sto. Mladić mu je nešto živo pričao, i pri tome kapetan pogleda Krinku. Ona shvati da mu on priča o sinoćnom događaju i bi joj vrlo neprijatno. Okrete gordo glavu, ali Lola je pratila taj razgovor i tumačila ga Krinki. Ona je vrebala svaki pogled muškarca i spazila je kako je kapetan prvo pogledao Krinku, a posle i nju, i kako je mladić opet pogledao Krinku. Posle su se smejali obojica, a taj smeh je po Krinkinom objašnjenju išao na njen račun.

Po apetitu nimalo nije davao utisak čoveka koji bi mogao izvršiti samoubistvo.

Kapetan se udalji a mladić ostade. Kelneri su ga neprestano obilazili, kao da su osetili bogatog putnika, koji će im dati lepu napojnicu.

Mladić plati doručak, ustade i pođe izlazu. Kod vrata pipnu svoj džep, okrete se kao da je nešto zaboravio, vrati se stolu i uze svoju tabakeru. Pri tome baci jedan ravnodušan pogled na Krinku i Lolu, i izađe.

— Uobražen je! — zaključi Lola i podiže gordo svoj nosić.

Mađarica u elegantnom sportskom odelu, koja je doručkovala, baci jedan vatreni pogled na mladića, ali on to i ne opazi.

Kroz prozor salona za ručavanje ugledaše u daljini Veneciju sa njenim kupolama, vizantijskim lukovima.

— Venecija! — kliknuše obe kćeri. — Hajdemo na palubu.

— Samo da platim. Kelner! — zovnu mati. Krinka i Lola ustadoše. — Idite vi, sad ćemo ja i gospođa.

One se brzo uspeše na palubu.

U daljini se ukazala Venecija koju su one viđale samo na filmu, o kojoj su čitale, u koju su dolazili ljubavnici svih vekova da uživaju na balkonima, da slušaju serenade, da se zaljubljuju i pate. To je bila Venecija Kazanove, Žorž Sandove, Bajrona i Misea, ljubavnička Venecija, grad duždeva, starih slikara i žena rasplamtele crvene kose.

U gradu ljubavi, gondola i tamnica

Brod je brzo plovio po toj fantastičnoj scenariji na moru, kao da se približavao nekom začaranom gradu iz drevnih vremena, po čijim se zidinama nahvatala plesan vekova. Dve sestre su zaneseno posmatrale taj čudnovati grad. Sunce se već uzdizalo i njegovi kosi zraci osvetljavali su brod i more. Vetrić je pirkao i plave kose Krinkine letele su unazad, skupljene kao buketić kovrdža. Na suncu, one su se presijavale kao svila.

Pojavi se mama sa Zagrepčankom. Stajali su svi i gledali Veneciju, koja kao da je rasla iz vode i uzdizala se iznad talasa.

— Treba da uzmemo kofere!

Svi su već bili na palubi, i čuo se onaj užurbani žagor, kad se približava momenat iskrcavanja.

Neki prijatan miris duvana dopre do Krinke. Ona se okrete, i kao da se trže od ogromnih zenica u okviru plavičastih beonjača, koje su bile uprte u nju. Okrete se i Lola, i njene kose očice blesnuše, gornja usna joj se još više podiže, kao da se spremala da se nasmeši, a ona slatka jeza joj opet prože telo.

Nemica u haljini sa broderianglezom nije skidala sa očiju dvogled, koji joj je na jednom kaišu bio prebačen preko ramena. Videlo se da je turistkinja i da putuje turistički, ne misleći na koketeriju odevanja.

— Baš mi je prijatno što sam u društvu sa vama i vašim kćerima! — progovori gospođa Župančić. — Pošla sam i ja sa društvom, sa majkom i ćerkom, ali moja prijateljica dobi juče napad žuči i nije mogla da se makne, te je kći morala da ostane kraj nje na Sušaku.

— Baš je gadna stvar ta žuč kod žena! — primeti gospođa Branković. — I mene poneki put tišti.

„Bože, sad im je do razgovora o žuči, pred Venecijom!", mislila je Krinka i da bi privukla maminu pažnju, uzviknu:

— Vidi, mama, kako je lep ovaj vizantijski stil!

— Da, vrlo je lep — govorila je mati.

Svako je na svom jeziku iskazivao divljenje. A miris one cigarete neprestano je dopirao, čak i kolutovi dima. Lola se vrpoljila i okretala, a Krinka je znala da se okreće zbog onog mladića. To ju je uvek ljutilo, ta njena uznemirenost u prisustvu muškaraca.

Brod se ukotvi malo dalje. Barke i gondole prilazile su sa obale i kao neki delfini tiskale se oko broda. Gondole su bile tako lepe, kao neke foteljice, crne i crvene, sa baldahinom i sa visokim uzdignutim kljunovima kao glave nekih morskih čudovišta.

Talasi su još šuštali oko broda, njihali se i razbacivali svoju penu kao iskre. I gondole su se njihale, ali vešti gondolijeri su ih priterivali uz stepenice. Trebalo je silaziti niz stepenice i Lola pođe prva sa koferom.

— Pazi, Lolo! Samo polako! — govorila joj je mati. Za njom je išla Zagrepčanka, pa njihova mati i naposletku Krinka. Njen kofer je bio malo veći. Mati se okrenu.

— Daj meni kofer!

— Ne, ne, mama, samo ti silazi, moći ću sama.

Stupi i ona nogom na stepenice. Jedan muški glas progovori iza nje:

— Gospođice, dopustite mi da ponesem vaš kofer?

Ona se okrete. To je bio mladić sa crnim očima.

Ne čekajući njen odgovor, on joj uze kofer i podiže ga kao neko pero... Mladić spusti kofer u gondolu, a on sede u drugu. Mađarica sa vatrenim očima, njen saputnik, Nemica i crnomanjasti mladić bili su svi u jednoj gondoli.

Lola pogleda i bi joj čisto krivo što kod njih nije bilo mesta za mladića.

Gondolijer zavesla, stojeći na kljunu. Dovikivali su jedan drugoga i ti karakteristični uzvici gondolijera čuli su se neprekidno, kao refren.

Već su bili blizu mola. Duždeva palata podizala se veličanstveno, sva siva od starosti, skrivajući još uvek tajne svojih tamnica.

— Ono je Most uzdaha! — reče Krinka. — Videla sam ga na jednoj slici. Ko je prešao preko toga mosta, nikad se više nije živ vratio.

Na obali su se gurali i otimali nosači. Nekoliko njih poleteše koferima grdeći se međusobno.

— Imate li vi, gospođo Župančić, adresu nekog hotela?

— Znam jedan hotel, dosta jeftin.

— I ja sam zabeležila jedan. Hajde da odemo prvo u taj vaš, pa ako ne bude dobar, da idemo u ovaj moj.

Rekoše nosaču ime prvog hotela. On ščepa kofere i polete.

— Vidi, ovaj će nam umaći! — viknu gospođa Branković. — Što ovako žuri!

Lola ga stiže i, nešto francuski, nešto mimikom i gestovima, naredi mu da ide lakše.

S mola su odmah nailazili na Markov trg.

— Ah, golubovi! Kako su slatki! — divile su se Krinka i Lola.

Čitava jata golubova prekrili su trg i jeli zrnevlje, koje je ležalo po asfaltu. Dva-tri putnika su držali fišečiće sa kukuruzom i hranili ih. Mali prodavci su nudili kukuruz i pšenicu i to je bila unosna trgovina, jer je svaki turista hteo da kupi fišečić da vidi kako mu golub sleće na ruku i kljuca.

— Gde je, deco, onaj naš nosač? — uzviknu gospođa Branković.

— Eno ga, čeka! Ipak je pošten.

— Šta mi znamo? Uvek je bolje držati ga na očima.

Jedan stražar sa trorogim šeširom dostojanstveno je šetao ulicom.

— Je li ovo stražar ili oficir? — upitala je Lola.

— To je njihova policija — objasni gospođa Župančić.

— Kako je važan, kao Napoleon!

Preko trga je prelazio crnomanjasti mladić. On zasta jedan trenutak, pogleda u golubove, nasmeši se na njih, zubi mu blesnuše, baci jedan letimičan pogled na svoje mlade saputnice, skide šešir i izgubi se pod arkadama. Mađarica je išla sa svojim pratiocem i okretala se za mladićem. Lolinom oku nije ništa izmaklo.

— Hajdemo sada.

Pozva nosača i on pođe laganim korakom.

Sa Trga svetoga Marka, koji je bio svetao i obasjan suncem, zađoše u neke male ulice. Pređoše i preko jednog kanala, i nosač se zaustavi pred hotelom. Direktor hotela im reče da nema mesta. S njim su mogli da se sporazumeju na francuskom.

— Onda da potražimo onaj drugi hotel.

Rekoše ime nosaču. On napravi grimasu, i, natucajući francuski, reče im da to nije dobar hotel, već će on njih odvesti u drugi hotel.

— Hoćete li, gospođo Župančić?

— Neka nas vodi. On sigurno dobija napojnicu kad dovodi putnike, i zna gde ima mesta.

Pođoše ponovo nekim vlažnim i memljivim ulicama.

Nosač opet stade i pokaza rukom jednu zgradu. To je bio hotel. Spolja nije lepo izgledao, ali je unutra bio lepši. Jedan veliki hol sa crvenim foteljama, velikim stolom i časopisima, kao čitaonica, ostavljao je prijatan utisak.

Dobiše dve sobe. Jednu za gospođu Župančić, a drugu za majku i njene kćeri.

— Bojim se da ima stenica — govorila je mati, zadiže jastuk, pregleda drvene krevete da vidi nema li gde mrlja od stenica. — Izgleda da nema stenica. Čaršavi su čisti.

Lola otvori kofer da izvadi njihove haljine, strese ih i opruži preko kreveta.

— Ništa se nisu izgužvale.

— Sad se, deco, lepo umijte... Da skinem ove cipele s nogu. Ah, ovaj prokleti žulj stalno me peče pomalo! Nisam ja za neki veliki štrapac... Čekaj, i ovu haljinu da skinem, da se malo raskomotim. I ovaj prokleti mider! Oh, što ga mrzim! Sav mi se upije u meso. Nisam ga noćas ni skidala. Sav mi je trbuh ispresovao. Blago vama, deco, kad ne morate da ga nosite. Ovo prokleto salo, šta će mi ono?! A kad sam bila mlada, mogao me je čovek rukom obuhvatiti... Oh, kako je lepo kad se čovek ovako raskomoti. Noćas ćemo se lepo ispavati. Ja i Lola na krevetu, a Krinka na otomanu. Kome se ti to, Lolo, smešiš?

— Samo da vidiš, mama, što je bezobrazan jedan mladić. Stao, pa me gleda i pravi mi neke znake rukom.

— Odmakni se od prozora, ne moraš da ga gledaš.

Krinka pogleda i zapanji se.

— Bože, mama, i ovo je Venecija! Kako je prljava! Naš hotel je na obali kanala. Ja sam zamišljala da je u kanalima voda plavo-zelenkasta, kao u bazenu, a ona kao neke pomije. Hodite samo da vidite.

Stadoše sve tri da posmatraju poetičnu Veneciju... Dole u kanalu voda je bila tamnozelena i mutna sa nekom masnom pavlakom, kao baruština. Ljuske od pomorandži plovile su po kanalu sa hartijama od fišeka. Nad kanalom, na drugoj strani, uzdizale su se zgrade kao da su pretrpele neku poplavu, a voda se povukla i zidovi ostali vlažni i memljivi. Ta memla se svuda videla, a zgrade kao da su bile bez fasada, sa raznim prozorima po obliku i veličini.

Opet se začu uzvik gondolijera. To je zamenjivalo automobilsku trubu jer u Veneciji se nije mogao čuti automobilski zvuk već samo uzvik gondolijera, koji su se na zavijucima javljali da se ne bi sudarili. S jedne strane kanala pružao se uzan trotoar, a od trotoara su se spuštale stepenice u kanal. Sve je bilo sivo, prljavo i trošno.

— Baš je stara Venecija! — govorila je Krinka.

— Zato svet i dolazi da je gleda. Ko zna koliko vekova ima svaka ova zgrada. Deco, što bih ja sada popila jednu crnu kafu — pređe njihova mati na prijatniju temu.

— Možda ima ovde u hotelu.

— Sumnjam. I nije to kafa kao što je ja skuvam. Da mi donese neki bućkuriš.

— Je li, mama, reci ti nama, imamo li mi kod tebe kredita da kupimo nešto za uspomenu u Veneciji?

— Daću vam sto lira, pa kupite šta hoćete. Znate dobro da nemamo novaca i za takve izdatke. A vi imate, hvala bogu, dosta odela. Šta smo kofera ostavili na Sušaku! Kupite neku sitnicu, ili neki šeširić. Kažu da ovde ima lepih šešira od italijanske slame.

— O, za sto lira ćemo moći da kupimo! — obradova se Lola.

Gospođa Branković se okrete Krinki:

— A mi, Krinka, ne stigosmo da razgovaramo zbog čega ti ono sinoć vrisnu. Ko je taj mladić?

— Ne znam, govori engleski sa kapetanom, a zna i srpski.

— Izgleda otmen mladić, sigurno je odseo u onim hotelima na Trgu svetog Marka.

— Zar i tamo ima hotela?

— Ima, ali paprenih. Za Amerikance, koji plaćaju dolarima.

— Provešćemo se i mi lepo, iako nemamo dolara — veselo je govorila Lola.

— Hoćemo, samo da me ti ne sekiraš, Lolo.

— Šta te ja sekiram, mama?

— Oduvek si živi đavo! Voliš da koketiraš. A treba da pomisliš na to da si udovica, i da su muškarci mnogo bezobrazniji prema udovicama. Hoće da se provedu, a neće da se žene.

— Ne misliš valjda, mama, da treba da budem kaluđerica.

— Ne mislim, ali sve treba da bude u granicama. Nisam ja starinska mati da vam zabranjujem kavaljere i provod. To se i ne odnosi na Krinku, jer Krinka bi mogla i bez kavaljera. Ali ti ne možeš. Eto, ja sam te noćas čula kad si razgovarala sa nekim muškarcem. Ko je bio taj muškarac?

— Kapetan broda. Kazala sam kako bih volela da doživim buru na moru. Kapetan se smejao i odgovorio da to ne treba da želim. To je bilo sasvim slučajno.

— Ali kako da se taj slučaj desi baš tebi, a ne Krinki? A i mornari su lole.

— Danas se, mama, ne kaže lole već donžuani, a to su najsimpatičniji muškarci. I da me neki mornar zaprosi, odmah bi se udala za njega.

— Da se udaš za mornara, pa on da skita morima, da se provodi i da te vara.

— A zar ja ne bih mogla njega da varam?

— Onda to nije brak, kad jedno živi na jednoj strani, a drugo na drugoj.

— Ti si za besprekornu vernost u braku?

— Ako nema vernosti, nema ni braka.

— Možeš li ti, mama, da se zakuneš da ti je tata uvek bio veran?

— Da li je bio veran ili nije, to ne znam, on je to umeo da sakrije, ja nikad nisam doznala i bila sam srećna, i ne želim vam ništa drugo, nego da i vi nađete muževe, koji će prema vama biti takvi kakav je vaš otac bio prema meni.

— Tata je divan! — uzviknu Krinka. — Odmah ćemo mu se danas javiti.

— Dabome, odmah mu pišite. Vi znate koliko vas on voli i sve bi žrtvovao za vas. Pre smo nekako pošli da mu kupimo košulju, pa ja biram neke finije, a on neće: „Kupi ti ženo meni nešto jeftinije, a bolje da uzmeš Loli i Krinki". A nisu svi očevi takvi.

Kćeri su razgovarale oblačeći se i mati ih pogleda sa zadovoljstvom.

— Lepo ti stoji, Lolo, ta žuta haljina. A Krinka je kao lutka u ovoj plavoj.

— Meni ne kažeš da sam lutka — šalila se Lola.

— Ti si đavo! Ali dopale ste se obe Zagrepčanki. Eto, imaćete na Rabu društva. Doći će njena sestričina i sestrić.

— Na Rabu uvek ima mnogo sveta. To je kao neka vrsta elitne plaže. Ali, mama, ja sam gladna! Šta bih mogla pojesti sada? — govorila je Lola.

— Ako si gladna, ima još sira i šunke što nam je od sinoć ostalo, pa pojedite. Bolje nego da se baci.

Pre nego što su nakarminisale usne, Lola i Krinka napraviše po jedan sendvič. Krinka je stajala kraj prozora grickajući belim zubima kiflu, i najednom se odmače.

— Eno onog crnomanjastog mladića!

— Gde je, da ga vidim?

— Baš da ga i ja vidim! — reče mati.

On je stajao na uzanom trotoaru preko puta njihovog hotela. Gledao je desno i levo, kao da ne zna na koju stranu da pođe. Njegova crna kosa obasjana suncem, prelivala se i davala njegovom visokom čelu blistav crni okvir. Talasi kose kao mali slapovi spuštali su se preko glave lepog oblika. Bio je još crnji na toj sunčevoj svetlosti koja je naročito isticala njegove usne, boje poluzrele višnje.

— Lep mladić — progovori njihova mati.

— Egzotičan! — prošaputa Lola.

Jedna Italijanka, postarija žena, naiđe noseći korpu u ruci. Mladić je oslovi italijanski. Ona mu odgovori brzo, kao što u narodu govore, bez melodične intonacije. Mladić joj opet reče nekoliko reči, i njegov italijanski jezik je bio tako mek. Žena pruži ruku desno, kao da mu pokazuje put, nasmeši se na njega i ode levo. Mladić je još stajao i pogledao u hotel preko puta.

Krinka i mama se brzo odmakoše, a Lola osta na prozoru! Mladić je ne spazi i pođe desno, a ona se jače nagnu, da osmotri njegov vitki i elegantni stas. Stojeći na prozoru i gledajući ga svojim malo kosim očima, ličila je na mačence, koje viri iz korpe, pažljivo zagledano u nešto, spremno da skoči i ščepa. Kroz njenu svest opet prođe sujetna misao: „Možda je pošao da vidi gde smo odsele”.

Mladić se izgubi, a Lola se odmače od prozora. Krinka je rumenila svoje sveže usnice pred ogledalom.

U ogledalu mogla je da vidi Lolu, i da spazi kako su joj oči blistale kad se odmakla od prozora. Ona je volela svoju sestru i vrlo lepo su se slagale, mada su bile dva sasvim suprotna temperamenta. U ogledalu Krinka spazi i mamu kako lepo izgleda u njenoj sivoj haljini od markizeta sa roze kragnicom.

— Baš si lepa, mama! Ta boja ti divno stoji.

— Čekaj da ti namestim lepše tu kragnu — govorila je Lola, doterujući mamu. — Pa metni i ti, mama, malo ruža na lice.

— Ostavite se, kakav ruž!? Ništa mi nije odvratnije nego kad vidim majku sa kćerima, pa se mati sva nalarfala. Malo pudera, to je za mene dovoljno. Lolo, idi kucni gospođi Župančić i vidi da li je gotova.

Lola se udalji.

— Je li to neka bogata Zagrepčanka?

— Nije, kao i mi. Čula si kako kaže da je bila učiteljica, a muž joj je profesor. Takvo mi je društvo prijatnije, a ne kao one godine kada je s nama pošla gospođa Janković, pa hoće u najveće hotele, razmeće se i luksuzira, a mi to ne možemo. Ovo je, vidi se, ozbiljna i pametna žena, naših mogućnosti.

Lola se pojavi sa gospođom Župančić.

— Kako vam je u vašoj sobi? — zapita gospođa Branković.

— Vrlo lepo. Samo, do moje sobe jedan se par derao i svađao. Sad smo ih videli, neki mladi Englezi. Tako su tanki zidovi, sve se čuje... O, kako su lepe vaše gospođice kćeri!

— Lola je udovica, a Krinka je devojka.

— Udovica! Ovako mlada?

— Da, već dve godine kako joj je muž umro.

— Šteta! Ipak ste srećni što imate roditelje. Kad dođu moja Zlata i Vlatko imaćete društva. A moja Zlata je tako živa, brbljiva, vesela! Ta vam nijedan časak ne miruje, kao neki vrabac.

— Kao moja Lola. Krinka može ceo dan da ćuti.

— Ona je pravi Gandi — smejala se Lola dirajući je.

— Ćutanje je, kako se kaže, zlato — primeti gospođa Župančić. — Lepa devojka je interesantna i kad ćuti... Hoćemo li sada da krenemo da razgledamo Veneciju?

Zagrepčanka je imala teget haljinu, crni šeširić, i sa prosedom kosom, mirnim i blagim crnim očima, tiha govora, bila je vrlo simpatična i otmena.

Izađoše iz sobe, prođoše hol, i direktor hotela im se pokloni duboko. Pred hotelom zastadoše.

— Hajdemo ovamo — reče Lola, pokazujući desno, u onom istom pravcu u kojem je otišao crnomanjasti mladić.

Pređoše kanal, naiđoše na jednu širu ulicu, dođoše do pijace. Tu je bilo puno žagora, i izgledalo je kao da se svađaju. Dve žene su razgovarale, pričajući tako brzo, da ih Krinka iznenađeno pogleda misleći da će se počupati. Ali posle zapaziše da ovde tako govore.

Sa trga se uputiše velikim i širokim stepenicama i uđoše u jednu lepu ulicu u kojoj su sa obe strane bili lepi izlozi.

— Eno šešira! — uzviknu Krinka. Zastadoše da ih posmatraju.

— Hoćemo li da uđemo da probamo?

— Nemojte odmah. Da vidimo, biće još trgovina sa šeširima.

Istina, odmah, već u trećoj trgovini, bili su opet šeširi.

— Ovi su još lepši!

— Ja ću mojoj Zlati da kupim jedan. Pogledajte one venecijanske čipke! Pa lepezice od čipaka!

— Kupila bih Zlati jednu lepezu. Sigurno su skupe, ručni rad je. Baš da pitamo...

Cena je bila dosta velika, ali tu se moglo pogađati, i ona kupi jednu za trideset lira.

Ulica se sve više punila svetom. Čuli su se razni jezici. Poznavali su se Italijani koji su išli žurno, poslovno, ne zastajkujući kraj izloga, za razliku od stranaca, koji su svuda zastajkivali, zagledali u izloge, ulazili i izlazili noseći paketiće.

— Mama, vidi ove šešire. Baš da uđemo ovde.

Posle probanja, cenkanja i popuštanja, kupiše dva. To su bili pleteni šeširići, kao da su od perla, i Krinka uze beo, sa pletenim plavim cvetićima, boje neba, kao njena haljina, a Lola uze žut sa belim cvetovima.

— One naše šešire da uvijemo, a nove da metnemo na glavu.

Trgovac im je laskao, praveći komplimente kako im lepo stoje, a i one same su videle da su u njima vrlo ljupke. Gospođa Župančić uze jedan, isti kao Krinkin, jer je njena sestričina bila plavuša.

Izlazeći iz trgovine spaziše dva crnomanjasta mladića kako ih gledaju strasnim očima.

— Vidi, kako ovi gledaju, kao naši beogradski lafovi! — nasmeši se Krinka. Njena prozračna lepota plavuše, kao u žene sa severa, privlačila je ove crnomanjaste muškarce južnjačke krvi.

— Danas će biti vrućina, a ja sam tako žedna — jadikovala je njihova mati.

— Eno, mama, onde vidim neke limunade.

— Hoćete li, gospođo Župančić, da svratimo?

— Dobro bi bilo da se rashladimo.

Uđoše. To je bio bar.

— Da li biste popili jedno pivo?

— Nemoj, mama, pivo, da vidimo šta je ovo.

Posmatrali su kako jedan mladić stavlja u čašu tucani led, nasipa mleko, dodaje maline ili likera, sitnog šećera, i stavlja u jednu mašinu da sve to umuti.

— Šta je to? — pitala je Krinka.

— Frape di kafe — odgovori mladić.

— Frape, to je umućena kafa. Hajde baš da probamo...

Poručiše.

— Izvrsno! Kao rastopljeni sladoled, samo malo gušći.

Stajale su ispred šanka, za kojim je radio jedan visoki mladić, bademastih očiju, i on se smešio na ove dve lepe devojke.

Krinka pogleda u drugu prostoriju bifea i spazi crnomanjastog mladića sa broda.

On je pio pivo.

Pogleda i Lola, i nasmeši se.

— Mi ćemo se svuda sretati s njim.

Mladić kao da je bio malo pristupačniji, bez onoga ravnodušnog izgleda svojim velikim očima pogleda Lolu, zatim Krinku, i njegove oči se malo duže zaustaviše na njenom nežnom, plavom licu.

Držeći čašu sa frape di kafe, Krinka je srkutala ne gledajući mladića, a Lola je, po običaju, glasno razgovarala sa Italijanom, tražeći objašnjenje za sve ove različite napitke.

One su obe, i Krinka i Lola, kao i njihova mati, znale francuski i mogle su da se sporazumevaju.

Jedan trenutak Krinka se usudi da baci pogled onom „šeiku", kako ga je prozvala Lola, i brzo se odmače sa toga mesta, jer je opazila kako je on posmatra nekim zamišljenim i upornim pogledom.

Platili su i izašli, a gospođa Branković se okrete.

— Da zapamtimo, deco, gde je ovaj bife, pa da opet dođemo. Frape mi se baš dopada.

Vratile su se natrag istom ulicom razgledajući izloge. Lola se okrete.

— I šeik ide za nama.

On je išao lagano posmatrajući izloge. U jednu trgovinu uđe a one nastaviše, ali on ih opet stiže i nastavi za njima na izvesnom odstojanju kao da i on posmatra izloge.

Sad su izašli opet na Trg svetog Marka. Bilo je mnogo sveta. Razni tipovi, razne toalete, staromodne i moderne. Krinka i Lola su upadale u oči, i gospođa Župančić primeti:

— Svi posmatraju vaše lepe kćeri.

Prošetaše ispod arkada gde su bili elegantni i skupoceni izlozi.

— Mama, znaš šta treba da vidimo? Duždevu palatu.

— Koliko je sati?

— Pola jedanaest.

— To je lepo videti — reče gospođa Župančić.

— Imamo vremena.

Uputiše se.

Jedna grupa raznih narodnosti stajala je i čekala da uđe. Pridružiše se i njih četiri. Dok su čekale, stiže i šeik.

— Evo opet i njega! — šapnu Lola Krinki.

Bila je tako zadovoljna. Sunce, plavo italijansko nebo, toliki utisci, i ovaj lepi crnomanjasti mladić, koga svuda susreću i već počinju da razgovaraju očima s njim.

Pođoše kroz one ogromne hladne odaje, u kojima je bilo tako sveže, iako je napolju bio vrlo topao dan. U tim odajama nije bilo nekog nameštaja, sem drvenarije, duboreza, ogromnih slika, ormana, stolica i prestola. Svet je zastajkivao pred slikama koje su čitav zid zauzimale, velike do tavanice. Vodič, koji ih je vodio i objašnjavao, govorio je na tri jezika, da su svi razumeli. One spaziše i Nemicu i Mađaricu. Prodavale su se razglednice i one kupiše nekoliko karata sa reprodukcijama umetničkih slika i jedan mali album.

Dok su one gledale razglednice, vodič izgovori objašnjenje, prvo francuski, pred jednom slikom koja je bila izvanredno lepa.

— Šta je kazao, nisam čula — pitala je Krinka.

— Nisam ni ja.

Muški glas iza njih objasni im.

To je bio šeik.

On je stajao iza njih i posmatrao, a Krinka se divila.

— Ja volim stare slikare. Kako su lepe ove crvene kose kao plamen.

— Ticijanova škola — progovori iza njih onaj isti muški glas.

Stadoše pred drugom slikom i opet je mladić bio iza njih.

Vodič prvo objasni na italijanskom, a mladić odmah prevede na srpski, ne čekajući da on pređe na francuski.

Lola se osmeli:

— Vi razumete italijanski?

— Razumem.

— A i na engleskom ste sinoć razgovarali?

— Da, i na engleskom.

— Pomislila sam da ste Englez.

— Ne, ja sam Jugosloven, Dalmatinac. Dopustite da vam se predstavim Dubravko Marojević.

— Dubravko! To ime nisam čula kod nas.

— A odakle ste vi?

— Iz Beograda — Lola pruži ruku i predstavi se. — Lola Popović.

Predstavi se i njena sestra:

— Krinka Branković.

— Vi ste prijateljice?

— Ne, mi smo rođene sestre.

— Nikad ne bih to rekao. Nemate sličnosti. A vi imate i drugo prezime — okrete se Krinki.

— Da, ja se prezivam po ocu, a moja sestra po mužu.

— Vi ste udati?

Lola uzdahnu:

— Bila sam udata, sad sam udovica.

Njene kose očice tužno prekriše kapci i trepavice, ali taj tužni pogled nikako se nije slagao sa onom kraćom, podignutom gornjom usnicom, koja je podrhtavala za životom i strasnim usnama.

Sad su išli sve troje zajedno i razgovarali o slikama. Zraci sunca provlačili su se kroz prozore sa ovalnim lukovima, i ti večno mladi, sjajni zraci, osvetljavali su ogromne i sumorne odaje Duždeve palate.

Bili su u jednoj prostranoj odaji koja je gledala na more. Krinka pogleda kroz prozor ono meko plavetnilo neba i mora, koje se stapalo sa nekim srebrnastim odbleskom. Jedan snop zrakova pade na njeno lice i guste trepavice baciše senku na obraze. Ta senka se pokretala, drhtala, i njene lepe plave oči odavale su sanjivost, uspavanost mora na čistom letnjem danu. Mladić je pogleda i njegove tamne oči još više blesnuše. Lola ga je posmatrala, on se okrete k njoj i vide njena dva kosa sjajna oka koja su ga gledala sa nekim diskretnim osmehom.

Priđe i njihova mama sa gospođom Župančić.

Krinka se okrete mladiću:

— Da vam predstavim našu mamu. A ovo je gospođa Župančić iz Zagreba.

Zatim, predstavljajući mladića, reče:

— Mama, gospodin je iz Dalmacije.

— Tako? Milo mi je — progovori mati. — Pa zar vi, Dalmatinac, koji ste stalno na moru, putujete opet morem?

— Mi primorci, ne možemo bez mora da živimo, kao što vodozemci kad su na kopnu, uvek mile prema vodi.

Pokraj njih prođe Mađarica sa pratiocem, govorila je glasno da bi privukla pažnju mladićevu. Zastala je pred jednom slikom, ali se okrenula da ga posmatra. Videlo se da joj se sviđa.

Vodič je i dalje vodio grupu.

— Ovde na slici vidim crvenu kosu, a nigde još nismo sreli Venecijanku sa takvom kosom — primeti Krinka.

— To su bile samo Ticijanove Venecijanke. Sad se i njihov tip izmenio, nemaju crvene kose, ali su vitkije. Ovakva žena ne bi bila po ukusu našeg doba — govorio je Dalmatinac, posmatrajući jednu lepu, belu, gojaznu ženu, koja se čisto ponosila svojim bujnim bedrima i trbuhom.

Mladić je išao između Krinke i Lole, i Lola se čudila kako je brzo došlo do ovog poznanstva i kako razgovaraju kao da se već dugo poznaju. Možda zato što su zemljaci u tuđoj zemlji. Mladić je sada ostavljao sasvim drugačiji utisak. Nje bilo ni traga uobraženosti u njemu, čak je bio ravnodušan na poglede žena, koje su mu dobacivale, jer u toj grupi on je bio upadljiv sa svojom mrkom bojom lica, velikim crnim očima i visokim uzrastom.

Lola je stalno započinjala razgovor, i stalno pri tom pogledala mladića da bi se srela sa njegovim očima. Prolazili su ponovo pored slika, ali ona je rasejano gledala, ništa nije zapamtila niti slušala tumačenje vodiča, jer ju je uznemiravala blizina ovog visokog i vitkog mladića.

Sad su silazili u tamnice. Neka memljiva hladnoća izbijala je iz zidina. Krinka se strese i seti se svih onih romana u kojima je čitala kako su lepi mladići trunuli živi u tim grobnicama. Pogleda Dalmatinca i pomisli da je on živeo u to doba i njega bi bacili u tamnicu. Bacio bi ga neki ljubomorni dužd. Male tamnice, kao grobnice, bez svetlosti, s teškim zarđalim vratima, otvarale su se da dvadesetom stoleću pokažu strahote srednjeg veka. Bilo je mnogo sveta i Krinka je jedva čekala da izađe na svetlo. Loli nije bilo odvratno. U toj polutami osećala je kraj sebe mladića i njegov miris, u uzanom hodniku njena ruka dodirivala je njegovu mišicu i bilo joj je tako toplo od toga dodira, kao da je odnekud greje sunce.

— Lepo je što smo ovo videli — reče njihova mati. — Koliko je naše doba čovečnije.

Izađoše u popločano dvorište obasjano suncem. Krinka udahnu sveži vazduh, a mladićeve oči blesnuše.

— Kako je lepo sunce! — uzviknu on.

— Vi ga volite?

— Kao neki napitak. Ne bih mogao živeti bez sunca.

— Pa kako je lepo ovo nebo! Tako je i na našem Primorju.

— Možda još lepše! Jadransko more je, zaista, najlepše more. Neki narodi imaju more, ali nemaju poeziju mora. A Jadran je poezija u svako doba godine.

Pred Duždevom palatom mladić pogleda u sat.

— Koliko ima sati?

— Već je dvanaest.

On se oprosti s njima. Poljubi im ruku, pređe preko trga i zasta da posmatra golubove.

Lola je zamišljeno gledala za njim, a Krinkine oči bile su još zagonetnije.

— Sad da potražimo neki restoran. Na koji prvi bolji naiđemo, da uđemo.

Pođoše molom. Nisu mnogo išli. Jedna lepa gostionica privuče njihovu pažnju. Bilo je izvanredno čisto. One uđoše i sedoše za jedan sto. Kelner im donese jelovnik.

— Ovo sad treba da protumačim.

Jelovnik je bio pisan na francuskom i italijanskom.

— Uzećemo ono što je internacionalno — biftek, supu, špagete.

— U Italiji treba probati makarone. Čitaj ti, Lolo!

Lola je čitala ali nije razumevala, upravo, razumevala je, ali ništa nije mogla do kraja da shvati. Na jelovniku kao da su blistale oči Dalmatinčeve. Čitala je i mislila: „Gde li će on ručati... Ona Mađarica ide za njim. Ali ima pratioca... Da li joj je to muž ili ljubavnik? Neće moći da mu priđe."

— Daj meni, ja ću to bolje prevesti — govorila je Krinka.

Poručiše jelo.

Jedan drugi kelner prođe pored njih noseći na tanjiru nešto kao mali uštipci.

— Šta je ono? Kakvi su ono uštipci? To bismo mogli i mi da poručimo.

— Ja mislim da su to pohovani morski rakovi — objasni gospođa Župančić.

— Pa jeste, mama, znaš da smo to jednom jeli na Sušaku, prošle godine. To je izvrsno! Da poručimo?

Zovnuše kelnera i poručiše.

Jelo je bilo vrlo ukusno, a ćerkama su se posebno dopali kolači sa bademom.

Kad su izašli iz restorana sunce je tako sijalo da je asfalt bio usijan, iako je pirkao vetrić sa mora.

— Da odemo do hotela da se malo odmorimo, dok ova žega ne popusti.

— I ja bih to želela. Mene ova leva noga malo poboleva, pa se umorim čim malo više hodam — prihvati gospođa Župančić.

— A mi bismo tako ostale na suncu — uzdahnu Lola, jer je mislila da će opet sresti Dalmatinca.

— Šta ćete same da lutate ulicama! Jedan sat da se odmorimo pa ćemo opet izići.

Jedan dečko je nosio punu korpu svežih smokava i ponudi im.

— Mama, da kupimo?

— Uzmite!

Izabraše nekoliko velikih smokava plavkaste kore, kao plavi patlidžan. To su bile one prve rane smokve, tako slatke i sočne, i velike kao kruške.

Vraćali su se opet preko trga. Tu se svet okretao i vrteo, i ma kud odlazio, opet se vraćao na trg. Bilo je manje sveta, ali još su hranili golubove, sedeli za stolovima i jeli sladoled.

Krinka i Lola su gledale po trgu i obe kao da su tražile nekog. Ali Dalmatinca tu nije bilo.

— Hoćemo li naći naš hotel?

— Zar ovde da ga ne nađemo? Ja ću da vas vodim. Ti znaš, mama, kako ja umem da se orijentišem.

— I imaš dobro pamćenje.

U hotelskoj sobi bilo je tako prijatno i sveže. Ta ulica iznad kanala, slabo obasjana suncem, leti je morala biti sveža, jer je i od vode dolazila hladovina.

— Kad se ne odmorim posle ručka, ništa ne vredim. Zar nije bolje, deco, što smo došle?

— Ja ću da pišem tati. Ima ovde i hartije i koverata. Hoću sve naše utiske da mu napišem. Daću hotelskom dečku da preda na poštu.

— Piši, on će to voleti. Ja ću mu nešto dodati. Kako je on dobar! Ostao u Beogradu, na takvoj žezi, a nama dao da se provodimo. A još ima slabo srce. Uvek se bojim zbog toga.

Mati malo pridrema, uhvati je san, uhvati san i Lolu, a Krinka je pisala okrenuta profilom prozoru, i nije ni obraćala pažnju na Italijana, koji ju je posmatrao s prozora suprotne zgrade.

Lola otvori oči, spazi ga kroz prozor na kome je bila spuštena zavesa i nasmeja se:

— Krinka, ti i ne vidiš kako te onaj gleda.

Krinka se okrete i bi joj gotovo smešno. Nasmeja se i diže se od stola.

— Završila sam pismo.

Lola, koja je reagovala na svaku mušku pažnju i čudila se kako Krinka to ravnodušno prima, ustade i prošeta se ispred otvorenog prozora da bi i nju video.

Mati otvori oči i priseti se da sada zapita:

— A kako vi jutros napraviste poznanstvo sa onim mladićem? Sigurno, opet si ti, Lolo, stupila prva u razgovor.

Krinka je uze u zaštitu.

— Ovoga puta Lola je ćutala. Mladić je prvi progovorio i objasnio nam jednu sliku.

— Palo je i meni u oči da on ide za vama. Bio je malo dalje, pa se progurao da dođe baš iza vas.

— To, mama, treba da ti laska, kad muškarci trče za nama.

— Više bi mi laskalo da vas oni prose.

— Što tako govoriš? Zar se ja nisam udala iz ljubavi, zar se i Krinka ne bi udala samo da hoće?!

— Jeste, udala bi se, ali to nije onako kako ja zamišljam brak za vas. A svaka mati bi želela da što lepše uda svoju kćer.

———

Bilo je četiri sata posle podne. Opet su se našle na Trgu svetog Marka.

— Ja i gospođa Župančić ćemo ovde da sednemo i da posmatramo ovaj svet. Ovo je čitava Evropa i Amerika.

— Mama, ja ću da napišem karte — reče Lola.

— A ja idem da hranim golubove. Tako ih volim. Kako su pitomi. Neka moj šešir ostane ovde — reče Krinka i uputi se prema jatu golubova.

Kupila je fišek kukuruza. Jedan divan golub sleteo joj je na ruku. Stajao je na njenom dlanu i kljucao, zatim joj je sleteo na rame. Njegov fini kljunić kljucnuo je po kosi. Ona se smejala i gledala. Nekoliko muškaraca napraviše krug oko nje. Njena fina, nežna lepota plavuše, u plavoj haljini, bila je sva svetla, zračna i vazdušasta, kao italijansko nebo. Ličila je na neku Grezovu sliku, na one njegove žene-devojčice bezazlenih očiju. Krug muškaraca raznih izraza na licu, kao na filmu, od starih do mladih, zbunio je, ona pođe, golub joj sleti sa ramena i odleti da kljuca drugo zrnevlje.

Kad se vratila njihovom stolu, Lola joj reče:

— Jesi li videla Dalmatinca?

— Nisam, gde je?

— Stajao je malo dalje. Znaš šta je radio? Kad si držala onog goluba na ruci, on te je snimio jednim malim ručnim aparatom.

— Snimio me? Je li videla mama?

— Nije, samo sam ga ja videla. Ako se sastanemo sa njim, nećemo ga ništa pitati, da vidimo da li će sam da nam kaže.

Krinka je bila iznenađena i laka rumen joj prekri lice.

— Eno ga, ide!

On prođe pored njihovog stola, pokloni se i sede malo dalje za drugi sto, ali tako da je mogao da ih vidi. Kelner mu donese sladoled, on razvi italijanske novine i udubi se u čitanje.

Jedna mala prodavačica cveća, zamršene kovrdžave kose, koja se kao u neredu lepršala oko njene glave i spuštala čak do očiju, prođe pokraj njihova stola, noseći pletenu korpu, kao fišek, sa velikim belim i crvenim karanfilima. Nad tim bokorom njena čupava glavica bila je kao zagasita hrizantema. Talas parfema, kao esencija skupocenog mirisa, zapahnu Krinku i Lolu. Prodavačica ih pogleda umiljato, ne prilazeći im jer je znala da dame ne kupuju cveće kad nemaju kavaljere. Ona ode dalje, provlačeći se između stolova, sa osmehom dečje koketerije, i priđe Dalmatinčevom stolu. Nešto mu reče, on podiže glavu, nasmeši se na nju i zubi mu blesnuše. Taj osmejak ohrabri devojčicu i ona pruži prema njemu svoju korpicu s karanfilima. Mladić izabra jedan veliki beli karanfil, zakinu mu dršku i stavi ga u rupicu od kaputa.

Lola, koja ga je posmatrala, šapnu Krinki:

— Sad liči na princa od Velsa. I on se kiti karanfilima.

Mladić izvadi novčanik i dade devojčici novac. Sigurno da joj je dao mnogo, jer ona raširi očice, zagleda se u svoj dlan na kome je stajao novac, nasmeši se, pogleda veselim očima mladića i izvadi sama još jedan karanfil i pruži mu ga, jer je osećala da je malo da mu za toliki novac da samo jedan cvet. Mladić odbi, nasmeši se na nju, a ona se lagano udaljavala i neprestano ga posmatrala, sa osmehom i koketerijom malih uličnih prodavačica.

Lola i Krinka su posmatrale tu scenu, i došle do zaključka da je mladić bogat, kad tako skupo plaća jedan cvet.

I njima doneše sladoled, italijanski kasato, nalik na neku ledenu krišku u raznim bojama. Sladeći se vrhom kašičice posmatrale su svet oko sebe.

— Mama, da idemo da prošetamo ja i Krinka? — pitala je Lola, pošto pojedoše sladoled.

— Idite! — dopusti im mati.

One ustadoše, i mladić podiže glavu, pogleda ih i spazi kako odlaze. Išle su ka molu. Tu je bio neki korzo. Mnoštvo utisaka očaravali su obe sestre. Gledale su stare kuće sa balkonima. Jedan par je stajao na balkonu, mlada devojka je bila u kratkoj beloj haljini.

— Kako ova devojka odudara od ovog balkona — primeti Krinka. — Lepše bi bilo kada bi bila u nekoj haljini od zelenog ili ljubičastog somota.

Silazili su niz stepenice. Lola se zagleda u jedan prozor i ne spazi kako staje na koru od banane. Ljigava kora se okliznu, ona polete glavačke sa stepenica, i pala bi na asfalt da se donjim stepenicama nije peo jedan mladić, i umesto na asfalt, ona pade mladiću u naručje. On se povede, zanjiha se da padne, ali uspe da održi ravnotežu i obgrli Lolu, da ne bi pao.

To je bilo za nekoliko sekundi. Mlada žena, sva uzbuđena, prošaputa francuski:

— Pardon, msje!

Krv joj jurnu u lice, jer se bila uplašila, a Kinka joj šapnu:

— Jaoj, kako si mogla da udariš na kamen. O čega si se to okliznula?

Pogledaše obe i spaziše koru od banane. Mladić je već stajao gore na stepenicama, više njih, kao da mu je bilo prijatno da posmatra tu lepu ženu, koju je nekoliko trenutaka držao u svom naručju. Njegova gusta kosa poletela je uvis, kao da ju je iz vazduha privukla neka magnetska sila, ili kao na komičnim filmovima kad junak skida šešir, a sa šeširom mu se uvis podigne i kosa.

Lola mu se nasmeši, i mladić se nasmeši na nju svojim crnim očima kao maslina. One se udaljiše, a on još osta gledajući za njima.

— Kako sam mogla da poginem!

— Ne bi poginula, ali si mogla da povrediš nogu.

— Ili da razbijem nos. Baš bi lepo bilo ići sa zavojem na licu ili čelu.

Oko njih se tiskao svet, gledali su ih, okretali se za njima i smejali se. Kakvih sve tipova nije bilo. Taj muški svet zanimao je Lolu, a Krinka je posmatrala svu ovu starinu Venecije, stare trošne zgrade i balkone, i crnomanjaste žene, tražeći makar jednu plavušu. Bile su se prilično udaljile i tada spaziše jednu lepu Italijanku riđe kose.

— Vidi, eno Ticijanove riđokose!

— Oksidisane, sigurno.

Priđoše bliže i spaziše podraslu crnu kosu kod potiljka, kao neku crnu borduru na onoj zlatnoj kosi.

— Kažem ti da je oksidisana.

Vraćale su se istim putem. Dođoše do onih stepenica. Kora od banane još je tu stajala.

— Ovde će se još neko okliznuti — Lola je gurnu nogom.

Niz stepenice se spuštao jedan visoki muškarac. Imao je lepu okruglu bradu, brkove i sanjalačke oči. Uz te crne brkove i bradu lice mu je bilo nekako nežno. On pogleda Krinku i Lolu.

— Ovaj mi liči na Puškina — nasmeši se Krinka.

— Ala je interesantan!

Lola se okrete, i Puškin se okrete.

— Ti za svakim moraš da se okreneš i da se nasmešiš.

— Ko me poznaje ovde, hoću da se zabavljam!

— Gle, onaj tvoj spasilac, još stoji ovde.

Mladić je stajao na ivici trotoara i kao da je čekao da se one vrate. Vetar mu je pirkao sa leđa i kosa mu je bila gotovo uspravna, kao neka lepeza od vlakana. Lola htede da se nasmeje, ali se uzdrža, samo pogleda mladića. On joj se pokloni.

— Ti već dođe do jednog poznanstva u Italiji — dirnu je Krinka.

— Na isti način kao i ti sa Dubravkom, htela si da ga spaseš, a i ovaj je mene spasao. Zbilja šta li je Dubravko? Šta misliš?

— Ne mogu ništa da mislim. Elegantan je i govori jezike, a po tome ne možeš da odrediš ništa.

— Bože, Krinka, da se neki bogati Italijan zaljubi u tebe, pa da ti ponudi vilu sa balkonom da u njoj živiš, da li bi se udala za njega?

— Ne bih. Više volim Beograd.

— A ja bih!

— Kako bi se sporazumevali?

— Zar je u ljubavi potreban razgovor? Što god budemo manje razgovarali, više ćemo se voleti.

— Ti bi se onda mogla udati za Indusa ili Kineza.

— Za svakog koji mi pruži lep život.

— Čudnovato! A kad si se prvi put udavala, htela si da se ubiješ, ako te za njega ne udadu.

— Sad drugačije shvatam život.

Italijan, Lolin spasilac, pređe ih i stade ispod svodova Duždeve palate da ih opet priček a.

— Ovde muškarci umeju da gledaju žene, a to je za najveću pohvalu — govorila je Lola. — Kad bih donosila definiciju o Italiji, kazala bih: nebo je plavo kao krepsaten, a muškarci toliko divno gledaju žene, da bi ih žene odmah uzele za saveznike.

— Zato ćeš ga i sada pogledati.

— Bila bi neučtivost ne pogledati spasioca. To bi značilo da mu ne priznajem hrabrost i požrtvovanost.

I ona se opet nasmeši na mladića.

— Znaš, Krinka, u tuđoj zemlji ne smeš biti grub, jer možeš odmah imati posla s policijom.

— A ti si ga tako milo pogledala da će nas on svuda pratiti... Već je pošao za nama. Molim te, nemoj da se okrećeš.

Lola je išla, ali je imala osećanje kao da je neko golica po leđima i morala je da se okrene, da vidi ko je. Uobičajenim manirom žene, da zastajkivanjem, gledanjem izloga osmotri ko je iza nje, ona je spazila da Italijan stalno ide na pristojnom odstojanju. Nasmešila se sujetno i pomislila da mu je moralo biti vrlo prijatno kad mu je pala na grudi. Imala je lep parfem orhideje i on ga je morao udahnuti sa njenog lica i kose.

Šetale su ispod arkada sa lepim izlozima. Zastadoše ispred jednog izloga sa slikama. Krinka pročita ispod jedne slike i uzviknu:

— Beatriča... Ah, to je Beatriča!

Posmatrala je nežnu ženu, otmena profila, mekih očiju i crne kose, koju je pokrivala mrežica od bisera.

— Baš bih kupila ovu sliku! Ovo je kopija. Sigurno nije skupa. Imaš li nešto novca kod sebe?

Lola pogleda u tašnu.

— Imam, čuvam ovo za ogrlicu.

— Daće nam mama za ogrlice. Samo smo pedeset lira dale za šešire. Imamo kod nje još pedeset.

Uđoše u trgovinu.

Slika nije bila skupa i Krinka je uze.

— Da pitam ima li i Dantea, da ih bar ne razdvajam.

Knjižar im nađe Dantea, sa kapom na glavi, uzana lica i crnih očiju.

— Ovo ćemo da uramimo i metnemo u našu sobu.

Izlazeći iz knjižare pred vratima se sretoše sa Dubravkom. On zasta.

— Šta ste to, gospođice, kupile? — pitao je Krinku.

— Kupila sam Beatriču i Dantea.

— Taj sentimentalni par?!

— Da, najsentimentalniji. Zato je Beatriča i bila srećna žena.

— A ja mislim da ona nije bila srećna. Oni su se voleli, ali nikad nisu mogli da ostvare svoje želje.

— Žena je srećna kad je voljena, iako ne ostvari želju.

— A ja mislim da žena nije srećna kad zna da čovek koga voli ne može da bude njen.

Krinka je malo ućutala, misleći treba li preći na temu o ljubavi, na koju mladić i devojka nesvesno prelaze, ali je ipak morala nešto reći i pređe opet na Beatriče.

— Možda je ljubav Dantea i Beatriče ostala tako lepa što se nisu jedno u drugo razočarali, a razočarali bi se da su bili zajedno.

Mladić je išao između njih dve laganim korakom, kao u šetnji, i prihvati Krinkine reči.

— A zašto moraju muškarac i žena da se razočaraju jedno u drugo?

Krinka se nasmeja, njeni sitni beli zubići zasijaše kao biseri i odgovori gledajući mladića:

— Mislim zato što su žene idealnije od muškaraca. I što više nema Dantea.

— A ja mislim da ima i Dantea i Romea samo devojke ne umeju da ih pronađu. One danas ne bi volele jednog pesnika kao što je Dante, već jednog boksera, džokeja, kauboja, primaša ili toreadora.

— Nisu sve žene takve i nemaju takav ukus.

— Onda ni muškarci nisu svi onakvi kako ih vi zamišljate. Zašto bi muškarci bili drugačiji? Zašto bi bilo izuzetaka među ženama, a ne i među muškarcima? Slažete li se sa mnom, gospođo? — okrete se Loli.

— Ja jedino ne volim sentimentalne muškarce.

— To mi se sviđa. Vi ste potpuno u duhu vremena.

— Ali da mi neko pravi serenadu noću, to mi se već sviđa.

— I da vam peva neki šlager iz operete?

— To se već ne slaže sa mesečinom i zvezdama — nasmeja se Krinka.

— Ali to se slaže sa ukusom žene, koja u isti mah voli i Morisa Ševalijea, koji nije lep, ali lepo peva, a oduševiće ih i Kiepura sa sentimentalnim italijanskim barkarolama. Vi ste pomalo Beatriče — okrete se Krinki. — Plava Beatriča. A gospođi bi tako ličilo — obrati se Loli — da je neki kauboj prebaci preko konja i pobegne s njom kroz preriju.

— Ali da nas niko ne goni i ne puca za nama, jer se strašno bojim oružja.

— Niste se rodili u zemlji Amazonki, ali kao Jugoslovenka trebalo bi da ste hrabri, jer su Jugosloveni ratnici. Specijalno Srbi, ali i mi Dalmatinci, večito ratujemo sa morem, jer je pučina najopasnije tle. Ali jesmo li sada načisto da muškarci nisu tako rđavi, kako žene misle o njima?!

— Vi kao da ste advokat i pledirate u korist muškaraca.

— Ne, nisam advokat.

— Niste nam kazali šta ste! — uluči Lola priliku da dozna šta je.

— Šta sam? — mladić malo poćuta, nasmeši se i odgovori: — Ja sam privatni činovnik u jednom preduzeću.

Lola se malo uozbilji, kao da se razočarala. Mislila je da će reći industrijalac, rentijer, ili da će naznačiti neku krupniju titulu.

— Privatni činovnik! I ja sam privatna činovnica! — prihvati Krinka veselo.

— Vi, činovnica!? — iznenadi se mladić.

— Zašto ste se iznenadili?

— Vi mi ne ličite na činovnicu. Tako ste nežni, pre ličite na neku naivku sa filma, ili iz drame, ili na gospođicu koja sedi za klavirom, ili na malu koja svira na harfi.

— Umesto sviranja na harfi, ja po ceo dan sabiram i oduzimam.

— Cifre! Žene i cifre! To se nikako ne slaže... Niste matematičarka?

— Ah, to nisam. A zašto pitate?

— Ne bih mogao da trpim ženu matematičarku. Sve žene koje se posvete egzaktnim naukama, nisu mi simpatične. Pardon, ne mislim na vas, jer vi ne ličite na takve žene. Šta ste završili?

— Trgovačku akademiju.

— A gospođa, je li i ona činovnik?

— Ne, ja sam završila sedam razreda gimnazije i odmah se udala.

— To je bolje!

— Bilo bi bolje da mi je muž živ. Ali i ja pomišljam da se negde zaposlim.

— Strašno, kako žene postaju poslovne!

— To život zahteva, kriza. A posao razonođava. Gore je sedeti kod kuće, čekati prosioce i očajavati. Ovako je život ispunjen radom i vreme brzo prolazi. I ne zavisimo od roditelja.

— Od moje plate se izdržavamo i ja i Lola. To je naša zajednička plata.

— Vi ste dobra sestra.

— Mi se mnogo volimo. Kada idemo u pozorište ne moramo od tate da tražimo, za bioskop isto tako, a i toalete same sebi kupujemo — govorila je Krinka sa onom iskrenošću naivne devojke koja odmah prelazi u poverenje.

— I plata vam je dovoljna?

— Kad ne tražimo mnogo, onda nam je dovoljna.

— Ipak, putujete. Došle ste čak u Veneciju — smešio se mladić.

— To nam je tata dao. On je knjigovođa u banci i obećao nam je ovaj put u Veneciju.

Mladića je zanimalo ovo iskreno pričanje devojke u kojem nije bilo nimalo koketerije ni sujetnih poza.

Prolazeći ispod arkada one videše Italijana sa lepezom od kose. On se opet pokloni Loli.

Mladić baci jedan munjevit pogled na njega. Krinka to spazi, i da bi otklonila svaku sumnju od njih zbog tako brzog poznanstva, objasni kroz osmeh:

— Ovo je spasilac moje sestre.

— A šta je bilo s vama? — okrete se mladić Loli.

— Okliznula sam se na stepenicama na koru od banane, i pala bih glavačke da nije ovaj mladić naišao i pridržao me.

— To baš kao što ste i vi mene sinoć spasli. Nisam vam se ni zahvalio.

— Vi ne znate koliko me je posle bilo stid.

— Zašto da se stidite? To je lepo poleteti u pomoć i spasavati nepoznatog čoveka. Meni je to bilo simpatično, jer sam pomislio da morate imati lepu dušu.

— A ja sam pomislila da ćete se smejati.

— A ako ste vi mene, zbilja, spasli?

Mlada devojka otvori iznenada svoje duguljaste plave oči i prošaputa:

— Verujte, ja sam uvek mislila, čini mi se, da ste hteli da se bacite u more.

— Nisam hteo da se bacim, ali sam mogao izgubiti ravnotežu. A to je isto.

— E, pa, opet mi se smejete!

— Ne, ne smejem se — odgovori mladić i pogleda je toplim očima. — To je ipak bilo lepo. Možda se ne bih upoznao sa vama da toga nije bilo. A ovako mi je jako drago što sam upoznao dve simpatične beogradske gospođice, zapravo gospođicu i gospođu. A vi ste se sinoć uplašili? Zašto ste se onako uplašili? — upita je najednom i upre svoje sjajne crne oči u nju, prateći pogled njenih plavih očiju.

Krinka ga pogleda, spazi te njegove tamne oči i srce joj najednom zalupa, i kao da se nadnela nad neki mračni ponor, oseti vrtoglavicu, obrazi joj planuše, ali ipak se savlada i odgovori:

— Uplašila sam se... Jeste! Pa meni bi bilo žao i da se lopta baci i potone, a kamoli čovek... To je strašno!

Ona vrtoglavica od njegovih očiju sve više je zanosila, i ona okrete glavu posmatrajući izloge i skrivajući svoje rumeno lice.

— Strašno ili glupo? Ja mislim, pre bi bilo glupo zaboraviti onu divnu noć obasjanu mesečinom i skočiti u more da vam se polipi obavijaju oko vrata? Je l'te, gospođo, da bi to bilo glupo? — okrete se Loli i pogleda je strasno.

Njene kose očice izdržaše taj njegov usplamteli pogled i ona mu odgovori:

— Da, i glupo i komično. Ja se ne bih uplašila za vas jer ne dajete utisak ni defraudanta niti sentimentalno zaljubljenog.

— Prvo nisam... Ali druga opasnost preti muškarcu kao i tifus.

— Možda ste vi imuni? — nastavi koketno Lola.

— Imun je samo blazirani muškarac.

Lola ga pogleda pravo u oči i sa očiju pogled joj skliznu na njegove sočne usne, a njene oči kao da su progovorile: „Da, ti si sladak, stvoren za ljubav, i tvoj bi poljubac bio božanstven".

Mladićeve oči, sjajne i vesele, najednom se zamračiše i upraviše se na mušku priliku sa onom lepezastom kosom, koja ispade ispred njih, kao da preleće preko neke žice razapete preko trga.

Italijan pogleda Krinku, ali ugledavši oči muškarca upravljene na njega kao dva puščana otvora, podiže ruke, da li da prikupi svoje neposlušno runo na glavi, ili da se zaštiti od tih smrtonosnih hitaca.

Sa Italijana mladićeve oči preleteše na Krinku. Ona je išla gledajući negde daleko, zamišljenim pogledom poluzatvorenih, sanjalačkih očiju, kao da nikog nije bilo oko nje, već ona sama sa svojim mislima.

— Gospođice, vi ovog časa niste sa nama. Kao da bludite nebom.

— A, ona često leti nebom — dirnu je Lola, poznavajući sestrinu zamišljenost.

— Verujem, jer gospođice su više na nebu, nego na zemlji, otkada tamo hukte propeleri.

— Naprotiv, ovoga časa sam bila na zemlji, i kao dokaz reći ću ti, Lolo, da smo sad prošli kraj jedne trgovine sa ogrlicama.

— Gde je? — uzviknu Lola.

— Prošli smo je.

— Možemo se vratiti ako želite da pogledate — predloži Dubravko.

— Baš da se vratimo.

Pođoše trgovini i spaziše mladića razbarušene kose, koji je stajao pred jednim izlogom s rukama na leđima. Kad ih ugleda, osta na istom mestu, iako se ona dva crna metka upraviše na njega, kao da je hteo da dobaci: „Gde ste vi bili maločas, kad je ova ljupka dama htela da pogine, i ja zbog nje da slomim kičmu?"

Stadoše ispred izloga. Raznobojne ogrlice ličile su na iskre rakete, koja se spušta u treperavim varnicama.

— Ah, što su lepe ona zelena i plava! — uzviknu Lola. — Tebi bi, Krinka, divno stajala ova plava, a meni zelena.

To su bile dve ogrlice od krupnih kocki, čitav centimetar i po u prečniku, kao da su izrezane od zelenog i plavog mermera s beličastim prugama.

Mladić pogleda Lolu.

— Vama ne bi dobro stajala ova zelena. Za vas su oni crveni korali, a gospođici ona plava ogrlica u obliku suza. Prave plave suze!

— Plave suze! — ponovi Krinka.

— Šteta što se ženske suze ne kristalizuju! Žene bi imale mnogo kristalnog nakita. Ovaj nežni nakit je lepši za ženu.

— Ali onaj krupniji je moderniji.

— Šta sve moda neće naterati žene da nose oko vrata! Tigrove zube i kokosove kore, iako one nisu estetske. Ove ogrlice bi izgledale kao neke šećerleme na vratu.

— Kako da se vi razumete u nakit?

Krinka pomisli da sigurno radi u nekom preduzeću za žensku konfekciju.

— Pomalo slikam, pa možda se zato razumem... Hoćete li da uđete da razgledamo ogrlice.

— Ne, to ćemo mi sa mamom. Treba i ona da vidi.

— A vi se pokoravate ukusu vaše mame?

— Mama ima tako dobar ukus. Ne voli ništa ekscentrično i ne popušta nam.

Odoše, sretoše grupu muškaraca i žena, koji su govorili engleski.

— Englezi? — zapita Lola.

— Ne, to su Amerikanci.

— Kako stari svet prelazi toliki put?

Bilo je nekoliko starijih žena i muškaraca vrlo ružnih.

— Sa dolarima se uvek udobno putuje i nije težak put.

Za jednim stolom sedela je Mađarica. Ona se zagleda u mladića, zatim u njegove dame. Očevidno joj je bilo krivo što i ona ne može da šeta s njim.

— Ah, Lolo, eno mame, ogleda se, sigurno traži gde smo mi! Da požurimo.

Gospođa Branković je ustala i okretala se, tražeći očima kćeri u onoj masi.

Krinka joj mahnu rukom.

— Izvinite, moramo mami.

Mladić produži šetnju ka moru, a one požuriše mami i gospođi Župančić.

Preko trga požuri i Lolin spasilac. On zauze mesto za jednim stolom i osta zanesen, posmatrajući ih. Bilo mu je lakše što je onaj visoki mladić sa crnim očima otišao. Verovao je da nisu nikakav rod.

Lola uzbuđeno ispriča mami događaj na stepenicama i pokaza mladića. Laskalo joj je što ih toliko prati, zapravo nju, i gledajući pred sebe smešila se.

A Krinka je mislila: „Ne bih rekla da je on privatni činovnik. Kad je to kazao, zaćutao je kao da razmišlja šta će izmisliti. Čudi me zašto krije šta je.”

„Sve se njoj tako nešto desi... da padne Italijanu na grudi", razmišljala je mati. „Zato je sad i gleda onako. Ne treba same da ih puštam.”

Dubravko je odmicao, ali na zavijutku zasta, okrete se i spazi kako onaj Italijan prelazi preko trga i seda za jedan sto. On se ironično nasmeši, zatim se uozbilji i jedna bora mu se ocrta na čelu. „Udovica je koketna, a plavuši se ne može dokučiti misao... Sanjalica je.” Pođe žurno, kao da je hteo da odagna misao o ženi. Srete dve crnomanjaste Italijanke. One se nasmejaše, jedna reče nešto drugoj i pogledaše mladića.

Mladić ih pogleda sa onom ravnodušnošću lepog muškarca koji je navikao da ga žene često posmatraju, čak da bivaju drske i nametljive, i ode dalje ne okrećući se, dok su dve crnomanjaste devojke stajale i gledale za njim.

Veče se spuštalo i ceo taj začarani grad, memljiv i vlažan, dobijao je drugi izgled. Ima gradova, koji su lepi izjutra, neke treba posmatrati kad blista sunce, a Venecija je lepotica noći. Ona liči danju na lepu ženu, koja je sačuvala tragove lepote, ali preko njih su došle brazde burnog života i na sunce ne sme da se pojavljuje. Tek uveče kad dođe polusvetlo noći, pod refleksima veštačke svetlosti, sa šminkom, ona je lepa, tragovi burnog života iščeznu i njene oči su sjajne, osmejak ljubak, ona zavodi, osvaja i zavarava, jer je sve obavijeno polusvetlom.

Takva je Venecija u noći.

Na trgu se tiskao svet, kao o nekoj paradi ili vašaru. U isti mah to je bio vašar i koncertna sala, svetkovina, parada. Čudnovata mešavina tipova, kostima i večernjih haljina. Devojke su šetale u sportskim cipelama, u trikou od žerseja, u popodnevnim i večernjim haljinama i s malim dijademama u kosi, već kako je koja shvatila mesto i provod. A unaokolo su blistala okna, kao da se sve pretvorilo u zlatne svodove, i više nije bilo memle, već samo svetlo, kao osmejak mladosti, kao zvuci orkestra. Veneciju treba videti noću, a danju prespavati i opet se probuditi predveče. Taj grad kao da je oduvek živeo od veselja, pesme, ljubavi i noći. Iz svih ulica, preko kanala, izlazio je svet iz kuća da provede veče pod nebom na kome su blistale zvezde kao dijamanti, da posmatra taj vašar stranaca, kao neku evropsku ili kolonijalnu izložbu, gde je bilo i crnih i belih.

Izletnici su slušali muziku.

— Kako je lep onaj čelista! — govorila je Lola tiho Krinki.

On je svirao, sav zanesen, kao da ga uspavljuju zvuci, kao da to nije instrument već neko biće koje on grli. U jednoj pauzi on baci brzi pogled na one što su stajali i tiskali se slušajući orkestar i spazi Krinku. Njena plava lepota bila je još nežnija u noći, a kosa je imala boju zvezda. Ličila je na viziju Valpurgijske noći. Čelista se zagleda u nju, i kao da mu ta plava kosa dade oduševljenja, obgrli svoje čelo i prevlačeći preko struna, uzdisao je s njima.

— Ah, baš je lep! — uzdahnu Lola, i zaželе da je te lepe oči muzičara pogledaju. Posmatrala ga je s nekom tugom, okrete se zatim, i desno i levo, i malo dalje spazi visoku figuru Dalmatinca koji ih je posmatrao.

Njene oči se razveseliše, i onaj izraz tuge iščeze u njima jer je znala da ima neko ko je posmatra.

Muzika prestade, muzičari počeše da posmatraju svet, a taj svet je gledao njih. Ono ushićenje, koje izaziva muzika, stiša se, i svet poče da se razilazi u svim pravcima.

— Sad se treba provozati gondolom — reče Zagrepčanka. — Moja prijateljica mi je pričala da su najlepši koncerti na moru.

— Ah, hajdemo, mama!

Našli su gondolu i seli. Gondolijer zavesla tiho. Svuda unaokolo klizile su gondole kao morska čudovišta. Odmakli su malo dalje prema moru. U jednoj većoj barci sedeli su pevači i pevali uz gitare.

Jedan je pevao, a drugi su ga pratili. Pevao je ljubavne pesme, sa uzdahom, toplinom, kao na sceni, plakao za svojom dragom i plačući posmatrao lepe žene u gondolama koje su ga slušale. Unaokolo je bila kao koncertna sala na pokretljivoj površini, glatkoj i tamnoj, u koju su se utapale svetlosti fenjera sa barki i gondola. Noć je bila mlaka, vetrić je pirkao kao da miluje, kao neki slatki poljubac, ali oči žena bile su sanjive, kao da čeznu, kao da žele da se odnekud iz onih palata pojave vitezovi u belom atlasnom odelu, sa ogrtačima od skerletnog somota, i da ih odnesu u gondoli kroz noć ljubavi.

Jedna gondola domile do njihove kao ajkula. U njoj je sedeo Italijan. Poznadoše njegovu kosu, koja se uzdizala kao pera na glavi indijanskog poglavice. Mladić se zadovoljno uvali u svoju crnu fotelju, srećan što je pronašao Dezdemonu i Lukreciju, koje nije ispuštao iz očiju cele večeri.

— Ah, ovde bi se mogao proživeti divan roman — uzdisala je Lola.

Muškarci su kao fantomi obilazili oko nje.

— I onaj čelista je lep — seti se ona, posmatrajući pevače.

Krinka je slušala pesmu. Nisu razumele reči, ali nije bilo ni potrebno. Pesma je plakala. Mlada se devojka zagleda u pokretljivu vodu, koja je tako slatko šumorila, jedva čujno, kao neki ljubavni šapat.

„Ja pomalo slikam", ponavljala je u sebi reči Dubravkove.

Na jednoj gondoli pročita broj.

„'Cifre i žena, to se ne slaže!' Zbilja, to se ne slaže, on ima pravo!"

Seti se kako nekad izađe iz kancelarije, pa su joj svi pretvoreni u cifre, i te cifre besomučno igraju ispred nje, kao kosturi, i muče je, da čak oseća fizički bol.

Italijan je pevao, a barka je tiho klizila kraj gondola. Drugi je prikupljao bakšiš. Bili su ispred njihove gondole, i Italijan zapeva, gledajući zaljubljeno mlade dame, kao kad primaš priđe sa violinom.

To je sve ushićivalo, i dok je Lolu obuzimalo unutrašnje raspoloženje, Krinka je zamišljeno gledala u vodu i neka seta obavijala ju je, kao pred nekom lepotom, koja donosi tugu, jer mora iščeznuti.

U oduševljenju Lola uhvati gospođu Župančić za ruku.

— Je l'te da je divno?

Gospođa Župančić je pomilova po obrazu, a Italijan sa lepezastom kosom spazi kako ta ženska ruka pomilova fini i ružičasti obraz njegove Lukrecije i uzdahnu, pritiskujući rukom srce, kao da je želeo da ona to vidi.

Lola spazi, nasmeja se, a Italijan obe ruke prinese srcu.

Iza njegove gondole najednom se prikrade nečujno druga. U njoj je sedeo visoki mladić sa strašnim crnim očima. Italijan pogleda iskosa Dubravka, gordo se zavali u svoju foteljicu i prkosno osta da posmatra plavušu i crnku.

— Cele noći bi čovek mogao slušati ovako na moru pesmu i muziku — govorila je njihova mati. — A u Beogradu volim da legnem rano.

— I ja ležem rano. Moj Ivo ostane duže, čita, a ja se, znate, zbog posla u kući zamorim.

Krinka se smeškala, slušajući njihov razgovor, i mislila da li će i ona ovako u njihovim godinama pretpostaviti poeziju noći, muziku i pesme, pričanju o kući i poslovima. A Lola nije čula šta su pričale mati i gospođa Župančić.

Uozbiljila se i krišom vrebala poglede i jednog i drugog mladića. „Vidi se da nas Dubravko prati, ali koja li mu se više sviđa, Krinka ili ja?”

Uzdahnula je od čežnje da voli, da nju neko voli, ludo, strasno, da joj peva pesme, piše pisma... Čak bi pristala da je i ukrade, ali da je bogat i da ima platu. „Šta li je ovaj Italijan? Izgleda neki student... Lepo je obučen.”

Njihova se gondola vešto provlačila između drugih. Italijanova gondola pođe za njima, a Dubravko ostade na moru.

Krinkine oči bile su zamišljene, pune neke sete. Pustila je ruku niz naslon gondole i osetila kako joj hladne kapljice rashlađuju vrele prste.

Legle su dockan, ali Lolu nije mogao odmah da uhvati san. Utisci su naletali na nju, kao roj pčela, i razbili joj san. Osećala je zaparu i pokrivač joj je bio težak. Zbacila ga je sa sebe i ostala gola u svojoj tankoj, batistanoj košulji. Osećala je parfem orhideje, koji se upio u njenu kožu na grudima. Bilo joj je teško, kao da je nešto gušilo. Jastuk joj nije bio dobar i kao da je žuljio. „Oh, kad bi to bila Dubravkova ruka!” Ona podmetne svoj dlan pod obraz i oseti kako joj je topao. „Njegove oči su tako lepe... i bio bi ljubomoran kao Otelo. To je divno, ljutiti se i stezati u zagrljaj.” Muškarci su razbijali njen san, kao da su svi defilovali pokraj nje.

Još budna, uznemirenih čula, ona se nasmeši nekome nevidljivom u noći. „Onaj Italijan što je pravio frape ima lepe bademaste oči, kao Valentino. A ona kosa što leti uvis. Oh, tako bih ga povukla za kosu.” Teško je disala...

„I Puškin je bio lep. Kako bi izgledao poljubac s bradom i brkovima? Bockala bi brada... A brkovi su lepi... Dubravko ih ne nosi... Usne su mu sočne.” Ona ugrize svoje usnice i pritisnu rukom vrat, osećajući da je vlažan. Bilo joj je toplo.

„’Vama bi ličilo da vas neko metne na konja i pojuri kroz preriju.’ On da me metne, da me steže uza se i juri na konju.” Njeno vitko, bujno telo, izvi se kao da se pripija uz nekoga da ga zagrli, da ga poljubi.

Oseti neki bol, dođe joj da zaplače... Stezala je ruke, grčila ih kao da će ih zavući u onu gustu, sjajnu i talasavu kosu i privući je sebi na grudi...

Prevrte se na drugu stranu i oseti da je jastuk malo hladniji na drugoj strani. Otoman poče da krcka pod Krinkom.

„I ona ne spava... Na koga ona misli? Da li joj se dopada Dubravko? Ona to neće reći... Kako joj je kazao? Plava Beatriča. Beatriča je bila lepa, jeste lepa, vrlo lepa! To je kompliment... Meni nije kazao nijedan kompliment.”

Zaklopi oči, neki pravougaonici zasijaše pred njom, crveni, veliki, zatim manji, sve manji. To je bio u očima negativ prozora. Ona otvori oči i vide prozor koji se svetleo u obliku pravougaonika. Zatvori ih opet, i crne oči zaigraše pred njom, okrugle, velike, bademaste.

„Čelista tako lepo svira! Gledao je Krinku. Lep je, zbilja.”

Čelo joj je bilo vlažno i kosa. Ona razgrte čipku na grudima da udahne vazduha.

Spolja se čuo glas gondolijera, tako tajanstven. Mama je pućkala u snu i spavala. Krinkin otoman opet krcnu.

„Ne spava ni ona...” Lola zagnjuri glavu u svoju oblu mišicu i pritisnu usne na nju, kao da su to sočne muške usne, koje je ljube, grizu, i ona im uzvraća poljupce, predajući im se do zanosa.

Ona je jedna mala sfinga, koju bih rado odgonetnuo

Sedeći u fotelji u pidžami od svile, boje zarudelog lišća sa crnom bordurom oko rukava, Dubravko je sumorno posmatrao nebo. Bilo je sivo i natušteno, kao oči rasrđene žene. Padala je i kiša, neka sitna, bez šuma, kao suze što nečujno klize.

„Do đavola, ako ceo dan bude kiše", ljutio se mladić. I njegova lepa, elegantna soba, u jednoj od onih palata na Trgu svetog Marka, bila mu je dosadna, osećao je da se nalazi u hotelskoj sobi.

Ustade, prošeta, gazeći po mekom tepihu plave i crvene boje. Vrati se prozoru i zagleda se u golubove, šćućurene svuda unaokolo po fasadama. I njima nije bilo prijatno da kvase svoja krila i male rumene noge.

Uze makazice iz svog nesesera i obreza nokte. Jedna engleska knjiga bila mu je u neseseru. On prevrte nekoliko strana i nađe ono mesto gde je stao, obeleženo na vrhu lista. Kao da mu se nije čitalo. Ustade, uze olovku iz džepa i izvadi blok. Sede i poče da skicira glavu. Lep nosić, duguljaste oči i dugu kosu, pri dnu uvijenu u rolnu.

„Ima lepe oči... I boja joj je čudnovata. Plava. Nije uvek ni plava."

Zagleda se u tepih na podu i u nijansama, zagasito i bledoplavim nađe boju Krinkinih očiju. „Da, takve su njene oči." Doterivao je skicu, produžio je malo oči. „Šteta da tako lepo stvorenje sedi za kancelarijskim stolom."

Prevrte drugi list, otpoče drugu skicu i nasmeši se na nju.

„Udovica posle žalosti liči na mornara koji se vraća sa dugog putovanja po okeanu i jedva čeka da padne u naručje ženi."

Popravi crtu na usnama, napravi jedan luk, i nacrta dva mala zuba.

„Nije tužna. Utoliko bolje! Ni muškarac ne bi ženu mnogo žalio... Hoće li one danas izaći? Dosadno je, ako ceo dan pada kiša.”

Pogleda svoje cipele bele boje.

„Kakvu sam glupost učinio što nisam poneo braon cipele. Izgledaće mi kao dve pokisle i kaljave bele pudlice.”

Na noćnom ormariću zlatan sat je kucao kao srce. On baci pogled na njega.

Bilo je devet sati. On otvori beležnicu i iz nje ispade jedno pismo i slika. To je bila fotografija neke mlade žene, u beloj haljini sa teniskim reketom. On dohvati pismo, a slika osta ležeći dole na podu. Čitao je, sa nekim izrazom mrzovolje, zatim ga savi, saže se, podiže onu fotografiju i ne gledajući je stavi u beležnicu.

Prišao je opet prozoru.

„Ako izađu, proći će ovuda i moram ih videti.”

Setio se najednom poznanstva sa jednom Beograđankom u Splitu, pre dve godine. Bila je interesantna i skoro ekscentrična. Mislila je da svi muškarci treba da kleče pred njom. Jedne večeri su šetali, bila je noć i more ustalasano, oni su sedeli na klupi. Nije bilo mesečine. Osećao je da je želela sve da mu pruži te večeri. On je ostao korektan. A ona mu nije ostala dužna za korektnost. Kad se rastajala sa njim, izgovorila je ironično: „Mislila sam da su Dalmatinci pravi muškarci. Ali izgleda mi da vi nemate ni grama muškosti u sebi.”

On se nasmeja, provuče prste kroz svoju sjajnu kosu, saže se, dohvati fotelju jednom rukom za jednu nogu i poče lagano da je uzdiže, kao da je hteo da samom sebi pokaže koliko ima muškosti. Osećao je kako mu se zatežu mišići na ruci, dizao je sve više fotelju a zatim je spustio na pod.

Pogleda se u ogledalu i pogladi rukom obraz. „Treba da se obrijem.”

Zazvoni.

Pojavi se koketna sobarica, gledajući ga zavodljivo.

— Mogu li da dobijem tople vode? — reče joj hladno.

— Možete, gospodine.

— Molim vas, donesite mi — govorio joj je italijanski. Ona pođe ka umivaoniku da uzme bokal. — Ne, tu hladnu ostavite, treba mi i ona.

Sobarica mu se nasmeši, pogleda na jastuk na kome se još video otisak njegove lepe glave, ugrize se za usnu i izađe.

Mladić zbaci gornji deo pidžame i poče da radi gimnastiku. Savijao je ruke, da bi video svoje snažne mišiće, koji odskočiše čvrsti kao guma. „Kako me je one večeri snažno dočepala rukama! A ruke su joj bele i male kao školjke." Polete najednom rukama i glavom podu i poče da se prevrće preko glave, duž cele sobe. Nije ni čuo kucanje na vratima, sobarica uđe i zastade sva ushićena, posmatrajući vitko telo, nago do pojasa, lepo i snažno, kako se klupča na podu. Rumena boja njegove pidžame, i mrka boja tela, u onom klupčanju, davale su utisak kao da se dve vitke zveri bore i prevrću.

Mladić se naglo uspravi i stade ispred očarane sobarice. Kosa mu se u neredu spuštala preko lica, a oči su mu blistale. On zabaci glavu, podiže kosu da je vrati unazad, a sobarica je još uvek stajala sa bokalom, iz kojeg se dizala laka para.

— Izvolite vodu!

— Hvala, ostavite je na umivaonik.

Sobarica je izlazila iz sobe, gledajući mladića, koji je sad čistio nokte, stojeći kraj prozora. Ona ubrza, otvori vrata i izađe, gotovo ljuta što je nije ni pogledao. „Moram da se smešim i podnosim udvaranje ružne gospode, a ovaj lepi neće ni da me pogleda", mislila je sa gorčinom.

Mladić izvadi svoj pribor za brijanje, napravi sapunicu i uze žilet. „Ah, kako je tup!" Naljuti se i baci ga.

Dohvati drugi. I on nije bio bolji. Pogleda sve žilete i na svoje veliko očajanje primeti da su svi tupi. Zaboravio je da kupi nove.

Bio je ljut na samog sebe, nasapuna se opet da bi omekšao svoju bradu i poče žiletom da prevlači preko obraza, gde je išlo lakše, ali kad je došao do brade, načičkane porama, sa dlakama koje su izvirivale kao seme svilene bube, on zasta očajan. Poče da struže kao po kori i suze mu udariše na oči.

„Tako mi i treba, kad zaboravim da kupim takvu sitnicu!" Ljutito je sapunao bradu i nekako se teškom mukom obrija. Obrisa obraze peškirom, pogladi se i oseti malje kao na drenovom listu. Izbrijao se još dva-tri puta.

Dok se poslednji put izbrijavao, malo umiren što se ovaj teški posao najzad završi, on oseti kako u sobi najednom postaje svetlije, kao da se diže neka zavesa. Pogleda u nebo i spazi između dva rascepljena oblaka jednu safirnu plavu prugu.

— Ah, razvedrava se — uzviknu veselo.

„Njene oči su duguljaste... A udovica kao da ima u sebi neku kap tatarske krvi."

Pogleda kroz prozor i učini mu se da kiša prestaje.

Brzo se umi, opra svoj pribor za brijanje i ostavi ga u neseser. Vezujući mašnu pred ogledalom smešio se u sebi. „Privatni činovnik! Da li zbilja ličim na privatnog činovnika?"

Navuče kaput i zagleda se opet u nebo. Oblaci su se cepali kao vazdušne sante i oko njih se pomaljalo čisto nebo.

„Ona plava ogrlica bi lepo stajala plavuši. Ako ih one ne uzmu, otići ću da ih vidim." Nasmeši se opet. „Čude se kako se razumem u nakit... Odista, one plave suze bi joj lepo stajale."

Zapali cigaretu i nasloni se na prozor. Sunce, moćnije od oblaka, rasterivalo ih je, kidalo ih i prosipalo svetlost na trg. Uskoro mestimice poče da se suši asfalt, i ukazaše se beličasti pečati. Golubovi su gukali svoju zaljubljeničku pesmu, tražili su se parovi.

Preko trga prođe Mađarica s mužem.

„Ova vodi muža kao nekog psića na lančiću, a gleda sve druge muškarce. Da moja žena bude takva!" Oči mu blesnuše gnevom. „Svi moji u porodici bili su ljubomorni. I ja ću biti ljubomoran."

Zamisli se i izađe mu pred oči Italijan sa uzletelom kosom.

„Gledao je i jednu i drugu... Kako bih imao želju da ga uhvatim za kosu i podignem uvis. Udovica se s njim pogledavala na moru. Plavuša je bila tužna. Čelista iz orkestra ju je mnogo gledao. Nisam mogao samo da vidim da li ga je ona posmatrala... Večeras ću na to da motrim. Kako su žene tajanstvene za muškarce. Kad mislimo da su najidealnije, one mogu biti najprozaičnije. Ako smo korektni, onda nemamo ni trunke muškosti, a to je uvreda za njih. Ako smo nasilnici, onda smo životinje, a to je opet uvreda za njih. Udovica bi želela flert...”

Nasmeši se, izazivajući pred sobom sliku sa kraćom gornjom usnom kao u nje.

Najednom se uozbilji i odmače se od prozora.

Na trgu se pojave žuta i plava haljina.

„Eno ih! Kuda li će sada?”

One zastadoše da posmatraju golubove.

„Plava hortenzija i žuta lala!”

Malo su postajale, pa se izgubiše preko trga.

„Da neće na Lido? Mogao bih i ja. Da, bilo bi lepo otići do Lida. Dan je lep, više neće padati kiša.”

Zaključa svoj neseser, uredi beležnicu i stavi je u unutrašnji džep kaputa. Seti se da pogleda negativ. Prinese prozoru i ugleda jednu vitku mladu devojku sa čije je ruke kljucao golub.

„Lepa će biti slika. Daću da se uveliča. Čini mi se da me udovica spazila kad sam snimao, ali me ništa ne pita. Ćutaću i ja... Lola i Krinka. Sasvim im odgovaraju imena. Sa krinom u ruci ona bi mogla poslužiti kao model za neku biblijsku sliku.”

Izašao je na trg. Po nebu su klizili mali oblačići kao kakve lake jedrilice. Ali sunce je bilo oslobođeno i bacalo je svoje svetlosne zrake. Bilo je mlako i vlažno, i oči mladićeve, velike i lepe, blistale su kao prevučene rosom. Jedno vreme je oklevao, a zatim se uputio lagano moru.

Kad se približio, video je kako se udaljava brodić za Lido. Oni su saobraćali svaki čas. Na palubi brodića spazio je plavu i žutu haljinu. Pošao je i on na blagajnu da uzme kartu za drugi brodić, ali se najednom predomislio.

„Trčim za njima. Žene su uobražene i ismejavaju muškarca koji ih prati u stopu. Neću da idem. Zašto? Danas sam ih video i ko zna da li ću ih ikada više videti? Sve je to koještarija.”

Zapalio je opet cigaretu i počeo da šeta.

Prolazio je pored jedne kafane.

„Mogao bih popiti belu kafu."

Ušao je, poručio doručak i seo. Bio je nekako mrzovoljan. Jedan momak je donosio velike poluge leda i stavljao ih u jednu metalnu fioku. „Mora da mu se mrznu prsti kad ih nosi..."

On pipnu svoje ruke. Bile su vruće. Zamišljen, ne oseti da mu cigareta dolazi do kraja. Ona ga opeče. On je baci. Kelner mu donese belu kafu.

„Šta danas da radim? Opet da šetam istim ulicama? Mogao bih se okupati, na Lidu je divno kupalište! Zbilja, mogao bih tamo da se okupam!"

Ta misao o kupanju kao da ga je opravdavala, da on ne trči za njima, već da onamo ide zbog mora, i već je bio gotov da je prihvati. Mrzovolje nestade, nasmeši se na nebo, nekakva prijatnost ga obuze. „Da, zašto da ne idem? Možda ih neću ni sresti."

Ispi svoju belu kafu. Jedan mladić je lomio led u sitnije parčiće.

„Onaj beli šeširić joj tako slatko stoji. Žene su lepe u plavom... Kako je drhtala od straha one večeri, gotovo da zaplače. Voleo bih da je vidim kako izgleda rasplakana. Sigurno da tada liči na devojčicu..."

Pozva kelnera, plati i sasvim odlučan pođe na blagajnu.

Jedan brodić stiže baš u tom času i on uđe. Bilo je mnogo izletnika. Preko puta njega sedela je jedna Čehinja s plavom sedmogodišnjom devojčicom, koja je imala duge plave vitice, spuštene preko ramena na grudima, okrugle plave očice i rumeno lice.

„Ovakva je i njena kosa. Samo sa malo zlatnijim sjajem."

Gledao je devojčicu i ona mu se osmehnu i stidljivo okrete glavu majci kao i svako dete, radoznalo se osvrtala na mladića i uvek bi uhvatila njegov sjajni, nasmejani pogled, koji je gledao njene svilene, plave vitice.

Izašao je brzo iz brodića i uputio se pokraj vila, palmi, šarenih suncobrana i raznovrsnih izloga.

U dnu aleje spazi plavu i žutu haljinu... On se nasmeši, ali se brzo uozbilji. Prođe pored njih, susrete dva kosa, nasmejana oka, i dva plava, zamišljena i uspavana, pozdravi ih i prođe.

Loline oči se uozbiljiše. „Zašto nam nije prišao?"

„Lep i otmen mladić", mislila je njihova mati.

„Sigurno mu se Lola dopada", pomislila je Krinka. „Ona je žena i ona se svima muškarcima dopada..."

Šetali su i dalje, a gospođa Župančić je govorila:

— Pisala sam jutros mužu kako sam susrela jednu simpatičnu gospođu iz Beograda i njene dve kćeri. Zbilja, tako se osećam prijatno sa vama, kao da se davno poznajemo. Pa neka mi ko kaže sada da mi Hrvati i Srbi nismo bliski! Ja sam oduvek volela Srbe, još kao devojčica.

— I mi, gospođo Župančić, volimo Hrvate — Krinka uhvati ispod ruke gospođu Župančić. — A vi ste tako simpatični i baš smo jutros razgovarale o vama. Kako volimo što smo upoznali jednu tako milu Zagrepčanku.

Krinka se naže nasred aleje i poljubi gospođu Župančić.

U tom trenutku Dubravko, koji je stajao pred izlogom i gledao za njima, spazi taj poljubac i nasmeši se.

Jedan laki uzdah otrže mu se iz grudi. Sunce je tako pržilo kožu da je krv bila sve toplija, i mladić je zaželeo da i njega neko tako poljubi.

Stajao je i dalje ispred izloga, rasejano posmatrajući dečje igračke od kaučuka. Razmišljao je da li da se vrati, da im priđe i prošeta s njima? Seti se najednom kako ga je plavuša pogledala ravnodušnim pogledom, sa malo uzdignutom levom obrvom, kao da mu je govorila: „Zar vi opet za nama?"

Pri toj pomisli, gordo je digao glavu i pošao napred.

„Celo jutro kao gusan izvijam vrat kroz prozor i čekam ih. Još ću postati Dante."

U susret mu je došla Engleskinja, jedno od onih retkih čuda, kojem se ne mogu odrediti godine. Bila je u kratkoj suknji, koja se oko nje spuštala kao poluotvoreni suncobran. Noge su joj bile visoke i krute, kao u kamile, krupno je koračala, tako da joj se suknja zatezala pri svakom koraku. Dva izbledela plava oka, gotovo kao u svrake, pogledaše mladića.

On uzdahnu. „Kad bih celog života morao da posmatram ovakve žene, više bih voleo da odem u pakao."

Jedan dečko, grgurave kose, sjajnih očica i preplanula lica, nalete na njega trotinetom. Mladić ga pridrža, pomilova ga po kosi, a dečak diže prema njemu svoj slatki nosić i nasmeši mu se.

On produži dalje, praveći program. „Okupaću se i ležaću u pesku ceo dan."

Ali kao da mu nije prijala ta misao, nešto ga je neprekidno vuklo da promeni odluku. Kolebao se svaki čas, kao da je stajao na nekom klatnu.

Pred njim se ukaza more i peščana plaža i on oseti, najednom, neku draž tih plavih talasa, koji su neprestano bacali penušave mlazeve na pesak.

Začas se svukao i bacio u more. Mlaki talasi su ga milovali, kao neke ruke od svile. Gnjurao se, praćakao i razbacivao rukama, kao da hoće da uhvati talase, i umoran leže na pesak.

Oko njega je bio žagor. Jedna dama je umirivala ćerkicu, koja se plašila da uđe u more. On pogleda devojčicu i spazi plavu, vunastu kosicu. Zagleda se u te svilene vlasi.

„Plava boja je moja slabost, kao morfijum za morfiniste."

Jedna žuta haljina promače. On se trže i pridiže na pesku.

„Baš sam budala!"

Zatvorio je oči da ništa ne vidi. Vetrić je pirkao, a sunce je klizilo po njegovom vlažnom telu. Nešto ga je uspavljivalo, kao poljupci. Osetio je dremež i slast.

Najednom ga nešto lupi po grudima. On se trže i ispravi.

To je odskočila jedna lopta i udarila ga.

Šiparica, vitka i crna, dotrča, uze loptu i izvini mu se na italijanskom.

On se ispravi i osmehnu mladoj, maloj gospođici, ona ga pogleda, pritrča joj još jedna njena drugarica, i obe su gledale mladića iznenađeno, kao da su htele da mu kažu kako je lep.

On leže, zaklopi oči i ravnodušno se nasmeši u sebi.

„Ručaću, opet ću se kupati, ili ću potražiti čamac da veslam, i vratiću se predveče. Neka one odu! Bolje je."

Svoj program je potpuno ispunio. Vraćao se natrag predveče. Bilo je tako mlako, puno mirisa. Sunce je zalazilo zlateći kose žena i njihova bakarna lica. Dame su šetale u elegantnim odećama. Ona mala, crnomanjasta šiparica, što ga je udarila loptom, bila je u nekoj vrsti marinskog letnjeg odela. Gledala je za njim, kao da je želela da se upozna. Njega nikada nisu oduševljavali pogledi koji traže poznanstvo. Setio se onih plavih očiju i malo uzdignute leve obrve. „Ah, tako bih voleo da rasplačem te oči", opet je pomislio.

Brodić je čekao da krene. Poslednji izletnici su žurno trčali. Utrča i on, gotovo poslednji.

Bilo je mnogo sveta. Gledao je, ali ih nije video. Pope se na palubu. U jednom kutku spazi žutu i plavu haljinu.

Nasmeja se u sebi. „Svi putevi vode u Rim, a moji putevi Loli i Krinki..."

Hteo je da im priđe. Kose očice su ga tako ljupko gledale i zvale. Ali plave oči su bile zamišljene, malo začuđene i ona uzdignuta obrva kao da je opet govorila: „Šta vi stalno trčite za nama?"

Mladić promeni odluku, sede preko puta njih, malo ukoso, sa nekim zategnutim i tvrdim izrazom lica i zagleda se u more.

„Što se sad pravi ovako važan?", mislila je Lola sa uzdahom. „Gde je bio celog dana? Provodio se negde. Tužno je ovako biti bez kavaljera!" Onda se nasmeši. „Hoću da mu sugeriram." Pogledala ga je i počela da govori u sebi: „Dubravko, pogledajte me! Dubravko, pogledajte me!"

Ali mladić je gledao u more nekim zamišljenim pogledom.

Ipak podiže glavu i jednim brzim pogledom prelete preko Krinkina lica.

Lola uzdahnu. „Ona mu se dopada. Da, sigurno mu se dopada. Nazvao ju je plava Beatriča."

Gledala je preda se, rešena da ga ne posmatra. Ali kad su bili u pitanju muškarci, ona nikako nije mogla da donese čvrstu odluku. On je sada bio na svetlosti sunca koje je zalazilo, i mogla je da ga gleda okruženog tim zlatnim zracima. Njima je sunce udaralo u lice, a njemu u potiljak i profil, i kosa mu je bila tako sjajna i čista. Mladićev pogled skrenu i zaustavi se na nekoj osobi. Lola se malo naže da vidi koga to on gleda. To je bila ona ista devojčica s plavim viticama. Mladićeve oči su bile nežne gledajući dete i Loli je bilo čisto krivo što i nju tako ne pogleda. Sa devojčice njegov pogled pređe preko nekoliko osoba i zaustavi se na Loli. Ona mu se nasmeši i mladić joj uzvrati osmeh.

„Dražesna je udovica!", dade joj kompliment.

Krinka je sedela do gospođe Župančić. Njena plava glavica naslanjala joj se na rame. Bila je sva zamišljena i ličila je na dete naslonjeno na majčino rame. Na njenoj kosi titrala je sunčeva svetlost, i svako vlakno se blistalo, kao da su fine, tanane i zlatne žice. Gledala je negde daleko, kao da uvek bludi i ne vidi nikoga.

Mladić je dobio želju da je posmatra i uporno gleda, ali nije mogao od njene sestre i majke.

Kad su ustali, spremni za izlazak, on je stao tako da može da ih gleda, a da ga one ne vide. Oči su mu bile sjajne. „Hoću da prodrem u ove kutijice njenih očiju sa plavim adiđarom da vidim šta se skriva u njima."

Gledao je neprekidno i mlada devojka kao da oseti taj pogled. Ona se okrete, pogleda ga sanjalački, kao da se boji da otvori jače svoje oči, ali oseti vrtoglavicu od tog pogleda, kao i prvi put. Neka uznemirenost je obuze, pogled joj je nemarno prelazio preko mora, htela je da se zagleda u Duždevu palatu, ali je osećala da je te oči neprekidno posmatraju. Neka vatra joj pade po obrazima, sve jače i jače, činilo joj se da su joj na obraze pritisnuti neki vrući ubrusi. Ta je toplota obuzela njeno lice i čelo, i ona je odjednom postala sva užarena u licu. Ljuta na samu sebe, htela je da pogleda onoga ko je tako zbunjuje, okrenula se, bacila jedan pogled i spazila njegove velike oči, tako tople, meke, zanosne, koje su je i dalje posmatrale, kao da su htele da svojim sjajem još više zažare njeno lice, tako lepo u ovom trenutku, sa refleksima duševnih uzbuđenja.

Krinka sakri svoj pogled, a mladić, nekako čudno raspoložen, okrete se balustradi broda, izvadi tabakeru, uze cigaretu, zapali je i osta i sam zamišljen, gledajući u more.

„Kako divno pocrveni! Kako joj to lepo stoji! Ona je jedna mala sfinga, koju bih rado odgonetnuo."

Ako me zaboraviš, draga, umreću od tuge za tobom

— Hteo bih da vam predložim, ako hoćete, da se provozamo gondolom i slušamo koncert — predloži mladić Krinki i Loli te iste večeri kad su se vratili s Lida i našli se na trgu, gde su one slušale orkestar.

— Treba mamu da pitamo, ako nam ona odobri.

— A treba li i ja da intervenišem?

— Ne! Same ćemo.

One požuriše do mame, koja je sedela sa gospođom Župančić, jer su bile umorne od hodanja po Lidu.

— Mama, Dubravko nas je pozvao da se s njim provozamo po moru u gondoli. Da li nas puštaš?

Mati ne odgovari ništa, poćuta malo, što je značilo da joj se ne sviđa da idu s njim i posle nekoliko trenutaka odgovori:

— Pa, ne znam... Ima li smisla da idete s njim? Tek ste se upoznale. Ne znate ni ko je ni šta je.

— Bože, mama, kako da ne znamo! Pa on se predstavio, naš zemljak, činovnik, vidi se, otmen mladić.

— Vi odmah u sve poverujete. Ovo je tuđa zemlja, svakojakog sveta ima.

— Što si skeptik! Je l'te, gospođo Župančić, da li biste nam vi dopustili?

— Da je u pitanju moja Zlata, i da me ona to moli, ona bi već našla reči da me uveri kako nisam u pravu i morala bih joj dopustiti.

Lola je zagrli.

— Onda zamislite da sam ja vaša Zlata i dopustite...

— Oh, kako je ovaj mladi svet slatkorečiv kada su u pitanju kavaljeri!

— Ali ovo nije kavaljer, već naš zemljak. Zašto ne bismo prošetale s njim? Je l' te da je simpatičan?

— Dakle, puštaš nas, mama? I gospođa Župančić nas pušta.

— Ne puštam vas baš rado... ali kad ste navalile, idite... Samo nemojte dugo da se zadržite! Brinem se kad vas nema malo duže.

— Bojiš se za nas kao da smo bebe.

— Za žensko se uvek mora bojati.

One požuriše mladiću koji ih je čekao i upitao ih sa osmehom:

— Nije vas gospođa mama odmah htela da pusti?

— O, jeste! — govorila je Krinka. — Nego smo se zagovorile, gospođa Župančić nam je nešto pričala — lagala je Krinka.

Pošli su Velikom kanalu da nađu gondolu.

Mala cvećarka, koja je juče prodala mladiću karanfil, spazi ga sa damama i milo ga pogleda, želeći da je on pozove i kupi cveće kad je već ovakav kavaljer da za jedan cvetić da onoliki novac. Mladić je opazi i zovnu je.

— Dopustite mi da vam ponudim karanfile. Ja jako volim cveće, a znam da ga i dame vole.

— Ah, kako su divni! Ja najviše volim karanfile, ruže i jorgovane — govorila je Krinka.

Mladić je vadio prvo crvene karanfile, velike, mirišljave, tamne kao krv.

— Za vas su crveni karanfili, slažu se i sa vašom haljinom — govorio je Loli, pružajući joj nekoliko cvetaka karanfila. — A za gospođicu su beli.

On izabra najlepše bele karanfile, i gotovo do polovine isprazni korpu male cvećarke, čije su dečje očice blistale od radosti što je napravila tako dobar pazar.

Mladić je s njom govorio italijanski, izvadi svoj novčanik i dade joj celu novčanicu. Devojčica je dohvatila presrećna i dok su oni odlazili gledala je radosna na svoju zaradu.

„Kako je kavaljer", mislile su i Lola i Krinka. Obe su bile vrlo zadovoljne njegovom pažnjom. Žene uvek vole tu nežnu, poetičnu pažnju, kad im mladić pruža cveće, a ponekad ih uvredi kad mladić ljutito okrene glavu od neke cvećarke, koja nudi cveće. Kao da je jedan cvetić bogzna kako veliki izdatak.

Karanfili su nežno ležali u njihovom naručju, naslanjajući svoje cvetiće na njihove grudi. Osećale su tako jak miris, koji je već udarao u glavu.

Prišli su obali gde su stajale gondole i mladić izabra najlepšu. On uđe prvi i pruži ruku Krinki, zatim Loli. One sedoše u foteljice od crvenog somota a mladić prema njima.

Plovili su Velikim kanalom. Iz daljine, s mora, čula se pesma i gitara.

— Ja bih vam predložio da se provozamo i po drugim kanalima, da vidite Veneciju.

Mladić reče nešto gondolijeru na italijanskom i on zavesla kroz kanale. Sa svetlosti Velikog kanala uđoše u tamne ulice, čije je tle bila voda, mrka, gotovo crna, i samo su svetlosne pantljičice treperile po vodi, šire ili uže, kako se gde prosipala svetlost iz kuća. Ponegde je bilo mračno i strašno. U tom polusvetlu izdvajale su se njihove siluete. Beličaste u noći, lepe noge izvajanih listova, priljubljene jedna uz drugu i uz crveni somot foteljice koji je u noći bio crn, izgledale su kao dve amfore.

Mladić izvadi tabakeru i ponudi ih cigaretama.

One se zahvališe. Lola je pušila ali nije htela sad da zapali, a Krinka uopšte nije pušila. Mati se ljutila i na Lolu što puši, i ona je u tome krišom uživala.

— Ne pušite? Čudnovato! A sve žene puše!

— Ja pušim ponekad, ali sad mi se ne puši — priznala je Lola.

Duvan je tako lepo mirisao i mešao se sa mirisom karanfila. Pri svetlucanju cigarete, sestre su mogle videti mrke oči mladićeve, koje su u noći bile velike i još tamnije.

Mladić povuče jedan dim, njegova cigareta blesnu, on se zavali na naslon i progovori zamišljeno:

— Tako je lepo noću na vodi!

— A volite da sanjarite! To smo videle one večeri na brodu — primeti Krinka.

— Da, svaki primorac voli da sanjari, i svaki mornar koji luta po morima pomalo je pesnik i pripovedač. Pučina stvara nostalgiju, i kad nema ni s kim da razgovara, on razgovara sa samim sobom i talasima. A kako ste se vi provele na Lidu? — zapita brzo mladić, prelazeći sa tog sanjalačkog tona na življi i veseliji.

— Vrlo lepo — prihvati Lola njegovu veselost. — Za nas je sve to novo i toliko je raznih tipova da nas je sve zanimalo. Mnogo koječega smo videle.

I ona poče da priča o svojim utiscima, veselo, vrlo brbljivo, kao žena kojoj je prijatno, ne zato što govori, nego što je sluša jedan lep muškarac, koji ume još i da je lepo gleda i da ga zabavlja svaka detinjasta reč iz usta lepe žene. Mladić je slušao pa se seti i onih njihovih ogrlica.

— A jeste li kupile one ogrlice koje smo gledali?

— Oh, one vaše ogrlice tako su skupe!

— Ja ne bih rekao.

— Ona plava staje četiri stotine lira, a korali sto pedeset.

Mladić se nasmeši.

— Pa to nije tako skupo!

— Za vas možda, ali za nas bi to bilo mnogo.

— Nisam ni ja bogat. Ali cenim po tome što su ogrlice odista lepe.

U sebi je pomislio: „Onda ću otići da ih uzmem".

— Uzele smo druge, i one su lepe.

— A što ih niste metnule?

Ulazili su u jedan mračni kanal. Bilo je malo svetlosti i kuće su bile sive, a voda boje zrele masline, crna i gusta kao ulje. Iznad kuća nebo se spuštalo kao neki pozorišni svod sa zvezdama. Ponegde je nekako tajanstveno svetlucalo okno.

Lola, dotle brbljiva, ućuta. Osetila je neku jezu. Kao da su iz kuća izvirivale aveti prošlosti. Baš bi više volela da je na svetlosti, zašto ih vozi ovuda? Iza njih se začu uzvik gondolijera. Mladić samo izvi glavu, ispravi se na sedištu da bi bolje video gondolu što dolazi, i oči mu ostadoše prikovane za nju, a ona je tako lako klizila po vodi... Lola se okrete... U tamnom svodu iza kanala, kao da pliva po nekom ponoru, klizila je gondola sa uspravljenim gondolijerom. Silueta gondole i ona uspravljena muška prilika izgledali su kao kentaur. Ona oseti neku jezu od ovih kuća, crne vode, nepoznatog kraja, i ove gondole što se prikradala za njima. Gledala je netremice mladića, čudeći se što on tako ukočeno posmatra iza njih. Razne strašljive misli su joj dolazile na pamet. Ko zna ko je ovaj mladić? Pravo kaže mama. Pošle su sa njim, noću. Mogao bi sad da uradi sa njima što god hoće. Kuda bi pobegle? Da ih ne uvuče u neku od onih mračnih kuća. Ona se strese, približi se Krinki, uhvati je ispod ruke i poče da je steže. U blizini se opet začu uzvik. Ona ponovo steže sestrinu ruku.

„Šta joj je?", pomisli Krinka, instinktivno se okrete i spazi crnu siluetu gondole. U njoj je neko sedeo. Nailazili su pored jedne mračne fasade. Mladić zapita nešto gondolijera. On odgovori i čisto kao da pritera gondolu uz tu kuću. Lola grčevito steže Krinku, a mladić opet pogleda iza njih onu gondolu.

Mladić koji nije slutio što se u njima zbiva, pokaza im kuću.

— Koliko vekova ima ova zgrada!

— Ali nekih povampirenih vekova... Mene je tako strah! Ova crna voda pa ove strašne, stare zgrade.

— Strah vas je? — nasmeja se mladić. — A je li vas, gospođice, strah?

— Mene nije — odgovori Krinka, shvatajući tek sada Loline signale. — Ovo je lepo videti — govorila je Krinka.

— Ne, bolje je da idemo na more — navaljivala je Lola.

— Dobro, onda ćemo se vratiti.

Mladić reče Italijanu da se vrati. On se okrete da zavesla unazad. Bili su na zavijutku i dva kljuna gondola sudariše se. Njihova gondola se nakrenu na stranu gde je sedela Krinka. One obe vrisnuše, mladić pruži ruku, dohvati Krinku za mišicu, navali se na drugu stranu i povrati ravnotežu. Gondolijeri su se prostački psovali. A kad sestre pogledaše onoga što sedi u gondoli, videše da je to onaj mladić, lepezaste kose, što je spasao Lolu na stepenicama.

Lola se nasmeši, iščeze joj strah, i sad joj bi jasno zašto je Dubravko onako ukočeno gledao tu gondolu. Mora da je poznao Italijana i bio ljubomoran. Ta misao ju je tako veselila, ona povrati raspoloženje, i poče da priča kao na početku. Kako pomrčina može da stvori strašne senke i uplaši žene!

Vraćali su se istim putem, a kuće joj više nisu imale strašne izglede. Karanfili su mirisali, a sa vode se dizao neki zadah riba.

— A vi se niste zakitili karanfilom? — seti se Krinka da zapita mladića. — Hoćete li jedan moj karanfil?

— Hoću.

Mladić ga zadenu u kaput.

„On je simpatičan", mislila je Lola. „A kako sam počela ružno da mislim o njemu! Za njega ništa nije četiri stotine lira... Čekaj, sad ću da ga pitam gde je činovnik."

— A gde vi živite, niste nam kazali?

Mladić je opet malo poćutao.

— U Šibeniku.

— Odatle ste i rodom?

— Ne, ja sam iz južne Dalmacije.

Nije dalje ništa rekao, već se okrenuo Krinki.

— Vi ste večeras tako ćutljivi?

— Uživam u ovoj noći.

— Ona je doista ćutljiva, samo u nekim izuzetnim prilikama priča više od mene — dirnu je Lola i uhvati je ispod ruke.

— A kakve su to izuzetne prilike kada gospođica priča?

— Kad joj je neko društvo naročito simpatično — naivno odgovori Lola.

Mladić se zagleda u nju i odgovori sa nekim prekorom:

— Dakle, to znači, kad gospođica ćuti, da joj društvo nije simpatično.

— Oh, ne! — odgovori živo Krinka. — Lola se rđavo izrazila, ispada kao da mi vaše društvo nije simpatično. Ja sam ćutljiva kad je oko mene lepa priroda, to me očarava i volim onda da sanjarim.

— Jeste, ona voli da sanjari — popravi se Lola, uviđajući da je rekla glupost.

— Ali umem i ja da budem vesela — govorila je Krinka nestašno. — Sentimentalne devojke su dosadne u društvu i ja sanjarim kad sam sama.

— Ali ste nekad i u društvu sami i odsutni.

— To nije istina! — govorila je veselo. — Da vidite samo dok se ja raspričam!

— Hajdete da čujem!

One veselo prasnuše u smeh.

— Jeste li poznavali koju Beograđanku?

— Jesam.

— I kakav ste zaključak doneli o njima?

— Da su vrlo lepe i elegantne.

— Ništa više?

— Jednoj ženi je dovoljno da bude lepa i elegantna.

— Zar vi ništa više ne tražite u ženi?

— Svi mi muškarci mnogo tražimo ali moramo da se zadovoljimo i onim što vidimo.

— Ili se povučete nezadovoljni.

— U ratu je dopuštena i ofanziva i defanziva... A pošto žene i muškarci vode večni rat u kome smo mi, jači pol, uvek pobeđeni, jer je to naše povlačenje opet njihova pobeda...

— Vi umete da opravdate svoj pol i kad ste krivci.

Krinka pogleda jednu kuću sa balkonom.

— Bože, svaka ova kuća je puna legendi i romantike!

— Zato i mi postajemo romantični kad plovimo ispred ovih fasada.

Plovili su opet Velikim kanalom, i izađoše na otvoreno more, gde se čuo koncert.

„Ah, da li će se opet pojaviti onaj čupavi Italijan", mislio je ljutito Dubravko. „Što sam imao volju da ga bućnem u vodu. Ove su dve male, zbilja, vrlo zavodljive, i opasno bi bilo ostaviti ih same. Da li me privlače ove tatarske oči ili plava kosica... One putuju iz Venecije na Rab."

Nastavljajući te misli, gledajući Krinku, zapita:

— A vi putujete na Rab? Kad odlazite?

— Sutra posle podne.

— A vi, ostajete li u Veneciji? — pitala je Lola.

— Još dva-tri dana. Posle idem u Dubrovnik. Tamo imam tetku.

— Zašto i mi ne idemo u Dubrovnik? — uzdahnu Lola.

Krinka je zaronila glavu u buket karanfila i udisala njihov opojni miris.

„Tako me je čudno gledao na brodiću! Oči su mu tako lepe. On gleda Lolu i ona mu se sigurno kao žena više sviđa." Podigla je glavu i gledala ga.

Njegov pogled je bio upravljen na crvene Loline karanfile, koji su joj ležali u krilu. Ti karanfili su bili kao njeni nokti i njena usta.

Bili su sve bliže barci u kojoj su pevali i svirali. Neka tužna melodija sa napolitanskim pripevom titrala je iznad talasa. Talasi su se njihali između gondola, kao da se guraju između njihovih bokova, i lako ih ljuljuškali. More je bilo sivo, kao i nebo, a zvezde kao zlatne pahuljice. Ćutali su sve troje i slušali pesmu. Neka slatka malaksalost obuzimala je mladu ženu, a devojka je osećala tugu. Slušala je pesmu, gledajući svoje karanfile. Mislila je kako ovaj susret nikad neće zaboraviti. I zar nije tužno sresti se s nekim, proživeti nekoliko čarobnih trenutaka i udaljiti se zauvek. I ovo treba da bude uspomena, ili jedan odsnevani san.

Mladić je neodređeno gledao, kao da nema toka u svojim mislima, već pušta poglede da klize po talasima.

„Sad ću mu sugerirati", mislila je Lola gledajući ga pravo u oči i šapćući: „Dubravko, vi se morate smrtno zaljubiti u mene i dojuriti za mnom na Rab".

Mladić je slušao pesmu. Jedan refren se ponavljao.

— I sinoć smo čuli ovaj isti refren. Možete li da ga prevedete?

Mladić je izgovarao lagano za pevačem:

— *Ako me zaboraviš, draga, umreću od tuge za tobom.*

Lola, koja je bila prinela buket licu, spusti ga malaksalo na krilo. Osećala je kako je sva klonula, kao da tone u nešto meko. Kroz tu slatku malaksalost nasmeši se.

— Bolje bi bilo reći: ako me zaboraviš, dragi, a ne draga.

— Zbog nestalnosti muškaraca, je l' te?

— Pa to se zna... Drage umiru od tuge, a ne dragi. Oni se brzo uteše i zaborave.

— Zar ste stekli tako rđavo iskustvo o muškarcima? — zapita mladić.

— Oh, moje iskustvo je divno, ovo je moje mišljenje! — popravi se ona.

— Mene je muž voleo i bila sam srećna, i nisam se nikad razočarala.

— A vi, gospođice? Jeste li vi pretrpeli neko razočaranje?

— Još ne. Čuvala sam se toga.

— Pa vi ste tako mladi da biste mogli doživeti razočaranje.

— Nisam ja baš tako mlada. Šta mislite koliko mi je godina?

— Nemate više od devetnaest.

— Kako me vi pravite mladom! Meni je dvadeset treća godina.

— To ne bih rekao... Izgledate kao devojčica.

Krinka se nasmeja i ukazaše se njeni beli zubići, lepi kao đurđevak.

— Ja sam starija od Lole.

— Nije moguće?

— Jeste. Loli je tek dvadeset i druga godina.

— Za gospođu bih rekao da ima toliko, ali mislio sam da ste vi mlađi.

— Ona je naša beba! — govorila je Lola, gledajući Krinku nežno.

— Da, sa tom plavom kosom prava je beba.

— Ah, ja nisam beba! — detinjasto se durila Krinka. — Ja sam ozbiljna i već odrasla devojka.

— U ženi je divno osetiti dete, naivno dete.

Lola uzdahnu. „Njemu se Krinka dopada. On sigurno voli plavuše kad je ovako crnpurast.”

Pevači su sa svojom barkom bili baš ispred njihove gondole. Jedan bariton je lepo pevao.

— Jesu li ovo operski pevači?

— Propali operski pevači. Njih je mnogo po Italiji. Završe opersku karijeru, i onda ovako koncertiraju. U Italiji svako peva. On, ipak, lepo peva! Ima zamorenosti u glasu, ali u ovakvoj noći prijatno ga je slušati.

Jedan beli karanfil u Krinkinom naručju previ svoju glavicu, prelomi se i pade u more.

Bariton se naže, dohvati ga, prinese usnama, pogleda plavu devojku i zakiti se njenim karanfilom.

Dubravko ga je gledao ironičnim, sjajnim pogledom, a onda lagano okrete pogled na devojku... Njene oči su bile oborene, kao da posmatraju krunice karanfila. Jednom rukom je razlistavala bele meke latice i slušala pesmu pevača.

— *Ako me zaboraviš, draga, umreću od tuge za tobom* — pevao je bariton sa zanosom, kao da, zbilja, govori dragoj te reči i gledao je nekim bolnim pogledom, uzdignutih obrva, u Krinku i Lolu.

Dubravko se nasmeši na zaista patetičan izraz pevača, ali mu se najednom ocrta laka bora preko čela kad opazi kako ga Krinka posmatra sanjalački i sluša.

On izvadi novčanik, uze novac i ubaci ga u jedan metalni tanjirić, koji pruži jedan gitarista, i reče gondolijeru nekoliko reči... Ovaj pokrenu lagano vesla i gondola krenu, a pevač napravi još patetičnije lice, gledajući Krinku... Naže se reveru od kaputa i poljubi karanfil... Dubravko izvadi tabakeru, kresnu nervozno upaljač i zapali cigaretu.

„On je ljubomoran”, mislila je Lola, gledajući ga sjajnim očima. „Nije nas ni pitao hoćemo li kući, sam je naredio gondolijeru. Ipak, nije lepo, mogle bismo pomisliti da mu je dosadno sa nama.”

— Hoćete li da se još provozamo po Velikom kanalu? — pitao je mladić, i to pitanje kao da stiša razočaranje Lolino.

— Možemo, ako nije dockan. Da mama ne brine — odgovori Krinka.

— *Ako me zaboraviš, draga, umreću od tuge za tobom* — čuo se i dalje uzdah pevača.

Mladić je zamišljeno ponavljao iste reči na italijanskom.

Krinka uzdahnu i zagnjuri lice u bele karanfile. Njene plave, svilene kovrdže, zamršiše se među cvetovima. A Lola je ponavljala svoju sugestiju: „Dubravko, vi se morate... zaljubiti u mene!” Prolazili su ispred Duždeve palate. Njeni ovalni prozori bili su mračni kao oči lobanje.

„Oh, kad bih se sada našla sama u ovim odajama duždevim”, strese se Lola. „Umrla bih od straha”, mislila je u sebi. „A sa Dubravkom?” Ona se nasloni na naslon gondole i zažele da ova sjajna mrka glava leži na njenom krilu, i da mu ona mrsi kosu i miluje ga po obrazima.

„Mišica joj je obla i glatka kao kadifa”, mislio je mladić, posmatrajući bele ruke Krinkine.

— *Ako me zaboraviš, draga, umreću od tuge za tobom...* — umirali su tihi daleki tonovi.

„Dubravko! ti se moraš... moraš zaljubiti u mene!", šaputala je Lola svoju sugestiju.

Kojoj li narodnosti pripada ovaj lepi prostak?

Dubravko je stajao na trgu i rasejano posmatrao kako hrane golubove. Svaki čas je pogledao u pravcu jedne ulice koja vodi na trg. Izvadio je sat. „Četiri... sad će one da naiđu.”

Jedan prodavac novina, albuma i knjiga, priđe mu s nekim tajanstvenim izrazom na licu, pruži mu pisamce, bledožuto kao narcis i reče tiho, italijanski:

— Ovo je, gospodine, za vas.

Mladić ga iznenađeno pogleda i uze pismo. Na kovertu nije bilo adrese, već samo nemački: *Gospodinu X*. On iscepa koverat, zagleda se u redove ispisane nemački, i, mada nije govorio dobro nemački, mogao je da razume da jedna žena želi da se upozna sa njim.

— Ko vam je dao ovo pismo? — zapita mladić Italijana. Prodavac novina prelistavajući jedan album, kao da mu pokazuje slike, govorio je:

— To je ona lepa dama u prvom redu za četvrtim stolom, što sada pije oranžadu kroz cevčicu.

Mladić pogleda prvo jednog goluba, da se ne bi odmah okrenuo, i posle nekoliko trenutaka okrete se, mirna i ravnodušna izraza, i baci pogled na taj četvrti sto. Za stolom je sedela dama u belom.

To je bila Mađarica sa broda.

Ironičan osmeh zaigra oko njegovih usana. „Gle, gospođa je sama, hoće da iskoristi odsustvo svoga muža ili ljubavnika!”

Prodavac novina je još stajao, kao da očekuje napojnicu. Mladić ga pogleda i izgovori onim istim ravnodušnim tonom:

— Hvala!

On ga razočarano pogleda, čudeći se što ga ne raduje pismo od onako lepe dame, čije su oči blistale kao varnice. Pođe jedan korak i zastade očekujući da ga pozove, ali videći da on gleda golubove, udalji se ljutito.

„Kako su lepi muškarci uobraženi i nevaspitani!", gunđao je. „Ja bih preskočio od oduševljenja dva stola, da mi je ona dama poslala onakvo žuto pismo... A on je pogledao ravnodušno kao lipsalu mačku."

Mladić je stajao i dalje zamišljen, sa jednom borom na čelu. Ovakav postupak jedne žene kvario mu je mišljenje o svim ženama. Uvek se nešto nađe da pokoleba veru muškarca u žene. Taman dobije lep utisak o jednoj, a dođe druga da to demantuje. Eto, onaj pratilac Mađaričin nije bio ružan, moglo bi se reći čak da je i lep čovek, a ona traži druga poznanstva. Njega nema i gospođa bi htela da proživi jedan mali roman u gondoli. Možda bi i njih dve isto radile? Udovica, verovatnije. Ah, žene su, ko im može verovati! Kad mislimo da ih najbolje poznajemo, mi ih tada najmanje znamo.

Mali prodavac mu ponudi fišek kukuruza. On uze i očekivaše da mu sleti golub. Jedan lep sivkasto-plav stade mu na ruke i poče da kljuca. Mladić ga je gledao i njegovo ritmičko gibanje ga je interesovalo, a u mislima je razgovarao sa njim: „Tebi tvoja golubica ne može da nabije rogove, jer bi ti ubio svog suparnika. A nas muškarce varaju žene kad smo suviše dobri, jer smo tada za njih glupi. Nikad nas ne varaju kad smo rđavi. I ovaj je Mađar glup što je ovakvu ženu ostavio samu. Ženi je potreban dizgin, inače liči na konja, koji se otrgne iz rude i ne zna gde će udariti glavom."

Golub je gukao i kljucao, a mladić ga je posmatrao sa osmehom. On odlete, a Dubravko opet pogleda u pravcu male ulice. Spazi dve siluete. To su one dolazile. Nosač im je nosio kofere. Lola je držala jedan mali neseser, a Krinka one karanfile, crvene i bele. Cvetovi sa opuštenim krunicama bili su malo setni, kao tužna žena.

— Eno Dubravka! Čeka nas! — progovori veselo Lola. — Kako je pažljiv... Ja sam razmišljala da li će on izaći da nas isprati.

Smešile su mu se. On pozdravi prvo starije dame, pa onda i njih.

— Mama, da gledamo još malo golubove?

— Hoćete li da im date kukuruza? — zapita ih mladić.

— Hoćemo.

On im pruži fišečiće. Držao ih je u ruci. Krinki sleteše dva, Loli jedan, a njemu nije hteo nijedan.

— To su muškarci, više vole dame. Golubovi su inače vrlo zaljubljivi.

— Znači da su golubice srećne — vragolasto reče Lola.

— Ali one su verne i iskreno vole svoje momke — odgovarao je istim tonom Dubravko.

— Verovatno oni to zaslužuju — šalila se ona.

— Svi muškarci zaslužuju, samo nemaju uvek sreće.

Lola ućuta, nekako uzbuđena, i taj razgovor joj je izgledao značajan i to baš u ovom trenutku, pred polazak. Laskalo joj je što to njoj govori, i podiže oči da ga pogleda, ali on je u tom trenutku gledao Krinkine golubove.

Krinka podiže ruku, ispruži je malo, a pelerinica od belog platna skliznu joj s ruke i ona se ukaza naga.

Mladić najednom spazi tri plavičasta pečata na njenoj ruci, kao tri otiska prstiju. „To je otisak mojih prstiju!", zgranu se mladić.

On se zagleda u one plavičaste mrlje na njenoj beloj koži, i poče da se izvinjava:

— To sam vas ja sinoć stegao. Izvinite, molim vas! Kako sam mogao tako grubo da vas uhvatim.

Mlada devojka se sva zbuni.

— Ništa... Vi to niste hteli.

Plamen joj udari u obraze, uze fišek u drugu ruku i pusti levu na kojoj su bili otisci mladićevih prstiju, ogrtač joj pokri mišicu, ali obrazi su joj još uvek bili zažareni.

On pogleda to lepo, rumeno lice, uokvireno plavom kosom, vazdušastom kao maslačak i nasmeši se na nju... Nehotice pogleda u pravcu stolova i spazi kako ga gleda Mađarica, podlakćena na ruku, ukočenim, široko otvorenim očima, s nekim bolom i prekorom.

Ironični osmejak opet zaigra na njegovim usnama. „Da je to moja žena, smesta bih je najurio!"

— Hajdemo na brod, da ne odocnimo — pozva ih mati.

— Mama, samo još časak, da mi ovaj beli golub ovo pokljuca!

— Kako si sladak! — govorila je Krinka.

— Ovi beli su najlepši — dodade Lola.

Mladić ih pogleda, one su imale bele haljine, čarape boje mesa i bele cipele, i obe su ličile na golubice.

Kretoše moru. Dubravko uze Lolin neseser. Mađarica se okrete da ih isprati pogledom. Videla je da putuju, ali nije znala da li i on putuje. Kad one izmakoše, ona ustade i pođe malo dalje do mesta odakle ih je mogla da posmatra kako odlaze.

Oni dođoše do obale. Tu su se ljuljuškale gondole. Mladić pozva jednog gondolijera.

„Nije nimalo uzbuđen ni tužan što mi odlazimo", pomisli Lola.

Gledala ga je pravo u oči, ali nije opazila nikakvu tugu.

On poljubi ruku njihovoj majci i gospođi Župančić. Naže se da poljubi i Loli, i ona oseti neki lep parfem s njegove kose. Bila je uzbuđena i preko usana joj tiho pređe:

— Zbogom!

Mladićeve ruke su bile tako vrele i meke.

— Bilo mi je vrlo prijatno u vašem društvu — izgovori on kad diže usne sa Loline ruke.

— I nama, verujte — govorila je ona, gledajući ga nežno.

Mladić se naže i Krinkinoj ruci, poljubi je, ne reče ništa, ispravi se i jedan se trenutak zagleda u njene lepe plave oči... One su bile još zagonetnije i još uspavanije.

On kao da htede nešto da kaže, ali oćuta. U tom trenutku Lola ga pogleda, nasmeši mu se nekim tužnim osmehom, i on se nasmeši na nju.

„Njemu se Lola dopada!", pomisli opet Krinka, i spusti duge trepavice preko svojih plavih dužica, da bi bile još u većoj senci i još tajanstvenije.

Gondola se krete... Lola ga je tužno gledala, a Krinkine su oči bludele negde pokraj njega, neizvesno gde, kao da je opet bila sama, kao da nikog više nije bilo.

„Nije nas zapitao ni za naše adrese, nije kazao ni da će nam pisati", tužno je mislila Lola. „Kako su čudni muškarci!"

More je bilo lepo, plavo, kao svila, mirno, naivno, kao da nema nikakvih tajni. Duždeva palata se udaljavala, a mladić je još uvek stajao na istom mestu, nepomičan, kao neki spomenik od sivog mermera.

Najednom, malo dalje od njega, pojavi se čupavi Italijan. On se zagleda u gondolu, vide one dve lepe dame, osta iznenađen. Pokloni im se, diže ruku, mahnu im, Lola mu klimnu glavom, Krinka jedva primetno. Dubravko, koji je posmatrao njihovu gondolu i video da se Lola nekom javlja, okrete se naglo. Njegove crne oči prostreliše Italijana, kao da je hteo tim pogledom da ga probode i svali na asfalt. „Ovaj bi na kraju dobio batina od mene", pomislio je u sebi gledajući ga mrko.

A Lola se smešila, posmatrajući tu scenu, i bilo joj je žao što odlazi.

Gondola se sve više udaljavala, a na obali je stajao mladić i za njih postajao samo silueta, te nisu mogle više da vide izraz njegovih lepih crnih očiju.

Lola uzdahnu, a Krinkine oči su bile spuštene na talase, nepomične i uspavane, kao da uspavljuje sva osećanja u sebi, ućutkuje i skriva na dno svoga srca, koje se još nikome nije odškrinulo.

Gospođa Župančić se okrete i spazi u daljini da mladić još stoji.

— Ovaj Dalmatinac je tako lep i fin mladić! Bogami, da je ostao duže sa vašim ćerkama, on bi se zaljubio u njih. One su obe tako lepe i zlatne, da muškarac ne zna u koju pre da se zaljubi.

Njihova mati uzdahnu.

— Ne zaljubljuju se muškarci tako brzo kao kad smo ja i vi bile devojke. Oni samo vole da se zabavljaju i ništa više... A kad se setim moje devojačke ljubavi! Moj Bora, to je moj muž, šest godina me je voleo... I tek posle šest godina smo se uzeli.

— I ja sam se dugo sa mojim Ivom volela. A gledam moju Zlatu, svaki čas joj se drugi dopada.

— Krive su i današnje devojke. Upuštaju se mnogo sa muškarcima — govorila je gospođa Branković.

— To se, mama, valjda ne odnosi na nas.

— Vi ste drugo, ali, to je zato što sam ja stroga mati i ne dopuštam da mi kćeri zapovedaju. Volim kod njih što me lepo slušaju. Ako kažem nećemo nigde ići, ili ne može to da se kupi, one ne navaljuju.

— Opazila sam, i to mi se sviđa — hvalila ih je gospođa Župančić. — Verujte, ništa nije lepše nego kad deca poštuju starije. Moja Zlata, priznajem, malo je samovoljna. Ali kriva sam ja. Popuštala sam joj. I njoj i Vlatku... Ostali su bez oca i majke, pa sam htela da to ne osete, i više sam im činila nego što sam smela.

Krinka i Lola su bile zamišljene. Nisu pažljivo slušale ovaj razgovor. Mladićeve siluete više nije bilo na obali, a njihova gondola pristade uz brod.

„Šta sad da radim?", pitao se mladić. „Da li da odem na Lido? To će biti najbolje."

Osetio je najednom kako mu je dosadno u Veneciji. Nije više trebalo ni on da ostane. Ostaće još dva-tri dana.

„Zbilja, s njima mi je bilo vrlo prijatno. Kako sam se brzo navikao na njihovo društvo! Svaka je za sebe interesantna! A, evo stiže brodić za Lido, idem da uzmem kartu."

Pošto je na blagajni kupio kartu, nije ni spazio da Mađarica ide za njim. Kad je uzeo kartu i ušao u brodić, uzela je kartu i Mađarica, pošla na brodić i sela u jedan kraj, odakle je mogla da ga vidi. On joj je bio okrenut profilom i nije ju odmah opazio. Spustio je ruku u džep da uzme maramicu, i osetio pismo. „Kako su žene nasrtljive! Sve se tumbe promenilo. U Kini žene nose pantalone, a muškarci suknje, a u Evropi žene pišu ljubavna pisma."

Izvadio je pismo iz džepa da ga pročita još jednom. Čitajući ga, okrenu se i spazi dva blistava oka Mađarice, koja se upraviše na njega kao dva reflektora, strasna i sa posebnim raspoloženjem.

„Otkuda ona ovde?", trže se mladić i spusti pismo u džep. „Ona veruje da sa ushićenjem čitam njeno pismo."

Okrenuo se nemarno da posmatra talase, tako da mu je ona mogla da gleda samo profil.

„Da mi je sada dvadeset godina, sigurno bih jedva dočekao da napravim avanturu sa njom. Ali mojih dvadeset osam godina naoružali su me iskustvom o ženi i mogu se spasti da ne pravim gluposti."

Njemu se nisu sviđale ovakve žene i ovakvi njihovi postupci. Bilo mu je interesantno da se bori za ženu, da se muči, pati, a interesantna mu je bila samo ona žena, koja bi mogla da lomi i savija njegovu gordu prirodu. Voleo je one žene koje su bile na visini, kao alpske ruže, čiste i sveže, uvek na čistom vazduhu i suncu, i zbog kojih je turista u stanju i vrat da slomi, samo da ih uzbere. A ovakve, kao ova Mađarica, ličile su mu na one lepe barske cvetove, koje, ako hoćeš da uzbereš, izlažeš se opasnosti da se zaglibiš i propadneš u neko blato.

„One su drugačije", razgovarao je mladić sam sa sobom. „Kako su se sinoć uplašile kad sam im kazao da je pola jedanaest. Požurile su kao prestravljene gazele. 'Ah, mama će se ljutiti, dugo smo se zadržale!' Pa kako su je obasule bujicom nežnih i umiljatih reči, da bi je sprečile da se ne naljuti i da ih ne prekori. Zbilja su slatke. Ličile su mi na devojčice, koje su nešto skrivile i boje se kazne. A mati je umela da bude dama. 'Zahvaljujem vam, gospodine.' Možda ih je posle izgrdila nasamo. Boje se mame i čine sve kako mama kaže. To je lepo. Žena i jeste dete kome je potreban tutor da je čuva i štiti... A kako je onaj iskočio na obalu? Još im maše rukom... Sigurno tako ispraća mnoge strankinje. Da mene nije bilo s njima sigurno bi se upoznali. Odmerio sam ga od glave do pete, i odšunjao se kao pas kad podvije rep."

Mladić se smešio na jednu devojčicu koja je čokoladom uprljala haljinicu. Njegov nasmejani pogled uhvati Mađarica.

Njeno lice se ozari. Mislila je da se on njoj smeši. Videla ga je kad je čitao pismo i to joj je godilo.

U Padovi, Veroni i Milanu, on će se zadržati pet dana. Ah, biće divno doživeti avanturu sa ovim mladićem. One gospođice su otputovale, on je sam, a ona je bela udovica. Zašto bi ostala sama? Uzdahnula je od strasnih čežnji. Da u braku nema ovakvih osveženja, ona ne bi mogla izdržati to bljutavo, istovetno jelo, što se zove muž. Dobro je finansira, bogat je i to ga čini snošljivim.

Približavali su se Lidu.

„Pustiću neka on prvi izađe, pa ću posle ja za njim. On će me sigurno sačekati..."

Izletnici požuriše izlazu, a među njima i crnomanjasti mladić. U jednom trenutku on se okrete i baci letimičan pogled na Mađaricu.

„Oh, što su mu divne oči!", uzdahnu ona. „Da li je Evropljanin ili neki Orijentalac?"

Izađe i ona prateći neprekidno pogledom mladića, čiji je visoki stas nadvisivao gomilu. Videći da on odlazi, požuri i ona za njim. Mislila je da će zastati i pričekati je. Čudilo je što ovako žuri, i neka tuga joj osenči pogled. Išla je za njim, ne gledajući nikoga. Jedan italijanski oficir pogleda je veselim očima u kojima su se čitali komplimenti. On se okrete da je pogleda, ali mlada žena osta ravnodušna. Njena ženska sujeta je počela da se buni na ovakvo ponašanje nepoznatog mladića. On najednom zastade, okrete se i pogleda je. Video je da ona ide za njim, i nekoliko sekundi kao da se dvoumio da li da joj priđe ili ne. Neki jači razlozi, koje mu je diktiralo lepo vaspitanje, a ne želja za avanturom sa nepoznatom damom, odlučiše, i on se, vraćajući se, uputi pravo dami, pokloni joj se s poštovanjem i poče da joj govori italijanski. On je znao da ona ne zna jezik, video je to po njenom iznenađenom licu, ali je i dalje govorio ozbiljno, izvinjavajući se da ne zna nemački. Prvi izraz iznenađenja mlade žene pretvori se u neko raspoloženje. Njoj se učini da bi to bila izvanredna avantura da on govori jednim jezikom, a ona drugim. Šta im je trebalo da se sporazumeju... Ona je već osećala uzbuđenje od tih velikih i strasnih očiju, koje su se prelivale kao svileni somot, od rumenih usana sa glatkim belim, sjajnim zubima, kao u mlade zveri, od širokih ramena na kojima je tako dobro stajala glava mladićeva, od oborenih očiju, koje su je gledale, ne obećavajući ništa, ali privlačeći je nekim čudnim magnetnim sjajem.

Ona odgovori nemački, sa osmehom, želeći da ga na taj način obodri i da mu kaže da to nije ništa što se ne razumeju. Ona je govorila koketno i iznenadila se najednom, videći da je mladićeve oči posmatraju hladno i gordo.

— Ne razumem nemački — progovori mladić na nemačkom, iako je mogao prilično da je shvati.

— A ja ne razumem italijanski — govorila je tužno. — Jeste li vi Italijan?

Mladić je razumeo ali uporno je ponavljao iste reči:

— Ne razumem ništa...

Ona otvori nervozno svoju tašnu, kao da joj je bilo krivo, ali se brzo nasmeši, pogleda ga veselo i nastavi dalje, kao da ju je on razumeo.

— Ne mari što ne znate, možemo šetati.

Pokaza mu rukom aleju, kao da je htela da ga pozove da tamo šetaju, ali mladić uporno ponovi iste reči:

— Ne razumem.

On zavuče ruku u džep i izvuče njeno pismo, i pruži joj ga.

Njoj tek tada postade jasno da on neće da ide sa njom i uze pismo sa nekim uvređenim izrazom. Mladić je još nešto govorio italijanski, a ona ga je tupo gledala, razočarana, sa gnevom koji se potmulo dizao u njoj.

On ne reče ništa, pokloni joj se i udalji se.

Mlada žena je stajala nekoliko trenutaka, ne umejući da se makne s mesta... Gledala je rasejano ispred sebe, ne videći ništa... Onaj lepi italijanski oficir prošeta pored nje, ali ona osta ravnodušna. Krv joj jurnu u lice, sva planu gnevom i steže zube...

— Prostak! Prostak! — siktala je kroz stisnute zube. Ličila je na pobesnelu tigricu u kavezu, koju draže kroz šipke, a ona reži, jer je nemoćna da ikoga ščepa šapom.

Kako je prost! A svaki drugi bi poleteo da mu je napisala ovakvo pismo. Prostak! Da joj je samo znati kojoj narodnosti pripada ovaj lepi prostak? Na brodu je govorio engleski, i još neki drugi jezik, a sigurno razume i nemački...

Pođe nekoliko koračaja i sede malaksalo na jednu klupu. Imala je osećanje kao da ju je iz oluka polila neka prljava voda. Onaj italijanski oficir opet prošeta pored nje.

Razmišljala je kuda da ide. Videla je kako svet trči na brodić koji se uskoro vraća za Veneciju. Ona požuri i utrča u brodić. „Šta imam da idem za njim, da mi se smeje?!”

Za njom uđe na brodić i oficir.

Gnev je kipteo u njoj. Izvadi nervozno svilenu maramicu i od nekog besa zagrize čipku, povuče jedan kraj i zacepi svilu. Grizla je svoj prst, kao da je htela da pruži oduška svojoj ljutnji.

„Kako su muškarci nevaspitani! Zar je to učtivo, odbiti poznanstvo jednoj ženi, i to lepoj ženi, koju svi rado gledaju. Pravi se važan kao da je princ, a ko zna kakvog je porekla!"

Osećala je da bi u tom trenutku mogla da zaplače. Bila je pogođena u najosetljiviji živac i dugo je sedela nepomična. Malo stišana, podiže glavu i spazi kako je onaj oficir ukočeno posmatra.

„Da, to je muškarac, odmah izražava svoje dopadanje." Kao da je dobila neku satisfakciju za pretrpljeni poraz od onoga lepog prostaka, ona pogleda oficira malo dužim, značajnijim pogledom i ovaj pomisli u sebi: „Kad siđemo s brodića, prići ću joj da se upoznamo..."

———

Brod je plovio kroz sivkastu noć širokom pučinom. Iznad broda nebo je bilo prevučeno sitnim oblačićima, koji su ličili na stado ovaca. Kroz to vazdušasto stado gnjurao se mesec, pomaljajući se čas jednim okom, čas drugim, kao da on plovi, a ne oblaci.

Krinka i Lola su sedele na brodu, onako isto kao i prvi put, samo u drugom raspoloženju. Bilo im je tužno, kao posle neke žalosti, kao da su izgubile nešto... Radost, koja se iščekuje kad ima nešto lepo da se vidi, pretvara se u još veći bol kad ti doživljaji ostanu negde daleko, kao u magli, ili na širokoj pučini.

Lola uzdahnu. Setila se. Bilo je baš prošle nedelje u Beogradu. Ona je govorila: „Kad dođe druga nedelja, mi ćemo biti u Veneciji". Činilo joj se da ta duga nedelja iščekivanja nikada neće proći. A ona je prošla, i iščezla, nešto divno se preživelo, i ostavilo tugu na srcu.

„Onde je sedeo Dubravko kad smo ga videle one noći", tužno je pomislila. Zatvorila je oči da bi ga videla u svojim sećanjima, na brodu, u Duždevoj palati, u gondoli one noći, na obali poslednji put...

Utišala se, kao da spava, i slušala je ritmičko šuštanje talasa.

Sve po istom taktu, neprekidno... Osećala je miris mora i miris orhideja.

Mama i gospođa Župančić su razgovarale kraj njih. Kako su srećne žene kad prebole krizu čula, kad ih ništa ne uznemirava. Razgovaraju prisebno i mirno u najuzbudljivijim časovima, i njih ništa bogzna kako ne uzbuđuje.

— Vlatko je zlatan dečko! I lep, na oca. Otac mu je bio vrlo lep. Visok, smeđ, ima oči kao zrna kafe... Ali još ga više volim što je dobar... Nije mangup, kao današnji mladići. Učio je redovno i polagao ispite... Od oca mu je ostalo imanje, pa sad mislimo da ga prodamo, jedan deo Zlati za miraz, a za drugi on misli docnije da kupi neku apoteku.

— U Zagrebu?

— Nema smisla u Zagrebu. Tu je mnogo apoteka i drogerija. Negde u unutrašnjosti.

— To je pametno.

— On je voleo da studira farmaciju, i voli da bude apotekar.

Lola je slušala razgovor i osmehnu se: „Znači da je lep taj Vlatko... Doći će na Rab.”

Ipak je preli tuga i jedan uzdah joj ispuni grudi. Zamišljajući Dubravka, donosila je definiciju o njemu. „Učtiv je i tako lepo vaspitan. Nije učinio nijedan gest udvaranja.”

Najednom se seti nečega i začudi se kako joj ta misao nije nikako pala na pamet... Morala je da to saopšti i Krinki i okrete joj se.

— Je li, Krinka, šta misliš, da li je onaj Dubravko momak ili je oženjen?

Tihim i ravnodušnim glasom Krinka odgovori:

— Ne znam...

— Zbilja, što ga to nismo pitale?

— Da li je imao burmu na ruci?

— Koliko se sećam, nije. Nije, sigurno nije... Ali zar je malo oženjenih koji skinu burmu s ruke, da bi izgledalo da su momci.

— Šta nas se tiče da li je oženjen ili nije?! Sad smo ga videle i više nikad.

— Zar se ti ne bi udala za Dubravka da te zaprosi?

Krinka se nasmeja na to pitanje iznebuha.

— Što ti, Lolo, imaš maštu! Meni nikad ne bi palo na pamet da planiram brak čim vidim jednog mladića.

— Ali odmah možeš da znaš da li je on tvoj tip. Ja još ne znam kakav je tvoj tip muškarca.

— Možda se još nije ni rodio.

— Ako čekaš i tako razmišljaš ostaćeš usedelica... A vidiš, Dubravko je moj tip.

— To me čudi. On nimalo ne liči na tvog pokojnog Branka, koji je bio plav.

— Branko i nije bio moj pravi tip, ali ja sam ga volela. Dubravko je baš moj tip.

— Onda žalim što ga nećeš više videti. Ti bi se zaljubila u njega.

— Možda, ako bi mi ga ti ustupila... jer ja mislim da si se ti njemu dopala.

— A ja sam u uverenju da mu se ti više dopadaš. Ti imaš tu prednost što si žena, a to privlači muškarce.

— A to je ono što ženu može da prevari. Devojku muškarac voli, a sa ženom bi se zabavljao. Ali Dubravko ne izgleda da je takav muškarac.

— Otkud ti znaš? Govori nekoliko jezika, sigurno je mnogo putovao, a ima i dosta poznanstava.

— Ali u Veneciji je bio samo sa nama.

— Možda zbog tebe — dirnu je Krinka. — Ti si zaljubljiva i kladila bih se da si se već zaljubila u Dubravka.

— A kako ti možeš da budeš tako hladna?

— Nisam hladna, ali razmišljam i ne dopuštam sebi ništa zbog čega bih patila. Ja bih se zaljubila u onog mladića, koji bi za mnom bio lud, voleo me, dao mi dokaza svoje ljubavi, bio mi veran i mislio na mene.

— To nećeš nikada naći. Bolje da se ti prva zaljubiš i da mu to daš na znanje. Muškarci su sujetniji od nas žena. Oni vole da mi ludujemo za njima!

— Ali uživaju i da patimo zbog njih. I ti bi sigurno patila da si duže ostala sa Dubravkom, jer bi se zaljubila u njega.

— Kad bi mi ga ti ustupila.

— Sestrice moja draga, pa ti znaš da mi nikada nismo bile suparnice. Čim se tebi neko dopadne ja se povlačim.

— Ti si moj lepi Krinić — šapnu joj Lola, naže se i poljubi je. — Bolja si od mene.

— Kako se njih dve vole i maze — primeti gospođa Župančić videći kako Lola poljubi Krinku.

— One se vole i lepo se slažu — hvalila ih je mati. — Lola je temperamentnija, a Krinka je tiha, osećajnija i sve joj popušta. Zato se uvek lepo slažu.

Sestre su ćutale, neraspoložene za razgovor.

— Hajde da legnemo — zovnu je Krinka.

Ustadoše sve četiri, uđoše u kabinu i zatvoriše vrata.

Lolu je uhvatio san, a Krinka je bila budna. Sećala se onog razgovora: „'Ako bi mi ga ti ustupila...' Da, ja bih joj ga ustupila."

Osetila je neki bol i učinilo joj se da je Lola pomalo sebična. Ona uvek hoće sve da zadrži za sebe. Udala se za jednog, bila srećna, volela je. A ona? Šta će biti sa njom? Činovnica, da kuca za mašinom, ispisuje cifre. Zar ona nema preče pravo da voli? Ona nije iskusila život, nije ni volela kako se voli, kako je Lola volela. Da, ona bi joj ustupila i Dubravka i drugog. „Lola je sebična", ponavljala je i uzdahnula. Ali najednom prekori sebe zbog toga. „Lola ništa nema, ona je neosigurana. Ona treba ponovo da se uda. Ja sam činovnica, imam platu, a šta će biti sa njom? Dok je tata živ, dobro će joj biti. A posle? Ni mama neće imati penziju. Jedna kuća, i to je sve. Nešto malo gotovine. Ne, Lola treba da se uda. I ja ću uvek gledati da se u nju zaljube, neka ona bude srećna. Ja ću ostati činovnica, nemam miraza, neću moći da se udam i kucaću na mašini, kucati i kucati."

Ona zaklopi oči i oseti kako joj ispod trepavica skliznuše dve suze i skotrljaše se niz obraze na jastuk.

Na plaži, gde je mnogo sveta i flerta

Izašle su na obalu i tle im se pod nogama ljuljalo, kao da je zemljotres. Lola se uhvati za glavu.

— Ah, ja ću da padnem u nesvest!

— Nećeš, nećeš — govorila je Krinka, hvatajući je ispod ruke.

— Kakva si slabotinja, Lolo — reče joj mati. — Nisam verovala da će Krinka biti jača od tebe i bolje izdržati buru na moru. Ona je nežnija, a kako se junački držala.

— Ima tako, poneko, snažan, a propadne od morske bolesti.

— Ovo je strašno! — uzdisala je Lola. — Kao da mi je utroba iščupana.

— A ti si želela da doživiš buru na moru. Sećaš li se one večeri, kako si rekla kapetanu, a on ti se smejao.

— Ćuti, nemoj da me diraš! Zar sam ja mogla da zamislim da je ovako strašna bura i morska bolest. Zamišljala sam da je bura kao kad se ljuljaš u čamcima na vrteški.

— Vrteška! — nasmeja se gospođa Župančić. — Ova nas je vrteška mogla sve prevrnuti u more. Ovo nije bila mala bura i nije baš tako mali put od Sušaka do Raba. Smejali su se mornari kako su žene povraćale.

— Lako je njima, oni su stalno na moru.

— Kad biste i vi izdržale nekoliko bura, navikle biste se.

— Mama, samo da mi je da što pre legnem.

— Sad će to sve proći, još ćete dobiti i apetit.

— Uh, sada ništa ne bih mogla da okusim! — zgrozi se Lola. — Gde li je taj naš hotel?

— Sedi ti sa Krinkom tamo u onaj hlad, a ja i gospođa Župančić idemo da potražimo hotel i da vidimo da li i za nju ima mesta.

— Hajde, Lolice, budi veselija. Vidi kako je lepo ovde — tešila je Krinka.

Lola sede malaksala ispod palme na klupu.

— Baš je lepo! Biće nam ovde prijatno. Kako je interesantan Rab i kako su lepi hoteli!

Palme su se njihale na povetarcu, a kroz zeleno lišće videli su se prugasti suncobrani veselih boja, žuto, plavo, crveno i narandžasto, kao neki ogromni tropski cvetovi. Ladnjaci od hmelja, pravili su hladovinu i osećala se svežina. A otuda sa mora čulo se groktanje talasa. Svet se nije kupao, svi su posmatrali stojeći na obali. Veličanstveni prizori mora oduševljavali su one koji su bili na obali. Ogromni talasi, kao neka zapenušena morska bića, jurišali su na mol.

— Pogledaj, sestrice, ovde ima mnogo mladića.

Lola, malo primirena, ali još uvek sa lakom nesvesticom i nekim gađenjem, pogleda parove koji su išli. Sunce i more obojili su ih raznim bojama. Neki su bili ružičasti, a drugi bakarni, kao da su se pomešale razne rase, Indijci, Egipćani, Kreolci, kako je koga opalilo sunce, i svi su se utrkivali da što više pocrne.

— Gle, jedan Turčin! Kako je lep! — prvi put se nasmeši Lola.

— Ja sumnjam da je Turčin, jer Turci više ne nose fesove. To je naš Musliman, koji voli da se producira fesom, jer izgleda interesantniji.

On prođe kraj sestara i pogleda ih lenjim, sanjalačkim pogledom, tamnim kao zrele masline. Bio je elegantan, ali tip Orijentalca, malo dužeg vrata i duguljaste glave.

Parovi su prolazili. Čuli su se svi jezici, ali najviše češki i nemački. Žene su išle u lakim haljinama svih mogućih boja, raznih materija, od platna do svile. Podražavanje muškarcima, što žene vole, dopuštalo im je da, bar na moru, javno obuku pantalone i da koračaju kao muškarci.

— Pogledaj onog dasu! Iz Beograda je, sećaš li ga se? Voja se zove, Voja Mitrović. Što je uobražen! Koja li mu je ono što ide sa njim?

— Jaoj, i vi ste došle! — ciknu pored njih jedan ženski glasić.

Jedna crnka, veselih očiju, mala nosića, ispisanih obrva, sva izvijena kao glista, baci im se u naručje, grleći ih.

— Kad si ti Spomenka došla?

— Ima već deset dana — govorila je ona sa afektacijom i beogradskim naglaskom, kad se svaka rečenica naglašava. — Kako se radujem što ste došle. Ovde je divno, ima mnogo sveta... I flerta. Šta god hoćete.

— A ti si već našla neki flert?

— Nisam, bogami nisam. Ali mi se udvara jedan Musliman. Što je lep!

— Sad je ovde prošao jedan sa fesom. Je li to taj?

— Visok, crnpurast. Ima lepe oči?

— Jeste.

— To je on, bogataš. Sve Čehinje poludeše za njim. Ali on se drži tako gordo!

— A ti ćeš, kako vidim, promeniti veru zbog njega.

— Ah, zar vi mislite o meni da sam takva? Zar ja da zaboravim Duška? Ali biti na moru i ne zabavljati se to bi bilo glupo! Imam puno da vam pričam — nastavljala je brzo. — Ovde je Voja... znate Voja Mitrović, onaj uobraženko, što misli da je najlepši u Beogradu. Da ga samo vidite kakvih je sve pantalona poneo. Izigrava ovde na plaži nekog aristokratu. Našao je jednu Novosađanku. Ne razdvajaju se. Kažu da je bogata, došla je sa tetkom. Ko će znati šta je i ko je! Ovde se svi predstavljaju kako ko hoće. Eno Muslimana! On mene traži... Do viđenja! Tako sam srećna što ste ovde! Je l'te da je lep? Do viđenja! Do viđenja!

Odjurila je kao vihor, i one videše kako se nađe sa Muslimanom, i ode u šetnju.

— Što mi je odvratna — progovori prva Lola. — Kako je slatka na jeziku, a tako je neiskrena. Pričala mi je Zaga kakvu je spletku napravila između nje i Dragana. A uobražava da je lepotica. Vidi kakva je, kao neka čengija! Baš je nećemo tražiti. Ona je već i u Beogradu izvikana, svi je znaju. Posećuje bogate starce po garsonjerama. Sigurno će ispumpati i ovog Muslimana. Zaljubio se u nju. Baš se zaljubio. Našao čovek neku žensku!

— Šta te se tiče, kakva je da je, svako se zabavlja kako misli i zna. Možda i nju ogovaraju.

— Nemoj, Krinka, tako da govoriš. To me sekira kad svakog uzimaš u odbranu. Ti polaziš od sebe i svakog opravdavaš. Ona je meni odvratna, jer znam da je sva lažna.

— Ništa ti ne može nauditi.

— Nismo mi imali prilike da budemo s njom češće. Da je ona s nama bila u Veneciji videla bi ti kako bi ona kidisala na Dubravka.

— I Dubravko bi se odmah smrtno zaljubio u nju! Misliš li ti da svakog muškarca oduševljava ovakva vetropirka.

— Sigurno ih više oduševljava nego što bi ih oduševljavala ti sa tvojom sentimentalnošću. Nas je, možda, mama i pogrešno vaspitavala i drži nas kao da smo još uvek devojčice. Kako smo morale biti smešne Dubravku, kad smo se zadržale u šetnji po Velikom kanalu. Trčale smo kući obe, kao bez glave.

— Ako je pametan i pošten mladić on u tome neće videti ništa smešno, već naše poštovanje prema mami. Ja ne žalim, Lolice, što sam ovakva. Zar bi ti volela da si kao ova Spomenka? Svaki mladić može s njom da se zabavlja, a ona to predstavlja kao svoj uspeh. Što se nije dosada udala, kad se toliko zabavljala?

— Ona će se bar naprovoditi.

— A zar se mi ne provodimo? Kako nam je bilo lepo u Veneciji! Spomenka bi napravila avanturu sa Dubravkom, ali bi je brže zaboravio.

— Ko zna? Možda se i nas više ne seća. Nije nas zapitao ni za adresu, niti će nam se javiti.

— A ako nam se javi?

— Ja ne volim iluzije, volim život.

— Kad voliš život, onda se malo napuderiši, nos ti je sjajan.

— Zbilja, na to sam i zaboravila — Lola se pogleda u ogledalce i uzviknu: — Što sam strašna! Tako sam pobledela.

— Kad metneš malo ruža, odmah ćeš biti lepša.

Lola se napuderisala i narumenela i odmah je bila zadovoljnija. Pogleda se još malo u ogledalce i spazi svoje ljupko lice.

Pojaviše se njihova mama i gospođa Župančić.

— Hajdete, deco! Da znate kako imamo lepu sobu! Bili su nam zadržali jednu manju, a ja naiđem na jednu praznu, veću, sa tri kreveta, skuplja je za deset dinara, ali ima jako lep izgled. I gospođa je našla lepu sobu u istom hodniku, sa dva kreveta, a biće i jedna mala sa jednim krevetom za gospođinog sestrića. Lolo, kako ti je?

— Malo mi je lakše. Čim dođemo u sobu, leći ću.

— Morska bolest prolazi. Strašno je dok si na moru, a čim se oseti tle pod nogama, lakše je.

Popeše se u sobe.

— Što je božanstven izgled, mama! — uzviknuše kćeri i poleteše prozoru. — Vidi se more! Gledaj kako je uskomešano. Sad mi izgleda da su talasi veći.

— Eno jednog čamca! Jaoj, ako se potopi. Svi ga gledaju. Neko je u čamcu. Bože, ko je lud da se vozi po ovakvom vremenu.

— Neće se potopiti. Sve je bliže obali.

— Oh, kako je strašno kad se more razbesni!

— A ko je ono? Je l' to Spomenka? — zapita mati. — Kakav je ono Turčin s njom?

— Jeste, Spomenka. Nije on Turčin, on je naš, samo nosi fes.

— Gde ga nađe?

— Razgovarale smo s njom, mama. Naletela je na nas kao vihor.

— Ne volim da idete s njom. Izbegavajte je.

— Kako možemo da je izbegavamo, kad ćemo svi biti na kupalištu?

— Pravite se malo hladnije prema njoj. Ta uvek vuče za sobom muškarce. Sa koliko sam je raznih muškaraca samo ja sretala. S kim je došla?

— Nismo je pitale. Valjda s majkom.

— Ni ona nije bolja. I njene se žitije znaju. Sad se malo smirila, a u mladosti je varala njenog šonju. Već je pošašavio od nje. Zato joj je i ćerka ovakva. Hajde, vadite haljine iz kofera. Bože, koliko li ste ponele haljina!

Lola i Krinka su vadile svoju odeću. Bilo je haljina raznih boja, ružičastih, plavih, zagasitovišnjevih, štofanih suknjica, i dva lepa kompleta za plažu sa širokim japanskim pantalonama od domaće svile. Lola je imala ružičasti, a Krinka bledozeleni.

Kostimi za kupanje bili su najjednostavniji.

— Najbolji su crni. U boji su nekako indiskretni — govorila je Lola.

Krinka priđe prozoru.

— Ceo dan bih mogla ovako da stojim i gledam more. Kako je lepo veče na moru!

Sumrak se spuštao, sijalice su se palile i na njihovoj svetlosti ocrtavali su se listovi palmi. U daljini se podizalo veliko brdo sa četinarima. Osećao se miris šume i mora. Posle zagušljivih i tihih venecijanskih kanala, ovde se osećala širina, daleki horizont, pučina. I misli su bile lepše. Ovde je čovek postajao umetnik, pesnik, pripovedač i slikar.

Večerale su i polegale. More je još više besnelo, mešalo se mnoštvo urlika, nekakvo ječanje i tres. U tom besnilu i rikanju bilo je nečega veličanstvenog, kao u Vagnerovoj muzici.

Postelje su im bile ugodne, čiste, a prozor otvoren. Svetlost jedne sijalice osvetljavala je sobu. Uz urlike mora čuo se i žagor sveta, a negde je svirala muzika. Kroz hodnik su se čuli koraci. Neki su razgovarali glasno... na raznim jezicima. Jedan ženski glas govorio je češki:

— Lojziček, za pana boha, jak jsem unavena!

— Moc si se koupala, Libušo.

Taj češki, bio je nekako pevajući.

Koraci opet odjeknuše i začu se grleni, krupni, mađarski govor.

Stišavalo se sve, a posle se čuo plač deteta...

— Necu pavam, ocu setam.

— Nećeš da šetaš, nego ćeš da spavaš — govorio je ljutit ženski glas. — Vidi, živ zaspao, a hoće da šeta. Ceo dan me ždere! Ti si ga to razmazio.

Očev glas je govorio blaže:

— Sutra ćemo, sine, opet da se šetamo... vozićemo se u čamcu, a sad će Mile da spava.

— Necu pavam — razdera se opet sinčić.

— Ovo su naši, poznajem ih po govoru.

— Sirote majke, svuda se bakću sa decom. Takva si i ti, Lolo, bila, samo si volela da skitaš i plačeš. Dosta si batina izvukla.

— Jeste, ali je jako lepo imati dete. Kako bih ja bila srećna da imam jednog sinčića. To mi je ostalo u žalosti.

— Ćuti, bolje je što ga nemaš, kad si udovica, bez dece ćeš lakše da se udaš. Udaju se teško i devojke, a udovice sa decom niko neće.

Napolju se čulo kako more još uvek besni.

„Sad je, možda, u Veneciji bura”, mislila je Lola. „Šta li radi Dubravko?” Osetila je tugu. „Bolje da nismo išle u Veneciju.”

Kroz hodnik se opet začuše koraci i negde jako tresnuše vrata.

Jedan ženski glas viknu napolju:

— Gospodine Šerife!

— Ovo je Spomenkin glas — reče Lola.

— To zove njenog kavaljera! Sigurno šeta s njim po pomrčini!

— Zato vam kažem da je izbegavate. I hoću da pazite na svoje ponašanje. Neću niko da kaže ovakve su i onakve! A plaža je mesto gde se svašta događa.

— Svašta se događa, pa su opet srećne i udaju se. Još se bolje udadu.

— Nije to, Lolo, onako kako ti misliš. Kad je devojka, neka je čestita. Mangupi neće da vas cene, ali pošteni mladići će vas ceniti.

———

More je bilo utišano, mirno, sa onim sitnim talasićima, što iz daljine liče na nabor svile, tako dobroćudno, bezazleno, kao žena posle gneva. Velika jedrilica, sa puno sitnih jedara, žutih kao pesak, klobušala se i ličila na neku pagodu na moru. Miris oleandera, mora i smreka, ulazio je u sobu, a Krinka je stajala sva ushićena, posmatrajući prvo jutro na moru. Još je bila sanjiva, zamršenih plavih kovrdža, i ličila je na neku sanjivu devojčicu, koja se budi iz sna. Duga spavaćica, boje jorgovana, dopirala joj je do članaka, i videla su se njena mala uzana stopala i pedikirani noktići, koji su ličili na nisku trešanja, većih i manjih. Kroz pravouglasti izrez spavaćice videla se njena koža, blistavobela i glatka kao somot.

— A ti još misliš da spavaš? — zovnu Lolu i drmnu je za rame. — Ustani da vidiš kako se more umirilo. Idu već na kupanje. Ala se ovde svi žure da iskoriste more od samog jutra. Lolice, vidi što je lepo brdo! Imamo i šumu i more. Hajde, ustanite. Ja sam se tako ispavala.

— Šta si sanjala, Krinka?

— Ja ništa, a možda sam i sanjala... ali se ne sećam.

Lola se lenjo diže, proteže se, ispruži ruke više glave i sva se izvi.

— A ja sam sanjala... Sinoć sam kazala hoću da zapamtim prvi san u ovoj sobi... Kao idem ja, a preda mnom put i naiđem na neku vodu. Kad, jedna uzana greda na toj vodi... a tamo, na kraju, stoji Dalmatinac... znate, onaj iz Venecije. Ja pođem preko one grede, a ona poče da se ljulja... Vičem ja: „U pomoć!", a Dubravko se smeje. Greda se sve više ljuljala, i ja poletim u vodu glavačke. Najednom me ščepa jedan čovek... Ja vrisnuh i probudih se.

— To ti se juče ceo dan ljuljalo more, pa ti se zato ljuljala i ta greda. A kako je taj drugi čovek izgledao?

— Ne znam. Nisam ga zapamtila.

— Šteta! — dirnu je Krinka. — Možda bi ga ovde pronašla.

Lola poče da se savija, radila je gimnastiku.

— Hajde, Kriniću, da vidimo ko može više da se savije. Ja dohvatim pod vrhovima prstiju.

— Ali malo saviješ kolena. A ja dodirnem dlanom. I vidi, kolena mi sasvim uspravno stoje.

— Lojziček — ču se opet češki razgovor u hodniku.

— Baš ću da vidim ko je taj Lojziček — reče Lola i nasloni se na prozor. — Što ćemo se danas kupati! Ala ću plivati. Kako ćeš ti sa tom tvojom dugom kosom?

— Sakupiću je pod kapu. Vidiš, kad je ovako dignem, ništa se ne vidi. Je li, mama, a hoćemo li mi dobiti kafice?

— Nema od kafe ništa. Nisam htela da je nosim. Osećam kako mi je srce malo popustilo od te proklete kafe, a i vas dve je mnogo pijete, naročito Lola.

— Baš si bezdušna, mama, ne daš mi ni kafu, ni cigarete.

— Cigareta ti ne treba. I otac ti je ostavio duvan, a ti jedina u kući pušiš.

„Pušiću ja, kad ti ne vidiš", pomisli Lola.

— Eno Lojzičeka! To je onaj crnomanjasti Čeh. Ja bih ga pre zvala Grmiček, jer je krupan kao neki grm, a ne kao lozica.

— Sad brže da se obučemo.

Siđoše u trpezariju sa gospođom Župančić. Bilo je puno sveta, čuli su se razni jezici. Za jednim stolom je sedela jedna dama srednjih godina i dve devojčice. Kelneri su joj se neprestano klanjali. Priđe joj direktor hotela i pokloni joj se.

— Gle, ono je za onim stolom gospođa Marković!

— Ko je ta dama?

— Supruga bivšeg ministra, ali ova sa dve devojčice, tako mi je poznata, kao da sam je negde srela.

Priđe kelner. Gospođa Branković je bila radoznala i zapita kelnera:

— Je l'te da je ona dama Beograđanka?

Kelner pogleda gospođu Branković iznenađeno, kao da se čudi što ona to ne zna, i odgovori zvaničnim tonom:

— To je gospođa ministarka Jovanović.

— A, znam, pa jeste, videla sam je u jednom udruženju.

Kelneri su se i dalje klanjali aktivnoj ministarki, dok na onu u ostavci nisu obraćali veliku pažnju.

— Eto šta znači imati vlast! Sećam se vrlo dobro kad je gospođa Marković bila na vlasti, to jest, kad je njen muž bio u vladi... Njena kuća je bila kao neki kabinet. U ženskim društvima samo se njena reč slušala. Sad se povukla, nema muževih veza, pa nema ni protekcije.

Vlasnik hotela prođe, pa se i on pokloni gospođi ministarki.

— Bolje je ovako, kao mi. Nemamo vlasti, ali nemamo ni očajanja kad vidimo da više nemamo važnosti. Ja mislim da ostavka ministra više pogađa njegovu ženu, nego njega samoga. On je političar te ostaje i dalje važna ličnost u partiji, a žena se ogrće njegovim položajem kao nekim plaštom i kad on sleti, sleti i njen plašt. Vidite, došle smo kad i ona, a ona već završava doručak, a nas još nisu poslužili.

Lola poče da se nervira.

— Lolo, budi mirna. Imam ja načina da pridobijem kelnera. Samo lep bakšiš.

— Imate pravo. Kelner prema napojnici daje rang gostima. Ako mu date veliku napojnicu, vi ste za njega imućni i otmeni, i salomiće se oko vašeg stola.

— Jedva jednom, nose i nama! Lolo, jesi li gladna?

— Još kako, mama!

— Da li će, mama, biti smokava? Tako ih volim!

— Što ova moja Krinka voli smokve! I zimi, u Beogradu, samo kupujem smokve.

— One su hranjive i pomažu varenju.

— Eno, ode aktivna ministarka. Ovu penzionisanu poznajem. Vrlo je ljubazna dama. I vrlo je aktivna u humanitarnim ustanovama.

— Pa te gospođe, koje imaju muževe na uglednim položajima, i treba da rade u ustanovama. One mogu lako da sakupe dobrovoljne priloge, jer naša društva se izdržavaju od dobrovoljnih priloga. Tako je kod nas u Zagrebu, a sigurno i kod vas u Beogradu.

— Hoćete li da se kupate? — zapita Lola gospođu Župančić.

— Da, hoću. Ja sunčam svoje noge. To mi vrlo dobro čini... Hoćemo li sada da idemo?

— Samo da platimo.

Gospođa Branković dade vrlo lep bakšiš kelneru, i on odmah poče najljubaznije da se klanja. Bio je zadovoljan i odmah je zaključio da su to otmene dame.

Izađoše iz hotela.

— O, gospodine Gavriloviću, otkud vi ovde? — uzviknu gospođa Župančić. — Koji je ovo put da se mi sretnemo na letovanju?

— Ja mislim četvrti... Jednom na Paliću, u Rogaškoj Slatini... Dubrovniku i sada.

— I, još ćemo se sigurno sretati. Je li ovo vaš Miša? Kako je zlatan. Srce moje, hodi da te poljubim. Čitav momčić! Koja mu je godina?

— Peta.

— Zlato moje, kako si sladak! Hodi da te pomilujem po toj tvojoj lepoj kosici. Ah, pardon! — okrete se gospođi Branković. — Da vam predstavim, gospodine Gavriloviću, gospođa Branković iz Beograda i njene kćeri. A ovo je gospodin Žarko Gavrilović, veleposednik iz Vojvodine.

— Mišo, pozdravi se sa gospođom i gospođicama. Daj meni toga krokodila. Vidite, ovako se svako jutro natovarimo kad pođemo na plažu, i krokodil... i auto... čamac, kantica.

Mališan je slobodno pružao ruku.

— Kako je sladak! — uzviknu Lola i pritisnu ga uza se. — I slobodan.

— Da... veoma je slobodan — govorio je gospodin Gavrilović svojim pevajućim banaćanskim naglaskom. — Odmah on sklapa prijateljstva. I velika je lola već sada. Uvek ume da pronađe lepe gospođice.

Mališan se smejao svojim slatkim, plavim očicama, a sestre su ga milovale.

— Šta ti je ovo? — pitao je odmah Lolu, pokušavajući da otvori njenu tašnu. — Šta ima unutra? Otvori, hoću da vidim.

Lola ga ostavi da se zabavlja sa njenom tašnom.

— A koliko ima kako ste došli?

— Nedelju dana.

— A već ste pocrneli?

— Crn sam i došao. Na mojim banatskim poljima ja sam stalno izložen suncu, kao na plaži.

— Pre ste išli u šume?

— Išao sam, ali više volim more. U planini mi se čini kao da sam bačen u neki kotao. Mi Banaćani naučili smo na širinu. Da pogled nigde ne zapne. I kad gledam ovo more, ravno i mirno, čini mi se kao da su ona moja banatska polja.

Nešto tresnu na beton i razbi se. Lola ciknu.

— Ogledalce! Ogledalce se razbi! To ne valja.

Njeno malo ogledalce ležalo je prepolovljeno na betonu, a mališan, koji je brljao po njenoj tašni i hteo da ga izvuče, sav je bio prestravljen.

— Vidiš šta si uradio! — viknu otac. — Razbio si gospođici ogledalo.

— Gospođi! — popravi ga gospođa Županćić.

— A tako?! Gospođi. Vidiš, gospođi si razbio ogledalo, i ona te neće više ni pogledati.

— Ne, nemojte da ga grdite, pogledaću ga, vidite kako se uplašio. Hodi k meni! Ja tebe volim, i pričaću ti priče, znam puno priča.

— Da kupimo puževe... hoćeš li? — pitao je mališan ohrabren njenim rečima.

Gospođa Branković se smejala.

— Moja Lola je sujeverna.

— Kažu da ne valja kad se ogledalo razbije.

— Naprotiv... Ja mislim da valja — govorio je Gavrilović, saginjući se da podigne onu polomljenu parčad. — To znači da mora novo da se kupi. I mali Miša mora da kupi gospođi novo ogledalce. A možda ovo i nije bilo dobro, i nije verno predstavljalo vaše lice.

— Ulepšavalo me je, zato sam ga i volela.

— Ja mislim da nijedno ogledalce nije iskreno prema ženama i pakosno neće da ih ulepša, jer su one suviše lepe — odgovori joj Vojvođanin sa osmehom i pogleda je.

Gospođa Župančić se nasmeši na te reči, a i Lola se nasmeši. Zagleda se malo bolje i nađe da je vrlo simpatičan gospodin. Imao je sjajnu kosu, zaglađenu i razdeljenu, okruglo lice, crne i guste obrve, a ispod njih tako blage i dobrodušne crne oči, koje su odavale da je pitom i karakteran. Platneno odelo od kuvane svile tako je bilo besprekorno čisto, sa prugom na pantalonama, kao da je tek sada ispeglano obukao, plava, svilena košulja, bila je sa povijenom letnjom jaknom Robespjer. Bio je viši od srednjeg rasta i širokih pleća. Na prvi pogled moglo mu se dati trideset šest, do trideset osam godina.

— Kuda ste pošli, gospodine Gavriloviću?

— Na plažu.

— I mi ćemo tamo.

— Onda ćemo zajedno.

— Ako hoćete, odvešću vas tamo gde se ja kupam. Ovde su svuda duž obale plaže. Pesak je lep. Ima malih uvalica, a što je još lepo na Rabu, to je ono brdo i šuma. Kad se ne kupam, onda ja i Miša šetamo po brdu. To mi je za mršavljenje. Počeo sam da se gojim i sve ću da izgubim u očima žena, one sve vole ove prosukane i ufitiljene mladiće.

— Vi biste mogli da konkurišete svakom mladiću.

— Varate se, gospođo Župančić, jer ne poznajete žene.

— Istina, ja sam starog kova, pa možda ih dobro i ne poznajem. Hajdete da prođemo ovom ulicom.

Lola, Krinka i Miša su išli napred. Krinka je vodila Mišu za ruku.

— A hoćeš li mi dati tog tvog krokodila?

On je pogleda svojim plavim očima i odgovori kratko:

— Ne dam! Što ti ne kupiš Ovo je meni tata kupio... Puževe ću da ti dam... Hoćeš li i ti da kupiš puževe?

— A gde ima puževa? — pitala je Lola.

— U moru... tamo! — govorio je on ozbiljno. — I Mile mi je kupio sa kanticom.

— A ko ti je taj Mile?

— To je Mile. Ne zna da govori... Igramo se.

Iza njih išao je Vojvođanin sa gospođama.

— S kim ste došli, gospodine Gavriloviću?

— Sa sestrom. Ona se ne kupa. Samo se sunča.

— To je gospođa Banić, udovica?

— Jeste, ona mi i vodi kuću. I tu je uvek oko deteta.

— A jeste li sazidali vilu na imanju?

— Treba samo da dođete i vidite kakvu sam vilu sazidao. Hteo sam da bude i higijenski i elegantno. Baš bih hteo da dođete sa Ivom. Vlatka sam video proletos u Zagrebu. Krasan mladić! Diplomirao je sigurno?

— Gotovo sa odličnim je diplomirao. A je l' još uvek negujete cveće?

— Imam čitav rozarijum. Sto pedeset ruža.

— Vi ste na vašem imanju kao na spahiluku.

— Da, kao na spahiluku — uzdahnu neprimetno Gavrilović. — Volim da se bavim ekonomijom. Sve mi ide za rukom Pa opet... Ima nečega što mi nedostaje.

— Tata — dotrča Miša. — Ona kaže — govorio je, pokazujući na Lolu — da je slon veći od krokodila.

— Jeste sine, slon je veći.

— Ona kaže...

— Nemoj, sine, „ona kaže”, nego reci „gospođa kaže”.

— Tata, gospođa kaže da krokodil može da pojede čoveka. A moj krokodil ne može da ujede.

— Ne može, sine, to je igračka.

— A ja se, tata, ne bojim krokodila.

— Dabome, sine, i ne treba da se bojiš.

— Ja ću njega da ubijem puškom.

On opet otrča Krinki i Loli, sav nasmejan i razgovoran, i do plaže njih dve i Miša potpuno su sklopili prijateljstvo.

Miša sa tatom ode da se svuče u kabini, a one su čekale dok mama ne dobije broj.

Spomenka, koja je već bila u kostimu, spazi ih i pritrča.

Prvo pitanje joj je bilo:

— Otkud se vi poznajete sa gospodinom Gavrilovićem?

— Sad smo se upoznale. Upoznala nas je gospođa Župančić.

— A znate li vi ko je on?

— Veleposednik, kako ga je ona predstavila. Iz Vojvodine.

— Veleposednik i bogataš! Pričaju da ima veliko imanje... i što je najvažnije, on je raspuštenik.

— To nismo znale.

— Raspuštenik, žena ga je ostavila. Uzeo je neku sirotu, zaljubio se u nju a ona ga ostavila... pobegla sa nekim mladićem. Možete da zamislite takvu glupaču, ostaviti muža bogataša, a pobeći s nekim dripcem. Kao da nije mogla obojicu da drži kraj sebe, i muža i ljubavnika.

— Ipak je bolje ostaviti muža, ako ga ne voli, nego obojicu da vara. To je nečasno.

— A časno je da se muči i da je posle taj lepotan odgurne kad mu dosadi. A sigurno će je odgurnuti kad mu padne na vrat. Žena samo vredi pored bogatog muža, i da nije mnogo lepa uvek ima uspeha... Zašto mladići trče za bogatim udatim ženama, a ne za devojkama? Jer ih te žene finansiraju.

— Zar se tebi takve žene sviđaju?

— Sve ono što usrećuje ženu, meni se sviđa. Brak sam po sebi ne usrećuje, ali kad se nađe bogat muž, i mlad ljubavnik, to je pravi život... Te žene su najsrećnije.

— A po mom mišljenju to su najbednije žene — odgovori jetko Krinka.

— Ti, Krinka, kao da si se vaspitavala u manastiru. Verujem da se Lola sa mnom slaže.

— Ne slažem se ni ja. Po mom mišljenju bolji je brak iz ljubavi. A i sama sam se tako udala.

— A šta imaš od toga braka iz ljubavi? Ništa, i da nemaš roditelje, morala bi završiti neki daktilografski kurs, i očekivati kao milost da te tvoj šef uzme za ljubavnicu i dopuni tvoj bedni budžet.

Lola malo uvređena odgovori:

— Po tvom mišljenju svaka činovnica mora da nađe ljubavnika.

— One traže muža ali se zadovoljavaju i sa ljubavnicima. A ja bih ti preporučila da hvataš ovog veleposednika. Ima jedno dete. A šta će ono da ti smeta? Valjda bi ga ti vaspitavala? Uzmeš mu guvernantu, pa ga predaš njoj, a ti uživaš.

— Ja nisam nikad nikog hvatala, niti ću hvatati. Zašto ti ne pokušaš, Spomenka?

— Meni je još tako draga devojačka sloboda.

— I iskorišćavaš je i ovde — primeti ironično Krinka.

— Do izvesnih granica. Mada su ovde muškarci vrlo nasrtljivi. To je, valjda, uticaj sunca i kupanja.

— Je li tvoj Musliman nasrtljiv?

— On bi bio kad bih mu dopustila.

— Je li oženjen?

— Kod Muslimana je svejedno, bio oženjen ili momak. I kao oženjen on je slobodan, jer uvek može ponovo da se ženi.

— Još ćeš otići i u harem.

— To bi bilo interesantno. Mene zanimaju ovi strasni južnjaci, što vole da gospodare ženom.

— A je li tvoj Šerif takav?

— Otkud mu znate ime?

Lola se lukavo osmehnu.

— Sinoć smo se upoznale s njim.

Spomenka se sva promeni u licu.

— Kad ste se upoznale?

— Vidiš, sad sam te uhvatila. Ljubomorna si.

— Zašto ljubomorna? Baš ni najmanje. Zar se vi ne možete upoznati s njim? Samo me interesuje, kad ste pre mogle da ga upoznate.

Krinka, da bi je umirila, odgovori:

— Nismo se upoznale, šalila se ona, nego smo tebe čule kad si ga sinoć zovnula: „Gospodine Šerife!"

— A tako! — odgovori ona veselije.

— Eno ti Šerifa!

On je izlazio iz vode, visok, suvonjav, sa lepom figurom i, ovako u kostimu, nije podsećao na Orijentalca.

— Lolo — viknu njihova mati. — Hajde, svlačite se.

— Oh, ljubim ruke, gospođo Anđo! — uzviknu Spomenka. — Pričala sam mami da ste došli i njoj će biti vrlo prijatno da se vidi sa vama.

Gospođa Branković je pozdravi usiljenom ljubaznošću, i spusti se u more, a ona ode na pesak da legne kraj Šerifa.

Lola i Krinka izađoše iz kabine. Na toplom primorskom suncu i kraj pregorelih tela, Krinka je blistala kao gips. Njeno fino telo, koje je imalo linije malo mršavije Venere, ocrtavalo se ispod kostima klasičnim oblicima, a vitke, oble noge, dopunjavale su lepotu stasa i izvajanih bedara... Lola je bila isto tako lepa samo se u njoj osećala žena, oblijih bedara i bujnih grudi.

Spomenka ih spazi i pogleda ih s nekom zavišću, kao što se uvek gledaju žene, kad se prikazuju polunage, u kostimu, bez odela, onakve kakve su, i kad se vidi šta je istinito, a šta je lažno i prikriveno na njima.

Krinka je bila sušta umetnost, koja bi kao model oduševila slikare. Njena figura je izazivala divljenje, kao neka lepotica, koja se ne sme oskrnaviti, još sva čedna i nežna, dok je Lola imala seksualnu draž lepe žene, čiji svaki mišić drhti od strasti.

Spomenka ih je pratila pogledom, dok su se spuštale u more, i uzdahnu lako. Šerif, koji je sedeo na pesku, pogleda isto tako obe sestre i zaustavi se na blistavoj belini Krinke. Spomenka uhvati taj pogled, leže na pesak i zatvori oči, kao da spava. Bila je više razgolićena nego obučena. Njen kostim je imao samo jedan trougao preko prsa, i pridržavao se na leđima dvema ukrštenim pantljikama, ali pri sagibanju videle su joj se čak i grudi, suviše male, što ju je uvek jedilo, i pozavidela je u ovom trenutku bujnoj Lolinoj bisti i fino izvajanoj figuri Krinke.

Sestre se stresoše, kad prvi put spustiše noge u more, ali lagano, voda im se sve više pela, čak do vrata. Privikavši se, one i zaplivaše. Plivale su oduševljeno, nestašno, veselo, kao da se igraju sa talasima, i utrkivale se koja će koju da prestigne. Lola je bila bolja plivačica, već je izmakla ispred Krinke, ali neko je jurio za njima da ih stigne, i one čuše onaj pevajući naglasak gospodina Gavrilovića.

— Zar dame da me osramote i da bolje plivaju od mene?

Lola ga pogleda, nasmeši mu se i pojuri, bacajući se kroz talase.

Gavrilović i Lola još su plivali, a Krinka spazi kamenje kraj obale, dopliva bliže, ispravi se, popne se na kamen i sede.

Niz njeno telo voda se slivala i zadržavale se male kapi, kao prozračna zrnca od kristala. Talasići su jurišali na stene, plavkasti i zeleni, zapenušeni od igre i nestašluka. Bilo je zanimljivo posmatrati tu igru talasića, koji su se zavlačili u izlokane stene i udubljenja, kao u neke male špilje.

Sunce je bilo toplo, a ćarlijao je vetar. Ona skide gumenu kapu s glave, zatrese kosom i njeni plavi uvojci rasuše joj se čak do ramena. U polusedećem stavu, naslanjajući se na ruke opuštene pozadi nje na stenu, ona je zamišljeno sedela posmatrajući jednu barku, čije se belo jedro nadimalo i nosilo je. Galebovi su kreštali, leteli nad morem i spuštali se na talasiće.

Krinka ustade, okrete se obali i trže se najednom. Malo dalje, ispod jedne masline, stajao je mladić u kostimu. Ispred njega su stajali slikarski nogari sa platnom, a u ruci je držao paletu. On kao da je prestao da slika, stajao je malo dalje i posmatrao Krinku. Njegove crne, vatrene oči, razbarušena kosa, sva u neredu od kupanja, i preplanulo lice, davali su mu izgled nekog urođenika.

Krinka baci na njega jedan brzi pogled i pođe.

Mladić joj najednom dobaci jednu nemačku frazu.

Ona ga iznenađeno pogleda, ne razumevajući šta je rekao, jer nije znala nemački.

Mladić pođe prema njoj dva-tri koraka.

— Vi Ruskaja? — zapita je...

Ona zavrte glavom i odgovori sa osmehom:

— Nisam Ruskinja.

— A, vi ste Srpkinja! — obradova se mladić i progovori čisto srpski. — A u prvi mah bih se zakleo da ste Nemica. Bogami, prava Nemica! Tako ste sva plava, bela i ružičasta, sva u pastelnim bojama. Gledao sam vas kako izlazite iz mora, kao nimfa. Ostanite tako kako stojite samo nekoliko trenutaka... Ili sedite, kao maločas, a talasi neka vam zapljuskuju noge. Što biste vi bili divan model! Nimfa izlazi iz mora. Prava nimfa! Ta plava kosa, te kovrdže, stas...

Mlada devojka je gledala iznenađeno. Mladić joj je prilazio sve bliže, posmatrajući je ushićenim očima umetnika. Videći njeno iznenađeno lice, on poče da se opravdava.

— Oprostite, ja sam iskren. Ne laskam vam, nego govorim kao slikar. Tako ste me impresionirali kada sam vas video... i još mi je milije što ste Srbijanka... takoreći sestra, jer ja sam brat Crnogorac.

— Crnogorac? Slikar? A ja sam zamišljala Crnogorce u njihovoj nošnji sa revolverom za pojasom.

— Umesto nošnje i revolvera, mene ste videli kao Adama. Kad već niste naišli na junaka Crnogorca, nego na slikara, boema, molim vas ostanite tako da vas skiciram.

— Izvinite, sada ne mogu. Hoću da se kupam. Tek što sam ušla u more. Jutros se prvi put kupam.

— Zato sam vas prvi put i video. Ali obećajte mi da ćete doći da vas slikam. Nećete odbiti bratu Crnogorcu. Mi Crnogorci smo iskreni, ne izmotavamo se, i kad je nešto lepo, kažemo da je lepo. A vi biste mi bili takav model kakav bih samo mogao da poželim. Hoćete li da mi pozirate?

— Ne mogu da obećam ništa. Moram da pitam mamu.

— Ako treba ja ću da pitam vašu mamu, i, ako se vaša mati bude bojala mene, može i ona tu da sedi — govorio je slikar sa osmehom, a oči su mu gorele nekim čudnim sjajem.

Mlada devojka se spuštala niz kamenje, a mladić joj priđe još bliže. Ona mu klimnu glavom i zapliva, a on osta na obali, zaboravljajući svoje razapeto platno i četkice.

Lola i Gavrilović su se vraćali, i sad je Lola izmicala pred njim. On je žurio da mu ne izmakne i plivao je na leđima.

Kad su izašli iz vode, Miša pritrča Loli.

— Hoćeš li da kupimo puževe?

— Hoću, a gde ih ima?

— Ja znam.

On je uhvati za ruku i povede moru.

— Mile! — viknu on jednog malog snažnog debeljka kovrdžave kosice.

— A, to je tvoj Mile. Sigurno si to ti plakao sinoć, jer si hteo da šetaš.

— Ja sam plakao — govorio je on, tepajući slatko. Lola im je nakupila školjki i pužića punu kanticu.

Izađoše na obalu. Oni su obojica išli s njom i sedoše na pesak.

— Krinka, ovo je Mile, što je sinoć plakao „ocu setam”!

— Što je zlatan, pogledaj mu kosicu! — Krinka ga dohvati i posadi kraj sebe na pesak, posmatrajući ga nežno. Njegove su nožice bile ulepljene peskom, a gaćice su mu se priljubile uz nožice.

Miša je prosuo sve pužiće na pesak, a Lola mu je pravila kulu od peska i to ga je zanimalo.

Gospođa Župančić i njihova mati posmatrale su kako se njih dve zabavljaju sa decom.

— One obe vole decu, a Lola, koliko je žalila muža, žalila je i što nema dete. Crkla je za detetom! Stalno uzima ćerkicu svoje prijateljice, šeta s njom, dovodi je našoj kući da spava, i sve mi se hvali „šetala sam s Brankicom, a svi me gledaju kao da je moje dete”.

— Vidite, ona prisvaja tuđe dete, a majka napustila ovako zlatno detence.

— To je žalosno — dobaci Lola. — A kako je divan dečko! Kako je mogla da ga ostavi?

— Kako? Ne znam ni ja… A i gospodin Gavrilović je tako krasan čovek. Ali nema sreće u braku.

Lola i Krinka su slušale taj razgovor igrajući se sa decom.

Gospođa Župančić je nastavljala:

— Prvi put se oženio bogatom devojkom, jedinicom, iz dobre porodice, ali je bila razmažena, besna… Nikako nije htela da rađa. Kad je ostala u drugom stanju, htela je da se otruje. Nije htela da pokvari liniju. Te on drži oko nje, moli je, preklinji da rodi. I ona se smiluje da to dete rodi, ali su ga morali odmah da daju njenoj majci da ga ona čuva. Jer gospođa je htela da nastavi svoj način života, jahanje, tenis, putovanja, zimi Nica, leti Zemering. Dete tako dobi šarlah i umrede. A i ona jedne zime nazebe, dobije zapaljenje pluća i umre. A posle on reši da se oženi sirotom devojkom. S njom je dobio ovog sinčića. Ali ona pobesne! Sve joj je činio, ugađao joj, udešavao joj provod, ali jednog dana ona pobeže s nekim putujućim glumcem. Išla je tako, igrala po kafanama, živela svakojakim životom, napustio je i taj s kojim je pobegla. Posle, kad je sasvim propala, htela je da se vrati, ali on nije hteo da je primi. Možda bi je i primio, kako je dobrog srca, ali nije hteo zbog deteta. Meni je sve poveravao, i plakao je jednom kod mene: „Primio bih je, ali zar da takva propala žena vaspitava mog sina?!” I onda joj je dao veću sumu novca i ona je negde otvorila kafanu. A tako je krasan čovek! Inteligentan, svršio je prava, ali je ostao na imanju. Šta mu treba državna služba? Ima čitav spahiluk. Samo, ipak nije srećan. On je čovek u tim godinama kad u kući treba da ima ženu, domaćicu, i on je domaćin, nije za njega, kako i sam kaže, da se vezuje čas s jednom, čas s drugom.

— On se uvek može oženiti — dodade gospođa Branković.

— Ali, on se sada plaši braka, baš smo razgovarali o tome. „Ne smem da se ženim", kaže mi jednog dana. „Danas devojke samo trče za bogatstvom, a posle traže ljubavnika, ili traže da izigravam fićfirića."

Lola, koja je ovo slušala, seti se onih Spomenkinih reči: „Bogat je, treba ga hvatati..."

— A čovek kao što je on — govorila je gospođa Župančić — traži da ga žena i voli i ceni, jer on to zaslužuje.

Baš u tom trenutku Gavrilović je izlazio iz mora. On spazi svog sinčića.

— Taj će vam dodijati ako mu budete sve činili — govorio je sestrama. — Biće vam dosadan kao neko nestašno mače.

— Tata, vidi. Imam puno školjki... Ja i Lola smo nakupili...

— Koja Lola?

— Ova, tata!

— Kako mi je ime zapamtio — začudi se Lola.

— Sigurno je čuo da vas je neko zvao, a on odmah zapamti. Vrlo je bistar.

— Hoćeš, Lola, da idemo opet?

— E, sine, sad ostavi gospođu. Još bi vaš gospodin suprug mogao biti ljubomoran na njega.

Lola spusti oči, a gospođa Župančić primeti:

— Gospođa je udovica.

— O, izvinite — trže se Gavrilović. — Hajde, sine, lezi na pesak, a ja ću da te zatrpam...

— Ja ću kod Lole da legnem.

— A meni ne znaš ime? — dirala ga je Krinka.

— Kako se ti zoveš?

— Krinka.

— Krinka! — ponavljao je on smejući se i zapinjući na glasu „r".

Lola ga preturi u pesak, poče da ga zatrpava. On se praćakao i izvirivao nožicama.

— Mile! — viknu jedan ženski glas.

To je malog Mileta zvala mama, i on otrča svojim slatkim debeljuškastim nožicama.

— Sad ću, Mišo, da ti pričam jednu priču, a ti da slušaš — govorila mu je Lola.

On je gledao svojim nežnim plavim očicama, a ona otpoče:

— Bili jedna seka i bata, pa imali čamac. Jednog dana sednu u čamac da se vozaju...

Ona je pričala, pričala dugo, a mališanove lepe očice gledale su je i slušale svaku reč...

Malo dalje od njih ležao je Gavrilović. I on je slušao priču Lolinu, slušao, zaklopio oči, i jedan uzdah mu se otrže iz grudi.

— Deco, hajdemo, dosta ste se sunčale — govorila je mati Loli i Krinki. — Prvog dana ne smete mnogo, kao onda u Baškoj, pa da posle bude groznice i sva leđa u plikovima.

Krinka i Lola ustadoše poslušno.

— A što ti ideš? — žalosno je pitao Miša.

— Idem, sutra ću opet da dođem — tešila ga je Lola.

— I opet ćeš da mi pričaš priču?

— Sad ćeš ti meni da pričaš.

— Prvo ti meni da pričaš, pa ću ja tebi.

Gavrilović se nasmeja.

— Vidite kako vas iskorišćava. Neće on da se muči da priča, nego vi.

Dođoše u kabine. Lola je već bila ušla, a Miša potrča Krinki sa svojom kanticom.

— Da ti dam pužiće — vikao joj je...

Trčeći on se saplete i prući u pesak, a pužići se razleteše...

On se rasplaka na sav glas, Krinka polete da ga digne, ali u tom trenutku nađe se kraj njega Šerif i podiže ga.

— Evo, ja ću da ti pokupim pužiće — govorio je, gledajući Krinku sanjalačkim očima.

— Pali mi pužići — plakao je Miša...

— Ništa, pužiće ću ti sakupiti — tešila ga je Krinka. Kupila je i ona i Šerif, i dok je mladić u tom sagnutom stavu posmatrao mladu devojku, ona ga nije ni pogledala. Spomenka se najedared stvori kraj njih.

— Šta to radite?

— Kupimo Mišine pužiće — odgovori joj sa osmehom Šerif.

On se ispravi, a ona ga pogleda nekako prekorno, kao da je htela da mu kaže: „Znam zašto ih kupite, da biste bili u blizini ove plavuše..." Ona odjuri u kabinu, ne gledajući ga više, a Krinka dade Miši njegove pužiće.

Gavrilović je sedeći na pesku posmatrao ovu scenu i smešio se na sinčića.

Vraćali su se u hotel. Sunce je bilo toplo, ali s brda je dopirao mirisni povetarac šume. Svi su žurili na ručak. Vraćajući se, razgledali su zgrade, stare i nove, s malim balkonima, ograđene zidinama iza kojih su bile baštice i loza. Stari primorski stil osećao se svuda, i negde su kuće bile kao kula. Moderni hoteli unosili su nov stil u ova stara primorska mesta.

Krinka zastade da posmatra jednu kuću sa baštom. Okrete se i ugleda slikara. On je išao za njima u belim velikim pantalonama i košulji od žerseja. Sad je bio sasvim drugačiji, začešljan, elegantan. Videći Krinku, koja se okrenula, on joj se pokloni. Ona ubrza, da je on ne bi slučajno stigao, jer se bojala da mama ne kaže: „Kad pre napravi poznanstvo". Stiže mamu i Lolu. Preko jednog zida ugleda staru lisnatu smokvu... Bila je puna ploda, onog prvog, ranog, i smokve su bile jako krupne.

— Mama, eno smokava! Da pitam da li prodaju?

Jedna suvonjava, crnomanjasta žena, stajala je u bašti u kojoj je bilo mnogo ruža.

— Gospođo, da li biste nam prodali malo smokava? — pitala je ona umiljato.

— Zašto da vam ne prodam?! — odgovori žena.

— Mama, pričekajte, idem da uzmem smokve. Daj mi samo novac.

Primorka joj nabra punu korpicu i još uzabra jednu lepu ružu. Ona uze ružu i zadenu je u izrez svoje bele haljine.

Spuštala se niz stepenice i slikar se stvori pred njom.

— Dobar dan, gospođice! Oprostite što sam jutros bio onako slobodan. Ali plaža dopušta takvu bliskost.

Mlada devojka se zbuni, jer spazi da su se mama i Lola okrenule i začudile se s kim to razgovara.

— Ta vam crvena ruža tako lepo stoji — govorio je slikar, videći svuda neki slikarski motiv. — Tako bih vas mogao slikati, smokve u korpici, ruža na grudima i veliki beli šešir sa resama.

— Jeste li našli dosta motiva ovde?

— Ovde ima izvanrednih motiva. Slikao sam pejzaže i neke primorske tipove, jednog ribara, dve devojčice i, gore sam našao vrlo lep motiv, jednu staru kućicu. Izvinite, nisam vam se ni predstavio. Vuko Radonjić.

Mlada devojka, sva rumena, izgovori zbunjeno svoje ime i gledajući svoju mamu i sestru prošaputa:

— Ono je moja mama i sestra!

Kako je mati upitno gledala, Krinka joj objasni.

— Mama, gospodin je slikar, i jutros posle plivanja kad sam sela na obalu on me je video i pitao me hoću li da mu poziram.

Mati podiže malo iznenađeno obrve, ali umeša se slikar.

— Gospođo, vaša gospođica kći je tako interesantna sa svojim plavetnilom. Na njoj je tako mnogo plavih i ružičastih tonova, da sam jutros bio slobodan odmah da je zapitam hoće li mi poslužiti kao model.

Pošli su dalje, a slikar sa njima. Kraj njih prođe Šerif. Uđe u jednu knjižaru i, dok su prolazile, on ih je iz knjižare posmatrao.

Slikar je nosio svoje nogare i platno.

— Slikali ste nešto?

On podiže platno. Bila je to jedna mala uvalica, sa zapenušanim talasima. Pogleda i Lola.

— To je moja sestra — predstavi je Krinka.

Slikar je pogleda i iznenađeno progovori:

— Ne ličite, kao da ste iz dva naroda.

— Kojoj bi narodnosti pripadala ja?

— Na vama se vidi da imate slovenske krvi, ali gospođica kao da je iz Azije.

— Uh, Azijatkinja!

— Zašto? Mislite da to nije kompliment? Azija ima svoju egzotičnost što je za Evropljane od osobite draži... Uostalom, mi na Balkanu smo raskrsnica gde su se ukrštale mnoge rase, i nije čudo što imamo u sebi nečega i azijatskog, i italijanskog, nemačkog. Ovde ja stanujem — reče mladić i zasta.

— Niste u hotelu?

— Nisam. Ovde sam u privatnom stanu, tako je lepa kućica. Tipična.

Spomenka ih sustiže.

— Ah, gospodine Vuko, zar ste stigli da se upoznate sa mojim prijateljicama?!

— Imao sam tu sreću.

— A kad ćete mene da portretirate? Htela bih u kostimu... cela. Staću na jedan kamen na obali, pa da me tako slikate.

— Vrlo rado, gospođice, samo ću vas zamoliti, kad ste prijateljica sa gospođicom, da mi izdejstvujete kod nje — govorio je pokazujući na Krinku — da mi pozira za jednu sliku.

— Pa zar ona neće? — začudi se Spomenka. — Jeste li je pitali?

— Izgleda da neće.

— Bože, što nećeš?... Ali vi tu sliku ne biste prodali...

— Ne.

— Na izložbu biste mogli da je iznesete. I mene kad budete portretirali, možete da izložite.

Slikar se smeškao slušajući Spomenku. On ostade a one produžiše.

— Je li prošao Šerif? — zapita ona najednom sestre.

— Prošao je.

— Čini mi se da je ostao u knjižari.

— Ah, idem nešto da ga pitam. Ljuta sam na njega. Znate, zbog onog Voje iz Beograda. Ja se poznajem s njim. Jutros smo razgovarali, i jedno vreme je ležao pored mene na pesku. A on kao neki pravi Turčin, sav se narogušio. Što je bio smešan! Kao da treba samo njega da gledam.

— A zašto treba da gledaš trojicu? Kad se zabavljaš s njim, nemoj druge ni da posmatraš. I šta će ti sada da se vraćaš i raspravljaš se s njim?! Ja to ne bih radila. Napravila bih se gorda.

— Baš zato što sam gorda, hoću da se objasnim.

Ona se vrati kao vihor, a Lola se osmehnu.

— Misliš li zbilja da je on ljubomoran, ili ona?

— Ne znam ništa i ne interesuje me.

— Zgodan je ovaj Crnogorac! Iskren i otvoren. A jesi li čula kako mu se ona nameće da je portretira. Ja mislim da bi se ona sa svakim zabavljala. Onog njenog Šerifa nećemo ni pogledati — govorila je Lola. — Ja sam ga jutros iz kabine videla kako je tebe, Krinka, posmatrao, a ona odjurila, i verujem da je bila ljubomorna na tebe.

— Pogledajte, deco, ove primorske kapice! — okrete im se njihova mati, koja je išla ispred njih sa gospođom Župančić.

— Što bi nam to lepo stajalo, mama... Hajde da kupimo.

— Nemojte sada, imamo vremena. Da požurimo na ručak. Bolje ranije, posle će se natrpati sveta, pa nećemo stići na red... A ja sam tako gladna. Ovo more iscrpi čoveka i stvara apetit. Jeste li vi gladni, gospođo Župančić?

— Prilično.

Posle ručka Lola i Krinka odoše na jedan sat da prošetaju po brdu, pa posle da se vrate na kupanje. Mama je ostala da se odmara.

Sad su se prvi put pele uz brdo. Šuma ih je zadivljavala. Visoki četinari, a kroz grane, svuda unaokolo, plavilo se more, koje je između toga zelenila bilo tako plavo i glatko, kao da nije voda, već svila razapeta između grana. Svuda su bila ta dva tona, zeleno i plavo, što tako odmara oči i umiruje živce. Kupači su se odmarali u šumi, ležali po travi, neki na ćebetu, a drugi na goloj zemlji ili klupi, i svaki je želeo da što više iskoristi sunce i vazduh.

Penjući se uz brdo one spaziše na jednoj klupi gospodina Gavrilovića. On je sedeo i čitao novine na kraju klupe, a preko klupe je bio opružen mali Miša, sa jastučetom ispod glave, i slatko spavao.

Sestre su sa osmehom pogledale Mišu kako slatko spava, klimnule glavom njegovom ocu i, ne govoreći ništa da ne bi probudile Mišu, otišle dalje.

Jedna ženska prilika sedela je na drugoj klupi, nasuprot Gavrilovićeve klupe, tako da je mogla da ga gleda.

Bila je to Spomenka.

Ona spazi sestre i zbuni se, jer je osetila da će one razumeti da tu sedi zbog njega. Bilo joj je tako krivo što su one naišle, ali svoju ljutnju morala je da skrije iza pritvorno ljubaznog osmeha.

— Je l'te da je ovde lepo? — govorila je svojim cvrkutavim glasom sa afektacijom. — Ja dolazim uvek posle ručka, neću da spavam da se ne ugojim.

— A šta ti imaš da se plašiš gojenja? — primeti Lola.

— Kako da se ne plašim? Ovde sam dobila kilogram.

— Možeš slobodno da dobiješ i pet.

— Uh, to bi bilo strašno! I ti treba da izmršaviš. Ti si se dosta ugojila — govorila je pakosno Loli, a jutros je uzdahnula kad je posmatrala njene oble mišice. — I ti si, Krinka, dosta puna... Malo šetnje potrebno je i tebi.

— Ja se za to ništa ne sekiram, ako se i ugojim, neću se ljutiti.

— Žena mora da ima liniju — govorila je ustajući sa klupe. — Hoćete li da šetamo? Mogu i ja sa vama.

Osećala je da nema smisla da ostane nasuprot Gavriloviću.

— Jesi li se objasnila sa Šerifom?

— Dobro sam mu očitala. Nevaspitanko jedan!

— Zar on nije dovoljno vaspitan i obrazovan?

— On je obrazovan čovek! Svršio je prava, putovao je mnogo, valjda je obišao celu Aziju i Evropu! Bogat je. Industrijalac. Nije ženjen. Bar on tako kaže. A možda je i ženjen, ko će ga znati? Uostalom, to i nije tako važno, je li oženjen ili je momak.

— Niste se pomirili?

— Nismo se ni svađali, samo je kazao da posle ručka ide da spava. A zamolio me je da se vozimo čamcem oko sedam. On je zakupio ovde jedan čamac i voli predveče da se vozi.

Tek što je to izgovorila, kad ugledaše kako im u susret stazom ide Šerif.

Ona otvori očice, male kao u vrapca, i zatrepta sitno:

— Gle, eno Šerifa! A kazao je da će da spava!

Mladić im se približavao i nisu mogli da se mimoiđu. Spomenka se usiljeno smešila, jer je videla da sada mora da predstavi Krinku i Lolu. Mladić zastade. Imao je sanjalački osmeh u očima, pokloni se i prvi progovori:

— Kazao sam vam da ću da spavam posle ručka, ali tako me je bolela glava, pa sam izašao da se prošetam. Jutros sam se mnogo sunčao.

Pri poslednjim rečima on pogleda Krinku.

— Ovo su moje prijateljice iz Beograda — predstavi ih Spomenka.

Sestre mu pružiše ruku. Mladić se pokloni, saže se i dodirnu ustima vrhove njihovih prstića.

— Eno jedne klupe, hoćete li da sednemo? — reče im Spomenka.

Njih tri sedoše, a mladić je stajao ispred njih naslonjen na jedno drvo. On izvadi skupocenu tabakeru sa rubinskim monogramom, i ponudi prvo njih. Spomenka uze cigaretu, a Lola i Krinka mu zahvališe.

— Vi ste juče doputovale? — govorio je mladić gledajući Lolu i Krinku. — Kako ste izdržale buru?

— Ah, ne pitajte! To nije nimalo prijatan doživljaj. Ne bih želela više nijednu buru da doživim.

— To je ipak lepo doživeti. Kako biste brodolom izdržale?

— Da niste to doživeli?

— Nisam, ali buru više puta.

— Sigurno ste dosta putovali?

— Prilično.

— A na Rabu vam se sviđa?

— Jako mi se sviđa. Volim ovaj komfor, i šumu, a i plaža je lepa.

Krinka ga je posmatrala i donosila u sebi zaključak: „Simpatičniji je i inteligentniji nego što izgleda. Kako može da se druži sa tako lakomislenom devojkom kao što je Spomenka?!"

Mladić je pušio i govorio tiho, i gestovi su mu bili tihi, i oči, kao one duboke, mirne i tamne vode, čija površina nikad ne zatrepti. Dužica oka nije mu se razlikovala od zenica, obe su se stapale u neko tamno crnilo.

— Ostajete li duže ovde? — pitao je sestre, sasvim ravnodušan da li će se to pitanje svideti Spomenki.

— A vi ste kazali da za nedelju dana putujete — umeša se Spomenka. — Hteli ste da obiđete još neka mesta u Dalmaciji.

— Ne, ostaću još ovde. Mislio sam da odem do Splita i Dubrovnika, ali to ću docnije.

— Zašto ste sad preinačili odluku?

— Ovde je sunce tako lepo i žao mi je ovu šumu da ostavim. Kako je u ovom trenutku plavo more kroz ove grane — govorio je zamišljeno. — Takvo plavetnilo imaju fjordovi u Norveškoj.

— Zar ste videli i Norvešku? — pitala ga je Krinka.

— Da, video sam. Bio sam jednog leta tamo. Vi ličite, gospođice, na neku Norvežanku ili Šveđanku — reče najednom i pogleda Krinku. — Tako one imaju svetlo-vazdušaste kose, kao neku maglu na glavi.

— Ja moram da idem, sad sam se setila, imam jedno pismo da napišem — prekide Spomenka najednom mladića, kao da nije htela da mu dopusti da i dalje govori. — Hoćete li i vi, gospodine Šerife, sa mnom?

— Izvinite me, gospođice, ja ću još ostati ovde. Boli me glava. Ako gospođicama nije dosadno moje društvo.

Spomenka ih unezvereno pogleda, očice joj opet zatreptaše, i Krinka opazi njenu ljubomoru, nasmeši se Šerifu i odgovori:

— Bilo bi nam prijatno vaše društvo, ali moramo da idemo.

Mladićeve oči postadoše još mirnije, nekako ukočene i sanjalačke:

— Doveče ću vam praviti društvo u čamcu — reče mu Spomenka.

— Onda vas molim pozovite i gospođice. Vrlo je prijatna vožnja u čamcu predveče, kad sunce zalazi.

— Zahvaljujemo vam, ali to vam ne možemo obećati — odgovori mu Lola sa osmehom.

One mu ljupko klimnuše glavom i pođoše stazom, a mladić sede na klupu, podlakti se na ruku i zagleda se redom u te tri siluete. Pogled mu se zaustavi na visokoj, vitkoj liniji Krinkinoj, i sa njene vazdušaste kose on spusti oči na njene bele listove nogu, tako bele kao listići belih ruža.

One su išle lagano i ćutale. U Spomenkinim očima iskrilo se neraspoloženje. Čisto su joj se skupile male vrapčije oči. Bila je ljubomorna zbog onih komplimenata. Ženu najviše vređa kad želi da predstavi da je neko u nju zaljubljen a njene prijateljice dobiju utisak da bi se i njima udvarao kao njoj. Povređena sujeta žene trudi se da sve gestove i reči okrene u svoju korist. Ona je objašnjavala Šerifovo ponašanje:

— Jeste li videle, kazao je da će da spava, a izašao je samo da bi me uhvatio da s nekim šetam.

„Ili je hteo da se oslobodi tvoga društva", mislila je Lola.

— Pa i one komplimente što je pravio tebi, to je samo, u inat meni, pravio zbog Voje.

— Ja to ne smatram za kompliment — odgovori ravnodušno Krinka. — Zar ja njemu isto tako nisam mogla reći da liči na nekog Italijana. To nije kompliment, već obično poređenje. Šta ima u tome što je moja vazdušasta kosa kao magla. Tvoja je crna kao noć.

— Da, on kaže da voli samo crnomanjaste žene. Mada ja nalazim da je i tvoja plava kosa vrlo lepa. Električnu ondulaciju imaš?

— Ne, to su prirodne kovrdže.

— Doveče ću da ga sekiram. Neću da se vozim s njim u čamcu. Muškarce treba vući za nos, jer onda više trče za nama! A on se prilično zagrejao za mene.

Na stazi se začu tapkanje nekih lakih nožica. To im je trčao Miša u susret.

— Probudio si se? Kad smo mi prošle ti si spavao.

— A gde si ti bila?

Otac je išao za njim.

— Čuo je da razgovarate, i pojurio vam u susret. Vi ste ga očarale pričom. Ceo ručak je pričao tetki, čak sam je i ja zapamtio.

— Hoćeš sad da mi pričaš?

— Sad ćeš da šetaš, pa idemo opet da se kupamo.

Spomenka nije govorila ništa jer se nije poznavala sa gospodinom Gavrilovićem. Lola je predstavi.

— Gospođicu sam video na plaži.

— Vašeg Mišu poznajem. On je najsimpatičnije dete.

— On se sa svima upoznao, i svi ga zovu...

— Hoćeš li da trčimo? Hajde, možeš li da me uhvališ? I vi da me jurite — govorio je Krinki i Loli.

— Dobro, potrči, a mi ćemo za tobom.

One ga pustiše da trči, on zape iz sve snage svojim malim nožicama, a one su trčale lakše da bi osetio zadovoljstvo što ne mogu da ga stignu.

Dok su one trčale Spomenka je išla s Gavrilovićem.

— Vi živite u Banatu?

— Da, na selu, u Banatu, ali banatska sela su kao varošice.

— Mora biti da je divno živeti na selu!

— Za vas Beograđanku, možda bi bilo monotono.

— Zašto monotono? Mene, lično, Beograd ne oduševljava. Čak mi je ponekad dosadan. Baš sam ove godine predlagala mami da odemo negde na selo, ili na neku seosku plažu, da se malo udaljim od tog velikovaroškog života, koji nekad zamara. A u selu mora biti divno! Sem toga tamo je iskren svet, sigurno nema ogovaranja, svi su pitomiji.

— Selo je lepo za onog ko voli prirodu i ekonomiju. Ali vi, kao mlada devojka, više volite kavaljere. A u selu toga nema u izobilju.

Spomenka uzviknu sa afektacijom:

— Ah, kakvi kavaljeri! I oni su ponekad dosadni. Ja primam društvo kavaljera, jer se prosto nameću, ali savršeno bih mogla biti bez njih, i ne bih se setila da leti tražim neku plažu zbog kavaljera i provoda. Kajem se što nisam otišla na selo sa mamom.

— Znači da biste mogli živeti na selu? — pitao je Gavrilović, smeškajući se na nju svojim pitomim i blagim očima. — Ne biste se bojali seoskih pasa i goveda? Oni ponekad hoće da nasrnu.

— A zar mladići u varoši nisu gori od tih seoskih pasa i goveda?

— Vi ih tako ocrnjujete, a njih ipak vole devojke. U velikom gradu oni se lepo provode.

— Zavisi na kakvu devojku naiđu. Onaj koji naiđe na mene ne može se pohvaliti da se proveo.

Gavrilović je opet pogleda sa osmehom, ovoga puta nekim vragolastim, a onda se zagleda u one dve lepe osobe, koje su trčale ispred njih. Miša je bio sav ushićen i razdragano je cičao od straha da ga ne uhvate.

— To on voli, da sa nekim trči, da mu neko priča priče.

— A, on je zlatan! Baš je divno imati takvo dete! Ja se čudim kako neke devojke kad se udaju neće decu.

— Ja to smatram kao porok, ako žena neće da rađa, a ima sve uslove da može da vaspita i odgoji dete.

— I pored svih tih uslova, mnoge neće decu. Strašni su današnji brakovi. Ni žene nisu dobre, ni muževi. Zbog toga mlada devojka ne sme ni da se odluči brzo na brak.

— Zar se i vi bojite da naiđete na nekog rđavog muža?

— Razume se. Svaka devojka traži karakternog muškarca, pametnog, koji će umeti da je poštuje, i ona njega isto tako, koji će biti i nežan i domaćin, da on njoj bude veran muž, a ona njemu verna žena. A toga danas nema...

— Zaista, nema — progovori zamišljeno Gavrilović. Govorio je posmatrajući Lolu kako trči, i njene lepe oblike koji su podrhtavali pri trčanju.

— Sad će da te uhvate! Beži, Mišo, brže, brže, gospođa će da te uhvati!

On jurnu u susret ocu, sav usplamteo, uzbuđen, rumenih obraščića. Lola uspori korak, i on pobeže i dolete ocu.

— Vidiš, brži si od gospođe Lole.

On je bio sav zadihan, rumen i, kao neko malo umiljato kuče koje oseća ko ga voli, uhvati jednom ručicom Krinku, a drugom Lolu.

— Hoćemo li opet da trčimo?

— Dosta, dosta! Vidiš, sav si se oznojio.

— A zar mene, Mišo, ne voliš? Hoćeš li i meni da daš ruku — govorila je Spomenka. — Hajde reci koga najviše voliš, Krinku, Lolu ili mene?

— Volim najviše Krinku i Lolu.

— E, vi mu niste pričali priču. A on je špekulant u ljubavi.

— Onda ću i ja da ti pričam posle podne. O, da znaš što ja znam da pričam!

On je pogleda ozbiljno, kao da joj ne veruje, i steže svojom ručicom Lolinu i Krinkinu ruku, kao da mu je žao da se od njih dve rastane.

———

Bilo je veče, slatko, primorsko, kad se mesec tek pomalja iz mora, a pučina je mirna, boje metala, nepomična, sva pretvorena u neki ogromni prostrani ponor. Mesec se pomaljao, i ta metalna boja postajala je siva. A onde, gde su se pretapali zraci meseca, more je drhtalo nekim sitnim talasićima, kao da ga mesečevi zraci nabiraju. Čuo se žagor na molu, po parku, ispod palmi, u hotelima... Posle sunčanja i plivanja, organizam se stišavao, odmarao, ali su se budila čula i čežnje. Parovi su se skrivali u senke palmi, gubili po brdima, spuštali u čamce, koji su klizili tajanstveno po moru, bez svetlosti, da bi se skrio zagrljaj onih što se opijaju primorskom noći, i sa šapatom talasa stapaju ljubavna šaputanja. Negde se čuo džez, a s mora gitara. A iznad toga žagora, egzotičnih doživljavanja, uzdizali su se crni vitki kiparisi, večni i ćutljivi, bez šuma, bez pokreta, kao simboli neke nostalgije.

Gospođa Župančić je sva ushićena ponavljala:

— Sutra dolaze moj Vlatko i Zlata! Radujem se što će se i njima ovde svideti. Baš je lepo! Ima mnogo sveta, ali je ugodno. A mladež voli društvo. Hoćemo li da sednemo, gospođo Branković?

— Možemo. Eno, ona klupa je lepa.

— A mi, mama, idemo da šetamo.

Sestre pođoše molom, šetale su i posmatrale more. Neki čamci su se svetlucali kao svici na moru.

— Dobro veče, gospođice! — progovori muški glas iza njih. — Da li me primate u vaše društvo?

Bio je to slikar.

— Primamo vas.

— Danas je bio najsunčaniji dan. Sunce kao da je pržilo. Jeste li se dosta sunčale?

— Prilično, ali ipak smo se čuvale da nas ne oprlji sunce.

— Naročito vašu belu kožu — reče mladić Krinki.

— Brzo ću ja pocrneti. Ali, ipak, ne toliko kao Lola. Ona uvek više od mene pocrni.

— Ja ne volim kad žena suviše pocrni. Izgubi nežnost. Ženama je dovoljno da ih opali sunce, da budu rumene kao breskve. A kako vam se sviđa ovde?

— Izvanredno je. Priroda je lepa. Šetale smo po brdu.

— Ova šuma mnogo vredi. Ali ja volim i ovaj krš, ove zidine po kojima rastu aloje. Puno je boja. Ne volim samo ovaj mondenski svet. A tu ima mondena, koji poziraju. Mi Crnogorci nikad nismo mondeni. Možda smo surovi i ne umemo da budemo rafinirani.

Pored njih prođe beogradski lepotan Voja.

— Evo, baš ovaj mladić, posmatram ga i čudim se... To je Beograđanin... Zašto se ti beogradski gospodičići prave važni, i zašto su uobraženi?

— Pa nisu svi beogradski mladići takvi.

— Nisu, ali ih ima dosta takvih. On je lep mladić. Posmatrao sam ga, baš je lep. Ali glupo je, kad jedan mladić od svoje lepote pravi pozu. On uvek zamišlja da stoji pred fotografskim objektivom. Ako šeta, pozira, ako sedi, pozira. Ja mislim da pozira čak i kad jede.

On opet prođe pored njih i oni ga pogledaše.

Išao je glavom malo nakrivljenom na jednu stranu i očima upravljenim u nekom neodređenom pravcu, kao da svi oni koji prolaze pored njega nisu dostojni njegova pogleda, i on ih neće ni pogledati, a svi treba na njega da uprave oči, kao fotografski aparat.

Crnogorac se nasmeja.

— Vidite li kako gleda? Zašto ne pogleda desno i levo? Neka i on pokaže interes za druge.

U tom trenutku susretoše se sa Šerifom. On zastade. Slikar uzviknu:

— Vi ste, Šerife, svakog dana sve crnji i ja svakog dana moram da dodam po jedan crnji ton. Najzad ćete na slici ispasti kao neki Arapin.

Šerif se smešio i gledao sestre. Pokloni im se.

— Vi ne poznajete gospođice?

— Imao sam zadovoljstvo da danas posle podne upoznam gospođice.

— Čuvajte ga se, gospođice. Opasan je. Ume da pecne. Zato ću vam naružiti portret, da biste dobili tačnu sliku o sebi.

— Biću vam zahvalan, jer ćete me spasti da ne postanem uobražen.

Slikar ga dobrodušno pljesnu po ramenu.

— Video sam da vas vole žene. Pogledaju vas vrlo rado. Samo ona mala Beograđanka motri na vas kao detektiv. Gledao sam je kako vas goni kroz talase kao delfin. Neko veoma ratoborno devojče.

— To je zanimljivo posmatranje.

— I laska vam, da vas tako gone žene, kao delfini?

— Ne laska uvek — odgovori mladić ravnodušno.

— Lep muškarac je sit žena.

— Slušajte vi, Vuko, nemojte me tako predstavljati pred gospođicama, kao da sam blaziran mladić. Pakostan je, gospođice.

— Niste valjda suparnici.

— Ne, to nismo... Srećom, ukusi nam se razlikuju. On voli crnke — govorio je Vuko.

— Iz čega vi izvodite taj zaključak?

— Pa, gospođica Spomenka je crnomanjasta.

— Slučajno sam se upoznao sa tom crnomanjastom gospođicom. Ali dragi moj Vuko, kad je u našem društvu jedna gospođica plava, a druga crnomanjasta, onda se ne sme govoriti koju boju više voli koji muškarac.

— Imate pravo... Gospođica je tip Azijatkinje, kazao sam jutros.

— Oprostite, ja nisam gospođica nego gospođa.

— Gospođa? A ne vidim vašeg muža. Zar je mogao samu da vas pusti?

— A zašto je ne bi pustio samu? — umeša se Krinka.

— Ja kao Crnogorac ne bih nikada pustio ženu da ide sama na plažu. Moj otac bi mogao da pusti moju majku, ali ja svoju ženu ne bih pustio. Što god su žene emancipovanije, mi im muškarci sve manje verujemo, jer nekako one tu emancipaciju shvataju vrlo slobodno. Vi biste, Šerife, vašu ženu i u harem zatvorili, ili joj spustili čaršav na oči.

— Nisam toliko zatucan, ali bih je pratio svuda.

— Pa kakav je to suprug, koji vas, tako mladu i lepu ženu, pušta samu? Zašto nije i on došao sa vama?

— Ja nemam muža. To moja sestra hoće da čuje šta mislite o ženama. Udovica sam.

— Udovica? To je tragično — progovori slikar. — Istina, ako ste se razočarali u muža, onda je tragikomedija.

— Naprotiv, bila sam vrlo srećna u braku.

— Zar ste vi već izašle? — presrete ih Spomenka, koja prvo pogleda Šerifa, kao da hoće da mu kaže: „Vidim, već trčite za njima".

— Nama je ovo prvo veče na Rabu i uživamo u noći.

— Da, ovde se uživa — primeti Spomenka sa malom ironijom u glasu.

— Zašto, gospođice, niste došli da se vozimo u čamcu?

— Imala sam da odgovorim na neka pisma, pa sam se zadržala.

— Ako želite, možemo se sada voziti. Noć je tako lepa.

— Ne, večeras neću.

— Zašto nećete? — govorio je mladić sa osmehom, gledajući je svojim tamnim očima.

— Večeras mi se ne voza.

„Ćud je ženska smešna rabota", mislio je slikar.

— Kladio bih se da ste nešto ljuti na mog Šerifa. A on je vrlo dobar dečko! Istina, žene ga prosto proždiru očima.

— I napravićete ga još uobraženim. Ja mislim da muškarci više proždiru žene očima nego one njih.

— Pa mi muškarci smo lafovi, to nam i žene ne poriču, i vole nas kad smo takvi. A zašto vi nećete sa ovakvim lafom da se vozite?

— Voleo bih kad bi htele i gospođice — okrete se Šerif Krinki i Loli. — Čamac je velik. I vi, Vuko, možete s nama.

— Hvala, ali mi ne možemo.

— Je l' se još uvek bojite vaše mame i nigde ne smete da se maknete bez njene dozvole? — pitala ih je Spomenka.

— Mi se ne bojimo mame, ali smo navikle da joj uvek kažemo gde idemo, jer kad ne zna, ona se brine, a mi nećemo da je obespokojavamo.

— To je glupo! Moja mama ima poverenja u mene i daje mi punu slobodu.

— I naša mama ima poverenja u nas, ali mi nećemo da iskorišćavamo tu slobodu — govorila je Krinka, gledajući svojim sanjalačkim očima u more.

Mladići su slušali diskusiju.

— Onda, hoćete li, gospođice, sa nama? Ja i Vuko idemo.

— Hvala vam, imate društvo.

— Ako ja smetam, mogu se povući! — odgovori Vuko.

— Zašto biste vi smetali? Meni je prijalo i vaše društvo, kao i gospođičino. Dakle, izvolite, gospođice.

— Ne, hvala, kad imate društvo, idite — odgovori ona jetko. — Ah, eno Voje, imam nešto da ga pitam... Izvinite me. Vojo! Vojo! Čekajte me — vikala je za njim i potrčala da ga stigne.

Šerif se okrete Krinki i Loli.

— Žao mi je, gospođice, što nećete da se provozate u čamcu, ali poštujem vaše obzire prema vašoj mami.

Oprostiše se, i sestre pođoše da nađu mamu.

— Ah, kako ova Spomenka nema takta! — govorila je Lola. — Ja mislim da je oni obojica ismevaju. Kako se devojke same izigravaju. Ona je ljubomorna na Šerifa, i u toj svojoj ljubomori pravi gluposti. Kaže jutros kako je on ljubomoran na Voju... A sada, kad ona potrča za njim, on baš ništa, osta sasvim ravnodušan.

———

Bilo je za večerom. Šerif je sedeo za stolom i čitao jedno pismo. Ženski rukopis, nejednakih slova i iskrivljenih redova. Smešio se čitajući:

Ja sam mislila da ste vi mnogo ozbiljniji mladić, mislila sam da je u vama mnogo duše, a ja to najviše cenim kod muškaraca. Posle takvog moga utiska dugo sam razmišljala o onim vašim rečima, koje ste izgovorili jednom: „Šteta što nas vere razdvajaju".

Išla sam tako daleko u svojim mislima, da sam govorila, šta ako nas vere razdvajaju? Kakva smetnja može biti vera? I vi verujete u Boga, kao i mi.

Bar za mene, vera nije smetnja. Sad već drukčije mislim, otkako sam videla kako trčite za mojim prijateljicama. Znači, vama se sviđa svaka žena i vi ne birate. To je, uostalom, vaša stvar. Najzad, bolje je da vas upoznam. Ali mi je vrlo žao da se razočaram u vama, koga sam toliko cenila, i žao mi je što se izlažete ironiji mojih prijateljica.

Kod poslednjih reči mladić se namršti. „Izlažete se ironiji mojih prijateljica", ponavljao je u sebi. Prisećao se dugo, čime je to mogao biti izložen njihovim podsmesima. Analizirao je sve svoje reči. Dva puta je svega sa njima razgovarao. Po podne u šumi, i sinoć na molu. Ništa nije kazao, za što bi ga mogle ismejavati. Izgledale su vrlo ozbiljne, naročito plavuša. Tako su lepe njene sanjalačke oči. Zar ta devojka može da ismejava?! Intriga, to je intriga! Ova mala je strašno prepredena! Boji se, i hoće da okleveta svoje prijateljice.

Setio se onih svojih reči, „šteta što nas vere razdvajaju". Kazao ih je u šali, ne misleći ništa ozbiljno. Zar je ona mogla tome da prida neku važnost?

Okrete listić pisma i nađe jedan post skriptum...

Večeras ću vas čekati na onoj klupi ispod palme, gde smo jednom sedeli. Dođite u osam časova.

Slikaru se činilo da je, kao Rembrant, pronašao Saskiju

— Ah, ne, ne možemo tu zajedno sedeti, mali je sto. Neka nam kelner nađe drugi. Eno, onaj nam može privući do našeg stola. Tako ćemo opet biti u blizini. Inače sam vam dosta dosađivala.

— Ah, kakva dosada, gospođo Župančić. Nama je toliko bilo prijatno s vama, vi ste tako mili.

— Tetica je i nama pisala o vama — govorila je sestričina Zlata — kako ste zlatni i koliko ste bili ljubazni prema njoj. I još nam je pisala kako su lepe gospođa Lola i gospođica Krinka.

— Da, i eto, mi smo se u to uverili — govorio je Vlatko, gledajući Lolu.

Lola pocrvene, osećajući taj uporan pogled Vlatkov, i pogleda Zlatu.

— Kelner, molim vas — okrete se gospođa Župančić njihovom kelneru — možete li onaj sto da nam namestite.

— Može, gospođo.

Za nekoliko trenutaka sto je bio postavljen i oni zauzeše mesta. Mogli su se dalje gledati i razgovarati.

Ti prvi pogledi bili su ispitivački. Lola je posmatrala Zlatu. Bila je vrlo simpatična Zagrepčanka, nižeg rasta, kraćih, punačkih nogu, ali dosta vitka. Njeno lice bilo je nekako nestašno, zbog očiju. Imala je neke plave, šarene očice, sa povijenim trepavicama, koje su joj davale lutkasti izraz. Smeđa kosa, nekad oksidisana, bila je podrasla, jer je napustila oksigen, a plavoća se održala još pri dnu, kao neka bordura. Govorila je razvučeno, meko, s maženjem i osmehom, i videlo se odmah da je razmažena.

Vlatko je bio viši od nje, malo bledunjav mladić, lepog tena, sa smeđom, glatkom kosom i mrkim očima. Imao je vrlo prijatan, dubok glas, kao kod muškarca koji peva bas. Trepavice su mu bile duge. Neki put je imao zamišljen pogled, mada je izgledao vrlo veseo.

— Što mi se ovde sviđa — govorila je glasno Zlata posle večere. — Kad sam videla ono brdo, kazala sam, kao naš Tuškanac! Volim more, ali volim i šumu. A doneli smo i šah. Igrate li vi šaha? — pitala je Lolu i Krinku.

— Ne.

— Onda ćemo da vas naučimo. Kad pada kiša, prijatno je sedeti za šahom.

Posle večere izađoše da prošetaju.

— Ja i gospođa Branković ne šetamo mnogo. Imamo mi našu klupu gde sednemo, pa odatle posmatramo svet. Samo da nam je neko nije zauzeo. Eno, srećom nema nikoga. Požurite vi i sednite dok mi ne dođemo.

Njih četvoro požuriše, baš u trenutku kad je jedan par hteo da sedne. Dve starije dame sedoše, a njih četvoro pođoše u šetnju. Ispod jedne palme spaziše Spomenku. Sestre su joj se javile. Ona se iznenadi kad ih vide u društvu.

— Što si našla lepo mesto! Sanjariš — reče joj Lola.

— Ako hoćete, možete i vi da sednete.

Lola ućuta, a Zlata prihvati.

— Možemo da sednemo malo.

Stisnuše se jedno uz drugo, i Spomenka se nađe do Vlatka. Prisustvo jednog mladića donese malo raspoloženja Spomenki, jer je počela da se nervira, čekajući Šerifa, a znala je da je osam sati već prošlo. Ali ona je umela da krije svoje raspoloženje i odmah je otpočela razgovor.

— Niste kazali odakle su gospođica i gospodin?

— Oni su iz Zagreba. To je sestričina i sestrić gospođe Županačić, koja je s nama doputovala.

— A tako! Dakle iz Zagreba. Oh, Zagreb je divan! — uzviknu ona, trudeći se odmah da izgovori neku frazu koja će im biti prijatna, i zbog koje će im se i ona dopasti.

— Poznajete li Zagreb? — prihvati Vlatko.

— Bila sam dva-tri puta. Tako je lep i ima lepih kafana.

— A Tuškanac, jeste li ga videli? — upita Zlata.

— Da. Videla sam ga. Tako je lepa šuma!

— Je l'te da je divno u Tuškancu? — govorila je s ponosom Zlata. — Meni se i Kalemegdan dopada, ali mi se ne sviđa što nema šume na njemu. Bila sam jednom tamo u podne, pa da izgorim od sunca. Nigde hlada. A u Tuškanac kad uđem, osećam miris planine...

— Jeste, Zlato, nema hlada na Kalemegdanu, ali to je veličanstven položaj kakav ima malo koji grad u Evropi — govorio je Vlatko, koji je, kao muškarac, hteo da bude kavaljer.

— Položaj je lep, sve one terase pa dve reke. Uređen je, zbilja, lepo — govorila je Zlata sa manje oduševljenja, jer, kao Zagrepčanka, više je volela svoj Zagreb i čak je bila pomalo surevnjiva što se toliko hvali Kalemegdan kad je njen Tuškanac lepši.

— A jeste li vi bile u Zagrebu? — zapita Vlatko Lolu i Krinku.

— Nismo... Onako, samo u prolazu, koliko se voz zadržava, mogle smo pomalo da ga vidimo sa stanice.

— A studirate li vi nešto? — pitala je dalje Spomenka, koja je volela da vodi reč.

— Ja sam ove godine diplomirao na farmaciji, a moja sestra je studentkinja filozofije.

— Vi ste farmaceut! Sigurno umete da pravite neke lepe pomade. Opazila sam da svi farmaceuti imaju lepo lice. Mora da imaju neki recept samo za sebe.

— Zašto bismo ga čuvali samo za sebe? Mi bismo ga prodavali da se dame ulepšavaju. Gospođici Krinki i gospođi Loli nije sigurno potrebna šminka, one imaju lep ten. To sam odmah video.

— Što ti je farmaceut! — smejala se Spomenka. — Prvo mu pada u oči ten žena.

— Možda i druge osobine — odgovori sa osmehom mladić — ali kad je već reč o tenu, hteo sam da tu konstataciju učinim o gospođici i gospođi.

— To je vrlo laskavo za njih, kad dolazi od apotekara.

— Apotekar još nisam.

— Ali ćete biti.

— Nadam se.

— Gledajte, prelete jedna zvezda! Brže pomislite nešto — uzviknu Zlata. — Jeste li pomislili?

— Jesmo...

— Šta si ti, Vlatko, pomislio?

— Kako ti odmah hoćeš da znaš šta sam ja pomislio! To je moja tajna.

— Jeste li vi, gospođo Lolo, nešto pomislili?

— Jesam... Ja sam vrlo sujeverna. Zamislite, gospodine Vlatko, juče mi se razbilo ogledalce. Mali Miša mi je preturao po tašni i razbio ga.

— To je vrlo značajno — osmehnu se Spomenka.

— Mali Miša, sin gospodina Gavrilovića?

— On je tako divan dečko! — uzviknu Spomenka, baš u trenutku kad je nailazio Šerif. Ona to izgovori tako glasno da on to čuje i pomisli da se odnosi na nekog mladića.

Šerif se javi i prođe pored njih.

Zlata se zagleda u njega, kako je prolazio ispod jedne sijalice, mogla je da ga vidi.

— Kako je ovo lep i egzotičan mladić! Odakle je?

— Iz Sandžaka.

— Nisam ni mislila da u Sandžaku ima tako lepih ljudi. Vi se poznajete s njim?

— Spomenka se najbolje poznaje s njim — odgovori Lola.

— Da, poznajem se. Ali vam mogu reći da je strašno uobražen!

— Uobražen? U lepotu? — pitala je Zlata.

— I u lepotu i u bogatstvo — govorila je nekim prezrivim tonom.

— To je šteta. Ja ne volim uobražene mladiće — odgovori Zlata.

U pomrčini, Spomenkine oči sitno zatreptaše. Ona se okrete da pogleda Zagrepčanku i u polusvetlu noći spazi njene sjajne, vesele i nestašne očice. A Lola se smeškala u sebi, misleći kako li je Spomenka primila te komplimente upućene Šerifu. Zlata joj se dopala zbog svoje iskrenosti, što je odmah izražavala šta misli, i osećala je da će se s njom sprijateljiti.

— Primećujem da gospođa Lola i gospođica Krinka malo govore. Jeste li uvek tako ćutljive? — zapita Vlatko.

— Lola i ćutljivost! — nasmeja se Spomenka. — Ona je vrlo brbljiva. Ne znam šta se večeras tako umudrila. A Krinka malo priča. Ona uvek filozofira.

— Filozofiju ne volim — dobaci Krinka — ali volim da slušam kad neko govori i da uživam u lepoj noći...

— Zbilja je lepa noć! Hoćemo li da prošetamo po molu? — pitala je Zlata.

Ustali su sa klupe. Zlata je išla između Lole i Krinke, i uhvati ih ispod ruke. Njima se sviđala ta njena pristupačnost, i Krinka je zapita:

— Jesu li sve Zagrepčanke tako simpatične kao vaša tetka i vi?

— U svakom žitu ima kukolja. Ne znam kako drugi moju tetku gledaju, ali ona je jedinstvena, ni mama nam ne bi bila tako nežna kao ona. A što se tiče mene, ne mogu da donesem sud o sebi. Toliko mogu da kažem da mogu da budem iskrena prijateljica. Ja ne trpim laž u prijateljstvu i nikad ne bih mogla iza leđa da ogovaram svoju prijateljicu.

— To je nešto najlepše, to i ja i Lola volimo.

— Ja osećam da će mi sa vama biti vrlo prijatno.

— I ja isto tako — progovori pokraj njih Vlatko svojim mekim glasom.

— Mamice, mi ćemo do mola da prošetamo — reče Lola mami, kad prođoše pored njihove klupe, naže se i poljubi je. — Kad sam mamu poljubila, onda treba i vas — obrati se gospođi Župančić i poljubi je.

— Tako su me mazile i obe ljubile celoga puta.

— A mene neće niko da mazi — šalio se Vlatko. — Postaću ljubomoran.

— Kako da te niko ne mazi? Zar ti nisi moj braco? — uzviknu Zlata i zvonko poljubi Vlatka u obraz.

— Kako vas vaša sestra voli! — govorila je Spomenka. — A volite li i vi nju tako?

— Ja njega više ne volim. On se ponekad pravi zločest. Koliko ja njemu učinim! Kad mi kaže da pozdravim neku moju drugaricu, ili da joj kažem kako mu se dopada, ja sam sva srećna da joj to isporučim. A kad bih ja tako nešto poručila njegovom drugu preko njega, on mu to nikada ne bi rekao.

— Drugo smo, Zlato, mi muškarci, a drugo vi devojke. Moj drug bi to shvatio kao da mu namećem svoju sestru, i ja bih smatrao da je to poniženje za tebe.

— A za tebe nije poniženje kad ja isporučujem tvoje komplimente?

— Svi su muškarci takvi — umeša se Spomenka. — Mnogo više prava sebi prisvajaju, i misle da sve smeju. A nas osuđuju i za najmanju našu slobodu.

— Priznaćete da smo mi muškarci dosta velikodušni i dopuštamo vam mnogo slobode.

— Naprotiv, ti meni uskraćuješ mnogo slobode.

— Zato si ti moja dobra sestrica. Ta znaš da ja bolje umem da ocenim muškarca nego ti.

— Nekad ih sebično ocenjuješ. Vidiš i ono što ne postoji. Ah, evo opet gospodina Šerifa.

— Dobro, recite sada, jesam li rđav brat? Vidite kako se preda mnom divi Šerifu?

— Pa pogledaj ga, Vlatko, zar nije lep?

— Nalazite li vi, gospođo Lolo, da je lep?

— To je stvar ukusa — skretala je Lola pitanje na drugu temu, da ne bi morala dati odgovor. — Svaka žena ima svoj tip. Kad sam se udavala, ja sam tražila svoj tip.

— A kakav je bio vaš suprug?

— Njen muž je bio plav — odgovori za nju Spomenka.

— To znači da volite plave muškarce?

Lola pogleda i osmehnu se.

— Suviše ste indiskretni.

— Da, on sve hoće da zna — govorila je Zlata. — I nemojte mu reći.

Njih tri, držeći se ispod ruke, stadoše na ivicu obale da posmatraju more, a Spomenka zastade sa Vlatkom...

Jedan čamac je pristajao uz stepenice i u njemu je sedeo slikar. On izađe iz čamca i spazi sestre...

— Opet imam zadovoljstvo da vas vidim.

Spazivši Zlatu, pogleda je.

— Gospođica je iz Zagreba — predstavi je Lola — a gospodin je Crnogorac, slikar.

— Crnogorac? Jedna moja prijateljica udala se za jednog Crnogorca, poručnika, i kaže da su Crnogorci izvanredno dobri muževi. Jeste malo ljubomoran i pomalo tvrdoglav, ali je jako nežan i sve joj čini.

— Zahvaljujem vam, gospođice, na tom lepom mišljenju o Crnogorcima. To je vrlo laskavo, i imate pravo. Crnogorci su vrlo dobri muževi i vole svoje žene i decu.

Slikar pogleda Vlatka.

— To je gospođičin brat, svršeni student farmacije.

Mladići se predstaviše jedan drugome.

Jedna mala dečja silueta trčala im je u susret.

— Hoćeš li da se vozamo u čamcu? — viknu Miša i pade Loli u naručje.

Za njim je išao otac.

— Čim vas čuje, trči za vama. Zdravo, Vlatko! S njim sam se već video, ali gospođicu Zlatu nisam. Porasli ste i prolepšali se.

— Nisam porasla. Baš me to jedi. Tako bih htela da sam visoka, kao gospođica Krinka.

— Dukat je mali, ali vredi.

— I gospodina poznajem — okrete se gospodin Gavrilović slikaru. — Jeste li završili vašu sliku?

— Još malo.

— Vi radite i portrete?

— Da, radim.

— Hajde da portretirate mog Mišu. Još samo malo da pocrni, pa da bude kao Ciganče.

— Mišo, srce moje malo! — uzviknu Zlata i podiže ga u visinu svoga lica.

— Pustite ga, težak je.

— Hoćemo li u čamac?

— Hoćete li ovako svi da sednemo? Naći ćemo neki veći. Izvolite i vi, gospođice i gospodine — pozva Spomenku i slikara.

— A smete li vas dve? — dirnu Spomenka Lolu i Krinku.

— Zašto da ne smeju? — iznenadi se Vlatko.

— One se uvek boje mame.

Zlata ih pogleda iznenađeno.

— To se Spomenka šali. Gospođa Župančić zna da se ne bojimo, ali mi uvek kažemo mami kuda idemo.

— Kad ste sa mnom, vaša mama se neće ljutiti — reče Vlatko i pogleda Lolu.

— Nije to rđavo, gospođice, kad se kćeri boje majke. Da se sve boje, mnogo bi bili srećniji brakovi — govorio je Gavrilović.

— Onda bi se i žene muža bojale — dodade Spomenka.

— Treba se bogami i pribojavati.

— Ali kad se žena boji, ona ne voli muža.

— Ako je on dobar ona će ga zavoleti.

Spomenka se ironično osmehnu.

Gavrilović zovnu jednog čamdžiju i svi posedaše.

Mali Miša je sedeo između Lole i Krinke. Spomenka se naslanjala na Vlatkovo rame, a Gavrilović je sedeo preko puta Lole.

Vesla se zagnjuriše u talase i čamac lagano pođe...

U daljini, na svetlosti mesečine, videla se u čamcu Šerifova silueta. Zlata ga je pogledala i progovori nekim žalosnim glasom:

— Šteta što je uobražen! Zašto lepi muškarci moraju da budu uobraženi.

— Ko je uobražen? — zapita slikar.

— Pa onaj Šerif. Gospođica kaže — odgovori Zlata, pokazujući na Spomenku.

— To nije istina! — pobuni se žustro slikar. — Onda ste vi, gospođice Spomenka, vrlo rđav psiholog, ako ste tako ocenili Šerifa!

— Mi žene drugim očima posmatramo muškarce — obrati mu se ona.

— Onda vaše oči iskazuju psihičke i optičke obmane. Šerif je vrlo skroman, povučen mladić, i ozbiljan. Zar vi u tome vidite njegovu uobraženost?

— Vi ga hvalite, valjda zato što radite njegov portret.

— Jeste, gaspođice, što radim njegav portret, i što kao slikar moram da osetim ono što se skriva iza jednog lepog lica. Žao mi je ako i druge gospođice budu mislile kao i vi.

— To mi se sviđa što tako branite svog druga — izgovori Krinka. — Devojke nekad pogrešno primaju ozbiljnost muškaraca kao uobraženost. A ja sam dobila utisak da je gospodin Šerif ozbiljan.

— Tako je, gospođice, i saopštiću mu vaše mišljenje.

Spomenka se ironično nasmeja i očice joj opet zatreptaše...

— Miša spava! — uzviknu Vlatko.

Njegova glavica se naslanjala na Lolino rame.

— Dabome, spava. Umoran je, ceo dan je u vodi, a uveče hoće još i da šeta, pa zaspi na nogama — govorio je njegov otac.

Lola ga obgrli, privuče ga sebi, i obrati se ocu rečima:

— Ja ću da ga uzmem u krilo pa neka spava.

— Nemojte, on je težak, dajte ga meni.

Miša otvori očice, podiže se sa klupice, i sav srećan uvali se Loli u naručje. Oči mu se opet zaklopiše i on zaspa slatko, dok je vetrić pirkao i rashlađivao mu lice i gole nožice.

Kad su se vraćali u hotel, opet prelete jedna zvezda. Vlatko je vide i šapnu Loli:

— Pomislite sada nešto. Jeste li pomislili?

— Jesam.

— I ja sam nešto pomislio — reče Vlatko i pogleda je dubokim pogledom.

——

— Šerife, večeras sam vas branio. Gospođice vas napadaju — govorio je Vuko, dok su šetali posle vožnje u čamcu.

— Gospođice? Zašto?

— Kažu da ste uobraženi.

— To one dve Beograđanke, sestre?

— Ne... naprotiv, ona lepa plavuša vas je uzela u zaštitu. Gospođica Spomenka vas kleveta, jer ste se dopali jednoj Zagrepčanki, studentkinji. Ali to je ljubomora. Ja mislim da je ona u vas zaljubljena, zato vas i kleveta.

— Zar ste tako naivni, Vuko, da verujete u zaljubljenost jedne devojke koja traži flert? Ona je zaljubljena u mene kao što bi bila i u vas, ili onog beogradskog lepotana i svakog drugog.

— Mislite li tako i o onim sestrama?

— Njih ne poznajem. Obe su lepe, naročito plavuša...

— Da, i meni se ona jako dopada... Ima čudnovat, zagonetan pogled. Sva je nežnost. Bila bi mi divan model...

Vuko provuče prste kroz kosu i uzdahnu:

— Vidite, Šerife, kad god sam na moru, dobijem volju da se ženim.

— A koju biste izabrali? Plavušu?

— Da, nju. Slikar treba da ima ženu-model. Mada danas to slikari ne traže. A nekada je tako bilo. Rembrant, Rubens, Ticijan, Da Vinči, imali su svoje modele. To je bila supruga, ili ljubavnica. Tako bih i ja od ove male plavuše napravio neku Saskiju ili Đokondu... Samo, šteta, nisam tako veliki maestro.

— Ja mislim da i danas ima velikih slikara, samo je sve manje ljubitelja slikarstva. Svet se više oduševljava amaterskim fotografijama nego umetničkim portretom.

— Imate pravo. Zbog toga je slikar i bedan, a ta beda ne može da ga inspiriše za velika dela.

— Vi ipak dobro živite.

— Slučajno. Roditelji mi nisu siromašni. Uz to imam i platu nastavnika crtanja, i ovako, gde dođem, slikam. Prodao sam ovde tri slike. Sad mi je onaj veleposednik iz Vojvodine kazao da hoće da izradim portret njegovog sinčića. Ne živim bogato, ali za jednog slikara dosta dobro. A plavuša je činovnik u banci? — pređe najednom na nju slikar.

— I sračunali ste, vaša plata, njena plata, pa biste lepo živeli.

— Da, to bi bilo lepo... Kad bi ona bila i psihički isto tako plava i nežna. A žena je tajanstvena. Znam tako jedan cvet. U narodu ga zovu „ženomrza".

Boja mu je nežno plava, kao more jutros, ali nema mirisa, čak zaudara. A dopada li se plavuša vama, Šerife?

— Pošto se vama dopada, onda se meni ne sme dopadati.

— To ne znači da joj se ja moram dopadati. Moj ukus neće opredeliti i njen.

— Ona je vrlo lepa devojka i izgleda da je ozbiljna i sanjalica. A ja to volim kod žene, naročito te nežne sanjalačke oči, koje kao da miluju kad pogledaju...

— Da, lepo ste to kazali, njene oči miluju... — slikar opet uzdahnu i protegnu se dižući ruke. — Zavidim, Šerife, ovim bračnim parovima. Na more ne treba dolaziti bez žene, jer more uzbuđuje, a za svakom se ne sme potrčati. Da mogu, večeras bih se oženio.

Šerif se nasmeja.

— To nije teško.

— Ama, da vidite i teško je. Svaka žena ne oduševljava, a ja sam esteta. Volim plave i bele žene, bele kao krin. Jeste li videli kako ova mala Krinka ima belu kožu?

— Da, kao beli somot.

— Takve bele žene me zaluđuju. Čini mi se, ili bih se odmah njima oženio, ili bih bio beskrajno drzak. E, evo moje kuće. Laku noć!

Šerif se vraćao u svoj hotel. Kad je bio ispred hotela, seo je ispod jedne senovite palme. Gledao je sve prozore, kao da nešto traži. U pravougaonim osvetljenim otvorima prozora videle su se siluete žena. Njegove oči se najednom raširiše i zaustaviše na jednom prozoru.

Video je onu plavu glavicu sa kovrdžavom dugom kosom. Bele nage ruke, koje je kod ramena pokrivala čipka, uzdigoše se u ritmičkom pokretu više glave, praveći luk. Tako ostade nekoliko trenutaka, kao da se divi noći i moru.

A mladić je gledao, naslonjen na ruku, i oči su mu bile još mekše i tamnije. On se seti onih Vukovih reči: „Večeras bih se mogao oženiti...”

I on je u tom trenutku osetio čežnju za tim belim, vitkim, klasičnim telom plavuše.

„Tako je nežna i bela!”, šaputao je u sebi. „Ona bi morala pružiti svakom muškarcu najlepše časove ljubavi...”

— Ah, tu ste, dakle! — progovori najednom iza njega jedan sladunjavo ironičan glasić. — Sedite i gledate u njene prozore. Kao neki trubadur! Samo vam nedostaje mandolina. Nisam znala da ste tako sentimentalni. To sam htela da vidim i čekala sam vas. Laku noć, gospodine! Ostavljam vas da i dalje sanjarite.

Spomenka izgovori sve te reči, i, ne čekajući da mladić išta odgovori, izgubi se, a on osta i dalje na klupi.

Krinka se udalji sa prozora, svetlost se ugasi u njihovoj sobi i mladić se tek tada podiže sa klupe.

Lola, zbilja, ima sugestivnu moć

Bilo je prošlo već osam dana od njihovog dolaska. Krinkina nežna koža bila je malo više opaljena i osećala je groznicu. Mama joj zbog toga nije dala dva dana da se kupa, da joj se na leđima ne bi izbacili plikovi.

— Ja ću onda da idem u šumu i sedeću tamo do predveče — govorila je Loli i mami.

— A mi ćemo da se kupamo. Posle idemo, ja i Zlata, da dočekamo brod i vidimo ko će doći.

Krinka je ponela knjigu i sedela je u šumi. Ponela je i ručni rad. Vezla je jedan čaršav za čaj. Malo je čitala, malo vezla, i nije ni osećala kako časovi prolaze. Senke su već počele da se izdužuju u šumi, a more je dobijalo neku ljubičastu boju.

Čula je brze korake, gotovo kao neko trčanje, i spazila je svu usplahirenu Lolu, koja joj je jurila u susret.

Krinka ispusti rad u krilo i pogleda prestrašeno. Prva misao joj je bila: „Tata, on ima manu srca, da nije nešto javio?”

— Šta ti je, što si takva? — pitala je uplašeno.

Lola je zadihano odgovorila:

— Znaš li ko je sada došao brodom?

— Ko?

— Dubravko!

Krinka je htela nešto da izgovori, ali je osetila kako joj je srce naglo zalupalo, i kao da je nešto steglo u grlu. Posle nekoliko sekundi tiho je izgovorila:

— Otkuda Dubravko? Jesi li baš sigurna da je on?

— On! Prošao je desetak koračaja od mene. Nije me spazio. Ali jedan mu je nosač nosio dva velika kofera... Znači... ovde će duže ostati.

Lola je sela na klupu sva užarena u obrazima, blistavih očiju, i nije mogla da sakrije svoju radost. Krinka je htela nešto da odgovori, ali nije znala šta, nije umela nikakvu reč da izusti. Jedva se pribrala. Videvši Lolino blistavo lice ona se nasmeši:

— Sad si srećna. Vidi se koliko si se obradovala.

— Što, samo sam ja srećna? Pa i ti možeš da budeš isto tako srećna... Ali zašto je došao na Rab, a nije hteo da nam kaže, a znao je da ćemo mi biti ovde.

Obe su ćutale, radujući se na isti način, i obe su pomišljale: „On je zbog nas došao". Lola ustade.

— Hajde, hoćeš li u hotel, da se presvučemo?!

— Lolice, ja ću još malo da ostanem, pa ću posle da dođem.

— I znaš gde je Dubravko odseo? U onom najelegantnijem hotelu.

— A je li ga Zlata videla?

— Jeste, čak se i upoznala s njim. Jer ja sam ušla u hotel, a Zlata je pošla u susret tetki, i Dubravko ih je spazio, zastao je, razgovarao s njom, i tada se i Zlata upoznala. Nisam je posle videla, jer sam odmah dojurila da tebi kažem. Požuri da ranije večeramo, pa da izađemo u šetnju i da se nađemo sa Dubravkom.

Ona se žurno spuštala niz brdo, a Krinka osta na klupi. Čudno ju je osećanje obuzimalo. Osećala je radost i neku tugu. Analizirala je Lolino oduševljenje. „Ona ga voli... ona je već zaljubljena u njega... A ako on nije u nju?... Zašto je došao? Zašto?"

Htela je da to objasni, a nije mogla, nije smela, bojala se svega, strepela je od same sebe.

U šumi se počeo hvatati mrak i ona se lagano uputi u hotel.

Lola je za to vreme izabrala svoju najlepšu haljinu, boje zrele višnje, nakarminisala je svoja ustanca, narumenela obraze, bila je sva uzbuđena i ponavljala neprekidno u sebi: „To je moja sugestija... Da, moja sugestija je imala dejstvo."

Kad su ušle u trpezariju da večeraju, pritrča im ushićeno Zlata. Bila je uzbuđena.

— Upoznala sam se sa onim Dalmatincem. Što je to lep momak! Tetica mi je pričala o njemu, ali ja nisam mogla zamisliti da je tako lep.

— Zlato, nemoj toliko da se oduševljavaš — dobaci joj tetka sa osmehom. — On neće tebe gledati. Kazala sam još u Veneciji da će se Dalmatinac zaljubiti u jednu od njih dveju. Sada u to verujem. Tamo nije rekao da će doći na Rab. I čim sam ga danas videla, pomislila sam: „Ima nešto što ga je ovamo privuklo".

Pri tim poslednjim rečima ona pogleda Krinku i Lolu.

Vlatko je nervozno čupkao hleb i zapita tetku:

— A u koju je zaljubljen, u gospođicu Krinku ili u gospođu Lolu?

— U njegovo srce nisam htela da zavirim.

Vlatko ljubomorno pogleda Lolu i progovori ironično:

— Čim je lep muškarac, žene su gotove da se zaljube u njega.

— Ti si uvek pakostan, Vlatko. A sada si i ljubomoran — dirala ga je Zlata.

— Nisam ljubomoran, ali se čudim kako žene brzo donose svoj sud o jednom muškarcu, iako ga ne poznaju. Šta je taj gospodin?

— Činovnik je u nekom privatnom preduzeću.

— Činovnik, a odseo u najluksuznijem hotelu!

— Možda ima veliku platu — branila ga je Zlata. — Šta je tu sumnjivo?

Kelner donese večeru i diskusije nestade. Posle večere Vlatko predloži da igraju partiju šaha. Igraće Zlata i Lola, a on će Loli da pokazuje.

Njima dvema se nije igralo, ali Vlatko šapnu Loli:

— Jedva čekate da se nađete sa Dalmatincem?

— Baš nije istina — odgovori ona sva rumena. — Evo, igraću.

Njoj je prijalo Vlatkovo udvaranje, mada se dobro čuvala da ga nijednim gestom ni pogledom ne ohrabri. Ali blizina mladićeva ju je uzbuđivala, a temperamentna i bujna lepota mlade žene uzbuđivala je Vlatka.

Lola je to osećala, i znala je da u njegovim osećanjima nema ničega uzvišenog, sem senzualnosti, a ona je čeznula i da voli i da nju neko iskreno voli. Vlatko je bio velegrađanin, mladić koji je već okusio ljubavni život, i na moru, pod vrelim zracima primorskog sunca, on je čeznuo za blizinom ove lepe, jedre žene.

Sedeći pokraj nje, da bi joj pokazivao šah, udisao je njen parfem orhideje i očima proždirao njen obli, glatki, beli vrat, i bujne grudi, koje su se ocrtavale ispod njene haljine boje zrele višnje.

— Večeras ste tako lepi! — šaputao joj je. — Ta crvena haljina vam najlepše stoji. Ali vi je ne nosite svakog dana. Verovatno samo u nekim izuzetnim prilikama.

Lola pogreši, a Vlatko je dirnu:

— Opažam da ste večeras vrlo rasejani.

Pružio je ruku i preko njene ruke povlačio figure. Prsti su mu zadrhtali, osetivši nežne, meke prstiće mlade žene.

Krinka je sedela za stolom sa mamom i gospođom Župančić. Njihovom društvu priđe i gospođa Marković, bivša ministarka.

— Mama, ja bih malo prošetala.

— Idi, Krinka, prošetaj, je l' ti još uvek nije dobro?

— Onako, pomalo osećam groznicu.

Mati je nežno pomilova po obrazu, a mlada devojka se udalji i sede na klupu koju je skrivala senka drveta.

Bila je uzbuđena i grozničavo je posmatrala prolaznike. Na svetlosti sijalice videla je dame u letnjim kostimima, muškarce u belim pantalonama. Tražila je Dubravka. Ali njega nije bilo...

Najednom joj srce zalupa i ona pritisnu rukama grudi, kao da je htela da zaustavi besno lupanje srca.

Na svetlu je spazila Dubravka. Bio je u drugom, svetlijem odelu, i njegova divna glava Rimljanina, sa onim tamnim oreolom kose, bila je još lepša na svetlosti sijalice...

On je zastao i posmatrao prolaznike. Lagano je prilazio njihovom hotelu. Zastao je pred njim kao da je nekog iščekivao. Onda pođe natrag. Bio je desetak koračaja od Krinke. Ona je bila sva uzbuđena, i osećala je kako su joj ruke hladne. Ako učini još neki korak, videće je. Ali mladić se ponovo vrati i sede, tako da je mogao da vidi ko izlazi iz njihovog hotela.

Krinka je mogla da ga posmatra. Spazila je kako je zapalio cigaretu i svaki čas je videla svetlucanje njegove cigarete.

Na vratima njihovog hotela pojavi se Lola, Zlata i Vlatko. Mladić se diže, ali oni njega nisu videli. Pogleda za njima. Lola je izgovorila glasno, tako da ju je mogla da čuje i Krinka, a i Dubravko:

— Krinka je sigurno izašla do obale.

Njih troje pođoše prema obali. Mladić je stajao neko vreme i pođe lagano za njima.

Krinka ustade. Obuzela ju je želja da pođe za njim, da ga vikne, zaustavi. Išla je nekoliko koraka i zastade.

„Ne, neću", šaputala je. „Zašto? Neka se Lola zaljubi u njega... Kazala sam da ću joj ga ustupiti."

Osetila je najedared neki težak bol u glavi. Slepoočnice su joj udarale. Ona pritisnu rukom čelo i pođe u hotel.

Jedna muška prilika potrča za njom.

— Gospođice Krinka!

To je bio slikar.

— Gde ste vi, gospođice? Nisam vas ceo dan video. Pitao sam za vas vašu sestru. Ona mi reče da vam nije dobro.

— Da, imala sam groznicu, sunce me je malo oprljilo.

— Je li vam sada bolje? — pitao je mladić, držeći je za ruku i ne puštajući je.

— Malo mi je bolje.

— A kud ste pošli?

— Hoću da legnem.

— Zar tako rano? Vidite kako je lepo veče! Zašto mi ne učinite zadovoljstvo da malo prošetate sa mnom?

— Izvinite, večeras ne mogu — govorila je ona malaksalim glasom.

— Tako mi je žao! — uzdahnu mladić. — A znate li da sam vas skicirao?

— Kad?

— Onomad ste ležali, niste me videli, i ja sam vas skicirao u tom ležećem stavu. Ležali ste na desnoj strani, podlaćeni na ruku. Vrlo lepa poza... prirodna. Da sam vas nameštao ne bi bilo bolje.

Mlada devojka se osmehnu.

— I sad ćete da slikate.

— Samo bi mi trebalo da vam lice posmatram. Vi ćete biti dobri da mi to dopustite.

— A ako ne budem dobra?

— Ne, vi ste dobri i nežni, ja to osećam i mislim da se ne varam. Je l'te da se ne varam?

— Bolje je imati manje iluzija.

Mladić uzdahnu.

— Vi se pravite nemilosrdni, ali vaše oči su sušta nežnost. Hteo bih da taj vaš pogled prenesem na platno. Ako je to moguće. Ali čini mi se da moja kičica nije u stanju da naslika svu lepotu vaših očiju.

Govorio je gledajući je očima, koje su imale neki gorući sjaj, a ruka mu je bila vrela, dok je nežno stiskao njenu ručicu.

Ona istrže svoju ruku.

— Laku noć! — dobaci mu i utrča u hotel.

— Mama, ja idem da legnem — govorila je majci grleći je. — Boli me glava. Uzeću jedan aspirin.

— Dobro, Krinka, idi... Umij se hladnom vodom. Kad ispljuskaš lice, proći će te glavobolja.

Mlada devojka ode u sobu, ali nije odmah legla. Sedela je kraj prozora i očekivala njihov povratak. Neka slatka tuga pritiskivala joj je srce. Osećala je kroz bol i neku radost, neko čudno uzbuđenje. Bilo je u tom uzbuđenju i straha. Njoj se činilo da će se ovde na moru nešto odigrati, što ona nije u stanju da spreči.

Samo da ne dođe do sukoba između nje i Lole. Ne, ona će se onda povući.

Ustala je, prošetala po sobi i vratila se opet prozoru.

Spazila je u daljini četiri siluete. On je bio s njima. Njih dve u sredini, a Vlatko i Dubravko sa strane. Sakrila se iza zavese, i odatle ih gledala. Čula je Zlatin glas. One su obe bile vesele, kao što su vesele žene kad imaju kraj sebe lepe kavaljere. Pričale su obe, a mladići su ćutali.

Dođoše do hotela i pozdraviše se.

Krinka se brzo svuče i baci u postelju. Oslušnula je njihov povratak. Lola uđe veselo.

— Krinka, spavaš li?

— Ne spavam.

— Videla sam se sa Dubravkom, pitao je za tebe.

Mlada devojka je ćutala, a srce joj je treperilo. Lola je nastavljala:

— Zlati se kolosalno sviđa.

— A Vlatku? — zapita majka.

— Vlatko ne pokazuje nikakvo oduševljenje.

— Ali ja sam opazila da Vlatko tebe, Lolo, neprestano posmatra i uzdiše za tobom — primeti mama.

— To sam i ja opazila, mama, ali na to ne obraćam pažnju. Vlatko voli da se zabavlja.

— A ti mu to nećeš dopustiti.

— Razume se, mama, da neću... šta bi mislila o meni gospođa Župančić.

— Da, o tome morate voditi računa. Ona o vama ima najlepše mišljenje, a sem toga, kao svaka mati, ona bi pomislila da loviš njenog sestrića a ona ima planove o njegovoj budućnosti. On treba da se oženi, da dobije miraz, a pre svega treba da otvori apoteku.

— Mamice, sve ja to znam i nemoj misliti da sam naivna.

Legle su u postelju, svaka sa svojim mislima. Lola se prisećala svake reči Dubravkove, ali je primetila da je bio ćutljiv, kao onda, kad su ga prvi put videle na brodu.

Dama sa plamenom kosom

Krinka je potražila neki hlad da legne, da ne bi bila izložena zracima sunca. Njena bela koža sad je bila prevučena rumenilom. I lice joj je bilo tako rumeno da joj je kosa oko glave bila kao zlatna magla. Otvorila je svoj japanski suncobran i pokrila glavu. Kroz jednu malu rupicu mogla je da posmatra sve oko sebe.

Ono isto uzbuđenje od sinoć obuzimalo ju je i sada. „Da li ću ga videti? Da li je došao i on da se kupa?"

Na plaži je bio žagor.

Jedni su se sunčali, drugi šetkali, dame su se oblačile i presvlačile. Najfantastičniji penjoari, najskupocenije pidžame, sve se to moglo videti.

Krinka sva pretrnu i srce joj opet zalupa. Kroz rupicu na suncobranu spazila je Dubravka. Ona zatvori oči i bojažljivo ih ponovo otvori, sa onim strahom mlade devojke kad ugleda polunagog muškarca, i boji se da li će to nago telo ostaviti na nju rđav utisak. Gledala ga je raširenih očiju. On je bio kao neka statua, izvajanih mišića, kao da nije bilo živo biće pred njom, već neko skulptorsko delo izvajano rukom umetnika. Stajao je nekoliko koraka od nje i kao da je nekog tražio. Okretao se na sve strane. Krinka spazi kako Spomenka prođe pored njega, uvijajući svojim mršavim kukovima, zagleda se u njega, pođe dva-tri koraka i okrete se. Ali mladić je bio nepomičan kao statua i ne udostoji je ni pogleda.

Sad se približavala Lola. Ona se nasmešila mladiću i pružila mu ruku. Spazivši Krinkin suncobran, ona je zovnu.

— Krinka, zar ne vidiš gospodina Dubravka?

Mladić se trže, spazi jedno vitko, lepo, zarumenjeno telo, a mlada devojka se naglo ispravi, podiže suncobran i ukaza se njeno lepo mlado lice, sve zažareno, oči su joj bile još plavlje i nežnije.

— Gospođice Krinka! — uzviknu mladić. — To ste vi! A ja vas nisam spazio — govorio je hvatajući joj ručicu i prinoseći je usnama. Za sve vreme gledao ju je svojim divnim, blistavim očima koje su se prelivale od nekog uzbuđenja.

Mlada devojka promuca tiho:

— Ja vas nisam spazila, bila sam sakrila glavu pod suncobran.

— Kako sjajno izgledate! — govorio je mladić oduševljeno. — Lice vam je kao u majske ruže. Bili ste bolesni? Je l' to od sunca?

— Da, malo više me je sunce oprljilo, pa sam se bojala da mi se ne pojave plikovi i nisam se juče kupala. Zato sada tražim hladovinu.

Mlada devojka se spustila na pesak, a mladić leže pored nje. Lola se opruži s druge strane.

— A kako ste vi rešili da dođete na Rab?

— Mislio sam da idem kod tetke u Dubrovnik, ali ona je otputovala u Sarajevo. Tamo ima jednu rođaku. I onda sam rešio da dođem na Rab — lagao je mladić, jer je još u Veneciji bio doneo odluku da dođe za njima na Rab.

Krinka se smešila sanjalačkim osmehom slušajući mladića, a i njegove oči su bile nasmejane dok je to lagao.

Lola je ćutala pokraj njih. Krinka je pogleda i spazi njene tužne oči. Nju nešto hladno poli, leže na pesak i zaklopi oči. Osetila je da je to ipak neučtivo i otvori oči. U tom trenutku spazi kako je mladić posmatra nekim sjajnim i toplim pogledom.

— Lolo, što si se ućutala? — pitala je Krinka.

— Ništa, odmaram se — odgovori ona tiho.

— Jeste li videli, gospodine Dubravko, kako je Lola pocrnela — govorila je Krinka, želeći da skrene pažnju na Lolu.

— Da, gospođu je već uhvatilo sunce.

— Njoj to divno stoji. Ona tako pocrni, da bude kao neka Kreolka. Lolo! Lolo! Vidi malog Mileta. Ah, sad ću da ga uhvatim! — uzviknu Krinka, diže se da bi ostavila malo Lolu i Dubravka nasamo, dočepa malog Mileta plave kovrdžave kose i vrati se s njime u pesak. On se kikotao i hteo da baci Krinki pesak na glavu, ali ona ga steže u naručje i uhvati za ručice.

Dubravko je posmatrao plavu kovrdžavu glavicu detinju naslonjenu na grudi Krinkine, pogleda njenu plavu kovrdžavu kosu i reče joj sa osmehom:

— On liči na vas kao da je vaš sinčić.

Krinka sva pocrvene, a mladić je uporno, sa nekim ushićenjem, posmatrao njeno zažareno lice, na kome su oči imale boju safira.

Odjednom, pred Krinkom se stvori slikar.

— Gospođice, hteo bih da vam pokažem skicu.

Sva zbunjena, Krinka ga pogleda. Slikar baci jedan brzi pogled na tog lepog mladića, ali nastavi smelo, ne obraćajući više pažnju na njega:

— Kad biste mi samo dopustili da vam posmatram lice kad budem slikao, sve bih te plave i ružičaste tonove preneo na platno.

On pruži skicu Krinki. Ona je uze i baci na nju jedan rasejan pogled. Videla je na skici jednu vitku, opruženu siluetu na pesku. Pogleda Dubravka. Podlakćen o ruku, on ju je posmatrao ukočenim pogledom. U njegovim očima nije bilo nežnosti kao maločas, već nekog pritajenog, mračnog i ljubomornog gneva.

Ona spazi taj njegov pogled, pruži mu skicu i predstavi slikara.

— Gospodin je slikar pa me je skicirao, a ja to nisam ni znala.

Mladić pogleda skicu, zatim baci jedan pogled na slikara, klimnu mu glavom, ne predstavljajući se. Vrati skicu Krinki, okrete se Loli i zapita je nešto.

Lola se razveseli, poče da priča, priđe im i Zlata, dok je Spomenka obilazila oko njih, jer je videla onog lepog mladića. A malo dalje ležao je Vlatko. Nije hteo ni da pogleda Lolu. Slikar sede na pesak uz Krinku i neprestano joj je nešto pričao, iako mu ona nije ništa odgovarala. Slušala je kako Dubravko razgovara sa Lolom i Zlatom, ne obraćajući pažnju na nju, kao da ona i nije bila tu, pored njega.

— Idem malo u vodu — ustade Krinka i pođe prema moru.

Ostavila ih je sve i spustila se u more. Plivala je, a gotova je bila da se rasplače. Obuzimala je nekakva tuga kroz koju se prozirala i radost. Voda joj je rashlađivala i umirivala nerve. Plivala je, želeći da se zamori. Spazila je opet onu malu uvalu i kamenje, sela je i posmatrala igru talasića. Videla je kako neko pliva i približava se mestu gde je ona.

Njoj je srce zalupalo. „Da li je on?"

Ali to nije bio on, već Šerif.

On dopliva do njenog mesta i ispravi se pred njom.

— Video sam vas, gospođice, pa sam pošao za vama.

On spazi jedan kamen niže Krinkinog i sede. Gledao ju je svojim maslinastotamnim očima.

— Zašto ne skinete kapu, toplo je?!

— Meni nije toplo, a i ponovo ću u vodu. Zbog čega hoćete da skinem kapu?

— Volim da gledam vašu lepu kosu. Plava kosa mi se sviđa.

— Onda baš neću da je skinem — odgovori Krinka prkosno.

Zagleda se u vodu i oči joj postadoše tužne.

— Danas ste opet neraspoloženi — primeti mladić.

— To vam se čini — osmehnu se ona.

— Nekad ste veseliji, a danas ste tužni... Ah, škorpion vam je na kapi!

Mlada devojka ciknu, i zbaci kapu. Mladić se nasmeja:

— Prevario sam vas! Tako ste lepi. Kosa vam se preliva kao zlato. Kao da je svako vlakno od tanke zlatne žice.

Krinka je ravnodušno slušala te komplimente i gledala tri glave koje su plivale: Lolu, Dubravka i Zlatu. Lola se bacakala, a Dubravko baci jedan pogled na Krinku i Šerifa, razmahnu rukama još bešnje i otpliva daleko. Ona je gledala za njim, a Šerif nju.

Mlada devojka se diže sa svoga kamena i spusti se u more.

— Vi uvek bežite od mene — progovori prekorno mladić.

— Kad sam bežala? — iznenadi se ona.

— Čak izbegavate i da mi se javite. Moram toliko da vas gledam da uhvatim vaš pogled.

— Možda to ima svoga razloga.

— Je li taj razlog muškog ili ženskog roda?

— Ja mislim ženskog, eno približava se.

Spomenka je plivala i najednom se okrete nazad kao da neće da im priđe.

— Ako mislite na gospođicu, onda se varate. I da bih vam to dokazao, pratiću vas.

Krinki je to bilo neprijatno, ali mladić je neprestano plivao pored nje. Dubravko ih stiže sa svojim damama. Ne reče ništa, izađe na obalu i zastade jedan trenutak da posmatra decu koja su se brčkala.

Iz jedne kabine pojavi se jedna dama, imala je kosu plamene boje i neke zelenkaste oči, osenčene crnim, dugim trepavicama. U odeći narandžaste boje, sa crnim reptilijama na leđima, ona je ličila na filmsku glumicu. Njena plamena odeća i plamena kosa izazvaše pažnju. Posmatrali su je unaokolo.

— Kakvo je ovo sunce iz Sahare? — reče Zlata.

— Interesantna je — primeti Krinka.

Lola se okrete da vidi da li je posmatraju Dubravko i Vlatko. Vlatka nije bilo na pređašnjem mestu, a Dubravko je ležao na pesku, kao da spava.

Dama s plamenom kosom stajala je na obali. Jedan mladić joj pritrča i poljubi joj ruku... Lola i Zlata su čule kako joj reče:

— Gospođa Vera, i vi ste došli?

———

— Kad večeramo idemo da šetamo po brdu. Da posmatramo more s brda. U šumi je tako prijatno noću.

Vlatka nije toliko oduševljavala noć u šumi koliko se nadao da će se moći negde u pomrčini naći sa Lolom. Ceo dan se durio zbog Dubravka i posle Lolinog plivanja s njim, nije hteo sve do mraka da je pogleda. A on je bio simpatičan Zagrepčanin, umiljat udvarač, pun slatkih komplimenata, razmažen i lepo vaspitan dečko. On nije skrivao ni pred tetkom tajio svoje dopadanje prema Loli, govorio joj je komplimente pred svima. Zlata ga je jedila i zadirkivala zbog toga, radi čega su ona i Lola bile intimnije nego Zlata i Krinka. Verujući da se Loli dopada njen brat, ona joj nije skrivala da je na nju Dubravko oslavio dubok utisak, a Lola se trudila da ne bude ljubomorna, jer, u stvari, ni ona nije poznavala Dubravkova osećanja.

Taman su večerali, kad se pojavi Gavrilović sa malim Mišom. On je bio sav uplakan i crvenih očica.

Izvinjavao se vodeći Mišu:

— Morao sam da ga dovedem, neprekidno je plakao: „Hoću kod Lole i Krinke".

— Zašto ste dopustili da plače? Što ga niste odmah doveli? — uzviknu Lola. — Srce moje malo, hodi k meni. Ja njega tako volim.

— Neću da vam dosađujem, niste vi došli na more da zabavljate Mišu. Postaće vam dosadan.

— O, kako da bude dosadan mali Miša! — govorila je milujući ga.

Sedeli su, a Vlatko opet predloži da idu na brdo.

— I ja bih išao s vama, ali moram da vodim Mišu da legne. Ako on zaspi, doći ću i ja gore — govorio je veleposednik.

Vlatko je šaputao Loli:

— Čini mi se da Lolu više voli tata, nego Miša.

Zlata ga munu da ćuti, a kad Gavrilović ode, šapnu Loli:

— Nema nigde Dubravka, hajde da ga potražimo na obali.

— Šta to šapućete? — ljutio se Vlatko. — Hoćete da tražite Dalmatinca. Idite pa ga tražite. Vidim da vam ja nisam potreban.

— Gospodine Vlatko, vi ste pravo dete!

— Nisam pravo dete, nego sam pravi muškarac... Dakle, hoćete li na brdo?

— Pa jesmo li se dogovorili?!

Krinka uzdahnu. Dubravka nigde nije bilo. Ona bi tako rado ostala da sanjari na njenoj klupi. U jednoj aleji sretoše slikara.

— Ja vas tražim. Pitao sam u hotelu jeste li tamo, a vaša gospođa mama mi reče da ćete na brdo. Mogu li i ja s vama?

— O, kako da ne možete! — obradova se Vlatko, jer je računao da će ostati nasamo sa Lolom.

— Ne pitam vas, nego gospođice i gospođu.

— Primamo vas — odgovori veselo Zlata, koja je volela kavaljere.

Slikar pođe sa Zlatom i Krinkom, a Vlatko sa Lolom. Pričao je veselo. On je svuda video lepotu prirode i oduševljavao se. Zlata je razgovarala, a Krinka je slušala. U noći se nisu videle njene rastužene oči. „Celo posle podne ga nismo videle. Gde li je? Zašto nije večeras izašao?", mislila je ona o Dubravku.

— Tako sam želeo da budem nasamo sa vama — govorio je Vlatko Loli.

— Zašto?

— Zato što mi se dopadate.

— Zar vama može tako brzo da se dopadne neka žena?

— To nije brzo. Već više dana sam neprekidno pored vas. A još otkako sam u sobi do vaše i moj krevet od vašeg rastavlja samo zid, osećam da ću se razboleti od vaše blizine. Jeste li čuli, sinoć sam vam lupao u zid?

— Nisam čula, jer sam tako slatko spavala.

— Srećna žena spava i ništa ne oseća! A ja cele noći ne spavam zbog vas.

— Ne izgledate nimalo neispavani.

— Vi mi se podsmevate.

— Ne, tešim vas da dobro izgledate. Kad bih ja toliko mislila o nekom, morala bih da oslabim.

— Zar vi umete tako strasno da volite?

— Kad bi neko zaslužio — koketno je govorila Lola.

— Ja tu sreću neću zaslužiti.

— Verovatno.

— Ne sviđam vam se? To sam znao.

— Vi ste simpatičan mladić, ja mnogo volim gospođu Župančić, volim i Zlatu, a simpatični ste mi i vi.

— Zašto niste kazali da volite i mene?

— Da bih zavolela jednog muškarca potrebno je mnogo više vremena. Treba razmišljati.

— Ne, u ljubavi se ne razmišlja, u ljubavi se samo čezne i voli.

Bili su u jednom mračnom delu staze.

Lola oseti kako je dve snažne muške ruke obgrliše, da nije imala snage da se izvije iz tog zagrljaja, i u trenutku, vrele muške usne prionuše strasno na njena ustašca. Mladić diže jednu ruku i stavi je mladoj ženi ispod potiljka. Držao je tako čvrsto njenu glavu blizu svoje i ispijao njene usne. Mlada žena je već gubila dah i jedva je imala snage da se otrgne, povela se, uhvatila se za čelo, kao da će pasti, a mladić je opet dohvatio, sav izbezumljen, i obasuo joj lice poljupcima.

— Lolo, tako ste slatki, postaću lud za vama!

Ona se opet otrže i jedva promuca:

— Vlatko, to nije lepo od vas! Tome se nisam nadala. Ja tako poštujem vašu tetku, šta bi ona na to kazala?

— Ne bi kazala ništa. I moja tetka zna da ste vrlo zanosni i da jedan mladić ne može da ostane ravnodušan pored vas. Ja bar takav ne mogu da budem. Vi me uzbuđujete. Da znate kako bih razbio onaj zid!

— Onda ću se ja odmaći od tog zida — govorila je Lola i bežala ispred njega.

Stiže njih troje i uhvati Zlatu ispod ruke, da ne bi više ostajala sama sa Vlatkom.

Osećala je kako joj usne gore od njegovih strasnih poljubaca i bojala se da joj se neće poznati na usnama. Vlatko je ćutao i bilo mu je krivo što je Lola prišla njima.

U susret im je išao gospodin Gavrilović.

— Uspavao sam Mišu. Kazao sam mu da ću i ja da spavam. A lepo je veče. Večeras je tako sveže. Zar vama damama nije hladno? Ovde se uvek treba ogrnuti.

On pogleda Lolu i vide njene nage mišice i dekolte.

— Ne, nije nam hladno.

Sad je Lola išla sa njim. Vlatko nije hteo. Ćutao je i pratio drugu grupu. Bio je pomalo ljubomoran i na Gavrilovića.

— Je l' Miša hteo da zaspi? — pitala ga je Lola.

— Umoran je, kupanje zamori i odrasle, a kamoli dete. A on vas voli. To je onaj nedostatak majke, koji dete instinktivno oseća i preboleva. Moja sestra je starija, a detetu je potrebna mlada mati, da ga mazi, da ga voli. Držao sam mu i guvernantu. Ali te žene, kojima je profesija vaspitanje, nemaju materinske ljubavi. One to vrše kao posao, i uvek su neki strogi pedagozi. A dete se mora razumeti. Miša je vrlo osetljiv, i odmah je osetio da ga volite. Ne umem ja s njim, kao što bi umela mati. Detetu je uvek potrebnija mati nego otac.

— To je istina. Vidite, ja i moja sestra smo velike, odrasle, ali mi uvek volimo da nas mazi mama, i mi nju, i verujte, čak smo jedna na drugu ljubomorne, ako mama nekoj poklanja više pažnje. Ja sam bila udata, mnogo sam volela svog muža, ali ta ljubav prema majci je nekako posebna, nešto naročito, nešto za sebe. Ja mislim da je tužno kad neko nema majke i da je to velika praznina u životu.

— Evo, ja se toga i bojim, mada moj Miša sad još ne oseća tu prazninu. Mati oplemenjava i ima veliki uticaj na dete koji moj Miša neće osetiti. Opazio sam kod njega, da kad vidi nekog ko ga voli, trči k njemu kao ono mače, koga niko ne miluje, pa se rastopi od umiljavanja kad ga neko pogladi. Ja ga volim i mazim, ali muškarac ne ume da bude nežan kao žena. Zato vas molim da oprostite ako vam je nekad dosadan.

— Nemojte to, molim vas, govoriti. Ja volim decu i žalim što ih nisam u braku imala. Dovedite svakog dana Mišu, on je sladak.

Išli su opet u grupi i Vlatko šapnu Loli:

— A ko je to tako sladak? Sinčić ili tata? Vidim da ste se lepo zabavljali sa gospodinom Žarkom. Je li vam već izjavio ljubav?

— Vi mislite da je on tako neozbiljan?!

— Neozbiljan kao ja, je l'te? Šta mislite sada o meni?

— Mislim da biste i svaku drugu ženu, da se našla sa vama u pomrčini, poljubili kao što ste mene.

— Time hoćete da kažete kako nemam ukusa, i samo neka je žena, ja bih je odmah poljubio.

— Toliko baš ne mislim. Verujem da imate ukusa... Najzad, ko zna...

— Hoćemo li do obale da prošetamo? — pitala je Zlata.

— Možemo — dodade Lola.

— Nećete ga videti, sigurno — šapnu joj Vlatko. Onda izgovori glasno: — Zlato, da li se i tebi dopada Dalmatinac?

— Ako hoćeš da znaš, baš mi se dopada.

— To je onaj lepi, visoki mladić? Baš je do moje sobe u hotelu! — reče Gavrilović.

— A da l' vi znate zašto je došao na Rab?

— Ne znam.

— Kažu da je zaljubljen u gospođu Lolu ili u gospođicu Krinku.

— Jaoj, što ste vi neki, gospodine Vlatko! To nije istina. Mi smo se s njim upoznale u Veneciji. Obično poznanstvo! — branila je Lola sebe i sestru.

— Mene to ne bi iznenadilo — govorio je sa osmehom Gavrilović. — Gospođa i gospođica su tako dražesne da se u njih može vrlo lako zaljubiti.

Slikar pogleda tužno Krinku.

— To je onaj mladić što je jutros razgovarao s vama?

— Da, on.

— Onda ga ne primamo u naše društvo — odgovori Vlatko.

— Ali ako dame vole njegovo društvo — primeti Gavrilović — ništa ne vredi što mi ne bismo hteli da ga primimo... Uostalom, izgleda da je to vrlo otmen mladić.

Dama sa plamenom kosom prođe pored njih. Sad je imala crnu haljinu i preko ramena prebačen zeleni šal sa velikim crnim cvetovima. Išla je gracioznim hodom i nekako oholo.

— Ko je ova žena? — pitala je Zlata.

— Ne znam, ali i ona je u mome hotelu — govorio je Gavrilović.

— Liči na neku filmsku glumicu.

Išli su obalom. Spaziše Dubravka kako stoji na obali. On ih ugleda, pokloni se i osta na istom mestu. Vraćali su se, a on je još uvek stajao na istom mestu.

„Kako je čudnovat! Zašto nam ne priđe?", mislila je Krinka.

„Što je ovako uobražen! Drukčiji je nego u Veneciji", mislila je Lola.

Vlatko, penjući se uz stepenice, došapnu Loli:

— Večeras ću vam kucati u zid, i kucaću dok god mi ne odgovorite.

— A ako ja zaspim?

— Nećete zaspati. Vi morate misliti cele noći na mene.

———

Slikar se u to vreme vraćao kući. Nije odmah legao.

Dugo je sedeo i razmišljao o onim rečima: „Zaljubljen je u jednu od njih. Možda je u udovicu." Neka, neka se zaljubi u nju, a ovu malu plavu Krinku on neće dati.

Prisećao se kakav je taj Dalmatinac. I video ga je u mislima. Da, on je lep, vrlo lep. A žene vole samo lepotu, pa makar bio i hohštapler.

Legao je u postelju i dugo nije zaspao. Zaželeo je da je ono belo vitko telo pokraj njega, da je zagrli, da je pritisne uza se i da joj ljubi oči, usne, grudi...

———

I Šerif nije odmah legao. Voleo je ove mirisne primorske noći, kad se iz daljine čuje žubor talasa. Sedeo je na jednoj klupi. Nije ni osetio kako mu se približava jedna zmijasta, tamna figura.

— Šta sad mislite? — začu iza sebe ženski glas. Mladić se okrete.

— Ne mislim ništa.

— Ništa, ili ni na koga?

— U ovom trenutku mislim na vas. Izvolite. Hoćete li da sednete?

— Ne zaslužujete da sednem. Znate li da vas mrzim?

— To je dokaz da me volite. Jer kada žene mrze, one vole, a kad vole, one su gotove i da mrze.

— Ja kad mrzim, samo mrzim.

— Zar sam vam učinio takvo zlo? — govorio je mladić tiho, približavajući joj se. — Zašto mi ne odgovarate?

Ona je ćutala.

Umesto odgovora, njene ruke se obaviše mladiću oko vrata kao dve zmije, i ona se celim telom pripi uz njega.

— Šerife, mrzim vas — govorila je gnevno, sa nekom prigušenom strašću.

Blizina ženskog tela uzbudi i muškarca. On je steže u zagrljaj i prošaputa:

— Hoćete li da odemo u moju sobu?

— Neću, rešila sam da otputujem odavde.

— Kad ste najedared doneli takvu odluku?

— Ovde je život skup.

— Nemate novaca?

— Pa imam, ali neću da ostanem.

Ona pokuša da mu se izvije iz naručja, ali je mladić steže.

— Ne puštam vas. Dođite sutra posle podne k meni u sobu. Oko pet sati hotel je prazan. Svi se kupaju. Nemojte kucati, samo uđite. Čekaću vas.

Njeno zmijasto telo histerično se uvijalo na njegovim kolenima.

— Hoćete li doći?

— Doći ću... Ali posle ću odmah da otputujem.

— Zašto, ako nemate novaca, ja ću vam dati.

Ona ga zagrli, tražeći njegove usne...

— Šerife, vi ste divni... Volim vas. Tako vas volim.

———

Sutradan, bilo je sedam sati uveče. Šerif je gledao kroz prozor vezujući mašnu, a niz stepenice se brzo spuštala Spomenka. Bila je zadovoljna. Otvorila je tašnu i pogledala unutra svežanj banknota.

„Galantan je, zbilja! Tako je veliki kavaljer! Ko zna šta će misliti o meni, ali svejedno mi je... I ume da ljubi... Tako je strastven. Južnjačka krv. Niko me nije video.”

Izletela je iz hotela i pošla alejom.

Mladić je prezrivo posmatrao kroz prozor. „I jednog dana udaće se. Ko li će biti taj nesrećnik, koga će ona usrećiti...”

Osećao je neku gadost prema njoj. Vide je kako srete Krinku. Mladićeve oči zaustaviše se na toj beloj, nežnoj lepoti. „Ta mala je tako gorda. Nju ne bi mogao niko da osvoji...”

Krinka se udaljavala, a mladić je gledao za njom. Spomenka se seti, pogleda u mladićev prozor i spazi ga kako gleda za Krinkom. Ona se do krvi ugrize za usne, oseti strašan gnev, i, kao zmija, prosikta kroz zube: „Bednik jedan! Ali, ako, platio je. I treba da naplatim... Drugi put će mi platiti više.”

— Spomenka! — viknu je jedan muški glas.

— O, Vojo, to ste vi!

— A zašto niste došli juče k meni! Čekao sam vas.

— Šta vi mislite, Vojo, o meni? Da dođem k vama u sobu? Mislite li vi da sam ja od onih devojaka koje posećuju muškarce po garsonjerama?

— Ja mislim da ste vi jedna od najpametnijih devojaka, koja pravilno shvata život, i to je ono što mi se kod vas sviđa. I nemojte izigravati čednost bar preda mnom... Ta to su najgluplje devojke, koje propovedaju čuvanje čednosti.

— Ne, neću doći.

— Što se sad pravite tako idealni?

— Baš ste mangup, Vojo! Ali ipak neću doći. Nego, ako hoćete možemo se doveče voziti u čamcu.

— Dobro, vozićemo se. Ali šta će nam ta vožnja? Najzad, pristajem daleko, daleko da se izvezemo, a posle da prošetamo po obali.

— Razmisliću o tome.

— Ja vas čekam večeras.

— Do viđenja!

Ona odjuri u svoj hotel, još uvek gnevna na Šerifa.

„U inat njemu ići ću sa Vojom! Njemu se Krinka dopada. Ah, što su mi njih dve odvratne! Poštene, a svi muškarci jure za njima. Onaj Zagrepčanin ima nešto sa Lolom. A ovaj Voja bi hteo da mu ja budem zabava. A nikakav kavaljer. Sladoled jedan ne bi platio. Vozaću se, ali na obalu neću da izađem. Samo da pokažem Šerifu da mogu imati kavaljera koliko god hoću.”

Havajska gitara u noći

Krinka i Lola su se spremale za igranku. Oblačile su svoje večernje haljine od organdina. Krinka je imala belu haljinu, a Lola ružičastu. Divna belina organdina još više je davala nežnosti Krinki... Sitni karnerići pri dnu suknje, koja se širila klobučasto, i puno rišića oko vrata i na rukama, ulepšavali su njenu glavu i figuru, tako da je ličila na neki ružičasti cvet, koji se izvlačio iz čašice. Na grudima je imala plavi cvet od organdina, a oko kose je vezala plavu pantljiku.

Neko kucnu.

— Ko je?

— Ja sam — odgovori Zlata. — Jeste li gotove?

— Jesmo, uđite.

Ušla je Zlata i za njom Vlatko.

— Kako ste obe lepe! — uzviknu Vlatko, gledajući Krinku i Lolu.

— Kako Zlati lepo stoji plava haljina — govorile su one obe.

U sali je bilo mnogo sveta, mlade devojke u elegantnim večernjim toaletama bile su još lepše na svetlosti. Pod velikim lusterima opaljena lica žena bila su još tamnija, a oči su imale sjaj talasa.

Tango zasvira i parovi počeše da se opijaju muzikom i zagrljajem. Vlatko je odmah dohvatio Lolu, da bi uz tango mogao da je privuče na grudi i šapuće joj strasne reči. Obrazi mlade žene bili su užareni, a oči sjajne.

Šerif priđe Krinki. On je sve vreme posmatrao ovu belu i plavu viziju. Ona je spazila njegov tamni pogled i izbegavala je da ga gleda. Bila je tužna, jer Dubravka nije bilo u sali. On je bio čudnovat sve ovo vreme. Malo je s njima razgovarao i nije bio onakav kakav je bio u Veneciji. Igrajući sa Šerifom, slušala je njegove reči:

— Kad pođem sa Raba poneću u sećanju i plavetnilo mora i plavetnilo vaših očiju. Tako su lepe vaše oči, detinjaste i naivne. Čini mi se da vi nikad ne biste umeli da lažete. I kad bih vas zapitao nešto, verujem da biste mi rekli istinu.

— A šta biste me pitali?

— Da li vam se neko dopada ovde?

Mlada devojka u tom trenutku spazi Dubravka, koji je ušao u salu, i obrazi joj planuše...

— Pocrveneli ste — šaputao joj je Šerif hvatajući neprekidno njen lepi pogled. — Zašto krijete oči? Nikad nećete da me pogledate, a ja volim da gledam vaše plave dužice. Ne smete da me pogledate?

— Zašto ne bih smela? — nasmeši se mlada devojka i pogleda ga pravo u oči.

Njegove tamne oči postadoše još crnje, ništa nije progovorio ali je upio svoje zenice u njene, kao da je hteo da očima ispije te njene plave, nežne i sanjalačke oči.

Preko njegovih ramena ona spazi Dubravka kako ih posmatra. Klizili su dalje po parketu i ona više nije mogla da ga vidi, ali malo posle ona ga vide kako igra sa Lolom.

Šerif je dovede do sedišta i osta stojeći pred njom. Dubravko je sada igrao sa Zlatom. U prolazu lako klimnu glavom Krinki.

Tango prestade, a Dubravko osta u razgovoru sa Zlatom i Lolom. Spomenka se pojavi, spazi Šerifa kako razgovara s Krinkom, ugleda Lolu, priđe njima i krišom gnevno pogleda Šerifa.

Muzika je opet zasvirala... Dubravko je ponovo igrao sa Zlatom, Lolom, čak i sa Spomenkom, a Krinka kao da nije postojala za njega.

Ona oseti bol i neku beskrajnu tugu. Nešto ju je stezalo u grlu a oči su joj bile vlažne. „Zašto sam došla? Tako bih otišla u sobu.”

Dok su se parovi okretali, ona se diže, prođe kraj njih i izađe u park. Jedna suza joj se skotrlja niz obraz. Tako je mogla da zajeca i tražila je neku senovitu klupu. Bilo je sveže i vetrić je pirkao, a nebo se spustilo sasvim nisko i bilo je puno zvezda. Nikad nije videla tako mnogo zvezda, velikih i malih, kao neka zlatna prašina po nebu. Vetrić ju je umirivao, i ona poče gorko da razmišlja: „Što se tako drži prema meni? Prosto me ignoriše. Sa svima igra, samo neće sa mnom. Kako je čudnovat! Ko je on i šta je?"

Naslonila se na klupu, zaklopila oči i utonula u ćutanje. Muzika se čula iz hotela... i onaj večernji žagor obale.

Nije ni čula korake. Samo se sva stresla kad je kraj nje progovorio jedan muški glas:

— Gospođice, zašto ste se tako usamili?

Pred njom je stajao Dubravko.

— Otkuda vi ovde? — pitala je zbunjeno, ne znajući šta da kaže.

— Video sam vas kad ste izašli iz sale i pošao sam da vas potražim.

— Zar ste vi mene večeras uopšte videli? — primeti ona ironično.

— Da, video sam vas i gledao sam vas. Tako ste lepi večeras, lepši nego ikad! Da, ja sam malo nekorektan prema vama. Ali to sam namerno učinio. Nisam želeo da vam budem dosadan.

— Dosadan, vi meni? Kako ste mogli pomisliti?

— Mogao sam, jer ste okruženi kavaljerima i nije vam moguće prići. A ja ne želim da budem suvišan.

— Ali želite da ja dobijem utisak da ste se promenili, da ste sasvim drugačiji nego u Veneciji.

— Da, ja sam drugačiji. Osećam i sam. Možda ima uzroka. Ali i vi ste se promenili.

— To nije istina.

— To je istina. Čak verujem da ste me i zaboravili.

Ona je osećala kako joj srce lupa i progovori nekim bezvučnim glasom:

— Ja nikad neću zaboraviti one dane u Veneciji, koje smo proveli u vašem društvu.

— A zašto ste večeras izašli iz sale?

— Izašla sam malo na vazduh.

— Samo zato. A ja sam pomislio da vas neko čeka napolju.

— Da me neko čeka? Onda me vi ne poznajete! Ja sam sanjalica.

— To sam opazio još u Veneciji.

— Volim tako da sanjarim, volim samoću.

— A o čemu sanjarite kad ste tako sami?

— O svemu. Ovde je tako bučno, mnoštvo sveta.

— Volite li takve plaže?

— Poneki put volim, a nekad bih volela da sam na nekoj pustoj obali i na njoj da je samo jedna mala kućica. Jednom sam videla takvu kućicu na ostrvu Krku. Sasvim sama, a oko kućice mnogo kiparisa, oleandera, tuja... Kućica je bila mala, bela, samo se crveneo krov... Tako bih volela da imam takvu kućicu, lepu, usamljenu, i da tu dolazim i da provodim po dva-tri meseca.

— A s kim biste voleli da dolazite? — jedva čujno je govorio mladić.

— Sa mamom... I Lolom.

— A ko bi veslao?

— Ja bih veslala.

— A kad vas uhvati bura, a vi u čamcu?... Zar biste mogli da veslate?

— Zašto ne bih?! — govorila je ona kao dete.

Dama sa plamenom kosom prođe pored njih. Dubravko se pridiže i pokloni joj se.

— Ko je ova dama? Vi je poznajete?

— Ne, ne poznajem je. U mome je hotelu... Danas je išla ispred mene, posle ručka, novine su joj ispale iz ruke. Podigao sam novine i dodao joj. Inače je ne poznajem.

Dama se udalji i ode drugom stazom.

— Hajde, nastavite o vašoj kućici. Volim da slušam — govorio je mladić i gledao je u polusvetlu noći svojim velikim mrkim očima. — Dakle, vi biste sami veslali?

— Da, sama.

— Ali vaše ručice su tako male.

On pruži ruku i podiže joj sa krila malu, belu ruku. Mlada devojka sva zadrhta od dodira njegove ruke i oseti kao da joj električna struja prolazi kroz telo.

— Da, ručice su vam bele i male kao školjke. A kako ste me snažno dohvatili za mišicu one noći. Da li bi vam bilo žao da sam se utopio?

Ona je bila toliko uzbuđena da nije mogla ni reč da progovori.

On je još bliže pogleda u oči i prošaputa:

— Ne bi vam bilo žao. Običan, nepoznat mladić, šta bi se vas ticao taj čovek!? Je li tako?

— Nije tako! — jedva je izgovorila mlada devojka.

— Zašto drhtite? Je li vam hladno? Lako ste obučeni.

— Nije mi hladno — promuca ona, pokušavajući da izvuče ruku.

Ali mladić je bio obuhvatio čvrsto njenu malu šaku svojom toplom muškom rukom i nije je puštao. Lagano podiže ruku i pritisnu svoje usne na nju. Njegove tople usne klizile su po njenoj ruci. Ljubio joj je svaki prstić, polako, sa uživanjem, i, povlačeći usnama preko fine, bele kože, ljubio ju je lagano, od članaka ruke pa sve više.

Mlada devojka je osetila kako se gubi, kako nestaje, osećala je neku vrtoglavicu, kao da će pasti sa klupe, osećala je samo te slatke poljupce na svojoj ruci, i u jednom trenutku, kad je shvatila kako se naginje prema njemu, kao da će se onesvestiti, prikupila je svu snagu, istrgla ruku i kao izbezumljena skočila sa klupe i pojurila kroz aleju.

Na zavijutku opet srete damu s plamenom kosom. Ona zastade i pogleda mladu devojku. A ona je žurno išla, sva uzbuđena, sva raznežena, srećna, ne misleći više na Lolu, ni na obećanje koje joj je dala, samo je jedna misao strujala njenim žilama: „Dubravko, ja te volim!"

Pojurila je da uđe u njihov hotel, ali za sobom ču jedan glas:

— Gospođice Krinka!

To je bio slikar.

— Gde ste vi? Tražio sam vas u sali. Šerif mi je kazao da ste večeras lepi kao iz bajke. Da, to je istina. Ova vaša bela haljina, sva vazdušasta, ta plava pantljika, ličite na Grezovu sliku... Hoćete li da odigramo jedan tango?

On je govorio držeći je za ruku.

Mlada devojka, pod onim utiscima sa klupe, sva je drhtala i zbunjeno je odgovorila:

— U sali je toplo.

— Hoćete li onda da prošetamo?

— Izvinite, pošla sam mami nešto da kažem... Eno je na klupi.

— Ali dođite. Ja ću vas čekati...

Ona pobeže, a mladić osta gledajući za njom...

A u aleji je stajao Dubravko. Kad je čuo onaj uzvik: „Gospođice Krinka”, digao se naglo sa klupe, da vidi ko je zove. Spazio je slikara. Oči mu se zamračiše i jedna mu se bora ocrta na čelu...

„Dakle, zato je pobegla.” Video je kako joj on drži ruku i nešto govori, spazio je, zatim, kako je otišla. Nepomičan, u aleji, on otkide jedan list i zgnječi ga. Bio je namršten i sumoran. Dama sa plamenom kosom išla mu je u susret...

— A zašto vi, tako mlad čovek, i ne igrate?

— Igrao sam, ali izašao sam na čist vazduh. Lepše je biti napolju — govorio je mladić hladno.

Njegove oči su neprestano posmatrale slikara, koji je stajao i gledao za Krinkom. Vide kako mu priđe Spomenka, ali nije čuo njihov razgovor.

Ta opaka mlada devojka ironično je posmatrala slikara kako gleda za Krinkom. Ljubomorna na nju, zbog Šerifa, ona mu se podsmehnu:

— Maestro, sad mi ličite na pokislog vrapca, kome je odletela vrabica.

Mladić je gnevno pogleda, htede da joj odgovori surovo, ali se savlada shvatajući njenu pakost i ironično joj odgovori:

— Kad već hoćete da budete duhoviti, gospođice, onda recite „kome je odletela golubica”? Jer gospođica Krinka je večeras kao golubica. Zaista, večeras je toliko lepa, da joj vi možete samo zavideti.

— To sam videla, a to joj je sigurno maločas kazao i Dalmatinac, tamo na klupi — odgovori mu ona, želeći da mu zada bol.

Zatim se pakosno nasmeja:

— Siroti maestro, tako vas žalim!

Mladić steže pesnice i dođe mu da tu žensku zmiju dohvati za ramena, da je stegne i prodrmusa.

Ona se izgubi, a slikar nesvesno pođe u pravcu aleje da vidi da li je tamo, zaista, Dalmatinac. Vide ga kako šeta sa crvenokosom damom.

Njegovo lice se razvuče u osmejak. „Bedno stvorenje! Kako voli klevete. On šeta sa drugom damom a ona bedi nju.”

Išao je dalje, prođe pokraj mladića, i oni se pogledaše. „Ona nije bila s njim”, pomisli slikar i vrati se natrag da pričeka Krinku.

Kad se odvojila od njega, mlada devojka priđe mami. Ugledala je neku nepoznatu gospođu sa mamom na klupi.

— Mamice, ti si tu?

Mati je pogleda.

— Krinka, zar ti ne poznaješ tetka-Ljubicu?

— Ah, zar ste to vi? Bogami, ne bih vas poznala...

— Bože, je li ovo Krinka? — uzviknu jedna crnomanjasta dama. — Krinka, a mlađa je Lola? Dušo moja, vidi kako je lepa! Je li ona starija?

— Da, ona je starija.

— Baš smo se pozaboravljale, a sestre smo od tetaka. Nismo se videle, valjda, deset godina. Da, ona je bila mala... dete, a sad, devojka... Kako deca rastu! Rod smo, a ne poznajemo se.

— Sad se sećam — govorila je Krinka — mama nam je mnogo pričala o vama. Vi ste bile mlade devojke, ne samo rođake već i najbolje drugarice.

— Bile smo nekad, a posle otišla jedna na jednu stranu, druga na drugu, nismo se ni viđale, ni dopisivale.

— Večeras se iznenadih kad te videh.

— A ja sam već dva dana na Rabu. Baš volim što smo se našle! Bože, gde li je moj Dragan? Da ga samo vidite kako je lep! Advokatski pripravnik. Radi kod oca u kancelariji.

— A gde je tvoj Janko?

— Znaš, on pati od bubrega... Svake sam godine išla s njim... Ali mi ti Vrnjci dojadiše. To je kuluk, kad se ide na lečenje. A moj Dragan me natera: „Hajde ti, mama, sa mnom na Rab”. I bogami, ne kajem se što sam došla. Još mi je milije što sam se našla s tobom. Ali gde li je moj Dragan? Čekaj, čekaj, eno, izađe iz sale gde se igra. Dragane! Dragane!

Jedan visok, crnomanjast mladić, okrete se na taj poziv...

— Dragane, hodi ovamo.

Mladić priđe i pogleda prvo Krinku.

— Znaš, Dragane, ko je ovo? Tetka Anđa iz Beograda, a ovo je njena Krinka.

— Tetka Anđa! — uzviknu mladić. — A ovo Krinka?

On poljubi ruku prvo tetki, a zatim svojoj mladoj rođaci.

— Bože, koliki je porastao? — začudi se gospođa Anđa. — Evo i moje Lole.

Lola, Zlata i Vlatko išli su zajedno. Lola spazi mamu, priđe joj, i nastade opet iščuđavanje i pozdravljanje.

— Ovo je moja prijateljica, gospođica Zlata — predstavljala je Lola mladu Zagrepčanku.

— A gde je moja tetka?

— Gospođa Župančić je otišla da legne. Malo je boli noga. To je sigurno reakcija od mora.

Mladi pođoše da šetaju.

— Pa šta ste vi, Dragane? — upita ga Lola.

— Zar ćemo da budemo na „vi” — prekori je mladić.

— Dobro, šta si ti, Dragane?

— Advokatski pripravnik. Radim u kancelariji kod tate.

Zlata je pogledala ovog lepog mladića i odmah joj se dopao. Gledala je po aleji, ali Dubravka nije videla. Pomislila je i ona: „Gde li je onaj lepi Dalmatinac?”

Prošetali su se i opet se vraćali klupi gde su im sedele majke.

Kad su se rastajali, slikar zaustavi Krinku.

— Gospođice, izvinite što sam indiskretan, ali bih vas molio da mi nešto kažete. Jeste li vi maločas bili na klupi sa Dubravkom?

Mlada devojka ga začuđeno pogleda.

— Vi se čudite što vas to pitam, ali ja samo hoću da se uverim koliko je neiskrena gospođica Spomenka, jer mi je kazala da ste bili tamo u aleji s njim, a ja sam posle u toj aleji video Dubravka sa onom crvenokosom damom.

Mlada devojka oseti kao da je neko rukama ščepa za grlo, ali se nasmeši i izgovori s naporom:

— Meni je sasvim svejedno šta Spomenka govori.

Ona se udalji, a mladić osta u zabludi, ali je ipak bio raspoložen, jer mu je taj njen odgovor izgledao kao poricanje onoga što je ona opaka devojka pričala.

— Slušaj, Ljubice, dođi sa Draganom na plažu tamo gde smo mi, da malo razgovaramo.

— Da, doći ćemo, bolje je da smo u društvu — odgovorio je Dragan, gledajući svoje lepe rođake i Zlatu.

— Sreća što je vaš rođak — šaputao je Vlatko Loli — inače bih bio ljubomoran i na njega kao što sam na Dalmatinca. Večeras ste dva puta igrali s njim.

— Ah, on me baš ništa ne interesuje, budite spokojni — odgovori nekako jetko Lola, sećajući se onih Spomenkinih reči, koje joj je kao slučajno izgovorila: „Videla sam Krinku, sedi sa Dubravkom na jednoj klupi".

Penjući se uz stepenice Lola je mislila: „Baš da vidim da li će Krinka da mi kaže da je s njim sedela... Ja njoj sve pričam i poveravam, svaki kompliment koji mi kaže Vlatko, a sad ću da vidim koliko je ona iskrena prema meni."

Ušle su u sobu. Mama je veselo govorila:

— Baš mi je milo što sam videla Ljubicu. Ona je krasna žena. Večeras smo se vazda podsećale našeg devojačkog života. Takav smo rod pa se zaboravile!

Krinka nije ništa čula od maminih reči. Neprestano je osećala gorčinu u grlu i neko davljenje. Samo da se što pre baci u postelju. „Dakle, šetao je sa damom sa crvenom kosom. Sad je sve jasno. Ona je onuda šetala i čekala ga. A on naišao na nju. I pravi se sentimentalan. Ko je ta žena? I otkuda ona da dođe kad i on?"

„Ništa neće da kaže", mislila je Lola.

— Krinka, gde si se ti večeras izgubila iz sale? — zapita je najednom.

— Prošetala sam, bilo je zagušljivo u sali...

Poćutala je, i kao da se prisetila da je možda Spomenka o njoj nešto kazala, a kako nije imala šta da krije, nastavila je ravnodušno:

— Posle sam srela Dubravka i malo s njim razgovarala.

„Ipak je iskrena", pomisli Lola i bi joj milo što joj je to Krinka kazala.

— Bože, deco, ko je i šta je taj Dalmatinac? Nekako mi je sumnjivo da je on privatni činovnik. Gde ono reče?

— U Šibeniku... Znaš, mama, kaže Vlatko da ima jednog kolegu u Šibeniku, i hoće da mu napiše i da ga zapita da li tamo živi ovaj Dubravko.

— Šta se to njega tiče? — odgovori ravnodušno Krinka. — Sad smo ga videle pa ko zna kada opet!

Govorila je ravnodušno i mirno, a ona gorčina joj je neprekidno bila u grlu.

Podvukla se pod pokrivač i osećala kako sva drhti, kao da je u nekoj groznici. Pritisla je ruku na svoje usne, kao da je htela da oseti na njoj Dubravkove. Stalno su joj pred očima bile njegove sjajne oči, neprestano je slušala njegov tihi šapat. Da li je moguće da se pretvarao? Otkuda ona žena s njim? Da, ono je žena, ko zna kakva, a muškarcima su potrebne takve žene... Ali zašto da odmah šeta sa njom? Kako je mogao?

Ne, ne, muškarcima se ne može verovati, oni su tajna za nas, veća nego mi za njih. U mome životu nema nikakvih tajni, baš nikakvih. A on, ko je on? Šta je? I otkuda da šeta sa tom ženom?

Osećala je da je nešto guši i jedna suza joj skliznu.

U daljini, sa mora, najednom se začu havajska gitara i jedan muški glas, koji je pevao italijanski, toplo i zanosno.

Mlada devojka je slušala, otvorenih usnica, budna i sa čežnjom.

Ta pesma? Gde ju je čula? Poznata joj je... Ah, čula ju je u Veneciji. To je ona pesma što su je zajedno slušali... „To peva... Dubravko! Da, to su one reči... *Ako me zaboraviš, draga, umreću od tuge za tobom.* Ah, to je on, to sigurno on peva!"

— Krinka, čuješ li ovu pesmu? — zapita je Lola.

— Čujem.

— Je li to ona pesma što smo je slušali u Veneciji?

— Jeste.

„To Dubravko peva i svira", mislila je Lola, ne govoreći ništa.

„Kome li peva?", pronosile su se reči kroz mozak i srce Krinkino. Ona gorčina kao da iščeze, ona opet oseti malaksalost, neku slast... i u isto vreme neki bol i čežnju.

I dok je ta slatka ljubavna pesma ispunjavala njeno srce, dok su se razlegali bolni i čežnjivi zvuci havajske gitare, ona kao da je osećala da Dubravko ne peva tamo na moru, već da je tu, kraj nje. Osećala je njegove usne, milovala njegovu kosu, ljubila mu oči, njegove lepe velike tamne oči... I u mislima, ljubeći ga, gledajući ga u mašti, nije ni osećala kako joj klize suze i kvase jastuk...

Pesma je ispunjavala čežnjom slatku primorsku noć i uvlačila se u sobu sa mirisom ruža i oleandera. I Lola je slušala, i njene sjajne kose očice su bile otvorene, a ruke su joj bile više glave u jednom pokretu strasnih želja, kao da se obavijaju nekom oko vrata.

Slušala je i šaputala u sebi: „Njemu se dopada Krinka. Da, to je sigurno. On je zbog Krinke došao. On je ljubomoran na slikara i ljubomoran je na sve muškarce, tako je gord, a tako naizgled ravnodušan, hladan. Večeras nije hteo da igra. Zbog Šerifa. A sa mnom je igrao. Iako me je Vlatko onako gledao."

„Ako me zaboraviš, draga, umreću od tuge za tobom", prevodila je ona njegove reči, i jedan uzdah joj se otrže. „Blago Krinki ako je on zaljubljen u nju!"

Pesma umuče, a Lola kao da se ohladi, poče kritički da misli.

„Šta je on? Ako ga Krinka zavoli, a ne zna šta je? Zar nema svakojakih tipova? A Krinka još nije volela, za nju bi bilo strašno da pati. Meni bi bilo žao Krinke. Ona je dobra."

Ne znajući zašto, da li da se uveri šta je u Krinkinom srcu, Lola ustade, priđe stolu, kao da hoće da popije čašu vode, naže se zatim nad Krinkom i šapnu joj:

— Ovo Dubravko peva.

Njene usne se spustiše na Krinkin obraz i ona oseti kako joj je obraz vlažan od suza.

„Ona ga voli", prođe joj misao kroz svest i lagano se spusti u postelju da razmišlja o tome.

Tajna Krinkinog rođenja

Gospođa Branković je sedela na pesku i sunčala se u društvu svoje rođake Ljubice.

— Je li, Anđo — reći će ona — ja znam, ti si mi pričala, ali sam nešto zaboravila kako je to sve bilo. Krinka nije tvoje dete?

— Nije. Ali to niko ne zna, samo nekoliko mojih najbližih rođaka. Ne zna ni Lola. Mi smo je kao bebu našli pred našim vratima.

— Jeste, sad se sećam. Pričaj mi, molim te, kako je sve to bilo.

— Ti znaš, bila sam pet godina udata i nisam imala dece. Ludela sam i crkavala za decom, kao sad ova moja Lola. Ona na plaži svako dete pomiluje. Sa Borom sam živela ne može biti lepše. Uzeli smo se iz ljubavi, on je bio nežan, dobar, slagali smo se lepo, samo, patila sam što nemam dece. A bila sam zdrava, i on isto tako. Tada smo se spremali za unutrašnjost. On je bio sa službom u Beogradu, ali je dobio lepo mesto u banci u unutrašnjosti, i mi se rešimo da odemo. Spakovali smo već i stvari, samo da ih ekspedujemo vozom. I jedne večeri, na dva-tri dana pred polazak, vraćali smo se kući. Bili smo negde na večeri i moglo je biti oko jedanaest sati. Stanovali smo tada u jednoj zasebnoj kući sa baštom. Uđem ja u kapiju i ugledam neki zamotuljak. Sagoh se, kad nešto vrisnu, vrisnuh i ja.

— Kuku, šta je ovo?

Bora se saže i dohvati zamotuljak.

— Dete! — uzviknu on.

— Dete! — zaprepastih se ja.

Utrčasmo ti u kuću, zapalismo svetlo, počnemo da ga razmotavamo. Jaoj, Ljubice, i sad, kad god se toga setim, mogla bih da zaplačem. Kad odvismo pelenice, ugledasmo divno žensko detence. Moglo je imati oko dva meseca. Ja briznuh u plač, videći ga onako malo, ostavljeno i tako slatko. Koja je majka imala srca da ga odbaci? Ono poče da plače, ja brže ugrejah mleka, nahranim ga, ono se umiri, i poče da se smeje.

— Boro — rekoh ja — ovo ćemo dete zadržati. Možda mi nećemo imati dece, pa će nam ovo biti radost.

— Ako tebi nije teško da ga čuvaš, zadrži ga — reče Bora.

Ja sva srećna, odmah ga okupam, a ono se smeje, gleda me plavim očicama. Veruj mi, Ljubice, od toga prvog dana osetila sam prema njoj ljubav kao da sam je sama rodila. Nasmejah se ja i velim Bori:

— Eto vidiš, dobismo gotovo dete.

A on je voleo decu pa poče da je miluje. Razvijajući joj pelenice, nađoh skraja ušiven jedan medaljon. To je bilo jedno zlatno srce, pokriveno samim rubinima. Vrlo skupocena stvar. Kad sam otvorila to srce, našla sam u njemu jednu hartijicu na kojoj je pisalo: *Sa ovim srcem od rubina pronaći će majku i oca.*

— Jeste li štogod doznali o njenim roditeljima?

— Nikad ništa! Niti smo se trudili da doznamo. Ja sam nju odmah zavolela, tako da mi je niko živi ne bi mogao oduzeti. I još nešto je bilo u tom medaljonu. Unutra su bile ugravirane neke šare ili neka slova, ali mi nikad nismo mogli to da pročitamo, jer nismo znali taj jezik i ta slova.

— Jesi li sačuvala onu hartijicu?

— Čuvala sam je, a posle sam je izgubila. To je bilo 1912. godine. Zatim je došao rat, bežanija, i ja sam izgubila hartiju, ali medaljon sam joj sačuvala. Kazala sam joj da ga je kao beba dobila na poklon. Ona ga ponekad nosi. Jedan juvelir nam je rekao da je to vrlo skupocena stvar.

Kad smo otišli u unutrašnjost rekli smo da je to naše dete, i niko nije ni posumnjao u to. Tako smo sakrili tajnu njenog rođenja. Ni Lola je ne zna. I što je najinteresantnije, posle dva-tri meseca ja zatrudnela. Kaže meni Bora: „Kako ćeš sada dvoje dece da čuvaš?” Ne brini ti ništa, čuvaću ih... Želela sam dete, sad ću se bar zadovoljiti i imati dvoje. Samo, želela sam da rodim sina. Ali lepo je i sa dva ženska deteta...

— A one se vole?

— Vole se kao retko koje sestre. Veruj mi, Ljubice, više je volim od Lole. To dete me nikad nije uvredilo. Uvek je bila dobra, poslušna, umiljata, dobar đak. Nikad s njom nisam imala jeda. A Lola je nestašna, temperamentna, voli da se zabavlja, malo je koketa. Uvek sam na nju morala da pazim i da je grdim. A Krinka je zlatno dete! Skromna, tiha, ne voli ona da leti kao današnje devojke. Vredna je u kancelariji, hvali je njen šef. Kako onda da je ne volim, kad sam je takoreći od kila mesa očuvala?!

— Ona je neko vanbračno dete?

— Sigurno neki devojački greh. I to, možda, neke bolje devojke. Vidi se, na njoj je sve lepo i fino. Pogledaj njenu ruku, nogu, stas, sve je tako otmeno na njoj.

— A da li je Bora voli?

— Bora je ne razdvaja od Lole. „Moj Krinić, moja plava devojčica", tepa joj stalno.

— To je lepo od tebe, Anđo, što si je očuvala.

— Veruj mi, Ljubice, ona nam je došla kao neki blagoslov u kući... Otkako smo je uzeli u kuću, sve nam je pošlo dobro. Bora je imao lepu platu u unutrašnjosti, posle smo se vratili u Beograd, tu je dobio mesto u banci, uštedeli smo, kupili kućicu. Hvala bogu, sve nam je dobro išlo. Samo da nije smrti Lolinog muža. Ono, ludo mlado, udade se posle sedmog razreda gimnazije. Odvraćali smo je, grdili, savetovali, ali ne pomože. Hoće da se uda, pa bog! Zaljubila se, pa ili da se uda, ili da se ubije... Udadosmo je. On je bio mlad inženjer, imao je budućnost, i lepo bi živeli da ne dobi taj prokleti grip, posle zapaljenje pluća, i završi za petnaest dana. Sad opet brinem o njoj. Nije ništa završila, mi nemamo miraz da joj damo, neosigurana je. Lepo će joj biti dok smo mi živi, ali šta će posle, kad mi umremo? Da bar ima maturu, nego samo sedam razreda a sad je i sa fakultetom teško dobiti mesto. Lola mi je jedina briga.

— More, udaće se ona, lepa je i mlada.

— Varaš se, Ljubice, ne udaju se ni devojke, a kamoli udovice. A svi oblећu oko nje. Vide mlada, zdrava, lepa, uz to udovica, pa misle da se provedu.

— Pa pusti je neka se provodi. Možda će se bolje udati. Vidiš, danas se na taj način i udaju.

— Ne mogu, Ljubice. To nikako! Ja sam ti ostala starinska. Volim da su poštene. Ono što viđam po Beogradu, to je strašno.

Utom prođe Spomenka.

— Ljubim ruku, gospođo Anđo.

— Dobar dan — odgovori ona hladno. — Eto, vidiš ovu. Ta je propala. Prosto ne volim kad je vidim u društvu moje Lole i Krinke. Moja Lola je živa, i neko bi se prevario, ali ona ume da vodi o sebi računa. Koketna je, ali poštena. I ta tragedija je uticala na nju, pa se promenila. Da ti znaš kako ona radi u kući! Sve ona kuva, mesi, ne da meni. Tako voli domaći posao. A i Krinka je takva... Ja sam ih tako vaspitavala još dok su bile učenice. One raspremaju svoju sobu, pobrišu prašinu, pokažem im i nešto da kuvaju. Lola mi je sada velika odmena. Još uči i šivenje i krojenje.

— To ti je pametno!

— Ona kaže: „Mama, bolje je da imam zanat". Sad sve sama šije u kući. Njih dve zajedno, kad je Krinka slobodna, prepravljaju, doteruju. Mislio bi neko da su luksuzne. A mi odemo, pa pokupujemo sve nešto jeftinije i restlove, i njih dve sve to lepo iskoriste i udese.

— Lepe one, pa im sve lepo stoji. Tako su obe slatke i lepe, kao lutkice! Moj Dragan kaže: „Mama, nisam znao da su Krinka i Lola tako lepe".

— Lepota ne vredi, Ljubice, ako nema dobrote i karaktera. A ja sam se trudila da ih vaspitam da budu dobre i karakterne. Bio je to veliki posao, ali ne žalim svoj trud. Lep nam je život u kući i svi se volimo i lepo slažemo.

— Nema ništa lepše, nego kad se vole u porodici.

— Samo je jedno što me muči i plaši. Moj Bora ima manu srca. Kad odem tako na put, uvek strepim za njega.

Dok su razgovarale, Krinka im priđe.

— Kako je slatka! — govorila je njena tetka.

— Ovo je mamina plava lutkica — mazila je mati, gledajući je nežno.

— A ti si moja najbolja mama — govorila je mlada devojka milujući mamu po obrazu.

— Krinka — viknu jedan mali, plavi, debeljuškasti dečko od tri godine.

— Mile, srce moje, došao si!

— Hodi da ti nešto pokažem — govorio je on, vukući je za ruku.

Ona ode sa plavokosim dečkom. Dragan priđe Zlati.

— Gospođice Zlato, hoćete li da plivamo zajedno? Kažu da ste vi odlična plivačica. Tako mala devojka, a tako brzo pliva.

— Vi mi se smejete što sam mala.

— Kako da se smejem? Naprotiv, meni se najviše dopadaju tako male, slatke devojke.

On se smešio i gledao je, a zubi su mu se blistali ispod njegovih rumenih usana. Zlata ga je toplo gledala svojim vragolastim očima.

— Dobro, da plivamo. Ja ću biti brža od vas, iako ste muškarac, i pobediću vas.

— A ja ću vas uhvatiti — govorio je, gledajući je strasno. — Znajte da ću vas uhvatiti. Od mene nećete pobeći.

— Ko je ona devojka? — zapita Draganova mati svoju rođaku.

— To je sestričina one gospođe iz Zagreba što sam te upoznala s njom. Vrlo krasna porodica!

— To im je tetka?

— Da, ona i onaj mladić, njen brat, nemaju majke, ona ih je očuvala... Divna deca. Vole je i poštuju. S njima smo se tako sprijateljili, kao da se odavno poznajemo.

— Lolo — govorio je Vlatko — smem li da legnem ovde?

— Zašto da ne smete?

— Pa sad vas se malo i bojim. Niste nimalo nežna prema meni.

Ona ga pogleda svojim slatkim kosim očima i nasmeši se.

— Naprotiv, ja o vama nežno mislim, kao i o Zlati.

— To mi nimalo ne laska. Ja hoću da samo o meni mislite. Lolice, zar ste vi tako neosetljivi? A meni se čini da ste tako topli, osećajni, samo da se krijete i pretvarate. Zašto me malo ne volite?

— Ja vas volim, ali ne znam kako to hoćete da vas volim?

— Kako hoću? Ah, šta bih ja sve hteo i želeo! Vi ste, Lolo, žena, zar možete tako da budete ravnodušni prema nekome ko vas obožava? Lolo, kako me vi uzbuđujete! Zašto me tako mučite?

— A zašto vi to, Vlatko, ne govorite mladim devojkama? Vi ste mladić i devojke vam više odgovaraju.

— Ali ja više volim žene. One su interesantnije i privlačnije. Žalim, Lolo, što nisam apotekar, jer tada biste me više voleli. Ovako nisam ništa... A kad bih bio apotekar, znate šta bih uradio?

— Ne znam.

— Zaprosio bih vas.

— Sreća što niste apotekar, jer biste onda, kao kandidat za ženidbu, bili tako uobraženi i ne biste mi se nimalo sviđali, niti bi bili tako izdašni u izjavama ljubavi kao sada.

— Kako me vi ismejavate! I kako smo mi muškarci bedni! Uvek smo u stavu nekoga ko preklinje i prosjači milostinju od žena. Tvrdica ste, Lolo, još kakva tvrdica! Znate da ste lepi, i prijatno vam je da uzdišem za vama, a vi, kao neki inkvizitor, uživate u mojim mukama.

— Zbilja, strašne su vaše muke!

Mlada žena se nasmeši i opruži ruke više glave.

— Lolice — šaputao je Vlatko — tako bih vas mazio.

— Vlatko, vi dobijate temperaturu na suncu i buncate.

— Jeste, počinjem da buncam kad ste vi pored mene. A znate li šta sve čovek može da učini kad je u bunilu?

— Šta?

— Da ščepa nekog i da ga poljubi?

— Ne mislite valjda i ovde kao onda u šumi?

— Mislim, i moram da jednog dana iskalim na vama sav svoj gnev. Da, gnev! Muškarac je gnevan kad voli i rđav je kad lepa žena ostaje ravnodušna, iako ona to po prirodi nije, pa postaje čak i nevaspitan prema njoj.

— A ja sam mislila da ste vi najbolji i najbolje vaspitan dečko.

— Sad kad sam pokraj vas, tako sam rđavo vaspitan da bih počinio mnoge gluposti.

— Na primer, kakvu glupost?

— Lolo, nemojte da me začikavate! Lepe žene su zbilja nemilosrdne.

Pored njih prođe Dubravko i javi se.

— Vaš ideal, Lolo?

— Što volite da peckate, Vlatko!

— Ne, ja nemam žaoke kao vi.

— Još me pravite osicom. Zar sam tako rđava i zla?

— Vi ste slatki, preslatki! Lolice, pogledajte me. Ah, vi gledate Dubravka! Onda ga gledajte, neću više ni da vas pogledam.

Dubravko spazi dve plave kovrdžave glavice i uputi se njima.

Krinka je pravila kućicu Miletu. Kupili su zajedno pesak u kanticu i sipali na jednu gomilu. Sunce je grejalo Krinki leđa. Najedared, ona oseti da je zakloni neka senka. Ona se okrete. Iza nje je stajao Dubravko. Ne govoreći ništa, on se spusti na pesak pored njih. Ćutao je i gledao mladu devojku. Sva zbunjena i rumena od tog sjajnog pogleda, ona jedva progovori:

— Vidite, pravim kuću. Daj, Mile, još jednu kanticu.

Dečko je kupio svojim malim ručicama.

— Zašto ste sinoć pobegli od mene?

Ona izruči kanticu, sakupi pesak i, ne gledajući ga, nastavi isprekidano:

— Pobegla, samo, onako. Ne znam ni ja zašto sam pobegla.

— Ne znate? A ja znam.

— Šta znate? — odgovori ona brzo, podiže glavu i pogleda ga.

Nekoliko sekundi su se gledali i ona oseti kako joj lupa srce.

— Znam. Čekao vas je slikar.

Ona ispusti kanticu i pogleda ga iznenađeno.

— Slikar me nije nigde čekao. Srela sam se s njim. Bogami, nije me čekao.

Mladić leže na pesak i zatvori oči... Nije govorio ništa.

— ’Odi i ti da mi praviš kućicu — zvao ga je Mile. — Je l’ umeš da praviš kućicu?

Mladić se nasmeši na dete, sede i zavuče mu prste u plavu kosicu.

— Lepa plava kosica — govorio je dečku i gledao Krinku.

Njeno lice je bilo kao plamen. Nije ga gledala, već je rukama zgrtala pesak. Mladić pruži ruku i kroz pesak uhvati njene prstiće. Ona ih lagano izvuče, a on poče da skuplja pesak.

„On mi ne veruje, a on je sinoć šetao sa onom crvenokosom damom? Da li da ja njega upitam?"

Ućutala je. Senke dugih trepavica nisu se pokretale na njenom rumenom licu.

— Što ste se tako zamislili? — pitao je Dubravko.

— Ništa. Gledam Mileta.

„A, ne! Neću mu reći za onu damu sa crvenom kosom nema smisla niti ja na to imam prava. Neka se šeta."

— Zašto kvariš kućicu? — reče sa osmehom Miletu. — Je l'te da je zlatan?

— Da, zlatan je. Ima lepe plave oči i lepu svilenu kosicu.

Govorio je ne gledajući dete, već Krinku.

Zaćutaše oboje.

Slikar ih spazi izdaleka ali im ne priđe. Gledao je more. Ono se prelivalo i talasići su bili sitni, kao krljušti. Nekoliko raskomadanih, vunastih oblaka, pravili su različite figure po nebu. Jedan izletnički brod se približavao.

Spomenka im priđe.

U njenim očima se osećala neka pakost, ali se neprestano slatko osmehivala. Govorila je kao da nastavlja neku misao:

— Što mi je smešan ovaj slikar. Samo obilazi oko Krinke!

Dubravko zavuče ruku u pesak i ne pogleda je, i ne odgovori joj ništa.

Krinka joj odgovori ravnodušno:

— Ti si, Spomenka, kao neki reporter ovde. Sve vidiš, čak i ono što drugi ne vide.

— Zar to tebe vređa? — osmehnu se ona slatko, praveći se da te reči ne prima nimalo k srcu. — On se samo šeta s tvojom slikom.

Dubravko naglo zgrte pesak rukama.

— Daj mi, Mile, kanticu — govorio je dečku.

— Ah, idem ja da vidim ko je na onom brodu — uzviknu Spomenka. Najedared se okrete mladiću: — Je l'te, gospodine, ko je ona dama s crvenom kosom? Tako je interesantna!

— Ne znam — odgovori kratko mladić.

— Pa vi ste sinoć šetali s njom — govorila je umiljato.

— Jesam, ali ne znam ko je... Nisam je pitao — odgovori joj on suvim i oštrim glasom, ne gledajući je.

Ona odjuri ka obali.

— Je li istina ono što reče ova gospođica? — pitao je Dubravko Krinku.

— Ako posmatrate njenim očima, onda je istina, ako posmatrate mojim očima, onda nije istina. A kako vi to mene ispitujete, a ja vas ništa ne pitam, iako znam da ste šetali.

— A ko vam je to rekao?

Ona se zbuni.

— Slikar? Priznajte! On vam je rekao, jer me on video.

Ona prošaputa:

— Jeste!

— A zašto me niste pitali? Nije vas se ništa ticalo?

— To je moja taktičnost. Mislim da nemam prava.

— Mislite da nemate prava? — ponovi mladić. — Vidite, ja sebi i suviše dajem prava.

— Tako je uvek u životu? Žene imaju manje prava.

— Ali više vlasti nad nama — poćuta pomalo i onda reče: — Hteo sam da vas pitam, hoćete li da doveče idemo na ribarenje? Vi, gospođa Lola i ja. Jedan ribar mi je kazao da će da lovi ribu, a to je vrlo interesantno posmatrati, jer se more osvetli do dna.

— Da idemo Lola, ja i vi?

Ona je zamišljeno ćutala.

— Ne ide vam se? Ili hoćete najpre mamu da pitate? Dobro, pitajte je.

— Kako da mi se ne ide? Ja se tako radujem! Ali... mi smo uvek zajedno sa onim Zagrepčanima. Pa kako da se odvojimo? Možemo li da pozovemo i gospođicu Zlatu?

— Vidite da sam bio u pravu kad sam kazao da vam se ne može ni prići. Uvek ste opkoljeni društvom.

— To je sasvim prirodno, jer smo na plaži, i to na našoj plaži. U Veneciji smo bile u tuđoj zemlji, nikoga nismo poznavale.

— A ovde imate tolika poznanstva.

— Slučajna poznanstva. Ali gospođica Zlata je tako simpatična! Njoj bi bilo žao da je ne pozovemo. A vi joj se još i dopadate. Tako ste lep utisak ostavili na nju.

— I vi biste čak poželeli da se ja zaljubim u nju. Je l' tako?

— Šta bih mogla imati protiv, ako vam se ona svidi? — odgovori mu ona sa osmehom.

— Onda, ko sve treba da pođe? Gospođica Zlata, njen brat. Treba li i slikara da pozovemo? Neka bar bude celo vaše društvo.

Ona ga pogleda prekorno, zatim okrete glavu i zaćuta. Zagledala se u pesak koji je bio oko nje kao neko ustalasano more. Nekoliko galebova je kreštalo i letelo za brodom.

Njene oči su bile tužne i lepe. On je posmatrao njenu tužnu, sanjalačku i čednu lepotu. Gledao ju je netremice.

— Volim kad ste tako tužni — izusti tiho.

— Zašto? Ja nisam nimalo tužna.

— Jeste, tužni ste! I hoću da vas rastužim još više.

— To vam stvara zadovoljstvo?

— Da, veliko zadovoljstvo, jer su vam oči onda tako lepe.

Jednim brzim pokretom on obgrli Mileta u nekom ushićenju i privuče ga k sebi.

— Je li, Mile, jesi li ti dobro dete?

— Jesam — odgovori Mile.

— Ja te volim — šaputao mu je, zavlačeći svoje prste u njegovu kosicu.

— A voliš li ti mene?

— Ne volim te.

— Da, znao sam da me ti ne voliš — uzdahnu mladić i pogleda Krinku.

———

— Oh, što je ovaj vetrić prijatan! — govorila je Zlata kad su se vraćali na ručak. — Lolo, zamislite, bila sam brža u plivanju od Dragana.

— Ja sam bio kavaljer i pustio vas. A mogao sam vas prestići.

— Zašto niste? Ja nisam tražila kavaljerstvo.

— Da... Ali posle podne ću vam pokazati da sam brži od vas... ili ću vas opet pustiti. Ne volim da jedim devojke, naročito takve slatke male gospođice — reče joj Dragan i odozgo spusti pogled na njene ljupke, šarene očice, koje su ga vragolasto gledale.

— Aha, Dragane! — dirnu ga posle Lola. — Ti ćeš se još zaljubiti u Zlatu!

— Ona je vrlo simpatična. Otvorena i iskrena. A ja ne volim lažan stid devojaka. I duhovita je, a pomalo nestašna i razmažena.

— Ona je velika maza, ali joj to dobro stoji.

— Eno gospodina Gavrilovića — reče neko.

— Istina, Miša jutros nije bio na plaži — primeti Lola. — Što li je ovako brižan gospodin Gavrilović? Je l'te, a gde je Miša? — upita ga Lola kad se sretoše.

— Miša se razboleo — govorio je zabrinuto otac. — Dobio je temperaturu. Valjda je nazebao, zvao sam lekara i idem sada da kupim lek.

— A ko čuva Mišu?

— Moja sestra je ostala kod njega. Pitao je jutros za vas: „Tata, hoće li da dođu Lola i Krinka?”

— Malo moje srce, mi ćemo ga posetiti. Možemo li da obiđemo Mišu? — pitala je Lola.

— Oh, on će biti najsrećniji!

— Onda, čim ručamo doći ćemo. Hoćeš i ti, Krinka, i ti Zlato?

— Hoćemo, razume se.

— Koji je broj vaše sobe?

On im reče.

Vlatko je slušao taj razgovor i reče posle Loli:

— Lolo, ja uviđam da ćete se vi zaljubiti u gospodina Žarka i on u vas.

— Vlatko, vi rđavo tumačite moju ljubav prema deci. Ja decu mnogo volim.

Vlatko je ironično i ljubomorno nastavljao:

— Da, on je veleposednik, bogataš! A ja, šta sam ja? Samo jedan diplomirani student, koji još nema ni plate.

— Vlatko, vi me vređate. I hteli biste sada da ne odem da posetim jedno bolesno dete.

— Idite, idite, Lola! Znam da imate zlatno i bolećivo srce za sve, samo nemate bolećivosti za mene.

— Vi ste apotekar, pa se možete i sami lečiti.

— Dobro, dobro, trudiću se da se izlečim — odgovori joj prekorno Vlatko.

Posle ručka one su se žurno pele uz stepenice. Začuše korake za sobom. To je bio Dubravko. On se iznenadi kad ih vide.

— Otkuda vi ovde?

— Pošle smo da obiđemo malog Mišu. Bolestan je.

— Kad se razboleo?

— Od jutros.

— On je tako sladak dečko — reče Dubravko. Peli su se zajedno uz stepenice. — Mi imamo sobu do sobe.

Lola zakuca.

Gospodin Gavrilović otvori vrata.

— Izvolite! On vas čeka. Tako je radostan. Gospodine, uđite i vi — pozva Dubravka.

— Da nas ne bude mnogo?

— O, voli on kad ima mnogo društva!

— Mišiću moj mali! — tepala mu je Lola prilazeći krevetu. — A šta je malom Mišiću? Nisi ti bolestan, ti se samo maziš.

Njegove očice su se smešile i blistale od sreće.

— Vidi, donele smo ti čokolade! Ali to nećeš sad da jedeš, nego malo posle — govorila je Krinka.

Lola sede kraj njegovog kreveta i gledala je njegovo zacrvenelo lice. Uze mu ručice.

— Ima malo vatre. Do sutra samo, pa će Miša ozdraviti. Ovde imaš mnogo igračaka. Evo i tvog krokodila. Onda nisi hteo da mi daš tvog krokodila. A hoćeš li sada?

— Hoću, uzmi ga.

— Sad je on sklopio prijateljstvo s vama i voli vas, pa bi vam sve dao. On je dobra srca.

— On zna da mi njega volimo... Znate, gospodine Gavriloviću, da je Miša naučio tri priče i dve pesmice!

— Da, sve on to meni priča. Svako jutro mi recituje.

— Sad ga Krinka uči jednu recitaciju.

— Nećeš da ideš odmah? — pitao je mali Miša sa strahom.

— Neću, posedeću malo kod tebe. Čekaj, da ti popravim jastuk. Tako, sad je bolje!

Veleposednikova sestra nežno je gledala Lolu i Krinku.

— Vi umete oko njega, a ja sam starija, ne umem ni da pričam.

— Da, mi volimo decu. Male moje ručice, kako su slatke! Lepi moji prstići!

Lola mu poljubi ručicu.

Dubravko je posmatrao ovu scenu. Njegove divne, velike mrke oči imale su neki nežan sjaj. Gavrilović zazvoni. Pojavi se sobarica.

— Gospođice, možete li da nam donesete sladoled? Čekajte, koliko treba porcija?

On izbroja.

— Dobro, odmah ću doneti.

— Od vanile i čokolade.

— A Miši?

— Miša neće sladoled. On je dobro dete, kad tata kaže da nešto ne sme, on ne jede. Gospođice — okrete se sobarici — za Mišu šolju mleka.

— To ću ja njemu da dam, pa će on iz moje ruke da popije. Je li da hoćeš? — pitala ga je Lola.

— Hoću.

Sobarica se brzo vrati sa sladoledom i mlekom. Lola uze Mišino mleko.

— Hajde, Mišiću, ovako, kašičicu po kašičicu. Otvori usta. Vidiš kako je lepo mleko! Još malo, samo još malo! Tako, sve si popio.

— Izvol'te sladoled — govorio je Gavrilović gledajući Lolu svojim toplim i blagim očima.

— Gospodine Marojeviću, dopada li vam se ovde? — pitala je Zlata Dubravka.

— Vrlo mi se dopada — odgovori joj mladić. Krinka je stavljala u svoja mala rumena usta krem sladoled. Njene duge trepavice bile su opuštene i kad ih je podigla, spazila je kako je Dubravko posmatra. Na stolu, u vazi, stajao je buket ruža.

— Kako imate lepe ruže! — uzviknu Krinka.

— Ja ih mnogo volim. Kod kuće stalno imam u vazi ruže. Ali ove ću zamoliti da uzmete vi, Zlata i gospođa Lola.

— Nemojte, zašto da ih vadite iz vaze.

— Neka, i Miša bi to hteo. Je li, Mišo, hoćemo li da damo gospođama ovo cveće?

— Daj, tata! Mi ih imamo kod kuće mnogo. Kad dođeš, Lolo, ja ću ti nabrati puno cveća.

— Vidite, sve bi vam on dao.

Veleposednik pogleda mladu ženu, stojeći nasuprot nje. Ona se nagla dečaku, i kroz njene tanke haljine videle su joj se bujne, čvrste grudi, opaljene suncem. Rumena poluotvorena ustanca, sa kraćom gornjom usnicom, smešila su se detetu, a njena lepa, sjajna crna kosa prelivala se kao atlas i još više isticala rumenilo njenih svetlih, glatkih obraza. On se zagleda u nju, zatim u dete, i odmače se uzbuđen od postelje da ne bi gledao sablažnjivu sliku lepe žene.

Izvadi ruže, obrisa im drške i razdeli cveće damama.

— A za vas nemam ništa — nasmeši se Dubravku.

— Šta će mi? Cveće je za dame.

— Mi ćemo sada da idemo, Mišo.

Njegove očice postadoše nekako ukočene, a usnice mu zadrhtaše.

— Hoćeš da ideš? — govorio je tiho.

— Sine, gospođa i gospođica će opet doći. Sad ćeš i ti malo da spavaš, a one će doveče opet doći da te vide.

Lola ga umiri, razveseli i nasmeja, i udaljiše se iz sobe. Izađe i Dubravko.

— Ispratiću vas, pa ću čitati novine u parku.

Kad su se njih tri udaljile, mladić se zamisli. Sećao se jutrošnjeg razgovora i sada ove slike u sobi.

„Čini mi se da se Gavriloviću sviđa udovica. Ona tako ume oko deteta. One su zaista zlatne!" Izađe mu pred oči ona plava, kovrdžava kosa, i seti se njenih rumenih usnica kad je jela sladoled.

Alejom se uvijala Spomenka. On je spazi, raširi novine, uzdiže ih da zakloni lice i napravi se kao da je ne vidi.

Kad su htele da uđu u hotel, Lola, Krinka i Zlata sretoše se sa Šerifom.

— O, kako imate lepe ruže! — reče im mladić.

Baš u tom trenutku jedna prodavačica priđe sa karanfilima:

— Dopustite mi da tim ružama dodam i karanfile. Molim vas, izaberite koju boju želite.

One uzeše skromno po dva karanfila.

— Zašto samo dva cveta? Nemojte da me štedite.

On izvadi veliki buket i dade im.

Izdaleka, Spomenka ga ugleda kako im kupuje cveće. Ona steže zube u gnevu. „Što ih mrzim! Ah, onoj Krinki se moram osvetiti! Pravi se svetica, a pokvarena je. Sad hvata Dalmatinca. E, nećeš ga uhvatiti dok sam ja ovde!"

Sva gnevna ona pojuri u svoju sobu. Nađe tabak hartije i poče da piše... Prisećala se. „Znam, Dubravko Marojević. Da, tako se zove. Napisaću samo hotel... Sobu će mu znati."

Stegnutih zuba, zla kao zmija koja je ispružila žalac, ona je pisala:

Vi ste, gospodine, vrlo otmen i simpatičan mladić, ali je šteta što ste našli društvo onih sestara. One, obe, uživaju vrlo rđav glas, i ovde, na plaži, svi ih već znaju kakve su, zato i obilaze oko njih. Jedan otmen mladić, iako je muškarac, kompromituje se u njihovom društvu.

Napisala je latinicom, iskrivljujući rukopis na levu stranu.

„Tako! Još da adresiram, pa ću večeras spustiti u sanduče. Sutra će ga dobiti... Da vidim hoće li je posle i pogledati... Hoće njega, hoće Šerifa, pa slikara. E, sad će Spomenka da ti pokaže šta zna."

— Spomenka, jesi li se videla sa Šerifom? — zapita je mati.

— Malo smo jutros razgovarali — odgovori jetko.

— Ne umeš ti sa njim. Treba da ga zaludiš pa da trči kao lud za tobom. Eh, kad sam ja bila tvojih godina, kako su za mnom ludeli muškarci!

— Jeste, to je bio devetnaesti vek, a sada je dvadeseti! Danas svaka devojka otima lepog muškarca.

— A zar ti nisi lepa? Nego, ne umeš. Ispumpaj ti njega, neka ti da još koju hiljadarku.

— Hiljadarku! Ti misliš da je danas lako dobijati hiljadarke od muškaraca. Svi hoće ljubav badava.

Ona se baci na postelju i zajeca, zajeca od nekog poniženja, bola i histerije.

— Šta ti je, Spomenka, nemoj da plačeš — tešila je nežno mati. — Ti si lepa, ti se dopadaš muškarcima.

— Ćuti, nemoj ništa da mi govoriš! — ciknu na majku. — Ti si me napravila ovakvom, ti si za sve kriva... Ja... Ja sam tako nesrećna!

— Bože, šta sad govoriš? A ja sam ti uvek želela sreću. Nemoj da vičeš, da neko čuje.

— Neću da ćutim, hoću da vičem!

— Spomenka, sine, za ime boga, ćuti. Eno, čujem korake u hodniku. Neko je zastao i sluša. Zar da budemo neke prostakuše? Ti si otmena devojka, to tebi ne liči.

— Otmena devojka! — zajeca Spomenka. — Ja otmena! — ponavljala je u histeričnom plaču i sva se tresla od jecanja. — Niko me ne gleda!

— Slušaj šta sad govori! — čudila se i krstila mati. — A uvek si mi pričala kako muškarci trče za tobom. Tebi je nešto žao? Da te nije štogod naljutio Šerif? I šta ako te je naljutio? Ima i drugih. Onaj Vojvođanin mi se, pravo da ti kažem, više dopada. Naše je vere. Hvataj ti, sine, njega! Pa da se udaš.

— Da hvatam njega? Uhvatila je već njega Lola. One dve su razapele mrežu na sve muškarce. Ona Krinka hvata Šerifa. A ti... ti me sve rđavo učiš... Ti si mi dušman, ti mi nisi majka!

— Jaoj, jaoj, šta govoriš, ja tvoj dušman! Zar to da dočekam? I šta joj je sad? Šta ovo znači? A tako je bila vesela, zadovoljna. Samo mi se hvalila.

Spomenka je jecala, sećala se svega, i onog kako je maločas Dubravko nije hteo ni da pogleda, a Šerif kupovao cveće ovima. Osećala je poniženje i bol, osećala je da je igračka u rukama muškaraca, da je niko ne ceni, a svi hoće da se provedu sa njom. Osećala je da ne trče oni za njom, nego ona trči za njima.

Anonimno pismo

— Moramo da zovemo Zlatu da ide s nama — reče Krinka Loli.

— Da, pozvaćemo je, ne bi imalo smisla da se mi izgubimo.

Izašle su iz hotela. Noć je bila bez mesečine, a prema svetlosti sijalica kretale su se siluete, čuli su se svi mogući jezici i palme su se tiho njihale.

Dragan im priđe.

— Tako volim ove večeri bez mesečine. Hoćete li da šetamo po brdu, ili da sednemo u neki čamac?

— Ne, mi večeras imamo drugi program. Zlato, zvao nas je Dubravko da idemo na ribarenje s jednim ribarom. Zvao je i vas. Hoćete li sa nama? Možete i vi Vlatko.

— Hvala — odgovori suvo Vlatko. — Mene sigurno nije pozvao. Neću da vam kvarim društvo. A Zlata može da ide. Hoćete li da ja i vi, gospodine Dragane, prošetamo? Ili ćete sa njima? Ali vam napominjem da su sve tri zaljubljene u tog Dalmatinca.

— Onda neću ni ja ići. Idite vi same — odgovori Dragan i pogleda Zlatu.

— Ovaj moj brat je prava zločestoća. Nije istina da smo zaljubljene u njega. Bar ja nisam zaljubljena. Zašto tako govoriš?

— Nećemo se, Zlato, objašnjavati. Idite. Eno Dalmatinca na obali. Čeka vas. Hajdete, naći ćemo i mi neke dame, pa ćemo sesti sa njima u čamac?

— I vi me ostavljate, gospođice Zlato? — tužno reče Dragan.

— Ne, neću da vas ostavim. Idite vi, Krinka i Lola, a ja ću se šetati sa gospodinom Draganom.

— Hajdete vi, Vlatko, s nama.

— Hvala lepo — odgovori mladić jetko i uputi se sam obalom.

Lola i Krinka to jedva dočekaše i požuriše mestu gde je stajao Dubravko, a Zlata ode sa Draganom.

— Ja bih se naljutio na vas da ste me ostavili — reče joj Dragan.

— A ja nisam htela da se vi naljutite, zato sam i ostala.

— Zbog mene, ili zbog prekora vašeg brata?

— Ne, samo zbog vas. To, najzad, ne bi bio red. Vi ste po ceo dan sa nama i ne bi bilo lepo.

— Ne bi bilo lepo, i ja bih bio ljubomoran na tog Dalmatinca kao i vaš brat.

Prolazili su ispod jednog drveta, mladić skoči i otkide jednu grančicu.

— Ah, kako ste mogli toliko da skočite i da je dohvatite? Da pokušam i ja. Ali moram da se zatrčim.

— Hajde, zatrčite se.

Mlada devojka se odmače, poskoči uvis ali ne dohvati. Mladić se nasmeja.

— Uh, što sam ovako mala!

— Hajde, zatrčite se još jednom. Možda ćete sada uhvatiti granu.

Ona se izmače, zatrča se i baš ispod grane mladić je ščepa oko pasa i uzdiže je, kao igrač balerinu. Spusti je naglo na zemlju, a mlada devojka, sva uzbuđena, nije umela ništa da progovori. Tek posle izusti:

— Kako ste me digli visoko!

— Vi ste tako laki.

Išli su ćuteći, a mladić je još uvek osećao na prstima njen vitki, obli stas.

— Hajdemo onom stazom.

— Ne, hoću ovamo. Eno jedne klupe. Hoćemo li da sednemo?

— S vama hoću svuda. Osećam da smo slični po temperamentu. Vi ste veseli, i ja sam veseo, vi ste nestašni, i ja sam nestašan. A sem toga, razmaženi ste kao i ja. Jer to je prirodno, ja sam jedinac a vi ste jedinica.

— Možda ja nisam baš takva, kako me vi predstavljate — gavorila je nestašno. — Ja sam neposlušna, jogunica, kapriciozna.

— A ja sam tvrdoglav, i sve mora da bude onako kako ja hoću!

— A ipak smo seli onde gde ja hoću.

— Malo kavaljerstva moram da unesem u svoju tvrdoglavu prirodu. I neću da ljutim jednu malu gospođicu.

— Mala gospođica! Uvek vi meni „mala". Smatrate me kao da sam neko dete. A ja sam studentkinja filozofije!

— Kako to strogo izgovarate. Već se pripremate za razrednog starešinu. Niste mi kazali koju grupu studirate.

— Književnost.

— To sam i zamišljao.

— Zašto?

— Sve žene idu na književnost.

— Literatura više leži ženama.

— Mada je više književnika muškaraca, nego žena.

— A to ne dokazuje da nema i među ženama talentovanih za literaturu, nego muškarci lakše nađu izdavača i lakše se uguraju u sve redakcije.

— A pišete li vi?

— Ponešto. Kao gimnazijalka pisala sam pesme, a sada više volim prozu.

— I ja više volim prozu.

— Mada i u prozi ima poezije.

— To znam. A u kakvom smo štimungu mi večeras, poetičnom ili proznom?

— Zavisi od toga kako ko shvata. Svaka devojka oseća poeziju, a muškarac prozu.

— Ne, večeras sam i ja poetičan. Vidite kako je lepo oko nas.

— Da, sve je lepo! Zvezde, ove palme i noć. Čujete li kako more tiho žubori, kao neki daleki šapat?

— Da, to je ljubavni šapat!

— Ne mora se šaputati samo o ljubavi. I kad ima neka tajna da se kaže, može se šaputati.

— Hajde, šapnite mi nešto.

— Nemam šta da vam šapnem, jer nemamo nikakvih tajni.

— A ja bih imao vama da šapnem jednu tajnu.

Zlata ustade sa klupe.

— Zašto ste tako naglo ustali?

— Bojim se vaše tajne. Znate da žene ne umeju da čuvaju tajnu.

— Ali ima jedna tajna koju one umeju da čuvaju. Hoćete li da vam je kažem? Ali na uvo.

— Ne, neću — govorila je vragolasto, izmičući se.

— Ali ja hoću.

— Ali ja neću.

Ona potrča ispred njega. Bežala je malim nožicama, ali tako brzo, da je već bila izmakla dvadesetak koraka ispred njega. I taman on htede da je uhvati, pojavi im se u susret jedan par.

— Sad moramo biti pristojni.

— A tako vam lepo stoji kad ste nestašni! Ded, trčite još malo, a ja ću da vas jurim.

— Ne, više neću! Pomislićete da sam neozbiljna.

— Nestašluk nije neozbiljnost, to je izraz zdrave i vedre prirode. A ja to volim. I na moru smo sada. Nismo došli da filozofiramo i diskutujemo, već da uživamo u prirodi.

— Ne, sad ćemo diskutovati. Sad ću da vas ispitujem.

— Da čujem.

— Šta čitate?

— Najviše pravničke stvari.

— A volite li muziku?

— Jako je volim. Sviram na violini.

— Svirate na violini? Jeste li doneli violinu?

— Nisam.

— A ja sviram na klaviru.

— Onda biste me vi pratili.

— A pevate li?

— Pomalo. Ali ne mogu se pohvaliti da imam neki osobiti glas. A vi?

— Ja pevam.

— Onda mi nešto otpevajte. Hodite da sednemo na onu klupu. Pevajte mi nešto.

— A šta hoćete? Ja volim opere.

— Kao student i ja sam stalno posećivao operu. Razume se, ne u loži u parteru, već na galeriji.

— To je naše carstvo, galerija! Studentski život i treća galerija, to je nešto nerazdvojno. Tu mi vladamo, zviždimo, protestvujemo, pljeskamo, izazivamo. Moja tetka i teča uzmu ložu, ali ja volim moju treću galeriju.

— Hajde, otpevajte mi nešto.

— Iz opere?

— Da, iz opere. Šta najviše volite?

— Volim kad Margareta u Faustu peva i izjavljuje ljubav Faustu: *Oh, ja te ljubim...* — ona je tiho pevušila, a glas joj je bio topao i mek. Mladić je ćutao i gutao njene reči i melodičan glas.

Ona je završila i oboje su ćutali. Kasnije mladić izgovori:

— Tako lepo pevate. Slušao bih vas cele noći. Pevajte mi još nešto.

Ona je pevala i dalje, tiho, čežnjivo, a oko njih je mirisao ruzmarin, sa brda se osećao miris tuja i sa pučine miris mora. Nesvesno, mladić je pružio ruku preko naslona klupe i mlada devojka je osetila na svojim plećima njegovu ruku. Ona se trže, ustade i progovori tiho:

— Hajdemo do obale da vidimo da li se vraćaju Krinka i Lola.

Mladić je još uvek sedeo na klupi.

— Zašto ne ostanete još? Vidite kako je lepo veče. Hteo bih još da slušam kako pevate.

— Ne, više neću — progovori ona veselo, želeći da otrezni mladića od čežnjivosti koja ga je bila obuzela.

Mladić bezvoljno ustade.

— Večeras sam doznao da pevate i da ste muzikalni. A ja to volim kod devojke. Muzikalnost ženi daje šarma. A vi ste uz to i vragolasti. I to je vaš poseban šarm. Hajdemo još da šetamo. Hoćete li da se vozamo u čamcu? Pa ćemo naći i njih troje. Večeras mi se ne spava. Mogao bih cele noći da lutam i da se vozim. Eno, da uzmemo onaj čamac. Hoćete li?

— Hoću.

Mladić se spusti u čamac i pomože mladoj devojci da uđe.

— Da vam ne bude hladno? Ako vam je hladno, ja ću skinuti svoj kaput, pa ću vas ogrnuti.

— A vi da nazebete?

— Neću nazepsti. Kad sam kraj vas meni je tako toplo.

— A zašto bi onda meni bilo hladno kraj vas?

— Ne znam da li sam rendgen da mogu da zagrejem devojačko srce i prodrem u njega. Je l'te, gospođice — nastavi on skrušeno i uhvati je za ruku — recite mi iskreno: jeste li voleli?

— Jesam — odgovori ona iskreno.

— A jeste li bili razočarani?

— Nisam, jer nikad nisam suviše iluzija stvarala o čoveku. Čini mi se da sam umela da ocenim muškarca koliko vredi.

— Zar ste vi tako dobar psiholog? Ja se bojim da ćete onda i mene rđavo oceniti.

— Kad je ovako lepa noć i slatko žuborenje talasa, onda se može samo lepo misliti o muškarcu.

— Ali ja bih hteo da to mišljenje zadržite i sutra. A ja sam večeras vrlo raspoložen. A vi?

— Ja ne bih pošla sa vama da nisam raspoložena da budem u vašem društvu. Mladić uze i poljubi joj ruku dugim poljupcem.

— Pevajte mi još.

— Ne, neću da pevam.

— Zašto ste sada takvi?

— Pa jesam li vam kazala da sam kapriciozna?!

— Ali kad vas molim. Zar i prema meni hoćete da budete takvi? Hajde pevajte! Ono iz Fausta, kako ono počinju reči Margarete: *Ja tebe ljubim* i dalje onaj završetak *s tobom želim da umrem ja.*

Mlada devojka je pevušila ariju, sasvim tiho, ne goveći reči. Oko njih je bilo more, tamno kao oblak pred oluju. A nebo je bilo sivkasto, zvezdano i nije se videla granična linija neba i mora, sve se pretvorilo u dve boje koje se stapaju, jednu zagasitiju, drugu bleđu. Na toj tamnoj boji trake od sijalica treperile su kao jata zlatnih ribica koje se kovitlaju po površini.

— Eno Krinke i Lole! — uzviknu mlada devojka, i kao da prenu mladića iz nekog sna. — Hajdemo za njihovim čamcem.

Njihov čamac se približi.

— Zlato, pogledajte u dubinu, vidite kako je interesantno! — okrete se Krinka.

Fenjer je snažno bacao svetlo i more se providelo, kao neki ogromni akvarijum.

— Ono je morska zvezda! — ushićeno je govorila Krinka.

Dole u morskim dubinama osećao se život i neki tajanstveni svet biljaka i životinja. Duguljaste, tanke ribice, kao srebrne strele, presecale su vodu. Ribe raznih oblika i neki kratki morski paraziti, ležali su na dnu, valjuškasti, dok su se oktopodi uvijali sa svojim mnogobrojnim pipcima, kao neki morski cvetovi. Alge su se njihale sanjivim lenjim pokretima, a voda je bila tamnozelena, kao kad se posmatra kroz staklo zelene boce.

— Baš je lepo što smo ovo videli! — ushićeno je govorila Lola.

— A nije vas strah? — pitao je Dubravko.

— Ne! Zašto da me bude strah? Samo, noću ne bih smela da plivam. Kako je tajanstveno more noću... priznajem, i strašno.

Ribar izvuče svojim šiljatim ostima jednog oktopoda i baci ga na pod... Pritiskivao ga je gvozdenim vrhom, a on se uvijao u ropcu.

Sestre vrisnuše.

— Ah, kako je strašan!

— Da, on može da se obavije oko nogu — šalio se Dubravko.

Trzaji polipa su se smirivali i on opusti svoje pipke.

— Uginuo je.

— Kako je grozan!

— Ne biste smeli da ga pipnete?

— Bože sačuvaj!

Osti opet gnjurnuše u vodu munjevitom brzinom i jedna velika srebrnasta riba zapraćaka se na vrhu.

Za čamcem je jurio roj riba svih veličina i svaki čas ribar bi izvadio na ostima neku ribu.

— Da nas niste pozvali, mi ovo ne bismo ni videli.

— A ja sam želeo da vidite sve interesantnosti mora.

— Bože, koliko je sati?

— Pola dvanaest.

— Treba da se vratimo. Mama će se brinuti.

Vraćali su se lagano. Njihov čamac i drugi, sa Draganom i Zlatom, plovili su uporedo. Zlata je pevušila...

— Ah, vi ste neku noć svirali na havajskoj gitari? Kako ste naučili onu pesmu? — pitala je Krinka Dubravka.

— Zamolio sam onoga pevača da mi prepiše note, i, za jedan dolar, on je na to vrlo rado pristao.

— Dolari! Zar vi imate dolara?

— Promenio sam nekoliko dolara. To je zdrava valuta.

Mlada žena i devojka ućutaše. Mislile su u sebi otkud mu toliki novac, kad za note jedne pesme daje dolar.

— Pevajte nam opet onu pesmu! Tako lepo pevate.

— Ne, sad ne mogu. Evo, gospođica Zlata peva.

— Šteta što niste poneli gitaru.

— Na gitari čovek najlepše svira kad je sam.

Zlata je pustila glas. Pevala je toplo i sa osećanjem. Dragan ju je tiho pratio.

— A pevate li vi?

— Ja pevam sopran, a Lola alt.

— Pa zašto onda ne zapevate?

— Vi lepše pevate od nas.

— Ali ja bih baš voleo vas da čujem.

— Dobro, ali nemojte biti strogi kritičar. Lolo, hoćeš li da pevamo u duetu *Dalmatinski šajkaš*?

— To je divna pesma. Znate li je?

— Znamo. Hajde, Lolo.

— Počni ti, a ja ću da te pratim.

Krinka je lagano počela:

Od rane svoje mladosti
Oćuti srce moje,
Da će za morem širokim
Ginuti željom svom...

One su pevale i dalje, i lepi stihovi i njihovi melodični glasovi kao svila, razlivali su se po moru. Poslednje reči: *Dalmacijo, za te umirem ja...* bile su otpevane slatko, sa zanosom. Krinka je pustila svoj lepi sopran i Dubravko kao da je udisao tu melodiju i kao da je pio, osetio je neko pijanstvo.

— Kako divno pevate u duetu! — uzviknu Dragan.

Dubravko tek posle progovori:

— Vaša me je pesma opila.

Uživao je i ribar, i zamahnu svojim veslima. Priđoše obali.

Dubravko im pruži ruku i pomože da izađu. Na keju sretoše gospodina Gavrilovića.

— Kako je malom Miši?

— Bolje mu je. Zaspao je.

— Baš se radujem.

— Hoćete li da prošetamo malo kroz grad, da posmatramo zgrade? — pitao je Dubravko Krinku.

— Izvinite, ne možemo. Dockan je. Već je skoro dvanaest. Mama je sigurno legla.

— Kako mi je žao! Ja večeras neću odmah leći. Šetaću... Ili ću se vratiti da se vozim u čamcu.

Oprostiše se. Mlade devojke i Lola odoše u hotel. Ode i Dragan da spava.

— Meni se večeras ne spava, hoćete li da prošetamo? — pitao je Dubravko gaspodina Gavrilovića.

— Možemo. I ja volim da šetam.

Veleposednik i Dubravko se udaljiše.

Mladića je interesovao Banat, i on poče da ga ispituje o njegovom imanju, kako obdelava posed, šta najviše uspeva.

Dugo su šetali u prijateljskom razgovoru, raspoloženi, kao da su naslućivali da nemaju razloga da budu ljubomorni jedan na drugog, i vratiše se dockan u hotel.

———

Sutradan, Dubravko je pošao na kupanje, ali nije odmah otišao, šetao je najpre kroz park i čitao jedno pismo. Bio je namršten. Mislio je ko to ima razloga da kleveta njih dve. Koliko ih poznaje, ničega ružnog nije video kod njih, nijednog gesta koketerije. Nikad one nisu trčale za njim, već on za njima. To je moralo biti gadno stvorenje, koje ih ovako kleveta.

Pomislio je na slikara. Video je da se njemu dopada Krinka. Možda je želeo da ga odstrani od nje. Tu misao je odbacio znajući da se muškarci ne služe anonimnim pismima. On je umetnik, čovek sa estetskim osećanjima, i ne može imati ovako gadnu dušu. Opet je čitao pismo i zaustavio se na jednoj rečenici: *zato svi muškarci obilaze oko njih*. „Obilaze...” Koga je čuo da je to kazao? Najedared se seti Spomenkinih reči: „Slikar samo obilazi oko tebe”.

„Dakle, to je ona! Gadno stvorenje! Ona ih mrzi... Kako žene mogu da budu odvratne!”

Sad mu je bilo lakše, zgužvao je pismo i strpao ga u džep.

Setio se kako je i njega htela da okleveta, pitajući ga za damu sa crvenom kosom.

„I takvim stvarima da se služi, da piše pisma”, gnevno je mislio.

Brzim koracima uputio se plaži.

Plivao je daleko. Na obali je spazio slikara. „Hoću da čujem šta on misli o njima. Muškarac ne ume da skriva svoje mišljenje.”

Izašao je na obalu.

Prvo je razgledao oko sebe, posmatrao more i lagano se uputio mestu gde je stajao slikar. Zaustavio se iza njegovih leđa i posmatrao šta slika. Bio je jedan motiv sa mora, čamac i u njemu dečko. Slikar je popravljao talase.

— To je lep motiv! — reče najednom Dubravko iza slikara.

Slikar se trže i iznenadi se kad vide Dubravka sa ljubaznim licem. On je uvek bio gord i slikar je bio pomalo ljubomoran na njega. Ali kad se upravi kompliment umetničkom delu, onda umetnik zaboravlja na ljubomoru. On mu ljubazno klimne glavom.

— Ja bih samo ovde dodao malo više bele boje. Da se više oseća zapenušenost talasa. Hoćete li da mi date vašu četkicu?

Iznenađen, mladić mu je pruži.

— More je bilo mirnije kad sam počeo da radim. Sad je malo zapenušeno.

— A ja bih naslikao baš ovu zapenušanost. Neka se oseća kako se barka ljuljuška.

Dubravko uze četkicu i poče da nabacuje belu boju.

— Jeste li vi slikar? Imate tako sigurne poteze!

— Posećivao sam slikarsku školu. Ovaj talas bih dao veći.

— Vi ste izrađen slikar! — još više se čudio mladić. — To je vrlo dobro! Vi slikate kako sada gledate... a onda je bilo drugačije.

— Nisam vam, valjda, pokvario?

— Tako mi boga, niste.

Mladići se nasmejaše.

— Oprostite, ja sam vas zadržao.

— Ništa me niste zadržali — govorio je prosto srdačno Vuko. — Kad god izađem ja ponesem i neko platno.

— Ovde imate još jednu sliku.

— To je gospođica Krinka.

— Dajte da vidim — zainteresova se Dubravko.

— Iskreno da vam kažem, bojim se da ne budete ljubomorni. Tako me uvek prostrelite vašim velikim očima kad god joj priđem.

Dubravko se nasmeja.

— Zar sam tako strašan?

— Niste strašni, ali se napravite strašnim kao Srđa Zlopogleđa. A ja ne želim da napravim neprijatnosti gospođici Krinki. A sad vidim da ste simpatični i još mi je milije što ste slikar.

Dubravko se nasmeja.

— Sad vam neću biti strašan. Jeste li počeli da radite tu sliku?

— Radim po sećanju. Gospođica Krinka nije mi nijednom pozirala. Još joj nisam izradio oči. Evo, pogledajte!

Dubravko pogleda sliku, bila je upola izrađena.

— Da, njene oči morate pažljivo da radite. U njima je toliko nežnosti i topline.

— I vama se dopadaju njene oči?

— Da, neobične su.

— Ona je sva nežnost. Tako fino stvorenje. Ona me podseća na stare slike.

— Ja bih je radio kao biblijski motiv. Kad ste se upoznali s njima?

— Ovog leta... kad su došle. Vrlo su simpatične, i ona i njena sestra. Samo, dva su tipa — nastavljao je slikar o njima baš ono što je želeo da čuje Dubravko.

„On nije mogao pisati ono anonimno pismo", mislio je u sebi.

— Skromne su i ozbiljne... osobito plavuša. Nema kod nje koketerije, kao što vidim ovde na plaži. Čini mi se da su žene gore od muškaraca! Ne volim ovu njihovu slobodu.

Slikar spazi jednu žensku glavu, koja je izvirivala iznad talasa, i ljutito se okrete.

— Što ste tako namrgođeno pogledali onu gospođicu? Ono je gospođica Spomenka.

— Ne znam koji je đavo, ali je ne trpim. Ta mi devojka ide na živce, ne mogu da je podnesem.

— Zašto je ne trpite? Šta može muškarac da ima protiv jedne devojke? Žene su nežna bića.

— Zar ono nežno biće? Nigde nema gore aspide od nje! Ona mrzi gospođicu Krinku. Razume se, zato što je lepša od nje.

Dubravku je to bilo dosta. Tako je bio raspoložen i veselo pruži ruku slikaru.

— Do viđenja!

Vuko mu snažno steže ruku.

Dubravko ugleda Krinku baš kad je izlazila iz vode. Visoka, vitka, sva ružičasta, nežna i plava, sva od pastel tonova, ona se ljupko smešila mladiću.

On joj priđe, uhvati joj ruku i prinese usnama. Gledao je nekoliko trenutaka njene lepe, sanjalačke oči.

Spomenka ih spazi, vide tu nežnu scenu i baci se ponovo u talase da zaplače od gneva i zavisti.

Dok su stajali, Dubravko spazi slikara.

Krinka se zbuni i htede da sakrije svoj pogled da ne bi razgnevila mladića, jer mu je uvek bilo krivo, kad god slikar prođe, ali na njeno veliko iznenađenje, Dubravko se okrete slikaru.

— Gospodine Vuko, evo, sad biste mogli i oči da izradite. Ja sam tako slobodan da i bez pitanja pozovem slikara — okrete se Krinki.

— To bi bilo vrlo lepo, ako bi mi gospođica dopustila. Da nađemo neko mesto.

Mlada devojka je mucala.

— Ne znam gde hoćete.

— Eno tamo, vidim ono usamljeno mesto.

Dubravko pođe, a slikar požuri za njima.

Krinka se spusti na pesak, a slikar natače paletu na prst.

— Gospođice Krinka, znate li da je gospodin Dubravko slikar?

Mlada devojka ga začuđeno pogleda.

— Ne znam. Samo, sećam se, gospodin Dubravko nam je kazao u Veneciji... da pomalo slika.

— Ne malo, nego mnogo.

— Ostavite, kakav slikar, ja sam mazalo.

— Po onih nekoliko poteza na mojoj slici ne bih rekao da ste mazalo.

— Ostavite vi mene! Hajde, počnite da slikate oči, a ja ću da posmatram.

On leže na pesak.

— Da nemate slučajno jednu cigaretu?

— Imam. Izvolite.

Dubravko zapali cigaretu, leže iza slikara, koji je ispred Krinke stajao sa nogarima.

Pušeći, posmatrao je mladu devojku beskrajno toplim pogledom. Taj njegov pogled kao da je zbunjivao mladu devojku, i njene oči postadoše nežne, uzbuđene, sa nekim čudnim izrazom, kakav do sada nije video ni Dubravko.

„Ako joj ove oči prenese na platno, onda je pravi umetnik", mislio je gledajući mladu devojku.

Ona je ležala na pesku, sva blistava u svojoj mladosti. Kosa joj se, vazdušasto meka, prelivala kao zlato, a njeno ružičasto vitko telo, sa finim nogama, bilo je opruženo na pesku! A sa mora je dolazio šum, neki govor talasa, puno čudnovatih glasova, koji su se mešali sa osmehom, cikom i vrevom.

Spomenka je stajala na obali i videla u daljini kako slikar slika Krinku, a Dubravko leži na pesku. Nije mogla da veruje očima. Nije znala šta je to tako privlačno u njoj što mami muškarce. Svi trče za njom! Po njenom mišljenju, ona nije bila ni lepa.

— Spomenka, hteo sam nešto da vas zamolim.

Ona se trže i spazi Voju.

— Šta ste hteli da me zamolite — nasmeši se ona, kao žena kojoj je prijatno da ima kavaljera oko sebe.

— Da vas zamolim da me upoznate sa onom lepom udovicom. Tako je pikantna ženica!

Spomenku nešto štrecnu u srce.

— Sa kojom udovicom?

— Sa Lolom, vašom prijateljicom!

Ona gordo diže glavu.

— Zašto da vas ja upoznajem? Ako želite, upoznajte se sami.

— Mogu i sam, ali sam se nadao da ćete mi vi to učiniti — govorio je ironično.

— Nije ona tako nepobediva i velika dama da vas mora neko predstavljati. Možete joj slobodno sami prići, ona će to jedva dočekati — odgovori mu prezrivo i uputi se kabini.

— Onda ću ja sam. Čekajte, eno je, ode da pliva.

On se baci u talase i polete za Lolom. Brzo je stiže i nastavi da pliva pored nje.

— Gospođo, oprostite što ću biti slobodan, ali želeo bih da se upoznam sa vama. Vi ste ovde najprivlačnija žena i ja vas svakog dana posmatram. I u Beogradu sam vas gledao, ali se nisam usuđivao da vam priđem, a često sam mislio na vas.

— To je lepo što ste mislili. Šta imate još da mi kažete? — pitala je ona sa osmehom.

— Šta bih sve imao da vam kažem, ali ne smem! Dakle, vi se ne ljutite što sam vam prišao? Ja putujem za četiri dana, pa bih želeo da se upoznamo i da se viđamo u Beogradu.

— Zahvaljujem vam, gospodine.

— Šta to treba da znači?

— To treba da znači da vam zahvaljujem i da ne tražim vaše poznanstvo, i molim vas da me odmah ostavite — reče Lola ironično, okrete se i zapliva nazad.

Tek što je izašla iz vode, polete joj u naručje Miša.

— Lolo, Lolo, ja sam došao! Nisam više bolestan.

— Zlato moje, ozdravio si?

Ona ga uze u naručje, veleposednik im priđe.

— Čim je došao, tražio je vas.

— Moj mali Miša, on mene voli, jer i ja njega volim. Hajde da sednemo onde.

On joj sede u krilo. Gavrilović je gledao mladu ženu i sinčića.

— Je li, Mišo, je l' mnogo voliš gospođu Lolu?

— Mnogo je volim.

— A ona će otići, ostaviće nas i zaboraviti.

— Neće Lola otići — govorio je, naslanjajući joj glavu na grudi. — Je li da nećeš da odeš?

— Ja ću još da ostanem. Posle moram da idem — govorila je mlada žena, milujući ga po kosici.

— On je umiljat, ali nikoga nije voleo kao vas. To me čudi! Da. To je zbilja čudno kako vas voli...

Izgovarajući ove reči veleposednik je gledao mladu ženu. Ona se zbunila od tog njegovog pogleda i da bi sakrila lice, zagnjurila ga je u detinju kosicu.

Mlada žena se seti banalnih komplimenata onog beogradskog lepotana i uporedi ga sa ovim otmenim i vaspitanim čovekom.

„Kako sam pametno uradila što sam mu okrenula leđa. Lepo mama kaže da uvek treba voditi računa o sebi.”

Ti ćeš biti svetlost moga života

Bio je oblačan dan. Tanki sloj beličastih oblaka krio je sunce i nebo se nije moglo ogledati na nestašnim talasima mora, a sve primorsko rastinje dobilo je neki tamniji zeleni ton i melanholičniji osmejak.

Krinka je volela oblačan dan. Uživala je u tim polutonovima i njene plave zenice postale su još veće.

— Mama, ja idem da kupim smokve kod one žene što mi uvek prodaje. A ti, Lolo, hoćeš li sa mnom?

— Neću, hoću da radim ovaj džemper, doći će i Zlata. Pošto je hladnije, nećemo rano na kupanje.

Krinka je izašla. Bila je obukla svoju haljinu boje breskve i vezala ružičastu pantljiku oko glave. Nosila je šarenu korpicu u ruci. Išla je lagano, uživajući u ovom blagom, oblačnom danu. Osećala je neko čudno raspoloženje, kao predosećanje nečeg prijatnog. Da li je to raspoloženje bilo u njoj, ili u prirodi, ona nije pokušavala da razjasni, ali tog jutra sve joj je bilo lepo: kućice, balkoni, magnolije, aloje, more, nestašno i svetlo u svojim zelenkastim nijansama.

Jedna grupa Nemaca prođe pokraj nje. Bilo je i žena i muškaraca, i svi se zagledaše u nju, čak zastadoše da je pogledaju. Ona je hodala veselo. Spazila je kućicu sa velikom smokvom. Brzo se uspela uz nekoliko kamenih stepenica.

Suvonjava, starija žena, izađe iz kuće. Mlada devojka pogleda u smokvu.

— Niste je obrali, čuvate za mene? Vidim, ima mnogo zrelih smokava na vrhu. Kako ste vi dobri!

Ona zagrli Primorku.

— Nikome nisam htela da prodam — govorila je žena sitno i brzo, kao što govore Primorke. — Sedite, gospođice — ponudi joj stolicu.

— Što je lepo u vašoj baštici! I ruže su vam se rascvetale! Kako su lepe one crvene!

— Baš kao vi, gospođice. I vi ste lepi kao ruža.

Ona se nasmešila jer je bila vesela, i njena plava i ružičasta lepota, sa zlatnom kosom, sva je blistala.

Stara Primorka uze lestvice i prisloni ih uz drvo.

— Pazite da ne padnete — uplaši se mlada devojka. — Bolje da se ja popnem.

— Ne, ne dam ja vama. Naučila sam ja ovo. Bolje da ja stara poginem, nego vi mladi. Dajte mi vašu korpicu.

Mlada devojka joj je pruži. Ona se pope i poče da bere.

Mršava i koščata ona je izgledala starija nego što je bila. U njenim očima bila je neka tuga, kao kod žena sa mora. Mlada devojka ju je posmatrala sa nekim sažaljenjem. Sećala se kako joj je pričala da joj je muž umro u Americi. Otuda joj je slao novaca i ona je podigla ovu kućicu.

— Vi imate dvoje dece?

— Jeste, jednog sina i ćerku. On je u mornarici, a ćerka mi je udata. Ona živi na Sušaku.

— A vi, tako sami?

— Dođe moj Ivica na odsustvo, pa sam onda srećna. I šalje mi od svoje plate svakog meseca. A idem i na Sušak kod moje Mare. Mara ima dvoje dece, dva sinčića. Tako su zlatni! Kad osušim smokve uvek im odnesem. Što se oni raduju kad me vide!

Mlada devojka je slušala, sedeći, zatim ustade i priđe bokoru ruža i pomirisa ih.

— Otkinuću vam ove dve lepe ruže.

— Za vas je cveće, treba da se zakitite.

— Da, za gospođicu je cveće — progovori jedan muški glas.

Mlada devojka se trže.

Na stepenicama je stajao Šerif.

— Pošao sam da šetam pa sam zastao — odgovori na iznenađeni pogled devojke.

Izgledalo je da ne misli da ode dalje, već se stepenicu po stepenicu peo i ušao u baštu.

— Gospođica je lepa kao ruža — govorila je Primorka.

— Još je lepša od ruže — prihvati mladić gledajući svojim maslinastim, tihim i dubokim očima mladu devojku.

Primorka siđe sa smokve.

— Ala su lepe smokve! I tako krupne.

— Čuvala sam ih za vas. Tako volim tu vašu plavu kosu. Svetli se kao sunce.

— Baš kao sunce — reče mladić sanjalački.

— Sad ću vam otkinuti one dve ruže.

— Pokidajte sve ove ruže — reče mladić. — Ako vam ih nije žao! Platiću.

— Zašto sve? — pobuni se mlada devojka. — Neka ostane gospođi. Meni su dosta dve.

— Ne, gospođo, naberite veliki buket. I one bele. A volite li one crvene? One imaju jak miris, opijaju.

Primorka nabra veliki buket i pruži ga mladiću. On joj plati, a ona poče da se zahvaljuje. One dve crvenkaste ruže stavila je na smokve u korpu i pružila mladoj devojci.

Krinka joj dade novac.

— Hoćete li da primite ove ruže od mene? — pitao je mladić.

— Pa ja već imam — zbuni se mlada devojka. — Zadržite ih za vas.

— Ne, ja sam vama hteo da ih dam.

— Oh, ne, ja neću! Hvala!

Mlada devojka se seti Spomenke i pomisli šta bi ona kazala da je sada vidi sa Šerifom.

Bila je sva zbunjena i osećala je neku neprijatnost zbog ovog susreta. Ono lepo, svetlo raspoloženje u njoj, kao da se namah ugasi.

— Cveće je poklon, koji se može ponuditi svakoj devojci. I vi ćete ga uzeti — govorio je uporno, i lagano joj uze korpicu iz ruke i stavi u nju buket ruža. Pruži joj zatim korpicu i pogleda je.

— Tako vam lepo stoji ta korpica u rukama.

Krinka ga nije gledala već je oborila pogled na cveće, a njene duge trepavice, kao neke fine resice, oivičavale su joj ružičaste kapke.

— Vi... Trebalo je da ovo cveće date drugoj gospođici...

— Kojoj drugoj gospođici?

— Gospođici... Spomenki.

Mladić se osmehnu.

— Ne, meni čini zadovoljstvo da ga vama dam.

Ona ga pogleda i spazi njegove meke somotske oči koje su je gledale zadivljeno i nežno.

Kako je bila okrenuta ulici, pogleda tamo, i oseti kako je namah svu obuze neki strah.

Na ulici je stajao Dubravko, s rukama u džepovima od kaputa, i posmatrao tu scenu mrkim, ukočenim i široko otvorenim očima. Njoj jurnu krv u lice, a Šerif, ne znajući zbog čega je tako pocrvenela, prošaputa:

— Kako ste lepi jutros! Sva ste kao rumen zore.

— Zbogom — progovori ona, želeći da pobegne od njega.

— Kuda ćete?

— Idem u hotel.

— Zašto se vraćate? Hajde da prošetamo.

— Ne, ja moram da idem — govorila je zbunjeno, videći kako Dubravko odlazi bez pozdrava. — Zbogom, gospođo, i hvala za smokve.

— Zašto uvek bežite od mene? — govorio je mladić, spuštajući se za njom niz stepenice. — Ja sam vam, sigurno, antipatičan.

— Oh, zašto antipatičan? Otkuda vam ta misao?

— Vi ne trpite moje društvo. Ali ja pogađam uzrok. Da, da, znam uzrok.

— Ako znate, onda me možete opravdati. Ja ne želim da stvaram bol gospođici Spomenki.

— Kako ste vi dobra devojka, i koliko se razlikujete od gospođice Spomenke.

On se seti onog njenog pisma u kome je klevetala sestre i zgadi se na samu pomisao o toj intrigantkinji.

— Zbogom! — izusti brzo mlada devojka i pruži mu ruku.

— Zbogom... Ali ja znam zašto tako žurite.

On pogleda niz uzanu ulicu i reče joj šapatom, gledajući je u oči:

— Pogledajte onamo.

Ona se okrete i spazi Dubravka, koji je išao leđima okrenut.

— Je l'te da zbog njega bežite od mene?

— Ne — lagala je mlada devojka. — Ne verujte...

Mladić joj steže ruku.

— Gospođice, imao bih želju da vas odnesem i zatvorim u harem.

— Sreća je što smo u dvadesetom veku — nasmeši se ona i istrže ruku.

Išla je sasvim lagano. Nije htela da žuri za Dubravkom. A on je išao kao da mili.

Zastade najednom i okrete se. Spazi je i pričeka.

— Dobar dan! — reče ona veselo i detinjasto.

— Dobar dan! — odgovori on suvim glasom.

Oči su mu bile velike, ukočene i crne, kao mračni oblaci pred oluju.

— Je l' vi svako jutro šetate ovuda i idete kod one žene po smokve i cveće?

— Ne svako jutro — govorila je ona iskreno. — Samo kad ima zrelih smokava. Sutra ih više neće biti.

— I svaki put kad dolazite dođe i gospodin Šerif? — pitao je onim istim suvim glasom bez topline.

Ona još više pocrveni.

— Ne, on je jutros prvi put došao. Verujte, prvi put! Ja sam sama došla, a on je tuda prolazio i ušao u baštu.

— Kada je vas video, onda je ušao... I dao vam to lepo cveće. Zbilja, tako lepe ruže imate... Gledao sam kad vam je stavljao ruže u korpu.

Mlada devojka je zaćutala i osetila kako joj se nešto steže u grlu. Ćutala je i išla gledajući u zemlju.

— Zašto ćutite? Razmišljate o ružama?

Ona ga pogleda jednim tužnim, prekornim pogledom.

— Što ste vi nekad čudnovati!

— Jeste... Ja sam čudnovat. Čudnovat nekad čak i samom sebi...

Bio je mračan i sumoran.

Da bi ga razveselila, mlada devojka ga zapita:

— Hoćete li jednu ružu? Vi volite cveće Evo, ovu lepu, crvenu. Ona tako lepo miriše. Uzmite je!

Gledala ga je umiljato i nežno, i pružala mu cvet.

Mladić zastade, još uvek mračan i ukočena pogleda, i, ne gledajući cvet, pruži ruku da ga uzme. Pod prstima oseti kadifaste listove cveta i najedared, njegovi prsti se zgrčiše i on ga zgnječi. Naglo otvori šaku i zagleda se u dlan i prste. Na dva mesta ukazaše se crvene mrlje, koje su postajale sve veće.

— Vi ste se uboli na trnje! Zašto ste to uradili?

Mladić ne odgovori ništa, izvadi maramicu iz džepa i pritisnu je na okrvavljena mesta. Maramica se zacrveni. Veliki pečati krvi ukazaše se na njoj.

— Oh, šta ste to uradili? — uzrujano je govorila. — Dajte da vidim.

Ona mu dohvati ruku, odvi maramicu i uplaši se kad vide kako neprestano curi krv.

— Treba da odete u apoteku da vam to operu i namažu jodom.

— Ne, ne treba ništa. Proći će to. Ali ono drugo neće proći... Ono što sam maločas video.

Mlada devojka mu spusti ruku i ubrza, rastužena, a pred očima su joj bile neke magle, sve joj se mutilo, a na vrhu trepavica osetila je suzu. „Zašto sam jutros izašla? A bila sam tako vesela! Kako je oblačno! Ja volim oblačan dan. Pevalo mi se. A sada?”

Ona pogleda mladića i on spazi njene mutne plave oči... I to kao da ga ublaži, te progovori mekše, blaže:

— Hoćete li da sednemo na onu klupu?

Seli su, a ona je spustila korpicu s druge strane da on ne bi gledao cveće. Zgnječena ruža ostala je na vrhu.

Mladić, utišan malo, i kajući se, izgovori meko svojim lepim i prijatnim glasom:

— Oprostite, gospođice, što sam bio tako grub... Bio sam, zaista, grub! Vi se ne ljutite na mene?

— Ne ljutim se. Žao mi je samo što ste rđavo protumačili ovaj jutrošnji susret. A to se desilo sasvim slučajno. I uboli ste se na trnje. Da vidim.

On joj pruži ruku. Ona je uze u svoju malu, belu ručicu. Krv je još pomalo tekla.

— Čekajte, uzeću svoju maramicu.

Ona izvadi iz džepa svoje suknjice jednu malu, batistanu maramicu, sa širokom čipkom.

— Prvo ću da metnem svoju maramicu, pa posle vašu.

Savi njegovu maramicu i veza je oko ruke.

On je uhvati za obe ruke. Prinese ih jednu uz drugu i zagleda se u njih.

— Tako su vam male i fine ruke.

Naže se i poljubi joj i jednu i drugu ruku. Njegove lepe, velike oči, bile su pune nežnosti i topline, a to ih je još više ulepšavalo.

— Sad više niste rasrđeni?

— Nisam, ali ono nisam zaboravio.

— A ja bih želela da zaboravite. Vi mi ličite na more — govorila je mlada devojka, gledajući ga sanjalački. — Baš ste kao more! Ono je nekad tako mirno, blago, dobro, a nekad se razgnevi, postane strašno, i ja ga se bojim.

— Da, takav sam i ja... I ja imam u krvi nemir mora, njegovu nežnost i gnev. Mogu da budem dobar, a mogu i da se razgnevim. Da, jutros sam bio.

— Ali nemojte da govorite više o tome. Ja volim kad ste vi dobri, kao mirno more.

— Kako vi umete i da zadajete rane i da ih lečite. Kraj vas se stišam. Da li je to moć vaših očiju?

Gledao je fini profil mlade devojke i svu nju u ružičastom okviru haljine.

— Vama sve nežne boje lepo stoje... plavo, ružičasto, belo... A šta to imate crveno? Gle, kakav je to medaljon?

— Jedno malo srce s rubinima.

Mlada devojka uze zlatno srce, koje je visilo na lančiću, i izdiže ga sa grudi.

Mladić saže glavu, jako iznenađen.

— Srce sa rubinima? Čudnovato! Takav isti medaljon ima i moj otac. Molim vas, hoćete li da ga skinete s vrata?

Mlada devojka ga otkopča.

— Da, baš isto ovakvo srce ima moj otac. To je neka njegova uspomena iz mladosti, koju on čuva. A otkud vama ovo srce?

— Ja sam ga dobila kad sam bila beba.

— Može li da se otvori?

— Da, otvara se.

Mladić ga otvori.

— Ko je ova devojčica? To ste vi! Uvek ste bili slatki! Iste ove plave kovrdže.

Mladić pogleda mladu devojku, zatim se zagleda u srce.

— I one iste reči i ovde su napisane.

— Kakve su to reči? — prihvati živo mlada devojka. — Mi to nikad nismo mogli da pročitamo.

— Da, ista slova kao u medaljonu moga oca. To je hinduski jezik, neki od hinduskih dijalekata... Da vidim? Jeste, iste šare.

— A šta to piše?

— To piše: *Ti ćeš biti svetlost moga života...*

— Čudnovate reči! I kako je to zanimljivo da ja imam isti medaljon kao i vaš otac.

— Možda je to neka damping roba, koja se razašilje na sve strane sveta, kao neke amajlije, ikonice.

— Baš ću da kažem mami da ste mi razjasnili ove šare. *Ti ćeš biti svetlost moga života...* tako poetične reči!

— Poetične... Kako je čudnovat život! Znate, kad smo se videli onda na moru... nisam pomislio da ću sedeti ovako kraj vas, na Rabu.

— I da ćete se uz to još razgneviti na mene i zgnječiti ružu.

— A je li vam žao te ruže?

— Nije mi žao ruže, već mi je žao vaše ruke.

— Kako umete sve lepo da ublažite... *Ti ćeš biti svetlost moga života...* — šaputao je kao za sebe.

Mladićeve nežne i tople oči opet se zamračiše. Išao je Šerif. Krinka se brzo okrete korpici sa ružama i onu zgnječenu sakri ispod svežih ruža.

Mladić spazi njen pokret i reče ironično:

— Bojite se da on ne vidi tu zgnječenu ružu. Imate pravo, bio sam vrlo grub. Gospodin Šerif je sigurno bolji.

— Vi opet postajete razgnevljeno more. Hoćete li da idemo?

— Bežite da vas Šerif ne vidi sa mnom?

— Onda ostajemo.

Šerif prođe pored njih i lako se pokloni. Dubravko izvadi cigaretu i nervozno je zapali.

— Hoćete li da idemo? — pozva ga devojka.

— Zašto da idemo? Kuda?

— Ja moram u hotel. Mama će misliti gde sam.

— Dobro, ići ćemo... A večeras, hoćete li da dođete na igranku? Obucite vašu belu haljinu. Ona vam u noći tako lepo stoji.

— Obući ću je.

— I nećete pobeći kao one večeri. Dajte mi ručicu.

Ona mu je pruži.

On pritisnu svoje tople usne na nju, i ruka mlade devojke opet sva zadrhta u njegovoj ruci.

———

— Mama, sad ćeš se začuditi kad ti nešto kažem — govorila je Krinka ulazeći u sobu. — Dubravko mi je pročitao one reči u medaljonu. To na nekom hinduskom dijalektu piše: *Ti ćeš biti svetlost moga života...* I zamisli, mama, njegov otac ima isti takav medaljon, baš ovakvo isto srce sa rubinima.

Mati, koja je krpila čarapu, spusti je najednom na krilo i zagleda se u kćer tako začuđeno, da ona to primeti.

— Što si, mama, napravila takvo lice?

— Ništa... onako! — pribra se mati. — Zbilja, to je čudnovato... I njegov otac ima takav medaljon?

— Slučajnost... Ali to je interesantno. Ko je meni dao ovaj medaljon?

— Jedna naša kuma.

— A lep je, zbilja, ovaj medaljon — govorila je Krinka razgledajući ga.

Ta slučajnost imala je za nju značaja samo što je bila u vezi sa toplim rečima i ljubomorom mladićevom. Bila je sva ushićena. Priđe i poljubi mamu.

— Ah, tako je lepo jutro! — oduševljavala se, a to oduševljenje u njoj dolazilo je zbog drugih uzroka. Mogla je da peva, da igra, da se veseli kao dete, sva je bila razdragana. Priseti se one zgnječene ruže, brzo je uze i sakri u svoj kofer, a one druge namesti u vazu.

— A gde je Lola?

— Kod Zlate u sobi.

— Idem i ja do njih. A što si ti, mama, nešto neraspoložena?

— Nisam ništa.

— Je li da su lepe ove ruže?

— A od koga si ih dobila? Od Dalmatinca?

— Ne, dala mi ih je ona stara Primorka kod koje kupujem smokve — slaga ona.

Izađe iz sobe, a mati je nepomično sedela na stolici.

„I njegov otac ima takvo srce. Otkuda da ga ima i njegov otac? Da nije on? Ne, kako je to moguće? A onde je pisalo, sa ovim srcem pronaći će ona oca i majku... Ali taj Dubravko je njegov sin.“

I to što je Dubravko sin toga čoveka, koji ima srce sa rubinima, najviše je uplašilo majku. Ona je opazila da mladić gleda Krinku, da uvek nju traži na plaži i s njom najviše razgovara, i to ju je sada uplašilo.

Ustala je sa stolice, pošla kao da hoće nešto da uzme, a nije znala šta.

„On može u nju da se zaljubi... i ona u njega... A to to bi bilo strašno, to bi bio greh. Možda su oni brat i sestra.“ Poredila je Krinku i Dubravka i nije našla nikakve sličnosti, ali baš nikakve sličnosti. On je bio stariji. Njegov otac je, znači, bio oženjen. A ko zna? Možda je upropastio neku devojku i ostavio je. Gde je to moglo biti? Ona je nađena u Beogradu, a njegov otac je Dalmatinac. Gde se to dogodilo? Kako se to moglo desiti?

Rešila je da prvom prilikom porazgovara s mladićem, da ga ispita o ocu, njegovom zanimanju, gde je živeo. A Krinku mora da odstrani od njega. Ona ne sme dopustiti da se oni druže. Tu ima nečega. Otkuda to srce njegovom ocu? I gde ovaj mladić da naiđe? I ono, onda na brodu, kad je Krinka vrisnula, poletela k njemu, misleći da će da se baci u more. Tu mora biti nešto. Tu je moralo nešto biti. Bila je uzrujana, čisto uplašena da se nešto ne dogodi i izašla je iz sobe želeći da sretne mladića i da s njim porazgovara.

———

Lola se pela uz stepenice. Bilo je četiri sata posle podne. Žurila je da napiše pismo dvema prijateljicama, pa posle da večeraju i da idu na igranku. Krinka joj je kazala da ih je Dubravko pozvao, ali ona je znala da nije nju zvao već njenu sestru. Lola se trudila da potisne misao o Dubravku. Bilo joj je jasno da se njemu Krinka dopada.

Ona je bila nežna prema sestri, mnogo su se volele i nije htela da joj zavidi. Čak se povlačila, ostavljajući Krinku više nasamo sa Dubravkom. Krinka je to osetila, bila je srećna i zahvalna Loli što nije morala da se pretvara i što ovaj mladić nije izazvao nikakav poremećaj u njihovim sestrinskim osećanjima.

Penjući se uz stepenice, Lola je čula brze korake.

Okrenula se i pogledala. Vlatko je žurno išao za njom.

Mlada žena ga pogleda, nasmeši se, ali ubrza korake da bi mu umakla, jer je znala da mladić traži momenat da je nađe samu.

— Lolo, pričekajte, imam nešto da vam kažem.

Ali mlada žena ga nije sačekala, ona utrča u sobu, i baš kad se našla iza vrata, Vlatko uhvati za kvaku njihove sobe. Ona naglo okrete ključ i nasmeja se zadovoljno što se našla iza zaključanih vrata.

— Lolo, zašto ste se zaključali? To me vređa. Pustite me, imam nešto važno da vam saopštim.

— To važno možete mi reći i odatle.

— Ne, odavde neću da vam kažem. Hoću da otvorite vrata.

— Vlatko, vi me iznenađujete. Zašto ste došli za mnom? I ima li smisla da vas puštam u sobu? Ne, neću otključati vrata. Imam da pišem neka pisma.

— A ja ću vam neprekidno kucati.

— Ne mislite, valjda, da me kompromitujete? Molim vas, Vlatko, da se udaljite.

— Neću da se udaljim.

— Onda kako hoćete. Stojte tu, ali će biti smešno ako neko naiđe i vidi vas pred vratima.

— Vi ste svirepa žena.

— Ne, Vlatko, ja nisam svirepa, ja sam samo ozbiljna, možda ozbiljnija nego što vi mislite. I želim da vi imate lepo mišljenje o meni, kao i ja o vama. Molim vas, idite od vrata.

Mladić je ćutao.

Lola sede da piše pismo. Čula je kako se otvoriše vrata na njegovoj sobi.

Ona je bila žena, znala je zašto on juri za njom, i bila je svesna kako bi se ponašao da je ušao za njom u sobu. Udvaranja muškaraca, koliko prijatna, ponekad i vređaju. Ona je u tome videla i egoizam. Svaki želi samo da se provede, ne pitajući za osećanja žene. A Lola je, kao i sve žene, bila sentimentalna. Ona je proživela veliki životni roman, sa radostima i patnjama, sad joj je srce bilo zalečeno i željno ljubavi. Ali ne ovakve ljubavi kao što je Vlatkova ili onog Voje. Ona je želela da je neko voli, da jednom čoveku opet pokloni svoje srce i telo. Želela je da ima svoju kuću, svoje bračno gnezdo, a da ne bude samo ljubavnica oko koje se bore muškarci, gramzivi da je dobiju na nekoliko momenata, nekoliko dana i nedelja. Lepo domaće vaspitanje, koje je nosila u sebi, stvaralo je u njoj ponos i, pored njenog živog temperamenta, ona je umela da bude gorda, da vlada sobom, dopuštajući sebi samo malo koketerije. Ali, ako bi opazila da muškarac na tu koketeriju reaguje smelošću i drskošću, umela je da bude ozbiljna i da se povuče.

Pisala je pisma, zaboravljajući da je Vlatko tu. Mislila je da je otišao. Napisala je pisma, stavila ih u koverte i pošla da ih ubaci u poštansko sanduče.

Lagano je otključala vrata i samo što je okrenula ključ, vrata se naglo otvoriše, Vlatko upade u sobu, a njegove ruke, snažne i čvrste kao od čelika, obaviše se mladoj ženi oko ramena.

— Vlatko, pustite me! — viknu ona i odupre mu se o grudi. — Pustite me, naljutiću se na vas! To nije lepo, tome se nisam nadala... Šta vi mislite o meni?

— Lolo, ja vas volim — šaputao je mladić strasno. — Volim vas! Ne dam vas, Lolo. Neću da vas pustim. Hoću vaše usne. Slatki ste, Lolo... mala moja Lolo.

Mlada žena se izvi, ali oseti njegove vrele usne na vratu. Držao ju je tako čvrsto, ali ona prikupi svu svoju snagu, otrže mu se iz naručja i polete oko stola.

— Nećete mi pobeći — govorio je mladić uzrujano. — Ja vas volim, vi me mučite.

On pojuri oko stola, sto se pomeri, vaza se zanjiha i tresnu na pod, razbi se, a ruže popadaše.

— Vidite, razbili ste vazu — viknu Lola.

Mladić se saže da je podigne, a mlada žena ugrabi taj momenat i izleti napolje, ostavljajući ga samog u sobi.

Žurno se spuštala niz stepenice. Zastala je pred jednim ogledalom da popravi kosu. Bila je sva uzbuđena, crvena u licu i gnevna.

Taj Vlatko, koji je, inače, tako simpatičan dečko, nekad je kao mahnit. Zar je imalo smisla da ovako upadne u sobu? I da čeka dok ona ne otvori vrata. A da je naišla mama? Ili neko drugi? Kako muškarac ne misli ništa kad ga obuzme strast. To je odvratno, to ona neće da dopusti. To nije ljubav.

Izašla je pred hotel. Nije videla ni mamu, ni Krinku. Pošla je uz brdo da se umiri. Na jednoj klupi videla je Dragana i Zlatu. Ona im se nasmeši.

— Lolo, hodite k nama — zvala je umiljato Zlata.

— Neću, idem da prošetam, boli me glava.

— A što vas boli glava? — pitala je nežno Zlata. — Gospodine Dragane, da znate koliko volim Lolu i Krinku! — govorila je mlada Zagrepčanka dajući oduška svojim osećanjima.

— Celu moju porodicu volite? To mi je milo! Spadam li i ja u to što volite?

— Ne, samo ženski rod volim — vragolasto je odgovorila Zlata.

— Sedite vi, a ja idem. Slušaj, Dragane, prema Zlati moraš da budeš vrlo pažljiv. Ona je zlatna devojčica — reče Lola i pomilova Zlatu po obrazu.

— Ne samo da ću biti pažljiv, nego, ako gospođica Zlata zaželi, biću i njen paž.

— Paževi nisu u modi. Ali za druga vas primam.

Lola je išla alejom. Najednom je osetila neku tugu. Mogla je da zaplače. Zašto su muškarci takvi prema njoj? Nijedan nije nežan, sentimentalan. Svaki hoće odmah da je ščepa i zagrli. Ona nije mislila o tome koliko njena izazovna lepota draži muškarce. Ona je bila od onih žena koje bude senzualnu draž, i muškarci ne mogu da budu korektni u njenom društvu. I Vlatko je bio tako smeo i drzak, što ga je već toliko vremena uzbuđivala njena blizina. A Lola je želela da je oni vole, a da budu smireni kraj nje, da se ponašaju onako kako bi to ona htela. Tuga i gnev u njoj su se mešali, i dođe joj da zaplače. Da li je plakala zbog uvreda i nasrtljivosti muškaraca, ili zbog čežnje koju je osećala za njima, nezadovoljene čežnje jedne bujne, strasne prirode? Njen karakter i lepo vaspitanje ugušivali su temperament, a suze su joj donosile umirenje i olakšanje.

Sela je na klupu i pokrila oči rukama. Osećala je suze. Oko nje je bio mir. Suton se spuštao, more je bilo plavo, kao neka parčad safira umetnuta u zelenilo grana.

— Dobar dan, gospođo!

Mlada žena se trže, podiže ruke sa očiju i spazi gospodina Gavrilovića. Bio je sam.

— Dobar dan! — zbuni se ona. — A gde je Miša?

— Ostao je sa jednim malim drugom. A ja pošao da prošetam.

On se zagleda mladoj ženi u oči.

— Vi ste plakali?

— Ne, nisam plakala nego mi je jedan trun upao u oko pa sam ga trljala.

On je video da mlada žena ne govori istinu. I neprestano je posmatrao njene kose, slatke i uplakane očice.

Da li je osetila da joj on ne veruje, ili ju je bilo stid da laže, tek ona mu se nasmešila.

— Da, bila sam nešto rastužena... Nije trun.

— A ko je smeo da vas rastuži? — pitao je veleposednik naginjući se mladoj ženi.

Ona je pomislila, da li će je i on sada ščepati kao Vlatko, ali on je sedeo na klupi pristojno, učtivo, samo su njegove blage, pitome i lepe oči, ispod gustih obrva, nežno gledale mladu ženu.

— Niko me nije rastužio. Onako. Nekad sam kao dete...

— To je baš lepo kad žena ume da ostane dete. Ja sam to opazio kad se igrate sa Mišom. Vi ste onda prava devojčica... I to vam lepo stoji! Koliko imate godina? — zapita je najednom. — Ako se smeju znati ženske godine?

— Ja ne krijem godine. Imam dvadeset dve. Ali mi svi daju dvadeset i pet.

— A koliko je gospođici Krinki?

— Dvadeset tri. Ona je starija od mene, a izgleda mlađa.

— I ja sam mislio da je mlađa.

— Ja ću uvek izgledati starija od nje.

— Vi ste tako različite. Vi ste crnka, a ona je plavuša. Ali svaka ima svoju lepotu.

— Nismo mi baš tako lepe. Krinka jeste.

— A vi niste? — nasmeši se.

— Nisam — odgovori Lola sa osmehom.

— Dabome, niste nimalo lepi — govorio je Gavrilović, ali u očima mu se videla druga misao.

On je govorio i nije skidao pogleda sa njenih kosih, slatkih očiju.

Mlada žena je osetila kako je uzbuđuje taj pogled i taj korektni stav. Ali se bojala da i on ne pruži ruke kao Vlatko, a osećala je neku čežnju koja ju je svu prožimala. On je sedeo kraj nje elegantan, širokih ramena, i mlada žena je osetila snagu u toj njegovoj lepoj muškoj figuri, snagu koja ju je uzbuđivala.

— Ja moram da idem... Koliko je sati?

— Ja ću vas otpratiti, ako dopuštate.

— Večeras idemo na igranku. Hoćete li i vi da dođete?

— Nekad sam bio igrač i voleo sam igranke, a sada sam ostareo za to.

— Vi stari?! — začudila se Lola. — A koliko godina imate?

— Trideset šest. Vidite koliko sam stariji od vas!

— To su najbolje godine za muškarca.

— Možda bih i ja voleo da mi je dvadeset pet godina! Bar kad sam pokraj vas!

On iznenada izgovori ove reči i pogleda je.

Lola se nasmeši i pocrvene.

— Onda bi bili balavac.

— Ali balavci imaju uspeha kod žena.

— Ne, nemaju oni uspeha. Balavci su neozbiljni, a čim je mladić neozbiljan, nije privlačan.

Gavrilović je uhvati za ruku.

— To mi laska kad tako govori jedna mlada i lepa dama. I zato ću doći.

——

Vlatko je izleteo iz Loline sobe kao neki kradljivac. Pustio je da mlaz vode curi niz čaršav. Ušao je brzo u svoju sobu i zatvorio vrata. Bio je jako razdražen i bacio se na postelju. U toj svojoj razdraženosti, prvo se ljutio na Lolu. Zašto je takva? Odbija ga, a uzbuđuje ga svakim svojim pokretom i pogledom. Ona je žena, i mora voleti život kao i on. Da li se samo pretvara, ili joj se dopada neko drugi?

Ležeći na krevetu malo se umirio i počeo da se kaje zbog svoga postupka. Kako je upao u sobu kao izbezumljen! A da je naišla njena mati? Osećao je da Lola nije bila kriva. Njena je krivica u tome što je tako zavodljiva. Mladić zaklopi oči i zamisli mladu ženu. Video ju je kao na plaži, vitku i bujnu, sa lepim, jedrim grudima i oblim nogama. Mučila ga je čežnja za njom. Da li je to bila samo čežnja, ili i neko drugo osećanje? Ili ga je zaluđivala ova otpornost mlade žene? Ona mu je ličila na neko divno sočno voće, koje bi tako rado zagrizao.

Pitao je sebe da li je ovo trenutno, da li je ovo samo strast pojačana toplinom sunca. Ali što je više analizirao samog sebe, osećao je da mu se ova mlada udovica dopada više nego što je i sam verovao.

Njegovo osećanje vaspitanog mladića prekorevalo ga je što je upao u sobu kao neki nasilnik. Kako strast može da zaludi i zaglupi muškarca! Lola će biti ljuta i steći će rđavo mišljenje o njemu. Otići će da je nađe i da joj se izvini. Ona je dobra i oprostiće mu.

Tako umiren ustade, rashladi čelo hladnom vodom, popravi mašnu i siđe u park. Išao je alejama i tražio Lolu. Najednom je spazi. Gavrilović je držao za ruku i nežno joj govorio.

On zastade kao ukopan i oseti neki pritisak u grudima. „Ah, tako! Nju zanima veleposednik. Ja sam za nju samo običan student. Zato me je tako grubo odgurnula... Sad mi je sve jasno.”

Oseti bol, srdžbu, vrati se natrag, žurno pođe obali, zovnu jednog čamdžiju i sede u čamac.

Osećao je kao da mu nešto kuca u mozgu i srcu, i obuze ga neka tuga, kakvu do sada nije nikad osetio.

Ja spajam ljubav i brak

Krinka je obukla svoju belu haljinu, a Lola ružičastu od organdina. Bile su obe srećne. Duševno raspoloženje davalo je još više blistavosti njihovoj lepoti. Lola se nije ljutila na Vlatka, ali nije ni mislila na njega. Ona ga je smatrala kao nekog bratića, umiljatog i razmaženog dečka, kome se moraju oprostiti nestašluci, jer je tako mio i zlatan. Ali nešto drugo je bilo u njoj. Videla je one oči u Gavrilovića, mirne, blage, dobre, osećala je njegov stisak ruke i uzbuđivala je snažna prilika i ona uzdržljivost vaspitanog i otmenog gospodina koji ne laska, koji se ne udvara, ali čiji je jedan kompliment, jedna aluzija dovoljna da uzbudi srce mlade žene, koja toliko dugo nije osetila muški zagrljaj.

— Hoćete li vi na igranku? — pitala ih je mati.

— Hoćemo, mama.

— Hajde ti, Krinićy, sa mnom da malo prošetamo kraj obale.

— A ja ću sa Draganom i Zlatom. Mi idemo da igramo.

Odvajajući Krinku, mati je imala posebnu nameru. Htela je da s njom susretne Dubravka i da ga malo ona ispita, ko je, šta je, šta mu je otac. To srce ju je mučilo. Osećala je da se tu skriva neka čudna tajna.

Krinka se uputi sa mamom, ali Dubravka nigde ne videše. Na jednoj klupi sedela je Draganova mati i gospođa Župančić.

Ona ostavi mamu kod njih, oprosti se s njima i pođe da vidi da li je došao Dubravko.

Pogledala je i videla kako Lola igra sa Gavrilovićem, a Zlata sa Draganom. Dragan i Zlata su se gledali tako zaljubljeno, da se Krinka nasmešila. Razmišljala je zašto nije došao Dubravko i pošla je da sedne na jedno skriveno mesto, ispod palmi, odakle će moći da ga vidi.

Bila je sva srećna i uzbuđena. Sada je počela da oseća da je on simpatiše. To se videlo po njegovim pogledima, po njegovoj ljubomori. Oh, kako je divno kad je muškarac ljubomoran, kad ne ume da sakrije svoju rasrđenost zbog nekog drugog muškarca. Pritisnula je lice rukama. Obrazi su joj goreli. Čeznula je da mu se baci u naručje, da je obavije oko stasa i zaigra sa njom.

Ta njena topla osećanja i uzbuđenje kao da namah nešto sledi. Ona spazi jednu mušku priliku i jednu ženu.

Približavali su se.

To je bio Dubravko i dama sa plamenom kosom. Išli su lagano. Dama mu pokaza jednu klupu i pozva ga da sednu.

Spustiše se oboje. Krinka je mogla da ih vidi, ali nije čula njihove reči.

Ona otvori usta da udahne vazduh, jer je osećala kao da je nešto guši u grlu. Proguta vazduh ne bi li se malo povratila od uzbuđenja. Čudila se otkud on sa tom ženom, otkuda s njom i zašto, kad joj je kazao da će doći na igranku? I oni sede, on ne misli da se digne, sasvim mu je svejedno što ga ona, možda, čeka. Šta to treba da znači i zašto je sve ono govorio? Kako je ovo sada zbunjuje, kako joj kvari sve utiske o njemu. Ona pritisnu rukama čelo i zaklopi oči. Nije mogla da objasni sebi. Jutros onako ljubomoran, a sada sedi sa ovom damom.

Njene začuđene, otvorene oči, pune bola, otvoriše se još više. Ona vide kako dama sa plamenom kosom pruži ruku i pomilova ga po njegovoj lepoj, crnoj i talasavoj kosi.

„Gadna, gadna žena! Hvata mladiće... a starija je od njega... I njemu je to prijatno, sedi s njom... Došli su tu sigurno da se grle i ljube." Ta misao je ispuni nekim bezumljem. Dođe joj najednom da vikne: „Dubravko!" Ali pritisnu rukama usta da uguši krik. Oh, šta li će još i kakve sve scene videti!? Ne, ona to neće da gleda, ona će da pobegne, da ode daleko, da ne vidi sve do kraja, da se ne zgadi na sve.

Ustala je besvesno i pošla. Morala je da prođe pored njih. Išla je lagano, a nije bila svesna prostora oko sebe. Činilo joj se kao da ide kroz maglu.

Prošla je pored njih i nesvesno, tiho, kao da taj glas nije njen, nego kao da neko drugo biće govori, izgovorila:

— Dobro veče!

Kako je odmicala kao da joj se vraćala snaga, počela je brže da ide, samo da dođe do sobe, da se baci na divan i zajeca. Utrčala je u sobu, upalila svetlo i pogledala se u ogledalu. Oči su joj bile široko otvorene, ukočene, a usta poluotvorena, kao da je bila bez daha, kao da će nešto da je uguši. Počela je da hoda po sobi s nekom gorčinom, uzdržavajući se da ne zaplače. Svetlo kao da joj je smetalo, ona ga ugasi i u njoj se sve zamrači, sve rastuži, ona zajeca, baci se na divan i celo joj telo potrese grčeviti plač.

Kad prva nervna kriza malo uminu, suze joj kao kiša počeše da klize niz obraze. Plakala je i oplakivala i sažaljevala sebe. Razmišljala je, sva u suzama, kako je njena duša čista, kako su joj osećanja lepa, kako u njoj nema laži. A on, Dubravko, prve večeri, pa već laže. Šta sad da misli o njemu, sme li išta da mu veruje? Tešila je sebe i umirivala da ne treba da plače, najzad, on joj ništa nije kazao, on ima svoju slobodu, ona nema nikakvih prava nad njim. Ali u njoj je bilo nešto jače, što je tražilo neka prava, gospodarilo njenim srcem, bacilo je u ovaj prvi bol u njenom životu. Ona se čuvala da zavoli, da misli na nekoga, a ovde na moru, pustila je na volju svom srcu, i sad je došlo ono bolno i teško.

Suze su joj klizile, bilo ih je jako mnogo, osećala je kao da su joj se oči, njene lepe, tužne oči, pretvorile u neke male izvore suza, i one su tekle, kvasile joj lice, vlažile joj ruke i ona je onako bela, vitka, ležala na divanu kao slomljeni beli krin.

Neko zakuca na vrata i ona se lagano otvoriše.

Mlada devojka se utiša.

To je sobarica.

— Jeste li vi to, Anka? — zapitala je ona, ne okrećući se.

Niko nije odgovarao. Ona samo začu kao da neko korača kroz sobu. Iznenađena, ona se okrete, sva zadrhta i ispravi se naglo.

U sobi je stajao Dubravko.

Mlada devojka je bila toliko iznenađena i čisto uplašena, da nije umela ni reči da izusti. Gledali su se nekoliko trenutaka i mladić učini jedan korak ka njoj i progovori:

— Izvinite što sam ušao čak u sobu, ali došao sam da vas pozovem.

Krinka, još iznenađena, promuca:

— Kako... kako ste mogli doći čak ovamo?

— Ja mislim da nisam ništa nepristojno uradio — pravdao se mladić, shvatajući šta ona misli.

— Ali, ući čak u sobu!

— Morao sam, ne bih li vas pronašao. Mi smo se dogovorili za igranku i ja sam odmah pogledao da li ste vi u sali, vas tamo nije bilo i ja sam pošao da vas tražim po parku, i ona dama me je srela. Seo sam s njom da bih video da li ćete vi naići.

Ona je ćutala, jer njegove reči nisu mogle da ga opravdaju. Nije mu verovala. Setila se kako ga je dama milovala po kosi. U njoj se probudi ponos, a bol ju je sve jače pritiskivao.

— I kad ste prošli, odmah sam se oprostio s damom i pošao za vama. Mislio sam da ste u sali. Tamo vas nije bilo. Video sam gospođu Lolu. Spazio sam i vašu mamu na klupi. I onda, slučajno, ugledam svetlo u vašoj sobi. Mislio sam da ste u sobi. Čekao sam vas, zatim sam ušao, zapitao portira za broj i popeo se ovamo. Dakle, hoćete li da idemo? — govorio je nežno, prilazeći joj sve bliže.

Ona se naglo odmače.

— Ne, neću, ne mogu. Idite vi sami... meni se ne igra.

— Pa ne moramo igrati... Hoćete li da šetamo?

— Neću — govorila je ona uporno.

— Zašto ste sada takvi? Kao neko jogunasto dete! Ja hoću da idemo. Vi me ne možete odbiti.

Njegov glas je bio tako blag i mek, on pruži ruke i prihvati je za obnažene mišice.

Mlada devojka se sva strese od dodira njegovih toplih ruku i brzo se odmače od njega.

— Molim vas, idite! Nema smisla u ovo doba doći u sobu.

— Neću da idem bez vas — nastavljao je on uporno. — Neću! Hoću da i vi pođete sa mnom.

U njegovom glasu bilo je veselosti i raspoloženja, i ta njegova veselost, kad je u njoj bilo sve tužno, nervirala je i stvarala joj još veći bol, njena je volja nadvlađivala osećanja i ona je izmicala ispred njega rastužena i rasrđena.

Ali on kao da nije mislio da ide, hteo je da je umiri, uteši, da razjasni ovo njeno držanje.

— Vi ćete ići kad ja želim. Vi ste dobri i nežni. Je l' da ćete ići?

— Ne, uzalud me molite! Večeras neću ići. Molim vas idite — govorila je nervozno stežući ruke.

— Vi ste na mene ljuti? Da li zato što sam sedeo sa onom damom? Verujte, to je sasvim slučajno bilo, kao što ste se vi jutros slučajno sreli sa Šerifom. Ja sam vam poverovao, a vi meni nećete — govorio je veselo i opet je uhvati za mišicu.

Ona pobeže na drugi kraj sobe.

Mladić najednom, prema svetlosti sijalice spolja, ugleda električni prekidač i okrete ga da vidi ovu malu i ljupku, a tako ćudljivu, mladu devojku.

Ona je stajala u uglu sobe. Njena plava, kovrdžava kosa, bila je razbarušena i u neredu se spuštala oko lica, a plava pantljika joj je skliznula ukoso po čelu, i sva je ličila na devojčicu. Oči su joj bile uplakane, i duge crne trepavice još su bile vlažne, a po licu su se poznali tragovi suza.

Ta slika mlade devojke, koja je ličila na rasplakanu devojčicu, ushitila je mladića i raspoložila. Kroz te suze on kao da je naslućivao i njena osećanja, i to ga je ispunilo nekom potajnom srećom, za kojom je čeznuo i o kojoj je maštao.

— Vi ste plakali? — govorio je, opet prilazeći i zagledajući u njene lepe, uplakane plave oči. — Plakali ste? Zašto ste plakali? Hajde, recite mi?

— Ne, nisam plakala — odgovorila je ona, krijući oči rukom.

— Jeste. Plakali ste — reče joj on veselo i odvoji joj ruke sa očiju. Držao joj je ruke u svojima i smešio se.

Taj njegov osmeh nju je još više nervirao, činilo joj se da on uživa u njenom bolu, da se igra sa njenim osećanjima, da mu je čisto milo što ona plače, i to, možda, zbog njega. Bio je pravi sebični muškarac, koji hoće da sve žene trče za njim, da sve plaču zbog njega, a on da se smeši njihovom balu! U tom trenutku ona nije htela da ga shvati, nije htela da ga razume, ona je samo znala da je njoj teško i da se on smeje, da je veseo, čak i zadovoljan što je ona plakala, kao što je bila zadovoljna i ona dama, kad ga je milovala po kosi.

— Plakali ste... Plakali! Pogledajte se u ogledalo!

On je uhvati za ruku, dovede je do ogledala i stade iza nje. Mlada devojka je videla svoje suzne oči, razbarušenu plavu kosu, videla je iza sebe njega, tako visokog, crnomanjastog, u tamnom odelu, vitka stasa i širokih ramena. On je bio sasvim blizu nje, pružio je ruke i stegao joj mišice, privlačeći je sebi na grudi. Lice mu se naginjalo njenoj kosi, koja ga je golicala po mrkim obrazima. Uz nju i njenu plavu kosu, uz njenu vitku belu siluetu, on je izgledao kao tamni kiparis kraj belog krina.

Njegove ruke su je privlačile na grudi i ona je osetila kako malaksava, kako drhti, osetila je kako je svu obuzima čežnja za njim. Najednom ga je pogledala, ugledala onaj tamni i sjajni oreol njegove kose, setila se one žene što ga je maločas milovala po toj kosi, njen ponos savlada čežnju i ona mu se otrže iz naručja.

— Da, plakala sam! — izgovori suvim glasom. — Plakala sam!

— Zašto? — pitao je on još uvek sa osmehom, srećan. I taj njegov osmeh, osmeh mladića koji je verovatno svestan da svaku devojku može da pobedi i osvoji, povrati joj svu prisebnost i ona mu prkosno odgovori da bi mu zadala bol, da bi se i on zamračio, rastužio:

— Plakala sam... jer mi moj dečko... iz Beograda nije pisao...

Sva veselost mladićeva najednom iščeze, njegove oči se ukočiše, raširiše, postadoše mračne, on oseti kao da ga neki bič ošinu preko lica. Nekoliko trenutaka ju je gledao, kao da je ispituje i ne veruje. Tek posle progovori nekim muklim glasom:

— Vi imate dečka u Beogradu?

— Da! — otrže joj se kao uzdah iz grudi.

— I volite tog dečka?

Ona je ćutala.

Mladić zavuče ruke u džepove i osta mračan kao neki crni kip. Njegove ogromne, lepe oči, netremice su gledale tu belu viziju, te uplakane oči. I te suze, koje su ga maločas ushitile, sad ga razgneviše, u njemu kao da se sve uskomeša, uzvitla. Stajao je i dalje nepomičan, savlađujući se, a potom lagano pođe vratima. Tu zastade opet, kao da nešto očekuje, nešto što bi želeo da čuje, a mlada devojka je stajala kao beli fantom u sobi, ne mičući se, ne govoreći, kao neka osvetnica.

— Oprostite što sam vas uznemirio — reče mladić učtivo sa ukočenim licem i očima, pođe vratima i otvori ih naglo, kao da je hteo da tresne njima, ali se ne ču nikakav tresak, on ih tiho pritvori i izgubi se.

Krinka pođe nekoliko koraka i zastade nasred sobe. Podiže ruku licu, zagladi kosu i mahinalno skide pantljiku sa kose. Izgledalo je kao da nije svesna nijednog pokreta.

I najednom u njoj se nešto probudi, kao da joj je neki glas došapnuo da je učinila veliku grešku što je izgovorila one reči. Ona se sva strese, kao od električne struje, i ne misleći ništa, pojuri, otvori vrata i htede da vikne: „Dubravko, ne, to nije istina! Ja nemam dečka, ja nisam plakala zbog dečka! Dubravko, ja volim samo vas, vi ste moj dečko!”

Izjurila je u hodnik, ali mladić je već sleteo. Ona otrča u sobu, sva uzrujana, da ga vidi kroz prozor.

Videla je njegovu tamnu siluetu, išao je tako žurno, kao da nekog juri, ili da neko njega goni, uputio se obali, i ona ga izgubi iz vida.

Njoj je bilo jasno da je izgovorila glupost. „To nisam smela reći”, grdila je sebe, „to sam pogrešila, on će svašta misliti o meni, on sada ima na to prava. Zašto sam to uradila? Zašto nisam razmislila?”

Sela je na divan da se povrati, ali brzo je skočila i pošla da ga potraži, da ga nađe. Ona ga je morala naći, morala mu je reći da to nije istina. Reći će mu da je bila ljubomorna zbog one dame.

Strčala je niz stepenice i požurila do obale. Povetarac joj je rashlađivao čelo i sušio oči, pramenje kose joj se njihalo oko lica. Neki su zastajali da vide ovu nežnu, lepu plavu devojku, i jedan glas dopre do nje: „Što je ovo lepa devojka!" Ali ona ništa nije marila, nikoga nije videla, tražila je njega, Dubravka, s njegovim mrkim, velikim i lepim očima. Kako su je nežno gledale te oči, kako ju je pritiskivao na grudi! Uhvatila je rukama svoje mišice. Da... tu su bile njegove ruke a na licu je osećala njegov dah! Jurila je obalom, ali ga nigde nije videla. Kao da je iščezao, odleteo, utonuo negde. Čamci su plivali, crni kao delfini, a poneki sa svetiljkom ličio je na svica koji mili po moru. Možda je u nekom čamcu bio i Dubravko, a ona ga nije videla i nije mogla da ga pozna. Dolazilo joj je da vikne: „Dubravko, vratite se! Dođite! Dubravko, ja vas volim!" Šaputala je te reči u sebi, a sa njenih usana reči kao da su se vraćale i cepale njeno malo zaljubljeno srce.

Stajala je na obali nepomična, tužna, njene lepe oči bludele su po moru. Zaželela je da ima krila, da preleti talase, da nađe njega, Dubravka.

— A zašto vi stojite tu tako sami?

Krinka se okrete. Taj glas kao da je uplaši.

Slikar se smešio na nju.

— Onako, stojim. Uživam u moru.

— A ja uživam u vama. Da znate kako je lepa vaša slika! Jutros mi je dolazio i Dubravko. Dodao je nekoliko poteza vašim očima. On je slikar, i to vrlo dobre škole. Samo on to neće da prizna. Zašto ste tako zamišljeni, gotovo tužni? A vi nemate razloga da budete tužni. Ako bi ko imao, onda ja najviše imam razloga da se rastužim.

— Vi? Zašto biste vi bili tužni? — začudi se mlada devojka i osmehnu se bolno.

— Zato što me vi ne gledate i što nećete da osetite koliko mislim na vas. Naročito otkad radim ovaj portret. Svi su slikari bili zaljubljeni u svoje modele. To sam sada osetio i ja.

Ona ga je ravnodušno slušala, a njene lepe oči imale su neki bolećivi osmejak. A slikar je i dalje govorio, kao da je odavno želeo ovaj momenat da joj sve to kaže.

— Nisam fićfirić, niti balavac... Ja sam ozbiljan mladić i o svemu ozbiljno razmišljam. Neću ni da okolišam, niti da krijem. Želeo bih jedno da znam, volite li vi Dubravka?

— Što me sada to pitate? — uplaši se mlada devojka, kao da on hoće da joj nešto tužno kaže, pa je najpre ispituje.

— Pitam vas, jer ako vi njega ne volite, onda mi dopustite da ja volim vas i da se nadam da ćete me vi zavoleti jednog dana. Ja ljubav spajam sa brakom. Eto, to sam želeo da vam kažem. I to ću da ponovim: da li biste pristali da budete moja žena?

Ona to nije nikako očekivala i odgovori zbunjeno:

— Gospodine, ja još ne mislim na brak.

— Dobro, primam da ne mislite, ali recite mi iskreno, jednoga dana, kad pomislite na brak, hoćete li me se setiti?

— Kako vi neočekivana pitanja postavljate!

— Jesu li vam ona neprijatna?

— Poštenom i dobrom mladiću uvek je dopušteno da takvo pitanje postavi devojci.

— Kako vi izbegavate da date odgovor!

— Ne izbegavam. Daću vam ga odmah: ja ne mislim na brak.

— I ne mislite na mene?

Krinki se nije odgovaralo, osećala je neku težinu u glavi. Mogla je da se rasplače, i da bi prekinula sve to, pruži mu ruku:

— Do viđenja!

— Nećete da mi odgovorite?

— Hoću. Vi ste simpatičan mladić i slikar, a ja umetnost cenim. Ali ne mislim da se udajem... Udaću se tek kad se zaljubim u nekoga. U vas nisam zaljubljena.

— Onda ću čekati. I znajte, doći ću u Beograd.

— Dođite — nasmeši se ona i pobeže od njega. Videla je mamu na klupi sa gospođom Župančić. Prišla im je, sela i naslonila glavu mami na rame.

— Krinić, jesi li igrala?

— Nisam, mama. Malo sam šetala.

Mama je pomilova. Kako joj je bilo toplo na maminom ramenu. Kako je nalazila utehe kraj svoje dobre mame. Oči su joj se sklapale i osetila je opet suze. Sedela je tu i očekivala Dubravka. Ali on nije prolazio. Nije prošao nikako.

Videla je Lolu sa gospodinom Gavrilovićem. A Zlata je išla sa Draganom. Bile su obe tako vesele. Poznavala je Lolu kad joj je prijatno društvo. Ona onda mnogo priča, smeje se, gestikulira. Prošao je i Vlatko. On je išao sam, sumoran. Krinka mu se nežno osmehnu i pomisli: „Siroti Vlatko! Njemu se sviđa Lola. Ali on je mlad za nju. A tako je zlatan i umiljat.” U jednom trenutku učinilo joj se da ide Dubravko. Pojavila se izdaleka jedna visoka silueta. Ali to je bio neki drugi, nepoznat čovek. Kako je bila tužna! A mogla je večeras da bude srećna. Ali one reči, one proklete reči, koje je izgovorila! Zašto ih je izustila? Zašto nije razmišljala?

——

Četiri dana su prošla, a Dubravka nikako nije videla. Lola, koja je naslućivala Krinkina osećanja i njenu tugu, zapita jednom:

— A gde li je Dubravko? Četiri dana ga ne viđamo. Da nije otputovao?

Ta misao užasnu Krinku. Zbilja, da nije otputovao? Ona se tešila da je tu, samo da neće da dođe, da hoće da je kazni. A ako je otputovao, iščezao zauvek? Bila je sva malaksala od tuge. Govorila je, hodala, kupala se, sve nekako besvesno, ništa je više nije veselilo, samo ju je jedna misao mučila i stvarala svakim časom sve veći bol: „Gde li je on?”

Jednog dana priđe im Spomenka i sa nekom zluradošću zapita:

— A gde je gospodin Dubravko? Ne viđam ga.

— Ne znamo — odgovoriše sestre.

A ona je u sebi likovala, misleći da je delovalo njeno anonimno pismo. „Da, ostavio je kad je pročitao kakva je.”

Lukavom ženskom psihologijom ona se umiljavala, jer se u sebi beskrajno radovala što je jednog lepog mladića odgurnula od Krinke.

Bili su jednom sa Gavrilovićem i Zlata ga na veliku radost Krinkinu, zapita:

— A gde je gospodin Marojević?

— Ne viđam ga već nekoliko dana. U hotelu se ne hrani. Možda je otišao na neki izlet ili otputovao.

Krinka je ćutala, sva zanesena, posmatrajući jednog galeba, ali nije videla ni galeba, ni more, nije čula ništa drugo oko sebe samo ove teške reči: „Možda je otputovao...”

Ali ona je skrivala svoju tugu. Bila je od onih zatvorenih priroda, koja u sebi preživljuje sve. I gledajući njene sanjalačke, plave, mutne oči i lepi melanholični osmejak, koji je uvek lebdeo na njenim malim, rumenim usnama, niko ne bi pomislio kako je žalosno i bolno u duši te mlade devojke.

Nešto joj je opet govorilo da se on mora vratiti. Mora, baš zato što je otišao tako naglo, bez pozdrava. Bilo mu je teško od njenih reči, ali to što mu je bilo teško dokazivalo je da njegova osećanja nisu površna, da on sam nije površan.

„On mora doći”, mislila je i bila je gotova da zaplače, da se moli, samo da se on vrati što pre.

Na razgnevljenom moru

— Gospođice Krinka, pogledajte moju barku! — govorio je mladoj devojci Janko, četrnaestogodišnji dečko, koji je tako lepo veslao i vozio u svom čamcu goste. — Obojadisao sam je pa je sada plava kao nebo. Sada je najlepša među svim barkama.

On je bio omiljen svima. Bio je sav ponosan na svoju barku, i hvalisav, misleći o Loli i Krinki i njihovom društvu: uvek su uzimali Janka da ih vozi po moru. Koliko puta on sam sedne, razapne jedro i uživa kad ga nadima vetar. Nije se plašio ni bure, ni vetrova, uvek je pričao kako je smeo i da će, kad odraste, ići u Ameriku da zaradi mnogo novaca, pa da po povratku kupi veliki jedrenjak i da s njim plovi do Venecije. More je bilo uzburkano i predosećala se bura.

— Divan ti je čamac, Janko! Sad je najlepši — hvalila ga je Krinka. — Znaš da sam naučila da veslam, pa ćemo sutra da probamo, i ti ćeš da me pustiš samu.

Janko se vragolasto smešio, ne verujući da njene nežne ruke mogu da upravljaju veslima kao njegove.

Zapalio je cigaretu važno kao neki odrastao muškarac, i udaljio se od obale, ostavljajući barku da je ljuljuškaju talasi.

Krinka je stajala na obali. Bila je tužna i želela je da malo vesla, da se umori i umiri. Pogledala je Jankovu barku.

Dečko je bio otišao i nije mogla da je od njega zamoli. A more se komešalo, ali nije bilo strašno, ona će veslati malo pored obale, pa će se vratiti.

Brzo je sela u čamac i uzela vesla. Bilo je već predveče. Osetila je zadovoljstvo da je ljuljuškaju talasi. Njene ruke su ritmički pokretale vesla i ona su ponirala u vodu. Vetar iznenada silovito zafijuka, i njena barka polete niz jedan veliki talas, koji je uzdiže kao čamac na vrteški. Slabe ruke devojačke pokušaše da zaokrenu čamac ali nalete drugi talas, i barka se kao neka ljuska uzdiže s tim talasom i sjuri niz vodu, kao s nekog brežuljka, i još više odmače od obale. Naprežući svu snagu, ona zamahnu veslima, ali njene nežne ruke osetiše takav zamor, a oko nje počeše da se kovitlaju i besne talasi, kao da su se razgnevili na tu nerazumnu devojku, koja je htela da se igra i prkosi njihovim ćudima.

Sva očajna, videći da gubi vlast nad čamcem, ona se okrete da vidi ima li koga na obali. U tom momentu nikoga nije bilo, i, u okretanju, ona spazi kako jedan ogroman talas juri za njom, kao da hoće da je poklopi. Instinktivno, ona se povi, osećajući opasnost, kao od nekog čudovišta, a njen čamac se sjuri preko drugog talasa, i sa svih strana kao da se na nju ustremiše morska čudovišta.

Sa obale, do nje dopre neko zapomaganje. Ona se okrete i poznade malog Janka, koji je uzdignutih ruku vikao, ali je njegov slabi glas zaglušivala huka talasa, i mlada devojka, izbezumljena, okrete se još jednom i vide da se svet skuplja na obali, ali niko se ne usuđuje da pojuri za njom.

Svojim silovitim naletima talasi su sve više udaljavali čamac od obale i ona je videla samo neke crne tačke, i što god je izmicala sve više je zapadala u raspomamljeni haos mora.

Svesna svoje propasti, ona više nije imala snage da makne rukama vesla, bila je sva sleđena u užasu. Čamac se ljuljao, naginjao, gotov da se prevrne, i opet, kao da ga je neka natprirodna sila čuvala, uzdizao se, da bi se ponovo predao nemilostima drugog talasa, koji je jurišao, uzdignut, zapenušan, rasipajući svoje mlazeve po devojci i po čamcu. Ona je osetila slani ukus u ustima, niz lice joj je curila voda. Kovrdže su joj se vlažne opuštale niz obraze, ruke su joj bile mokre, a čamac je poskakivao preko talasa, uzdizao se, nagibao i odskakao kao neka lopta.

U trenucima kad bi kljun čamca zaranjao u vodu, ona bi vrisnula, i kad bi se čudovište od talasa odmaklo i povuklo se, ona bi se krstila, molila Bogu, sećala se mame, Lole, njega, Dubravka. Nikad ih više neće videti, utopiće se, nestaće je, niko je neće spasti.

Najednom je čula neko dozivanje. Okrenula se, ugledala je jedan čamac kako se bori sa talasima, čula je da je neko viče, videla je siluetu u čamcu, ali nije mogla da raspozna ni čoveka ni glas. Neke snažne ruke savladavale su talase i čamac se približavao k njoj, dok je ona gubila hrabrost i malaksavala, predajući se svojoj sudbini.

Ta crna silueta u čamcu približavala se sve više. Ona je već osećala vodu u čamcu, bile su joj mokre cipele, odelo, kosa, ali ona silueta je dolazila sve bliže i ona je raspoznavala onaj crni oreol kose oko glave, one velike mrke oči, crnpurasto lice, ona je videla njega, Dubravka! Sad nije žalila da umre, samo kad ga je videla. On nije dao da se ona utopi. Veslao je snagom bezumnika, a oči su njegove, ogromne i crne, bile još veće, a njegove snažne ruke razmahivale su očajnički veslima, kao da se bori sa morem na život i smrt. A razgnevljeno more kao da je htelo da ih rastavi. On nikako nije mogao da se približi njenom čamcu, koji se već nagibao da se prevrne.

Jednog momenta on se već približio čamcu devojke, ali morao je da pazi da ga ne udari kljunom i ne prevrne. Nastala je opasna igra, i izbezumljene oči mlade devojke gledale su ovog divnog, veličanstvenog muškarca kako se bori za nju da je spase.

Za nekoliko trenutaka more kao da se stiša, jedan veliki talas iščeze i mladić zavesla mahnito, uzdiže se u svom čamcu i jednim akrobatskim skokom uskoči u čamac mlade devojke. Čamac se zanjiha, mlada devojka vrisnu, ali mladić dohvati vesla i ne govoreći ništa, i teško dišući, navali da njima razmahuje, boreći se da čamac uputi u jednu uvalu, gde bi mogao da se skloni i pristane uz obalu. Disao je teško, ne govoreći ništa, graške znoja su mu izbijale po čelu, kosa mu je bila vlažna, a njegove ogromne, lepe oči, nepomično su posmatrale izbezumljenu mladu devojku.

Još čitavih pola sata trajala je borba mladićeva sa talasima i već se približio jednoj uvali. Jedan ogromni talas jurnu na čamac i on se zari u obalu. Mladić iskoči, dohvati kljun čamca i natčovečanskom snagom povuče ga na obalu. Pruži zatim ruku mladoj devojci. Ona ustade. Sva malaksala i prestravljena posrte i htede da padne, ali mladić je prihvati i brzo uze u naručje, iznese na obalu i lagano je spusti. Vratio se brzo natrag da izvuče čamac na obalu. Onaj njegov čamac još je poskakivao po talasima, ali se ubrzo izgubi i potonu. A more se tek tada razgnevi. Sve strahote koje je mlada devojka izdržala nisu bile ništa prema gnevu koji je sada obuzimao more. Talasi su se dizali kao kuće i bregovi. Mladić izvadi maramicu, izbrisa znoj sa čela i spusti se malaksalo na travu, ne govoreći ništa. Za sve vreme nije izgovorio nijednu reč, ni on, ni devojka. Njene sanjalačke, lepe oči, bile su široko otvorene, a užas joj je još bio u očima, i netremice je pratila svaki njegov pokret.

Malo umiren, mladić pogleda devojku, i tek tada je zapita:

— Zašto ste ovo uradili?

Ona je ćutala.

— Zar ovo nije bilo nerazumno?

Ona je neprestano gledala mladića i tek posle nekoliko trenutaka progovori:

— Ja sam samo sela u Jankov čamac. On mi se pohvalio da je kupio novi čamac. Nisam ni pomislila da će mi se ovo desiti. Onda je najednom dunuo neki vetar, odbacio me od obale, i ja nisam mogla da se vratim. A kad ste vi došli? Gde ste bili?

— Bio sam na Sušaku. Vratio sam se danas posle podne. Išao sam obalom i najednom sam začuo viku. Janko je vikao: „Gospođica Krinka je u čamcu, ona će se utopiti". Skočio sam u jednu barku i pošao za vama.

— A kako ćemo se vratiti? Moja mama će poludeti! Misliće da sam se utopila.

— Vratićemo se kad se stiša more. Dok ne prestane bura, nema ni govora o povratku.

— A hoće li to dugo da potraje?

— Ne znam. More je ćudljivo kao i žene, a ženske ćudi su nepoznate.

— To vi meni prebacujete. Zašto ste tako strogi? Ja sam se toliko naplašila.

— Strog sam, jer sam se i ja uplašio za vas. Takvu nerazumnost da učinite! Sigurno vam vaš dečko iz Beograda još nije pisao, pa ste bili očajni.

— Ja nemam nikakvog dečka! — energično je uzviknula mlada devojka.

— A one ste večeri bili uplakani zbog dečka — govorio je mladić ironično, a njegove lepe oči imale su neki tragičan izraz.

— Ne, ja nemam dečka, uveravam vas. Zaklinjem vam se! Priznajem da nije bilo lepo što sam to kazala. Odmah sam se pokajala. Pojurila sam za vama, tražila sam vas po obali da vam kažem da to nije istina, ali vas nigde nije bilo.

— Pa zašto ste to kazali?

— Bilo mi je nešto krivo... i žao na vas. Videla sam nešto.

— Šta ste videli? — trže se mladić. — Hoću da znam. Šta sam vam učinio nažao?

— Onda, one večeri, ja sam videla kako vas je ona dama... ali zašto i da pričam?

— Ne, ja hoću da mi kažete — žustro izgovori mladić približavajući joj se. — Šta je uradila ta dama?

— Ona... ona vas je milovala po kosi... i ja sam mislila da ste imali sastanak s njom.

— Dakle, samo to! A ja... ja se i ne sećam kad me je pomilovala po kosi. Nisam ni mislio na nju te večeri, nego na vas. Da, samo na vas. I bio sam tako ljubomoran! Video sam da niste u sali, a vaša sestra i gospođica Zlata bile su tamo. To me je naljutilo, izazvalo sumnju u meni gde ste i zašto niste u sali. Mislio sam da se niste možda sastali sa Šerifom. To jutro ste razgovarali s njim i mogao sam pomisliti da ste se ponovo našli s njim. Onda sam pošao da se skrijem i motrim odakle ćete da naiđete i s kim. I tada me je srela ta dama, pozvala me da sednem, ne znam ni šta je pričala. Da, sećam se samo toliko da je govorila kako ja ličim na nekoga koga je volela u mladosti. Možda me je tada pomilovala po kosi, ali ja sam u tom momentu bio tako ljubomoran... i gledao sam da li ćete vi da naiđete.

— A i ja sam se isto tako sakrila da sačekam vas.

— Zašto mi to niste rekli odmah one večeri? Nego ste izgovorili one reči! I kako sam samo uleteo u vašu sobu! Da, to nije bilo pristojno, ali ništa me nije moglo zadržati, hteo sam da uđem da vidim jeste li tu. Bio sam tako srećan kad sam vas zatekao u sobi.

Krinka pogleda mladića i zapita ga tiho:

— A zašto ste otišli sutradan?

— Hteo sam da otputujem. Ali nisam mogao. Da, nisam mogao. A trebalo je da otputujem. Šta je trebalo da i dalje tražim ovde posle onih vaših reči? Bio sam na Sušaku, bežao sam od vas, ali vaša slika me je svuda progonila. Otišao sam na obalu da vidim ono mesto gde sam vas prvi put spazio.

U rečima mladićevim osećala se neka tuga, govorio je tiho, kao da razgovara sa samim sobom.

— Vi me niste prvi put videli na obali — izusti mlada devojka — već na brodu.

— Ne, ja sam vas još ranije video. Stajao sam na palubi. Najednom sam vas ugledao, žurili ste da ne zadocnite. Video sam vašu svetlu kosu, koja vam je okruživala lice kao neki zraci. A oči su vam bile plave kao more, i sanjive. Ta slika mi je stalno pred očima. Posle sam vas potražio, pronašao gde sedite i seo ispred vas.

— A meni je izgledalo kao da nas ne opažate.

— Zar je trebalo da se naturam? Ja sam vas osećao, gledao sam vas, osluškivao da čujem vaš glas, ali vi ste ćutali. I bili ste tako beli, nežni, kao neko priviđenje. Onda ste otišli u kabinu, a ja sam se naslonio na ogradu. Mislio sam na vas, ko ste, kuda putujete. I zamislite moje iznenađenje kad ste me dohvatili za ruku, baš u trenutku kad sam mislio na vas! Ponekad čovek postaje sujeveran, iako nije. Cele te noći mislio sam na vas. I jedva sam dočekao jutro... da vas vidim. I ta mi je slika u sećanju. Kad smo se približavali Veneciji, stajao sam iza vas. Zraci su se provlačili kroz vašu kosu, a oči su vam bile još nežnije, plavlje. Pogledali ste me. Ja taj pogled nisam mogao da zaboravim. Vi umete tako nežno da gledate, tako toplo. A kako ponekad izgovorite oštre i nemilosrdne reči!

— Ah, vi me opet prekorevate! Ali ja sam vam objasnila.

— Da, vi ste mi objasnili, ali ja sam patio sve ovo vreme, pa ne mogu da zaboravim. Ne znam kako je sve ovo došlo u meni. Ja sam osetio još onda na brodu i u Veneciji. Kao lud sam išao za vama. Samo što sam ostavio stvari, poleteo sam da vidim kuda ste otišli. Bojao sam se da ne otputujete dalje i rešio sam da se odmah upoznam s vama. Zato sam i išao za vama u

Duždevu palatu, gurao se kroz gomilu, da bih stalno bio uz vas, ne bih li dobio priliku da se upoznamo. Ja nikada nisam trčao za ženama. Mogu reći da su one više trčale za mnom, ali kraj vas, bio sam izgubio vlast nad sobom, a nešto me je tako neodoljivo privlačilo vama. U Veneciji, neprestano sam se vrteo po Markovom trgu, čekajući vas. I onda sam doneo odluku da dođem na Rab. Hteo sam da pođem s vama, ali sam mislio da to nema smisla, da mogu ispasti smešan, nisam znao kakav ste utisak stekli o meni. Pomislio sam, možda ona nekoga voli?!

Krinka je spustila glavu na kolena i slušala njegove reči. Njena plava mekana kosa spuštala se oko glave kao neki ogrtač od vlakana i skrivala joj lice. Srce joj je lupalo pri svakoj njegovoj reči sve jače i ona je upijala njegov meki, topli, tihi glas, kao neku divnu pesmu punu čežnje. A more je urlalo, grmelo, bučalo, hučalo! Oko njih je mirisala sasušena trava, i srebrnaste masline nazirale su se u polumraku, a crni kiparisi u daljini ocrtavali su se kao stražari mora. Mladić je govorio dalje, kao da se ispoveda, kao da je sve vreme želeo da joj to ispriča.

— Jedva sam dočekao nedelju dana i pojurio za vama na Rab. I prve večeri bio sam razočaran. Nisam vas video. Bio sam sumoran, mislio sam: „Da ona misli na tebe kao ti na nju, zar ne bi požurila da te vidi".

— A ja sam vas videla. Izašla sam, sakrila se iza jedne palme, a vi ste sedeli na desetak koraka ispred mene.

Mladić se zagleda u nju.

— Kako vi umete da vladate sobom i nada mnom! Možda me vaš šarm osvaja, ali me muči vaša priroda, zagonetna, nežna, kao što su vaše oči. Ja sam se toliko puta razotkrio i dao vam dokaza o svojim osećanjima! Kako sam zgnječio one ruže, kako sam gledao slikara! Postao sam strašno ljubomoran, jer mi se čini da samo vas svi gledaju.

Krinka je gutala te reči, one su je opijale, a njeno srce je besnelo u grudima od radosti i sreće.

— I na tu moju ljubomoru vi ste još nasuli ulja one večeri.

Zaćutao je, zatvorio oči, naslonjen na ruke, i prošaputao one njene reči:

— „Plačem jer mi moj dečko nije pisao iz Beograda."

Mlada devojka diže najednom glavu.

— Neću više da mi to ponavljate! Neću! To nije istina. Zašto ste sada nemilosrdni i kažnjavate me?

— A zar vi niste bili nemilosrdni prema meni — odgovori mladić, pomače se sa svog mesta i približi se sasvim uz nju. — Kazao sam tada sebi: „Budalo, ti se zanosiš, a ona te ne gleda”.

— Ne gleda? A one večeri sam toliko plakala, i ova četiri dana su mi bila strašna. Bila sam užasnuta od same pomisli da ste otputovali, da vas neću više nikada videti. Koliko sam ja mislila na vas, a bojala sam se svojih misli, ugušivala ih. Sećam se one noći, kad smo se vraćali iz Venecije. Puna tuge mi je bila ta noć. Mislila sam da vas neću nikada videti. Ali ja sam takva priroda, ja se bojim svojih osećanja, skrivala sam ih od same sebe, od vas, svih mojih. A kad ste vi došli na Rab! Ah, to veče!

Mladić je slušao, a njegove vatrene, divne oči, upijale su se u njenu zlatnu kosu, koja se spuštala svuda oko njenog lica. Vetar dunu, a mlada devojka se strese.

— Vama je hladno?

— Ne, nije mi hladno.

— Ja ću vas ogrnuti mojim kaputićem.

— Neću, neću da vi ozebete, meni nije hladno.

Mladić je nije slušao i skide svoj kaput.

— Ali vi ćete da ozebete.

— Ne, neću ozepsti — govorio je mladić ogrćući je. Njegove ruke ostadoše na njenim ramenima. Mlada devojka je sva drhtala, kao u nekoj groznici. — Sad vam nije hladno?

— Nije — odgovori ona šapatom.

— A je li vam još žao na mene?

— Ne. Ali neću više da spominjem moje glupe reči. Ja sam tako patila ovih dana! Ali, onda ona žena, tako je mrzim! Milovala vas je po kosi.

— Ja bih više voleo da me vi pomilujete po kosi. Hoćete li?

— Neću.

— Zašto nećete — govorio je tiho, privlačeći je na grudi. — Ne volite me? Je l' da me ne volite? — pitao je mladić isto tako šapatom, ljubeći joj pramenje svilene kose. — A ja sam lud za vama, Krinka.

Mlada devojka je bila strahovito uzbuđena. Osećala je njegove ruke, njegov dah na svome licu i taj slatki šapat sa njegovih usana, te reči ljubavi.

— Vi me ne volite... Recite mi... Hoću da znam. To me muči, to vaše ćutanje Krinka, recite mi...

Približio je svoju glavu njenoj. Ona je osetila njegov topli obraz, prislonjen uz njen fini, kadifasti. Sva se tresla od uzbuđenja. I najednom, u zanosu, njene ruke su se obavile mladiću oko vrata, a sa vrelih usnica, kao buncanje, otrzale su se isprekidane reči:

— Dubravko! Moj Dubravko! Dragi... divni! Volim vas, tako vas volim mnogo, vi ste moja ljubav. Ja nikoga nisam volela, samo vas. Verujte, samo vas!

Izbezumljen od sreće, mladić je strasno pritisnu na grudi, i njegove se usne nagnuše nad njene da ispiju te reči, da ispiju svu slast rumenih usana za kojima je toliko čeznuo...

Ljubio joj je ustašca, ljubio dugim poljupcem, a more je hučalo, propinjalo se i mirisala je suva trava...

Mlada devojka otrže svoje usne, a mladić je, sav opijen, šaputao i dalje ljubavne reči uz buku talasa. Ljubio joj je plave oči, svilene kovrdže, njene fine obraze, ljubio mahnito, sa nekom radošću i bolom, koje stvara bezumna ljubav.

U polusvetlu noći izdvajala se njena bela haljina i svetla kosa, i on se naginjao da se nagleda njenih plavih očiju.

— Nikada nisam preživeo časove očajanja kao maločas, kad sam vas gledao u čamcu. Užas bi me obuzimao kad god bi se čamac nakrenuo, a bio sam nemoćan da priđem. Da sam mogao, bacio bih se u talase, samo da što pre doplivam do vas.

— A da vi niste došli, ja bih se utopila.

— To sam i ja pomislio dok sam jurio za vama. Zbilja, neko predosećanje me je nagnalo da se vratim sa Sušaka. Hteo sam i danas da ostanem, pošao sam na pristanište, pa se vratio. Ali nešto kao da me je gonilo da ponovo odem na brod. Bio sam utučen, i zbog onih vaših reči i zbog toga što vas nisam video. Čak sam mislio: „Neću još da se vratim. Neka je, neka to ona oseti!", a posle mi je nešto govorilo: „Idi, idi", i to je bilo jače. Da, ljubav je bila jača od moje volje... I sad sam spasao moju malu plavu Krinku. Nikada, nikada više ne smete sesti sami u čamac. Razumete li, nikada! Ja ću se tada razgneviti, biću tada bešnji nego danas more.

— Kad odem sa Raba više neću videti ni more, niti čamac.

— A ja mislim da ćete ga vi opet videti. Ja se nadam, želim da živite na moru... da budemo uvek zajedno kraj mora...

— To nije moguće.

— Ja verujem da je moguće. To mora da se ostvari. Samo ako vi budete hteli. Mislite li vi da sam ja došao na Rab samo zato da vas gledam, da vam kažem koliko vas volim i da se posle rastanemo?

— Ne znam — šaputala je ona, a srce joj je tako udaralo da ju je prosto gušilo.

— Vi to ne znate. A ja to znam, ja to osećam još od onih dana kad smo bili u Veneciji. Još tada sam osetio da to nije običan susret s vama, da ima nečeg sudbonosnog u tome što smo se videli, da ćete vi za mene biti moja sreća, cilj moga života, ili moja patnja i očajanje. Krinka, mala moja plavojko, slušajte me i verujte, ovo su reči iskrene, najiskrenije koje sam ikada izgovorio, ove reči nikome do danas nisam kazao. Ja bih želeo, Krinka, da se nikad ne rastajemo, želeo bih da budemo večno svoji, hteo bih da mi budete žena.

Mlada devojka je zatvorila oči, a nešto ju je gušilo, neko beskrajno osećanje sreće, i nije mogla ni reč da izgovori, bila je sva malaksala, gotovo da se onesvesti.

— Vi mi ne odgovarate? — pitao je on bojažljivo, dižući njenu glavu bliže svom licu, da bi video njene oči, lepe plave oči, koje su ga toliko raznežavale, ushićivale i zaluđivale. — Recite mi, Krinka, hoću da čujem vašu reč, ali iskreno mi recite.

Ona otvori oči, vide mladićevo lice blizu svoga, spazi njegove crne, velike oči, koje su je gledale sa toliko ljubavi, i onaj isti zanos kao i prvi put kad ga je zagrlila obuze je i sada, ona mu obavi ruke oko vrata, da mu kroz osmeh, kroz suze, prošapuće reči koje je želeo da čuje:

— Hoću. Biću vaša žena. Ja vas volim. Bila bih nesrećna bez vas.

Buka mora poče da se stišava, talasi su uzmicali i popuštali u svom gnevu.

Naslanjajući svoj obraz uz njen, mladić je govorio svojim melanholičnim glasom:

— Hoću da vam predstavim i svoje materijalno stanje, da znate koliko imam i da se možete privići na život koji ću vam pružiti. Ja sam privatni činovnik, radim u trgovačkom preduzeću, imam četiri hiljade dinara mesečno. Da li će vam ta plata biti dovoljna za život?

— Naravno da je dosta! I ja mogu da budem činovnica, kao što sam i sada.

— Ne, ne, to ja nikako ne dam! Ja sam ljubomoran i ne bih dopustio da moja žena ide u kancelariju i da je tamo pogledaju činovnici. Moja žena mora da sedi kod kuće, njene male bele ruke ne smeju da se muče. Zar ove ručice da kucaju na mašini?

On joj uze ruku i poljubi joj svaki prstić.

— Ja ću onda kod kuće da poslujem. Znam sve domaće poslove.

— Radićete samo onaj posao koji ne zadaje mnogo truda. Moja žena mora da bude bezbrižna i srećna uz mene. Neću nikada da je vidim umornu i neraspoloženu... Vozićemo se čamcem, a kad se uveče vratim iz kancelarije, šetaćemo.

— A vi ćete mi svirati na havajskoj gitari.

— Hoću. Onda ćemo uzeti jednu malu, lepu kućicu kraj mora, sećate li se one večeri, kako ste mi pričali da biste voleli da imate jednu malu kuću kraj mora sa puno čempresa i oleandera?

— Sećam se.

— Dok ste vi pričali, ja sam još onda pomislio, takvu kućicu ćemo da uzmemo i da uživamo u moru u svako doba dana i noći.

— Ah, koliko sam srećna! — šaputala je Krinka. — Ovo mi je sve neverovatno. Čini mi se kao da snevam. Da li je sve istina što govorite?

Mladić skide prsten s ruke.

— Da biste se uverili da je to istina, hoću da uzmete ovaj prsten od mene. Ovo će biti prvi, verenički, a posle ću vam kupiti drugi za vašu ruku. Da vidim na koji prst pristaje. Na srednji. Malo je samo širok, ali neće spasti. Ja sam ga nosio na malom prstu.

— Ovo je verenički prsten?

— Da, verenički, i vi ste od ovog časa moja mala verenica.

On je pritisnu na grudi kao da i sam ne veruje.

— Ja sam tako srećna — ponavljala je ona. — I trudiću se da i vi budete srećni sa mnom. Vi me dobro ne poznajete, ali ja vam se zaklinjem da nikog nisam volela i ni s kim nisam flertovala.

— Sve sam ja to osetio. Mladić može prilično da upozna devojku za mesec dana. Sve što sam video, sviđalo mi se kod vas. Meni se ne sviđaju slobodne devojke. Volim skromne, stidljive, nežne, kao vi, i plavuše. Ta vaša plava kosa, tako je lepa, a koliko sam čeznuo da vam je zamrsim, da ljubim svaki njen pramen. Svakoga dana ću je gledati, ona će biti svetlost moga života.

— Kao što piše u medaljonu. Čudno je da imam taj medaljon. I sada mi je o vratu. Odmah sam slutila da će se dogoditi nešto, čim ja imam isti medaljon.

— Naslutilo je da moram da dođem i zaprosim vašu ruku. Sutra ću doći vašoj mami i zvanično zaprositi vašu ruku.

— Ne, ne, nemojte sada!

— Zašto?

— Neka ovo ostane naša tajna, sve do Beograda, pa kad dođemo u Beograd ja ću reći mami i tati, a vi ćete onda doći k nama. Hoću da ovo sada znamo samo ja i vi, i niko više. Moj verenik, vi ste moj verenik! — šaputala je sva srećna. — Ja iz Beograda, a vi iz Dalmacije. Ko je mislio da ću se veriti?

— A kad vaši ne bi odobrili naš brak?

— O, oni će odobriti, mama je dobra, a vi joj se dopadate. Ona kaže da ste otmen i lepo vaspitan mladić. Samo, mama nalazi da mnogo trošite. Odsedate uvek u najelegantnijim hotelima. Kad se uzmemo, nećemo tako raditi, bićemo skromniji.

Mladić se nasmeja i pritisnu njenu glavu na svoje grudi.

— Ja uštedim preko godine, pa volim da raspust bogato provedem. A kad se uzmemo, živećemo onako kako moja ženica naredi. Ja ću biti poslušan, samo, strašno ljubomoran. Nikakav više Šerif ne sme da vam daje ruže. Bacić ga u more.

— Ali ni vas nijedna dama ne sme više da miluje po kosi. To ja ne dam, ljubomorna sam i ja, a to će biti samo moja kosa.

— Ne samo kosa, nego i ceo moj život pripadaće vama. Ah, zaboravio sam vam reći. Znate da sam u Veneciji kupio one dve ogrlice što ste im se vi i gospođa Lola divile, onu plavu, plave suze za vas, a onu od korala za gospođu Lolu.

— Ali to je bilo skupo! Zašto ste trošili toliki novac?

— Za vas, meni ništa nije skupo. Sutra ću da vam dam te ogrlice.

— Samo, ja neću sada da ih pokazujem. Nego tek onda kad vi dođete u Beograd.

— A kad vi putujete?

— Za pet dana.

— Još samo pet dana! A kad ja treba da dođem u Beograd?

— Kad mi otputujemo.

— Ne, ja to ne mogu. Ja ću s vama da pođem u Beograd. Kazaću da imam tamo posla.

— Nemojte, bolje je ovako kao što ja kažem. I posle pošaljite telegram, a ja ću da vas sačekam.

— Romantična devojčica! A ja da mogu, ja bih se još sutra venčao s vama i odveo vas u neku malu vilu. Kako je to dugo! Čekati da odete, pa tek onda da ja dođem.

— To će sve tako brzo da prođe — govorila je ona sva opijena ljubavlju.

Mladićeve usne su klizile po njenom licu, i sav je bio u pijanstvu od ljubavi i blizine mlade devojke.

Ona se otrže iz njegovog naručja, čisto uplašena, skoči i pođe nekoliko koraka posrćući.

— Što ste tako skočili?

— Ništa. Hoću da vidim da li se stišava bura...

— Plašite me se?

On joj obuhvati glavu rukama i zavuče svoje prste u njenu kosu.

— Ne, ja vama nikakvo zlo ne bih učinio. Ja sam jak da savladam sebe. Hoću da budete srećni i da mislite na mene, samo na mene.

Stajali su jedno kraj drugoga. On joj obgrli stas i pođe s njom obali. Od uzbuđenja, mlada devojka je jedva išla. Bila je sva malaksala i naslanjala mu se o mišicu.

— Možemo da se vratimo. Sad su talasi manji...

— Oh, šta li moja mama i Lola rade? Požurimo! Mogu da zamislim njihovo očajanje. Mama će presvisnuti.

— A možete li da zamislite moju sreću? — pitao je mladić, privijajući je na grudi. — Još pet dana ostajete ovde. Ja ću odmah posle tri dana da dođem u Beograd. A posle pet dana ćemo se venčati. Pet, tri, pet. Znači za trinaest dana.

— Ah, nećemo za trinaest, to je nesrećan broj. Još dva dana ćemo čekati, znači za petnaest dana.

— Za petnaest dana vi ćete biti moja plava ženica.

On povuče čamac snažnim rukama i spusti ga u more, uze u naručje Krinku i prenese je u čamac. Prihvati vesla, razmahnu njima i čamac poče lagano da klizi.

———

Krinkina se mama jedva povratila od uzbuđenja. Ona i Lola su preživele strašne časove. Mislile su da se utopila i ona i Dubravko. Ali kad su se njih dvoje pojavili, i ona im pala u zagrljaj, pričajući kako je sve bilo i kako je Dubravko bio hrabar, mati se umirila i počela da mu se zahvaljuje. On je doveo Krinku čak u njenu sobu, seo je na nekoliko časaka i mati je imala prilike da ga malo ispita. Ona sumnja da je on njen brat, neprekidno ju je mučila. I ovo sada, zašto je on pojurio za njom? Da li je to kao brat instinktivno osetio da treba da je spase ili je nešto drugo bilo u njemu. Ona se sva stresla od pomisli da on nju možda voli, i ona njega.

— Imate li vi roditelje, gospodine? — pitala ga je.

— Imam oca.

— Na koga vi ličite?

— Na oca.

— A imate li majku?

— Nemam. Ona je umrla kad mi je bilo pet godina. Ja sam odrastao kod babe.

— A kakva vam je bila majka?

— Ona je bila sasvim plava.

Dugo u noći ona je razmišljala o tim rečima. Pomislila je da nije njegova mati i Krinkina. On veli da mu je mati bila plava, a Krinka je plava. Možda se radi o nekom neverstvu. Ali zašto bi odbacila dete? Udata žena može da sakrije svaki trag preljube. Otkud da zna muž da li je njegovo dete ili nije. Otac mu je crnomanjast. Žena mu je umrla kad je Dubravku bilo pet godina. On je upravo toliko stariji od Krinke. Možda je kao udovac upropastio neku devojku. To je verovatnije. Želela je da što pre ode sa Raba i da odvoji Krinku od njega. Ko je, da je, svejedno je. Glavno da se oni više ne sastaju. Sami su bili na obali. Šta li joj je on govorio, kako se ponašao?

Slepoočnice su joj jako udarale, osećala je glavobolju. Imala je volju da zapita Krinku kako se ponašao, ali je videla da to nema smisla. Krinka je dobro i pošteno dete. Dosad nije mogla da primeti da ona ima neke naklonosti prema njemu. Kod njega je to već osećala. Ali to će proći. Samo još nekoliko dana i oni će otputovati, a on će je zaboraviti.

———

A Krinka je ležala budna u postelji. Bila je toliko uzbuđena da nije mogla da zaspi. Prinela je ruku usnama i ljubila onaj prsten. Sutra će ga sakriti da ga niko ne vidi, pa tek kad Dubravko dođe u Beograd, ona će ga metnuti na ruku i saopštiti mami da su se verili.

Mis Konstanca

Sutradan posle podne mladić je šetao ispred njihovog hotela. Bio je tako uzbuđen od noćašnjeg događaja. Čekao je Krinku i Lolu da idu do obale i sačekaju dolazak broda. Nosio je u džepu kutijicu sa onim ogrlicama. Daće je Krinki krišom sada, neka je sakrije u tašnu.

Mlada devojka se pojavi. Bila je u plavoj haljini i oči su joj bile plave kao svila. Išla je kao u nekom zanosu. Mladić joj priđe žurno, steže joj ruku i poljubi joj prste. Pogledali su se, i taj pogled je sve govorio. Lola ga nešto zapita, ali Krinka ništa nije čula šta govore. Neprekidno je osećala ljubavnu malaksalost kao da su mladićeve ruke još uvek bile oko njenih ramena.

— Danas je malo svežije, a ipak je prijatno — govorio je mladić. — Ja sam vrlo raspoložen, a vi gospođice Krinka?

— I ja sam raspoložena i volim kad je ovako malo oblačan dan — tiho je govorila i gledala ga u oči, a njene oči su kazivale druge reči.

Zlata im priđe sa Draganom. Njih dvoje se nisu rastavljali, i osećalo se da se tu pojavila uzajamna simpatija.

— Ah, Krinka, prosto sam bila izbezumljena cele noći! Zaista, gospodine Dubravko, to je bilo hrabro od vas. Niko se drugi nije usudio da poleti u pomoć. I da vi niste naišli, bilo bi ono najgore.

— Moglo se desiti najgore! — smešio se mladić, ali više nije mislio na to, već na ono lepo, zanosno, mislio je da će za petnaest dana ova tako nežna i dražesna plavuša biti njegova žena, i on će je voditi ispod ruke, stezati njene male prstiće, ljubiti njenu plavu kosu i oči, koje ga tako miluju, plave kao safir.

— Evo ide brod!

On je bio sve bliže, usporavao je zahuktalost i probijao se kroz talase svojim šiljatim kljunom, iza koga su se širili njegovi bokovi. Putnici, kao bezbrojne pokretljive tačkice, postajali su sve jasniji. Videle su se glave, šeširi, nasmejana i rumena lica, figure muške i ženske. Talasi su se još propinjali uz brod, ali već mirniji, i on lagano pristade uz kej, umiri se, dok su talasi oko njega još uvek pravili šum, a široka brazda iza broda, kao neki dugi šlep, pokazivala je trag kuda je prošao. Putnici su izašli, a ljudi na obali radoznalo su posmatrali one što dolaze.

Samo Krinku i Dubravka taj svet nije interesovao. On ništa drugo nije video, samo svoju lepu verenicu, tako zračnu od sreće, kao sunce, kao more, kao sva priroda oko njih. Gledao je njene sanjalačke, detinjaste oči, kao da ih prvi put vidi, i drhtao od ljubavi i želje da je opet prigrli, da pritisne svoje usne na njene.

— Dubravko! — začu se najedared jedan ženski glas sa stranačkim naglaskom.

Mladić se trže, njegove ogromne oči zaprepašćeno pogledaše, kao da ne veruje da je to istina ko mu se to bliži i juri mu u susret.

Jedna visoka, mršava plavuša, strašno platinirane suve kose, bezizraznih plavih očiju, sva ekscentrična, suviše našminkana, jurnu k njemu govoreći nešto na engleskom, i u tren oka, na opšte zaprepašćenje, na užas Krinkin, baci mu se na grudi i zagrli ga.

Dubravko je bio zaprepašćen i gledao je takvim očima, kao kad se posmatra neko koga je pregazio auto. Njene ruke su još uvek bile na njegovom vratu i on se seti da je tu Krinka, uhvati joj ruke, otkači ih sa vrata, i jedna suva, engleska rečenica pređe mu preko usana. Sa nekim strahom u očima, Dubravko se okrete Krinki. Ona je stala, gledajući ga široko otvorenih očiju, ukočenih, kao onda u čamcu, kad su se vitlali i propinjali talasi oko njih.

Da bi je povratio i razveselio, mladić izgovori, predstavljajući platiniranu gospođicu:

— Mis Konstanca, iz Amerike.

Amerikanka pruži ruku Krinki i prodrmusa je snažno.

— Gospođica je iz Amerike? — izgovori Lola, želeći da se malo razjasni dolazak ove ekscentrične plavuše.

— Ja... iz Amerika! — prihvati živo mis Konstanca.

— Vi govorite srpski?

— Govoriti malo, Dubravko učiti... ja.

— Gospodin Dubravko vas je učio? — ponavljala je Zlata.

— Jes, on učiti... ja naći... tebe — smejala se ona, okrećući se Dubravku.

— Pronašli ste ga na Rabu? — prihvati Lola brzo.

— Jes, na Rabu.

„Ona njemu govori 'ti'", odjekivalo je u Krinkinom mozgu, i svaka reč Amerikanke udarala joj je u mozak kao čekić.

Dubravko izgovori brzo nešto na engleskom Amerikanki onim istim hladnim glasom ne bi li prekinuo njenu srpsku konverzaciju. Da je mogao uzviknuo bi: „Ćutite, ne govorite više ništa!"

— Izvinite me, ja moram da otpratim mis Konstancu u hotel — govorio je gledajući Krinku. Pruži joj ruku, uhvati njene prstiće i steže ih da bi je umirio, a ona je još uvek bila bez glasa, široko otvorenih očiju, kao u nekom besvesnom stanju. On pođe sa Amerikankom, zaboravljajući da se pozdravi sa Lolom i Zlatom.

One su gledale za njim i Loline kose očice nisu mogle da sakriju čuđenje, i najednom mnoge stvari počeše da joj postaju jasnije. Neko je uhvati za ruke. To je bila Krinka. Osetila je takvu malaksalost da je morala na nekoga da se osloni. Lola je pogleda i vide neki čudan izraz na njenom licu. „Ona ga voli. Njoj je ova čudna Amerikanka morala stvoriti bol."

— Kriniću, hajde da prošetamo. Možemo po brdu. Hoćete li i vi, Zlato?

— Hoću, ali Dragan je kazao da ga pričekam. On nešto piše.

— Dobro, dobro, čekajte vi njega, ja i Krinka idemo.

Ona povede sestru i osećala je da je vodi kao neko dete.

„Ona mu govori 'ti'", ponavljala je Krinka u sebi.

„Ona je mis, znači gospođica... Gospođica koja muškarcu govori 'ti'... A to se govori samo onome s kim je neko intiman... I učio je srpski... Gde ju je učio? Znači oni se sastaju. Oni su duže vreme bili zajedno."

— Dubravku kao da nije bilo prijatno što je ona došla — govorila je Lola, želeći da umiri sestru. — Trebalo je samo da vidiš njegovo lice kad ju je ugledao.

Krinka je ćutala, i nije mogla reč da progovori. Osećala je nešto gorko u grlu, kao žuč.

— Ovde u Dalmaciji ima mnogo Amerikanaca i Engleza. Možda se i ona ovde upoznala s njim. On sigurno nije hteo da joj kaže gde je, zato ona i kaže: „Pronašla sam te na Rabu...”

Te Loline reči stvoriše Krinki još veći bol. Pobegao je od nje, nije hteo da kaže gde je. Da li je to karakterno, ako ga ona voli? A sigurno je da ga voli i da je bila intimna s njim. Zar bi jedna devojka smela ovako javno da zagrli mladića da nema nekih prava na njega i on neke obaveze prema njoj? Nju, verenicu, je ostavio, a otišao je sa jednom ženom iz bela sveta.

— Kriniću, ti samo ćutiš? Šta je tebi? — ispitivala je Lola.

— Onako. Ništa mi nije. Bogami, ništa.

Sestra joj se zagleda u oči da bi videla šta se skriva u njenim lepim, sanjalačkim očima. One su bile tužne, sve tužnije, i kao zamagljene. Ali mlada devojka se savlada. Ona je bila naučila da skriva svoja osećanja. Ne, ne, nijedna optužba i nijedna reč neće preći preko njenih usana.

— Baš sam vesela! Hoćeš li da idemo onom stazom?

— Znaš, ja moram sutra da se nađem sa onom mis Konstancom. Sve ću da je ispitam.

— Kako hoćeš — govorila je ona bezbojnim glasom. A u grlu ju je stezalo i suze su joj navirale, oči su joj bile zamućene, dolazilo joj je da zajeca, da padne sestri u zagrljaj, da plače. To bi joj olakšalo bol. Ispričala bi joj da ju je prosio, da ju je prstenovao. Ali nije smela. Lola bi se izrekla pred mamom. Čekaće. Zašto prenagljivati?

Ova Amerikanka nije lepa. To ju je tešilo i pomalo zadovoljavalo. Ne može biti da je on voli. Ona je verovatno u njega zaljubljena pa ga juri. Šta bi Dubravka moglo da privuče na njoj? Ali, možda je bogata?

I ta misao užasnu Krinku. Ona je bogata, ona ga, možda, finansira. On živi luksuzno. Amerikanke su ekstravagantne, one kad vole, galantne su. Njihova valuta je najzdravija. Ona ima dolara.

Kod tih misli ona se trže. Seti se kad je Dubravko kazao da je za note onom pevaču u Veneciji dao dolar. Ona se još tada iznenadila, pitala ga: „Vi imate dolara?" „Da, promenio sam nekoliko." Laže, on laže, to nije istina, to mu je ona dala dolare.

Pošla je brzo, kao da je htela da pobegne od ovih misli.

— Nije ništa lepa ova Amerikanka. Sva joj je kosa obojena i rascvetala — govorila je Lola kao da je htela da uteši Krinku.

„Ali je možda bogata", ponovi svoju misao Krinka. Ona se trže od te misli, ne želeći ničim da optuži mladića.

— Amerikanke su sve bogate, čim dolaze u Evropu.

Lola dalje nije nastavljala, a htela je da kaže: „Možda mu ona daje novaca".

I to što je ona bogata najviše je optuživalo Dubravka. On je izgleda mladić koga žena izdržava. Mladić koji nema ponosa! Pa zašto je onda nju zaprosio? Zašto je bio ljubomoran i bežao čak na Sušak? A ko zna, možda je lagao? Možda je zbog ove Amerikanke išao na Sušak, da je priček?

Pritisla je rukom čelo.

— Hoćeš li da sednemo na ovu klupu? — upitala je Lola.

Sele su i ćutale. Oko njih je bila tišina kao u šumi. Gledala je more kako se plavi, lepo, svetlo, čisto. Takva je bila i njena ljubav. Koliko je radosti bilo maločas, a kakva zbrka u srcu sada! Pomislila je, zašto se nije juče utopila? Ne bi tada ovo preživela. „Divno je umreti", šaputala je u sebi. „Pođem, bacim se u more i iščeznem zauvek." Setila se broda i zapenušenih talasa oko njega. Kad se čovek baci s broda, može lako da se udavi, jer ga talasi odvuku pod vitlove. Ali najlepše je popiti morfijum. Popije se i zaspi... Zaspi se i ne budi se, ne probudi se nikad... A mama, Lola, tata?

Pogledala je Lolu. Ona je sedela nekako brižna. I taj brižni pogled kao da raznježi Krinku. Ona je shvatila da njima ne sme da zada bol. Oni su dobri, svi je vole. Jesu li je oni terali da zavoli? Sama je zavolela, sama treba i da ispašta. Ko zna šta će sve doznati? Ona stvarno i ne zna šta je Dubravko.

Privatni činovnik, a gde je i šta završio, ona ne zna. Ona ga voli i on je za nju savršen. On joj je govorio o ljubavi i ona je sve to primila za istinu. Obećala mu je da će mu biti žena. Kako je on govorio lepo, toplo! Da li je moguće da su te njegove reči laž. Pojurio je da je spase. Zašto bi se izlagao onolikoj opasnosti? Da je nepošten, zar se ne bi drugačije ponašao prema njoj? Sami su bili u noći, a on je bio korektan, nežan. „Nikakvo zlo neću da vam učinim", kazao je. I nije joj učinio nikakvo zlo. Bila je srećna. Tako srećna! Čak joj je krišom, maločas, stavio u tašnu kutijice sa ogrlicama. I sada su joj bile u tašni. Da li da ih otvori i pokaže Loli? Ništa ne sme da joj kaže. Njen bol ostaće samo njen bol, ma šta doznale o njemu. Lakše je kad niko ne zna. Lakše je, jer nema poniženja.

— Krinićo, što samo ćutiš? — bojažljivo je pitala Lola.

— Ništa, Lolice, posmatram kako se plavi more.

— Ja volim kad si vesela, Krinićo.

— Pa ja sam vesela. Da li Vlatko još priča o ljubavi?

— Vlatko je ljut, neće da me pogleda.

— A šta ti je pričao gospodin Gavrilović?

— Ništa, on je fini gospodin, ne obasipa komplimentima kao balavci. Kazao mi je samo da će me se sećati kad ode na njegova ravna banatska polja. Ali to svi muškarci pričaju, a zaborave odmah. Nikad im ništa ne treba verovati.

— Imaš pravo, ni ja im ne verujem.

Ućutale su opet.

„Zašto ne naiđe Dubravko? Odveo ju je, našao joj sobu. A gde joj je našao sobu? U njegovom hotelu. Oni će biti zajedno." Ona oseti neki strah i užas. Strah od bola i razočaranja.

— Hajdemo, Lolo! — ustade naglo Krinka.

Želela je da ide, da se kreće, da ne sedi, jer će je onda obuzeti očaj, a ova tišina koja joj se uvlačila u dušu, bez šuma, puna poezije, stvarala joj je još veću tugu, ostavljala je samu sa sobom, sa njenim uzdrhtalim živcima i njenim zgnječenim srcem. Glava ju je zabolela najednom. Želela je da pobegne od ove samoće i osećala je da bi joj mnogo lakše bilo da se isplače, da suzama izlije teški bol.

„Sutra, sutra moram sve ispitati ovu mis Konstancu", mislila je Lola, „moram sve doznati o Dubravku. Krinka ga voli i žao mi je da moja nežna Krinka pati, ona to ne zaslužuje." Ona uhvati Krinku ispod ruke sa nekom bojazni, prisećajući se jučerašnjeg preživljenog očaja kad se Krinka otisla sa čamcem.

— Šta sam sve, Kriniću, juče preživela. Da znaš samo! Ja bih se ubila da se tebi nešto dogodilo. Veruj mi, ubila bih se.

Krinka je zagrli osećajući njenu sestrinsku ljubav, i neka nežnost se razli po njenom malom shrvanom srcu.

———

— Vi ste iz Amerike, mis Konstanca? — pitala je Lola.

— Jes, iz Amerika.

Krinka je ćutala i slušala. Činilo joj se kao da prisustvuje nekom suđenju, ali bolje je sve znati, sve objasniti. Srele su Amerikanku i sele s njom. Krinka nije videla Dubravka od juče posle podne. Uveče je rano legla. Nije htela da ga vidi, i on nije imao mogućnosti da se sastane sa njom.

On treba da oseti da je njoj teško. Sad su srele Amerikanku i Lola joj je prišla. Sedele su na klupi. Bio je oblačan dan koji je uvek razveseljavao Krinku, a sada ju je svu obavio tugom.

— Vi poznajete gospodina Dubravka, mis Konstanca? — nastavljala je dalje svoje ispitivanje Lola.

— Jes, poznati Dubravko. Ići u Amerika mi.

— Ko ide u Ameriku? Vi ili Dubravko?

— Ići Dubravko sa ja... Amerika.

— I Dubravko ide u Ameriku sa vama?

— Jes. Ja biti muž Dubravko...

— Dubravko će biti vaš muž?

— Jes.

— Je li on sada vaš muž?

— On biti muž.

— Nije još?

— Jes...

— Vi ste njegova verenica?

— Šta to verenica?

— Vi ste još devojka i udaćete se za njega?

— Jes, ja udati Dubravko.

— Vi ste bogati, mis Konstanca?

— Jes. Bogati... mnogo.

Krinka je slušala te reči kao smrtnu presudu. Usne su joj bile otvorene, a neka obamrlost svu ju je obuzela. Činilo joj se kao da će da se sruši s klupe. Ugleda tada jednu visoku, lepu siluetu, i sva zadrhta. Dolazio je Dubravko. Spazio ih je na klupi. Izgledao je kao da ga je to iznenadilo i da mu je bilo vrlo neprijatno što one sede s njom. Prišao im je i pozdravio ih. Ali Krinka je sedela nepomična, njene oči su bile oborene. Prošaputala je jedva čujno i ne gledajući ga:

— Dobar dan.

Mladić se sav promeni. Osećao je da se tu nešto dogodilo, čim je Krinka tako nepomična. Ali Lola mu se nasmešila. Smešila mu se i Amerikanka.

— Mi razgovaramo srpski sa mis Konstancom. Sve smo mogle da je razumemo. Ona je tako srećna. Ona vas voli... i kaže da ste vi njen verenik, da će se udati za vas i da vi s njom idete u Ameriku.

Mladićeve oči, pune nekog mračnog gneva, zaustaviše se na mis Konstanci, kao da hoće da je zgromi pogledom. Jedna oštra engleska rečenica sleti sa njegovih usana. Amerikanka kao da se rastuži, ali i ona njemu oštro odgovori. Posle se nasmeši, kao žena koja zna svoju moć i moć svoje valute. Izmenjaše još nekoliko oštrih i suvih engleskih rečenica.

Krinka ustade.

— Ja idem. Zbogom.

Nije mogla više da sedi, nije htela ni da pogleda Dubravka, pošla je brzo i ugledala slikara. On je nosio platno sa njenom slikom i nogare.

— Gospođice Krinka, molim vas sedite da dodam samo još nekoliko poteza. Eno, onde.

Mlada devojka pođe za njim. Pošla bi u tom trenutku za svakim muškarcem. Više nije razmišljala. Osećala je samo bol.

On je veren, on uzima drugu, a zaprosio je nju, Krinku. Šta to znači? Kakav je to karakter? To je strašno! Ona to neće moći da podnese.

Srušila se na klupu, a slikar ju je gledao s ljubavlju i nameštao nogare. Uzeo je četkicu.

— Danas su vam oči neobično lepe. Tako melanholične, pune nekog čudnog izraza.

Povuče četkicom preko platna i pogleda je.

— Vaše oči su melanholične i moje srce je melanholično otkako sam vas ugledao. Čini mi se da ću odsada svakom modelu davati vaš izraz, kao što je Da Vinči svuda slikao Đokondine ruke. I vaše su ruke lepe kao u Đokonde. Pružite ruke na naslon stolice. Još više ih ispružite. A pogled malo udesno. Ne, ne, vi okrećete ulevo... desno, ovamo.

Krinka nije bila svesna gde je desno, gde levo. Ona je samo čula one reči: „Dubravko će biti moj muž”.

Dođe joj da se naglas nasmeje nekim očajnim smehom i u isto vreme da zaplače. Amerikankin muž, a njen verenik... Sad samo treba da čuje i da je oženjen.

— Nemojte tako da gledate, spustili ste pogled. Malo više...

Ona podiže oči i one se zaustaviše na Dubravku koji se približavao. Videla je kako dolazi sve brže, kako stade iza slikara, pruži ruku iza njegovih leđa i istrže mu naglo četkicu iz ruke.

Slikar se okrete sav zaprepašćen smelim postupkom, ali videći Dubravka, on se nasmeši:

— A, to ste vi! Bogami, taman pomislih da viknem.

Dubravko ćuteći naglo prevuče četkicom preko očiju, a slikar dreknu:

— Šta vam je?! Vi ste poludeli! Upropastiste oči.

Ukočenih sjajnih očiju, ne govoreći ništa, ali proždirući mladu devojku nekim očajničkim pogledom, on povuče još jedan potez, a slikar kao lud ustremi se na njega da mu istrgne četkicu.

— Ja ne znam šta vam je, vi ste poludeli! — vikao je slikar.

Krinka skoči sa klupe i potrča, ne obazirući se ni na jednog ni na drugog. Utrča u hotel i poče da se penje uz stepenice. Bila je sva zadihana, malaksala, nešto je davilo, mislila je da će se srušiti na stepenicama.

Bat nogu se začu za njom, i jedan glas, nervozan, preklinjući:

— Krinka, čekajte! Hoću da govorim s vama.

Ona zastade i uhvati se za ogradu da ne bi pala. Prinese drugu ruku očima. Osećala je neku vrtoglavicu. Ruka mladićeva spusti se na njenu ručicu na ogradi. Uhvati je i steže joj prstiće.

— Krinka, sve ovo nije istina. Zaklinjem vas, Krinka, nemojte tim rečima da verujete. Ja nisam veren. Nikad nisam ni bio. Zar bih vas onda mogao da pitam hoćete li da budete moja žena? Samo ste vi moja verenica, moja mala plavuša koju toliko volim. Zar ne osećate koliko vas volim? Zar niste videli da sam bio u stanju da smoždim ovog slikara maločas. Nemojte da me pravite ljubomornim, preklinjem vas, jer ja sam tada lud. A ja od sinoć ne umem da mislim. Prosto sam očajan otkako je došla ova Amerikanka. A bio sam toliko srećan. Znao sam da me volite, a to me je dosad mučilo, jer nisam znao, i vaša ljubav mi je dala oduševljenja, radosti. Bio sam srećan. I ova prokleta Amerikanka dođe! Kriniću, što me ne pogledate, što ste tako hladni, ravnodušni? Zar vi meni ne verujete? Slušajte me, Krinka, neću da ste takvi. Volim vas onakvu, nežnu, toplu, iskrenu.

On je stajao dve stepenice ispod nje i popeo se još jednu da bi je gledao pravo u oči.

— Nasmešite se, Krinka, kao što umete.

Ona ga pogleda, nasmeši mu se, ali oči su joj bile zamućene suzama.

— Vi ste tužni, ja neću da vi budete tužni. Hoću da budete srećni, jer imate sva prava na sreću. Bićemo srećni, ja vam se zaklinjem. Videćete koliko ću se ja truditi da vi budete srećni. Kriniću, lepa moja plava devojčice, da znate koliko vas volim!

On pruži ruke da je obuhvati oko ramena, zaboravljajući gde je, sav u nekom grozničavom očajanju zbog njene tuge, zbog dolaska te strankinje, ali ona izmače jednu stepenicu iznad njega, i on zasta, gledajući je sam i tužan. S njegovih usana opet su se otrzale isprekidane reči:

— Hoću da se nasmešite onako lepo hajde, hajdete, Kriniću! Toliko volim ovo vaše ime, tako ću vas i ja zvati, Krinić!

Njeno malo, od bola zgrčeno srce, kao da se utiša, ublaži, osmejak se preli preko lica, očiju, usana, ona mu se nasmeši i pogleda njegove divne crne oči, tako lepe u očajanju i groznici. Nekoliko časaka su se nemo gledali.

— Idem, idem! Nemojte ovde da stojimo.

Ali on je držao njenu ruku, ne puštajući je, saže se i obasu je poljupcima.

— Vi ste pametna, dobra, nežna devojčica. Ja vas takvu volim. I hoću da vas zamolim da me razumete što moram ponekad biti u društvu ove Amerikanke. Ona je strankinja. Ne poznaje našu zemlju. Ne bi bilo gostoljubivo ni lepo da je ostavim samu, jer ne zna ni jezik. Ne poznaje nikoga osim mene. Hoćete li da mi to dopustite i da mi oprostite ako me vidite s njom?

Njeno srce, malo smireno, opet se zgrči i ona oseti kako je preli nešto hladno.

— Vi ste slobodni i imate sva prava da raspolažete svojim vremenom. Ja nemam nikakva prava da se nešto ljutim ili da vam zabranjujem.

Mladić je pogleda očajno.

— Ne, ja u vašim rečima osećam bol, a ja to neću. Hteo bih da verujete da me ta Amenikanka uopšte ne interesuje, baš nimalo! Ja ne mislim da joj pravim društvo kao kavaljer, već kao Jugosloven. Ako hoćete, kao neki vodič. Zar možete pomisliti da bih ja sa ovakvom svojom ljubomornom prirodom mogao da volim jednu ekscentričnu Amerikanku? Ja volim nežnu, osećajnu devojku kao što ste vi, volim te vaše oči rastuženog deteta.

On se pope za jednu stepenicu.

— Je l'te da nećete biti tužni ako me vidite s njom? Nećete? Ja samo vama pripadam. Zar sam pojurio za vama na Rab, lutao zbog vas do Sušaka, opet se vratio, pa zar vam sve to nije dokaz moje velike ljubavi?

Krinka se nasmeši. Te njegove slatke reči ponovo je ispuniše srećom.

— Da, sve ću razumeti!

— I bićete veseli?

— Hoću.

— I uvek ćete verovati da ste moja jedina misao i ljubav?

— Verovaću.

— Sad sam srećan — izgovori mladić, uze joj ručicu i pritisnu svoje usne na nju.

Začuše se koraci. Ona istrže ruku i pobeže uz stepenice.

Ušla je u sobu i sela na divan, sa rukama spuštenim u krilo. Onda, kao da se nečega setila, naglo je ustala i prišla prozoru. Videla je napolju Amerikanku. Ona se okretala kao da traži Dubravka. I ta strankinja koja očekuje njega, Dubravka, kojoj on mora da pravi društvo, uništi ponovo svu raznaženost i nadu u njoj. I bol, onaj isti, sinoćni bol, koji ju je mučio cele noći, celo jutro, poče ponovo da je steže i pritiskuje.

Malaksala, ona se spusti na stolicu i glava joj klonu na ruke položene na ivicu stola.

Nije plakala, nije smela da plače, da neko ne uđe i ne vidi njene uplakane oči, ali ono strašno na duši, neizvesnost, nepoverenje, ono nepoverenje koje ju je najviše mučilo, poče da joj kida srce i živce. Nije znala šta je istina! Sme li da mu poveruje? Zašto mora da ide s tom Amerikankom? Htela je da razume, da ga opravda, ali ljubav njenog čistog srca tražila je to isto od mladića koga je volela. A svi muškarci imaju tajanstveni život, imaju mnogo veza i te veze ih uvek odvlače i skrivaju kao u neke lavirinte. Ne, on ne govori istinu, to sve nije istina. On ima veze sa tom Amerikankom.

Njena zlatna glavica ležala je na stolu. Sva utonula u taj bol nije ni čula kad su se otvorila vrata. Samo je osetila dve ruke kako su se spustile na njenu kosu, kako je miluju, i jedan glas, koji ju je opijao i dovodio do ljubavnog bezumlja, prošaputao je sasvim uz njeno malo uvo:

— Krinka, vi patite? Ja sam to naslućivao i vratio se, ušao sam u vašu sobu da vidim šta radite.

On joj podiže glavu i vide njene mutne oči, tako beskrajno tužne da ga ta njena tuga uplaši. Ali to je bio izraz njene ljubavi i radost mu ispuni srce.

— Vi patite. Vi me volite. Kako sam srećan! Sad sam uveren da me volite. Nas neće ništa rastaviti. Niko me ne bi mogao odvojiti od vas.

On je diže sa stolice, strasno je pritisnu na grudi, a njegove tople usne zaklopiše njene suzne oči.

— Hoćete li da izađete doveče? — govorio je brzo. — Ja ću vas čekati na onom mestu gde ste se vi jednom sakrili. Dođite da razgovaramo. Ja ću sve vreme tamo sedeti i čekaću vas. Biću nestrpljiv. Vi ste moja mala verenica. Zašto mi zabranjujete da sada pitam vašu mamu?

— Ne, ne, naročito sada ne. Ova Amerikanka je unela pometnju. Mama je čula kako vas je zagrlila kad je sišla s broda. Ona bi svašta pomislila. Ne, bolje u Beogradu.

— Onda u Beogradu — govorio je mladić stežući je na grudi.

— Idite! Idite! Neko će doći! Strah me je.

— Nemojte da me terate. Kad me terate čini mi se da me ne volite, ne želite da ste sa mnom. A sa slikarom nemojte da stojite. Svu sam mu sliku zamazao. Ali platiću mu koliko god bude zatražio. To je grozno! Ala sam ja ludo ljubomoran, a to... to ste vi krivi... Vi ste me takvim napravili da prosto ne poznajem sebe. Ići ću, vidim da želite da odem. Ali ne mogu da se odvojim od vas. Hteo bih da sam neprestano pored vas, da slušam vaš glas, da gledam vaše oči. Slatko moje plavo devojče! Idem! Zbogom! Ne! Ne mogu da odem!

On pođe vratima i vrati se da je još jednom zagrli. Pritisnu čelo rukom i kao u bunilu izađe iz sobe.

Ova bujica ljubavnih reči, njegovih zagrljaja, poljubaca, bacila je u zanos Krinku. Ushićenje, bol, radost, sve se smešalo. Sad je počela da uviđa šta je ljubav. Slatka i gorka, božanstvena i tako strašna! Muči i opija, ushićava nadama i raskida očajanjem. Čas se veruje, čas ne veruje. Kao da je neprekidno polivaju topli i ledeni tuševi. Šta će sve biti na kraju, šta će još sve doživeti?

Prišla je prozoru da vidi da li je ona Amerikanka još tamo. I htela je da vrisne od bola kad ih je spazila u daljini kako idu alejom i ona drži Dubravka ispod ruke.

Raširila je oči da vidi da li se vara, da to nije neka optička obmana? Ali ne, to je bila istina, on je išao s njom i ona ga je držala ispod ruke.

— Laže! On sve laže! Sve je lagao! — prigušeno je kriknula.

„Neću ići večeras da ga vidim. On laže, on je neiskren. Oh, kako je to strašno!”

Kao luda pojurila je da prođe pored njih, da on vidi da ona zna, da ga je videla kako idu ispod ruke, i da mu kaže, da li je to ta pažnja Jugoslovena i vodiča prema strankinji. Taman je htela da uhvati kvaku, a vrata se otvoriše i pojavi se mama.

Ona pogleda kćer ozbiljno i ispitujući. Mlada devojka je stajala pred mamom sva zbunjena, kao da je krivac. Osećala je da mama ima nešto da je pita.

— Je li, Krinka, videla sam Dalmatinca kako je izašao iz našeg hotela, da nije dolazio ovamo u sobu?

— Ne, nije dolazio u sobu — mucala je kći. — Stigao me je na stepenicama i razgovarali smo.

— Pa šta ste imali da razgovarate na stepenicama? I zašto da on juri za tobom čak u hotel?

— Hteo je da kaže da nije istina da je ona Amerikanka njegova verenica.

— A otkud ti to znaš?

— Ja i Lola smo s njom razgovarale... i ona nam je to kazala.

— Pa šta on ima tebi za to da se izvinjava? To, Krinka, nema smisla! Ti si dobra i pametna devojka, i ja to ne volim. A ja sam onomad toliko prepatila. Mislila sam da neću onu noć preživeti. Bila si s njim tamo... On je muškarac i šta ja znam?

— Ali, mama, on je idealan, on se prema meni ponaša kao brat.

— Kao brat? — trže se mati. — Kakav brat? Je li to on kazao?

— Nije on, mama, nego ja. Tako je bio učtiv, kao brat.

— Dobro, dobro! Tako sam nervozna. I tako sam danas nešto neraspoložena. Ne znam šta mi je.

— Ti si se, mamice, zbog mene brinula i plašila, pa te još drži to neraspoloženje. A vidiš, ja sam živa i zdrava.

Kći zagrli majku i poljubi je. Dođe joj najednom da sve ispriča majci i da joj kaže da je verena sa Dubravkom, da joj ispriča koliko je on voli i kako ona njega voli.

— Taj Dalmatinac, ja sam ga maločas videla ide ispod ruke sa onom Amerikankom. Šta mu je ona? Kako može jedna devojka da vodi mladića ispod ruke? To može samo ako su vereni.

Ushićenje mlade devojke kao da se sruši u neku provaliju. Ona priđe ogledalu da popravi kosu i spazi svoje prestrašene oči, prestrašene od nekog očaja koji joj se pripremao.

— Još tri dana pa putujemo. Hvala bogu! Baš volim. Dosta smo i bile na Rabu — nastavljala je majka.

„I od tog Dalmatinca da se odmaknemo. Ono srce sa rubinima što ima njegov otac, jako mi je čudno", mislila je u sebi majka.

Krinka je ćutke išla po sobi i činilo joj se da će se svakog časa srušiti.

„On ide ispod ruke sa Amerikankom... ide kao da su vereni... Lagao je, sve je lagao. Neću ga videti ni večeras, ni sutra. Neću da ga vidim. Neću! On treba da oseti koliko sam ja gorda i karakterna. Ali sumnjam, ne verujem. Neće on doći... Doveče neću da idem. Ali on je ljubomoran! Neka bude! Ja ne smem da razgovaram sa muškarcem, a on ide ispod ruke sa Amerikankom... I žene ga miluju po kosi..."

— Šta mi priča jutros Ljubica. Ovaj njen Dragan se zaljubio u Zlatu. Njoj to nije prijatno, jer hoće da ga oženi nekom devojkom iz njihovog mesta, ćerkom predsednika suda... A ja joj kažem: „Kad je on jedinac, neka se ženi kako voli, a ne kako ti voliš!"

— Da, kako on voli. To si joj lepo kazala, mama, ti bi i nama dopustila da se udamo za onoga koga volimo?

— Dopustila bih, ali da je dobar i pošten mladić, da ga poznajemo, da znamo ko je i šta je, a ne tek onako, da vidiš i da se zaljubiš u nekoga, a ne znaš ni ko je ni šta je. Hajdemo na ručak! — pozva Krinku i ona pođe za njom sa nekom jezom i strahom, predosećajući da se mamine reči odnose na Dubravka.

Znate li ko je izgubio ono srce sa rubinima?

— Da pročitamo jedno pismo što ga je Vlatko dobio — govorila je Zlata iznenađena. — Onaj drug iz Šibenika mu javlja da nikakav Dubravko Marojević ne postoji u Šibeniku. Po opisu koji mu je dao Vlatko, on kaže da bi svakako morao biti upadljiv tako lep mladić, ali u Šibeniku on nigde nije video takvu lepotu. Hoćete li da ga pročitate?

Lola uze pismo i prelete ga očima. Pruži ga zatim Krinki. Ona je držala i prevrtala stranice kao da čita, ali slova su joj igrala pred očima i sve joj je bilo mutno.

— Čudnovato, a on kaže da je iz Šibenika! Je li i tebi, Krinka, pričao isto?

— Da — prošaputa ona tupim glasom.

— Ko zna šta je i ko je — govorila je Zlata. — Koliko ima raznih tipova, koji se lažno predstavljaju!

— Idem da bacim u sanduče pismo za tatu — jedva izusti Krinka.

— I mi ćemo s tobom — brzo prihvati Lola, ne želeći da je ostavlja samu. — Možda to i nije sve istina.

— Ne znam — sleže Zlata ramenima.

— A, Zlatice, nešto ću da vas diram. Dragan se zaljubio u vas.

Mlada Zagrepčanka sva buknu u obrazima.

— Ah, ko to kaže? Nije to istina!

— Jeste. Jeste.

— Muškarcima ja nikad ne verujem.

— Ali Dragan je vrlo dobar.

— Da, on je dobar dečko!

— I vrlo lep.

— Glavno da je vaspitan. To se meni najviše dopada. I inteligentan je. Šta vam je to, kakav je to broš na vašoj bluzi? — pređe Zlata brzo na drugu temu, sva zbunjena.

— Žužu! Mače, papagaj, petlić, trešnje.

— Što je to lepo!

— To nam je tata doneo jednom iz Beča.

— Lolo, da požurimo da bi pismo sutra otišlo. Idem ja sama. Brže ću stići — govorila je Krinka.

Ona potrča niz stepenice. Bacila je pismo u sanduče i pojurila uličicama.

„On nije iz Šibenika. A meni je tako rekao i ispričao da je privatni činovnik. Odakle je onda? Šta je i ko je on?”

Prošla je pored kućice stare Primorke koja joj je prodavala smokve. Videla je mnogo ruža i cveća. Jedan mornar je stajao u bašti. Bio je sav opaljen od sunca. Stara Primorka je opazi.

— Gospođice! Gospođice! Došao je moj Ivo.

Mladić se smešio na devojku sjajnim očima.

— Što imam lepe ruže! Zar nećete da svratite da vam uzberem? Ivo, uzberi ti.

Ona se pope uz stepenice sa svojim tužnim osmehom, a mladić je brao ruže i neprekidno gledao Krinku.

— Hvala! Veliko hvala! Nemam sada novaca kod sebe da vam platim.

— Oh, kako da platite, gospođice? Ja ne bih primio novac od vas. Izvolite.

— Hvala! — promucala je i pošla.

— Što žurite? — pitao je mornar. — Mama mi je pričala o vama. Pričala je da ovamo dolazi najlepša devojka... tako plava, s kosom kao sunce.

— Ne, ne, nisam ja lepa! Zbogom!

Silazila je brzo, a mornar se uputio za njom.

— Koliko još ostajete ovde?

— Još tri dana.

— Kako mi je žao! Zašto ne ostanete još? Ovde je lepo.

— Pa mi smo ovde dugo.

— Ja nisam mogao ranije da dobijem odsustvo — ispovedao se mladić, žaleći što nije ranije došao.

Mlada devojka je požurila u hotel. I tada je spazila Dubravka sa Amerikankom. Išli su ka obali i nisu je ni spazili.

Ona je stegla ruke od bola, a onda nešto kao da se ugasi u njoj i iščeze, kao da joj se izgubi sva snaga i ona pođe okrećući se besvesno, kao da ne zna gde je. „Doveče neću izaći... Neću se više nikad sastati sa njim! Neću!"

— Gospođice Krinka!

Šerif joj se smešio svojim maslinastim očima.

— Tražio sam vas da vas vidim i da se oprostim sa vama. Sutra putujem.

— Sutra? — izgovorila je ona, tek da nešto kaže.

— Znam da vam je svejedno. Nećete se nikad ni setiti da je postojao jedan mladić koji se zvao Šerif i koji je vrlo često mislio na vas.

Zagledao joj se u oči i ispustio jedan dubok uzdah.

— Lepi ste, gospođice, lepi kao najlepši san. Zavidim onom Dalmatincu...

— Zašto mu zavidite?

— Jer ga vi volite.

— Otkud vi to znate?

— Znam i pogađam. I zažalio sam što se onda nisam zadesio ja na obali da vam pritrčim u pomoć. Onda bih bar ostao s vama nasamo nekoliko časova.

— Pa šta kad biste i ostali? Šta vi mislite o meni?

— Mislim najlepše, i mislim kad bih sada bio negde sam sa vama, ja bih poljubio vaše usne i vaše oči.

— Srećan vam put! — prošapta mlada devojka.

— Drugim rečima, idite bestraga!

— To nisam mislila.

— Ali jedva čekate da se oprostite od mene.

— Ne, nego sam pošla na večeru.

Mladić je gledao svojim kadifastim očima.

— Zbogom! — govorio je držeći je za ruku. — Zbogom!

On prinese njene prste usnama. Ljubio joj je ruku i gledao je. Krinka istrže ruku, uđe u hotel, a Šerif osta gledajući za njom. Ni ona ni on nisu videli kako ih Dubravko posmatra.

On je išao sa Amerikankom, video Šerifa, spazio kako ga je Krinka gledala i posle otišla u hotel. Došlo mu je da poleti za njom, ali se savlada, a pomamna ljubomora je uskipela u njemu. „Večeras, kad dođe, reći ću joj za Šerifa. Zar opet on?!"

— Konstanca — govorio je engleski Amerikanki — koliko misliš da ostaneš ovde na Rabu?

— Nije nimalo lepo od tebe, što me to pitaš. Nikad nisi bio tako grub kao sada. A ti znaš koliko ja tebe volim.

Ona prkosno podiže glavu i izgovori:

— Ostaću onoliko koliko i ti ostaješ. Je li ti krivo? Nemaš ništa protiv?

— Nemam. Ostani koliko hoćeš. Hoćeš li da idemo na večeru?

— Ti si ljut na mene. Zašto si takav, Dik? Dik! Ti si moj Dik! Kako si uvek bio dobar! Tužiću te tvom ocu. Kazaću mu kako si se izmenio. Jutros si otišao od mene, potrčao za onom plavom devojkom. Gde si bio?

— Ti znaš moje poglede na život, Konstanca, i poznaješ me dobro. Znaš sve šta ja mislim, i nije potrebno ništa da me pitaš.

— Znam da sve pogrešno misliš i neću te ostaviti. Daj mi cigaretu! O, kako je lep ovaj mornar! Ali ti si ipak lepši. Doveče ću da igram. Obući ću moju najlepšu haljinu i ti ćeš igrati sa mnom.

Mladić povuče jedan duboki dim cigarete i uzdahnu. „Taj Šerif je simpatičan. On je bogat i lepši nego onaj slikar."

———

Lola i Krinka su oblačile druge haljine, spremajući se da siđu na večeru. Bila je u sobi i njihova majka.

— Požurite deco, odocnićemo na večeru. Nešto me boli glava. Da li imamo neki aspirin?

— Imam ja — odgovori Lola.

— Krinka, jesi li odnela pismo za tatu?

— Jesam.

— Kupila sam mu jednu lepu tabakeru. Žao mi što se rastajemo sa gospođom Župančić. Tako smo se s njima sprijateljili. Pozvala sam nju i Zlatu da dođu o Božiću k nama u Beograd. I ona je nas pozvala.

Neko kucnu na vrata.

— Slobodno!

— Jedan telegram za vas, gospođo — reče sobarica. Iza nje je stajao raznosač telegrama.

— Telegram?! — usplahiri se mati. Lola dohvati i brzo potpisa dostavnicu.

— Otvaraj brže, Lolo!

Ona otvori, prelete očima i osta ukočena pogleda. Ruke joj zadrhtaše.

— Šta je? Kuku! Govori, šta je? Je li od Bore?

Krinka joj istrže depešu. Čitala je:

— Dođite odmah. Bora bolestan, kum Milan.

— Kuku meni — vrisnu mati i udari se u grudi. — Bora bolestan! To je zlo, deco! Zlo naše! Bora bolestan! On ima manu srca! Kuku! Zar bi kum javljao? Ko zna šta je s njim?! Jaoj, teško nama! Moj Bora! Deco, vaš tata, ko zna šta je s njim? A mi sedimo ovde i provodimo se! Jaoj, a ceo dan danas predosećam nešto, pa sam neraspoložena. A ne znam šta mi je. A ono Bora!

— Jaoj, tata! Naš dobri tata! — vriskale su kćeri. — Ovo nikad nije bilo. Nikad nas on nije zvao.

— Zlo je, deco! Teško nama! Ne bi nam kum javljao da nije opasno. Ko će do sutra da sačeka? Možemo li sada odmah da krenemo?

— Nema broda, mama!

— Jaoj, ova prokleta daljina, ko će do sutra da izdrži? Telegram, neki telegram da pošaljemo da pitamo kako je?

Mati pade na divan, jecajući naglas. Kćeri su je tešile, ali namah ih sve obuze isti, strašni bol. Samo su se čule isprekidane reči: „Naš tata!", „Naš dobri tata!", „Moj Bora!"

Vrata se naglo otvoriše, upade Zlata, gospođa Župančić, Vlatko.

— Šta se to desilo? Zaboga, šta se desilo? — pitali su prestravljeni.

— Moj Bora, javljaju da pođemo odmah, bolestan je. To je strašno, gospođo Župančić! On ima manu srca... Od toga se ne boluje... jaoj, ja ne znam kako ću izdržati do sutra. Poludeću. Da vi znate kako je on dobar muž. Dobar otac... Za decu je živeo... Nas poslao na more, a on ostao da čuva banku. Zašto, prokleta da sam, pođoh? Što nisam ostala kraj njega? Te vrućine u Beogradu. Možda mu je od toga pozlilo. A ja se ovde, na moru, provodim. To neću sebi nikad oprostiti.

— Nemojte, molim vas, gospođo Anđo, umirite se — tešila je gospođa Župančić. — Možda nije tako strašno? A ta mana srca tako može čoveka da prestravi. Uplašili se, možda, pa poslali depešu. A možda je gospodin Bora dosada već zdrav i nasmejan. Vi ste pametna, razložna žena, nemojte odmah zlo da očekujete. Zašto padate u toliko očajanje, a ne znate, u stvari, šta je. On vam se, vidite, ne javlja, nego neki vaš kum.

— To me baš najviše i plaši, što kum javlja. Mi smo prve komšije, kuća do kuće. Živimo u najvećem prijateljstvu. Kum je pametan čovek, ne bi on meni tako nešto javio da nije opasnost velika. Jaoj, gospođo Župančić, kako ću ja to izdržati do prekosutra? Tek tada stižemo. Možemo li neki telegram da pošaljemo?

— Ništa vam to ne vredi. Sutra izjutra ima brod.

— Deco, pakujte stvari. Što ne odosmo ranije? Koliko nam je bilo prijatno ovo leto, i meni i deci! Tako smo vas zavolele, gospođo Župančić, kao da smo jedna porodica.

— I mi vas, gospođo Branković. Tako će nam svima biti teško kad vi odete, i što tako odlazite. Treba biti hrabar i nemojte da očajavate, sve će biti dobro. Krinka i Lolo, nemojte, deco, toliko da plačete! Umirite se!

— Kako da ne plačemo? Imale smo najboljeg oca.

— Imaćete vi njega uvek! Zateći ćete vi njega živog i zdravog.

U sobu upade Dragan sa mamom.

— Šta je to, Anđo? Reče nam kelner dole da ste neki telegram dobili. Šta si to dobila?

Ona opet zajeca.

— Javlja mi kum da je Bora bolestan i da dođemo. A on ima manu srca, Ljubice, pričala sam ti. Ja neću izdržati ako njemu nešto bude.

— Ti odmah na najgore. Nije to baš toliko strašno.

— Tešite vi mene, ali ja imam neke slutnje. Jaoj, kuku meni!

— Mama, nemoj — zajecaše kćeri, grleći je. Svi se užurbaše oko nje da je teše.

Otvoriše se opet vrata i u sobu upade gospodin Gavrilović. Vodio je i Mišu.

— Dole sam čuo da vam se neka nesreća desila pa sam požurio u sobu.

— Nesreća, gospodine Gavriloviću, velika nesreća! Pročitajte telegram.

— Pa nije to, gospođo, nesreća. Javljaju da je gospodin bolestan. Sasvim razumljivo, vi najbolje umete oko njega.

— Umeću, ako ga zateknem živog. Da vi znate kako je on dobar čovek! — ponavljala je opet gospođa Branković, kao da govori o pokojniku. — Ima li, gospodine Gavriloviću, večeras kakav brod?

— Nema, gospođo, do sutra izjutra. Zbilja, baš je žalosno da ovako odlazite. Gospođo Lolo, nemojte tako plakati. Vidiš, Mišo, kako gospođa Lola plače. On će se rasplakati pored vas.

— Hoćeš li čokoladu? — pitao je Miša, naslanjajući joj se na krilo. — Uzmi!

— Neka, jedi ti... — govorila je, milujući ga. — Mali moj, lepi dečko!

— Daću ti onog malog krokodila... hoćeš?

— Dobro, Mišiću, ti si zlatan.

— Vi niste ni večerali? — primeti gospođa Župančić.

— Kakva večera, ko bi mogao sada išta da okusi?!

— Ne, sada baš treba jesti. Pozvaćemo sobaricu. Neka vam donese večeru ovamo. Mi ćemo još malo posedeti, pa ćemo da idemo.

— Ako, sedite samo, sedite i vi, gospodine Gavriloviću. Hvala vam što ste došli. U nevolji kad se nađu prijatelji, čoveku je lakše. Ako izgubimo Boru, sve smo izgubili.

Zagnjurene glave u jastuk, Krinka je jecala. Sav jad što se skupljao u njenoj duši, sad se izlivao kroz bol za ocem. Ko zna da li će videti oca, i ko zna da li će više videti Dubravka? Kako nesreće dolaze udružene, kao da vrebaju svoj plen. Tata leži bolestan, i možda se desilo i najstrašnije, a i Dubravko je sada sam, tamo na klupi.

Sobarica uđe u sobu i gospođa Župančić naredi da donesu večeru.

— Zašto ti plačeš? — pitao je Miša Lolu, a njegove lepe, velike detinjaste oči uplašeno su je gledale.

— Mišiću, moj tata je bolestan.

— Ti imaš tatu?

— Imam, malo moje.

— Hoćeš li da dođeš kod mene?

— Sutra, hoću — lagala je ona.

Ona ga uze na krilo i zagnjuri svoje uplakano lice u njegovu lepu kosicu.

Gavrilović prevuče rukom preko čela, zagleda se u detinju glavu i dražesnu glavicu mlade žene. Bila je lepa i sa tim uplakanim očima.

— Hajde, Mišo, ti si se uvalio gospođi u krilo. Oni treba da legnu da se odmore.

— Neću da idem — usprotivi se mališan.

— Hoćeš, ti si dobro dete, a sutra ćemo opet da dođemo. Ne smem da mu kažem da idete — šapnu on Loli.

— Nemoj, Anđo, da očajavaš — molila je njena rođaka Ljubica.

— E, da ti znaš kako je meni? Ne znam kako ću do Beograda izdržati. Samo da nije ovolika daljina.

———

Na obali su se svi sakupili da ih isprate. Bilo je tuge u tom rastanku. Vlatko je bio jako sumoran. Rastajao se sa ovom lepom ženom koja ga je uzbuđivala, a bila je tako snažna da ga odbije. Počeo je da je gleda drugim očima. Prekorevao je sebe što je bio onako nasrtljiv, a u isto vreme bilo mu je žao što je sve vreme proveo u čežnji za njom i što ga je ta čežnja tako mučila. Ali, iz te neostvarene čežnje, javljalo se jedno novo osećanje. I to osećanje počelo je da ga muči i stvara mu ljubomoru. Ovaj Vojvođanin je bio suviše pažljiv prema Loli. A on je bio veleposednik. Reč koja tako lepo zvuči i opija ženska srca.

S tim mislima poljubio je ruku Loli.

— Lolo, nemojte me zaboraviti.

— Neću, Vlatko. Zar bih mogla da zaboravim ove lepe dane?

Oči su joj bile pune suza. A te suzne oči posmatrale su i gospodina Gavrilovića.

— Poljubite vašeg Mišu, tako mi je žao što ga neću više videti!

— Poljubiću ga. I on će plakati za vama.

Krinka se opraštala sa Zlatom i htede da joj kaže: „Recite Dubravku da smo otputovale zbog tate", ali se uzdrža, iz neke bojazni i osećanja stida.

Utrčaše na brod. Za njima je žurio Šerif.

— Gle, i vi putujete, gospodine Šerife! — uzviknu Zlata.

— Da, putujem. A otkuda da vi danas putujete? — iznenađeno je pitao Krinku.

— Dobili smo telegram sinoć da nam je tata bolestan i da odmah dođemo.

Mladić oseti radost i nasmeši se, iako je znao da nema smisla smešiti se u takvom trenutku. Brzo napravi tužno lice.

— To je neprijatno!

— To je strašno! Ko zna šta je sa tatom!

Plave oči mlade devojke bile su tužne kao najtužnija pesma.

Naslonili su se na ogradu broda.

— Javite nam odmah kako je gospodinu. Tako ćemo brinuti — molila je gospođa Župančić.

„On ne zna da ja odlazim. On je tamo u onom hotelu. Možda sa Amerikankom...", tužno je mislila Krinka. Pritisla je maramicu na usta da ne zajeca naglas. Ali nije plakala. Samo joj je u očima bio neki strah, bol, očajanje. „Zbogom, Dubravko! Zbogom ljubavi moja! Ja sam te iskreno zavolela. Nikad te neću zaboraviti. Praštam ti sve."

Talasi zašuštaše oko broda, mlazevi ošinuše bokove, sirena pisnu i kljun poče da preseca talase.

Šerif je stajao iza Krinke. Htede da kaže: „Kako se radujem što putujemo zajedno", ali se priseti da bi to bilo neumesno u ovom času njihovog bola.

On pogleda njenu visoku figuru, lepi stas, izvajana bedra i oseti želju da to lepo stvorenje privuče na svoje grudi i da je uteši.

Sa broda oni spaziše Spomenku koja je žurila, sigurno da isprati Šerifa. Ona ga spazi, podiže ruku da mu mahne, i najednom, ruka joj malaksalo klonu, a njene oči ostadoše razrogačene, kad spazi da su tu i one, Krinka i Lola. „Dakle, on sa njima putuje. On zato ide. A meni nije kazao, ni one mi nisu kazale da putuju. Ona pokvarena Krinka, krila je od mene, a dogovorili su se da zajedno putuju.”

Ne gledajući i ne pozdravljajući nikoga, pojurila je sa obale.

———

Dubravko je išao alejom oborene glave, sa rukama u džepovima. Bio je namršten.

Spomenka steže pesnicu. Osećala je želju da se sveti, da nekom zadaje bol.

— Gospodine Marojeviću, znate li da je sada otputovala Krinka?

Mladić zastade i, pored sve svoje volje kojom je umeo da gospodari svim svojim osećanjima, osta zaprepašćen jedan trenutak, i nekoliko časaka je u neverici gledao mladu devojku, ne umejući da skrije to svoje zaprepašćenje...

— Kad je otputovala?

— Sada. I gospodin Šerif je s njom u društvu. On je otputovao zajedno s njima.

Bilo joj je lakše kad je izlila svoj gnev, i grcajući i uzdržavajući se da ne zaplače pojurila je u šumu, sela na klupu i tek tu, u samoći, zajecala od gneva. „Ja sam ga volela, a on on me je podlo prevario i otišao s njom. Bednik, pravi bednik! Mrzim ga! Kako ga mrzim! Nisam mogla ništa ni da očekujem.”

A Dubravko je žurno uleteo u hotel i zakucao na Amerikankina vrata.

— Mogu li da uđem?

— Uđi, ja sam ustala.

Amerikanka je sedela u ružičastoj tankoj pidžami kroz koju su se nazirale njene mršave noge sa koščatim kolenima!

— Konstanca, sutra putujemo!

— Zašto da putujemo? Meni se ovde dopada. Tako je lepo. A kuda ti ideš?

— Idem s tobom zajedno.

— Vraćamo se?

— Vraćamo se. Sutra. Odmah sutra.

Ona ga je začuđeno gledala, ne razumevajući njegove kaprice.

Mladić izađe iz njene sobe, uđe u svoju, i onako obučen, baci se na postelju. „Otputovala sa Šerifom. Dakle, istina je. Moje sumnje su bile istinite. Ona njega voli...”

Pri toj pomisli skočio je iz postelje i prišao prozoru. „Je li moguće da je tako pritvorna? Sinoć nije htela da dođe. A ja sam je čekao. A da ova Spomenka ne laže? Ko zna! To je podlo stvorenje.”

Izleteo je iz hotela i pojurio u njihov da upita portira.

— Da, one su jutros otputovale — odgovorio je on ravnodušno.

Išao je obalom i zastao na ivici mola. „Ona je otišla. Ona me nije volela. A ja sam verovao u njenu ljubav.”

Alejom, sva usplahirena i razbarušena, žurila je dama sa plamenom kosom. Gledala je nešto u ruci nekim bezumnim pogledom.

— Je l’te, znate li ko je ovo izgubio? Čije je ovo? — pitala je dve dame.

— A šta je to?

— Jedan medaljon. Jedno srce sa rubinima.

— Ne znamo, gospođo — odgovoriše ravnodušno dame.

— Ne znate. Ali ovo je neko morao izgubiti!

— Pa sigurno da je neko izgubio. Idite u hotel i pitajte.

— Ne, ja hoću da znam čije je ovo srce.

— Šta joj je, kao da je luda?!

Gospođe je začuđeno pogledaše i odoše dalje. Okretoše se i pogledaše za njom. Ona se žurno udalji i vide Spomenku.

— Gospođice! Gospođice! Molim vas! Znate li vi čiji je ovo medaljon? Ovo srce?

— Čekajte, znam... Da, znam... To je Krinkino srce.

— Koje Krinke?

— One visoke, plave devojke, što se zabavljala sa gospodinom Dubravkom.

— A gde je ona?

— Ne znam gde je. Tamo u onom hotelu — odgovori ona, ne želeći da daje dalja obaveštenja.

„Šta da joj objašnjavam da je otputovala?!”

— Gospodine! Molim vas, u kojoj je sobi gospođica Krinka?

— Gospođica Krinka Branković?

— Da, ta gospođica.

— One su jutros otputovale. A šta će vam ona?

— Ništa. Nešto sam htela da je pitam — malaksalo odgovori dama i izađe iz portirove sobe.

„To je onaj isti medaljon koji mi je dao... Isti medaljon! Meni je dao jedan i on je imao isti takav... I one reči: *Ti ćeš biti svetlost moga života*. Govoreći te reči, rekao mi je da čuvam ove medaljone. Čekaj da ga otvorim da vidim one hinduske reči.”

Ona ga otvori i oči joj se raširiše.

„Devojčica! Plava kosa! Lepa devojčica! To je, valjda, Krinka, ona devojka? Ona lepa, visoka devojka. To je ona kao dete. Slatko dete! Bože da li je moguće? Šta ja vidim? To je moje dete! Moja mala devojčica! Moje dete!”

Ona vrisnu i uz jecaj sruši se na divan, pritiskajući na usne sliku i tepajući isprekidane, izbezumljene reči:

— Moje dete! Moje dete! Moje slatko, malo dete! Moja ljubav!

———

Voz je jurio kroz Gorski kotar. U jednom kupeu sedela je mati i dve kćeri. Šerif je zamolio za dopuštenje da sedne u njihov kupe. Tako je imao prilike da sve vreme posmatra mladu, plavu devojku.

Njene lepe oči melanholično su posmatrale tamne šume četinara. Kako je prvi put sve bilo veličanstveno, a kako joj je sada sve bilo uvijeno u neki veo tuge.

Ćutale su sve tri. Neka sleđenost bila im je u srcu. Sa strahom su se pogledale. Jedino se Šerif trudio da unese malo veselosti.

On uze iz svog nesesera bombonjeru. Ponudi mlade devojke i njihovu majku.

— Hvala, gospodine, ništa nam se ne jede.

On je bio jako uslužan i pažljiv.

— Samo da dođemo do Beograda. Jaoj, deco! Šta li ćemo zateći kod kuće?

— Nemoj, mama, možda će sve biti dobro.

— Vas muče strepnje i neizvesnosti — tešio ih je Šerif.

Veče se spuštalo. A sa sutonom i veći bol. Jurili su, a noć je lagano sve skrivala.

— Lezite vi lepo, gospođo. Ja ću ukraj. Opružite se sasvim — nudio je Šerif i svoje mesto gospođi Branković.

Krinka i Lola bile su na suprotnim sedištima. Navukoše zavesice na okna. Plavičasto polusvetlo ispuni kupe.

Sestre legoše. Ritmičko ljuljuškanje voza uspavljivalo je njihove suzne oči. Mladić je sedeo naslonjene glave u uglu kupea. Kroz poluotvorene oči posmatrao je plavu devojku.

Ona je ležala i ispod njene ružičaste haljine videli su joj se listovi nogu i malo stopalo.

Mladić uzdahnu. Ona mu se dopadala. Naivno dete sa sanjalačkim očima i divna žena koja zaluđuje svojim telom.

U snu, mladoj devojci otrže se uzdah, kao kod dece posle plača, kad snevajući ječe i uzdišu. Njemu se učini da ona plače. Zagleda se u nju i vide kako joj se ramena tresu. Lola i majka su spavale. Ili su samo žmurile. A mlada devojka je plakala. On se naže i pomilova je po ruci.

— Gospođice, nemojte da plačete. Našto toliko tugovati?! — šaputao joj je tiho.

Ona se trže, otvori oči, spusti noge sa sedišta i zatrese svojom lepom kosom.

— To je tako teško!

— Znam da je teško, ali vi ste pametna devojka. Hoćete li još jednu bombonu?

— Ne mogu, hvala! Posle mi se pije voda.

— Imam je u termosu, hoćete li?

— Molim vas samo malo. Tako me muči žeđ.

On joj pruži čašu.

— I glava me boli. Kad bih mogla malo da pokvasim maramicu?

— Dajte, ja ću je iscediti kroz prozor u hodniku.

— Koliko se vi trudite oko nas!

— Svaki muškarac treba da bude pažljiv prema ženama.

On joj donese vlažnu maramicu. Krinka je stavi na čelo i opet spusti glavu na jastuk. „Kako je on učtiv i pažljiv", mislila je o Šerifu.

I onda se opet seti Dubravka… „Otišla sam bez zbogom. Da li sam pogrešila? Zašto sam mu sve poverovala? On je bio dobar. Juče me je ubedio da mu verujem. Tako me je divno i sa puno ljubavi gledao."

Digla se naglo, osetila je neku nervozu, maramica joj je pala sa čela. Mladić se brzo saže i podiže je.

— Vi ste jako uznemireni!

— Šta je Krinjću? — trže se i Lola.

— Nije mi dobro. Mnogo me boli glava. Teško mi je.

Lola je prigrli i poče da je miluje po obrazu kao malo dete.

— Ti si, Krinjću, mnogo osetljiva. Nemoj, moramo biti prisebnije zbog mame — šaputala joj je.

Ali Lola je osećala da ona tuguje i zbog Dubravka i svega onog što je čula o njemu, i zbog one Amerikanke. Zato je privukla sebi da je kao dete zaštiti svojim materinskim osećanjem, koje je nosila u srcu, i svojom neizmernom sestrinskom nežnošću.

Mladić je posmatrao tu scenu i zaklopi oči. „One su tako nežne. Kad bi ona htela da postane muslimanka! Ali ona voli onog Dalmatinca, bili su sami na moru… U noći… A posle je došla ona Amerikanka. Žalosno je da ovo plavo devojče pati."

— Hoćete li da vam opet pokvasim maramicu?

— Budite dobri.

On joj ponovo pruži maramicu, ali ovog puta prinese je čelu. Njegovi prsti dodirnuše njenu kosu. Mladić ustade sa sedišta.

— Idem u hodnik da popušim cigaretu.

Šerif je bio uzrujan u toj noći. Provuče glavu kroz prozor i oseti prijatnost svežeg vazduha.

Na istoku se pomaljala jedna plavičasta pruga, a nebo je još bilo puno zvezda. Voz je jurio kroz plodna polja i osećao se miris svilice na kukuruzima i pokošene trave.

„Sve bih joj činio. Vodio bih je u inostranstvo. Ona bi umela da voli. Nežna je i strasna, to se oseća. Te plave žene umeju rafinirano da vole.“

Lola je sedela u uglu, držeći Krinkinu glavu na krilu. Melanholično je posmatrala sivkasto jutro, a jednom rukom gladila je sestru po kosi. To odvajanje dana od noći, ta borba svetlosti i mraka stvarala je još mučnije duševno stanje, kao da se ceo organizam budi da izađe iz pomrčine i bori se sa bolovima, brigama i očajanjem. Sad je dolazilo i ono drugo, strah od sutrašnjice. Ako otac umre, ostaju bez ičega. Samo Krinkina plata. Loli se otrže uzdah.

Voz je prolazio pored seoskih kuća. One su se belasale, nečujne, kao da spavaju. Nigde žive duše. Rumen zore se pojavi, kao neka ružičasta magla, koja se sve više širila i razlivala po nebu. Bele seoske kuće obojiše se rumenim sjajem. Iz jednog odžaka dizao se dim. Sela su se budila. A voz je jurio u nekom besomučnom tutnju, noseći zdrave, vesele i tužne. Koliko raznih osećanja u tim crnim, pravouglastim oklopima vozova. Tamna kompozicija je vijugala kroz njive, zabrane, voćnjake. Njive, svuda njive. I preko tih zlatnih i talasastih ravni klizila je bolna misao, a dušu je nešto štipalo kao dim.

Mati otvori oči.

— Bože, ja sam spavala!

I ponovo joj dođe ona strašna misao, i bi joj čudno što je mogla da zaspi. Pogled joj pade na Krinku.

— Šta je Krinka? — zapita brižno naginjući joj se.

— Glava, glava me boli...

Podiže se sa sedišta i svi ustadoše. Nijedna nije smela ništa da kaže, da pomene ono čega su se bojale, od čega su se sledile.

— Koliko je sati, gospodine?

— Deset minuta do pet.

— Ja sam vam zauzela mesto... Izvinite! Niste mogli da legnete.

— Neka, gospođo, samo ako ste mogli malo da se odmorite.

— Zaspala sam malo — odgovori ona uzdišući. Lolina glava se ljuljuškala na naslonu. Krinka je tužno posmatrala predeo. Voz je jurio, stanice su promicale, sunce se već diglo, crveno, okruglo kao neki blešteći reflektor, i već je zaslepljivalo oči.

— Hoćete li da se umijete? Ja sam se umio — govorio je Šerif vraćajući se.

— Baš bi dobro bilo!

One odoše da se umiju, jedna po jedna. Lica devojke i mlade žene su tako sveža, i pokraj svih strepnji i neprospavane noći.

— Mi već treba da se spremamo.

— Daj, mama, da ti zakopčam cipele.

— Lolo, moj šešir.

— Nismo ni večerale, sve nam je ostalo.

— Pojedite sada bar po jednu kiflu.

— Ne možemo, mama.

— Zemun!

— Već smo tu. Jaoj, kako je Bori?

Mati je u očajanju kršila ruke. Nije ništa govorila, a priviđale su joj se strašne slike.

Voz je tutnjao preko mosta. Mali koferi i neseseri već su bili skinuti. Ona tutnjava preko mosta izgubi se i voz prođe pokraj nekih magacina i garavih jednoličnih kuća. Na jednom prozoru je bilo cveće. „Bože, zar ljudi mogu i tu da žive!”, mislila je Lola. „Stalno ih guši gar.”

Krov perona nadnese se nad voz i sunce iščeze iz kupea. Voz je usporio i lagano, gotovo nečujno se zaustavio.

— Nosač! Nosač! — vikali su sa svih prozora.

— Nosač! — viknuo je Šerif. — Ja ću vaše kofere dodati kroz prozor, a vi možete izaći.

One su brzo dohvatile neseser i koferčiće.

— Eno, mama, kuma Milana! — viknu Krinka.

— Kuku, gde je? Šta li će reći?!

Jedan visoki čovek ih spazi i priđe im žurno.

— Kume, šta je sa Borom? Govori! Preklinjem te! Poludeću od brige.

— Umiri se, kumo, dobro je. Nije baš dobro. Teško mu je.

— Je l' od srca?

— Od srca, ali dobio je injekciju — govorio je zbunjeno.

— Kume, tako ti boga, nemoj da kriješ! Ti nešto kriješ!

— Ništa, kumo, ne krijem, hajde da požurimo.

— Da požurimo! Opasno je! Je li samo živ? Da znam to. Jaoj, ja ne bih mogla preživeti ako njemu nešto bude.

— Nemoj, kumo, da se toliko uzbuđuješ, stići ćemo kući pa ćeš videti.

— Gde je naš nosač? Koji mu je broj? — pitala je Lola.

— Evo, ovo je vaš nosač, tu su vaše stvari — pokaza joj Šerif.

Mati se okrete.

— Zbogom, gospodine! Hvala vam na velikoj pažnji.

Pružiše mu ruke i Lola i Krinka.

— Gospođice, ja bih tako želeo da znam kako je vašem ocu. Imate li telefon?

— Nemamo.

— A da li bih mogao posle podne da vas posetim i da se obavestim.

— Možete.

— Ne znam samo vašu ulicu.

Ona mu reče rasejano i one uleteše u auto.

„Otići ću posle podne da vidim situaciju u njihovoj kući. Da li im je otac živ ili mrtav? Ova je mala, zaista, divno devojče. Šteta što se rastajemo."

Auto je jurio polivenim ulicama. Iz glavnih ulica uđoše u sporednu. Ugledaše svoju lepu prizemnu kućicu. Zavese su bile spuštene kao da nikog u njoj nije bilo.

Lola prva skoči. Dohvati kvaku od gvozdene kapije i gurnu je. Na stepenicama se pojavi njihova služavka Marija.

Ona diže ruke uvis, vrisnu i polete im u susret.

— Šta je Marija? — vrisnuše one sve tri. — Šta je?

— Gospodin je umro! — jauknu ona.

I očajna vriska i kuknjava ispuni ovaj srećni dom, u kom su svi bili tako veseli i svi se tako voleli.

TREĆI DEO

Lola se sprema za daktilografkinju

Bio je mesec novembar. Prošlo je već tri meseca od smrti njihovog oca. Oni prvi strašni dani očaja prošli su, a sad su sve tri u sebi nosile tugu koja tinja, ispija organizam, oduzima noću san. Promena je bila na licu i majke i kćeri. Ta smrt je donela ogromnu žalost i težak život, moralo se misliti na svaki dinar, jer očeve plate više nije bilo. Četiri i po hiljade prihoda manje. Mati je bila bez penzije, imale su samo Krinkinu platu, hiljadu i pet stotina dinara. Stan nisu plaćale i to im je bila olakšica. Kćeri su bile hrabrije od majke. Ona je celog života bila navikla da živi lepo, nije znala za oskudicu, a sad je morala da se lišava svega. Nije se više moglo kupovati kao za očeva života, po deset i dvadeset metara drva, pa se to istruže, napuni podrum i čeka zima. Sad su kupovali kao i mnogi drugi, po metar, pa i po pola metra. Manje se i zimnice ostavilo, manje se kupovalo i za hranu. Mati je patila, ali ne zbog sebe, već zbog dece. Bolelo je njeno materinsko srce, što su deca ovo dočekala i što će im život biti sve teži.

U toj žalosti Lola je bila najprisebnija, najrazložnija. Ona je već jednom preživela takvu žalost, i još veću, kad je raskućila kuću, i vratila se roditeljima posle muževe smrti. Pa se smirila i privikla. Znala je da će se i sada navići na ovu oskudicu i manji prihod. Tešila je mamu:

— Što god više čovek ima, više troši. A kad nema, navikne se da rasporedi ono što ima.

— Zašto, mama, da očajavamo — tešila je i Krinka. — Vidiš, ja celu platu donesem tebi. To je hiljadu pet stotina dinara, a ako računaš da bi ovakav stan plaćali najmanje hiljadu dinara, to bi već bilo dve i po hiljade. A u Beogradu toliko sveta živi sa mnogo manjim prihodima.

— Živi, ali kako živi? Treba svega da se lišavate. Ni u bioskop, ni u pozorište, nigde vas dve ne možete da izađete.

— A zar smo se mi, mama, provodile, pa sad da nam bude žao? Mi smo najsrećnije kad vidimo da ti nisi očajna. Eto, kako ti lepo raspoređuješ pa uvek imamo lep ručak.

— Imate, deco, ali meni je teško zbog vas, a ne zbog mene. Žao mi je vas. Ne možemo više ni služavku da platimo, nego i vi sa mnom radite. Krinka žuri da pospremi sobe sa Lolom, pa trči na dužnost! A ti, jadna Lolo, postala si sudopera.

— Meni to, mama, ništa nije teško. Začas ja raspremim, operem sudove, počistim. Ja sam mlađa, tebi je sve teže. Zašto da plaćamo služavku kad smo nas tri u kući? Tako se uštedi dvesta dinara.

— Tešite vi mene da vam nije teško. A mene i to boli što Lola uči daktilografiju. Zar da bude daktilografkinja?

— Zašto da ne učim, mama? Bogami, ja se baš radujem da budem daktilografkinja. Kum Milan je kazao da će mi naći mesto u svom nadleštvu. Imaću pet-šest stotina dinara! Koliko će nam to, mama, značiti, kad dobijemo još pet stotina dinara! Baš kad ti je žao što ja i Krinka ne idemo u bioskop, mi ćemo od moje prve plate da uzmemo i odemo u bioskop. Kum Milan i kuma Lepa zvali su nas da nas izvedu u bioskop. Ali nama se još ne ide, docnije.

— Baš su oni dobri. Ni sestra rođena, ni brat, ne bi nam se tako našli kao njih dvoje.

— Ti, mama, zaboravljaš da imamo i onu gotovinu, dvadeset hiljada. To nećemo da trošimo, neka stoji.

— Neka stoji, zlu ne trebalo! Ne zna čovek šta nosi dan, a šta noć, i dobro je imati neku paru da se nađe u nuždi, a mi ćemo da rasporedimo ono što imamo. Danas posle podne idem na groblje.

— I ja ću, mama, s tobom, neću samu da te pustim — govorila je Lola.

— Odeš, kukaš, pa posle se loše osećaš, a mi samo tebe imamo.

— Kako da ne plačem? Izgubiti onakvog druga! Jao — zajeca mati. — Da mi je bar nekad ružnu reč rekao, da je bio grub, kao drugi muževi i očevi, kojima je milija kafana od kuće, žene i dece. Nego nas je voleo i sve nam je činio. Ispratio nas je još i na more. Celu svoju platu uvek je donosio i meni davao. „Na, Anđo, ti ovo najbolje rasporediš.” Nikad nismo pozajmljivali ni od koga, kao što vidim neke porodice, imaju, a ne umeju da čuvaju nego potroše do petnaestog. A ja sam uvek imala po hiljadu-dve kod mene, kao rezervu. Uštedim od njegove plate. On me i ne pita, zna da neću za sebe, nego za kuću.

I suze su gušile i majku i kćeri, svakog dana.

Krinka je bila jako bleda. Ona je nosila u sebi dva bola, za ocem i za Dubravkom. Otkako su se rastali nijedne reči, nijednog pisma. Da li je ono bila istina što je govorio, ili laž? Očekivala ga je svakog dana, nadala se da će doći. Kad god se vraćala iz kancelarije mislila je da će zateći njegovo pismo. Tako svakog dana, ali nikada nijedne reči. A tuga joj se uvlačila u dušu, i sve ono lepo, preživljeno, ukoliko se udaljavalo, bivalo je sve lepše i sve tužnije. Išla je svakog dana u kancelariju pre podne, posle podne. Sedala je za svoj sto, kucala na mašini, ali misao na Dubravka nikad je nije napuštala.

Čekala je, stalno je čekala, nadala se svakog dana. Pisao joj je slikar nežno pismo, a pisao je i Šerif.

Onoga dana kada su doputovali, on je došao posle podne. Doneo jedan ogroman buket crvenih karanfila i belih ruža. Iznenadio se kad je čuo da im je otac umro. Dugo je sedeo to posle podne i otišao. A ona je te ruže i karanfile položila na tatin grob.

Svi su ih se sećali, gospođa Župančić, Zlata, Vlatko, gospodin Gavrilović. Svi su im izjavili saučešće, samo je Dubravko ćutao, kao da je iščezao zauvek.

Jedno pismo menja ceo život

Bio je novembarski dan, onaj dosadan, vetrovit, kakav u to doba može da bude samo u Beogradu. Vetar nije prestajao već petnaest dana. Duvao je silovito, raspomamljeno, kao da se okomio na prolaznike, krovove, jesenje lišće. Nije se nikom izlazilo na ulicu, ali život izvlači iz kuće i čovek se žuri povijenih leđa, dok vetar šiba sa svih strana da već bole oči, obrazi, a kosa biva smlaćena i razbarušena kao kudeljna povesma.

Krinka je otišla u kancelariju. Gospođa Branković je obukla bundu.

— Lolo, ja idem na pijacu. Kupiću danas i za sutra, da ne bi morala i ti da ideš. Ja sam zamesila kiselo testo za štrudlu, to Krinka voli. Ona je nešto ubledela, i nešto mi je tužna. Opažaš li to i ti?

— Opažam, mamice. Ali, znaš, Krinka je oduvek melanholična. Radi, sirota, po ceo dan, a to nije lako! Da bar ima poslepodne slobodno! Jesi li se, mama, dobro utoplila? Metni šalče, ispod bunde. Znaš, ovaj vetar probija do kostiju. Nemoj da zaboraviš džigericu za mače. Juče nije imalo, pa ceo dan mijauče. Ne može čovek da ga snosi.

Mati se udalji, a Lola ode da izbriše prašinu. Kod nje je posao išao vrlo brzo. Bila je vredna kao vetar. Brzo je izbrisala prozore, da sve bude lepo kad mama dođe. Promenila je na ormanu u kuhinji milje. Sve je blistalo kod njih.

Oprala je ruke pod česmom i namazala svoje male, vredne ručice. Neko zakuca.

— Pismonoša! — govorio je glas spolja.

Ona brzo otvori vrata.

— Gospođi Loli Popović — reče pismonoša, pružajući joj jedno pismo.

Ona pogleda u veliki, beli pravougaoni koverat sa muškim rukopisom.

— Ko li to meni piše?

Brzo je otvorila koverat.

Draga gospođo, pročita ona prvi red.

Okrete poslednju stranu da vidi potpis.

Žarko Gavrilović.

„Vojvođanin! Šta li on piše?!"

Sva rumena od uzbuđenja, ona poče da preleće redove:

Draga gospođo,

Možda će vas iznenaditi moje pismo. Ja sam vrlo srećan što vam najzad mogu reći šta osećam prema vama, ali u isto vreme sam i pun strepnji, kako ćete vi ovo primiti i šta ćete mi odgovoriti. Nisam vam odmah pisao, jer sam znao koliko je velika vaša žalost za ocem. Čekao sam da uminu prvi teški dani, i zato vam pišem tek sada da izrazim svoja osećanja.

Vi ste na Rabu znali samo za osećanja Mišina. On vas je, zaista, toliko mnogo voleo, i tugovao je za vama kao dete lišeno majke, koje je osetilo da mu neko iskreno pruža svoju ljubav. Ali niste možda ni slutili da su ta ista osećanja ponikla i u meni. Gledajući vašu nežnost prema mome detetu, iskrenu i spontanu, ja sam osećao koliko ima duše i topline u vama. To je bilo ono duševno i lepo što me je očaralo. A uz ta svojstva nežnosti, vi ste imali i divne tople očice. Vi ste sva žena, stvorena da izazove ljubav muškarca. Ta osećanja počela su da se javljaju u meni ali ja sam ih krio, krio ih i od vas, bojeći se da neću naići na odziv u vašem srcu.

Ja nisam balavac da izjavljujem ljubav i da se mirim s tim da budem smešan i ismejan. Vi ste mladi, lepi, mlađi od mene, i bojao sam se da ta razlika u godinama ne utiče na vas. Na Rabu nisam imao nimalo hrabrosti da vam izustim ijednu reč o svojim osećanjima.

A kad sam došao u moj Banat, kad je nastala jesen, i sve počelo da pusti po poljima, počela je i mene da obuzima melanholija, koju do danas nikad nisam osećao. Istraživao sam uzroke i ustanovio da bi moju melanholiju mogli samo vi da izlečite.

Počeo sam da čeznem za vama i zamišljam koliko bi bilo mnogo radosti u mojoj kući da ste u njoj vi, koliko bi moj mali Miša voleo i bio srećan da ima kraj sebe mamicu kao što ste vi.

Da li smemo da se nadamo da biste mogli da nas usrećite, mene kao umiljata, dražesna supruga, a Mišu kao nežna mamica?

Ne bih se usudio da vam postavim ovo pitanje da nisam osetio koliko volite decu. Moja osećanja prema vama samo su ubrzala ovo pitanje. Ja čeznem za vama. Uvek su mi u sećanju vaše oči, usne, ljupki rumeni obrazi i osmejak na vašem licu. Vi ste me očarali, isto onako, kao i mog malog Mišu. Hoćete li sada da nas ostavite, ovako same, da čeznemo i tugujemo za vama, ili ćete doći da unesete radost i ljubav u naš život?

Ja vas molim da razmislite da li biste se mogli pomiriti sa životom na selu i sa ulogom majke?

Bojao sam se braka, sve dok nisam vas sreo. Naći lepu ženu, to nije teško. Ali naći dobru, plemenitu suprugu i nežnu majku, to nije lako. A ja nisam smeo da budem sebičan i da mislim samo na svoju sreću. U meni je bila želja da i moje dete bude srećno. Kad sam vas video, osetio sam da ste vi u stanju da usrećite i mene i moje dete. I sada sam vas zavoleo, kao kakav mladić, ili gimnazijalac koji sanja o šiparici. Koliko puta sam na Rabu šetao dugo ispod vaših prozora očekujući da vas vidim. Koliko je za mene bio tužan onaj dan kad ste otišli!

Danas sam prikupio svu hrabrost da vam ovo napišem. Ali bilo bi mi strašno dugo da čekam vaše pismo. Zato vas molim, ako je ovo pismo našlo makar malo odziva u vašem srcu, nemojte me ostavljati da čekam vaš pismeni odgovor, nego mi odmah pošaljite telegram sa jednom rečju: Dođite!

Čim primim telegram krenuću u Beograd.

Budite dobri i izrazite moje poštovanje vašoj gospođi mami i gospođici Krinki, a vi primite izraz mojih najiskrenijih osećanja, kao i od malog Miše, koji će isto tako nestrpljivo očekivati vaš odgovor.

Žarko Gavrilović

Lola pročita pismo i malaksalo ga spusti na krilo. Bila je sva uzbuđena, obrazi su joj goreli, a srce joj je jako lupalo.

„Bože, je l' ovo istina? On me voli, on me prosi! On je tako dobar, simpatičan, dopada mi se i Miša, moj mali Mišić da bude moj sin. Kako ću da ih oboje volim! Odmah ću mu poslati telegram. Bože! Ovo je sreća, prava sreća. Ko li se tome nadao?! Ah, što nema mame da joj sve kažem!"

Potrča opet prozoru da vidi ide li mama.

„Oh, kad budem mami kazala, šta li će ona reći?"

Gospođa Branković uđe, a Lola joj polete u susret sa rečima:

— Mama, zamisli, jedna velika novost, prosi me veleposednik Žarko Gavrilović. Pita hoću li da budem njegova žena? Sutra bi odmah došao.

Mati se gotovo sruši na stolicu i samo prošaputa:

— On je krasan čovek!

— Je li, mama, da je divan, dopada ti se, ti nemaš ništa protiv?... Molim te, pročitaj prvo njegovo pismo. Da vidiš samo kako lepo piše... Ili hoćeš da ti ja čitam?

— Čitaj... čitaj mi ti, ja inače ne mogu bez naočara.

Ona je čitala uzbuđeno, a mati je isto tako, sva potresena, brisala oči, rasplakala se misleći što nije tu sada i on, siroti njen Bora, da to čuje, da bude srećan, jer su se oboje neprestano brinuli za Lolinu sudbinu.

— Šta misliš, mama, da mu odmah pošaljem telegram?

— Samo ako ga voliš. Ja neću ništa da kažem. Mogu ti samo reći da je on krasan čovek, ozbiljan, karakteran, onakav kakav ti je potreban za muža.

— I meni se on, mama, dopada. On je lep čovek, uvek je elegantan, tako je fin, nikad banalan. Ja nisam mogla, mama, ni da pomislim da me on voli. Samo mi je jednom kazao da će me se sećati kad ode u Banat. Ali ja nisam pridavala važnost tim njegovim rečima, mislila sam da on to onako kaže, kao što bi rekao svaki drugi muškarac, a posebno mi se sviđa što je toliko osećao, a sve krio.

— Nije hteo da kaže, hteo je da te oceni — govorila je mati. — Nisam li vam uvek govorila, pazite na svoje ponašanje, budite skromne, ozbiljne. Da si se ti zamlaćivala sa muškarcima, kao ona Spomenka, misliš li da bi te zaprosio? Već je video da ste ozbiljne, to se dopadalo i gospođi Župančić, uvek vas je hvalila. Misliš li da ona nije videla da Vlatko oko tebe obleće?

Bolje je što si se onako ponašala prema njemu, neka te ceni, a muškarac mora da ceni ozbiljnu ženu. Vidiš kako se našao krasan čovek da te zaprosi. Bolju priliku nikad ne bi mogla naći... Ima jedno detence, a ti voliš decu.

— Ah, mama, kako ću ga voleti i kako ću ga oblačiti! Siroče moje malo, ono nema majke. Ja ću mu biti prava mati, kao da sam ga sama rodila. I sestru ću njegovu, gospođu Banić, poštovati, ona je tako dobra žena.

— Ako budeš onakva kakva si bila u našoj kući, bićeš srećna.

Lola se najednom rastuži:

— A kako ću da vas ostavim, mama? Da budeš sama u kući?

— Ništa ti ne brini za nas. Naša je radost što se ti udaješ.

— Ja ću vas, mama, pomagati.

— Nećeš nas ti pomagati. Mi ćemo da rasporedimo ovo što imamo. Žena nikad ne sme da daje iz kuće svojoj porodici dok ne upozna karakter muža.

— Ali on je dobar, mama, ja sam uverena da će te voleti kao sin.

— To zavisi od tebe. Ako ti budeš volela njega, njegovo dete i sestru, i on će nas voleti.

— Što se tiče mene, mama, ja ću ih sve mnogo voleti. A sem toga, ti znaš kakva sam ja domaćica, kako volim svaki posao, a to je gazdinska kuća. Tu je potrebna žena domaćica. Mama, hoćemo li odmah da pošaljemo telegram?

— Dabome, odmah da ga pošaljemo. Ja ću ga odneti na poštu. I znaš šta sam mislila? Idem ja u banku da uzmem jedno pet stotina dinara sa knjižice, pa posle idem na pijacu da kupim jedno prasence ili nekog debelog ćurana za sutra. Jer će on sigurno sutra doći i treba da ruča i večera kod nas. A posle podne nešto da umesimo.

— A kuća nam je sva čista. Baš kao da smo znale, ja i Krinka sve smo istresle u nedelju. Uh, jedva čekam da Krinka dođe! Kako će se ona radovati!

— Kako da se ne raduje kad dobijaš tako dobrog muža. Kad se budem vraćala, moram da svratim kod kuma-Lepe i kum-Milana da im to saopštim. Znam kako će se oni radovati, kao rođenom detetu.

— A kad čuje Spomenka, šta li će ona reći? Mama, ja mislim da će ona presvisnuti od muke. Pre nekoliko dana me srela, pa mi sažaljivo veli, a osećam koliko je pakosna: „Šta, ti učiš daktilografski kurs? Baš mi te žao.” A ja ne mogadoh da otrpim, nego joj kresnem: „Što me žališ? Bolje da budem daktilografkinja nego da posećujem starce po garsonjerama."

— Zato je niko i neće, što se povlači sa starkeljama.

— Da ti znaš, mama, kako je ona obletala oko Žarka!

— Pa što je nije isprosio? Toliko se uvijala oko onog Šerifa. Svi je ostaviše na cedilu. Ako ja nisam moderna žena i ne znam nauke, znam šta je pošteno i kako treba da se ponaša. Vidiš kako si ti našla sreću, bolju nego kad si se prvi put udavala. I njegove ti godine odgovaraju. Ti nisi šiparica za balavca, prošla si jednoim kroz bračni život, udala si se za mladog, a sad treba da imaš kuću, ozbiljnog muža.

— Njemu je, mama, trideset šest godina, ali ne bi mu čovek toliko dao.

— Pa i Bora je bio stariji od mene nekih deset godina. Čovek koji uredno živi, mnogo duže je mlad. A ima mladića, izanđalih već u dvadeset i šestoj godini. Nego, Lolo, ja sad žurim. Napiši mu telegram da odmah predam na poštu. Sad je deset i četvrt. Imam vremena sve da posvršavam, da budemo spremni kad Žarko dođe. Hvala milostivom Bogu da nas u ovoj žalosti gleda! Kako bi se Bora radovao — zajeca mati. — Uvek se brinuo za tvoju budućnost. Daj bože, Lolo, da budeš srećna! Ništa ti drugo ne želim, nego da budeš srećna kao ja sa vašim ocem.

Brišući suze, mati ode iz kuće, a Lola je svaki čas pogledala kroz prozor da vidi ide li Krinka. Jedva je čekala da joj saopšti svoju veliku radost i sreću. I svaki čas je čitala pismo.

Najednom začu njene korake. Poletela joj je u susret.

— Kriniću, da znaš, ima jedna velika radosna novost! Začudićeš se!

Krinki je zalupalo srce kao ludo, i misao joj je kao munja sinula: „Dubravko dolazi!"

Gledala je raširenih očiju sestru, ne smejući da je pita, a ona uzviknu blistajući:

— Krinka, prosi me gospodin Gavrilović.

U Krinkinim grudima kao da se nešto skotrljalo, iščezlo, ona poblede što nije čula ono što je očekivala, što joj je trenutna radost iščezla, izgubila se. A Lola, spazivši taj čudnovati izraz i ne sluteći šta je u njoj, upita je sa nekim strahom:

— Zar se ti, Krinka, ne raduješ? Ti ne odobravaš da se ja udam za Žarka?

Te njene reči kao da osvestiše Krinku, i ona tek sada oseti Lolinu radost, oseti i svoju, oseti sreću koja se njenoj dobroj sestrici bliži, i sva zbunjena zagrli je govoreći:

— Oh, ja sam se toliko zbunila, toliko me je to obradovalo i prosto ne mogu da verujem da je to istina. Je li to moguće? Oh, pa to je sreća, velika sreća! On je divan čovek!

— On me voli, on je zaljubljen u mene, krio je, samo da pročitaš pismo ili da ti ga pročitam — govorila je, želeći da još jednom pročita te reči, slatke reči ljubavi, iskrene reči muškarca koji nudi ljubav, brak, sreću. Čitala je i sva je treperila, svi su joj nervi bili uzrujani, sva čula ustalasana, on je voli, ona je željna ljubavi, on je dobar, lep, fin, on ima sve ono što samo može da zaželi jedna žena. Srećna, ona je zajecala, pala sestri u zagrljaj, plakale su obe. Krinka se radovala sreći sestrinoj, a oplakivala sebe, svoje prvo razočaranje, svoju ljubav koja ju je tištala i koja se nikad nije gasila u njoj.

Vi ste tako simpatični da se morate dopasti

Telegram od veleposednika stigao je sutradan:

Doći ću k vama u četiri sata posle podne.

Svi su bili uzbuđeni. Lola nije mogla na jednom mestu da ostane ni minuta. To neočekivano i tako lepo napravilo je čitav preokret u njenom tužnom životu. Niti joj se udvarao, niti laskao, a voleo je, mislio o njoj, zaprosio je. Bila je to prava ljubav.

Trčkarajući po sobama i oko nameštaja da bi sve lepo bilo, ona je u mislima neprekidno bila s njim, razgovarala se, sećala se svih izgovorenih reči, pogleda, spoljašnosti njegove, odela. Njena priroda je bila ustalasana čežnjom i sujeta joj je bila zadovoljena. On je simpatičan, još i više, on je lep, on je dobar. O njegovom bogatstvu, o njegovom imanju, ona nije mislila u taj mah. Instinkt je bio jači od rasuđivanja i to instinktivno u njoj ispunjavalo je radošću, što je on tako simpatičan i što je voli. Svaki čas je dohvatala njegovo pismo i zaustavljala se na onim rečima: *Uvek su mi u sećanju vaše oči, usne, ljupki rumeni obrazi i osmejak na vašem licu.* Ostavljala je pismo uzbuđena, pa nesvesno prilazila ogledalu, smešeći se na samu sebe da bi videla taj svoj osmejak, te lepe oči, usnice. Zadovoljna sama sobom, mahinalno bi dohvatila neku stvar i grešila videći da nije trebalo to da uzme, i po deseti put nameštala jastučiće na divanu, na foteljama, sva zanesena, sva zaljubljena.

Kako je iznenada došlo do osećanja u njoj! Ne, nije to u njoj bilo iznenadno. Javilo se to još na Rabu, ona je uvek osećala uzbuđenje u društvu tog otmenog čoveka. Ali to su bila ona osećanja u podsvesti, kojima se ne daje maha, koja se utišavaju. Druga žena to ne bi skrivala, kao ona Spomenka, ali ona, čestita i ponosita priroda, čuvala se da nijednim gestom, nijednim pogledom ne oda ono što se u njoj skrivalo. To je sada sve buknulo u njoj, sve ju je obuzelo kao neka poplava. Došlo je sve tako lepo, bez bolova, bez patnje. Neko pati, muči se u ljubavi, iskida nerve, istroši sva osećanja i stupa u brak kao brodolomnik.

Mati uđe u sobu.

— Baš dobro što si ranije naložila sobe. Dosta je po jedna vatra da izgori, otvori sva vrata, neka se smlači. Lepše izgleda kad se vide sve sobe.

— Hoću, mamice — govorila je kći kao u bunilu. — Kriniću, a zar ti ne možeš da ostaneš posle podne?

— Nisam pitala šefa, ali ja sad idem, pa ću ga zamoliti da me ranije pusti. Još sada ću se svečano obući.

— Požuri, Krinka, volela bih da i ti budeš tu kad Žarko dođe.

— Glavno je da si ti tu — dirala je Krinka. — Vidim da si srećna, sva si zaljubljena i rasejana.

— Ne znam, ne znam šta je u meni. Jeste, srećna sam.

— Ti zaslužuješ sreću, jer si dobra.

— A zar ti ne zaslužuješ? Ja ću se tako radovati da se i ti udaš.

— Ne, ja se neću nikad udavati. Ja ću ostati sa mamom.

— Koješta, da se ne udaš! Otkuda to ima smisla? Zašto? Zar ti, tako lepa, još lepša od mene, pa da se ne udaš?! Kriniću, hoćeš da mi nešto kažeš? Tako bih volela da mi to kažeš.

— Šta? — zapita Krinka i poblede.

— Tebe je voleo Dubravko? Je li, on te je voleo i on ti je to morao reći.

— Možda... Ali zašto me pitaš, on je otišao i zaboravio me...

— Ko zna, Kriniću, možda će on doći!

— Neće on doći... Neće! Neću ni da govorim o njemu.

— A zašto da ne govoriš? Lakše je kad se o nekom govori. Ja sam, Kriniću, nešto našla u jednoj tvojoj fiočici i ćutala sam, nisam htela da ti kažem...

— Šta si to našla? — trže se Krinka.

— Dve ogrlice, one iz Venecije, jednu plavu i jednu od korala, i jedan dijamantski prsten. Krinka, što si se tako promenila? Nemoj da plačeš! Dobra moja sestrice! On tebe voli, ja znam, to ti je Dubravko dao. Je li da ti je on dao? Onu plavu je tebi dao, a crvenu meni.

— Jeste — zajecala je Krinka. — I prsten mi je dao, pitao me da li hoću da budem njegova žena. Obećao je da će doći u Beograd i nije došao. Zato ti i nisam dala onu ogrlicu.

— Možda će on doći — milovala je Lola, sva raznežena.

— Neće on doći... On je otišao sa Amerikankom. Ona je bogata. A ja sam samo činovnica, sirota devojka. Sada uviđam da to nije bila ljubav kod njega. To je bilo samo trenutno oduševljenje. Video me je na moru i dopala sam mu se, kao što se događa mnogim devojkama. Preživi roman na moru, rastave se i mladić ih se više nikada i ne seti. Takva su bila i Dubravkova osećanja prema meni. On nije hteo čak ni da kaže ko je on zapravo. Čula si i ti da nije iz Šibenika. Ovo je ljubav, Lolo, kod Žarka. Vidiš, ćutao je, a voleo te. A on mi je pričao o svojoj ljubavi, a slagao me, otišao. Oprosti mi što ja plačem sada kad si ti tako srećna.

— Ako, isplači se. Ja sam osećala da tebe nešto tišti i da nešto kriješ.

— Samo mami nemoj ništa da pričaš. A onu ogrlicu daću ti docnije, reći ću da sam je ja kupila.

— Neću, bogami neću. Ali Žarka ću da pitam za Dubravka.

— Šta da ga pitaš? Nemoj, može nešto da pomisli.

— Ja ću vešto da zapitam kakav on utisak ima o njemu. Oni su često šetali, a on je ostao posle nas, možda se video sa njim i razgovarao.

— Dobro, pitaj ga. Ja ću da zadocnim. Moram da požurim. Do viđenja, Lolice! Jedva čekam da se vratim. Šta ćeš da obučeš?

— Haljinu od krepsatena.

— Ona ti vrlo dobro stoji.

— Zbogom, mamice!

— A što si ti plakala, Krinrću?

— Od radosti. Pričala sam sa Lolom i nešto smo se podsetile i rasplakale.

— I ja se tako podsećam i plačem — govorila je mati, misleći da su se one setile oca.

Lola je bila sva uzrujana. Uzela je novine, pa ih ostavila. Uzela je jedan ilustrovani časopis, a i to nije mogla da čita. Digla se i popravila grančice asparagusa. Jedna hrizantema se bila suviše previla preko vaze. Ispravila je. Učinilo joj se da i jastuče srcastog oblika ne stoji dobro.

— Samo da niko ne dođe sada! — govorila je mama.

— Ja sam zaključala vrata, pa ako neko naiđe, nećemo se javljati.

Mama izađe u kuhinju da skuva kafu. Ona opet zastade pred ogledalom. Ogledala se kao da prvi put gleda samu sebe. Bila je zadovoljna. Obrazi su joj bili rumeniji od ruža, a još više od uzbuđenja. Oči su joj se svetlile. Kako sreća preobrazi ženu! Prišla je prozoru i gledala iza fine zavese sa vezom. „Još pet minuta do četiri... Kazao je da će doći u četiri.”

Iz kuhinje se osećao jak miris kafe.

— Mama, hoću li i slatko da poslužim?

— Dabome, to je naš običaj. Pripremila sam od smokvica.

— A na večeru ćeš ga pozvati?

— Razume se. Što mi je ispečeno prase! Izneću ga hladno. Nisam ga isekla. Kad dođe Krinka, to ćemo ja i ona.

— A ako se, mama, ništa ne svrši?

— Bog s tobom, Lolo, pa što bi pisao i pitao da dođe? Nije on neki fićfirić! On je ozbiljan gospodin.

— Oh, mama, tako sam uzbuđena. Čekaj! Čini mi se da auto stade pred našom kućom!

Ona polete prozoru.

— Mama! Evo gospodina Žarka! Da vidiš samo kako je elegantan!

On izađe iz automobila u crnom zimskom kaputu, sa štapom i kožnim rukavicama, u lakovanim cipelama, sav elegantan, isplati šofera i mladićki priđe kapiji i otvori je.

Loli je lupalo srce, a u licu je bila kao božur. Utrčala je u predsoblje, brzo otključala vrata i odmakla se da sačeka kucanje. Koraci su se čuli sve bliže, a zatim i lako kucanje.

Ona je prišla i otvorila vrata.

Pred njom je stajao Žarko Gavrilović.

— O, gospođo Lolo! Kako se radujem što vas vidim! Jeste li dobro? Uvek ste lepi, kao na moru.

— Zahvaljujem, dobro sam. I ja se radujem što ste došli.

On joj poljubi ruku i držeći je neprestano u svojoj, zagledao joj se u oči.

— Tako sam srećan, Lolo! S nestrpljenjem sam očekivao vaš telegram. Bili ste dobri i odmah ste mi ga poslali.

— Čim sam dobila vaše pismo, poslala sam telegram. Bila sam tako iznenađena i srećna kad sam dobila vaše pismo!

— Je l' to istina? — pitao je gledajući je pravo u oči.

— Jeste. Uveravam vas. Hoćete li da skinete kaput?

On brzo skide zimski kaput, okači ga, ostavi šešir, štap, rukavice. Pojavi se i gospođa Branković.

— Dobar dan, gospođo — govorio je veleposednik, ljubeći joj ruku. — Radujem se što vas vidim i mnogo mi je žao vašeg muža — dodade on i reči saučešća, koje mati primi sa uzdahom, ali se uzdrža da ne zaplače u ovom trenutku.

— Hvala vam, gospodine Gavriloviću, na saučešću, i dobro došli! Izvolite! Izvolite u salon!

Uđoše u salon boje breskvina cveta. Bilo je tako lepo, elegantno i toplo, i osećao se miris orhideje.

Lola ga je posmatrala sa uzbuđenjem. „To će biti moj muž", mislila je u sebi. Čitav splet osećanja obuzeo joj je srce, radost, trema, uzrujanost.

On je bio vrlo elegantan. Crno odelo jako je lepo pristajalo uz njegove crne oči i obrve.

„On je tako lep", šaputala je Lola u sebi. „Tako elegantan, ima fine ruke i uzanu nogu."

Garvrilović pogleda mladu ženu svojim mekim, blagim pogledom, koji je nju toliko uzbuđivao.

— Uvek tako lepo izgledate.

Taj kompliment joj natera još veće crvenilo u obraze.

— Sad sam se malo popravila, a bila sam oslabila posle tatine smrti.

— Ja vam zato nisam hteo da pišem.

— A kako je mali Miša? Pričajte mi o njemu.

— On je vrlo dobro. More mu je prijalo. Lepo se popravio.

— Je li me Mišić zaboravio?

— Nije. Naprotiv, mi smo često razgovarali o vama. Juče sam mu kazao: „Sine, idem u Beograd da dovedem tvoju Lolu. Voliš li ti da ona dođe k nama?" Da ste samo čuli kako je živo prihvatio: „Dovedi je, tata! I da Lola ostane kod nas."

— On je zlatan, srce moje! Tako je dobar i pitom, ja sam ga, zbilja, mnogo volela. Sećam se, kako mi je uvek trčao u naručje.

Mati se neprimetno diže i ode iz sobe da bi ih ostavila na nekoliko trenutaka same.

— A jeste li samo Mišu voleli? — pitao je tiho.

Ona ga pogleda svojim slatkim očima i osmehnu mu se:

— Možda sam volela još nekog, ali nisam smela da se odam.

— A neko bi bio vrlo srećan da je to znao na Rabu. Da, vrlo srećan... Lolo, dopustite da vas tako zovem, ja sam dobro promislio pre nego što sam se odlučio na ovaj korak. Kažem „promislio", jer ovde su u pitanju vaša osećanja i jedno dete. Ja i Miša bićemo najsrećniji da vi budete naši. A hoćemo li mi vas usrećiti? Hoću li upravo ja moći da vas usrećim?

— Ja vam ne bih odgovorila da dođete da nisam osetila da ćete me vi usrećiti. Vi ste tako ozbiljni, dobri, lepo vaspitani i...

— Šta još? Zašto ne dovršite?

Ona je bila zbunjena, kao neka šiparica kojoj prvi put govore reči ljubavi... i naslonila se na ručicu divana, skrivajući rukom oči...

Žarko ustade sa svog mesta i sede kraj nje. Pruži ruku i dohvati njenu ručicu.

— Hajde, dovršite to što ste počeli.

— Vi... Vi... ste tako simpatični... da se možete dopasti jednoj ženi... — završila je ona, ne smejući da ga pogleda.

On uze njenu ruku i zadrža je dugo na svojim usnama.

— Vi kažete da sam simpatičan? A ja, vidite, Lolo, nisam bio srećan u braku.

— Možda žene nisu umele da vas ocene.

— Bio sam suviše dobar i popustljiv. Sve sam im činio. Posle sam uvideo da to ne valja.

— Sada ćete biti drukčiji?

— Ne, uvek ću biti isti, ali, vi ćete biti bolja od svih njih. Ja se nadam i mislim da me moje nade ovog puta neće prevariti.

— A ja mislim, trudiću se da vi i moj mali Miša, budete srećni sa mnom. Vi to zaslužujete.

— Voleo bih da to mišljenje uvek zadržite — govorio je naginjući se da joj vidi očice. — Ja sam zaljubljen, Lolo, u vas — šaputao je stežući joj ruku. — U mojim godinama to može da se dogodi, i to su opasne ljubavi ako ne naiđu na odziv. Vi tako umete da pogledate da ste osvojili i mog Mišu i mene. Smem li se nadati da ćete me voleti?

— To ne treba da pitate. Ja se nisam provodila, niti sam flertovala nikad, jer mi to nije dopuštao karakter. Uvek sam želela da nađem dobrog muža, da imam svoju kuću, decu, da živim za njih. A danas je to teško naći. Muškarac retko prilazi časno jednoj ženi. A kad ste mi napisali ono lepo pismo, ja sam bila beskrajno srećna, jer mi se činilo da sam u vama našla čoveka o kom sam snevala.

On joj opet poljubi ruku.

— Trudiću se, Lolo, da uvek budem takav čovek o kome ste snevali. Sećate li se, Lolo, kad je moj Miša razbio vaše ogledalce, ono prvo jutro kada smo se videli?

— Da, sećam se... I ja sam kazala da ne valja kad se razbije ogledalo.

— A ja sam u tom trenutku pomislio: „Ove lepe očice opčiniće moje srce i to neće biti dobro za mene...”

— Sad vidim da je dobro kad se razbije ogledalo.

— Mora da se kupi novo. Ja sam još onda rekao da Miša mora da kupi novu tašnu i ogledalce. Ali nije Miša kupio, ja sam to morao da učinim, jer sam suviše mnogo mislio na te lepe crne očice. Evo, da vidite.

On izvadi iz džepa jednu malu tašnicu, kao tabakeru, sa srebrnim poklopcem poprskanim dijamantima. Otvorio je i unutra se ukaza jedan prsten sa brilijantima, jedan zlatni kolje, isto tako sa brilijantima na zlatnom lančiću i jedna grivna od zlata.

— Oh, kako je sve to lepo! — prošaputa Lola.

— Dopuštate li da vam stavim ovaj prsten na ruku?

— Dopuštam — tiho je govorila i pogledala ga sa puno ljubavi.

— Taman za vašu ruku.

On uze grivnu.

— Da vidim da li može na vašu ruku?

Lola je navuče.

— Tako lepo stoji. Kako vi imate ukusa!

— Lepoj ženi se mora kupovati lep nakit. Ali vi ste još lepši! Da vam stavim kolje. To je porodični nakit, još od moje majke. Starinski je, ali je vrlo lep.

— Ja ovako nešto nikad nisam videla. Četvrtastog je oblika, a ove zlatne grančice tako su lepo izrađene, kao neki drvorez — ona uze da ga zakopča, ali su joj ruke drhtale.

— Ja ću vam pomoći. Dajte.

On uze lančić i prinese njenom vratu. Njegovi prsti dodirnuše njen nežni, obli vrat, iznad koga se videla lepa linija crne, podšišane kose.

Lola sva zadrhta. Mama uđe u sobu.

— Pogledaj, mama, šta sam dobila! Prsten, grivnu i kolje — govorila je sva uzbuđena i rumena.

— Ja sam, gospođo, dao prsten ne pitajući vas da li mi dajete Lolu. Ali mislim da ono što misli Lola, mislite i vi.

— Potpuno. Ja se radujem što će ona u vama naći muža kakav je potreban jednoj ženi. Verujte, Žarko, sad ću vas zvati tako, ovo je prvi radosni dan u ovoj našoj velikoj žalosti. Žalim što i otac njen nije živ da i on bude srećan. On ih je toliko voleo — izbrisa ona maramicom oči. — Oprostite što u ovom trenutku plačem, ali to je i od radosti.

— Da, ja vas razumem. I na vama se vidi velika promena. Lola već bolje izgleda. Njoj će prijati na selu. Ali treba da je upitam da li ona može da živi na selu?

— Zašto ne bih mogla? Selo je deo prirode, a ja obožavam prirodu. Za mene je čak i ova naša bašta deo prirode, naročito s proleća i leti ja sam uživala u njoj, a Krinka isto tako.

— A gde je Krinka?

— Ona je u kancelariji. Još malo, pa će doći.

— Baš volim i nju da vidim. Dakle, vi ćete moći da živite u banatskom selu?

— Vaša sela su uređena.

— Gotovo kao varošice. Ima i intelektualaca. Čak imamo i trotoar i korzo, razna udruženja, zabave. Moja vila je vrlo lepa. Ima jedna velika terasa, i najviše volim leti da sedim na njoj kad su rascvetane ruže i lipe. Sem toga, ja volim i jahanje.

— I ja bih volela da me naučite da jašem.

— Ako se ne bojite.

— Vi ćete me ohrabriti. To je najlepši sport. Ali vaši konji su sigurno opasni?

— Ima jedan malo pitomiji. Zvezdan. Njega bih dresirao za vas. Lepo je izjahati s proleća kad voćnjaci cvetaju. Uvek na konju obilazim imanje i radnike. A zimi volim sankanje. To će se i vama dopasti. Miša je sav srećan kad sedne u saonice. Još kad se metnu praporci, pa zveče, on ne zna šta bi od radosti.

— Oh, to je divno. Još kad je lep drum, beo, a sneg svuda.

— U Banatu su svuda lepi drumovi. Zimi se prostre snežna belina kao stepa. Neko ne voli ravnicu. Planincima se ne sviđa Banat, ali za mene ravnice su kao zelena mora. Ja sam oko kuće podigao čitav park. Leti je tako gust hlad i zelenilo da se i ne oseti žega. Svako godišnje doba zanimljivo je na selu. Ko voli selo ne oseća dosadu. A ako je dosadno, onda su tu kola, i za čas ste u varoši. Mi Vojvođani volimo konje i kola. Mene nikad ne oduševljava vožnja autom toliko koliko fijakerom.

— Pravo kažete, to je lepše — prihvati gospođa Branković. — Ja automobil nikako ne volim. Strepi čovek kad je u njemu, besomučno juri, pa se ništa ne vidi i ne može da se uživa u prirodi. I svaki čas sudar ili gaženje.

— Kako vi pričate, ja već počinjem da volim vaše selo.

— Bojim se toga što ste živeli u velikoj varoši. To je veliki prelaz.

— A šta smo mi imali od ove velike varoši? Verujte mi, gotovo nigde za tri meseca nismo izašle. Sav nam je život u kući i u posetama rodbini. Mi smo, Žarko, navikli na taj život u porodici. Moj pokojni Bora nije bio neki kafanski čovek koji voli provod izvan kuće, nego je najsrećniji bio kad smo kod kuće, kad imamo društvo u kući.

— To je najlepše. Pravi život je u kući i u porodici. I ja to volim. Ja sam veseljak po prirodi i volim da mi neko dođe na ručak, večeru, volim veselo društvo. Samo mi je kuća prazna bez žene, domaćice. Lola će da unese život u našu kuću. Ja verujem da ona voli kuću.

— Ne mogu da je hvalim — govorila je mati — ali ona i Krinka vole kuću. Po ceo dan one nameštaju u kući, šiju, mese.

— To ženama i liči. Ništa nije lepše nego kad žena ima smisla za kuću. Ona može biti i dama, gospođa, ali viđao sam više primera dame i gospođe u društvu, a kod kuće nikakav red. A kod vas, čim sam ušao, video sam kako je lepo, oseća se ruka domaćice. Kod mene je sad sve prepušteno posluzi, a ona potkrada, neće da radi kako valja, a sestra mi je stalno slabunjava.

— Kako je gospođi Banić?

— Nije najbolje. Ona ima nekoliko komplikovanih bolesti i mora stalno da je na dijeti. Inače, toliko se i ona raduje Lolinom dolasku. Zavolela ju je još letos. I kad sam joj kazao da mislim Lolu da zaprosim, ona je bila vrlo srećna, jedino je primetila: „Ona je mlađa od tebe".

— I moj pokojni Bora bio je više od deset godina stariji od mene. A bili smo najsrećniji. A vi izgledate kao neki mladić. Ja sam oduvek za to da devojka ne treba da se udaje za balavca, nego za ozbiljnog čoveka, koji shvata šta je to kuća, porodica, deca.

— A šta Lola na to kaže?

— Ja nikad nisam gledala balavce. Jeste, ja sam se prvi put udala kao derište za mladog čoveka, tek onako, da se udam. Sad sasvim drugačije shvatam brak. Muž treba da imponuje ženi. Nije dovoljno da je samo voli, već i da ga ona ceni, da se ponosi što je on njen muž. Oprostite, sad ću doneti slatko i kafu.

Lola ustade. Vitka u stasu, bujnih grudi i bedara, ona je bila primamljiva i elegantna. Male noge u lakovanim cipelama bile su joj tako lepe, a iznad stopala su se dizali divno izvajani listovi. Žarko je gledao zaljubljenim očima.

— Pogledaj, mama, ovaj kolje, kako je interesantan! To je stari nakit.

— Zbilja, baš je lep.

— I grivna, vidi, mama! Pogledaj i prsten.

— Njih dve se uvek kao deca raduju svakom poklonu. Tata im je uvek kupovao — podsećala se mati onoga koga više nije bilo među njima.

Lola izađe u kuhinju. Spolja su se čuli žurni koraci Krinkini. Ona ulete u kuhinju.

— Krinka, kako sam srećna! — uzviknu Lola.

— Je li došao?

— Jeste. Pogledaj... Pogledaj šta sam dobila!

Sestre se zagrliše. Krinka je plakala od radosti, a Lola je htela da joj sve kaže, da joj sve ispriča.

— On je divan, tako me voli. I Miša se raduje što ću da budem njegova mama. Učiće me jahanju. Kaže da ima jednog mirnog konja. A oko kuće mu je veliki park. Što je lepo na selu! Zimi, kao stepa. A zamisli, ima sanke pa ćemo se sankati na zimu. Ti i mama ćete doći kod mene. Svi ćemo biti srećni! Je li, Kriniću, raduješ li se i ti?

— Ne možeš ni da zamisliš! Nisam mogla ništa da mislim danas posle podne. Sva sam bila rasejana, jedva sam čekala da dođem. A šta si to dobila?

— Pogledaj, prsten sa brilijantom... grivnu, a ovaj kolje je njihov stari porodični nakit... Pogledaj samo!

— Dobar dan — govorila je Krinka ulazeći u sobu. — Kako mi je prijatno što ste došli!

— O, gospođice Krinka! Baš se radujem da vas vidim... Pitao sam maločas za vas, rekoše da ste u kancelariji. Vredni ste, radite.

— Navikla sam se već na kancelarijski posao.

— Ipak to nije za žene. Ali danas i žene moraju da rade zajedno sa muškarcima.

— Još smo nekad vrednije od muškaraca. Verujte, kod mene u kancelariji činovnice su jako vredne.

— Samo je teško, Žarko — umeša se mati — što i pre i posle podne mora da je u kancelariji. Prosto sam željna da je vidim kod kuće. Žuri izjutra, žuri posle ručka, nikad da se odmori.

— To je, mama, činovnički život. Istina, bolje bi bilo da radim samo pre podne, makar do dva sata. Kad bih dolazila u dva sata znala bih da sam slobodna, da mogu da se odmorim, da čitam, da radim ručni rad, da izađem u šetnju. A ovako, kad sam u kancelariji do šest, ne marim ni da šetam, umorna sam i za pozorište, i najviše volim da dođem pravo kući. Još, ja sam srećna što mi imamo lepu baštu kao park. A kako ste vi, gospodine Gavriloviću, i vaš mali Miša, i gospođa Banić?

— Vrlo dobro. Jesen je bila lepa. Istina, imamo i mi vetra, jer je kod nas ravnica, ali obrali smo vinograd, jabuke, orahe. Život na selu je uvek zanimljiv.

— Znam da vi volite selo i ekonomiju. Lolo, daj meni poslužavnik — skoči Krinka i dohvati joj ga iz ruke. — Izvolite, gospodine.

— E, neću više da me zovete gospodine. Sad sam ja za vas samo Žarko.

— Izvolite, Žarko — nudila ga je Krinka smešeći se.

— Ko je kuvao slatko?

— Ne mogu da kažem... Tri puta smo kuvali od smokvica. Znam da je jedno i Lola kuvala. Možda je baš ovo Lolino slatko.

— Onda mora biti najukusnije.

On pogleda Lolu... Njene oči su blistale kao brilijanti.

— Tako je lep onaj kolje! Uopšte, sve što ste joj doneli — hvalila je Krinka.

Žarko spusti čašu i dodade:

— Hteo sam i vama nešto da kupim, i mami, ali ne znam šta vi volite, pa ćemo sutra zajedno u kupovinu.

— O, nemojte vi meni ništa da kupujete.

— Kako da ne kupim svojoj svastiki!

— Hvala lepo. Vi ste uvek kavaljer... Mama, uzmi i ti slatko.

Mati dohvati kašičicom i videći onako lepu staklasto providnu smokvu, nije mogla da se uzdrži već zapita zeta:

— Kako vam se dopada slatko?

— Izvanredno... Ja volim slatkiše i kolače. Kod mene uvek mora da bude testa.

— Oh, baš se radujem što volite kolače, jer ih i ja obožavam. I da znate, mnogo kolača znam da mesim.

— Vidite, znao sam da ćete nam zasladiti život.

— Spremiću ja vama i Loli nekoliko tegli slatkoga... Nakuvala sam još proletos i letos, dok je moj jadni Bora bio živ. Uzmite kafu, Žarko! Volite li kafu?

— Mnogo volim.

— I moja Lola bi po ceo dan pila kafu. A pušite li?

— Niko od nas ne puši.

— Dopuštate li meni da zapalim cigaretu?

— Izvolite! Samo vi pušite.

— Ja ne volim kad vidim da devojke puše — govorila je Krinka.

— To je sada ušlo u modu. Sve puše. Mada za ženu nije cigareta. Uzmite, na primer, mati ima dete, a puši uz njega.

— Ja sam to uvek branila. I one same to nisu htele. Žarko, vi ćete ostati kod nas da večerate. Ne puštamo vas da odete.

— Hvala lepo, biće mi prijatno da budem s vama.

— A gde ste odseli?

— U hotelu. Uvek odsedam na istom mestu kad dolazim u Beograd.

— A vi ste već dolazili u Beograd?

— Toliko puta.

— Nikad se nismo sreli.

— Možda smo se i sreli? Ko zna?

— Mi na korzo ne izlazimo... Samo što prođemo kad idemo na Kalemegdan... Jeste vi videli Kalemegdan?

— Video sam. Kolosalno je uređen. Svaki Evropljanin bi mogao da se divi parku i položaju Kalemegdana.

— Jeste li mnogo putovali?

— Dosta sam putovao. Ja volim da putujem.

— I ja volim — oduševljavala se Lola.

— Svako leto ćemo nekud putovati. A i preko godine ja odlazim. Prošle godine sam o Božiću bio u Dubrovniku. Četiri dana sam tamo proveo, vodio sam i Mišu. Tako smo se prijatno proveli.

Lola je sve te reči gutala. One su joj otkrivale njegov život i u isto vreme ukazivao joj se njen život kraj njega. Bila je sva ushićena, razmažena.

— Izvinite, Žarko, ja ću sa Krinkom da postavim. A vi razgovarajte sa Lolom — ispriča se mati i izađe iz sobe. Jedva je čekala da podeli svoju radost sa Krinkom.

— Krasan čovek! Krasan! To je Lolina sreća! Pametan čovek i bogat, živeće pored njega lepo. Neće znati za oskudicu.

— Njenom udajom velika nam je briga skinuta.

— Kako da nam nije skinuta? Ti imaš svoju službu i platu, a ona, šta bi bila? Daktilografkinja. Kakva je danas plata daktilografkinje? Da se muči i kuca po ceo dan za pet stotina dinara. Više bi cipela pocepala. Ovako se udaje, a ja i ti, Krinka, lepo ćemo sa tvojih hiljadu pet stotina. Od onih dvadeset hiljada moraćemo nešto da odvojimo i za Lolu. Treba da joj kupimo veša, neku haljinu. Možda će trebati nešto i nameštaja. Ja ću ga posle pitati. Glavno je, Kriniću, da nju osiguramo. Jesi li ti za to, sine?

— Mama, ti ne možeš da zamisliš koliko se ja radujem. Sve ćemo za nju da učinimo. Samo će nam biti užasno prazno kad ode Lola. Za tebe me je briga. Sama si u kući i stalno plačeš. Ali ti si pametna, mamice. Ti ćeš za mene da živiš, a ja za tebe. Pa kad ti je teško otiđi do kuma-Lepe, ona te voli i razume. Koliko su ona i kum Milan dobri prema nama!

— Kad reče kuma Lepa, trči, Kriniću, da joj javiš da je došao Žarko, i da se Lola prstenovala. Ona me je molila da joj to odmah javim. „Neću imati mira”, veli, „dok mi ne javiš, da li je došao i šta je bilo”. Bože, koliko su se radovali kad sam im juče kazala, pa još kad rekoh da je veleposednik! Ona se iznenadi: „Znaš li ti, kumo, šta je veleposednik?! Spahija! Ima znači spahiluk!” I vidiš, maločas je pričao da ima vilu, imanje, kola, konje, voćnjake. To je bogatstvo. A uz to dobar i lep čovek! Gledam ga, baš lep čovek.

— I vidi se da je voli.

— Pa Lola nije trčala za njim ni jurila zbog bogatstva, nego i on se njoj dopao. Vidim, sva je srećna. Ako, ako! Bože daj da se i ti, Krinka, lepo udaš. Da vas obe udam pa da uzmem negde sobu i kuhinju. Hiljadu i dvesta, pa i trista dinara kirije, uvek ću da dobijem za ovu kuću. To će meni biti dosta.

— Ne, mamice, ja neću da se udajem. Ja ću tebe celog života da čuvam. Ti ne bi mogla sama. Ti si moja zlatna mamica. Samo da je još i tata s nama — zajeca i zaplaka i za ocem i za Dubravkom.

Pade mami na grudi i obe zajecaše.

— Nemoj danas da plačemo, Krin- ću. Uzdržimo se. Treba da budemo srećni danas. Ali ne mogu. Idi, Krin- ću, do kuma-Lepe, samo joj javi da je Lola isprošena... I zamoli je da pošalje njenu Lizu neka javi našoj Dari da dođe sutra da mi pomogne oko ručka. Ogrni se i utopli, strašno duva.

— Odmah ću se vratiti.

— Vrati se, pa da postaviš sto. I reci kuma-Lepi, neka sutra izjutra rano dođe na kafu. Ako može, neka svrati i kum Milan pre kancelarije, da im Lola pokaže šta je dobila.

— Da vidite Banat! Tu nema brda, sve je ravnica, njive, zabrani, voćnjaci. Ima Banaćana koji nikad nisu videli brdo. Njima je teško objasniti planinu. Oni žive na ravnici, kao na pučini.

— Pučina je divna. Ja more obožavam. Kako je bilo lepo letos na Rabu! — uzdahne Krinka.

— A je l'te — seti se Žarko — je li vam pisao Dubravko?

Jedno parče torte zasta Krinki u grlu i ona oseti kako joj krv jurnu u lice.

— Nije pisao — prihvati brzo Lola to tako dobro pitanje da bi mogla da se makar išta obavesti o tom mladiću. — A je li vama, to jest tebi, je li tebi pisao?

— Nije ni meni. Ali me čudi da se vama, ili da priznam iskreno, Krinki nije javio.

— Zašto baš meni? — zbuni se ona.

— Zato što mi je priznao jedne večeri da mu se vi mnogo dopadate, da ste onakva devojka kakvu bi on uzeo za ženu.

— Ah, Žarko, ostavi to što današnja mladež priča! — umeša se mati koja nije volela da se razgovara o Dubravku.

Ali Lola nije htela da prekine tu temu, već se okrete svom vereniku:

— Je li, Žarko, kakvo ti imaš mišljenje o tom Dalmatincu?

— To je mladić vrlo simpatičan, lep, i čovek sa evropskom kulturom u pravom smislu te reči. U razgovoru s njim pretresali smo mnoga pitanja, i ja sam video da je neobično obrazovan i načitan mladić. On je pokazivao veliki interes za ekonomiju. Jednom me je pitao, gde u našoj zemlji može da se gaji pamuk, pirinač, te južnjačke poljoprivredne kulture. Rekao je još i to da bi rado kupio neki posed i raspitivao se gde bi bilo najbolje da ga kupi.

Krinka je bila toliko uzbuđena od tih njegovih reči da je mogla da zaplače. Ipak on nije rđav, on je kulturan, jer kad takvo mišljenje ima o njemu jedan ozbiljan čovek kao Žarko, on ne može biti neki hohštapler. Da ne bi izgledalo ovo njeno ćutanje čudnovato, ona je savladala svoje uzbuđenje i sasvim mirnim glasom rekla:

— On je iza nas ostao na Rabu sa onom Amerikankom. To je njegova verenica, ona nam je to sama kazala.

Izgovorila je te reči kao da pred islednikom ispoveda ono što joj zadaje bol.

— Posle vašeg odlaska ja ga nikako nisam video. On je najednom iščezao. Onoga dana, kad ste vi otputovale, odmah pre podne, krenuo je jedan izletnički brod. Meni je bilo dosadno, priznajem, nije tu više bila Lola — reče on sa osmehom i opet je privuče sebi — i ja uzmem Mišu i sve vreme smo proveli na moru. Uveče ga nisam video, a sutradan ga više nije bilo. Mislim da je otputovao odmah drugog dana. Jeste li se vi s njim oprostili?

— Ne, mi ga nismo videle, niti smo mu kazale da iznenada putujemo — govorila je Krinka u množini.

— Čule smo o njemu neke stvari, pa nije imalo smisla da se od njega opraštaju — govorila je mati, želeći da malo izmeni ono lepo mišljenje, koje je o njemu dao Žarko.

— Šta ste to čuli?

Lola mu objasni.

— Vidiš, on je nama kazao da je privatni činovnik u Šibeniku, a Vlatko je tamo imao jednog druga i raspitao se o njemu. I baš na dan našeg polaska on mu je odgovorio da u Šibeniku takav mladić ne postoji. A kako se on tebi predstavljao?

— I meni je rekao da je činovnik, a ja se dalje nisam raspitivao. Ali sam dobio utisak da je on dobro situiran mladić. Odseo je u najvećem hotelu u kome nije baš tako jeftino. Uostalom, ne znam ništa.

— Možda je njega ona Amerikanka izdržavala — dodade mati.

— To nije nemoguće. On je vrlo lep mladić, ona se, možda, zaljubila u njega, a te Amerikanke su čudne. One su u stanju da se venčaju sa primašem ili igračem u baru ako im se dopadne, ali ja nisam stekao utisak da je on u nju zaljubljen. Ona nije lepa, meni je bila čak antipatična, suva, koščata i nekako bezizrazna.

— Jesu li oni bili zajedno... u jednoj sobi? — raspitivala se Lola.

— Nisu, ona je bila na prvom spratu, a on na drugom. Ručavali su zajedno. Ali oni su bili svega dva dana zajedno. Bar sam ih ja toliko video. I iz svih razgovora sa njim, ja sam zaključio da je on zaljubljen... u Krinku.

— Žarko, uzmite još jedno parče torte — prekidala je mati ovaj razgovor. — Mi ćemo našu Krinku da udamo za nekog dobrog čoveka, kao što ste vi. Ako on nije ono za što se predstavljao, bar je pošten i više se ne javlja.

— Ja to ne mogu da pojedem. Hvala lepo! Izvrsna je Lolina torta, ali verujte, ne mogu više.

— Krin   — Kriniću, onda donesi kafu. Znam da vam se dopada moja kafa. Ja uvek kuvam jaku, ali slatku.

Žarko pogleda na sat.

— Prošlo je deset. Ja već treba da idem. U koliko sati mogu da dođem sutra pre podne? U deset? Nije li rano?

— Možeš slobodno, ja ću biti gotova.

— I znaš, Žarko, kod nas ćeš da ručaš. Dok si u Beogradu naš si gost...

— Hvala lepo, meni je vrlo prijatno. Onda ću sutra doći da idemo nešto da kupimo, a posle podne će i Krinka sa nama.

— Hvala, Žarko. Kako si ti dobar! Toliko te je hvalila gospođa Župančić!

— I vas je ona hvalila. To je krasna porodica!

———

Bilo je posle podne, sutradan. Auto zastade pred jednom konfekcijskom radnjom. Iz kola izađe Žarko i pridrža Lolu i Krinku.

— Ima li tu gotovih haljina? — pitao je on.

— Ima, vrlo lepih.

Uđoše. Ubrzo je čitav breg haljina stajao pred njima.

— Ova višnjeva će ti, Lolo, lepo stajati. Ti inače nećeš nositi crninu.

— I mama je kazala da je skinem. Da, žalost je u srcu.

Ali u ovom trenutku njene oči su blistale od sreće.

— Hoćete li, gospođice, da probate? — pitala je prodavačica. — Ovo je izvanredno parče, tako šik, nešto najmodernije, kao da je za vas šiveno.

Ona je nastavljala hvale sa onom slatkorečivošću prodavačica koje nikad ne pokazuju umor kad osete bogatiju mušteriju, i nije žalila truda da im pokaže sve haljine.

Lola se pojavi iza paravana. Bila je ljupka i sveža kao bulka.

— Tako si lepa, Lolo — ushićivao se Žarko.

— Divno, Lolo, izgledaš! — hvalila je Krinka.

— Gospođica je kao lutka! — uzvikivala je prodavačica. — I dužina je vaša, baš kao za vas. A što imate liniju! Pogledajte, gospodine!

— Odvojite tu haljinu.

— Šta staje? — pitala je pažljivo Lola.

Žarko je steže za ruku, sav zaljubljen.

— Ništa ti ne pitaj za cenu, samo ako ti se dopada. Sad Krinka da proba jednu haljinu.

— Nemoj, Žarko, meni. Dosta je što si nakupovao Loli!

— Ne, ne, moram i tebi.

— Tebi, Kriniću, crnu.

— Ja ću od štofa. Baš mi je potrebna štofana.

— Ima jedna crna, izvanredna. Tako moderna, jedno parče neobično šik, bez dekoltea.

— To baš volim.

Krinka obuče i pojavi se.

Bila je božanstveno lepa sa crnom haljinom zatvorenom do brade i dugom plavom kosom koja se spuštala do ramena. Ličila je na one mlade vlastelinke iz srednjeg veka, mirnih, sanjalačkih očiju, sa nekom tugom, melanholičnim osmehom i finim ručicama.

— KrinIću, što si zlatna! — govorila je iskreno Lola.

— Samo da ti se malo potesni u stasu.

— Oh, Žarko, ja ne znam kako da ti se zahvalim — uzbuđeno je govorila Krinka.

— A sad dajte onu haljinu od zelenog somota.

— Šta će to, Žarko, to je skupo — šaputala je Lola.

— Nemoj — on je opet steže za ručicu. — Pusti ti mene da ja biram. Videćeš da imam ukusa.

— Oh, ja to vidim, ali ti biraš sve što je najfinije. A mi smo uvek kupovale sve jeftino i same šile.

— Ovoga puta dozvoli mi da ja kupim gotovo.

Prodavačica je sva srećna hvalila haljinu kao neko remek-delo.

— Obuci je, Lolo.

Lola se pojavi kao neka lepa princeza u dugoj haljini od zelenog velura.

Bila je tako lepa da Krinka ništa nije mogla da kaže od uzbuđenja, samo je pljesnula rukama.

— Zbilja je lepa haljina!

— Ali, Žarko, zašto uzimamo ovako skupocene haljine? Mi ćemo živeti na selu.

— I u selu se dame oblače. I još kako! Imaćemo mi večere, slave, zabave, a ja hoću da ti budeš najlepša.

Dok su stajali u radnji on se okrete da vidi šta još može da uzme. Čitava je gomila bila odvojena za nju. Lola nije mogla da dođe sebi od iznenađenja. Činilo joj se kao da sanja.

— A imaš li ti zimsku bundu?

— Imam, to mi nije potrebno. Imam kraću bundicu, a prošle godine smo šile zimske kapute. I ja i Krinka. Ne, ne, to ne treba! — usprotivi se Lola, navikla da štedi.

— Dobro, ali ako ti bude hladno u Banatu, onda ćemo kupiti i bundu.

Svi u radnji su im se duboko klanjali i zahvaljivali. Oni dadoše adresu da se to odmah odnese kući.

Uđoše u jednu trgovinu da mami kupe štof za haljinu. Svratiše i u jednu radnju sa cipelama. Žarko spazi papučice sa perjem. Kupio je jedan par Loli i jedne crne Krinki.

— Više nećemo nigde svraćati, toliko si potrošio! — sa strahom je govorila Lola.

— Za moju Lolu ja bih sve dao — šaputao je on, hvatajući je ispod ruke.

— Sad još da kupimo igračke za Mišu. To ćemo ja i Krinka da kupimo. Ponele smo pare. Ne, to ne dam da ti kupiš.

— Dobro, kad baš hoćete, uzmite po jednu igračku, a ja ću kupiti još nešto, pa ću mu reći da si sve to ti kupila.

I tu dadoše adresu da se odnese kući. Promicale su krupne pahulje snega.

— Oh, kako je lepo!

Na svetlosti izloga pahuljice su se njihale kao leptiri. Svet je bio razdragan na ulici. Prvi sneg uvek donosi radost.

Njihov auto je čekao pored trotoara. Krinka se prva pope. Žarko je još držao Lolu ispod ruke. U tom momentu na trotoaru se pojavi Spomenka. Ona zastade sva zgranuta. Vide kako Vojvođanin pridržava Lolu pri penjanju, kako se pope i on, i kako sve troje sede stisnuti. Lola i Krinka je spaziše i klimnuše joj glavom. Lola steže ruku Krinki, dajući joj znak.

— Ono je gospođica Spomenka! — primeti Žarko.

— Da, ona!

Veleposednik je pozdravi. Ona je još uvek stajala na trotoaru trudeći se da shvati sve što je videla. Šofer zalupi vrata, sede za volan i auto pojuri, a Spomenka je stajala kao zgromljena.

Auto je jurio, a pahuljice su se kovitlale oko prozora i lepile se za staklo, topeći se odmah.

— Što je lepo voziti se! — govorila je Lola. — Ništa nije hladno.

— Nimalo. Kad pada sneg uvek je toplije.

On uze njenu ručicu u rukavici i, držeći je ispod ruke, stezao je svojom muškom šakom. Lola je bila sva stisnuta uz njega, sedeći u sredini, i sva uzbuđena od blizine, mekih jastučića i vožnje kroz snežno poetično veče.

— Hoćete li da se izvezemo van varoši i da svratimo u neki restoran na čaj? Sada je pola šest.

— Možemo! Tako se radujem! — veselila se Lola, a i Krinka.

— Prvo da idemo u Topčider, posle možemo i na Dedinje — predlagao je Žarko. — Šofer, vozite nas izvan grada, gde vi hoćete i kojim putem hoćete, pa nas dovezite u neki restoran.

Šofer je jedva dočekao, jer je želeo da što više zaradi, i auto pojuri još većom brzinom izvan grada. Drum je bio suv, i sneg se beleo kao neka bela prašina. Jurili su kraj elegantnih vila. Žarko je stezao ruku svoje male verenice. Bio je uzbuđen i osećao je njeno toplo telo koje mu se prislanjalo na mišicu. Ćutali su jer su njegove ruke stezale njene, a srca su im jače lupala. A Krinka je bila sa svojim mislima, utonula u svoju tugu. Ova atmosfera ljubavi oko nje podsetila ju je na najlepše časove njenog života, na onu strašnu i veličanstvenu noć na obali sred razgnevljenog mora! Zaklopila je oči i činilo joj se da oseća usne Dubravkove. Videla je njegove velike mrke oči, tako lepe u ljubomori, u gnevu, u ljubavi. „Zašto me je ostavio? Zašto me je zaboravio?" Kakva je tuga bila u njoj! To nije niko znao, to niko nije mogao da oseti. Ona je krila svoj bol, svoje očajanje. Sećala se svake Žarkove reči. „On je čovek evropske kulture. Pa ko je on? Gde je? Što mi ne piše? Dođi, Dubravko, dođi, ljubavi moja?"

Auto je jurio, pahuljice su naletale na prozor. Na svetlu sijalica video se njihov nestašni kovitlac. Lola je skinula rukavicu i Žarko joj je ljubio ruku. On je čeznuo da je privuče na grudi. Bila je tu kraj njega, on je osećao njen parfem, njene tople ručice. Sneg je vejao, put je bivao sve belji. A Krinkine oči su postajale sve tužnije, i dve suze su joj mutile pogled i razlivale se po njenim tužnim, lepim, plavim očima. Ona je u toj beloj zimskoj noći bila s njim, Dubravkom, na moru, samo s njim. A Lola je sva utonula u meko jastuče, sva se oslonila na svoga verenika, zaklopila oči, a Žarkovi poljupci na njenoj ruci kao da su joj prolazli kroz kožu, ulazili u vene, u srce, mozak. Njene usne drhtale su od čežnje, ona je bila srećna, tako srećna, kao bele pahuljice, što se pomamno kovitlaju.

———

Iz vagona druge klase izađe brzo Žarko i pruži ruku Loli, zatim njihovoj mami i Krinki. Skinuli su se na jednoj manjoj stanici, gde su se na prozorima videle lepe zavese.

Mladić u odelu od šajaka, s malim banatskim šeširićem, rumen i okruglih obraza, brzo priđe veleposedniku, skidajući šešir.

— Ja sam došao, gospodine, sa sankama. Vi ste telegramom javili da iziđem s kolima, ali sneg je toliko napadao da sanke lete kao po staklu.

— Vrlo dobro, Milane! To si pametno uradio — reče mu veselo Žarko i pljesnu ga po ramenu. — Ovo je moj kočijaš — predstavi ga.

Mladić se zbunjeno pokloni videći dve lepe devojke, a Lola, uvek srdačna, pruži mu ruku, što mladića zbuni, i on se nespretno pokloni polaskan njenom pažnjom.

— Kako se radujem što ćemo se sankati! Voliš li, mama?

— Ne pamtim kada sam se vozila sankama.

— Jesi li doneo ćebad?

— Sve sam spremio. Ugrejao sam i cigle da ne bude hladno s nogu.

— Nije to daleko, za tri četvrt sata smo u selu. A sad je tek pola četiri. Dobro je što ne pada sneg. A ovo je baš lepo ispalo što je napadao noćas pa ćemo se malo prosankati. Eno, sanke nas čekaju.

Dva sjajna vranca, čija se dlaka prelivala kao svila, nervozno su strigli ušima, udarajući čas jednom, čas drugom potkovicom u sneg.

Topla ćebad bila su prebačena preko njih, a iz nozdrva im je udarala para. Saonice, crne, lakovane, bile su još crnje na snegu, a sedišta su bila od somota višnjeve boje. Praporci su zvečali na amovima, čim bi se konji pokrenuli.

— Straga možete sesti sve tri. A ja ću napred. Sedište je široko. Tako široke sanke sam i pravio da može ugodno da se sedne i pokrije ćebetom.

— Mama, tebe ćemo u sredinu da ti bude toplije.

— Ne, neka Krinka sedne u sredinu. Ja i ti imamo bunde, pa će se grejati od naših bundi. Vidiš da je pametno što si obukla bundu.

Debelo, plišano ćebe, šareno kao tigrova koža, prostreše preko kolena i Žarko ga ututka oko Lolinih nogu i nogu njene majke. Naslon od sanki bio je visok i leđa su im se potpuno naslanjala na meko jastuče.

— Otelo, miran da budeš! — govorio je Žarko dešnjaku, koji je jače rzao.

Kočijaš samo podiže bič i puknu, ne udarajući konje. Oni poleteše kao strele. Saonice su bile igračka za njih.

— Ovo je baš lepa vožnja! Ja mislim da ništa nema prijatnije od sankanja! — nastavljala je misli Lola. — Ti, Kriniću, ćutiš. To znači da uživaš. Ja uvek moram da glasno izražavam svoja osećanja, a Krinka kad joj je prijatno ćuti.

— Ne znam šta pre da pogledam — odgovori joj ona. — Vidi onaj voćnjak pod snegom. Ko bi onako nešto mogao da naslika? Kao neka snežna bajka. Kako sneg ima neku plavičastu boju. Vi ste srećni što ste uvek u prirodi.

— Priroda je moj provod. U lepoj prirodi nema dosade. Banat nije neka romantična lepota i divljina, ali u tim poljima ima poezije. Vidite ova polja kako su lepa sada, a predstavite sebi kako je tek leti, kad se talasa žito kao more.

— A šta je ono onako visoko?

— To je đeram. Znate onu pesmicu: *Škripi đeram*. Đermom zahvataju vodu.

— A ono? Je li ono vetrenjača?

— Da, u Banatu i Bačkoj ih još ima.

— Crkvica! Eno, dve! Kako lepo izgleda toranj.

— I kućice kako su lepe!

— Sve kao pod konac. Mora da je čisto u tim kućicama.

— Banaćanke su vrlo čiste žene. Eno, ono su moje njive.

— Tamo?

— Sve ono što vidite.

— Ali nigde nema drveta. Gde se leti sklone kad rade? Mora da je vrućina.

— Kraj kola. Arnjevi prave hlad. Zemljoradnik nije gospodin, on je naučio da podnosi svaku nepogodu, i kišu kao i sneg. Je li vam hladno?

— Nimalo.

— Meni bar nije! Tako me greje mamina i Lolina bunda!

— A tebi, Lolo — reče Žarko i uhvati je za ruku. — Ti si obukla tanke kožne rukavice. Moraću ti kupiti podstavljene.

— Meni nikada nije hladno, ja nisam zimljiva.

On joj je držao ruku na ćebetu, stežući je polako svojom podstavljenom rukavicom.

— Baš je prijatno ovako prosankati se na vazduhu. Mene uvek boli glava od uglja u vozu — nastavljala je Krinka. — A kako se ti, mama, osećaš?

— Sasvim dobro. Posmatram kako je lep ovaj predeo pod snegom.

Prođoše dva-tri seoceta. Promicali su pokraj voćnjaka, vinograda, šumaraka. Sva priroda bila je okićena snegom kao nekim belim krznom. Opružene grane poprašene snegom, bile su prosto fantastične. Puno naslaga snega, u svakoj račvi grane, kao bela gnezdašca.

U voćnjacima se dodirivalo belo drveće uvijeno kao u neku belu izmaglicu. Njive, prostrane kao stepa. Ponegde su se videli mali brežuljci od brazda, a negde je sve bilo zaravnjeno, glatko i sjajno. Šiljasti krovovi bili su kao male, bele piramide. Opet crkva. Opet selo. Projurile bi poneke sanke ili seljačka kola. Telefonske žice su se belele kao beli gajtani. Na kolovozima se caklila plavičasta pruga i njena je boja treperila nad belinom. Nebo je bilo sivo, kao srebrno. Konji su leteli i bič pucao.

Mama, Lola i Krinka su se zarumenele. Melanholične Krinkine oči imale su beskrajno nežni izraz. Taj odblesak beline davao je još više svežine njihovom licu.

— Eno, vidi se moje selo.

Lola je bila jako uzbuđena. Uprla je svoj pogled kroz tu belinu da nazre mesto gde će odsada živeti.

— Pa to je veliko selo!

— Ima skoro deset hiljada stanovnika.

— Kako ima lepih kuća! Čija je ona velika i lepa kuća?

— Našeg prote.

Konji su osetili blizinu kuće i jurnuše još bešnje.

— A vidi li se tvoja kuća?

— Još malo, dok zavijemo drumom u selo.

— Pa to je prava varošica! — divila se mati.

— Videćete, ima tu kuća, kafana, trgovina, raznih udruženja. Eto, vidite li onu vilu? To je moja kuća.

— Jaoj, što je lepa!

Loli je stao dah, oči su joj bile otvorene kao u deteta, koje vidi nešto novo i raduje se. I mati i Krinka su bile uzbuđene.

— Ala ti je lepa vila! Kao neki mali zamak!

— Jedan ruski arhitekta mi je pravio plan, pa mi je predložio ruski stil, sa kolonadama. Lolo, je l' ti se sviđa?

— Nisam mogla ni da zamislim da ti je kuća ovako lepa.

— Čekajte dok još bliže priđemo, bolje ćete je videti.

Sanke uleteše u selo. Velike i male kuće kao da su se smejale pod snežnim naslagama. Iz jedne velike zgrade, kao jato vrapčića izlazili su đaci.

— To je škola!

Mališani i devojčice, varoški i seljački obučeni, izlazili su iz dvorišta. Nastala je graja i grudvanje. Sanke su jurile, a konji su bili kao pomamni. Zavili su drugom ulicom. U dvorištu su se videle guske, stogovi kukuruzovine.

— Ovde je bogat svet.

— Bogami i nije sada, kao ranijih godina. Nekad su ovi ambari bili puni žita. Sad je svega manje.

Na jednom prozoru stajala je jedna lepuškasta devojka. Žarko joj klimne glavom.

— Kako su one sve kao varošanke.

— Nema više po selima seljanki. Sve se to povarošilo.

Mlada devojka je iznenađeno gledala za sankama. Smrkavalo se. Ali suton zimskog dana ima neku belinu i plavetnilo, konture postaju mekše i blaže. Saonice zastadoše pred divnom zgradom.

— Moja kuća!

Loli zalupa srce. Sve tri su bile uzbuđene. Kočijaš skoči i otvori kapiju. Saonice uđoše u jednu veliku aleju između dva drvoreda lipa. Grane su se dodirivale i pravile kao neki tunel, sav blistav. Kočijaš zateže dizgine. Iz lipove aleje uđoše u drugu, od samih ruža. Zavijene u sargiju i slamu, pod snegom, one su bile kao bele šubare. Pred njima se ukaza trem sa velikim stubovima, i ti stubovi su držali terasu na prvom spratu. Betonske saksije za cveće na ivicama terase bile su kao bele kupe.

— Tu smo!

Žarko skoči i pomože im da se skinu.

Propusti ih uz velike stepenice sa kojih je bio očišćen sneg.

Vrata se otvoriše. Gospođa Banić, sestra Žarkova, sva nasmejana, pojavi se na vratima. Ona raširi ruke i Lola joj pade u zagrljaj. Ljubile su se i obe plakale od uzbuđenja.

— Dobro došli! Dobro došli! Kako sam srećna! Celo posle podne bili smo nestrpljivi i ja i Miša.

Iza nje izlete Miša.

— Mišiću, srce moje malo! — uzviknu Lola. — Jesi li me zaboravio?

Ona ga diže, pritisnu na grudi i obasu poljupcima.

— Uđite unutra, ovde je hladno.

Lola je još uvek držala malog Mišu u zagrljaju i unese ga u kuću.

Jedna ogromna soba, sva u banatskim ćilimima, sa velikim višnjevim, crvenkastim i žutim lepim ružama, naročito je bila svetla i sveža u ovom zimskom sutonu.

Velika kaljeva peć, nekog neobičnog stila, rasprostirala je toplotu, da je već bilo pregrejano u sobi, ili je taj nagli prelaz iz hladnoće u toplotu pojačao toplotu sobe. Skidoše zimske kapute i kaljače.

Lola ponovo zagrli Žarkovu sestru.

— Volite li što smo došle?

— O, kako se radujem! Inače ja i Miša stalno smo sami. I njemu sam neprestano pričala o vama.

— Je li, a znaš li ti kako se ja zovem?

On joj je sedeo na krilu i gledao je svojim velikim očicama.

— Znam. Lola.

— Voliš li ti mene?

— Volim.

— A hoćeš li da ja ostanem kod tebe?

— Hoću.

— Bože, što je lepo kod vas! Ovde leti mora biti izvanredno.

— Treba da vidite kad se rascvetaju lipe i ruže!

— Koliki je samo park!

— Što mi se sviđaju ove stepenice. Umetnički su izrađene! Pogledaj, Krinicu, ovo!

Iz te velike sobe, hrastove, polirane stepenice vodile su na gornji sprat. Na jednom zidu je bila mala galerija i na njoj vrata.

— Ovo je zaista neobično lepo. Pa ove tkanine! Kako je to lepo što ste namestili banatsku sobu.

— To se svakom dopada, ko god dođe. Hteo sam da pokažem nacionalni stil. Ove šare, to su banatska polja. Sve boje su kao u prirodi, žuto, zeleno, crveno...

— Vidi, mama, ovaj divan, pa stolice, jastučiće! Sve od banatskih tkanina.

— Ovde bih, prijo, najradije s vama sedela.

— I ja i Miša tu najradije sedimo.

— Da znaš, Mišiću, puno smo ti igračaka doneli.

— Daj da vidim.

— Sad odmah. Molim vas onaj kofer. Tu su samo Mišine igračke. A ko je ovo? — zapita Lola Mišu.

— To je Krinka.

Lola je otvorila kofer. Dečje očice zablistaše.

— Vidi, ovo je tramvaj.

— Šta je to tramvaj?

— Železnica.

— Znaš, sine, da smo se jednom u Zagrebu vozili tramvajem.

— Znam, znam, ja sam se vozio tramvajem.

— A pogledaj malu vrtešku. Točak, pa se okreće, i sva se kolica okreću, i deca se vozaju.

— Daj da je okrenem!

— To će se njemu najviše svideti.

— Imam i klavirić. Vidi kako svira.

— Hoću ja da sviram.

— Sad je on najsrećniji!

— A hoćeš li da me voliš?

— Hoću.

— Ti ne znaš, ja sam tvoja mamica.

Njegove očice začuđeno je pogledaše.

— Ja nemam mamu. Moja mama je umrla.

— To je, sine, tvoja mamica. Ona nije umrla, ona je otputovala, pa si ti bio dobar i ona se vratila. To je Lola, tvoja mamica.

— Znaš kako ja znam da pričam priče?

— Znam, ti si mi pričala, jedan čovek, pa pao u mrežu.

— Jeste, jeste, i to ću da ti pričam. A pogledaj kako juri tramvaj. Unutra ima jedna lutka.

— Hoću da vidim.

— Hajde, sad ćemo da vozimo tramvaj. Pogledaj. I Miša će da sedne. Ali u Beogradu... Znaš, Žarko, da je Miša porastao.

— Jeste, porastao je. I ja opažam. Nego da popijemo čaj. Roso — viknu Žarko — dođi ovamo...

Pojavi se jedna sredovečna žena, rumena i zdrava.

— Roso, vidiš, ovo će odsad biti gospođa u kući. To je moja verenica.

Lola se srdačno pozdravi s njom.

— Znate, gospodine, moram da vam kažem, baš je lepa gospođica. Gde je samo nađoste?!

— E, vidiš, Roso, umeo sam da je pronađem! I lepa je i vredna.

— I vi ste, gospodine, dobri. Blago onoj koja bude vaša žena.

Iza njenih leđa provirila je sobarica.

— Uđi, uđi i ti Anka. Ovo je moja verenica.

Sobarica se pokloni i priđe Loli, i pokuša da joj poljubi ruku.

— Kazao nam kočijaš: „Što sam dovezao dve lepe devojke! Ne znam šta su one gospodinu? Mora da će da se ženi. Jedna je plava kao ikona, a druga, kao jabuka.”

— Vidite, ovo će biti vaša gospodarica. Nju imate da slušate! A sad donesite čaj. Je li sve gotovo?

— Sve smo već spremile. Videće gospođica da ja lepo kuvam i mesim.

— Jeste li naložili sobe?

— Sve sam ja naredila. Gore sam založila samo tvoju radnu sobu, a ovde je naložena gostinska. Lola, prija i prijica mogu da uđu ako hoće da se umiju. A ovde ćemo da popijemo čaj. Nisam gore ložila trpezariju.

— Šta će vam, prijo, ovde je divno. Ja volim ovako širok divan, kao minderluk, pa da sednem s ručnim radom.

Posle četvrt sata uđoše u njihovu sobu. To je bila gostinska soba, sa dva kreveta na kojima su se jastuci dizali kao bedemi. Ispred kreveta bio je veliki otoman.

Mati i kćeri, umivajući se i češljajući se, došaptavale su jedna drugoj svoje divljenje i utiske.

— Lepota! Lepota! Ne znam šta je lepše. Bićeš srećna, Lolo! — šaputala joj je mati. — Gazdinska kuća! Nisam mogla ni pomisliti da je sve ovako. Vidi, šta je jastuka!

Ona podiže pokrivač i ugleda blistavo bele jastuke, pune perja.

— Ima ih dvadeset! Pa ovi ćilimi! Gledajte, deco. Sve ima! Čuvaj, Lolo, muža — šaputala joj je. — Ugađaj mu sve! Danas se ne dobija lako ovakav muž. Jeste li gotove? Hajde, da idemo.

Uđoše ponovo u prvu sobu.

— Vala, prijo, i ti, Žarko, moram da vam kažem sve vam je lepo u kući. Radujem se što će moja Lola ući u ovakvu kuću. Vi ovo zovete selom. A bogami, i ja bih mogla u ovom selu da živim. Ova tvoja kuća, Žarko, čitav je zamak.

— Posle ću da vam pokažem celu kuću. Ove sobe na prvom spratu su banatski nameštene, a gore sam kupio moderan nameštaj. Ali prvo čaj da popijete. Vi mora da ste i gladne?

— Moj Žarko toliko voli kuću. Kažem mu da suviše kupuje stvari, ali on u tome uživa.

— Ali sad sam pronašao ko će sa mnom da uživa. A da ti znaš kako je kod njih lepo u kući! Koliko ukusa!

— O, naša kuća nije ni prineti tvojoj. Ova galerija, pa ove stepenice, toliko mi se dopadaju! Ovde bih ja sve poređala lozice da se spuštaju.

— To je i Žarko jednom kazao, ali ih treba zalivati, negovati, a ovo je velika kuća, za mene je dosta da privirim u kuhinju i naredim šta da se kuva. Kazala sam im, dolaze nam gošće, mora da sve bude uredno, pa su se od juče salomile brišući i uređujući. One su tako uzbuđene, za njih je to velika novost, gospodin im se ženi! Sad će to za jedan sat celo selo da sazna.

— Već su svuda izvirivali, kad smo prolazili... Lolo, sedi ti ovde. A Miša će ovde. Ostavi, sine, igračke za posle. Sedi do tvoje mamice.

— Ona je Lola.

— Jeste, sine, ona se zove Lola, ali ona je tvoja mama.

— A ti... ti... jesi l' se vozila u tramvaju?

— Svakog dana. I ti ćeš da odeš sa mnom u Beograd, pa ćemo se vozati u tramvaju.

— Hoću onu priču... Onaj čovek što je pao u mrežu.

— Pao u mrežu, pa šta je posle bilo? Zaboravila sam šta sam mu pričala — došapnu vereniku. — Pao u mrežu, pa izišao, je l' tako?

— Nije, nije! Nisi tako pričala! Mreža se pocepala a on pao u vodu.

— Kako on sve pamti!

— Da idemo gore da vam pokažem sobe. To će biti naše sobe za stanovanje.

— Idem i ja gore! — uzviknu mali Miša, hvatajući Lolu za ruku.

— Sad je on najsrećniji, kad ima društvo! A Lola je mlada i voli s njim da se igra. To njemu treba — nežno je govorila Žarkova sestra.

Popeše se uz hrastove stepenice i uđoše u veliku trpezariju. Fotelje i stolice bile su presvučene štofom. Jedan zagasitiji višnjevi ton provlačio se kroz svetloružičaste zavese od teških čipaka, koje su padale niz velike prozore, ukrašene motivima grožđa koje visi na lozi. Nekoliko velikih umetničkih slika u mahagon ramu predstavljale su pejzaže. Na jednoj slici talasalo se žito, a po njemu bulke, u daljini se video đeram i toranj crkve. Sunce je zalazilo i taj crvenkasti odsjaj prelivao se na klasju.

— Što je ovo lepa slika! — uzviknu Krinka.

— To je banatski pejzaž... Bio je kod mene u gostima jedan moj rođak slikar i izradio je za mene... To je motiv sa moga imanja.

Veliki tepih od debele žanile prostirao se po parketu.

— Ovo je spavaća soba.

On otvori vrata, tu je sve bilo u plavom. Jednostavni moleraj bio je samo u jednom tonu, sa zagasitijom linijom po ivici. Ispod nežnih, tankih pokrivača, videli su se plavi jorgani od atlasa.

— Svuda je lepota! — govorila je mati. — Vidi se, Žarko, da si pravi domaćin.

— Sa finim ukusom! — divila se Lola.

— Da li ti se dopada, Lolo?

— Nisam mogla ni da zamislim da ti je kuća ovako lepa. Ah, ova terasa!

— To je terasa o kojoj sam ti pričao. Tu ja leti sedim dugo.

— Ovo je čitava soba.

— Otvoriću vrata da pogledate.

— Celo selo se vidi.

— Kućice su prizemne, pa ih moja kuća nadvisuje. Kad uzmem dvogled, vidim jako daleko. Ono je reka. Vidi se most. Ponekad plavi, ali naokolo su njive vrlo plodne.

— A šta je preko onog zida? Ovo je park, pravi park, a tamo?

— Tamo je dvorište za živinu, ambari, konjušnice, živinarnici. Sasvim sam odvojio dvorište za stoku. Sutra ću vas povesti da vidite. Dve krave su se otelile.

— Otkad nisam videla tele! A hoću li Zvezdana da vidim? Ti si kazao da ćeš me učiti jahanju.

— Samo ako se ne bojiš. On nije opasan kao Otelo i Dezdemona!

Krinka je gledala preko terase.

— Sneg je počeo da pada. Kako je lepo ovde sedeti i posmatrati sneg!

— Uvek govorim sestri da ovde sedi. Lepo je za dete. Ali njoj je teško da se neprestano penje uz stepenice. Mora da silazi da vidi šta radi posluga, a njoj to nije lako.

— Ja ću ovde da uživam i meni će biti lakše da trčkaram uz stepenice.

— A gde spava Miša?

— On spava dole sa sestrom.

— Miši ćemo ovde da namestimo krevetić. Tu ima mesta kraj ova dva kreveta. Moje malo dete mora da bude uz mamicu. Je l' da hoćeš tu da spavaš? Ti legneš, a ja ti pričam.

— Hoću — govorio je mališan svetlih očiju, držeći je čvrsto za ruku.

Iz trpezarije, na sredini, uđoše u treću sobu, koja je bila Žarkova soba za rad.

— I ovde je divno! Sve je u zelenom tonu.

Jedna moderna sofa sa naslonom, dve duboke fotelje od zelenog štofa, pisaći sto. Na zidu su bila dva velika portreta. Jedna dama u haljini iz prošlog veka, sa blagim očima i nežnim rukama, tako je ličila na Žarka.

— To su moja mati i otac.

— Kako vam je bila lepa majka. I liči na vas. Samo, ima plave oči.

— Miša na nju ima ove plave očice.

— Lepe su ove stare slike. Imaš mnogo slika. Samo, opažam da nema mnogo jastučića.

— Možeš da poneseš od naših, iz one plave sobe — reče joj Krinka.

— Ja ću ti predati kuću, a ti posle uređuj i preinačuj kako voliš.

— Ovo je sve tako uređeno da prosto zadivljuje. I kako je toplo u ovoj tvojoj sobi!

— Ta soba se svakog dana loži. Tu čitam, odmaram se, dođe i Miša, donese svoje igračke ili crta.

— Tata, gde je ono što sam ja crtao?

— Ovde, sine, u fioci.

— Da vidiš, Lolo!

Otac mu dade jedan blok. Tu su bile lađice, automobili, kućice, neki aeroplani. On je objašnjavao te šare, i sve su one za njega imale određeno značenje.

— Kako je samo ovaj dim na brodu nacrtao!

— To je crtao po sećanju sa Raba.

— Za petogodišnjeg dečaka, čudnovato je da ovako crta.

— I ja ću da ti crtam.

— Hajde da idemo, ostavili smo priju samu — pozva ih mati.

— Umeš li ti da crtaš, Krinka?

— Umem.

— Da ponesem, da mi nacrtaš tramvaj. Tata, daj mi olovku.

— Ima čitavu kutiju raznih olovaka.

Lola sede u fotelju.

— Ovde je tako lepo sedeti, volim ove ugodne fotelje.

— Ostani, Lolo, da ti pokažem fotografije imanja. Imam sliku i Zvezdana.

— A ko ga je slikao?

— Imam ja mali fotografski aparat. Ovaj veliki album je pun slika sa moga imanja, ima raznih seoskih tipova, videćeš žetvu, kosidbu. Kad god izađem, ponesem ga, pa snimim kad vidim nešto lepo.

— Mi idemo dole, a vi razgledajte album.

— Hajde, Mišo, ti s nama, da ti crtam tramvaj i onaj točak.

— Tata, moju gumu. Daj... Daj gumu!

— Zlato moje, sve ono zna, i za olovku i za gumu. Hodi da te poljubim.

Lola ga dočeka i spusti mu poljubac na obraz. On se otrže i otrča sa svojom gumom i olovkama.

Žarko zatvori vrata, okrete se brzo i ne govoreći ništa sklopi ruke oko Lolinih ramena.

— Lolo, moja mala, moja lepa Lolo, kako te volim! Miša je toliko poljubaca dobio, da sam mu već i ja počeo da zavidim.

On sede pokraj nje na fotelju i privuče je sebi. Od uzbuđenja, ona nije mogla da govori, samo mu je obavila ruke oko vrata. Njene poluotvorene usnice žedno su ispijale njegove tople poljupce. On ih je bio gladan, kao i ona. Od poljubaca, potpuno su utonuli u ljubavni zanos.

On joj se zagleda u oči.

— Lolo, reci mi iskreno, hoćeš li biti zadovoljna u selu, hoćeš moći da živiš ovde?

Mlada žena ga je gledala sva malaksala od ljubavnog osećanja i svih utisaka.

— Žarko, to što osećam nije zadovoljstvo, to je sreća kakvu nisam mogla ni da zamislim. Tvoja kuća je za mene kao neki mali dvorac. A šta ima lepše za ženu nego imati dobrog muža, jedno slatko dete i ovako divnu kuću. A hoćeš li me ti voleti, mnogo, mnogo? Ja sam željna ljubavi. Ah, tako sam željna da me neko voli iskreno, verno — buncala je grleći ga i vraćajući mu strasne poljupce.

— Ja se ne bih ženio da nisam tebe sreo. A onaj mesec na Rabu, oni dani koje sam proveo pored tebe, odlučili su da se ženim. Ja sam te svakog časa proučavao, ispitivao tvoje ponašanje, gledao da li s kim flertuješ, da li si koketna.

— A jesi li štogod zapazio što ti se nije svidelo kod mene?

— Ništa loše nisam opazio. Sva opažanja pojačala su moju odluku. Voleo sam i što ste za sve pitale mamu, čak ste se bojale da se negde ne zadržite, da se mama ne ljuti.

— Mi smo tako vaspitane.

— Ja sam osetio tu lepotu domaćeg vaspitanja koje ti i Krinka imate. Vaš život u kući nisam mogao da vidim, ali ova tri dana, koje sam proveo u Beogradu u vašoj kući, toliko su me očarala.

— A jesam li te ja očarala? — pitala je ona naivno i koketno.

On ućuta, da bi mogao da joj pokrije ustašca poljupcem.

— Kako si mi divno pismo napisao. *Uvek su mi u sećanju vaše oči, usne, ljupki rumeni obrazi i osmejak na vašem licu.* Ti tako umeš da voliš. Tvoji poljupci su slatki. Volim te! Ti ćeš biti srećan sa mnom. Ti si moj dragi, moj mili. Živeću samo za tebe i Mišu.

Njegove su usne klizile po njenim vrelim, purpurnim obrazima, po njenom oblom, belom, finom vratu. Ona je sva drhtala.

Iz tog ljubavnog zanosa ona se prva trže.

— Treba da vidim album, pa da siđemo. Pomisliće, sami su, pa...

— Mala moja, ona uvek strepi šta će da kaže mama. To je lepo! Ali sad si ti moja verenica. Zar mi ne možemo razgovarati malo sami?

— Da, ja sam srećna pored tebe. Daj da vidim album.

On joj ga spusti u krilo i počeše da ga prelistavaju.

— Ovo je Zvezdan! Je li?

— Vidiš kako je ponosit... Lepo razvijen. Tako gordo stoji.

— A ovo je žito, a ovo mašina?

— To je vršalica.

— Imaš li ti vršalicu?

— Imam. To je moja vršalica. I ti si moja, samo moja Lola — šaputao je ljubeći joj obraze.

Ona okrete glavu i njihove usne se opet stopiše. Njene svetle očice ponovo se spustiše na album.

— Kosači! To je livada. Je l' se livada kosi?

— Dabome. Sve ćeš da naučiš. Na livadi je lepo u proleće.

— Ima bulki i margareta. Ja volim poljsko cveće.

— A ja volim moj cvetić koji se zove Lola — šaputao je, stežući je na grudi. — Ti si moja prava bulka!

— Ah, guske! Šta je gusaka? Čije su to guske?

— Moje! U Banatu ima dosta gusaka.

— Zato su dole tako veliki perjani jastuci. Je l' i ti na perjanom jastuku spavaš?

— Ne, ja ne volim perjani, vuneni je zdraviji. A sad ne volim ni vuneni, ni sa njim neću da spavam. Kad bude moja Lolica kraj mene onda ću da spavam na njenim grudima.

Mlada žena malaksalo spusti list koji je bila podigla.

— Hoću li tu da spavam? Hoćeš li mi dopustiti? — šaputao joj je strasno.

— Hoću. Ja te tako volim.

Ona prisloni svoj obraz uz njegov.

— A kad si ti mene zavolela? Hajde, priznaj mi.

— Još na Rabu. Uvek si me uzbuđivao i sva sam bila nekako uzbuđena u tvom društvu. Najviše mi se sviđalo što si tako ozbiljan, otmen, nisi pravio komplimente. Jednom si čak kazao: „Niste nimalo lepi!", sećaš li se, onda na klupi?

— Sećam se, a ja sam te onda mogao da pritisnem na grudi i da ti drukčije govorim: „Lepi ste, suviše lepi!"

— Ali ja se nisam usuđivala da mislim na tebe.

— Zašto se nisi usuđivala?

— Znala sam da si se razočarao u životu, možda ne ceniš više žene, i čuvala sam se da te i ja ne razočaram, da ne stekneš rđavo mišljenjc o meni, kao, možda, o onoj Spomenki.

— A to je baš i učinilo da te zavolim. Je li, a što si onda bila uplakana u šumi? Hoćeš li sada da mi kažeš?

— Ne, nemoj to da ti pričam, ne mogu.

— Zašto, nešto se desilo? To bih baš želeo da znam. Je li te mama grdila?

— Nije.

— Je li te neko uvredio?

— Pa dobro, ispričaću ti. Ja sam pošla da pišem pismo jednoj drugarici — taman je htela da kaže kako je Vlatko poleteo za njom, ali se prisetila da to nema smisla, jer će on omrznuti mladića i brzo je preinačila tok misli. — Ta moja drugarica je srećno udata. Zajedno smo se udale, i ja sam se rastužila, što mene niko ne voli, bila sam željna ljubavi. Zato sam se rasplakala — priznala je iskreno, što je u stvari i bio uzrok njenih suza.

On je steže u zagrljaj svojim snažnim mišićavim rukama.

— Više nećeš plakati. Je li? Da li će moja ljubav biti ta koja će te zadovoljiti?

— I usrećiti, to reci, jer će me tvoja ljubav usrećiti. Ti me voliš. Ti si mi ponudio brak, ovde je tako divno, da ja ne znam šta bih mogla više poželeti.

Glava joj je ležala malaksalo na njegovom ramenu. On ju je upitao uzbuđenim glasom:

— A naš plan, hoćemo li se venčati prekosutra? Da se više i ne vraćaš u Beograd?

— Ja sam Krinki kazala tvoj predlog još u Beogradu. Krinka odobrava. Spakovale smo sve one stvari što si kupio i ono što mi je najpotrebnije. Sve je u onom velikom koferu. Mama se začudila: „Šta će vam taj veliki kofer?!"

A ja sam slagala da sam tu metnula svoj novi zimski kaput. Nisam joj smela reći da ti želiš da se ja i ti venčamo odmah. Bojala sam se, ona je tako sama u kući, uvek plače za tatom, a ja sam dosad bila uz nju — rastuži se Lola.

Verenik joj spusti poljubac na zarumenjeni obraz.

— A da li bi ti bilo žao da mene ostaviš samog? I ja bih bio tužan bez tebe. Ako se sad ne venčamo, nastao bi božićni post i venčali bismo se tek posle Božića. Želiš li da odložimo venčanje do iza praznika?

— Ne. Ne znam. Bolje je sada, volim i ja. Kod tebe je tako lepo.

— Samo zato što je kod mene lepo?

Ona ga strasno zagrli:

— I zato što te volim, što sam željna tvoje ljubavi.

Sav srećan on je upita tiho:

— A posle, kad se venčamo, hoćeš li da idemo na svadbeni put, do mora, na jedno petnaest dana?

— Neću, neću nikako. Ne volim svadbeni put... Ići zimi, odsedati u hotelima, to nema smisla... I ostaviti lepu kuću, tople sobe... Ja još mogu da razumem svadbeni put leti, ali zimi, ne. To ne volim. Slažeš li se sa mnom?

— Ti si moja pametna Lola. I ja volim ugodnost kuće, ali hteo sam da ti učinim. Možemo ići o Božiću.

— Neću ni tada... Malom mom Miši hoću za Božić da spremim jelku. Nama je mama spremala i sad kad smo bile velike. Ali Miša to ne sme da vidi. Ti ćeš ga odvesti posle podne, a ja ću ovde, u ovoj trpezariji, da ukrasim jelku, zapalim svećice i kad sve bude gotovo, ti ćeš doći sa Mišom.

— Lolo, mala moja Lolo, hoćeš li uvek da budeš takva? Ja se plašim, plašim se da ne izgubim sreću, da se ne promeni nešto u životu od onoga što sam zamišljao o braku s tobom, što sada čujem. Uvek sam želeo ženu koja će da voli mene, kuću, kojoj će kuća da bude milija od društva. Ako budeš uvek takva, ti ćeš mi ostvariti ono što sam maštao o ženi.

— Ti ćeš videti, Žarko, kako ću se ja truditi da se nikad ne pokaješ što si se sa mnom oženio. Hoćemo li sad da siđemo? Moraš pitati mamu da li će dopustiti da se venčamo?

— Zašto žuriš? Ovde je tako lepo. Hoću da sam kraj tebe. Nisi videla još sav album.

— Ah, jeste... Kako su lepe ove ruže. Te su pred kućom.

— Ima jedna ruža rumena kao ti.

— A ovo je Mišić u fijakeru?

— To sam ga slikao kad sam kupio novi fijaker.

— Slatki moj Mišić.

— A ko su ove lepe devojke?

— Žetelice.

— Zar ima u selu ovako lepih devojaka?

— Nisu to sve devojke. To su i udate žene. Ali nijedna nije lepa kao ti.

On sklopi album i pritisnu je na grudi. Mlada žena se otrže iz njegovog zagrljaja.

— Sad idemo... Zadržali smo se. Da vidim još jednom ove dve sobe. Trpezarija je savršena. Volim ove niske ormane. Moderno, a liči na starinski nameštaj. Imaš mnogo srebra i kristala! A ova plava spavaća soba! Ah, kako je nežna!

— Ja volim jasne boje. Ne oduševljavaju me neutralne boje. Mutne, neodređene. Zato sam i izabrao ova tri jasna, i ono plavo, ružičasto i zeleno. Izjutra ova ružičasta soba sva bukti od sunca.

— Kako ću uživati ovde! A sneg pada! Pogledaj što je lepo! Vidi kako su krupne pahulje. A okna na kućama svetle se kao zlatne očice. Ovo me podseća, kad smo kao devojčice kupovale slike zima, sneg pada, a male kuće kao kutijice pod snegom.

— Tebi će biti hladno! Ti si samo u haljini.

On je obgrli oko stasa i privuče k sebi da bi je zaštitio od hladnoće.

— Sad idemo da pitamo mamu da dopusti da se venčamo prekosutra. Sutra ću razgovarati sa sveštenikom. Nikog nećemo zvati, biće samo kum i stari svat, ja i ti, Krinka, moja sestra. A kad nećeš ni o Božiću da putujemo, onda ćemo pozvati Krinku i mamu da Božić provedu kod nas. Hoćeš li?

— Ti si zlatan, pogađaš šta ja volim. Sve mi se čini kao da ovo nije istina. Tako je ovo iznenada došlo, neočekivano!

— A prekosutra, ti ćeš biti moja ženica, samo moja — šaputao joj je na uvo, silazeći niz stepenice.

Tajanstveni buket mimoza

— Kriniću, hoćeš li sa mnom do Dare kuma-Lepine? Ona nas je pozvala, pa kuma Lepa kaže da odemo ranije.

— Ne mogu, mamice, hoću da napišem Loli pismo. Znaš kako ona voli da joj do sitnica opišem kako živimo, ona hoće da zna i šta jedemo. Pisaću joj kako smo se obradovale onom ogromnom paketu što su nam ga poslali.

— Ako, ako, napiši joj, ja ću doveče da dodam par redaka uz tvoje pismo. Kaži da se mama najviše obradovala kanti masti i onoj velikoj šunki, kao i novcu za drva.

— Mama, baš je Žarko divan! Sve je ovo on spremio za nas. Koliko je Lola srećna. I koliko je Žarko srećan i dobar.

— Jesi li videla, Kriniću, kad smo bile o Božiću, kako se Žarko preobrazio? Još je lepši! Tako je kad je čovek srećan u braku. A ja ga pitam nasamo: „Reci mi iskreno, Žarko, kako te sluša?" A on meni: „Ja nisam nikad mogao zamisliti da je Lola ovakva domaćica, da tako voli kuću. Sve mi ona, i meni, i detetu, i mojoj sestri. Svi je vole, i posluga i seljaci. Sa svakim ona ume. Celu je kuću dovela u red." A to mi isto kaže i sestra njegova. Svima su puna usta: Lola! Lola! Zato nam je Žarko ovoliko i poslao i onako nas lepo dočekao o Božiću. Jednom mi je rekao: „Ništa vi, mama, ne brinite. Kad budete bez novaca, ja sam tu. Vi pored mene ne smete da oskudevate. Sve ćemo vam ja i Lola slati, mast, šunke, voće, kobasice." I eto šta su nam juče poslali! Idem ja. Hoću ove pantalonice od vunice da isprobam na Sveti kuma-Darinom. On je istog rasta kao Miša.

— Što će se Lola obradovati tom plavom džemperu i pantalonicama! Što će biti lep njen Mišić.

— Slatko moje detence! Volim što ga Lola lepo čuva i mazi. Trči uz nju kao da ga je ona rodila. Njemu je desetog februara rođendan. Poslaćemo mu sve ove poklone uoči toga dana. Dobro je što si mi juče kupila vunicu. Ostaće mi, pa ću Loli jedno šalče da izradim. Zbogom, Kriniću. A šta ćeš ti da radiš?

— Hoću da napišem pismo, pa ću posle da rasparam onu crnu haljinu, što sam je obojadisala. Da je prepravim za kancelariju. Ja ću da počnem, a ti ćeš sutra, mamice, da mi dovršiš. Znaš, ja nedeljom tako volim da posedim kod kuće.

— Zbogom, Kriniću. Doći ću do pola sedam. Zaključaj vrata.

Mati ode, a Krinka sede da napiše pismo sestrici i zetu. Pisala je dugo, sa osmehom, i njene lepe oči nežno su preletale preko redova. Završila je pismo, napisala adresu, ali je ostavila otvoreno, da mama doveče nešto napiše.

Neko snažno grunu u vrata.

Ona se trže i pođe brzo u predsoblje.

Gruvanje se ponovi.

— Ko je to?

— Iz cvećarske radnje, jedan buket cveća.

Ona otključa vrata drhtavom rukom.

— Gospođica Krinka Branković?

— To sam ja.

— Ovo cveće je za vas.

— Ima li kakvo pismo?

— Nema ništa. Samo su na hartiji napisali vašu adresu.

Ona odvi papir i ugleda divan buket mimoza i karanfila. Nervozno je tražila pisamce, ali ga ne nađe.

— A znaš li ko je ovo poslao?

— Jedan gospodin. Rekao je da će vas posetiti u četiri sata.

— Kakav gospodin, kako izgleda? — pitala je Krinka, a srce joj je tako snažno lupalo, da ju je prosto gušilo. — Jesi li video toga gospodina?

— Jesam.

— Pa kako izgleda?

— On je velik.

— Visok, je li?

— Visok, jeste, visok!

— A ima li plave ili crne oči?

— Čini mi se crne. Jeste, crne, crne oči.

„To je on! On, niko drugi... Dubravko.”

— Je li kazao da će doći u četiri?

— Jeste, veli: „Kaži gospođici da ću doći u četiri”.

— Čekaj, mali, da ti dam napojnicu.

Ona ulete u sobu, otvori tašnu, potražila je dinare, ali je imala samo dve desetice. „Oh, neka, daću mu deset dinara.”

— Uzmi, mali, evo ti.

— Hvala gospođice — začudi se dečko, pogleda je obešenjački i odjuri sav srećan sa deseticom u ruci.

„To je on, to mi on šalje... Dubravko! Ti si došao... Oh, ti ćeš doći... Ti me voliš. Ti me nisi zaboravio. Da ti znaš kako ja tugujem za tobom. Male moje mimoze! Slatke mimoze! Karanfili! I on ih voli, on zna da ja volim miris karanfila. Slatko moje cveće! Oh, bože, da li mi je on to poslao?”

Ljubila je cvetove i suze su joj kapale. Tepala je cveću i pritiskivala buket na grudi, kao da je to Dubravko, njena ljubav, njena tuga.

„On će doći u četiri. Poslao mi je cveće, da me pripremi, da se ne uzbudim. Pašću u nesvest kad ga vidim. To je on. Oh, bože, videću ga. Koliko je sati? Tri i deset. Da se obučem. Neću da plačem. Obući ću novu haljinu, što mi je kupio Žarko. Ona mi lepo stoji. Oh, to je Dubravko. Ljubavi moja!”

Brzo se umila i našminkala. Stavila je rumenila na obraze i ruža na njena ustašca, slatka kao pupoljak. Češljala je svoju gustu, plavu kovrdžavu kosu, svilenu i zamršenu. Napravila je razdeljak na sredini. Njeni plavi talasi su se spuštali, svetli i valoviti. Obukla je haljinu i opet popravila kosu. Bila je lepa, božanstveno lepa, kao slika. Buket je namestila u jednu vazu od mesingane čaure i stavila je nasred stola u trpezariji. Karanfili i mimoze spajali su svoj osećajni i diskretni miris. Krinka sede, opet ustade, prošeta. Nije imala mira, nešto ju je gušilo. Trzala se od svakog automobila, koraka na ulici. Odškrinula je vrata na trpezariji da bolje čuje kad on kucne na vrata. Minuti su prolazili, gledala je skazaljke i sva drhtala.

Začu se tihi kucanj na vratima.

Sva izbezumljena od radosti ona polete, okrete ključ i otvori vrata širom.

Pred njom je stajao Šerif.

Krinku kao da nešto lupi po glavi i, raširenih očiju, sa poluotvorenim usnicama, stisnuta grla od razočaranja i bola, gledala je mladića, ne umejući reč da progovori. On prvi progovori, uze joj ruku i njegove somotske oči upreše se u plavetnilo njenih očiju.

— Vi ste se iznenadili kad ste me ugledali. Kako to treba da protumačim, kao prijatnost ili neprijatnost?

— Zbilja, iznenadili ste me, nisam mogla pomisliti da ste to vi — mucala je ona, trudeći se da povrati prisebnost.

— A koga ste želeli da vidite? — nastavljao je on svojim mekim i tihim glasom. — Svakako da ste mislili da je neko drugi. Mene se, kao što vidim, niste ni setili. Najmanje ste mislili da ću to biti ja.

— Ni na koga nisam mislila — lagala je ona, dok je mladić skidao kaput. — Ali me čudi da ste to vi. Što ste tako tajanstveni?

— Pa mogao sam pomisliti da ne biste želeli da me primite, kad biste znali da sam to ja.

— Zašto da vas ne primim? Vi ste bili tako pažljivi prema nama tokom celog putovanja, a i došli ste ono posle podne — uveravala je ona mladića, kao lepo vaspitana devojka, uvodeći ga u salon.

On je gledao po sobi.

— Isto kao onda. Bio sam jako potresen vašom žalošću. I to vas jedino opravdava što mi niste odgovorili na moje pismo i dve karte.

— Ah, da, oprostite što vam nisam odgovorila. Za nas je tatina smrt, tako iznenadna, bila nešto najstrašnije u životu, da dugo nismo mogle doći sebi. Ne znam kako smo sve preživele. Zaista je čudno kako čovek može da preživi tako strašan bol.

— Svi to preživljavamo u životu. Ja sam za tri godine izgubio i oca i majku.

— Vi nemate roditelje?

— Nemam. Još sam veće siroče nego vi. Vi imate mamu, ali mene niko ne voli i neće da oseti moju tugu.

Krinka se osmehnu.

— Ne izgledate takvo siroče i tako tužni. Vi ste veseo mladić.

— Veseo nisam. Ozbiljan sam, čak mogu da budem i melanholičan.

— Vi melanholični? Ne mogu da verujem da su muškarci melanholični. Istina, vi ste industrijalac i možda imate briga u fabrici?

— Te brige su snošljive. One mi ne donose melanholiju. Ali poneke plave oči, i plava kosa, više puta su mi stvarale nesanicu.

Govorio je ne spuštajući oči sa njenih dužica.

Ona pocrvene i rumen abažura ispod koga je sedela svu je obmota ružičastim zracima tako da je i na njenoj kosi, vazdušastoj i plavoj, treperio neki ružičasti sjaj. Male bele ruke bile su spuštene na krilo, a crna haljina, koja ju je svu obmotavala, ističući joj divni stas i bistu, i zatvarajući joj dekolte, davala je neku smirenu, božanstvenu lepotu njenoj glavi i licu, blistavom od rumenih i zlatnih tonova.

Zbunjena od upornih pogleda tih somotskih očiju i tog mladićevog ćutanja, ona prva poče da govori.

— Znate li da se Lola udala?

Mladić se trže.

— Ne znam. Za koga se udala?

— Pogodite. Za jednog gospodina koga ste i vi poznavali na Rabu.

— Čekajte, koga sam ja sve poznavao na Rabu? Vlatka, onog farmaceuta, brata gospođice Zlate. Da se nije za njega udala?

— Nije za njega.

— Za Dubravka, svakako, nije. Ali ko zna?

— Ne. Nije ni za njega — brzo pređe Krinka preko tog imena.

— Da nije za veleposednika, gospodina Gavrilovića?

— Jeste. Za njega.

— Je li taj roman počeo još na Rabu?

— Ne, tamo još ništa nije govorio, ali mu se ona dopadala. A Lola mnogo voli decu.

— On je udovac?

— Ne, razveo se sa ženom. I jednoga dana, u novembru, Lola je dobila pismo kojim je on prosi. Sutradan je odmah došao, mi smo posle tri dana otišle u Banat, Lola, mama i ja, oni su se tamo venčali i za nedelju dana se sve svršilo.

Šerif uzdahnu.

— Srećan čovek, taj Gavrilović. Za nedelju dana izjavio ljubav, zaprosio i dobio ženu, a ja nisam bio te sreće da za šest meseci od vas dobijem jedno jedino pismo. A tako sam želeo da ga dobijem! Ali razumem. Niste imali vremena. Pisali ste drugom. Je li vam se javio Dubravko?

Ona sva planu i zbuni se, misleći šta da odgovori, da li da prizna da joj nije nikako pisao, ali se seti da to nema smisla, bilo ju je stid i slaga:

— Da, pisao je.

— On se venčao sa Amerikankom, znate li?

Zlatna glavica Krinkina uvali se još više u naslon divana i osta nepomična, gledajući u mladića. Nije mogla ništa da izgovori, toliko ju je to udarilo posred srca. Užasni bol ju je svu potresao i više nije mogla da se savladava.

Mladić se osmehnu.

— Ne, nije se venčao. Šalim se. Hteo sam da vidim kako biste primili vest i video sam. Volite ga još uvek. Zato mi niste pisali.

Pribravši snagu, ali gotova da se rasplače zbog Šerifa, koji nije ni slutio kako je raskrvario njeno srce, odgovorila mu je ravnodušno:

— Pa šta i da se venčao? Svaki mladić mora jednom da se oženi... Možda vi i ne znate. Ja ne znam.

— Ne znam ni ja. Samo sam se našalio. Uopšte, nemam pojma gde je taj Dalmatinac. Vi sigurno bolje znate, pošto vidim da ga simpatišete.

Ustao je sa fotelje i prošetao po sobi. Krinka ga je pratila pogledom.

— Oprostite, naučio sam da se šetam po svojoj kancelariji i da razmišljam. Najlepše se razmišlja kad se šeta po sobi.

On pogleda buket sa mimozama.

— Niste bacili moje cveće?

— Kako možete tako nešto da kažete? Ja obožavam cveće.

— Znam. Više nego onoga koji vam ga je poslao. A ljutio sam se na samog sebe što mislim na vas. Zaricao sam se da neću doći k vama. Ali nisam mogao.

— A jeste li posetili Spomenku?

— Nisam — odgovori kratko mladić.

— Kako ste nemilosrdni! A ona vas simpatiše.

— Ne znam.

— To morate znati, ali se pravite ravnodušni.

— Zašto da se pravim ravnodušan? Nisam je video, niti ću tražiti da je vidim. Ovde u Beogradu interesujete me samo vi.

— Iz te vaše ravnodušnosti može jedna devojka da izvuče pouku.

— Jednoj dobroj devojci, kao što ste vi, nije potrebno da izvlači nikakvu pouku.

— Ali svaka devojka misli o sebi da je dobra. I Spomenka tako misli.

— Zašto ste sada počeli da mi pričate o Spomenki? Ja više volim da mi pričate o sebi. Hajde, pričajte mi kako živite. Smem li da pušim? — pitao je sedajući ponovo u fotelju.

— Smete. Hoćete li da vam donesem kafu? Imam gotovu!

— Ako imate gotovu, dobro. Ja volim kafu.

Ona ustade i udalji se svojim gracioznim hodom, a mladić je, dok se udaljavala, gledao njena lepa bedra, stas, nožice i plavu kosu koja se spuštala čak do ramena.

Kroz oblak dima on pusti uzdah. Pogleda jedan portret na zidu u ulju, dve glavice devojčica, jednu plavu sa kovrdžavom kosom, a drugu s crnom muškom frizurom. Poznavalo se odmah da su to Lola i Krinka. On je gledao plave uvojke i mala rumena ustašca što su se detinjasto smešila.

Krinka je nosila dve šoljice s kafom.

— Praviću vam društvo uz kafu.

— A ja bih želeo da mi uvek pravite društvo. Vi ste sanjalica, a i ja imam svoje časove ćutanja i zamišljenosti. I tako bismo zajedno ćutali i sanjarili.

— Danas se ne može sanjariti, mora da se radi. I vi radite mnogo. Pričajte, kako idu poslovi vaše fabrike?

— Ah, fabrički poslovi nisu razgovor za mlade devojke!

— Zašto, ja sam činovnik u bankarskom preduzeću, po ceo dan sam na suvoparnom poslu, ali umem da vodim i trgovačke razgovore.

— A ja sam raspoložen u ovom trenutku samo za nežne razgovore. Trgovački razgovori su dosadni. Kad vas gledam, moja fabrika je daleko od mene sto hiljada kilometara. A vi ste tako blizu.

— Je li dobra kafa? Volite li slađu ili gorču? — prekidala je ona njegov nežni govor.

— Vaša kafa može da bude nežna kao i vi. Voleo bih da mi svakog dana ovako donesete kafu i da vas gledam. Kako ste lepi! — uzdahnu mladić. — Još ste lepši sada u toj crnoj haljini. Uvek sam vam se divio. I sećao vas se. Bio sam ljubomoran na onog Dubravka. Verujte, mislio sam da vas je on dosad već zaprosio? On je glupak ako to nije učinio! Hajde, budite iskreni, šta vam je sve pričao Dubravko?

— Šta vam to pada na pamet?

— O tome sam često mislio. Izvinite što sam ovako dosadan i postavljam to pitanje. Ipak sam srećan što se vi niste udali, kao gospođa Lola.

— Ja se uopšte nikad neću udavati.

— Da se odreknete života? Vi? Zašto? Jeste li pretrpeli kakvo razočaranje? Devojke se samo tada zariču da se neće udavati, pa i to pogaze, jer kad se u jednom čoveku razočaraju, drugi im je simpatičniji, ako ume lepše da voli.

— Nisam nikakvo razočaranje pretrpela, ali uvek ću ostati s mamom. Ona ima samo mene. Ja nju izdržavam.

— Samo zbog toga? Pa, onaj koji bude voleo vas, izdržavaće i vašu mamu.

— Ne, brakovi nisu srećni. Lola se divno udala, ona je najsrećnija, ali to je retkost.

— Zar ne biste i vi mogli da nađete takvu retkost? Kad bih vam ja rekao: hoćete li da budete moja žena, šta biste odgovorili?

— Vi ne možete takvo pitanje da mi postavite. Mi smo različite vere. Niti bih ja pogazila svoju veru, niti vi vašu.

— Ja sam najstariji u porodici, nemam oca ni majke, imam jednu sestricu i mlađeg brata, koji je sa mnom u fabrici. Prema tome mogu samostalno da biram ženu.

— Jeste li vi došli da mi to kažete?

— Da, došao sam da vam kažem kako mi se mnogo dopadate. Nikada u životu nije na mene napravila devojka veći utisak od vas. Ja volim plavu ženu sa plavom kosom. Volim taj vaš temperament, to odgovara mojoj prirodi evropeiziranog orijentalca. A vi biste umeli da volite, ja to osećam. Zašto me ne pogledate, što krijete oči? Znate da sam vam kazao jednom, kad smo igrali tango: „Ja ću poneti u sećanju plavetnilo mora i plavetnilo vaših očiju". Ja sam te vaše plave oči uvek video kad god bih pogledao vedro, čisto južnjačko nebo. Možda ste vi stekli drugi utisak o meni, ali vi ne znate koliko mogu da volim. Vas bih, zaista, voleo.

Ona ga pogleda i nasmeši se.

— A koliko biste imali žena u haremu?

— Samo jednu, vas. I moj otac je imao jednu ženu. Muslimanu je dovoljna jedna žena da mu ispuni život, srce i harem. Moj harem nije tako strašan. Naprotiv, vrlo je elegantan. I vi biste u njemu bili slobodni. Moja sestrica bi vam pravila društvo. Njoj je sedamnaest godina. Mala Vahida je dobra devojčica. Svira na klaviru, uči francuski. Ona bi vas volela. Nisam hteo da je zatucano vaspitam. A vi niste devojka koja ima mondenske prohteve i voli samo da izlazi. Ja sam to zapazio. Eto, danas sam vas zatekao, a ne vidim vašu gospođu mamu.

— Mama je otišla u posetu.

— A šta ste vi radili sami?

— Ja sam pisala Loli pismo, posle sam htela nešto da sašijem.

— I ne biste izlazili posle podne?

— Ne bih. Meni je prijatno kod kuće i nedelja je jedini dan kad mogu da se odmorim.

— Vidite da sam pogodio. Za vas je muslimanska kuća. S vama bi mi život bio tako lep. Nemojte misliti da govorim neozbiljno. Najozbiljnije vas pitam da li biste pristali da budete moja žena?

Plave oči se iznenađeno zaustaviše na njegovim somotskim.

— Vi tako lako postavljate jedno pitanje, koje vrlo teško izgovaraju drugi muškarci. Ja to objašnjavam time, što znate da su nam religije prepreka i da ćete dobiti negativan odgovor. A čudi me i to, kako možete takvo pitanje i da mi postavite, kad me dobro i ne poznajete?

— Kad tako lako postavljam pitanje, svakako da ima u meni nekih dubljih osećanja prema vama, koje vi ne poznajete, ili niste hteli nikad da se potrudite da ih osetite, a možda vas mnogo više poznajem nego što mislite. Na primer, samo ću vam ovo reći: jedan crnomanjasti poručnik pratio vas je više puta, jednom je ušao za vama u tramvaj, hteo je da vam priđe, upravo da se upozna, ali vi ste ga odbili i nastavili put, je li to tačno?

Njene lepe oči bile su jako iznenađene.

— Jeste, sve je tačno! Ali otkuda vi to znate?

— Vidite da znam. Sad ću vam reći dalje. Jednom ste se dockan vraćali iz kancelarije i u vašoj ulici neki mladić je bio drzak prema vama, vi ste mu oštro odgovorili, uleteli ste u svoju kapiju i pred nosom mu zalupili vrata. Je li to tačno?

— Bože, otkuda sve to znate? Jeste, sve je tako bilo.

— Znam još u koje trgovine svraćate, na kojoj se stanici penjete u tramvaj, na kojoj silazite, te idete negde u posetu u jednu kuću u Ulici Miloša Velikog.

— Da, to je ćerka našeg kuma, onog gospodina što nas je pričekao na stanici. Vi ste ga videli. Ali otkuda vi sve to znate? Vi ste morali nekog unajmiti da me prati.

— Tako je. Našao sam jednog zemljaka, dao mu vaš opis, kazao gde stanujete i on me je o svemu stalno obaveštavao.

— I tog čoveka nije mrzelo da me prati?

— Za novac se sve može dobiti. Dao sam mu lep honorar.

— Onda mu sada udvostručite, jer vam je sve istinito dostavljao. Vi ste, kako vidim, Šerlok Holms.

— Dodajte, zaljubljeni Šerlok Holms. Uz to tvrdoglav i uporan. Recite mi još ovo: zašto se nekad u kancelariji zadržavate do osam, pa čak i do pola devet uveče?

— Zbog prekovremenog rada. Ili radim u kancelariji, ili donesem kući, imam pisaću mašinu i svršavam posao kod kuće.

— Je li vam neophodan taj prekovremeni rad? Koliko imate plate?

— Imam hiljadu pet stotina. Prekovremenim radom zaradim još po trista dinara.

— Dakle, hiljadu osam stotina dinara. Vi se od te vaše plate izdržavate? Zar je to dovoljno vama i mami?

— Meni i mami je dovoljno. Ovo je naša kuća, ne plaćamo kiriju. Žarko i Lola šalju nam sve namirnice, pomažu nas i novčano, ja šijem i prepravljam svoje haljine, za luksuz nisam nikad znala, a nemamo nikakvih dugova. Kao što vidite, može lepo da se živi.

Mladić ustade sa fotelje, prošeta se po sobi i stade ispred nje.

— Vi ste zaista retka devojka! Biti tako lepa, pametna i posvetiti se samo radu odričući se života, to je lepo, ali iznenađuje, i možda ćete se jednog dana pokajati.

— Nisam ja jedina. Mnogo je devojaka, časnih i vrednih, koje žive kao ja.

— A ja znam mnogo njih koje bi iskoristile svoju lepotu.

— I vi nalazite da bih i ja trebala isto da radim?

— Ne mislim da treba da iskorišćavate lepotu. Ali, kad vam neko nudi brak, zar nije lepše odreći se pisaće mašine i prekovremenog rada, i udati se za čoveka koji bi vam stvorio najlepši život?

— Ja nisam konzervativna da ne shvatam da je to lepše, ali potrebno bi bilo i da svi uslovi odgovaraju.

— U ovom slučaju jedan uslov ne odgovara: religija! Je l'te?

— Ne samo religija. Ja sam se posvetila mami.

— Mami i pisaćoj mašini. Vi ne govorite istinu.

On učini nekoliko koraka i sede na kanabe na kojem je ona sedela. Naže se k njoj da joj se zagleda u oči.

— Nije to istina. Recite mi pravi razlog. Pravite se tako hladni, ravnodušni, a sva ste topla, nežna, vi morate čeznuti za ljubavlju. Hoćete li da me volite? Hajde, pronađite vi neki način. Ja sve ostavljam vama. Kako god budete hteli, tako bismo udesili naš život. Nećete brak sa mnom zbog vere? Dobro, recite šta biste želeli? Ja bih za vas sve učinio.

— Ja ne tražim nikakve žrtve od vas.

— Kakve žrtve? — naljuti se mladić. — Nisu to žrtve, to je ljubav s moje strane i želja za vašom ljubavi. Zar vi ne verujete da jedan muškarac može da voli, ludo da voli?

— Prema onom što vidim svuda, uverila sam se da mladić ne može da voli kao devojka.

— A ja sam imao prilike da vidim da devojku više privlači bogatstvo nego mladić.

— Vi ste se, kao bogat mladić, u to uverili, jer se verovatno svaka lakomila na vaše bogatstvo.

— Jeste. Samo vi odbijate i mene i moje bogatstvo. Prvi put kad sam sreo devojku koja mi se svidela, kojom bih se oženio, ona me odbija što sam Musliman, što sam bogat i što možda nisam njen tip, ili voli nekog drugog. I bogati mladići nemaju sreće.

On ustade sa sedišta i priđe prozoru. Zamišljeno je gledao na ulicu. U uglu je stajao radio.

— Slušate li radio?

— Da, samo vrlo tiho.

Mladić je tražio melodije. Zaurla džez. On okrete dalje. Jedan muški glas je nešto mumlao. Veseli šlager. Čelo i violina. On podesi jačinu i ostavi čelo. Stajao je kraj radija, dok su se po sobi razlivali bolni, čežnjivi tonovi čela. Gledao je Krinku. Ona je sedela nepomična na svome mestu, sa opuštenim rukama na krilu. Kosa joj se prelivala, a trepavice su bacale senku na lice. Osećala je somotski pogled Šerifa, i nije smela da podigne oči prema njemu. Videla je samo pruge na njegovim pantalonama, elegantno zagasitoplavo odelo, i osećala je kako je visok, visok i vrlo vitak.

Neugodno ćutanje i njegovo posmatranje želela je da prekine i izgovori:

— Volite li svoju sestru Vahidu? Ima tako lepo ime!

— Mnogo je volim. Ja sam nežan brat.

— Zašto je letos niste poveli na Rab?

— Bila je u gostima kod tetke. Tamo ima drugarica, svojih sestara od tetke, i lepo se zabavljala…

Čelo prestade.

Mladić ponovo sede na kanabe kraj nje.

„Oh, što li ne dolazi mama? Čisto me je strah sa ovim Šerifom", mislila je Krinka.

— Kako sam danas srećan što sam mogao da vas posetim i da vas vidim.

— Jeste li poslom došli u Beograd?

— Ne. Došao sam samo da vidim vas.

„A Dubravko mi nikad nije hteo nijedno pismo da napiše", uzdahnu ona i oseti kako joj se po srcu razli bol razočaranja.

Ta bolna misao je podiže sa kanabeta.

— Bežite, uvek bežite od mene. Kao i onda. Od mene ste pobegli, a posle ste se našli sa Dubravkom i sedeli s njim na klupi.

— Ne bežim, nego hoću jedno drvo da metnem u peć.

Ona se saže, uze jednu cepanicu, otvori vratanca i baci je na žar. Varnice prasnuše.

Šerif je posmatrao svaki njen pokret i gutao je očima. Savlađivao se i uze cigaretu.

Krinka mu prinese stočić za pušenje i sede na stolicu.

— A je li brat zajedno sa vama? Kako se on zove?

— Mustafa.

— Liči li na vas?

— Pomalo — izgovorio je mehanički, kao da ne misli na to, već na nešto drugo.

— Imate li radio?

— Imam.

— A volite li muziku?

— Ovog časa samo vas volim.

Da bi ohrabrila samu sebe i unela veselosti u mladićevu ćutljivost, ona se nasmeši:

— A koga ste do danas voleli?

— Vas i nikoga drugog. Od Raba samo mislim na vas. Zbilja, gospođice, zar vi to ne verujete?

On pritisnu rukom pikavac u pepeljari i opet ustade.

Iza njenih leđa nalazio se radio. On mu priđe i poče da traži muziku. Jedan bariton zapeva jako. On ga stiša i meka melodija ispuni sobu. Krinka se nervozno okrete, osećajući mladića iza svojih leđa.

Njegove oči su bile spuštene na njenu plavu, meku kosu.

— Kosa vam je kao svila. Tako čovek dobije volju da je mrsi!

„Ah, što ne ide, tako me je strah!", šaputala je u sebi. Bila je sva zbunjena od njegovih pogleda i komplimenata.

Jedna gorka misao prože joj svest: „Zašto ovo nije Dubravko? Zašto me je tako svirepo ostavio?"

— Oči vaše, to je milovanje. Vi ste ravnodušni, ali milujete očima.

Vrele ruke mladićeve bile su na naslonu njene stolice.

— I beli ste kao beli krin! Moja bašta puna je belih krinova. Voleo bih da budete pored mene kad se budu rascvetali.

Krinka ustade naglo, ali u istom trenutku, dve snažne muške ruke obaviše je svu.

— Pustite me! — vikala je ona. — To nije lepo od vas! Tome se nisam nadala! Pustite me! — otimala se i sva se previjala preko njegovih ruku.

— Volim vas, Krinka! Volim! Biću drzak, ali to je zato što vas volim. Lepa moja plavojko! Otkada čeznem za vama! Poljubiću vas, mali beli krine.

On joj podiže glavu i zatvori njene usne dugim, ludim, strasnim poljupcem. Držao ju je kao kleštima, ugušujući joj dah. Ona vrisnu, trže se i iščupa, pojuri kroz salon i ulete u trpezariju. Mladić izbezumljen od slasti poljupca, od njenih slatkih, sočnih, toplih usana, polete za njom, ali ona ulete u svoju devojačku sobu, tresnu vratima i okrete ključ.

Šerif kucnu u vrata.

— Gospođice, zašto ste pobegli? Zar me se plašite?

— Ne plašim se, ali me vređa vaša sloboda. Niste imali pravo da se tako ponašate prema meni.

— Oprostite što sam dopustio sebi ovu slobodu. Nisam mogao da se savladam. Vi me mučite još od Raba. Na vas sam mislio sve ovo vreme. Došao sam čak u Beograd, bio sam iskren, sve sam vam priznao. Ja znam šta smem, a šta ne smem, ali kad je u pitanju osećanje, čovek se zaboravlja. Ljubav prema vama me je napravila smelim.

— Ne, to nije ljubav! — govorila je ona iza zaključanih vrata. — Ovakvi biste bili prema svakoj devojci.

— Ja ne znam, onda, kako da vas uverim u svoja osećanja. Drskošću se ne sme nazvati svaki gest muškarca. Vi verujete da sam drzak. Ne, ovog časa ja sam iskren.

Krinka uzdahnu, spusti se na sofu i zagnjuri glavu u ruke. Bila je gotova da se rasplače. Te reči Šerifove podsećale su je na Dubravkove. I on joj je govorio o svojim iskrenim osećanjima, o ljubavi, dao joj je i prsten, zaprosio je i iščezao. Razočaranje u njega, skriveno duboko u njoj, sad se prenelo i na Šerifa, sa nekom gorčinom, bolom, srdžbom. „Svi su jednaki, svi!"

— Gospođice. Otvorite vrata — govorio je umiljato. — Mala plava devojčice! Tako ste nepoverljivi. Zar sam ja strašan? Pravo ste dete! Zaključala se. Naljutiću se na vas. Vi to nećete dopustiti. Hajde, izađite! Eno vaše pisaće mašine! Zbog nje ste takvi. Omrznuću svaku pisaću mašinu zbog vas.

Ona ču da se on udaljuje od vrata i kuca na mašini. Krinka je osluškivala.

— Zar i vi kucate na mašini?

— Kucam, ali nisam zaljubljen u mašinu kao vi. Ona je moje poslovno sredstvo. Ja sam zaljubljen u lepe plave očice i zlatnu kosu. Izađite! Hoću da idem. Ne želim da stojim pred ovim zaključanim vratima. Ne bojte se, više vas neću dirnuti.

— Zakunite se!

Mladić se nasmeja.

— Alaha mi, biću vrlo korektan! Evo, ja idem da sednem na divan. Je li hladno u vašoj sobi?

— Jeste.

— Onda ne smete tu da sedite. Nazepšćete. Još ja da budem kriv! Hoćete li da izađete?

Ona odgovori tiho:

— Dobro. Ali vas držim za zakletvu.

— Neću je pogaziti.

On sede na divan u trpezariji, a Krinka bojažljivo otvori vrata.

Šerif joj se osmehnu svojim lepim, crnim, somotskim očima.

— Pravo dete. Vi i ličite na devojčicu.

Naslonjen na ruku posmatrao ju je i osmeh iščeze sa njegovih očiju. Gledao je sanjalački, zaneseno i uzdahnu:

— Život je, zbilja, prazan bez žene!

— Zar u vašem životu nema žena? Ja mislim da ih ima odviše.

— Te se žene ne zadržavaju u sećanju muškaraca. Ona se žena voli koje se sećate svakog dana, svakog časa. Zašto ste vi takav skeptik? To bih želeo da znam. Da li iz opreznosti, ili iz nepoverenja?

— Možda i jedno i drugo.

— Ne smete takvi biti. Bar ovog časa, kad sam kraj vas. Hoćete li da budem iskren?

— Dakle, dosada niste bili?

— Nemojte biti tako ironični! Kad kažem da budem iskren, želim da vam priznam sva svoja osećanja i sve ono što sam mislio od početka o vama. Iz toga ćete najbolje upoznati moja osećanja prema vama.

— Gavorite, slušaću vas.

— Kad sam vas prvi put video, dopali ste mi se. Vaša belina, plave oči, lepa kosa, stas, očarali su me. Tih prvih dana nisam pomišljao da biste mogli biti i moja žena. Dopadali ste mi se i želeo sam vas, kao što mladić želi lepu devojku, ne interesujući se ko je i šta je, i ne pomišljajući odmah na brak. Ali posle sam počeo više da se interesujem za vas. Bili ste mi zagonetni, nedokučivi, voleo sam tu sanjalačku prirodu u vama, ozbiljnost vašu, inteligenciju. Sviđalo mi se što ste bili lepi, a malo ste pažnje poklanjali muškarcima. I tada je došao onaj Dalmatinac. Učinilo mi se da ga simpatišete, i to je izazvalo u meni jedno novo osećanje — ljubomoru. Ta ljubomora me je tištala, samo sam ja umeo da je skrivam. Nisam poznavao ni vaša osećanja, niti sam imao prava da pokazujem ljubomoru. Vi niste ni slutili kako mi je bilo teško kad ste ono jutro otišli od mene, a seli sa Dalmatincem. Grdio sam samog sebe i rešio da ne mislim na vas. Ali slučaj je hteo da putujemo zajedno. U vozu, u meni su se pojavile one iste želje kao i prvi put. Pomišljao sam kako bi bilo divno da budete moja prijateljica. Dolazio bih u Beograd, činio bih vam sve, ili bih vas doveo u moju varoš. Nemojte da se čudite. Mladić to uvek prvo pomisli. Brak tek posle dolazi. Posle su se moja osećanja promenila, zapravo moje želje i način kako da vas osvojim. Vaša žalost me je potresla. Mene uzbuđuje kad vidim nežno biće koje pati. Osećao sam, na dan smrti vašeg oca, kako će se brige života spustiti na vašu plavu glavicu. Da sam mogao, onog dana ja bih vas zagrlio i rekao vam: „Mala moja devojčice, ne brinite ništa, ja ću vas štititi i pomagati". Ali se nisam usudio, a to mi se posle, u toku ovih nekoliko meseci, neprekidno nametalo. Uvideo sam, isto tako, da vi ne biste primili moju pomoć kao prijateljica, niti biste na to pristali. Onda mi se javila misao: „Zašto da se ne oženim njome? Ona bi bila radost moga života." I tada sam zaželeo da vas bolje upoznam i da se do sitnica upoznam sa vašim životom. Zato sam naložio onom zemljaku da vas prati. Doznao sam da vas Dalmatinac ne prati, da se više ne pojavljuje, pomislio sam, i to je, možda, bila mala naklonost, koja je iščezla, i kad sam o svemu razmislio, rešio sam da dođem i da vas pitam hoćete li da budete moja žena. Znao sam da će pitanje religije biti prepreka. Zbog toga sada ne tražim kategoričan odgovor. Ostavljam vama da razmislite, da se dogovorite sa svojima i da mi posle odgovorite. Jeste li se uverili sada da sam iskren?

— Da, ako je to sve istina, onda ste iskreni.

— Ne samo iskren, nego sam vam ostao najverniji. Vi ste se dopali onom slikaru, Vuki. Znate šta je s njim? Ženi se. Pisao mi je.

— Želim mu sreće! — osmehnu se Krinka.

— A jednom mi je priznao da bi se oženio s vama.

— Muškarci često izbegavaju takva priznanja devojkama, pa ih zaborave.

— Ja neću zaboraviti moje priznanje. Još i više. Misliću neprekidno na vas. Samo, vi niste milosrdni. Niste nežni. A vaš portret je mnogo nežniji. Vi me iz rama gledate tako nežno da sam nekad gnevan što ta slika ne može da oživi i da mi padne u naručje.

— Kakva slika?! — čisto se uplaši Krinka.

— Ona, što ste letos pozirali Vuki, na obali, u kupaćem kostimu.

Krinka ustade sa stolice.

— Otkud vama ta slika, kako ste je dobili?

— Ništa lakše, kupio sam je od Vuke. On je slikar, siromašan mladić, ponudio sam mu veću cenu i prodao mi je vašu sliku.

— To je skandal! Tako nešto nisam mogla ni da pomislim! Da trgujete sa mojom slikom?

— Vi ste mu bili samo model, a slikar ima prava da proda svoju sliku.

— Ali on je morao prvo mene da pita. Ja bih ga mogla tužiti.

— Ne, tužite mene. To će biti lepše.

— Vas neću tužiti, ali vi ćete mi poslati sliku.

— Alaha mi, neću vam je poslati! Ja sam za nju dosta platio, a kad bih je vraćao vama, tražio bih da mi platite dvostruko.

— Vi ste takav materijalista?!

— Samo kad se tiče vaše slike. Ali ja ne dam tu sliku. Ona je u mojoj spavaćoj sobi. Kad ležem, ja vas posmatram, kad ustajem, opet vas gledam. Kad sam umoran, zovem vas da dođete k meni, da spustim glavu na vaše krilo, a vi da me mazite. Znate li da je bilo slučajeva da su se mladići zaljubljivali u slike velikih umetnika i ubijali se pred njima.

— Vi se svakako nećete ubiti pred mojom slikom?

— Pogodili ste. Ali sam kazao u sebi: „Ova slatka plavuša je stvorena za ljubav. Ona mora biti moja žena!" Vas čovek želi da ima u svojoj kući, da posmatra svaki vaš pokret, pogled, da vas sluša i mazi. Dakle, vi ćete mi pisati i odgovoriti, pošto razmislite. Hoćete li mi pisati?

— Dobro, pisaću vam i odgovoriti. A vi ćete meni poslati moju sliku.

— To nećete dobiti! Vi se nemate šta bojati za sliku. Njoj je lepo kod mene. Ja nisam nepošten da pričam čija je slika. Niko ne zna. Ni moj brat, ni sestrica. Oni znaju da je to neka umetnička slika. Svoje srce vam dajem, ali sliku ne dam. Ako mi vi date svoje srce, onda će slika biti vaša.

— Vratićete mi je?

— Neću je vratiti, nego vi ćete biti u mojoj kući kao u svojoj, i slika će biti vaša.

Šerif se diže.

Ustade naglo i Krinka.

On se osmehnu.

— Da nećete opet da pobegnete? Ili želite da me oterate?

— Ja nikad svoje goste ne teram.

— Hoću da uzmem tabakeru... Sam ću je uzeti. Ostala mi je u vašem salonu.

On uze tabakeru, izvadi cigaretu i ponovo sede.

— Kad popušim ovu cigaretu, otići ću. Izlazite li večeras?

— Nigde neću ići.

— Zašto ne biste sa mnom izašli? Išli bismo gde vi želite. Hoćete u bioskop? Voleo bih da budem s vama. Osećam da biste me zavoleli kad bih dolazio k vama. Ja sam nežan i biću dobar muž. Žao mi je što moram da idem. Dakle, hoćete li da idemo u bioskop?

— Hvala vam, ali ne mogu. Ne idem u bioskop. A večeras moram nešto da otkucam na mašini.

— Opet pisaća mašina! Prosto me jedi ta vaša pisaća mašina. Jedna lepa mlada devojka da se pretvara u pisaći automat! A tako lepe ručice imate da ih pokvarite na ovoj mašini. Idem, nervozan sam. Biću opet nekorektan i vi ćete me oterati.

Ustao je i stajao pred njom. Ona ustuknu jedan korak.

— Neću zaboraviti vaše obećanje. Kazali ste da ćete mi pisati.

— Jesam.

— Nadam se da ćete o svemu razmisliti.

On pođe u predsoblje da obuče kaput. Ona je stajala na pragu trpezarije, vitka i sva zanosna u svojoj beloj svežoj lepoti.

Šerif je lagano navlačio kaput. Priđe da joj poljubi ruku.

Ona mu pruži svoju belu, meku ručicu.

On se naže, poljubi joj vrhove prstiju, ispravi se, zagleda joj se u nežne sanjalačke oči i, kao maločas, ne misleći ništa, steže je nekom silovitom snagom u zagrljaj, gotov da je ne da nikom, i usne, one iste tople, mladićke usne, pune strasti, upiše se u njena ustašca. Mlada devojka učini pokret da se otme, ali najednom njene se ruke malaksalo opustiše, i ona osta sva nemoćna, obeshrabrena u zagrljaju mladićevom, koji je ispijao slast njenih usnica. Ljubio joj je oči, obraze, kosu, držeći je gotovo onesvešćenu u naručju. U jednom trenutku, ona kao da se osvesti, čisto jauknu, istrže se od njega, kao da je učinila neki prestup, užasnu se što ga nije odmah odgurnula i pobeže čak u salon, i nasloni se na zid.

Mladić je bio sav bled, stajao je na pragu salona i šaputao:

— Krinka, vi ćete me voleti, vi ćete mi odgovoriti! Sada sam srećan! Tako sam srećan!

— Idite! Idite! Nikad vam neću odgovoriti! Idite! Ostavite me!

— Hoću da znam zašto ste sada takvi? Zašto se tako borite sa sobom? Ja sam srećan, Krinka, i vi ćete biti srećni!

— Idite! Doći će mama. Idite!

— Idem. Ali neću da me tako gledate. Zašto plačete? Šta znače ove suze? Dajte da poljubim te vaše plave oči!

Ona pojuri kroz salon i ulete u trpezariju.

— Nemojte da se zaključavate. Odlazim! Zbogom!

Ona zastade, naslonjena o vrata svoje devojačke sobice.

— Umirite se! Neću vam prilaziti. Ja mogu da vladam sobom. Ali me ovo skupo staje — on prevuče rukom preko kose. — Zbogom, Krinka! Nadaću se, i uvek ću vas voleti. Vi ste žena sva stvorena za ljubav! Alah će mi oprostiti, što sam pogazio zakletvu. Zbogom!

— Zbogom! — otkinu se tiho sa njenih usana.

Mladić izađe žurno. Čula je kako zatvara vrata, kako je zalupio kapijom. Ostala je nepomična, naslonjena o vrata, užasnuta od onog što se desilo. Pošla je divanu. Srušila se na njega i zajecala.

„To je strašno! Kako sam mogla! Ja sam mu vratila poljubac! Ja sam ga poljubila! A to nije bio on, to nisu bile njegove usne, to je bio Dubravko. Kao onda. Isto kao onda, one usne Dubravkove... Tebe, tebe sam poljubila, tebe Dubravko. Tebe samo volim, tebe dragi moj, mili!”

Malaksalo se digla sa sofe, prišla pisaćem stolu i iz jedne fioke izvadila malu kasetu. U svojoj tašni našla je ključ i otključala je. Vratila se sofi i sela. Iz kasete je izvadila prsten, ogrlicu sa plavim safirima i jednu sasušenu ružu. Uzimala je jednu po jednu stvarčicu, ljubila je, tepala:

— Moje plave suze! Zašto si mi ostavio ove suze? Da tugujem za tobom i plačem. Mali moj verenički prsten! Ti si stajao na njegovoj ruci... Tako si se svetlio one noći na moru, kad sam te prvi put videla... Kako si zgnječio ružu, kako si me voleo onda. „Nikada nikakav Šerif neće smeti da vam donosi ruže!" A ti si dozvolio da mi Šerif donosi cveće, da mi priča o svojoj ljubavi... Dopustio si da me on više voli od tebe.

Plakala je i ljubila svoje male relikvije. Često ih je tako uzimala, kad bi bila sama, i suzama izlivala svoju tugu i očajanje. Njeno čedno devojačko srce, bilo je oskrnavljeno u svojoj prvoj velikoj ljubavi, raskrvavljeno, i nije moglo da zaboravi.

Učini joj se da čuje korake. Brzo ustade, sakri sve u kaseticu, pogleda pisaću mašinu. Vide da je nešto napisano. Izvuče tabak. Čitala je:

Mala moja plavojko! Lepa devojčice! Volim vas... Volim... Volim... Opile su me vaše slatke usne. Pijan sam od njih. Od vaše blizine... Beli krine! Budite moja! Bićete srećni sa mnom. Ja ću sav pripadati vama. Volim vas. Volim...

Te tople reči bile su joj čudne, neobične. Da li je sve istina što on govori? Da li je on, zbilja, tako voli? Da li njegova južnjačka duša oseća dublje, toplije... Dubravko i Šerif... Oni se ipak razlikuju. Prvi je voleo, kao što mornari vole kad dođu u luku. Ona je bila samo jedna mala luka za njega, gde se on zaustavio, zavoleo je za časak, da bi otplovio dalje i zaboravio je. Ta je ljubav nestala kao let galeba, kao brod koji se nigde dugo ne zadržava... A Šerif bi sakrio svoju ljubav u harem, iza rešetaka...

„Ne! Ne! Nlkad! Nikad! Ja volim njegovo more, njega! Volim pojavu njegovu. Oči njegove. On će doći! On mora doći! Ništa moju ljubav neće pokolebati! Ništa!"

———

Dobila je već tri pisma od Šerifa. U svakom je ponavljao isto. Ona je ispričala mami sve. Prećutala je one njegave poljupce, ali je priznala da je prosio. Mama je, kao žena starog kova, odlučno bila protiv.

— Da je on hrišćanin — govorila je mati — ni ti ne bi imala protiv. On je dobar mladić. Tako je uvek bio učtiv na moru. Ali, kad je musliman, ne može ništa da bude. A šteta! Kažeš da je i prava svršio, pa posle preuzeo fabriku. Neka ga, neka! Udaćeš se ti. Dobra će se devojka bolje udati od rđave. Ja nisam od onih matera koje se povode za mišljenjem kćeri i veruju da se samo nepoštene devojke lako udaju. Ostani ti uvek takva, Krinuću moj. Naći ćeš i ti sreću kao Lola.

Jednog dana Krinka je dobila pismo. Kad je otvorila koverat, ispala je fotografija lepe devojčice. Na slici je pisalo: *Vahida*.

„Šerifova sestrica! Šta li mi ona piše?"

Brzo je preletela redove.

Draga i mila gospođice,

Oprostite što vas nazivam dragom i milom. Ali ja vas tako volim. Moj brat mi je pričao mnogo lepih stvari o vama i dopustite mi da se dopisujem sa vama. Kaže da ste vi najlepša i najbolja devojka koju je on video. Kako bih bila srećna da vas i ja vidim! Ja nemam prijateljice, sama sam u kući, pa bih volela da imam prijateljicu, kao što ste vi. Od vas bih mnogo naučila. Vi ste pametni, a ja sam još, takoreći, dete. Učim francuski i već lepo govorim, a sviram i na klaviru. Pošto nemam mame, sve sama poslujem u kući. Prava sam domaćica. Volim ručni rad i lepe knjige. Šerif mi uvek kupuje knjige, i on ih ima dosta u svojoj biblioteci. On je vrlo dobar i prema meni i prema Mustafi. Mustafa je moj brat, mlađi od Šerifa. Svi se mnogo volimo. Bila bih tako srećna da mi odgovorite šta se nosi sad u Beogradu, koje su boje najmodernije? Hoćete li da mi pišete? Mi imamo u bašti mnogo krinova, a vi se zovete Krinka. Divno vam je ime! Šaljem vam svoju fotografiju, a radovala bih se da mi pošaljete vašu. Hoćete li? Ja ću je očekivati, i kad je dobijem, metnuću je na klavir.

Mnogo vas voli mala Vahida.

Pismo je bilo još jedan dokaz Šerifove ljubavi. Hteo je da je privoli i ljubavlju svoje sestrice. On ju je uputio da joj piše. Kroz njene redove osećala je misli Šerifove. Spustila je pismo i posmatrala malu Vahidu. Slatka devojčica, crne podšišane kose. Oči lepe, duguljaste kao u brata. Mala ustanca. I kako elegantna! Kao da je obukla neka beogradska krojačica.

Doista, on je voli. Bila je sad uverena u njegovu ljubav. Koliko postojanosti kod tog čoveka. Da, ona će odgovoriti maloj Vahidi, ali njeno će pismo možda samo stvoriti Vahidinom bratu bol. Ona mu je jednom odgovorila i rekla da se neće udavati. Ali on je čekao i nadao se, kao što se i ona nadala da će joj doći Dubravko. Ličila je sebi na one Primorke, koje isprate muža i dragog na veliki put po okeanima, i čekaju ih da se vrate, a oni se nikad ne vraćaju.

Sad je tek objasnila zašto Dubravko ćuti

Radila je do pola osam u kancelariji, zbog prekovremenog posla. Vraćala se umorna kući sa grupom malih činovnica, kojima je sav život bila kancelarija, i dok su se vraćale kući, same i umorne, osećale su koliko im je život prazan i besciljan. U toj svojoj duševnoj usamljenosti, ona je osećala da ima mamu pored sebe. Mama kao da joj je bila cilj, nešto za šta treba da živi i da radi. To što je ona bila kao domaćin u kući, ispunjavalo je radošću. Brinula se da mama ne oseti nikakvu oskudicu, da ublaži njenu tugu, da joj donese neku radost. Koliko puta, vraćajući se kući, kupila bi mami pomorandži ili jabuka, kao što je tata radio. Videla je kako mamu sve te pažnje teše, kako je srećna s njom, ponosna na nju, a to je i Krinki bila sva radost života.

Napolju je bilo suvo, ali dosta hladno. Ona je žurila. Sišla je sa tramvaja i ušla u svoju ulicu. Jedna ženska silueta dolazila joj je u susret.

— Dobro veče, Krinka! — začu Spomenkin glas.

— Dobro veče! — izusti ona tiho.

— Baš sam htela da te nešto pitam. Pre dve nedelje posetio te je Šerif? Je li? Krinka htede da kaže da nije, ali pomislila je, zašto da krije.

— Jeste, bio je u poseti kod mene.

— Znala sam, jer sam videla kad je izašao iz tvoje ulice i odmah sam bila načisto da samo tebi ima da zahvalim što nije hteo da mi se javi. Nikad nisam mogla ni da pomislim da si tako podla. Toliko si ga napumpala protiv mene da je okrenuo glavu kad me je video. Još sam i potrčala za njim, a on uleteo u jedan taksi i odjurio.

— Šta to govoriš? Šta ti je? Mame mi moje, ja sam mu samo lepo o tebi govorila.

— Ćuti! Treba da se stidiš! Ti misliš da te ja ne poznajem? Izigravaš poštenje, a zna se za tvoje poštenje još na Rabu.

— Šta to govoriš? Šta se zna za mene? Ti si sposobna sve da izmisliš, ti, samo ti! — mucala je Krinka, ne umejući da joj odgovori, sva zaprepašćena od tog iznenadnog napada.

— Šta se govori? Govorio je sam Dubravko. Onaj hohštapler, s kojim si ti provela noć sama. Hvatala si ga, ali te je izigrao i ostavio, otišao je sa Amerikankom. To mu je ljubavnica. A ti si mislila da ćeš se udati za njega. A kako te je on samo ismejavao! Meni je lično rekao, kad je čuo da si otputovala sa Šerifom: „Neka je, sad može s njim, ja sam se prvi proveo s njom, više mi i ne treba, sad mogu i drugi”.

— Lažeš! Lažeš! To nije istina! To su tvoje reči! Tvoje! Samo si ti u stanju da tako nešto kažeš — govorila je sva bleda naslanjajući se na zid, a ona je i dalje izlivala svu gadost svoje pokvarene duše.

— A sad hvataš Šerifa. Misliš, uhvatićeš ga kao Lola veleposednika. Pričate da se venčala s njim, a ceo svet priča da je otišla k njemu i da živi nevenčano. Obe ste pokvarene! Ali, bar te je Dubravko izigrao i ostavio, nije ti pomoglo ni prenemaganje na moru.

Odjurila je kao pobesnela, a Krinka je stajala naslonjena na zid, sva bleda, gotova da padne. Posrćući ušla je u kapiju i požurila uz stepenice.

Kako je otvorila vrata, mama je znala da joj se nešto desilo.

— Krinću, šta ti je? Šta se dogodilo? Govori, pobogu! Jaoj, dete moje, što si tako bleda!

Ona jedva promuca:

— Spomenka me je napala, mama, da si samo čula... takve reči... zbog Šerifa, da sam ga ja nagovarala protivu nje.

— Jaoj, bestidnica jedna! Da napadne tebe. Umiri se, sine. Zašto da te to tako potrese? Zar ti ne znaš ko je ona i kakva je? Na! Uzmi malo vode! Evo i slatko, i nemoj da mi se sekiraš, jadno dete moje. Ona mi radi po ceo dan, a ova se propalica vucara kojekuda. Šta ti je kazala?

Krinka je govorila jecajući:

— Kaže kako se Dubravko proveo sa mnom, kako je najgore o meni govorio, kako se Lola nije venčala sa Žarkom.

— A šta to tebe jedi? Oh, da sam ja naišla, što bih je raščupala! Nevaljalica jedna!

— Nisam, mama, umela ni da joj odgovorim. Kako joj samo dolaze tolike gadne reči? Krivo joj je, mama, što ju je spazio Šerif, a nije hteo ni da joj se javi već uleteo u jedan auto, a ona ga je videla kad je izišao iz naše ulice.

— Razume se, nije hteo da je pozdravi, zna kakva je, pa beži od nje. Sva se otrcala, prosto je izgubila devojački izgled. Što je ne uzmu ti njeni ljubavnici?! I Šerif se provodio s njom na Rabu, a tebe je došao da zaprosi. Zbog takvih se mladići i ne žene.

— Njoj je krivo i zbog Dubravka. On je bio tako gord, nikad nije hteo ni da je pogleda.

— A što da tebe jedi to zbog Dubravka?

— Ne jedi me, mama, ali mi je krivo jer znam da Dubravko nije mogao ništa rđavo da kaže. On je te noći bio vrlo učtiv i pažljiv. Spasao mi je život.

— Ostavi ti tog Dubravka! Ne znamo ni ko je, ni šta je. Nemoj na njega da misliš.

— Ne mislim, mama, ali neću ni da ona tako šta izmišlja.

— Ona je sposobna svašta da izmisli. Nije se Lola venčala sa Žarkom! Zato što nismo hteli da objavljujemo venčanje. Otac joj bio umro pre tri rneseca. Neka svet priča šta god hoće, ja znam kakve ste vi obe! Moja lepa devojka, ona radi za svoju mamu. Sedi u kancelariji i do pola osam. Da mama ne oseti da nema tate u kući. Radi prekovremeno da mami kupi haljinu. Ceo dan mi se muči u kancelariji. Da je tata živ, ne bi ona to morala.

Milovala ju je po kosi, i obe se rastužiše, rasplakaše, zbog oca, a Krinka i zbog Dubravka. Mati se prva pribra:

— Hajde, Kriniću moj lepi, da večeramo. Hajde, sine, znam da si gladna.

— Da večeramo pa ću posle još nešto da otkucam na mašini.

— A što ne legneš, Kriniću? Dosta si u kancelariji radila. Odmori se malo.

Posle večere Krinka sede za pisaću mašinu, a mati je malo radila šalče, pa leže u postelju.

Kucala je i razmišljala. Spomenkine reči su je udarale u mozak kao čekić. „Ja sam se proveo s njom.” Ne, to nije istina! Takve reči on nije izgovorio. A ono drugo, Spomenka mu je kazala da je ona otputovala sa Šerifom. Samo je Spomenka to mogla reći. I sad kao da se podigla neka zavesa pred njom. Shvatila je sve. Dubravko je čuo da je otputovala kad i Šerif. Uveče nije izašla na sastanak. A on je ljubomoran. Već je jednom zbog ljubomore otišao na Sušak, pa se vratio. Tu je uzrok njegovom ćutanju. On se zbog ljubomore ne javlja. Sa Žarkom se nije video, i, prema tome, nije znao kakva se tragedija odigrala u njihovoj kući, i da su one morale naglo da otputuju.

Gnusne Spomenkine reči donele su joj objašnjenje, ulile nadu. O, kad bi ona znala gde je on? Poslala bi mu telegram, ekspresno pismo! Samo da ga vidi, povratila bi svu njegovu ljubav. Ali ko zna šta se desilo za ovo vreme? Ako je on u ljutini, ljubomori zaboravio, nagnao sebe da je zaboravi? Ako se oženio!?

Oženio... Njeni prstići nesvesno osećaju strujanje te svirepe reči i iskucaše je na mašini. Ona se trže. Sred suvoparnih reči pisalo je: *oženio*. Dohvatila je gumu i brisala. Lice joj je bilo zarumenjeno od kucanja, udaraca, od toplote sobe. Mašina je kucala, kucala. Zastala je jedan čas, da udahne, da razmrsi bolne misli. Ona svetlosna zraka provlačila joj se kroz drhtaje srca.

„Doći će! Doći će moj Dubravko!”

Mašina je kucala tak... tak! Glava joj se spuštala sve niže...

„Ah, on će doći, moj divni Dubravko!”

Tak! tak! tak! Oči su joj se sklapale. Još samo malo. Teški su joj bili kapci, a ruka malaksala. Crna su se slova brkala. Tak! Tak! Tak!

— Kriniću, lepo moje dete, ostavi to kucanje! Lezi, sine! Umorna si.

— Još samo malo. Da ti ne smeta, mama?

— Ne smeta, ali treba da se odmoriš. Žao mi te je.

Dubok uzdah otrže se materi iz grudi. Pogleda njenu lepu plavu glavicu. „Ah, da joj je otac živ, ne bi ona kucala!”

Tak! Tak! Svaki udarac kao da ubada majku u srce.

A mašina nastavlja suvoparno, jednoliko. Tak! tak! tak!

Mala plava činovnica kuca, dugo kuca, kao da iskucava monotonu, tužnu pesmu života malih činovnica.

To je bilo jedne noći, objašnjavala je dama

Skidajući kaput u predsoblju, Krinka je čula razgovor. Dolazio je iz salona. Čuo se tihi ženski glas. Ona uđe lagano u trpezariju. Vrata između trpezarije i salona bila su staklena i odškrinuta. Ona pogleda unutra. Spazi jednu damu. Bila joj je poznata. „Ko je ovo? Ja sam je negde videla! Pa to je ona dama s plamenom kosom, sa Raba! Otkud ona ovde? Zašto je došla?" Kroz celo telo nešto joj prostruja, sva se ohladi. „Dubravko! Možda ova žena zna nešto o Dubravku. Došla je da nešto kaže. Sad je proseda. Nema više plamenu kosu. Ona je ranije bila ofarbana? Drugačija je." Stajala je kao ukopana, ne smejući da se makne i da ne oda sebe. Dama uze maramicu. Brisala je oči. Brisala je oči i mama. „Zašto plaču? Zbog tate."

— Ja vas molim, gospođo, da mi sve ispričate. Hoću sve da znam. Kako je moj život zbog toga bio strašan! Krinka, dakle, nije vaše dete? Niste je vi rodili?

— Nisam. Mi smo je, kao što vam rekoh, našli u našem dvorištu jedne noći. Ona je nahoče!

Krinka pritisnu ruke na usta, jer je htela da vrisne. „Nahoče! Ja sam nahoče!" Oseti kako joj noge klecaju. U blizini je stajala stolica i ona se lagano spusti na nju. Oči su joj bile velike, prestrašene i ukočene. Slušala je mamine reči, koja je sve pričala, po redu, sa uzbuđenjem, sa ljubavlju prema njoj, malom, ostavljenom, bačenom nahočetu. Oči su joj se mutile, a suze klizile. Plakala je i dama, jecala i držala neprekidno maramicu na očima.

— Sad vas molim, gospođo, objasnite mi tajnu Krinkina rođenja. Vi ste njena mati? Ali ko je njen otac?

„Moja mati! Moja mati!", besvesno je šaputala Krinka i činilo joj se da se gubi, da nestaje, da to nije ona. „Moja mati! Ova žena!" Htela je da krikne, da se sruši sa stolice, ali se savlada, pribra snagu da čuje tajnu svog rođenja, tu strašnu tajnu koja se sad rasvetljava.

Dama diže maramicu sa očiju. Gledala je preda se, kao kad se priznaje neki zločin.

— Bila sam devojčica od osamnaest godina. Tek sam došla iz jednog zavoda iz Beča. Otac mi je bio visoki činovnik u Beogradu, ja jedinica. Otišli smo na more u Dalmaciju. Upoznala sam se tada sa jednim Dalmatincem. Mornar!

Divan dvadesetpetogodišnji mladić. Otmen. A ja devojčica od osamnaest godina, koja još nije znala ni osetila šta je ljubav. Bila sam pravo dete. Znate kakvo je vaspitanje u zavodu, a roditelji su me čuvali kao kap vode! Možete misliti kakav je utisak ostavio na mene taj lepi Dalmatinac! Zaljubila sam se u njega do ludila. Šetali smo. Moja mati je na to sve gledala kao na naivnost. Mislila je da i on u meni gleda dete. A on mi je pričao o svojoj ljubavi, pitao hoću li da ga čekam, obećao da će doći da me veri. Ja sam sve verovala, svakoj njegovoj reči. Bila sam devojčica, nisam poznavala muškarce, ni život. A majci ništa nisam smela da poverim.

Bilo je jedne večeri. Šetali smo daleko. Sumrak se već spuštao. Nismo mislili na sate. Zaboravila sam i na majku i na oca. I onda se dogodilo ono što nije trebalo, što nije smelo da se dogodi.

To je bilo te noći. Razumete li me, gospođo? Bila sam potpuno njegova, ne misleći ništa, sva srećna. Ja sam ga volela, on me je voleo. To je za mene bilo nešto sveto. Da me je pozvao pobegla bih s njim na kraj sveta. Zaklinjao mi se! Ah, ta noć! Ta noć na moru! Ona mi je donela svu nesreću života. Tada nisam bila svesna šta se dogodilo sa mnom. A on mi je najiskrenije pričao o svojoj ljubavi, uveravao me da će doći u Beograd. Prošlo je mesec dana. Pisao mi je tog prvog meseca, a posle su najednom prestala njegova pisma. I ja tada, na svoj užas, doznam da sam u drugom stanju. Da sam imala iskustvo današnjih devojaka, ja bih to otklonila. Ali bila sam dete, neiskusno, naivno i shvatila sam da ne smem da uništim plod ljubavi čoveka koga sam volela, čekala, koji će biti moj muž. Pisala sam mu odmah, priznala mu, zvala ga da dođe, ali on nije dolazio, nije se javljao, nikako, nijednim pismom, nijednom rečju. Nikad! Nikad...

Zajecala je, a Krinka je sleđena u drugoj sobi tako isto jecala, sećajući se da i ona nema nijedne reči od Dubravka.

— I šta je bilo posle? — ču se glas njene mame.

— Ništa, gospođo. Krila sam, nikom nisam smela da kažem. Ponekad sam mislila da se varam i da nisam u drugom stanju. Oblačila sam mider, stezala se. Ali sve se više pokazivalo. Obuzimalo me ludilo očajanja. Pela sam se na sto i skakala odozgo ne bih li pobacila. Ali to se ne otkida lako. Pisala sam mu opet, zvala ga. Moje duševno stanje je bilo strašno i još strašnije što sam sve krila od roditelja. Bilo je prošlo četiri meseca kad su moji opazili. Onda se nije smelo otkloniti. Oh, kad se setim toga dana očajanja mojih roditelja! Otac je hteo da me ubije. Da nije bilo majke ubio bi me. I uza sav taj užas ja sam volela to malo biće u sebi. Plakala sam u noći i tepala svom detetu. Mislila sam, neću se udati nikad, čuvaću svoje i njegovo dete i biću srećna. Ali moji roditelji nisu hteli da čuju za kopile. Poslednja tri meseca bila sam u kući kao u zatvoru. Nigde se nisam smela pojaviti. Jednog dana rodim. Kako je bila lepa moja mala beba! Samo su mi dali da je vidim i odneli je od mene. Ah, kad se toga setim!

Zagnjurila je lice u maramicu. Grcala je i govorila:

— Odneli su moje malo dete, svirepo su mi ga uzeli! Zauvek su odneli jedan deo mog tela, mog života. Lagali su me kako su je dali jednoj ženi koja ima bebu, koja će je dojiti, hraniti, a posle će je dovesti kući i reći da su je usvojili. Porođaj mi je bio težak, nastale su komplikacije, sve se to izmešalo, i duševna patnja i fizički bolovi. Nekih dva meseca bila sam u postelji. Oni su sve vreme moje bolesti pričali da je dete dobro. Kad sam ozdravila i htela da je vidim, majka mi je saopštila da je beba umrla! Ja sam verovala da su nešto uradili sa detetom, ali zar sam smela išta da pitam, da istražujem? Imali smo u kući jednu dugogodišnju staru služavku. Ona me je volela i žalila. Njoj sam krišom davala novac da kupuje pelenice za bebu, i noću kad svi zaspu u kući, šila sam za moje malo dete, šila i plakala.

Jecala je ona, jecala je i mati, a suze su klizile i niz Krinkino lice.

— A vi ste se posle udali?

— Jeste. Udali su me za sudiju. On je bio dobar čovek. Sve sam mu priznala. On mi je oprostio, ali ga nikad nisam volela niti sam imala dece s njim. Bila sam mu verna i zahvalna što me nije prekorevao, ali jedini čovek koga sam volela, bio je taj Dalmatinac.

— Zar ga više nikad niste videli?

— Nikad, gospođo! Toliko puta sam išla na more. Došao je i srpsko-turski rat, svetski rat, možda je negde i poginuo, obilazila sam mnoga mesta na moru, i s mužem i posle kao udovica, ali nigde ga nisam videla.

— A vi živite u unutrašnjosti?

— Da, navikla sam. Muž mi je pre četiri godine umro. Ostala mi je kuća i penzija. Živim lepo, imam i gotovine, ali uveravam vas, gospođo, da i sada, iako sam već zrela žena, nikad nisam zaboravila tog Dalmatinca. Kaže se da žena najduže zadrži u sećanju čoveka koji ju je prvi imao. Ja sam to osetila, gospođo. Ostavljala sam utisak da sam žena koja voli da se provodi, međutim, ja živim povučeno i usamljeno. Volim lepe toalete. I moja mati je bila elegantna žena, ali nikad nisam bila srećna i stalno sam u sebi nosila tugu za tim mladićem. I letos na Rabu, našla sam ono srce sa rubinima. Mislila sam da ću poludeti toga dana. Odmah sam se raspitala čije je to srce, a kad sam doznala i još našla sliku Krinkinu u medaljonu, bilo mi je odmah jasno da je Krinka moje dete. Pojurila sam za vama u Beograd, ali najpre odem do kuće da primim penziju, uzmem kiriju, i utom se razbolim od trbušnog tifusa. Znate li kako je tifus gadna bolest? Jedva sam živa ostala. Kosa mi je sva opala. Ja sam ranije bojadisala kosu, ali kad sam sve ovo doznala, za tu laž mojih roditelja, koji su odbacili moje dete, bila sam tako očajna, nisam marila za život, pustila sam moju prosedu kosu. Čim sam ozdravila, čekala sam da se oporavim i dođem u Beograd. Mesec dana vas tražim po Beogradu. I slučajno, jedna studentkinja, koja je bila u poseti kod moje rođake, ispriča kako se jedna udovica udala za veleposednika. Spomenu dve sestre, Lolu i Krinku. Mene kao da nož pogodi u srce. Setila sam se da ste to vi i zamolila je da mi pokaže vašu kuću, rekoh kako smo bili zajedno na Rabu, pa bih volela da vas posetim. I danas sam vas jedva našla.

— E, sad ja vama, gospođo, nešto da kažem, što će vas zaprepastiti. Vi ste u jednu pelenicu ušili ono srce sa rubinima.

— Jeste, dala sam toj našoj staroj služavci da ušije i da napiše da će s tim srcem naći oca i majku. Ona je to napisala. A onaj koji je bacio moje dete, imao je dušu i ostavio to srce ušiveno. Mogao ga je uzeti, ono je skupoceno.

— A je l'te, gospođo, recite mi samo ovo: je li taj mladić imao takvo isto srce?

— Jeste, imao je dva. I te večeri, uoči one noći, on mi je dao ovo srce, a sebi zadržao drugo. On ih je doneo iz Indije, a u srcu je pisalo: *Ti ćeš biti svetlost moga života*. Rekao mi je: „Ovo neka bude prvi verenički poklon, a kad dođem u Beograd, doneću ti prsten".

Krinka, bleda kao smrt, ustala je sa stolice i kročila korak bliže vratima.

— A znate li, gospođo, kod koga se nalazi to drugo srce?

— Šta, zar vi znate? Zar postoji čovek koji ima drugo srce? — zgranuto je pitala.

— Sećate li se, gospođo, onog Dalmatinca, Dubravka, na Rabu?

— Da, sećam se. A kakve to veze ima s njim?

— Njegov otac ima to drugo srce, i, po svemu vašem pričanju, izgleda da je Dubravko sin onog Dalmatinca koga ste vi voleli. A ako je on njegov sin, a vi s njim dobili Krinku, onda su Dubravko i Krinka brat i sestra po ocu.

Žena kao ranjena ustade naglo sa fotelje, pogođena tim rečima kao oštricom.

— Je li to moguće, gospođo? A ja... Ja sam predosećala da Dubravko ima neke veze s tim čovekom. On liči na njega! Tako mnogo liči! Bože! Ovo da čujem. Taj čovek živi. Je li Dubravko pričao da ima oca?

— Jeste, ja sam ga baš pitala. Kaže da jako liči na svog oca.

— A znate li da je on bio zaljubljen u Krinku?

— Znala sam. Videla sam da i on nju voli, a i ona njega. Bila sam živa umrla da oni nisu brat i sestra. Jedva sam čekala da se rastanu. Krinka ništa nije znala o tajni svog rođenja. Ja sam to celog života krila od nje. Kako bih joj onda mogla reći da sumnjam da Dubravko nije njen brat?

— A to može biti, vrlo lako. Onaj se Dalmatinac, istina, meni predstavio kao mladić, ali ispada da je on bio oženjen, zato se nikad više nije ni javio, i, verovatno da je Dubravko njegov sin. Sad mi je sve jasno. Sve. Krinka i Dubravko su brat i sestra?! A piše li on njoj?

— Ne! Nikad. Nijedno pismo nije dobila od njega. I bolje! Možda on zna, ako je kazao ocu za ono srce.

Vrata se u tom momentu otvoriše i bleda kao smrt pojavi se Krinka.

— Krinjiću, otkuda ti? — uplaši se mati. — Što si tako bleda?

Ustade i dama i uhvati se za srce.

— Čula sam sve, mama! Čula... Sve znam. Ja sam nahoče! Nahoče! Bedno, bačeno nahoče! I Dubravko mi je brat! — vrisnula je. — Ne, ja to neću, to nije moguće, ja ga volim, mama, ja ga ludo volim! Samo njega. Čekam ga svakog dana. On me je zaprosio, on mi je dao prsten, poljubio me je. Neću, neću da on bude moj brat! To je svirepo! Zašto da ja budem kažnjena? Neću!

Pala je preko fotelje i zajecala na sav glas. Obe žene se užurbaše da je umire.

— Krinjiću, nemoj, dete moje! Možda to i nije istina.

— Istina je! Čula sam. Ja sam nahoče! Zašto si krila od mene? Je li ova žena moja mati?

— Nemoj, lepo moje dete, da plačeš. To će se sve razjasniti. Mora se razjasniti!

Ona skoči:

— Ne, ja to neću izdržati! Mama, ja ću se ubiti! Ubiću se! Zašto da sve to čujem? Što ste vi, gospođo, došli da pitate? Bolje da nisam znala. Ja volim Dubravka! On je moja prva ljubav!

— Krinjiću moj, lepi moj Krinjiću, umiri se.

— Pusti me, mama! Ubiću se! Ja ovo neću preživeti. Ja to ne mogu da preživim.

Ona polete kroz trpezariju u svoju sobicu, pade na sofu i sva se zatrese od nervnog plača. Mati pojuri za njom i dade rukom znak gospođi da ostane u trpezariji. Uđe sama u sobu, sede na sofu i poče da je miluje i teši svojim nežnim materinskim srcem.

Kroz jecanje čule su se isprekidane reči Krinkine:

— Nahoče! Nađena u dvorištu. Bedno nahoče!

Mati zajeca naglas.

— Krin iću, pa zar si se ti ikad osećala kao nahoče? Zar ti, moj domaćin u kući? Samo si mi ti sada ostala. Uvek si mi bila radost i ponos života. Moje dobro dete!

Te bolne majčine reči, njen jecaj, kao da su je malo stišale. Ona se trže, podiže i baci se mami oko vrata.

— Ti si moja dobra mamica. Sad vidim koliko je velika tvoja duša. Bila si mi najbolja mama! Ali ovo što sam čula nisam nikad mogla ni da zamislim! To je strašno!

— Zašto je, sine, strašno? Zar nema mnogo tajni u životu? Strašno bi bilo da si propala. Ali da ti znaš kako sam ja tebe sa radošću prihvatila. Ti si bila naša sreća u životu. Znaš kako te je tata voleo! Njegov Krinić, njegov cvetić si bila. Sećaš se, sine? Zar hoćeš sada da me se odrekneš? Nemoj da mi govoriš da si nahoče! Ti si moje dete, moje rođeno dete!

— O, mamice, kako te ja volim! Oprosti mi, ali sve je tako grozno! Svakog bi to pogodilo da je čuo! Ja sam osetljiva.

— Znam da si osetljiva. Zato si i tako dobro dete. Uvek sam Lolu prekorevala tobom. Ona me je toliko puta nasekirala, a ti nikad. Moja mala Krinka! Kako mama voli njene plave kose. Pa ako si i doznala tajnu, nisi doznala ništa rđavo. Gospođa je fina žena, iz dobre porodice. Nemoj da prema njoj budeš gruba. Ti si nežna prema svakom. A ona je prepatila, zato što je zavolela kao devojčica.

U drugoj sobi, stojeći uz vrata, plakala je nesrećna mati slušajući sve te reči.

— A Dubravko, mama, reci da li je moguće da je on moj brat? Ja ga toliko volim, tugujem za njim.

— Ne znam, ali, po onom što priča gospođa, može se poverovati da ste brat i sestra. Otkuda da to srce ima i njegov otac? Je l' on nešto kazao za srce?

— Jeste. I on se začudio, ali je objasnio da je to neka damping roba, koja se prodaje po celom svetu. On nije ni slutio da bi mogao da bude moj brat. Zar bi mi onda govorio o ljubavi i pitao hoću li da budem njegova žena?

— Vidiš, Krin iću, možda ti on zato i ne piše, što je saznao. Ako je kazao ocu da ti imaš takvo srce, otac mu je morao sve priznati. Bolje što nije došao. Ti ćeš ga zaboraviti.

— Oh, mama, da li ti znaš šta znači voleti? Dabome da znaš, mama, jer i ti si tatu volela i udala si se iz ljubavi. Zašto da ja budem ovako nesrećna?

— Uvek ima patnji zbog ljubavi. Ja sam bila srećna, ali čula si ispovest gospođinu. Koliko je ona zbog ljubavi propatila!

— Ali, mama, šta ako se jednog dana pojavi Dubravko?

— Neće on, sine, doći. I da dođe, objasnićemo mu sve i rasvetliti tu tajnu. Ako ti bude brat, ti ćeš ga voleti kao brata. Uvek si tugovala, i ti i Lola, što nemate brata. Eto, onda ćeš imati brata. Volećete se kao brat i sestra.

Mlada devojka zagnjuri glavu majci u naručje da uguši krik srca koje se bunilo, koje nije htelo da Dubravko bude njen brat. A mati je i dalje govorila, nežno, toplo, razumevajući sve, milovala je, tešila, trudeći se da je otrgne iz očajanja. Malo-pomalo ona se stiša. Podiže glavu i zagleda se mami u oči.

— Reci mi, mama, jesam li ja uvek bila dobra? Da li sam ti dovoljno bila zahvalna za tvoju veliku ljubav? Ti si uzvišena mama!

— Ti si bila moje dete i nije mi bilo teško da budem uzvišena mati. Ko me teši u ovoj mojoj velikoj tuzi, ako ne ti?

— Ali ti, mama, zbog mene moraš da stanuješ u Beogradu, a mogla bi da budeš sa Lolom!

— Nikad, sine, ne bih išla da budem kod zeta, iako je Žarko najbolji zet. Zar da raskućim kuću? A ovako s tobom, sve mi se čini da je isto ostalo, samo što nema tvog tate. U podne, sve mislim i on će sada doći. Eto, sad mi je Bog vratio što sam te čuvala i volela. Ti me izdržavaš, hraniš, odevaš.

— Ja ću se još više truditi da ti nikad ništa nažao ne učinim.

— Nećeš ti meni nikad nažao učiniti. Ja razumem tvoj bol, ali to će se stišati, zaboravićeš sve, i Dubravka, pa će jednog dana i moj Krinić da se uda.

— Ko zna da li bih mogla, mama?

— Zašto da ne možeš? Zar ja, izgubila onakvog druga pa živim, jedem. Mislim ponekad: on je umro, nema ga više, a ja se obučem, mesim, kuvam, raspremam. Onog prvog dana mislila sam da neću preživeti. Pa evo, opet živim! Trideset godina sam skoro bila u braku s tvojim tatom, i vidiš, nisam umrla od očajanja. A ti, videla Dubravka mesec dana, ne znaš ga ni ko je ni šta je, pa zar zbog njega da se ubiješ, da se ne udaš?! Sve će to proći, lepi moj Kriniću! Neću više da plačeš!

Iz druge sobe čulo se jecanje. Mati joj šapnu:

— Hoćeš li, Krinka, da je zovem? Budi nežna prema njoj, nemoj da je osuđuješ! I ona je majka. Imaćeš sada dve majke.

— Zovi je, mama.

Jedna mati se udaljila uplakanih očiju, a druga uđe u sobu. Poletela je i prigrlila Krinku na grudi.

— Moje dete! Moje malo plavo dete! — reči su joj se ugušile u jecanju.

Mati i kći su dugo sedele zagrljene. Nežna, osećajna duša Krinkina sve je shvatila, razumela. Kroz bol majke osećala je i svoj. Umirile su se. Krinka je malaksalo ležala na sofi, a njena mati je sedela kraj nje. Milovala je po kosi. Razgovarale su. Ona je želela ponovo da čuje ispovest svoje majke. Ona je pričala, lagano, sa uzdahom. Slušajući o njenoj tužnoj ljubavi, Krinka je preživljavala svoju tugu i sve one slatke i bolne časove u Veneciji, na Rabu, one noći na obali.

— Ja sam bila malo ljubomorna na vas — priznade svojoj majci. — Mislila sam da se vama dopada Dubravko. Videla sam kako ste ga one večeri milovali po kosi.

— Jesam. Pomilovala sam ga, ali to nije bila ljubav, to je bilo sećanje na sav moj život, na moje stradanje. Te večeri mi se učinilo da onaj čovek vaskrsava, i te večeri sam naslućivala da je nekakva tajna oko tog mladića. Možda mi imamo šesto čulo, pa sve predosetimo. A ja sam znala da on tebe voli. Priznao mi je. Baš mi je jednom kazao: „To je tako fina, lepa, nežna devojka. Nisam nikad sreo u životu ovako simpatičnu devojku."

Te reči su bile kao melem Krinkinom srcu.

— A znate li vi gde je on sada?

— Ne znam.

— Je li se i vama predstavio kao činovnik?

— Ne sećam se, nisam ga pitala šta je. Izgleda da je dosta bogat.

— Nešto bih volela da mi učinite, da ga potražite. Možete li vi to, na neki način?

— Pokušaću, Krinka. Za tebe ću sve da učinim. Imam rodbine u Beogradu i gledaću da ga nađem. Znam ja šta to znači. Tako sam i ja čeznula da pronađem mog Dalmatinca.

— Čudnovato kako je naša sudbina slična! Vi ste imali svoju divnu noć ljubavi na moru, i ja sam imala svoju noć. Da, to je bilo jedne noći kraj mora! Dao mi je prsten. Govorio mi je o svojoj ljubavi. Kako je lepo, toplo govorio! Mislila sam da će pojuriti za mnom, doći u Beograd. Da mogu, ja bih ga tražila po celom svetu!

— Samo, on je bio prema tebi dobar, nije se zaboravio?

— Da, bio je dobar. Nije mi nikakvo zlo učinio.

— To je sreća! A moglo je biti strašno, za tebe još strašnije. Meni je ona noć donela svu nesreću. Ali ja ću sve da zaboravim, ako me ti makar malo budeš volela. Ja nisam rđava, Krinka. Ti ćeš se uveriti. Ne tražim da me voliš kao tvoju dobru mamu. Ona je, zaista, velika duša! Ali hoćeš li i meni da pružiš malo radosti? Ja je nisam imala u životu. Hoćeš li mi oprostiti? Nisam ja ništa kriva, nego glupe predrasude.

— Sve vam praštam i voleću vas. Vi ste još tako mladi i lepi! Bićete mi prijateljica.

Mati je zagrli i obasu poljupcima.

— Odsada će moj život imati cilj. Kad pomislim koliko bi bilo sreće u mom životu da su mi te ostavili! To je strašno, gnusno, pravi zločin! Oduzeti dete od majke i baciti ga. Baciti jedno nevino stvorenje na ulicu! Oh, nikada neću zaboraviti taj zločin mojih roditelja. Neka im Bog oprosti! Njih nema više u životu, ali sad vidim koliko su se ogrešili o mene, o jednu nevinu, neiskusnu devojčicu, koja je zgrešila samo zato što je volela. I zbog te ljubavi patila sam celog života. Nemoj, Krinićiu, da patiš! Ja ne dam da ti patiš. Muškarci ne zaslužuju da žene zbog njih pate. Oni nam zgnječe srce i odu, a ti imaš moju dušu i ja ne dam da patiš, hoću da te poštedim svakog bola.

Ona uze u svoje ruke lepu Krinkinu glavicu.

— Kako si lepa, devojčice moja! Slatka si! Uvek sam te gledala na Rabu. Nešto mora da postoji što pokazuje tajne. Uvek sam te gledala i nijedna mi se devojka nije dopadala kao ti. Kada si jednom imala belu haljinu i sedela s Dubravkom, a ja sam prošla, pomislila sam sa tugom: „Da li će ovaj lepi mladić zadati bol ovoj slatkoj devojčici?”

— Recite mi nešto, verujete li vi da je on moj brat?

— Može biti, ništa ne znam.

— Mi ga moramo pronaći.

— Da, pronaći ćemo ga.

— Vi ste voleli njegovog oca. Sigurno biste voleli da ga vidite.

— Da, volela bih — šaputala je ona. — Ali to bi ličilo kao kad odeš na groblje posle dugo godina da vidiš spomenik i grob jednog bića, koje je tu sahranjeno, a ti si ga volela. Sad ću voleti tebe. Ja ću biti tvoja druga mama i prijateljica.

— Vi ne živite u Beogradu?

— Ne, ja živim u unutrašnjosti. Ali ja bih prodala kuću, kupila bih ovde jednu malu, imam lepu penziju, gotovine, i ti bi dolazila k meni. Da li bi dolazila i da li ja smem da dolazim u vašu kuću?

— Zašto da ne smete? Ja ću vas voleti. Meni je strašno sve to saznanje, ali ja ću sve razumeti i zavoleti vas. Samo nećemo pričati da sam ja vaša kći.

— Zbog tebe nećemo. Ti si usvojena, svi znaju da si njihova kći, a što se tiče mene, ja bih celom svetu doviknula da si moje dete, koje su mi glupe predrasude otrgle! Ali meni je najvažnije da me ti voliš. Šta si mislila o meni na Rabu?

— Mislila sam da ste neka otmena dama, inteligentna, vrlo elegantna, originalna. U prvi mah sam pomislila da ste žena koja voli da flertuje, ali posle sam videla da ste gordi i stalno usamljeni.

— Pogodila si. Bila sam uvek gorda i usamljena i u životu. Sad ću biti srećna i život će mi biti ispunjen. Sve što imam, tebi ću ostaviti. A na leto ćemo ići na more, ja, ti i tvoja mama. Trošak je moj. Interes od novca i moja penzija biće dovoljni za nas sve, i onda ću se osećati kao da imam ćerku i moći ću da se tobom ponosim, kao da sam ti mama.

— A hoćete li opet da obojite kosu? Lepo vam stoji.

— Nema smisla više. Dosta je toga bilo. Ovako ću biti tvoja proseda mama.

— Vi ste vrlo lepa žena!

— Ne treba meni moja lepota. Ja ću uživati u lepoti moje kćeri.

Ona je zagrli nežno. Prva mama pojavi se na vratima. Bila je srećna što vidi tu scenu. U njoj nije bilo nimalo ljubomore. One su bile obe srećne majke i razumevale su se.

— Gospođo, ja bih vam predložila da ostanete kod nas na večeri — pozva je gospođa Branković.

— Ostala bih tako rado, ali će me čekati moja rodbina. Misliće gde li sam! Hvala vam. Mogu doći sutra.

— Izvolite! Možete na ručak, pa sedite celo posle podne. Inače je nedelja, Krinka neće u kancelariju.

— Hvala vam, gospođo. Vi ste, zaista, divna mati, koja me razume. Kako je Krinka srećna što je u vama našla takvu majku!

Oprostile su se sa njom nežno.

— Mama, hoću malo da legnem, boli me glava. Daj mi mokru krpu da metnem na glavu, pa posle da večeramo.

— Ako, smiri se, Kriniću. Evo, sad će mama da ti donese hladan oblog. Možeš da legneš ovde na divan. Na! Podmetni ovo jastuče!

Mati joj donese vlažnu maramicu i stavi je na čelo. Pred kućom se najednom zaustavi auto, lupi naglo kapija, začu se neki tutanj i brzi koraci uz stepenice.

Lola je oduševljena selom

— Majkice! Majkice! — čuo se spolja dečji glasić.

— Mama! — zvala je Lola.

— Ovo su Miša i Lola, Kriniću! Evo ih! Baš volim što su došli — obradova se mati, žureći se da otključa vrata.

Struja svežeg vazduha ulete u predsoblje sa rumenilom malog Miše, Lole i Žarka.

— Malo moje, kako me samo zove „majkice"! Hodi da te poljubi tvoja majkica. Kako volim što ste došli!

— Nismo hteli da javljamo, nego da vas iznenadimo — govorili su Žarko i Lola.

— Tetka Krinka! — vikao je mali Miša.

Ona je već skočila sa divana, požurila im u susret i, onako zamršene kose, uplakanih očiju, podiže Mišu da ga poljubi i baci se Loli oko vrata.

— Ti si plakala, Krinka? Zašto si, sestrice, plakala?

— Ništa, ništa, Lolice... onako! — htela je da uteši i sebe i sestru, ali živci od potresa popustiše, ona zajeca i pade joj oko vrata.

Lola sva usplahirena upita:

— Mama, da li se Krinki nešto desilo? Govorite, zaboga, šta je?

— Šta je Krinka? — pitao je Žarko.

— Ništa, Žarko — govorila je i plakala rukujući se sa zetom. — Ništa mi nije!

— Kako ništa? Jeste! Moraš da mi kažeš — navaljivala je Lola.

— Neka! Neću sada. Ne mogu.

— Zar ti možeš da skrivaš neku tajnu od mene?

— Lolice, ti ne znaš, to je velika tajna, večeras sam doznala! Ja... Ja sam nahoče! Ni ti to nisi znala, zar ne?

Briznu u plač.

— Zar zato plačeš, Kr'iniću mali? Pa ja sam znala da si ti nahoče!

— Znala! Ti?

— Čula sam kad sam se prvi put udavala. Pitala sam mamu, ona mi je sve ispričala, ali me je zaklela da ti to nikad ne kažem.

— I ti si ćutala! Uvek si me volela. A Žarko, da li on zna? I šta će misliti?

— Krinka, zašto to kažeš? Ti si za mene Lolina sestra. Meni sve možete reći, ne kao zetu, nego kao bratu.

— Ništa nećemo da krijemo od Žarka, on te voli kao i ja.

— A ti si ćutala sve vreme. Kako ti imaš veliku dušu, kao i mama. Zato ti Mišu tako voliš!

— Ti si bila moja sestrica kao da te je mama rodila. Nisi nikad mogla da osetiš da ja to znam. Od koga je, mama, ona doznala?!

— Došla je njena mati.

— Pa ko je njena mati?

— Ona elegantna dama sa Raba sa plamenom kosom.

— Bože! Ona Krinkina mati!

— Ali ima, Lolo, nešto još strašnije!

— Šta može biti tako strašno? Ti se, mala moja sestrice, samo uzrujavaš.

— Jeste, jeste, Lolo. Moj otac je, izgleda, i Dubravkov otac. Mi smo brat i sestra! — govorila je jecajući.

— Kako je to moguće? Mama, je li to ta gospođa kazala?

Mati im ispriča ukratko sve.

— Ništa to nije, Kriniću. Ti si već i zaboravila Dubravka. Možda ga nikad nećeš ni videti. Hajde, umiri se. Ja volim kad si ti vesela, nasmejana. Da znaš kako se mali Miša radovao što će videti tetka-Krinku i majkicu. Znaš li ti koliko te ja volim, Kriniću? Ja sam srećna što imam tebe, moju lepu sestricu.

Držala ju je u naručju i milovala kao dete. Tepala joj je, tešila je.

— Zašto plačeš? — pitao je mali Miša, gledajući je začuđenim očicama. I te lepe plave dečje očice kao da razveseliše Krinku.

— Hodi k meni, zlato moje malo! Kako njega tetka voli. Kako mi je samo lep.

— Mama me naučila da recitujem.

— Posle će on da recituje da čuju i majkica i tetka Krinka. Jaoj, mama, od jutros nije imao mira! Sav je bio nervozan, očekujući kad ćemo da krenemo. I ja sam mu pričala šta ćemo da vidimo u Beagradu. Vozićemo se tramvajem, ići ćemo u bioskop, u pozorište, svuda će njega mamica i tetka Krinka da vode — govorila je brzo, želeći da pređe na drugi deo razgovora.

— Ja sam mislio da ga ne dovodim u Beograd — govorio je Žarko — ali to je Lolina želja. Hoće ona Miši da pokaže Beograd.

— Hoću da vide kako imam lepog sina. Jesi li videla kako je sladak u beloj bundici?

— A kako mu stoji onaj plavi džemper sa pantalonicama?

— Toliko je sladak, mama! Donela sam ih da mu obučem. Što se radovao! Bile su mu u poseti učiteljice, a ja mu obukla to plavo odelce, a on se svima hvali: „Ovo mi poslala moja majkica iz Beograda i tetka Krinka".

— Po ceo dan, mama, ona njega svlači i oblači — dirao je Žarko.

— Zato je on mamino ovako lepo dete.

— Moram, mama, da joj kupim šivaću mašinu zbog Mišine odeće.

— Jeste, to moramo da kupimo. Kao da sam sakata bez šivaće mašine.

— Prekoreva me da imam sve poljoprivredne mašine, samo nemam šivaće mašine.

— Doista, Žarko, to je desna ruka u kući.

— A ja, mama, znam da šijem. Sama ću sve da šijem za Mišu, sebe i seju. Seja vas je mnogo pozdravila — govorila je o zaovi.

— Pa što nije i ona došla? Morate mi je poslati da posedi bar mesec dana kod nas.

— I seja tebe toliko voli! Ali ne može da se kreće. I noge je bole... a i žuč. Sve joj pazim na dijetu. Sad joj je bolje. Ne dam joj da se sekira u kući. A pre je sve bilo na njoj.

— Sve ona mazi u kući, a mene najmanje — dirao je muž.

Ona mu pritrča, zagrli ga i poljubi.

— On mene tako dira, a i njega sam razmazila kao i Mišu. Miša je moje malo dete, a Žarko veliko dete. I njega, bogami, mamice, mazim kao Mišu.

Mati ih je blagosiljala u sebi što su došli. Baš su došli kad treba. Krišom je posmatrala Krinku i videla da se smeši. A Lola je pričala veselo, bila je puna razgovora, nežnosti i ljubavi za dete, muža, sestru, mamu, svakom je htela nešto lepo da kaže, neku nežnost da učini, i svi su oko nje bili nasmejani. Na Žarkovom licu videlo se koliko je srećan. On ju je slušao, smešio se i stalno je zaljubljenim očima posmatrao svoju lepu, rumenu, mladu ženicu koja ga je opijala ljubavlju, milovanjem, dobrotom svoga srca i nežnošću za njegovo dete i sestru. Zato je i on njoj uzvraćao pažnjom prema njenoj majci i sestri.

— Vi ste, deco, gladni? Da večeramo? Mi još nismo večerale.

— Baš nismo mnogo ni gladni. Jeli smo u vozu. Doneli smo ti, mama, puno koječega. To je u tom većem koferu.

— Bože, vi se natovarite kad god dođete. Šta vama ostane?

— Ostane i nama dosta, mama — govorio je Žarko.

— Za moju sestricu sam umesila Doboš tortu! Ona je u onoj okrugloj kutiji. Znam kako ti voliš kolače!

Krinka je zagrli.

— Ti si moja najbolja sestrica!

— A imam još nešto da te obradujem. To je Žarkova ideja. Sutra idemo da ti kupimo krepsaten za haljinu.

— Pa Žarko mi je već jednu haljinu kupio!

— Ono je zimska. A sad da sašiješ od crvenog krepsatena za proleće i leto, a kupićemo ti i somot za žaketić. Zamisli kako će ti lepo stajati uz tvoju plavu kosu. Bićeš prava lutkica!

— Ti nam, Žarko, mnogo činiš. Ni sin mi ne bi više činio.

— Mama, to Loli ima da zahvalite!

— A zašto meni? — pitala je ona, sedajući kraj njega i privlačeći njegovu glavu sebi na grudi.

— Zašto? Zato što si onakva žena kakvu sam želeo i moram se zahvaliti majci, koja je umela da te vaspita.

Lola ga poljubi, dirnuta njegovim rečima, a njenoj se mami napuniše oči suzama. Morala je da zaplače od sreće.

— Ti ne znaš kako svaku majku veseli kad vidi da joj je kći ostvarila sreću u braku. Ja sam ih uvek učila da budu dobre i pametne, da vole kuću. Radujem se što se Lola navikla na selo.

— Mama, pa u selu je lepota! Ujutru kad otvorim prozor, ne mogu da se nadišem čistog vazduha. Ovde u Beogradu prebacimo haljine da se vetre, a, ono, iz sviju odžaka leti gar od uglja i pada na jorgane i jastuke. A u selu, kad izvetriš, sve miriše na čisto i sveže!

— Vidi se i na tebi ta svežina!

— Svakoga dana mi neko dođe u posetu, a odlazim i ja. Tako sam se sprijateljila sa dvema učiteljicama, devojkom i jednom udatom. Ona ima sinčića Mišinih godina. Posle podne kad izađu iz škole one mi dođu u posetu na čaj. Dolazi mi i protinica sa ćerkom. Što volim protinicu! Patrijarhalna, ali vesela i pametna žena. Ima lepu ćerku. Ona voli ručne radove, pa joj ja pokazujem. Mama, Žarko mi je kazao da ti svakog meseca šaljem novaca. Jesi li uzela bedinerku? To ćemo ja i Žarko da plaćamo.

— Jesam! Hvala vam! Koliko mi je lakše sada!

— Dabome! Kako da sama nosiš drva iz podruma? Brinula sam se kako ćeš sama da radiš.

— Tako sam dobru devojku našla. Dođe ujutru i do deset-jedanaest sve smo gotove. Ono što nam ostane od večere dam joj da odnese kući. Ima muža i majku. Vrlo je poštena i vredna. A šta ste uradili sa vašom gradinom? Jeste li posadili zelen?

— Sve, mama. Ja sam se o tome brinula.

— Moja ženica će zamalo umeti da potpuno upravlja imanjem.

— Bogami hoću! Sve me zanima u selu. Nisam znala šta je raž, ječam, pšenica, i sve sam naučila. Gradina će nam biti kao bašta! Imaćeš, mama, sve. Karfiol smo posadili, kupus, kelj, cvekle, paprike, šargarepe, nema povrća koje nećemo imati. Kad stigne, sve ćemo ti poslati.

— Mene raduje što Lolu zanima seosko gazdinstvo i što se za sve interesuje — hvalio je muž.

— Kako da me ne interesuje! Život u selu je naročit. Koliko je ponekad glup život gradskih devojaka. Čime se one zanimaju? Dansing, korzo, bioskop! A u selu gledaš voće cveta, šume zelene, pšenica nikla, ljubičice se rascvetale. Pa prvi jaganjci! Tako su slatki!

— Majkice, ja imam moje malo jagnje! Crno i belo!

— A ti si moje jagnješce — tepala mu je staramajka.

— Ono ima i zvonce!

— Slatki moj mali!

— Pa nasađujem kvočke! Ja sam jednu nasadila. Hoću da vidim da li sam srećne ruke. Imaćemo guščića, ćurića! I kako je zanimljivo ići na ciglanu i videti kako se peku cigle.

— Da li ti je nekad dosadno?

— Kakva dosada! Preko podne kuvam, posle podne pređemo gore u trpezariju. Dođe i seja. Ona sedi, leškari, radi sebi džemper, dođu nam i gosti, ili se izvezemo fijakerom. Tako mi brzo prođe dan! Jaoj, Kriniću, da vidiš što je Doboš torta! Kao od poslastičara! Znam šta Krinić voli. Imamo još jednu novost za nju. Dopala se jednom mladiću. Znaš kome? Protinom sinu. On je inženjer. Sećate li se onog crnomanjastog mladića o Božiću? Opet je dolazio, pa kaže: „Bio sam u Beogradu, ali nigde nisam video vašu gospođicu sestru?" A ja mu kažem: „Moju sestru nećete videti na korzou". On me potom upita: „Hoće li vam ona skoro doći?" Rekla sam mu za Uskrs... I on će za Uskrs doći u selo.

— A ja sam, Lolo, mislila — umeša se mati — da o Uskrsu svi dođete u Beograd.

— Ne, mama, bolje je da vi dođete k nama u selo o Uskrsu, Lola i ja smo tako rešili. Mi ćemo doći u Beograd preko praznika.

— Zašto da se ti, mama, vazdan petljaš i kuvaš? Ja sam mlađa, meni je sve lakše. Sem toga, znam kako je tebi tužno o praznicima. Ovako, u selu šetnje, pa vožnja kolima! Još će mi neko doći. Zlata iz Zagreba! Ona mi piše,

Kriniću, da je zaljubljena u Dragana, a i on u nju, i ja tu provodadžišem. Zvala sam i Dragana da dođe.

— Mama, Lola je tako dobila volju da udaje devojke. Krinku bi da uda za protinog sina, a Zlatu za Dragana.

— Hoću da i one budu srećne kao što sam ja. Zar ti nisi srećan sa mnom?

— Jesam, priznajem — govorio joj je nežno, držeći je rukom oko pojasa.

— Sad da večeramo i da nam Miša posle recituje!

— Dobro, hajde, sinčiću moj mali, da čuje tetka Krinka. De, počni: *Stara mačka plače...*

— *Izgubila mače* — nastavljao je mali Miša...

— Ne, počni ispočetka. Tako. Lepo. Sad drugu strofu...

Mali Miša je govorio detinjasto, gutajući poslednji slog, i kod svake nove strofe pogledao je svoju mamicu, ona bi mu klimnula, a on je govorio, govorio i izgovorio celu recitaciju. Krinka je bila ushićena, dočepala ga je u naručje, a staramajka ga je poljubila. Mamica je bila srećna, a tata je osećao sreću i zbog recitacije i zbog ove lepe ženice toploga tela i tople duše.

Posle večere mama ugrabi momenat da Loli nasamo kaže da će sutra doći na ručak Krinkina mama.

— Ako, mama, neka dođe. Mi ćemo je lepo dočekati. Žarko je tako dobar i blagodaran. On će biti pažljiv prema njoj. Tako mi je žao Krinke.

— Ne pitaj, to ju je užasno potreslo! Baš dobro što ste došli da je ti malo utešiš i razveseliš.

— Ne brini, mama! Sutra ćemo da izađemo. Idemo u pozorište. Ostaćemo kod vas četiri-pet dana.

— Baš se radujem!

— Ona će to zaboraviti. Miša je mnogo voli. I ona mu priča.

— Idi ti u sobu, Lolo, idi!

Ona uđe. Mišić je trčao u pidžami, krio se iza stolića. Krinka ga je jurila, a on je cikao. Svi su bili veseli, posedeli su još malo, a potom polegaše.

I kad se sve stišalo, umirilo, probudio se strašan Krinkin bol.

„On je moj brat! Dubravko je moj brat!" Ta misao je bila strašnija od one da je nahoče. Nešto joj je probadalo mozak, srce, kao da se nešto otkidalo od njenog organizma i čupalo, odnoseći sve njene snove, radosti, sreću. Htela je da umiri sebe, da je obraduje misao da je on njen brat, ali ona joj je bila tuđa, strašna, ona se nje plašila, ona je u njoj stvarala čitav košmar užasa! „Oh, ja neću moći ovo da izdržim. Neću moći! Ne mogu ovo preživeti! To je svirepo!"

Jorgovan je tada bio u cvatu

Bilo je drugog dana po Đurđevdanu. Krinka se vratila iz kancelarije. Obukla je svoju elegantnu haljinu od krepsatena. Bila je u njoj tako vitka, graciozna. Njena plava i svetla kosa imala je još lepši sjaj uz ovaj crni materijal. Kroz izrez se videla nežna belina njenog vrata. Iz rukava su joj izvirivale male, bele ruke.

Nekoliko dana provedenih kod Lole i Žarka dali su nežno rumenilo njenim obrazima. Oči su joj postale još plavlje i lepše. Nosila je veliki buket jorgovana nabranog u bašti i nameštala ga u vazu. Čekala je mamu. Ona je otišla na neke patarice, rekavši da će doći u pola sedam da zajedno odu na drugu slavu kod njihove rodbine.

„Evo mame! Baš je tačna!" Čula je korake u trpezariji. Okrenuta leđima, nameštala je grančice jorgovana i govorila:

— Ti si došla, mamice! Baš si tačna! Evo, samo da namestim ovaj jorgovan! Što je divan!

Niko nije odgovarao.

Ona se okrete.

Nešto strašno pogodi je u mozak i srce. Ona se nasloni o sto i pridrža rukama. Bleda kao vosak gledala je, gledala... Je li to obmana? Je li to živo biće? On! On! Njegove oči! One velike tamne oči, tako tople, sjajne! Dubravkove oči. Gledaju je netremice, uzbuđeno, široko otvorene... Smeše se na nju... Te oči su žive. To je on! Njen Dubravko! Htela je da krikne, da mu poleti, ali nešto ju je davilo, stezalo, prikivalo za mesto. Kao u snu kad se nešto krupno proživljava i nešto sputava i ne dopušta ni krik ni pokret. Ona se otimala, osećala je kako je nestaje, kako leti, leti i tako leteći čula je reči, slatke, zanosne reči:

— Krin-iću, mala moja ljubavi! Slatka moja mala verenice, došao sam!

Magla je prekrila njene oči i ona se sruši na pod.

Dubravko kriknu, polete, dohvati je u naručje, pritisnu na grudi.

— Ljubavi, ljubavi moja! Jedina moja devojčice! Osvesti se! Pogledaj me! Ja sam došao! Više se nikad nećemo rastaviti. Krin-iću, mala moja!

Ali ona nije otvarala oči, bila je bleda kao smrt.

Izbezumljen od bola i ljubavi, on je pritiskivao na grudi, ljubio joj obraze, ustanca, oči, lepe plave, zaklopljene oči, šaputao joj strasne reči, ali ni poljupci, ni šapat, ništa nije moglo da je osvesti, ona je ležala na njegovim rukama nepomična, opuštena, bleda, bez života.

Užasnut od njene nepomičnosti, on je spusti na divan i jurnu u drugu sobu vičući:

— Gospođo! Gospođo!

Niko se nije odazivao. On ulete u predsoblje, ostavu, kuhinju.

— Ima li ikoga u kući? — vikao je. — Gospođo Lolo! Brže!

Spazio je bokal i čašu na stolu u kuhinji i dohvati čašu s vodom, ulete u sobu i prinese čašu Krinkinim ustima, ali ona su bila stisnuta. Kao lud, on jauknu. Iza njega se najednom začu vrisak.

— Kuku, šta je? Vi ste je ubili! — jauknu njena majka.

— Gospođo, brže, lekara! Pala je u nesvest kad sam naišao. Imate li telefon? Zovite lekara!

— Ona umire! — jaukala je mati. — Zar ne vidite da umire?

— Lekara, gospođo, trčite! Ja ne znam gde da ga nađem.

Mati polete, saplete se i, podigavši se, izlete u dvorište.

Dubravko je podigao Krinkinu glavu, trljao joj je slepoočnice. Oslušnuo joj je srce. Još je kucalo.

— Zar da te ja ubijem? Pogledaj me, slatki Krin-iću. Mala moja! Otvori svoje lepe očice! Poludeću!

Mati ulete.

— Sad će doktorka da dođe. Tu je, do naše kuće. Da joj stavim sirće pod nos.

Jedva ga nađe. Ruke su joj se tresle i sve vreme je kukala.

Doktorka se pojavi.

— Gospođice, naša Krinka će umreti!

— Umirite se! Umirtite se, gospođo! — govorila je doktorka s blagim osmehom. — Pogledaću joj najpre srce.

Posle nekoliko trenutaka lekarka podiže glavu.

— Ne bojte se, srce je sasvim dobro! Ovo je živčani napad. Mora da ju je nešto jako potreslo.

Mati se sruši na stolicu. Dubravko je stajao kao ukopan, sav bled. Pritisnu rukama čelo.

— Ovako nešto nisam nikad doživeo.

On priđe divanu na kome je Krinka ležala. Gledao ju je sa očajanjem.

— Treba li kakav lek, gospođice?

— Ništa nije potrebno. Prepisaću joj za svaki slučaj kapsule za umirenje.

— Ali ona ne dolazi svesti? — pitao je uplašeno mladić.

— Ona može da ostane u nesvestici dva, tri i više sati. Neka je! Posle će da zaspi. Nema opasnosti.

— A da li će se sutra osvestiti?

— Možda će još malo biti u polusvesnom stanju, ali je morate čuvati od ponovnog potresa, jer bi se moglo isto ponoviti kao sada. Treba da se sasvim umiri i osvesti. Trebalo bi je smestiti u postelju da mirno leži.

— Sad ću joj razmestiti sofu u njenoj devojačkoj sobici. Ona je do dvorišta, tamo je tišina. Slatko moje dete! Jaoj, što sam se uplašila! Kako se to desilo, gospodine?

— Ja sam ušao u ovu sobu, a ona je bila tamo u drugoj, nameštala je cveće u vazu, mislila je da ste vi, okrenula se i kako me je ugledala, srušila se.

— Znam šta ju je potreslo!

Nekakva zla slutnja obuze Dubravka, ali nije smeo ništa da pita. „Da li je Krinka još devojka?" Steže ruke i zari nokte u meso.

Mati ode da namesti postelju. Vratila se ubrzo.

— Da je prenesemo.

— Ja ću je sam preneti.

Dubravko je uze u naručje. Bila je topla, vitka i on se seti kako ju je onda na moru izneo iz čamca. Tada ju je isto ovako nosio i spasao joj život, a danas ju je mogao ubiti.

Njena lepa glavica naslanjala mu se na grudi. On je gledao i šaputao:

— Slatka moja mala! Više nećeš nikad patiti. Koliko ja tebe volim! Da li si me ti zaboravila?

— Da joj skinemo haljinu, gospođice?

Dubravko izađe dok su je svlačili. Lekarka pomože majci.

— Jaoj, hvala vam, gospođice, što ste odmah dotrčali. Uvek govorim da ste vi jedinstveni lekar. Da ste i sestra i majka bolesniku.

— To je naša dužnost.

— Možete, gospodine, da uđete — zovnu mati Dubravka.

Krinka je ležala na belim jastucima. Plava kosa bila joj je rasuta u kovrdžavom neredu. Kroz otvor plave spavaćice video joj se blistavo beli vrat. Male, lepe ruke, ležale su nepomično na plavom svilenom pokrivaču. Plavetnilo sobe i abažura svu ju je obavijalo. U tom plavetnilu ona je ličila na neku malu začaranu vilu koja je zaspala. Mladić teško uzdahnu. Njegove divne, velike oči, bile su pune očaja. Gledao je malu plavu devojčicu za kojom je tugovao i ludeo i dan i noć.

— Ako ste vi, gospodine, bili uzrok njenom nervnom napadu, onda ona ne sme da vas vidi dok se sasvim ne osvesti — primeti lekarka.

— Da... Da, znam, skloniću se.

— Sad vas ne bi odmah ni poznala.

On sede ukraj, na jednu belu fotelju. Gledao je fini profil svoje mlade verenice.

— On... on neće nikad doći — otrže se sa Krinkinih usana.

— Ona dolazi k svesti, gospođice! — šapnu mati lekarki.

— Ne, ona bunca.

— Zašto bunca? Je li to opasno?

— Nije — umiri lekarka majku onom lekarskom prisebnošću koja uliva poverenje onima što pate.

— Zaboravio me je! — ču se opet tiho, bolno sa Krinkinih usana. — Dubravko! Ja te volim...

Velike, mrke oči mladićeve upijale su se u njen lepi profil, a svaka njena reč pogađala ga je u srce.

U sobi je bilo tiho kao kraj bolesnika. Osećao se samo miris jorgovana.

— Neću za Šerifa... da se udam! Ne volim ga...

Mladić steže rukom naslon fotelje.

— Plave suze... plave suze... — iz njenog grla kao da se otrže grcanje.

— Ona plače! — uplaši se mati.

— Izgleda da se setila nečega što ju je mučilo i što joj je stvaralo bol — objasni lekarka.

— Ni... jednog pisma! Dubravko! Dođi...

Mladić je pokrio oči rukom. Kako su mu bile teške ove reči. U svesnom stanju, od jednog bića to je teško čuti. A u nesvesnom, još strašnije. Izvlačilo se iz srca sve tajanstveno, bez kontrole razuma, izgovarane su najtajnije misli i svaka misao je bila teški bol i prekor.

Kako je bio svirep u svojoj gordosti i ljubomori! Mučio je i sebe i nju, zaboravljajući na svu osećajnost ovog finog, plavog deteta.

— Lola... je srećna. Žarko je dobar... Neću za tog inženjera... Ne volim ga! Čekaću Dubravka! Neću, mama, da se udam. Brat... On je moj brat! Dubravko!

Mladićeve oči, zamućene bolom i suzama, gledale su to plavo, besvesno stvorenje, ne razumevajući o čemu to govori.

Mati teško uzdahnu, shvatajući zašto je došlo do ovog njenog nervnog napada.

— Ja ga... volim, a on je moj brat.

Te besvesne reči ispuniše užasom mladića. Htede da nešto zapita, ali nije smeo ni reč da izusti.

— „Vi ste moja mala plava verenica." Prsten čuvam... A on se oženio Amerikankom. Bogata. Ja sam.... sirota. Kucam ceo dan na mašini!

Opet joj se otrže jecanje.

Mati zagnjuri lice u maramicu.

U očajanju, mladić je stezao svoje čelo. Prsti mu se ovlažiše od suza. Plakao je.

Sati su prolazili. Svi su bili nepomični. Buncanje se stišalo.

— Ne govori više — tiho izusti mati.

— Zaspala je.

— Je li to dobro, gospođice?

— Dobro je, ona će sad da spava.

— Nema opasnosti?

— Sada nema. Ostavite je neka spava! Ja idem! Sutra ujutru ću doći opet.

— Molim vas, gospođice, dođite — zamoli je mladić, rukujući se s njom.

— Divna je ova lekarka! Slovenka! Tako je iskusan lekar! Svi je pacijenti vole. Ona više besplatno leči, nego za novac. Neka Krinića, neka spava! Oh, ovo je bilo strašno! Hodite u trpezariju. Vrata njene sobe neka budu otvorena.

Dubravkove oči su još uvek gledale ovo divno, plavo stvorenje, nepomično i kao u plavičastoj magli. Bila je lepa kao san.

— Oh, mi smo mnogo prepatili, gospodine!

— Zašto ste vi u crnini? I Krinka je u crnini. Ne vidim gospođu Lolu?

— Zar vi ne znate za našu nesreću?

— Kakvu nesreću?

— Pa moj muž, njihov otac, je umro.

— Kad je umro?

— Bože, vi ništa ne znate? A mi smo još na Rabu dobili telegram da odmah krenemo, da je bolestan. A on je tada već bio mrtav. Odmah smo ujutro krenuli. Krinka se nije videla s vama da vam to kaže.

Dubravko je ukočeno gledao Krinkinu majku.

— Vi ste zato otišli s Raba? A ja... šta sve nisam mislio!

On sede na divan i gnevno zavuče prste u kosu. Bilo mu je došlo da samom sebi čupa kose.

— Šta ste vi mislili?

— Mislio sam da je Krinka otputovala sa Šerifom.

— I zbog toga joj niste pisali?

— Da, bio sam ljubomoran i patio sam strašno. Mislio sam da se u životu nikad ne može naći iskrena devojka koja voli. A šta je bilo sa gospođom Lolom?

— Ona se udala za veleposednika Žarka Gavrilovića. Vi ga znate?

— Za njega? Zbilja? To je vrlo simpatičan čovek!

— Vrlo je srećna! A ja sam ostala sa mojom malom Krinkom.

— Gospođo, vi možda ne znate koliko ja nju volim. Ja sam patio isto toliko koliko i ona. Ali egoizam muškarca je svirep, i njegova muška gordost. Došao sam sada da ostvarim ono za čim sam čeznuo. Ja volim Krinku. Je li ona slobodna? Nije li se, slučajno, udala? Maločas me je presekla ta pomisao! Hoćete li odobriti naš brak, ako je slobodna?

Mati ga sa užasom pogleda.

— Zašto ste došli, gospodine? Kamo sreće da se više nikad niste pojavili! To bi bilo bolje! A, ovako, može da bude još veća nesreća.

— Zašto nesreća? Šta sam učinio? Smatrate li da sam nedostojan Krinke?

— Ne mislim to. Bože sačuvaj! Ali vi ništa... ništa ne znate, gospodine. Ima jedna velika tajna. Ona sprečava vaš brak. Vi nikad ne možete biti muž i žena!

Mladić se diže gledajući sa strahom ovu ženu. O čemu to ona govori?

— Kakva tajna, gospođo? Ja to moram da znam. Preklinjem vas, recite mi.

— Reći ću vam, gospodine, moram da vam kažem. Izgleda da ste vi i Krinka brat i sestra.

Tamne mladićeve oči postadoše veće. Nekoliko trenutaka gledao je ovu ženu sa onom istom jezom koju je maločas osetio. Učinilo mu se da ova žena bunca, da joj je potres pomutio um.

— Ja i Krinka... brat i sestra?! — muklo mu se otkide. — Šta to čujem? Šta vi to govorite, gospođo?

— Vi mislite da sam luda, gospodine, i da govorim bez veze! Ne, sasvim sam pri svesti!

— Dobro, gospođo — govorio je mladić sav uzbuđen. — Ako smo ja i Krinka brat i sestra, onda ste vi bili žena moga oca, ali... jeste li ga, uopšte, poznavali?

— Niti sam ja vašeg oca poznavala, niti vaš otac mene. Ovde se radi o drugoj tajni.

— Govorite, preklinjem vas, čini mi se da ću poludeti! Ja ne znam šta je ovo.

— Evo šta je. Ja vam moram reći sve. Krinka nije moje dete. Ja je nisam rodila. Ona je nahoče. Našli smo je jednog dana u našem dvorištu, malu, od dva meseca. Ali mi smo je usvojili i voleli kao rođeno dete.

Mladić je nervozno provlačio prste kroz kosu.

— Pa ko su njen otac i mati? Da nije moj otac?

— Njena mati je ona gospođa sa crvenom kosom, sa Raba. Ona je došla, sve nam ispričala, i po njenom pričanju doznali smo da ju je vaš otac kao devojčicu upropastio... jednom, na moru. Ona je Srbijanka. I kad je posle došla u Beograd, rodila je Krinku. Bila je iz otmene porodice, oduzeli su joj dete i prosto ga bacili na ulicu.

Mladić prigušeno jauknu, ali, kao lud, diže glavu.

— Pa dobro, gospođo, zar to mora biti baš moj otac? Kakvih dokaza za to imate?

— Imamo i dokaze! I vi ih znate... ono srce.

— Kakvo srce?

— Vaš otac je imao dva srca. Jedno je dao Krinkinoj majci, a drugo je zadržao za sebe. A kad smo mi nju našli, to srce je bilo ušiveno s kraja u pelenicu i sa njim je bilo i parčence hartije na kom je pisalo: *Sa ovim srcem naći će oca i majku*. I letos, kad je Krinka izgubila srce na Rabu, valjda je sudbina htela da ga nađe njena mati. Pronašla nas je posle u Beogradu, tek pre dva meseca, i tada se sve razjasnilo. Da li se vaš otac zove Ivo? I da li je bio mornarički oficir?

— Jeste! — jauknu mladić. — Bože, ja u to ne verujem! To je strašno! To je nemoguće! Nečovečno! Svirepo! Da se meni i Krinki osveti greh oca i majke!

— Zato je ona pala u nesvest kad vas je videla. Da vi znate kakav je to za nju bio potres kad je sve čula. Ja sam još na Rabu u to sumnjala jer sam znala za ono srce. Kad je ona, sirota, to čula, uplašila sam se da će se ubiti.

— Zato je ona maločas buncala: „Brat... moj brat", a ja nisam znao o kome misli.

— Pa ništa, gospodine. I ako budete njen brat, imaćete u njoj divnu sestricu. Vi ne znate koliko je ona fina, nežna, dobra. Morate biti pametni.

— Ne, ja u ovom trenutku nisam pametan! Ja sam prosto lud! Da, ja sam lud. Verujte, poludeću u ovoj neizvesnosti. Gde je telegraf, gospođo? Ovog časa idem, smesta idem da pošaljem ocu telegram da dođe u Beograd. On je u Splitu. Najdalje prekosutra biće tu. Ne bih mogao da izdržim ovo. Otac ima da kaže šta je u stvari. Mala moja Krinka! Koliko je morala patiti i trpeti, a ja muškarac, nemam živaca za to! Na koju stranu treba da idem? Uzeću taksi.

Mati mu objasni.

— Za četvrt sata se vraćam. Hoćete li mi dopustiti da ostanem noćas kod vas? Izludeo bih u hotelu. Hoću da sam pored Krinke. Sutra se neću pojavljivati. Znam šta je rekla lekarka.

— Dođite slobodno, i meni je lakše kad sam sa vama.

— Hteo bih samo jedno da vas pitam, gospođo — govorio je kao u groznici, hvatajući za ruku Krinkinu mamu. — Kad moj otac dođe, gospođo, i ako doznamo da ja nisam Krinkin brat, hoćete li dopustiti da Krinka bude moja žena? Verujte, ja je bezgranično volim, i trudiću se da bude najsrećnija uz mene.

— Dajem vam je od sveg srca — odgovori mati, uzdišući. — Videla sam da i ona vas voli. Samo se svega plašim!

— Ja verujem da će sve dobro biti — govorio je uzbuđeno, ljubeći joj ruku. — Hoćete li da pogledate kako je Krinki?

Ona uđe u sobu. Dubravko je stajao na vratima sav utučen.

— Dobro je, spava, lepo diše! Moja Krinka, kako je ona zlatno dete.

— Idem, gospođo, da telegrafišem. Odmah se vraćam. Do viđenja! — izgovori on i kao lud istrča iz kuće da pošalje ocu telegram.

Vratio se vrlo brzo. Krinkina mama bila je postavila sto u trpezariji.

— Gospodine, vi niste večerali. Izvolite! Spremila sam. Možete se malo prihvatiti šunke i sira.

— Nije trebalo, gospođo, da spremate. Ništa ne mogu. Tako me je sve ovo zaprepastilo. Kako je Krinka?

— Još uvek spava. Daće bog, biće dobro! Ali večerajte malo, molim vas! — nudila ga je gostoljubivo.

Mladić sede i uze nekoliko zalogaja.

— Razmišljam o tome kako rekoste da moj otac može biti i Krinkin. Kako je to moguće? Koliko Krinka ima godina? Čini mi se dvadeset i tri.

— Jeste, sad joj je dvadeset treća.

— Da... da... Pre toliko godina umrla je moja majka. Meni je tada bilo pet godina. Otac je bio udovac. Šta znam, možda se tada upoznao sa tom devojkom. Oženjen, on to nikada ne bi učinio, mnogo je voleo moju majku.

— Vi nemate majke?

— Imao sam maćehu. Umrla je zimus — on ostavi nož i viljušku. — Hvala vam, gospođo, ne mogu više. Hoćete li da pogledate Krinku?

Mati uđe u sobu.

Ustade i Dubravko i na prstima uđe u Krinkinu sobu, priđe sofi i stade više njene glave. Težak uzdah otrže mu se iz grudi. Ona je spavala dubokim snom, bez svesti. Izađoše na prstima iz sobe.

— Vi možete da legnete, gospodine. Eno vam spavaće sobe.

— Ne bih mogao da trenem. Ako dopustite, presedeću ovde na divanu. Je li ono Krinkina pisaća mašina? Ona mnogo radi, je l'te?

— Vrlo mnogo. Siroto moje dete! Radi prekovremeno pa se zadrži nekad u kancelariji do osam sati. To ju je iznurilo. Ostale smo samo na njenoj plati. Ja nemam penzije.

Mati zaplaka.

Dubravkove oči se zamračiše.

— A ona je zatvorena priroda — nastavljala je mati. — Nikad nije htela da kaže da joj je teško. Sve je sama snosila.

Mladić je ćutao, a bora mu se ocrta na čelu. Teško je prekorevao samog sebe.

— Ja bih izašao u baštu da popušim cigaretu.

— Možete, tako je lepo u bašti! Ja ću da prilegnem na onu drugu sofu u Krinkinoj sobici. Možda će se probuditi. Spremiću mleko da joj dam ako zatreba.

Dubravko izađe u baštu. Jorgovan je mirisao. Jasmin je bio tamnozelen. Jedna velika kajsija je širila grane s mladim lišćem. Lale su se žutile. Nekoliko voćaka bacale su senke po zelenoj travi. Bilo je mnogo zelenih žbunića. Jedna klupica se nalazila ispod velikog drveta jorgovana. Nad njom su se nadvili cvetovi kao grozdovi. Miris ga je opijao i stvarao mu bol. Setio se kako je ponovo ugledao Krinku. Bila je tako lepa sa svojom zlaćanom kosom, pružala je ruke i nameštala jorgovan, crna haljina joj se pripijala uz vitki stas. Gledao ju je kao začaran, bio je toliko uzbuđen da nije mogao ni reč da progovori. I kad je progovorio i pošao k njoj, dogodio se ovaj užas. Srušila se pred njim.

A onda, njene bolne reči u bunilu! Osećao je očajanje, grižu savesti, ali i radost. Ona ga voli! Posle toliko meseci, ona ga jednako voli. Ustao je sa klupe. Šetao je krupnim koracima. Cigareta se svetlila u njegovoj ruci. Bašta je bila u polusvetlu meseca koji se tek rađao. Dve visoke kuće dizale su se s obe strane bašte i ona je ličila na neku malu oazu. Prišao je jorgovanu i prineo jedan cvet licu. Udisao je i taj miris ga je opijao kao plava Krinkina lepota.

— Ona me voli! — šaputao je, ali se najednom užasnuo od ove pomisli. Zaboravio je na strašnu tajnu. Gnevno je koračao po bašti. Razmišljao je kakav bi sada mogao da bude odnos između njih dvoje. Plašio se sebe, svoje ljubavi. Očajanje ga je obuzimalo. Činilo mu se da bi pre mogao poverovati da će poleteti na Mars, nego da bude Krinkin brat. — To je strašno — otrže mu se sa usana. Sede ponovo na klupu. Osećao je malaksalost od teških misli. Obuzimalo ga je očajanje. „Mala moja, koliko je prepatila... Ali i ja sam patio, hteo sam da je kaznim zbog ljubomore, a sebe sam još više kaznio.”

Šum grada stišavao se. Čule su se samo sirene sa brodova ili automobilske trube. Svetla na prozorima su se gasila. On se vrati u kuću. Ušao je u trpezariju. Ugasio je svetlo i seo na stolicu. Vrata na Krinkinoj sobi bila su otvorena. Njena sofa je bila prema vratima i mogao je da je gleda. Spavala je u plavičastoj svetlosti, tako lepa, nežna, kao iz neke fantastične bajke. Podlakćen na sto, netremice je gledao malu plavu, usnulu devojčicu. Dolazilo mu je da jaukne pri pomisli da ona može biti njegova sestra. Nervozno je zavlačio prste u svoju sjajnu, talasastu kosu i kidao je. A ona je spavala, ne mičući se, kao bez života. Spavala je, ne osećajući, ne znajući da je onaj za kojim je toliko tugovala tu pokraj nje, tako blizu, samo nekoliko koraka, i da je gleda istim očima, sa očajanjem i ljubavlju.

Mladić se trže i otvori oči. Zaspao je malo, sedeći na divanu. Već je bilo svanulo. „Kako li je Krinki?", bila mu je prva misao.

Iz druge sobe začu se tihi glas.

— Mama! Mama!

— Šta je, sine? Jesi li se probudila?

— Jesam... ali tako mi je teško u glavi... Gde si ti, mama?

— Pa evo me, Kriniću... pored tebe. Zar me ne vidiš?

— Ne vidim te, mama... Sve mi je tamno pred očima.

— Glava te boli. Proći će. Da ti donesem malo mleka? Gladna si. Dobro će ti učiniti.

— Možeš.

Dubravko je stajao kod vrata i slušao. Nije smeo da uđe. Mati izađe i dade mu znak rukom da pođe za njom.

— Osvestila se.

— Ali vas ne vidi!

— Lekarka je kazala da će tako da bude u početku, dok se sasvim ne osvesti. Oh, bože, bože! Vi nemojte ulaziti. Zašto niste legli?

— Nisam mogao.

Mati se vrati sa šoljom mleka. Podiže njenu plavu glavicu sa jastuka.

— Evo mleka! Ja ću pridržavati šolju. Uzmi malo. Hajde, Kriniću moj!

Ona otpi malo i leže na jastuk.

— Mama!

— Šta je, sine?

Ona je htela nešto da kaže, ali je jedva izustila neke nevezane reči i ponovo zaklopila oči.

Mati je gledala brižno, Dubravko je osluškivao svaku reč, pun strepnje i očaja.

Lekarka dođe i umiri ih.

— Dobro je! Dobro! Ništa se ne plašite. Ona je još malo u bunilu, ali će se u toku dana osvestiti.

Sati su prolazili. Dubravko se šetao po bašti, vraćao se. Išao je i do hotela. Samo da pita ima li vesti od oca. Telegram još nije stigao. Ostavio je adresu Krinkine kuće u hotelu, da bi mu ga odmah poslali. U toku dana Krinka je lagano dolazila k svesti. Dubravko nije smeo da se pojavi. Te noći otišao je dockan u hotel da spava. Vratio se ujutru oko devet sati. Kako je ušao u trpezariju, čuo je razgovor. Krinka je sasvim lepo govorila. Mladićevo lice je zablistalo od sreće. Ali nije smeo da se pojavi. Stao je kraj vrata i osluškivao.

— Mama, nešto da mi kažeš. Ja se sećam, znam dobro šta je bilo. Nameštala sam jorgovan u vazu... i čula korake, mislila sam da si ti... Nisi bila ti! Mamice, reci mi, preklinjem te, je li istina da sam videla... Dubravka... Mama, je li on došao? Reci mi! Molim te, mama, je li on došao?

— Hoću, Kriniću moj lepi, zašto da ti ne kažem? Samo neću da te to uzbuđuje. Da, Dubravko je došao.

— Pa gde je on? Je li ovde? Dovedi ga, mama!

— On je u hotelu. Sinoć je sedeo dugo i otišao je da spava, a doći će i jutros.

— Hoće doći, mamice?

— Hoće, sine.

— Jesam li ja bila bolesna? Šta je bilo sa mnom?

— Pala si u nesvest kad si ga videla.

— Jeste, znam. Ništa više nisam znala. A on, mama, šta je on radio kad sam ja pala u nesvest?

— Bio je kao izvan sebe. I sve vreme sedeo je ovde.

— A za ono, mama, da li on zna? Zna li da mi je brat?

— Kazala sam mu, Kriniću.

— A šta on kaže?

— Zaprepastio se. Poslao je odmah telegram ocu. On sigurno dolazi sutra. Tada ćemo najzad doznati da li si ti Dubravkova sestra.

— Je li njemu bilo teško kad je to saznao?

— Kako da mu nije bilo teško! Prosto ne može da veruje. On sumnja u to. Ali opet, ne zna ni on!

— A ako ne bude moj brat?

— Onda neka bude ono što ti želiš. Kazala sam to isto i Dubravku kad me je pitao.

— Šta te je pitao?

— Hoću li dopustiti da se udaš za njega?

— A ti si odobrila?

— Jesam, KrinIću, udaj se kad ga voliš.

— On može, mamice, da dobije službu u Beogradu, u nekoj banci. Govori dva-tri jezika. A ja ću da budem činovnica i ti ćeš biti sa nama. Je l' da bi to bilo lepo? Mama, pusti ga kad dođe. Pusti ga odmah! Toliko želim da ga vidim!

Zajecala je.

— Nemoj da plačeš. Eto, opet se uzbuđuješ, pa će ti biti zlo. On će sada da dođe.

— Daj mi, mama, ogledalo. I puder mi donesi, i moj ruž, da se malo doteram. Daj mi drugu košulju. Onu belu sa čipkama.

— Evo! Sve ti je ovde, puder, ruž, ogledalce. Ti si lepa i bez ruža, pudera... Idem da ti donesem košulju.

Izašla je u trpezardju i trgla se kad je spazila Dubravka, ali on joj je dao znak da ćuti. Pošao je za njom.

— Dobro je, dobro! Osvestila se. Idite vi u baštu, a ja ću je pripremiti za vaš dolazak.

Mati se vratila s njenom belom košuljom. Pomogla joj je da se obuče i popravila jastuke oko nje. Krinka se ogledala. Mati ju je milovala po kosi.

— Ti si moja najlepša devojčica! Sad ću ti nešto kazati, ali da mi obećaš da ćeš biti mirna. Dubravko je došao, eno ga u bašti! Poslaću ti ga.

Krv obli obraze mlade devojke. Uzbuđeno je disala.

— Biću mirna — prošaputa. — Neka dođe!

Njena lepa glavica utonula je u jastuk. Uzbuđena, zatvorila je oči. Najednom, začula je lagane korake. Njene se očice otvoriše. Na vratima je stajao Dubravko. Bez reči on se nađe pored njene postelje, sede kraj sofe, uze joj ručicu i pritisnu svoje usne na nju. Ljubio joj je ruku, naslanjajući je sebi uz lice, i ona je osećala vlažne suze na svojoj ručici. Njena druga ruka nežno ga je milovala po kosi, njegovoj lepoj, sjajnoj kosi. Ćutali su oboje. Mladić podiže glavu.

Velike, suzne, crne oči, upijale su se u nežne, plave dužice. Gledali su se, ne govoreći ništa i gledali bi se tako čitave sate. Ni jedno nije smelo da izusti ono bolno, strašno što se postavljalo između njih da ih rastavi. Ipak, oni se neće rastaviti nikad! Oni će se voleti. Nema ni ljudske ni prirodne sile koja bi ih mogla rastaviti!

— Ah. Ne verujem da si došao! — prošaputa ona. — Je li istina da si to ti?

Stavila mu je obe ručice na obraze, gledajući mu oči, čelo, usne dugim, zanesenim, začaranim pogledom.

Lica su im bila tako blizu i mladićeve ruke su drhtale da se opruže, da privuku njenu glavicu na grudi. Gledao je njene oči, usne, pun čežnje da samo dodirne njena mala, rumena, slatka usta. Ali nešto ga je sprečavalo, nešto što je unelo užas i pometnju u njegovu pamet. Nije mogao da se savlada, pružio je ruku i milovao njenu kosu, obraze. Zagnjurio je glavu u jastuk pored njene plave kosice da uguši krik i srdžbu na sudbinu, koja ih je, možda, sastavila da bi ih opet rastavila. Drhtao je od ljubavi i očajanja.

Krinka, koja kao da je naslućivala šta se u njemu događa, prošaputa:

— Ja ću te voleti i ako budeš moj brat.

On ne odgovori ništa, samo još dublje zari lice u njen jastuk. Osećao je njenu plavu kosu koja ga je milovala po licu, miris njenih obraza, toplinu malih ručica. Sa očajanjem je muklo izgovorio:

— Ne! Ne! Mi nećemo biti brat i sestra! Ti ćeš biti moja Krinka, samo moja mala plava Krinka!

Ona okrete glavu na drugu stranu da sakrije suze.

— Gledaj me, Kriniću! — šaputao je mladić. — Tako sam željan da te gledam.

— Jesi li me se uželeo?

— To se ne da iskazati! Mislio sam da ću izludeti ovo poslednje vreme. Ah, moja prokleta ljubomora!

— Koliko je mnogo meseci prošlo! Kako sam patila! Nemoj više da ideš od mene. I ako budeš moj brat. Ostani! Bojim se da ćeš otići! Ne dam te, Dubravko! Umrla bih da odeš.

— Neću, Kriniću. Neću nikad više otići od tebe! Moje male, bele ruke. Ista plava kosa. Niko nema takve oči kao ti.

— Oh, koliko su se naplakale moje oči! Niko nije znao. Samo ja. A ti nisi mogao da čuješ moje uzdahe... Dubravko, moj slatki, je li ovo istina da si kraj mene? Ti! Bože, kako sam srećna!

On je sav zadrhtao, nagnuo se k njoj da je uzme u zagrljaj, da je obaspe poljupcima, i opet se stresao od one užasne pomisli: „Brat... Ja sam možda njen brat!" U očajanju ljubio joj je ruku, ljubio je mahnito, strasno, kao da su to njene usne, njene plave očice, nežni obrazi.

Ona zaklopi oči i dve suze joj skliznuše niz lice.

— Jesam li ja bila bolesna?

— Malo! Buncala si nešto.

— Šta sam buncala?

— Nešto što me je uverilo koliko me voliš.

— A voliš li ti mene isto tako? — pitala je i ona, zaboravljajući da oni ne smeju da se vole.

— Isto tako. I drugačije te ne mogu voleti.

— Ako ne budemo brat i sestra?

— Onda... onda ćemo otići... U jednu malu kućicu na moru... Sećaš se kako si govorila da voliš da imaš malu, lepu kućicu sa mnogo čempresa, oleandera. Tamo ćemo živeti nas dvoje. Ti ćeš biti moja!

— A kad će doći tvoj otac?

— Nadam se sutra! Sutra ćemo sve znati. Kako si lepa, Kriniću! Kao na moru. Gledao sam te onomad uveče. Ležala si... zaspala, a ja sam te dugo posmatrao. Bila si kao mala vila... Moja mala vila!

— A gde si ti bio?

— Tamo, u drugoj sobi!

— Ja sam mislila da si se oženio sa Konstancom.

— Ako se ikad budem ženio, oženiću se tobom. A ako ono bude istina... Neću se nikad oženiti.

Gledao ju je dugo, sa zanosom, i ljubav i strast ga sveg obuze i nadvlada razum, on je podiže sa jastuka, steže u zagrljaj, pritisnu strasno na grudi, kao onda na moru, a njegove usne nađoše njena mala rumena ustašca... Ljubio ju je očajno, izbezumljeno, strasno. Buncao je:

— Ako budeš moja sestra, ja ću se ubiti! Nemoguće je da se drugačije volimo! Naša se ljubav ne može iščupati i zameniti bratskom i sestrinskom.

— I ja ću umreti! — šaputala je Krinka. — Ne mogu bez tebe! Ne mogu!

— Neko mora da plati greh roditelja! Mi ćemo ga platiti, Krinka.

— Zajedno ćemo umreti — šaputali su između poljubaca. — Hoćeš li, Dubravko? Zajedno? Biću srećna da umrem s tobom.

— Hoću, Krinka! Moja mala plava verenice! Ljubavi moja mala! Zašto bismo se mučili i patili? Bolje da svemu učinimo kraj. Zajedno ćemo umreti!

Da li su Krinka i Dubravko brat i sestra?

U svojoj lepoj, crnoj haljini, Krinka je šetala po bašti. Njeno uzbuđenje je dostizalo vrhunac. Dubravko je otišao da dočeka oca. Ona je čekala. Njena mati je isto tako bila uzrujana. Kao da je predosećala da neka nesreća lebdi nad kućom. Deca, nahočad, uvek skrivaju tajnu svoga rođenja. Kakva li je ovde strašna tajna? Samo da ovo preživi. Bojala se za Krinku, za Dubravka. Oni se vole. Oni luduju jedno za drugim. Preklinjala je Krinku da bude pametna. Ali ovde razum ne može da vlada. Krinka je šetala po bašti. Jorgovani su mirisali. Sve oko nje izazivalo je tugu. U sebi se molila Bogu da učini čudo, da ona ne bude Dubravkova sestra. Oh, kako bi tada bila srećna. Skrivena u dnu bašte ona je ukočeno gledala kapiju. Dolazilo joj je da krikne od očajanja: „Zašto baš Dubravka da zavolim?"

Veče se spuštalo. Cveće je mirisalo još tužnije. Prolećna noć je bila puna poezije, mirisa i tuge. Dve muške siluete ukazaše se na kapiji: Dubravko i njegov otac! Krinka sede na klupu i pritisnu srce rukama. Učini joj se da je taj drugi čovek, otac Dubravkov, dželat koji ima da izvrši smrtnu presudu nad njima. Nesvesno je šaputala, lomeći ruke u očajanju:

— Sad će se sve znati! Sve će se znati... Svršiće se sve... Mi ćemo umreti! Ja i Dubravko ćemo umreti zajedno! Oprosti, mamice, ako te moram ostaviti! Oprosti! Ali drugačije ne može biti. Mi se volimo! To bi bila grešna ljubav! Tako mora da bude!

Videla je kako uđoše u dvorište i kako se Dubravko odvoji od oca i utrča u kuću. Njoj stade dah. Da li hoće da je pripremi za ono najstrašnije? Nije smela da se makne s mesta. Sva je otežala, kao da je od olova, sa onom jezom koja čoveka obuzima kad se očekuje nešto katastrofalno, pa se nekoliko trenutaka odugovlači, da bi se još poživelo u iščekivanju i nadi. Otac se Dubravkov peo stepenicama, a sin izlete iz kuće, ostavi ga na terasi i, ne trudeći se da ga uvede i predstavi, strmoglavce pojuri u baštu vičući:

— Krinići! Krinići!

Taj uzdrhtao glas prepun radosnog treperenja, pun, topao, kao da joj je sve rekao. Ona se samo diže, pruži mu ruke, nađe se u njegovom zagrljaju i ču samo jednu rečenicu:

— Nisam tvoj brat!

Eksplozija uzbuđenja uguši se u jednom dugom, ludom, strasnom poljupcu, a strah koji ju je mučio, očajanje koje ju je dovodilo do misli o samoubistvu, izli se potokom suza iz plavih očiju, uz grcanje, isprekidane reči, milovanja, prislanjanje obraza uz obraz i bezumne tople zagrljaje.

Padoše na klupu malaksali od uzbuđenja, i Dubravko, tek posle toga burnog izliva radosti, objasni sve svojoj maloj, uzbuđenoj verenici.

— To je bio drug moga oca! Njegov najbolji drug. I on se zvao Ivo i bio je mornarički oficir.

— Ah! — otkide se Krinki iz grudi kao neki ogromni teret, kao da se tom reču zauvek sva patnja odvoji od njenog života.

U toj radosti ona se prva pribra, oseti koliko su sebični što su ostavili samog Dubravkovog oca i zovnu ga.

— Hajdemo da me predstaviš svome ocu. Ostavio si ga samog.

— Ne brini, to je stari mornar. Ume on da se snađe!

Požuriše kroz baštu zasićenu mirisom jorgovana. Zatekoše u salonu u razgovoru Dubravkovog oca i Krinkinu mamu. Oni su se sami upoznali i ostavili mlade ne zamerajući im.

Dubravkov otac se diže ugledavši lepu, plavu, visoku devojku. Tako je mnogo ličio na sina, samo je bio prosed, oštrih crta, ali lep u toj svojoj poznoj mladosti, dostojanstven kao skulptura.

On uzbuđeno obuhvati rukama lepu, plavu Krinkinu glavicu. Zagleda se u njene oči pune tajanstvene poezije.

— Ivina ćerka! Mog dobrog, nesrećnog Ive! Ista njegova mati! Takve je oči ona imala, takvu plavu kosu! Lepotica mu je bila mati. O, šta bi on dao da je ostao u životu, i imao ovako lepu kćer.

Oči mu se zamutiše, on se saže i toplo joj poljubi nežno belo čelo. Okrete se potom sinu.

— Zaista, imao si ukusa! Gde da nađeš ovako lepo dete? Da li je to igra sudbine da baš ti naiđeš na Ivinu ćerku. Sad mi je jasno zašto si onako bezumno odjurio u Beograd. Takav sam i ja bio kao mladić. Preko svih okeana pronosio sam ljubav i tugu za njegovom majkom. Pa zašto da mi ne kažeš odmah da je u pitanju ljubav? Tvrdoglav je! Ja već nisam bio takav. I kako da mi ne spomeneš za ono srce? Da si mi kazao, ja bih se odmah setio i objasnio ti. Izmučio si ovo lepo dete! — privuče je na grudi i pomilova po obrazu.

Pričao im je zatim tužnu istoriju o Krinkinom ocu.

— Mi smo bili najbolji drugovi, i što je neverovatno, ličili smo jedan na drugoga, samo sam ja bio viši od njega. Tog leta trebalo je da krenemo na dužu plovidbu. On je otišao svojima da tamo provede mesec dana. Kad se vratio razboleo se od tifusa. U prvi mah nije bilo opasnosti, ali posle se bolest počela komplikovati. Jednog dana kad se povratio svesti, kazao mi je da uzmem to srce, da je takvo isto dao jednoj divnoj devojčici, da je voli, i, ako ozdravi, da će se odmah oženiti s njome. Predosećajući opasnost, dao mi je njenu adresu i zamolio me da je izvestim ako umre. I umro je istog dana. Mi smo sutradan, posle njegove smrti, otplovili. Ja sam izgubio tu adresu, i zbog toga sam celog života sebe prekorevao. Ono zlatno srce mi je ostalo, čuvao sam ga, ali s njim nisam mogao ući u trag devojci. On bi je uzeo da je ostao u životu.

— Sirotica, koliko je propatila! — uzdahnu Krinkina mati. — Ali, da su se oni uzeli, ja ne bih imala svoju malu Krinku.

— I ja svoju najbolju mamicu — govorila je kći, grleći mamu. — Ah, samo kad Dubravko nije moj brat!

— Kakav mi je samo telegram poslao. Ja sam zamišljao da ga je pregazio auto ili tramvaj. Obešenjače jedan! Zaboravljaš da sam ja star čovek i da nemam živaca za takve potrese.

Sin ga pljesnu po ramenima.

— Ti si, tata, mornar! Preživeo si i veće katastrofe u životu. Ti si večno mlad!

— Kako su deca sebična! Iskorišćavaju našu roditeljsku ljubav. Ali zbog ovog lepog deteta ne žalim što sam došao. Samo da nije bilo smrti moje žene, sve se ovo moglo i ranije svršiti.

— Ništa, mi ćemo sad još više uživati. A ti si uvek više voleo život pun bure i brodoloma.

— Samo, tvoje su bure na čvrstom tlu i nije trebalo toliko odugovlačiti. Znaš da ja želim da se ti oženiš. Davno ga na to teram. Ali on je sve nešto tražio. Ima svoj ukus i svoje ćudi. Njegova žena treba da bude mala vila. Doista, našao si vilu! Voleo bih da vidim ljubav mog druga Ive, Krinkinu majku. Hteo bih da joj kažem kako ju je on voleo.

— Mogli bismo joj poslati telegram da dođe. Ona ne živi u Beogradu.

— Bilo bi dobro! Ja nisam imao pojma da je ta ljubav rodila malu Krinku. A Krinka je činovnica?

— Da, u jednom privatnom preduzeću. Ja ću i dalje ostati činovnica. Baš sam juče kazala mami, Dubravko, da ti pređeš u Beograd. Zašto bi bio privatni činovnik u Šibeniku? Jesi li još uvek privatni činovnik u Šibeniku? — pitala ga je sa sumnjom.

Mladić se smeškao, i njegov otac se umeša:

— Kakav činovnik u Šibeniku? Otkud si ti u Šibeniku? Kako se, Krinka, on vama predstavio?

— Kao privatni činovnik u Šibeniku — potvrdi začuđeno mlada devojka.

— Fantasta si ti, Dubravko! Pravi fantasta! Zar se ti nisi predstavio ko si, šta si i odakle si?

— Ne, tata! Ja sam za moju malu Krinku samo privatni činovnik iz Šibenika, sa platom od četiri hiljade dinara. To je, valjda, dovoljno za život?

— Sasvim! I ja imam hiljadu pet stotina! Mi ćemo vrlo lepo živeti! A ako dobiješ mesto u Beogradu, nećemo plaćati kiriju, jer je ovo naša kuća.

— Privatni činovnik! — nasmeja se njegov otac. — A odsedaš uvek u najboljim hotelima! I kako si onda morao izgledati? Hohštapler! Ded da se odmah predstaviš ko si i šta si, i nemoj ovu plavu devojku da obmanjuješ.

Krinka je začuđeno gledala čas oca, čas sina. Dubravko se glasno nasmeja i uhvati je za ruku.

— Hajdemo u baštu, pa ću ti sve objasniti! A ti, tata, objasni gospođi. Ti i inače umeš lepo da zabavljaš dame, slatkorečiv si kao i svaki mornar!

On uhvati Krinku oko pojasa i oni se zagrljeni izgubiše u mirisnoj noći. Dođoše do klupe ispod jorgovana.

— Pa šta si ti, Dubravko? Ja verujem da je to neka velika tajna.

— Tajna nije velika, ali je velika daljina iz koje dolazim.

Njene plave oči zaroniše u njegove crne da doznaju tajnu.

— Odakle dolaziš?

— Iz Amerike.

— Kad si doputovao iz Amerike?

— Pre pet dana.

— A letos?

— I letos sam došao iz Amerike, a posle tvoga odlaska opet sam se vratio u Ameriku.

— Ti tamo živiš?

— Ja sam živeo u Americi i u Evropi, a moj otac je već dvadeset tri godine u Americi. On je tamo plantažer. Ima velike plantaže pamuka i stekao je veliko bogatstvo. Uostalom, u Americi ponekad nije teško postati višestruki milioner. Tamo se ponekad lako stiče bogatstvo i lako gubi. On je ipak umeo da pametno sačuva svoje milione. I zato sam ja s tim očevim milionima mogao da odsedam po velikim hotelima, jer dolari u Evropi imaju višestruku vrednost. Ali, i ja sam sa ocem radio na plantažama. U Americi sam završio agronomiju, a studirao sam i slikarsku školu. Možda više imam smisla za slikara, nego za poljoprivrednika i plantažera, ali i priroda je umetnost, pa sam spajao slikarstvo sa agronomijom. Tako ti je to, mala moja Krinka!

— Pa zašto mi to sve nisi kazao?

— Onda bih se predstavio kao bogat mladić i ne bih znao da li više voliš mene, ili moje bogatstvo. Bojao sam se da se ne razočaraš i bio sam sujetan da samo ja, lično, predstavljam vrednost za tebe, a ne i moj novac.

— Ali ti si tako simpatičan i lep, i nije ti potrebno bogatstvo da bi se dopao! Što se tiče mene, možeš se odreći svega i ostati samo činovnik sa platom. Veruj mi, ja ću te isto voleti!

— Znao sam ja to i hteo sam da ti sve priznam. Uvideo sam, poslednjih dana na Rabu, da dovodim sebe u sumnjiv i lažan položaj, a bila mi je toliko dragocena tvoja ljubav, da sam one poslednje večeri, kad sam te pozvao na sastanak, hteo sve da ti kažem. Ali, na moju nesreću, ti nisi došla. Zar sam ja znao da ste vi dobili telegram? Jednu, samo jednu reč mogla si mi reći, napisati, ostaviti portiru. Ja bih za tobom dojurio u Beograd. Ali ti si otišla bez reči, i užasna sumnja mi se uvukla u dušu da si otišla sa Šerifom. Pomislio sam, on je bogat, industrijalac i bogatstvo je, ipak, jače od ljubavi.

— Ah, ćuti, nemoj tako da govoriš! Kakve sam ja strašne dane preživela!

— Znam, srce moje malo. Sad sve znam! Oprosti mi! Bio sam ljubomoran i tvrdoglav.

— A ja gorda! A što nisam došla, razog je bio u tome što smo baš toga dana doznali da ti nisi činovnik u Šibeniku. Što si se tako predstavio i održavao me neprekidno u tom uverenju i zabludi?

— Jer sam te voleo, hteo sam tvoju čistu ljubav, pravu sreću. Plava moja mala, zar sada nismo srećni? Sve imamo, i ljubav, i nećemo nikad oskudevati, bićeš moja mala ženica, kojoj ću sve želje ispunjavati. Ništa mi više ne treba, samo tvoja ljubav.

— Ali mene ipak nešto muči i hoću da ti kažem. Ona Konstanca... Ona je pričala da je tvoja verenica. To me ubilo, to mi je bio najteži bol... Jesi li ti bio veren sa njom?

— Oh, ta ekscentrična Amerikanka! Kakva verenica! Ona je moja rođaka. Moj otac se po drugi put oženio Amerikankom. Posle smrti moje majke, on je otišao u Ameriku. Njegov stric je već bio plantažer, pošto mu je umro jedinac sin, trebalo je da moj otac bude naslednik njegovih plantaža, i on ga nagovori da napusti mornaricu i dođe da s njim radi na plantaži. Očajan zbog smrti moje majke, otac napusti Dalmaciju. Ja sam ostao kod babe, tek sam docnije otišao u Ameriku, po svršetku mature. Otac je bio vrlo lep i dopao se jednoj bogatoj Amerikanki. I njen je otac bio plantažer, i ona se uda za njega. A ona, Konstanca, je sestričina moje maćehe. Dakle, moja sestra od tetke. Ona me je volela i udala bi se za mene, ali ja nisam hteo ni da čujem za to. Gledao sam je kao rođaku. A sem toga, video sam sve nezgode braka jednog Evropljanina sa Amerikankom. Mi smo Evropljani, pripadamo starom romantičnom kontinentu. Imamo svoje navike, običaje, osećanja, topli osećajni život društva i porodice, čega nemaju Amerikanci. I zar bih ja mogao da se oženim Konstancom, kojoj se dopadam, ali njoj će se dopasti i drugi, i ona će mi to i saopštiti, čak i tražiti da je upoznam sa njim, smatrajući me za divljaka, ako joj tu pažnju ne učinim? I to ja, koji sam neizlečivo ljubomoran. Da, moja mala plava Krinka me je sa onim Šerifom dovela do besnila ljubomore.

— I moj lepi, crnomanjasti Dubravko, u toj ljubomori, ništa manju kaznu nije izmislio, nego da između mene i sebe stavi čitav jedan okean! Bože, da sam znala da si u Americi, ja bih umrla! Umrla bih, veruj mi! Ovako, Dalmacija i Šibenik još mi nisu bili daleko, mogla sam se nadati da ćeš doći, očekivala sam te svakog dana. A ti, ti si otišao da živiš bez mene, čak preko okeana, u drugi svet?!

On je pritisnu na grudi.

— Sebe sam još više kaznio. U toj ljutini, krenuo sam odmah sutradan. Žurio sam samo da se što pre dočepam prekookeanskog broda. Nisam hteo da mislim na tebe. Zabolelo me do srca što si otišla bez zbogom. I kad je brod krenuo, osetio sam šta sam uradio. Ti si me gonila neprestano. Tvoje lepe plave oči svuda su me gledale. Tvoja kosa kao da se talasala u svakom sunčanom zraku... Ti... samo ti... svuda si bila ti! Iz osnova sam se promenio. Kako može ta tvoja bela ručica da sruši snagu i volju čoveka kao što sam ja? Najteže mi je bilo što mi adresu nisi ostavila. Gde da ti pišem? Ali pisao sam ti. Tri pisma! Jesi li dobila koje?

— Nikad.

— Poslao sam bez ulične adrese. Pomišljao sam da će te možda naći. Vidiš koliko se sitnica zaverilo protiv nas. Posle, ukoliko su meseci odmicali, počinjao sam da osećam slast toga bola. Umre mi utom i maćeha. Počnem da nagovaram oca da prodamo plantaže i da napustimo Ameriku. Raspitivao sam se još letos gde može da se kultivira pamuk u Jugoslaviji. Čuo sam da može na jugu. Ubedio sam ga da treba sve da prodamo, da dođemo u Jugoslaviju i da negde na jugu kupimo imanje i tu podignemo moderne plantaže pamuka. A njega nije bilo teško ubediti, jer je stari mornar, koji oduvek nosi u sebi nostalgiju za Jadranskim morem. I njemu je dosadila Amerika. Taj svet od čelika i elektriciteta mehanizirao je i svoju dušu. Svi Amerikanci su kao mašine.

Prošlo je izvesno vreme dok smo prodali plantaže. Moja maćeha, Amerikanka, nije više bila u životu, i nas dvojicu više ništa nije vezivalo za Ameriku. Kako sam samo nestrpljivo očekivao polazak! Govorio sam u sebi: „Sad ću se uveriti da li me ona voli? Ako me bude čekala, ako se nije udala, bićemo najsrećniji." Ovo je bilo veliko iskušenje i za tvoju i za moju ljubav. Ja sam osetio koliko te volim i šta ti značiš za mene. Ti nemaš pojma s kakvim sam uzbuđenjem sišao s voza u Beogradu.

Čim sam došao u hotel zamolio sam da mi pošalju jednog detektiva. Rekao sam da ću mu dati bogatu nagradu, ako mi u roku od nekoliko časova nađe tvoju adresu. I on me je neverovatno brzo, takoreći odmah, izvestio. Dojurio sam autom do tvoje kuće, uleteo i posle znaš šta je bilo...

— Jesam li mnogo buncala?

— Mnogo! I da si mi u svesnom stanju sve ono govorila, ne bih možda poverovao. Ali one bolne nesvesne reči koje su dolazile iz tvoje podsvesti, opile su me i nagradile za sva moja očajanja ovih nekoliko meseci. Mali moj Kriniću, hoćeš li me uvek voleti?

— Sigurno više nego ti mene. Ja ne bih mogla pobeći od tebe preko okeana! Ah, taj okean nikad ti neću oprostiti.

— Hoćeš, ti ćeš mi sve oprostiti! Ti si moja lepa mala devojčica, nežna kao biljčica, koju ću ja čuvati kao cvetić iz staklene bašte. Samo jedno ti moram priznati, strašno ću biti ljubomoran. Ja sam već bio ljubomoran otkako sam došao.

— Na koga?

— Na Šerifa! On još obilazi oko tebe? Priznaj! Moraš mi priznati, je li dolazio, jesi li se viđala s njim? Zašto si u bunilu kazala: „Neću da se udam za Šerifa!"

— Dobro... Priznaću ti. Dolazio je da me zaprosi.

— A ti?

— Odbila sam ga.

On je toplim usnama milovao njene obraze. Mrsio joj je plave kose, svetle kao mesečevi zraci što su se provlačili kroz mirisne grane.

— Ali, spomenula si i jednog inženjera. Ko je taj?

— To je jedan mladić iz Lolinog sela u Banatu. Sveštenikov sin.

— Poznaješ li se s njim?

— O Božiću smo se upoznali.

— I on te je prosio?

— Nije me prosio, ali je kazao da mu se dopadam.

— I zaprosio bi te, sigurno, i ti bi se udala da ja nisam došao.

— Dabome da bih se udala, kad je onaj koga sam toliko volela pobegao od mene čak u Ameriku!

— Ne bi, ne bi se ti udala, ne bi smela! Ja bih te pronašao, oteo bih te kao kauboj i pobegao s tobom u Ameriku.

Smejali su se i mazili, zadirkujući jedno drugo.

— Oh, eno tvog tate! On hoće da ide! Hajdemo brže! Mi smo ga ostavili. Kako smo sebični!

Krinka se izvinjavala Dubravkovom ocu.

— Neka, neka, razumem ja vas. Samo se ljutim na ovog nevaljalog Dubravka, koji je mogao da dođe u Ameriku i da mi ne priča ništa o vama, niti je vama kazao da živi u Americi. Sad mi je jasno zašto je uvek bio ćutljiv i mrzovoljan. Nagađao sam ja da se njemu nešto moralo desiti u Evropi. Kad god mi iz Amerike dođemo u Evropu, uzburka nam se dalmatinska topla krv. Ja, deco, sada idem u hotel. Večeraću i odmah ležem. A vas dvoje izađite.

— Mogu li, mama?

— Kako da ne možeš? Obuci samo žaketić.

— Dubravko, znaš kuda bih volela da idemo? Do Zemuna, brodićem.

— Pristajem, tamo ćemo večerati, pa ćemo se brodićem i vratiti.

— Da vas ispratim — okrete se Krinka Dubravkovom ocu.

Brzo je izašla iz kuće. Bila je tako slatka i elegantna sa crnom tokom i somotskim žaketićem. Na mesečini, njeno lice je bilo nežno kao crvenkasta ruža, a oči su joj se svetlile divnim sjajem safira. Dubravko ju je u zanosu gledao, tako lepu, nežnu, čarobnu. Otac mu se smešio, osećajući koliko njegov sin mora da voli ovu divnu plavušu. Krinka poljubi mamu, izađoše iz bašte, a Dubravko uhvati ispod ruke svoju malu plavu verenicu.

Išli su osvetljenim ulicama, niz čije su se trotoare protezali mlazevi svetlosti iz izloga. Mirisalo je mlado lišće po drveću.

— Ja bih uzeo auto — predloži otac. — Hoćete li i vi sa mnom do hotela, pa posle neka vas odveze na kej.

— Vrlo dobro! Brže ćemo stići.

Stari mornar pomože lepoj verenici svoga sina da uđe u kola. Nežno joj steže ruku zadovoljan što je njegov sin našao tako dražesnu devojku.

Krinka je bila kao u nekom snu. Preko puta nje sedeo je Dubravko. Njen Dubravko, za kojim je toliko tugovala! Kako je odetelo u nepovrat sve njeno očajanje poslednjih dana. A ona je nosila očaj u sebi, kao lanac koji krvari, od onog dana kad je prvi put čula za tajnu svoga rođenja. Tištila ju je reč „nahoče"! A kako se niko nije obazirao na tu reč. Dubravkov otac još je bio i srećan što je ona kći njegovog druga. Auto je jurio između drvoreda, pokraj travnjaka, ozelenelih i zalivenih. Za nekoliko minuta stigli su pred hotel. Otac siđe, a sin brzo pređe na njegovo sedište. Čeznuo je da privuče sebi malu verenicu, da joj ljubi svilene kose i njene male bele ruke.

— A znaš zašto sam htela da idemo u Zemun?

— Da se podsetiš onih trenutaka na brodu? Je li?

— Kako si pogodio! Kao onda kada sam te prvi put videla... sedeo si na kljunu broda, a ja u stolici za ležanje. U sećanju mi je uvek najpre ta slika izlazila.

— A meni ona na moru kad sam te izneo iz čamca i spustio na obalu. Kako je ovo sve čudno! Pošli smo sa dva kraja sveta da se nađemo na moru jedne noći. Ali ja sam tebe prvi put video u šest sati. Nije bila noć. Plava kosica se blistala, a oči su imale boju mora. Da vidim tvoje oči. Pogledaj me!

Zagledao se u dužice, kao da ih prvi put vidi, te lepe plave dužice, o kojima je snevao u Americi. Auto stade.

— Zar smo već stigli?

— Evo, brodić čeka! Taman smo stigli na vreme. Onde je blagajna.

Pođoše žurno. Krinka ga povede kljunu brodića, ali je verenik pomače na drugu stranu.

— Onde je lepše... Tamo smo na svetlosti.

Hteo je da je uz nju što bliže, da joj priča, da oseća njene male ruke u svojima.

— Pogledaj, eno i meseca! I one noći je plovio mesec s nama. Otkako sam došla sa Raba, nisam sela na brod. Bilo mi je teško. Da sam ovako jedne noći bila bez tebe na brodu, bilo bi strašno.

— A sad će sve biti lepo. Živećemo na moru leti, a kad uzmem imanje u Makedoniji, onda ćemo preko godine da budemo na našem imanju. Neće li ti biti dosadno van grada?

— To se isto Žarko bojao za Lolu. Zar pokraj tebe da mi bude dosadno? Ja bih s tobom mogla živeti potpuno sama, u prašumi. Kako je Lola srećna na selu! Njoj nimalo nije dosadno.

— Podići ćemo po amerikanski jedan lep bungalov. Tražiću imanje gde ima reka ili potok. Ja volim vodu. Mora biti i mnogo cveća, drveća. Ti ćeš biti lepa u zelenilu i cveću. Jer ti si moj mali cvet!

— Cvet koji je mnogo patio bez svetlosti tvojih očiju. Prosto ne verujem da si došao. Nikako ne verujem! A to si ti! Tvoje oči! Mogla bih celog života da tugujem za tobom. Kažu da današnje devojke ne mogu iskreno da vole. A ja sam živela u uspomenama na tebe i od tih sam uspomena napravila kult. Svuda si bio samo ti, na ulici, za mojom pisaćom mašinom. Koliko sam puta nesvesno iskucavala tvoje ime.

— Slatka moja mala! — šaputao joj je Dubravko. — A mnogo si radila u kancelariji?

Uzdah se otrže Krinki.

— Morala sam. Posle tatine smrti život je bio teži za nas.

— I te su bele ručice kucale na mašini?

— Nekad do jedanaest sati noću.

— U kancelariji? — iznenađeno zapita Dubravko.

— Ne, kod kuće.

— Ne dam ti više da ideš u kancelariju. Bio bih ljubomoran. Zar u tebe niko nije bio zaljubljen u Beogradu?

— Nigde ja nisam išla. Od kuće u kancelariju i natrag.

— A kad sam došao spremala si se negde da ideš.

— Na slavu sa mamom, kod naše rodbine.

— Bila si u toj istoj haljimi. Tako je lepa! A posle ćeš da nosiš svetle boje. Volim te u belom i plavom.

— Ti imaš ukusa. Kao slikar...

— Zato sam i našao Krinku, lepu kao slika najvećih umetnika. Odmah ću da radim tvoju sliku, čim se venčamo. Ako budem imao strpljenja, kad budemo na moru. Šta je ovo? Prsten! On diže njenu ručicu. Je li to onaj moj prsten? Ti ga nosiš?

— Nisam ga nosila. Večeras sam ga prvi put stavila. A jesi li video ogrlicu?

— Plave suze! Ti si i u bunilu govorila o plavim suzama: „Ostavio mi plave suze!”

— Plakala sam mnogo. Ah, koliko sam plakala! A nikom nisam poveravala svoju tugu, samo ovim malim plavim suzama. Ove su suze postale simbol.

Glava joj je bila na njegovom ramenu, a njegova ruka je držala obgrljenu. Osećao je pod prstima njenu finu mišicu ispod velura, a svoje lice je naslanjao uz njen glatki, namirisani obraz. Talasi su šuštali oko njih, a na mesečini su se protezale brazde brodića kao pokretljivi šlep. Reka je svetlucala, i duge svetiljke, kao treperave zlatne rese, talasale su se u vodi. Beograd je ostajao iza njih, sav ustreptao od sijalica, koje su se dizale i spuštale, prema visini kuća, kao neki začarani grad na koji se spuštao roj zlatnih buba.

Mladić je zamišljeno ćutao. I Krinka nije imala reči. Njihova zaljubljena srca topila su se i kao da su tim ćutanjem, stiskom ruku i naslanjanjem obraza uz obraz, predavali jedno drugome svoje velike čežnje. Vazdušasta kosa je mirisala i opijala mladića. Mlado telo je odisalo prolećnim mirisom. Bila je sva nežna u senci, sva malaksala, opuštena u njegovom naručju.

— Kako sam srećan, Krinić! — šaputao je uzdrhtalo. — Ti si kraj mene i sve naše želje će se ostvariti. Zamisli našu malu kućicu na moru!

— Puno palmi, oleandera i čempresa. Ah, ja tako volim čemprese! I ti me, Dubravko, podsećaš na čemprese. Visok si, visok i tanak. A gde ćeš da nađeš kućicu? Nisi je našao?

— Nisam. Ja sam odmah dojurio tebi. Sad ću da idem da je nađem i uredim za tebe.

— Ideš? Ti opet ideš, a mene ostavljaš? — uplaši se ona.

— Ali u Ameriku neću ići... Samo do Jadrana. Da nađem kućicu kakvu ti voliš.

— I opet ćemo se rastaviti.

— Samo za nekoliko dana. A kad sve uredim doći ću da se venčamo. Ako se to tebi ne sviđa, možemo se odmah venčati i otići zajedno da nađemo kućicu.

— Ne, ne! Tako je bolje. Da imamo malu lepu kuću. Našu kuću.

— I ja to volim. Ne trpim hotelske sobe, zagledanja sobarica koje tumaraju po sobama, i postelje u kojima je toliko njih pre toga spavalo. Hoću da te uvedem u kućicu koja odgovara tebi, tvojoj lepoti, nežnosti, tvojim očima. Da budemo sami, sasvim sami. Da imamo našu malu plažu, gde ćemo se kupati, i našu baštu. Hoću da te sakrijem od svih, celog sveta, da budem sebičan, kad je u pitanju tvoja ljubav prema meni! Moj temperament je vrlo buran, uporan i tvrdoglav, kao što kaže moj otac. Ali ti ćeš vladati mnome, ukrotiti me. Tvoje plave oči i osmejak uvek me raznežavaju. Meni je potrebna žena osećajna i fina kao ti. Nikad ne bih voleo da imam energičnu, snažnu ženu, kapricioznu i tvrdoglavu. To su mi antipatične žene. A ti ćeš biti moj bršljan, koji će da se svije oko mene. Tada ću tek biti snažan, sposoban za rad i otporan kao kiparis.

Spustio joj je glavu na rame, a njene male ruke milovale su ga po licu. Provlačila je prstiće kroz njegovu gustu, mirisavu kosu.

— Ti sva zračiš nežnošću! Koliko sam čezuno za tobom u Americi! Nekih dana dolazilo mi je da poludim. Bojao sam se da se nisi udala, zaboravila me. Kad bi se u meni pojavila ta misao, uzjahao bih konja i jurio kao kauboj. Preskakao sam ograde, žbunove, vratolomno sam jahao, ne žaleći da poginem. Posle bih se stišao i slikao bih te. Napravio sam nekoliko studija tvoje glave. Jedna mi je vrlo uspela. Imao sam tvoju fotografiju iz Venecije, kad ti je golub sleteo na ruku i kljucao kukuruz.

— Znala sam za tu sliku. Lola te je videla kad si me snimao.

— Tu sličicu sam sačuvao i dao negativ da mi se uveliča. Po toj slici izradio sam te u bojama. Dao sam mnogo vazduha tvojoj kosi i nežnosti tvojim plavim očima.

Uzeo joj je glavicu u ruke i ponovo se zagledao u njene očice.

— Ne mogu da se nagledam tvojih očiju. Tako nežno plavetnilo! Jadransko more ima boju tvojih očiju. Voleo sam to plavetnilo još dok sam bio dečak. Uvek su mi se dopadale samo plave devojčice.

— A je l' bilo mnogo plavih devojčica u tvom životu?

— Nijedna nije bila kao ti. Ja sam pomalo čudnovate prirode, fantasta, kao što kaže moj otac. Mene nije mogao da preobrazi život u Americi. U tom životu najviše mi se sviđa sport. Volim sportove. Na našem imanju imaćemo i tenisko igralište. Ti bi bila tako lepa sa reketom. Igraš li tenis?

— Da, znam da igram. Samo nisam vežbala skoro.

— A otac će da kupi jahtu. U njemu oduvek životari mornar. Neka ga! On će više živeti na moru, a mi na našoj plantaži. Kupićemo auto. Ja ne volim gradsku buku. U Americi su mi oblakoderi išli na nerve. To su čitave varoši. Svaka kuća je varošica za sebe. Lepo je živeti na imanju u prirodi, a imati auto, čamac. Samo, nikad nećeš smeti da sedneš sama.

— Nisi zaboravio onaj dan kad sam htela da se utopim.

— O, to je bio strašan dan! Tako nešto više nikad nećeš uraditi!

— A i ti mene nećeš baciti u očajanje da bez pozdrava odeš na Sušak.

— Sad si kraj mene, nikad se nećemo rastajati. A onda? Prosto si mi svu prirodu uzburkala. Bio sam ponekad kao ciklon. Svaka sitnica me je uzrujavala. Tebe su svi muškarci gledali.

— Pa i tebe su sve žene gledale. Zašto si ti tako ljubomoran kad si toliko lep? Ja bih mogla razumeti tvoju ljubomoru da si manje lep ili ružan.

— To je nasleđena ljubomora u meni. Svi moji u porodici ludo su voleli žene.

— A jesu li im bili verni? To je najvažnije.

— Ja mislim da jesu.

— A ja verujem da sam ja tebi bila vernija nego ti meni.

On je steže u zagrljaj.

— Nisi bila vernija. Vernost je osećanje muškarca prema ženi. A ti si neprekidno bila jedina u mojim osećanjima. Ti si mi, prosto, pustošila i mozak i srce. Okean si bila daleko od mene, a upravljala si svim mojim bićem, kao da si kraj mene. Kakva je to moć u tim tvojim lepim očima i nežnom tvome telu? Volim te! O, tako te volim, Krinićiu! Glupost je kad neko kaže da muškarac ne može da voli. Ja sam za ovo nekoliko meseci prošao kroz sva stradanja i očajanja ljubavi. Čudićeš se kako sam mogao da očajavam u Americi, gde se krv pretvara u elektricitet. Baš ta zemlja čelika dovodila me do očajanja, jer sam u njoj bio osamljen, čudan samom sebi, toliko protivurečan životu mehanizovane Amerike. I tu sam osetio koliko si mi ti potrebna. Mi smo dve suprotnosti, ja i ti, i po boji, i životu, ali to je čar koji nas spaja, koji me je od prvog trenutka privlačio tebi. Žene idu muškarcima pokatkad na nerve, a ti deluješ na mene kao najslađi napitak. Ispiću ti očice, Krinićiu!

On pritisnu svoje tople usne na njene. Ljubili su se puni zanosa, uz jednolični šum talasa.

— Da ti nije hladno? — pitao je nežno, štiteći je svojim snažnim rukama.

— Nije. Ovaj je žaketić topao.

— Lepa moja devojčice! — šaputao joj je nežno. — I mog si tatu očarala. Poznao sam po njemu. Ja i on smo kao dva druga. Samo je on veseliji, a ja sam ćutljiviji. Ove godine sam naročito bio ćutljiv. Zbog tebe! Večeras, vidim, postao sam razgovoran. A ti ćutiš. O čemu misliš?

— O našoj sreći... Našoj kućici... kako ću se ja truditi da ti budeš srećan sa mnom! Samo ću za tebe da živim, kao Lola za Žarka i Mišu.

— I još za koga?

— Ne znam za koga drugog... Za tebe. Ja volim i mamu, Lolu, ali ti si moj život!

— I još će neko biti tvoj život.

— Ko?

— Ne znaš? Naša deca. Voliš li decu?

— Oh, ja ih obožavam. Srećan brak se ne može ni zamisliti bez dece.

— A ti ćeš biti najbolja i najlepša mama.

— Kao moja mama.

— Ti sad imaš dve mame. Na koju misliš?

— Na ovu mamu koja me je čuvala. Oh, ona je tako velika duša. A i druge mame mi je žao. Ja sam bila ljubomorna na nju. Kakvo si ti mišljenje stekao o njoj?

— Kao o jednoj vrlo dobroj i otmenoj dami.

— A znaš, Dubravko, kad sam čula da je ona moja mati, uplašila sam se da ti nisi stekao rđav utisak o njoj.

— Nikako, Kriniću. Nemoj to ni da pomišljaš. Ona je na mene ostavila utisak časne i dostojanstvene žene. Jednom mi je napomenula da na nekog ličim koga je volela, samo to. Dva puta sam svega sa njom razgovarao.

— Volim što ti imaš lepo mišljenje o njoj. Mi se dopisujemo. Preseliće se u Beograd. Ja sam u žalosti mislila da sam njene sudbine, da i ja tebe neću videti, kao ona njenog Dalmatinca.

— Pa da sam umro, ne bi me ni videla.

Ona mu stavi ručicu na usne.

— Nemoj tako što da govoriš.

On pritisnu poljubac na njen dlan.

— A da li bismo se ubili da si mi brat?

— Svašta se moglo desiti. Možda bih se ja ubio, ali ne bih bio sebičan da ubijem i tebe, ti treba da živiš.

— Bez tebe? I ti misliš da bih ja mogla živeti bez tebe! Ne, ja bih se ubila, a ti bi živeo. Zar bi ti, tako energičan mladić, mogao da izvršiš samoubistvo?

— U ludilu čovek može svašta da učini. A ja sam bio izvan sebe kad sam doznao da mogu biti tvoj brat. Kako bih mogao ugušiti svoju ljubav prema tebi? Mi bismo se morali rastati. Apsolutno rastati. Jer ja te nikad ne bih mogao voleti kao sestru. Uvek bih te voleo kao ženu. Ono što se prvo pojavilo u meni, stalno bi potiskivalo sve rodbinske veze. A to je strašno! Katastrofalno! Hteo sam izludeti ova tri dana dok mi nije došao otac. Ima u životu izvesnih neverovatnosti, koje naprave čitav haos u ljudskoj prirodi, moralu i društvenim zakonima. Čini mi se da sam još bolestan od te duševne borbe. A ti, Kriniću moj mali, kako si imala snage sve to da izdržiš kad si doznala. Ja ti se divim.

— Ljubav prema mami dala mi je snage. A sem toga, smrt tatina, koja je bila strašna nesreća i žalost za nas, kao da me je opominjala da je mamin bol veliki, i da treba ja da je štitim i živim za nju. Da sam bila sama u životu, ne bi me zatekao živu.

— Srce moje napaćeno! — šaputao joj je nežno, milujući njene obraze.

— Da, ja sam zaista napaćeno srce. Ali ljubav je čudotvorni lek! Do juče sam se osećala kao bolesnik. A sada sam zdrava, puna života, snage, pevala bih, trčala. Pravila bih puno nestašnih gluposti.

— A ja bih bio još nestašniji i gluplji.

U divnom ljubavnom ushićenju baciše se jedno drugom oko vrata.

— Je li da je lepo na vodi? Znaš šta bih ti predložila? Da ne silazimo u Zemunu, nego da se vratimo i da večeramo u Beogradu.

Kad su sišli s broda, on je zapita hoće li da uzmu auto.

— Ne, ja volim da idem pešice. Možeš li ti da pešačiš?

— Ja? Pa ja bih mogao kilometre da pređem sa tobom. I inače volim šetnje.

Ona je htela da ide kraj njega, da oseća njegovu mišicu uz svoju, svoje prstiće u njegovoj toploj ruci.

Išli su Nemanjinom ulicom. Sve je treperilo u prolećnoj svežini. Krinka je bila srećna, gorda. Kako joj je Beograd sada bio drugačiji, sve kuće lepše, svi prolaznici dobri. Žene su žurno koračale, odjekivale su po asfaltu njihove visoke potpetice, bacale su brzo poglede na ovog lepog, visokog muškarca u elegantnom odelu, iz čijih je očiju zračila muška snaga i lepota. A Krinka im je svima htela da dobaci: „Pogledajte, ovo je moj Dubravko! Došao je! Vidite kako je lep! On me voli, on je dobar, nežan! On će me usrećiti! Ja sam patila, moje oči su isplakane od suza, ali njegova ljubav je vratila sjaj mojim očima i udahnula im život i radost..."

— Kriniću moj mali, o čemu misliš? — začu na svoje malo uvo slatki šapat.

— Mislim samo na tebe, na našu ljubav. Kako mi je drugačiji Beograd sada. A pre je u njemu bilo sve tužno. Ljubav izmeni sve u životu.

— Da, bez ljubavi i bez žene čovek ne bi mogao živeti. Civilizacija bi iščezla da nema žene. Žena je stožer života, ona je osovina oko koje se ceo svet okreće.

Ona se privi uz njega kao bršljan, i u gustoj senci jedne lisnate krune, koju je pokrivala i senka monumentalne fasade, on se naže da nađe njena ustanca i da oseti prolećnu slast njenih usana, u ovo mlako veče kad je cvetao jorgovan.

Išli su dalje, lagano, a Krinka je osećala kako je sva malaksala od sreće. Seti se, najednom, nečega:

— Znaš šta bih ti predložila? Da odemo do Lole i Žarka. Tebe će interesovati da vidiš Žarkov posed. Tako je uređen, kao bašta.

— Zbilja, to bi bilo lepo! — prihvati Dubravko njen predlog. — A možemo li i tatu da povedemo?

— Kako da ne! Oni imaju veliku vilu, kao zamak, što bi se oni obradovali!

— A mene baš interesuje posed, a i da porazgovaram sa Žarkom gde da kupim imanje.

— Onda idemo! Poslaćemo im telegram, i samo ćemo napisati: *Dolazimo. Dubravko i Krinka!* Za Lolu će to biti senzacija. Oni su tako srećni i mnogo se vole. Moja Lolica će uživati kad dozna da sam i ja srećna. Dubravko, slatki moj, kako te volim! — šaputala mu je u zanosu.

A mladić uze njenu ručicu i pritisnu je na usne da bi joj tim poljupcem iskazao zahvalnost za ljubav njenog srca, koju je osetio i koja im je donosila najlepšu sreću u životu.

Zaljubljeni su ponekad deca

— Ne! ne! Ti ne smeš još da uđeš u vodu. Čekaj, čekaj dok ja pređem bar dvesta metara! — uzbuđeno je govorila Krinka svome mužu odmičući sve dalje kroz talase i razmahujući rukama. — Još ne smeš! Nisam prešla dvesta metara.

Dubravko je stajao na obali i zaljubljeno posmatrao svoju plavu ženu, čije su se očice plavile nad talasima iste boje, a lice joj je imalo rumen zore na moru.

— Još ja neću! Plivaj ti, samo plivaj!

Ona je prešla dvesta, trista i četiri stotine metara, a on je uživao u tom takmičenju s njom u plivanju, voleo je njenu detinjastu ciku, kad bi joj se približio da je stigne, i svakoga dana su se nestašno preganjali kroz talase, kao dva velika deteta. Njena glavica je bila sve manja, rumeno telo se praćakalo u vodi, i najzad, on se spusti, razmahnu snažnim rukama i poče da preseca talase kao delfin... Već je bio blizu nje, dvadeset, deset... pet metara... Ona je cikala, boreći se sa talasima, a on je uvek izostajao iza nje par metara, želeći da uživa u pokretima i detinjatosti svoje male plave žene koja se borila da bude brža od njega.

— Pre tebe ću da stignem — govorila je okrećući mu glavicu. I već se približavala mestu gde je trebalo da izađe iz vode. Ali on je bio iza nje samo dva metra, i sve bliže i bliže, ona se borila da je on ne pređe, bila je već uverena u svoj uspeh, da će se dočepati obale pre njega i odneti opkladu. Ali taj nevaljali Dubravko razmahnu rukama vodu, talasići zapenušaše oko nje, poprskaše je i ona spazi kako je on pređe. Mala ženica je bila gotova da zaplače od srdžbe i htela je, sva rastužena, da izađe, ali njen lepi, snažni muž, ispravi se, dohvati je u naručje, izdiže iznad talasa i kao devojčicu iznese na obalu.

— Zajedno smo stigli, da ti ne bude krivo!

— Ja sam pre tebe! Ne, ti si me samo za metar prestigao.

— Za jedan metar i za sto poljubaca.

On utopi svoje usne u njena ustanca, odnese je pod veliki suncobran plamene boje, raširen na belom šljunku kao ogromni klobuk. Spusti se lagano i leže pored nje. Crvena svetlost suncobrana pokri ih ružičastim odsjajem. Mladi muž je gledao ushićeno rumeno lice svoje male žene sa blistavim plavim očima, iz kojih je zračila sva ljubav nežnog srca.

Jednim brzim pokretom skide joj kapu s glave, i svileno runo njene kose prosu se uz lice.

— Oprosti! Tvoju kosicu ne sme da dodirne šljunak! Ti nju ljubomorno čuvaš. A ja ću da ti je svu zamrsim.

On joj zavuče prste u kosu i podmetne svoju snažnu mišicu pod njenu plavu glavicu, da bi je mogao privući sebi na grudi i uživati u lepoti njenog svežeg lica i plavih očiju. Bili su potpuno sami na njihovoj plaži ispred male kuće.

Dubravko je našao ono što je Krinka želela. Beli šljunak su ispirali talasići, noseći ga i vraćajući, i bilo je tako čisto na toj njihovoj maloj plaži, gde su se samo njih dvoje kupali i skrivali se pod ogromni suncobran, da sunce ne bi oprljilo nežno telo Krinkino. A dalje od plaže obala je bila puna izlokanih stena u koje su se neprekidno uvlačili talasi, žboreći nekim čudnim zvucima, zapenušani, nestašni. Pokatkad bi s mora pojurio neki raspomamljeni talas. Oni su po ceo dan slušali šum talasa i žubor slatkih ljubavnih reči i poljubaca.

Dalje od njih je bila velika plaža. Tu su se šarenili kostimi, ali oni su bili dovoljni sami sebi, i u podne su se skrivali u svoje mirisno, osenčeno gnezdo.

— Da vidim gde je sunce! — reče Dubravko. — A, već je dvanaest!

— Pogađaš po suncu!

— I po tebi. Sanjiva si! Gle, zaspaćeš!

— Neću, samo se pravim da sam pospana — nasmeši se ona, gledajući safirnim, sanjalačkim očicama svog lepog muža.

— Što volim, Dubravko, našu kućicu! Hajdemo!

— Sunce je jako, može da te oprlji!

— A zar se ti ne bojiš?

— Moja koža je već pregorela od sunca.

On ustane, uhvati je za ruke, podiže sa šljunka i pritisnu na grudi.

Bili su tako divan par! Njegova ruka ju je grlila oko pojasa, dok su sa plaže ulazili u kuću. Tri mladića, u belim teniskim pantalonama i šarenim kaputićima, zastadoše da ih propuste, i njihove oči upraviše se na nežno, plavo stvorenje zlatne kose, koja je treperila na toplom primorskom suncu, sva zamršena i kovrdžava, i sa ushićenjem zastadoše jedan trenutak, zavideći ovom lepom muškarcu, koji je imao pravo da slobodno grli, dodiruje ovo vitko belo telo mlade žene.

Dubravko ih odmeri vatrenim pogledom iz koga prsnuše varnice, i brzo se okrenu da vidi lice svoje male plave žene. Ona je išla oborenih očiju, ne gledajući nikoga, i ljubomorni gnev mladog muža se stiša, on je još jače privuče k sebi, kao da je hteo da kaže kako je voli što ume da mu stiša ljubomoru koja se u njemu rasplamti čim se neke oči usude da drsko pomiluju njenu nežnu lepotu.

U ushićenju, on je uze u naručje i unese u njihovu baštu, koja je imala belu aleju od šljunka između dva drvoreda čempresa. Okrete se instinktivno i spazi kako ona tri mladića još uvek stoje zablenuti, kao da im je krivo, a on se pobedonosno osmehnu, pritisnu na grudi vitko telo, toplo od mladosti i sunca, spusti je ispod senki mrkih čempresa. Krinka zabaci glavicu i zatreperiše joj sve vlasi.

— Ah, kako je divna ova aleja! Kako čempresi imaju neku čudnu lepotu! Nikad ne šušte, ne povijaju se, kao da su nepomični.

— I večni, kao što će biti moja ljubav prema tebi, Kriniću.

— Kažu svi da nema večne ljubavi. Je li to istina, Dubravko? Tako se uplašim kad pomislim da bi se ma šta moglo izmeniti u našim osećanjima.

— Nešto se mora izmeniti.

— Zašto? Šta je to što će izmeniti našu ljubav?

— Deca — šapnu joj Dubravko. — Moraćemo malo i njima da damo od svoje ljubavi. A ti ćeš im dati i više, i ja ću biti ljubomoran.

— Ali ako bude mali Dubravko, onda će moje srce podjednako da voli i tebe i njega. Oh, pogledaj onaj crveni pupoljak se razvio! Ima ih još mnogo. Hoćemo li da otkinemo neku ružu?

— Možemo, stavićeš je kraj svojih nogu kad te budem slikao. Neka simbolizuje devojčicu, koja se razvila u ženu. Da, divnu, slatku i tako strasnu ženu.

Poljubi joj usne i prošaputa kao razmaženo dete:

— Krinićú, ja sam tako gladan.

— I ja sam gladna! Da se brzo obučemo, pa odmah da idemo na ručak. A posle ručka ćeš me slikati. Ali neću kao juče. Počeo si, pa si kazao da ćeš samo jednom da me poljubiš i ostao si do četiri sata kraj mene.

— Tebi je to krivo, je li? Volela bi da sam dalje od tebe, ispred nogara, da te samo gledam i slikam. Sebična ženice! Ti ne znaš koliko sam gladan tvoje ljubavi.

— Možda sam i ja.

— A nećeš da priznaš.

Ona se otrže od njega i ulete u kuću, smejući se i dobacujući mu:

— Neću da priznam! Neću!

Ali on je bio brži od nje, steže je, privuče na grudi, zabaci joj glavicu da joj se osveti jednim poljupcem. Ona oseti kako malaksava u njegovom naručju, pruži ruke, obavi mu se oko vrata šapćući:

— Volim te, mali slatki moj!

Otrže se opet.

— Idem da se istuširam i da obučem belu haljinu.

— I ja ću posle.

Vratila se sva sveža, u beloj tankoj haljini, namirisane kose. On ju je uvek voleo u beloj haljini. Plava mašna je pridržavala njene bujne talasiće kose, još vijugavije od vlažnog morskog vazduha. Dubravko se vratio elegantan u svom belom odelu. Izađoše iz vile i uputiše se na ručak u hotel. Svi su se okretali za njima. Ta nežna plava ženica, i ovaj crnomanjasti lepi muškarac, tako su se harmonično dopunjavali u kontrastu. Žene su uzdisale gledajući Dubravka, a mladići su drsko posmatrali Krinku.

Oni bi brzo ručavali, zabavljeni sami sobom, i vraćali se u njihovu vilu. Imali su tri odeljenja: spavaću sobu, trpezariju i slikarski atelje. Sunce se provlačilo kroz široke prozore, treperilo na velikoj beloj postelji, prelivalo se na sjajnom nameštaju crvene boje u trpezariji, i bacalo mlazeve svetlosti u atelje, gde je bila široka sofa presvučena crvenim somotom. To je bila njihova privremena kućica. Dubravko je imao nameru da posle sagradi jednu veliku vilu. Krinka ništa više i lepše nije tražila. Sve ju je oduševljavalo u ovoj maloj vili. Od crvenog krova, drveta smokvinih, limunovih, narandžinih, do širokih palmi i klupice ispod njih, i svih lepih stvarčica, malih vaza i slika koje je Dubravko brzo sakupio i uneo u kuću, da bi očarao svoju malu plavu ženu.

Jedna Primorka, devojka, služila ih je i svako jutro donosila Krinki krupne ljubičaste smokve, koje je ona tako volela. Njene bele ručice su pravile raspored vaza, stoličica, divana, i sve je odisalo ukusom i mirisom lepe plave žene. A ozbiljni i temperamentni Dubravko, katkad ćutljiv, a ponekad nestašan kao dete, uživao je u svojoj maloj ženi. Bili su prava deca, kao i svi zaljubljeni.

Dubravko joj je morao reći koju haljinu da obuče svakog dana. A kad ona ponekad ujutro zategne vlasi vezujući mašnu i kad mladi muž čuje njen jauk, on zna da su to krive njene plave kosice i da treba da joj pomogne da zaveže pantljiku. A on, nevaljali mužić, umesto da joj veže mašnu, još više joj mrsi kosu, svu je razbaruši, i posle ona naburena sedi, a on mora sve pramen po pramen da joj češlja i razmrsuje, i za kaznu ne sme ni da je čupne. Ta nestašna zaljubljena mala žena tako je volela da mu pravi iznenađenja. Otišao je da kupi udice, da sutra idu na pecanje, a ona ostala sama kod kuće i smislila da se sakrije. Pronašla je žbunje mirisnog lovora iza kuće, i sakrila se. Vraćajući se, on je još iz čempresne aleje zovnu:

— Kriniću! Kriniću!

A Krinić je ćutao i smejao se slatko! Njeno skriveno mestašce je bila prava osmatračnica odakle se videla cela bašta i ulaz u kuću. On je uleteo, videla ga je kroz prozor kako utrčava čas u jednu, čas u drugu sobu vičući je, zatim kako izleće, traži je po bašti i sav usplahiren zove: „Kriniću! Kriniću!", ali mala nestašna ženica, kao mačkica je ćutala, ne dajući glasa od sebe.

Njen Dubravko, nervozan već, izleteo je na plažu, tamo se čamac privezan ljuljuškao, znači nije sela u čamac, i on je trčao obalom i vraćao se opet, već očajan, i tek tada se mala ženica smilova i začu se jedan otegnut uzvik:

— U! U!

— Ah, tu je! — razvedri se lice mladom mužu, a iz lovorovog žbunja opet odjeknu:

— U! U!

U nekoliko skokova on je bio kraj žbuna, razgrnuo ga i dočepao u naručje svoju malu nestašnu ženu, koja ga je tako uplašila.

U ateljeu, na nogarima, stajalo je nedovršeno platno: mlada naga žena, opružena na crvenom somotu. Preko njenog tela, nežnog i belog kao ruža, bio je prebačen laki prozračni veo, kao magla. Jedna joj je noga bila opružena, a druga malo uzdignuta i savijena u kolenu. Dve su bele ruke pravile lukove iznad glave a na desnom mišiću bio je prislonjen rumeni obraz mlade žene, zatvorenih očiju. Ona je spavala. Zlatna kosa bila joj je rasuta po ramenima, a trepavice su bacale plavkaste senke na obraze. Kraj njenih nogu ležala je crvena ruža, a pored sofe vaza s velikim buketom.

Dubravko uze četkicu. Krinka je zatvorila oči. Mladi muž je lagano povlačio četkicom. Već je pola sata kako radi sliku. Njegova ženica mu je naredila. Ali ruka mu je već malaksala, a lepo belo telo, opruženo na crvenom somotu, tako je bilo zanosno. Ona spava i diše, baš kao da je zaspala.

— Kriniću! — tiho je zovnu muž. A Krinka ćuti. — Spava, baš spava!

On ostavi četkice. Priđe joj i naže se nad njeno lice:

— Spavaš li?

Trepavice su joj bile nepomične i grudi su se ravnomerno dizale. On se spusti na pod pored sofe. Njegove tople usne dodirnuše rumene vrhove njenih grudi. Mlada žena zadrhta.

„Ah, lažljivica mala, ne spava! Ali neće oči da otvori!" Sad će joj se osvetiti, uznemiriće joj san, dokle god ne otvori oči. Po njenom toplom telu klizile su njegove usne. Ona se sva izvi, otvori oči, i sa osmehom ljubavi obavi mu ruke oko vrata.

— Opet si tako brzo ostavio četkice?

— Ne mogu više da radim — šaputao je on. — Uz tebe je tako lepo! Volim te, slatka mala ženice! Izludeću od ljubavi! Čini mi se, sav izgaram od čežnje!

On spusti glavu na njene divne grudi, a mlada žena zaklopi oči i iz grudi joj se otrže slatki ljubavni uzdah, i njeno vitko telo zadrhta od čežnje.

Tri mame

— Ivo, ti si mala kuca! Zavukao si se pod krevet! Hodi da ti obučem cipelice, pa da ideš na plažu. Ima puno pužića! I da staviš ribu u vodu da pliva. Hodi, malo moje! Vidi ga, Dubravko, podvukao se pod krevet! — govorila je Krinka, sagibajući se i zavirujući ispod postelje. Dečji glasić, sladak i tanak, veselo je cikao ispod kreveta, razdragan što mamica ne može da ga dohvati. Ali mamica je bila lukava. Prišla je prozoru. — Ao! Da vidiš. Anđelka je već izašla i nosi svoju lutku! Što joj je lepa lutka! A Miša je penje na bicikl.

— Gde je lutka? Hoću da je vidim — začu se brzo glasić ispod kreveta i dva mala stopala, rumena kao mladi krompirići, pojaviše se najpre, pa se ukaza slatka pidžamica ispod kreveta, sa božanstvenom glavicom, crnom kovrdžavom kosicom u neredu i velikim crnim očima. — Gde je lutka?

— A, sad sam te uhvatila! — uzviknu veselo mamica i dohvati u naručje svoje malo zlato, pritisnu ga na grudi i spusti poljubac na njegov rumeni obraščić. — Eno Anđelke! Vidi kako ima lepu mašnu! Crvenu, a crvena joj je i haljinica. I njena lutka ima mašnu!

— Hoću lutku!

Dubravko je dovršavao brijanje pred ogledalom i nasmeja se.

— Već sada plače za lutkom. Voleće žene! A, ne valja ta lutka, sine. Kad porasteš ti ćeš da nađeš veliku lutku, plavu kao mamica. On je tatin mali sin! Danas ćemo da se vozimo na dedinoj jahti.

— Neću, 'oću lutku! — uporno je navaljivao mali Ivo.

— Dobro, daće ti Anđelka lutku, ali ne smeš da joj čupaš kosu. Hajde da te mamica umije i obuče.

— Dubravko, neću da mu oblačim odelce, nego samo kostim za kupanje.

— Šta će mu odelce. Odmah ćemo u more!

— A posle podne mama će lepo da ga obuče. Najviše ga volim u belom. Svi kažu da liči na tebe, Dubravko. Nema ništa na mene.

— On je muškarac pa mora da liči na tatu.

— Miran, miran budi! Jaoj, što je nestašan! Čekaj da ti mamica zakopča kostim. Baš je lepo razvijen. Što ga volim u kostimiću! I popravio se. Vidi samo, ima mali trbuščić. Hajde, poljubi mamicu!

On joj se obisnu o vrat i spusti svoja ustanca na njen beli obraz. Dubravko se umi i obrisa se ubrusom. Njegove krupne oči s ljubavlju su gledale sinčića. Dohvati ga u naručje i izdiže visoko. Male nožice su se praćakale.

— Diži opet, tata! — ushićeno je cikao.

— Hoćeš opet? Leti! Leti!

Dečje očice su blistale.

— Pusti da ga očešljam. Čekaj da ti mamica razmrsi kosicu. On je najlepše dete! Kaže tetka Mira iz Zagreba da bi naš mali Ivo mogao ići na konkurs lepote. A malom Janku sinoć nije bilo dobro. Zlata se mnogo uplašila.

— Šta mu je bilo?

— Izgleda da mu je nazebao stomačić.

— Mogli smo lekara da zovemo.

— Dala mu je čaj i stavila topli oblog na stomak. Mama kaže da je to najbolje. Tako, sad si lep!

Krinka zazvoni. Pojavi se devojka u beloj haljini i sa belom keceljom.

— Evice, odvedite Ivu dole neka se igra sa Anđelkom i Mišom, samo pazite da se ne uputi ka plaži. Zatvorite kapiju.

Krinka, prolepšana sjajem materinske ljubavi i srećne žene, imala je na sebi tanak penjoar koji se obavijao oko njenog tela devojačke vitkosti. Plave kose su joj bile meke, svetle i zamršene, a pogled nežan, topao, umiljat, kao da je svaku stvar milovala očima. Prebacila je pokrivač preko postelje, prišla da metne jastuk na prozor i najednom se nasmejala.

— Dubravko, samo da vidiš. Mama, teta Mira i tetka Ljubica, a tata ih zanima! Mama sipa kafu. Sve tri se žale kako imaju manu srca, a sve tri ne mogu bez kafe.

Dubravko priđe rasejano i nasmeši se nekako usiljeno.

— Prijatno! — dobaci im sa prozora. — Da li vas lepo zanima tata? On je stari kavaljer!

Stari mornar se nasmeši odozdo.

— Sad mi je puno srce kad sam u društvu tri prije.

— Samo da smo malo mlađe — šalila se teta Mira iz Zagreba. — A ovako, kad bismo nas tri sabrale godine, ispalo bi blizu dva stoleća.

— Bilo bi toliko — nasmeja se Krinkina mama.

— Samo nemojte mnogo crne kafe da pijete — govorio je Dubravko. — To uznemirava srce.

— Moje srce je već uznemireno kad sam kraj prije — smejao se Dubravkov otac.

Dubravko se odmače od prozora sa onim istim rasejanim izgledom i uze da čita jedno pismo. Njegova lepa plava žena ga je pažljivo posmatrala.

— Od koga je to pismo?

— Od inženjera... Piše mi da će kuće za radnike sve biti gotove do septembra.

— Zbilja? Brzo su ih sagradili. Hoće li svaki radnik imati baštu?

— Sve je isparcelisano. Svaki će imati svoje povrće.

— A pamuk je bio ove godine dobar?

— Bolji nego prošle. Nalazim da ova klima i zemljište daju gotovo bolji pamuk nego u Americi. Na jesen ćemo napraviti plan za jednu tkačnicu.

— Znaš kakvu imam ideju? Da izrađujemo tkanine sa nacionalnim motivima. Da se stvori jedna tkanina za narod, kao što na primer škotlanđani imaju svoje kockaste materije. Ja sam videla po selima, kad smo jednom bili u Šumadiji, neke kockaste tkanine na seljankama, po tim bi se motivima mogle izrađivati materije. Hoćeš li mi dopustiti da ja nabavim te narodne tkanine, a ti da ih precrtaš?

— Šta god ti hoćeš, dopuštam ti, znam ja da si ti moja pametna ženica.

Ona spusti male bele ruke na ramena. Tražila je njegov lepi topli pogled. Instinktom žene osetila je da je nešto neraspoložen.

— Dubravko, ti nešto kriješ od mene? Što si neraspoložen?

— Ništa! Nisam neraspoložen.

— Jesi, ja to opažam. Ne možeš ti od mene ništa da sakriješ. Da ti nije dosadno što imamo ovoliko društvo u kući?

— Koješta, kako možeš tako nešto i da pomisliš? Ja ih sve volim i volim da imamo društva.

— Samo mene ne voliš. Jeste, ne voliš me, kad nećeš da kažeš zašto si neraspoložen.

— Baš zato što te mnogo volim, neraspoložen sam.

— Što? Da nisam ja uzrok?

— Možda nisi, ali ipak, zbog tebe sam neraspoložen... i ako hoćeš, ljubomoran.

Njene velike, tople, plave oči gledale su ga sa čuđenjem.

— Ljubomoran? Na koga? Molim te reci. Zar sam ti dala kakvog povoda da budeš ljubomoran?

— To me baš muči, jer ne znam da li si dala povoda dvojici bezobraznika koji te neprekidno posmatraju i obilaze oko naše vile.

— Dubravko, Ive mi mog malog, ja nemam pojma ko su ti bezobraznici. Gde si ih video?

— Juče na plaži.

— Pa ja se juče nisam kupala.

— Ali si stajala na balkonu.

— Jesam. Ja uvek stojim na balkonu. Gledam gde si ti i Ivo. Videla sam ga sa kanticom.

— A nisi videla i dva mladića koji su prošli i zastali da te gledaju?

— Veruj mi, Dubravko, nikoga nisam videla. Ko su ti mladići?

— Dva bezobraznika. Posmatram ih već petnaest dana. Neprestano te pogledaju. Juče su bili na plaži, stajali su ispod mene, a ja sam ležao na pesku. Nisu me videli. Ti si bila na balkonu. Oni su te gledali i govorili o tebi, ja sam sve čuo.

— Šta su govorili?

— Ono što bezobrazni mladići mogu da govore o lepoj ženi.

— A zašto to tebe muči kad ih ja nisam ni videla?

— Muči me što su se posle uputili pored naše vile, jer si ti bila na balkonu, i zastali su da te gledaju. Pomislio sam da i ti njih gledaš.

Ona ga strasno zagrli.

— Dubravko, moj mali lepi mužiću. Zar možeš da pomisliš da sam pored tebe mogla da pogledam drugoga? Živ mi Ivo, nisam ih čak ni zapazila.

On zagnjuri lice u njenu plavu mirišljavu kosu i uzdahnu:

— Moj mali lepi Kriniću! Ti si sav moj život. Ti i mali Ivo.

— Isto toliko si i ti moj život — tepala mu je ona, milujući ga. — Lepi moj mužiću! Pravo si dete! Neću da mučiš sebe ljubomorom zbog kojekakvih mangupa.

— Da, to su mangupi, kad vide udatu ženu, dete, muža njenog, i usuđuju se da te zagledaju. A znaš, kad su stajali ispred mene i govorili o tebi, kako su mi bili na dohvat noge, imao sam želju da im obojici zadam po udarac nogom i da ih bućnem u more da se okupaju i urazume.

Krinka se zasmeja i njeni beli zubići zasijaše.

— Znam da si hrabar mužić koji bi poginuo za čast svoje žene. Ali tvoja ženica toliko misli na tebe, našeg sinčića i svoje dostojanstvo, da nema smisla da se izlažeš neprijatnostima. Zakuni mi se da nećeš biti ljubomoran.

— Ne mogu da se zakunem, jer ne bih održao zakletvu. Uvek ću biti ljubomoran. Ti si tako lepa i svi te gledaju. Ja to vidim.

— Nisam samo ja lepa, lepe su i Lola i Zlata. Ako bi ti to kazao pred njima, one bi se našle uvređene, jer su obe lepe.

— Ti si najlepša — nežno joj je šaputao, naslanjajući svoj obraz uz njen.

Kako je ova fina, plava, taktična ženica imala moć da umiri njegovu ljubomoru i stiša gnev njegove temperamentne prirode. Zbog toga je i čuvao toliko sreću koju mu je ona pružala.

— Hajde! Juče posle podne si malo duže slikao?

— Rešio sam da je završim. Nisam još. Ja bar nisam zadovoljan. Hoću da izrazim sve ono duševno u tebi, što samo ja mogu da osetim, ljubav majke u tebi i ljubav žene.

Popeše se brzo uz stepenice koje su vodile na poslednji sprat, gde je bio veliki atelje, blistav od sunca. Velika slika je bila na nogarima. Mlada žena u beloj haljini sa puno nežnih, vazdušastih nabora i sinčić na krilu. Oči majke bile su spuštene na glavicu dečju, i iz plavog pogleda majke zračila je materinska ljubav koja u sebi nosi božanstvenost.

— Tako si mi lepo izrazio oči!

— Još nisam. Osećam da tvoj pogled nije dovoljno izražen.

— Jesam li ja tako nežna?

— Da, najnežnija ženica na celom svetu!

Razgledali su gomilu pejzaža, studija i crteža.

— Eno Lole i Žarka! Pogledaj Anđelku, kao lutkica! Žensko dete tako lepo može da se obuče. A Lola je divno oblači!

— I ti ćeš tako oblačiti našu ćerkicu kad je dobijemo.

— Jedno žensko dete, zbilja, moraćemo imati. Da Ivo ima sestricu, kao Miša Anđelku. Što je on zlatno dete! Toliko je voli i sve joj čini. A ona mala kapriciozna pa joj on sve popušta. Eno, donose doručak. Hajdemo i mi.

— Hoćeš li da se kupaš?

— Malo posle. Moram da zavirim u kuhinju. Idi ti sa Ivom. Ja ću doći posle.

On joj se zagleda u oči. Ona kao da je pogodila njegovu misao.

— A na balkon neću više stati bez tebe.

Zavukla mu je prste u kosu. Da, to je njen Dubravko, lepi, zaljubljeni, nežni i ljubomorni Dubravko. Kako je bila srećna u tom času.

———

Dragan je išao sa Zlatom i nosio u naručju malog Janka. Lepi muškarčić od dve godine, sa profilom tate, a maminim očicama, bio je jako sladak.

— Je l' mu bolje? — pitale su brižno Krinka i Lola.

— Bolje mu je! Lepo je noćas spavao... pa sam ga iznela... Ne dam da se kupa. Jutros nema temperaturu. To si ti, Dragane, kriv. Juče je dete ceo dan bilo u vodi. A govorila sam ti da se samo malo pokvasi, pa da ga izvedeš na sunce.

— Uvek ona na mene baca krivicu kad je za nešto i ona odgovorna, da bih ja više patio.

Ona ga nežno pljesnu po ruci.

— Jest', ti više patiš! A ja sam cele noći bila na oprezu, nisam smela da zaspim, sve sam mu obraščiće pipala jesu li vreli. A ti si spavao.

— Čekaj da vidim jesu li tvoji obraščići vreli? — pitao je Dragan, želeći da svojoj maloj Zlati dodirne obraz.

Njene šarene očice se veselo osmehnuše na nestašnog muža, koji ju je uvek zadirkivao. Kako je mala Zagrepčanka volela svog muža!

— Vidi, vidi Mišu kako nosi Anđelku! Hteo bi da ona sedne do njega.

— A zar nećeš, Anđelka, do svoje mamice?

— Hoću kod Miše.

— Samo joj veži salvetić da ne uprlja haljinicu. Vidite kako ima lepu mašnu moj mali sin! Hodi, Mišo, da te začešljam. Nisi lepo napravio razdeljak. Žarko, daj mi tvoj češljić!

Ona je doterala kosu svom malom sinu.

— On je mamin dobar đak! Svršio je prvi razred i dobio knjigu. Pohvalila ga je učiteljica da je najbolji đak. Tako, sad si lepo očešljan! Daj, ja ću razbiti jaje, Anđelka.

Posedali su svi za sto.

— A gde je tata?

— Otišao je do jahte. Neće da doručkuje. Popio je kafu — odgovorila je Krinkina mama.

— Žarko, što ti ne uzmeš putera? — nudila ga je Lola.

— Lolice, pa ti hoćeš da se ugojim. Neću, hoću da čuvam liniju! Moja ženica bi htela da me kljuka.

— Ti ne jedeš mnogo! Jutros si se nasekirao. Padao je grad u Banatu. Dosta je potukao. Ali nadzornik piše da vinograd nije oštećen.

— Ne sekiram se! Zar se to jednom događa?! Na nečem se šteti, na drugom se dobije. Od septembra zakupljujem klanicu. Dubravko, hoćemo li ja i ti i Dragan sutra na pecanje? — pitao je Žarko.

— Možemo, ali moramo poraniti, još u tri sata.

— Janko, mali moj Janko, uzmi malo čaja — tepala mu je Krinka.

Zlata ga je držala na krilu i kašičicom mu davala čaj.

— Zlato, daj ti njemu biskvita. Evice, otrčite gore, ima u trpezariji u ormanu puna kutija biskvita.

— 'Oću i ja biskvita! — zatraži Ivo.

— Dobro, mamica će dati i tebi.

— Neću, mama, putera! — odbijala je mala Anđelka.

— Uzmi, sine, uzmi malo! Mišo, daj da joj isečem na sitne parčiće. Ona tako voli. Evo, mamica ti je isekla!

— Mama, 'oću lutku! — tražio je mali Ivo i već nabirao nosić da zaplače.

— Nemoj sada lutku. Prvo da popiješ mleko i da pojedeš jaje, pa će ti posle Anđelka dati lutku.

Male, kose i crne Anđelkine očice, baš kao mamine, gledale su oštro preko stola na Ivu.

— Ne dam lutku! Čupaš joj kosu!

— Daj lutku! — grcao je već mali Ivo. — Mama, ona ne da! Hoću lutku!

— Daj mu, Anđelka, ti si dobro mamino dete. Neće joj on počupati kosu. A ako počupa, mama će ti kupiti drugu lutku.

Ali njene ručice su bile stegle lutku u naručje, a sa druge strane stola razlegao se plač, a krupne bistre suze slivale su se niz obraz malog Ive.

Te suze odobrovoljiše malu Anđelku, i na mamine molbe, ona mu preko stola pruži svoju lutku.

— Na! Nemoj da plačeš!

Mali Ivo steže u naručje lutku, a krupne suze su se još uvek kotrljale niz njegove nežne obraščiće. Dubravko se nasmeja i izvadi maramicu da mu izbriše suzne očice.

— Kad ti, sine, sad plačeš za lutkama, kako li ćeš tek plakati kad porasteš?

— Onda će lutke plakati za njim! — šalila se gospođa Župančić. — E, nisam videla da dete tako liči na oca, kao Ivo na Dubravka! Pogledajte, Dubravko u minijaturi!

Mladi otac nežno pogleda sina i svoju plavu ženicu. Bio je jako ponosit.

Ispred njihove vile ukazaše se dva mladića. Krinka spazi kako se Dubravkovo lice namah izmeni. Oni su drsko zavirili u baštu ne bi li ugledali lepu plavu ženu. Ona brzo okrete glavu na drugu stranu.

— Žarko, znaš da ćemo dogodine imati tkačnicu?

— Pričao mi je Dubravko. To je vrlo pametno. Docnije možeš da je proširiš u fabriku. Tekstilna industrija je kod nas u razvoju. Bolje da stvaramo naše tkanine nego da uvozimo sa strane.

— Ali mi je obećao da ćemo izrađivati i tkanine sa nacionalnim šarama. Ti ćeš, Dubravko, da mi crtaš narodne motive, je li? — okrenula mu se da bi ga videla i proučila njegov izraz lica. On se prenu, kao da je na nešto drugo mislio, a mlada žena je znala gde su mu misli. Ispod čaršava nađe njegovu ruku i steže je svojim prstićima. Taj topli dodir njene male ruke kao da ga razveseli.

— Hoću, crtaću ti.

— Ali ja imam još jedan plan. Da ženama naših radnika održimo tečaj iz domaćinstva. Pozvala bih jednu stručnu učiteljicu. Ona je prošle godine držala takav tečaj kod nas. Da znate, teta-Miro, kako su naše devojke naučile red i kuvanje! Ja sam s tom učiteljicom razgovarala, kad podignemo našu malu radničku koloniju, da dođe i održi tečaj. I ti ćeš, mama, da im pokazuješ. Hoćeš li?

— Zašto da im ne pokazujem? Bolje je da umeju da žive lepo u kući.

— A i vi nam, teta-Miro i tetka-Ljubice, morate doći. Da vidite kako je lepo naše imanje! Ja obožavam jesen na jugu. Imamo i šumu. Pa kad s jeseni počne da žuti! Dubravko je izradio jednu divnu sliku: *Jesen u Srbiji*.

Mlada žena je veselo pričala, da bi rasterala ljubomoru svog lepog muža. Njene reči su imale dejstva.

— Vidite, mali Janko pije čaj. Jesu li lepi biskviti?

— Lepi — govorio je on slatkim dečjim jezikom.

— Da je njegov deda ovde, kako bi se brinuo! Čim malo zanemogne, deda odmah ne može da spava.

— Danas tati moram da napišem veliko pismo.

— Moraš! Jer on te svuda hvali, moja Zlatka, pa moja Zlatka!

— A nisu voleli kad sam hteo da uzmem Zlatku! A sad, verujte tetkice, više vole Zlatu nego mene — zadirkivao je Dragan mamu.

— Bogami, nekad je volim više nego tebe. Ume svima da nam ugađa i da nas poštuje. A pravo da ti kažem, prijo, bojala sam se. Mislila sam, šta će nam Zagrepčanka! Ne znam ni kako je vaspitana, ni kakva joj je narav. Ući će nam neka šindivila u kuću! A on je jedinac. Najzad, digosmo ruke. Kažem Janku, ostavi ga, neka se ženi! Neka uzme koga hoće! Eno im kuće sa ulice, nećemo da se mešamo! Mislila sam u sebi, ne zna ta ni šta je kuća, ni brak, ni porodica. To se samo vijalo po zagrebačkim ulicama.

— A sad, mamice, šta misliš? — pitala je Zlata, svetlih očica, srećna što je svekrva pred svima hvali.

— Položila si ispit iz svega. Bogami, prijo, nešto i bolje zna od mene. Ovako mala, a vredna kao čigra. Moj Janko je gurman. Samo izmišlja šta bi jeo i šta bi mu kuvala. A meni je dodijao štednjak. Sedimo tako uveče, a on će: „E, sutra, ženo, mogla bi da mi skuvaš ovo ili ono”. Ja se ponekad izbrecnem: „Samo misliš šta ćeš da jedeš, a ne pitaš da li mi je dojadilo kuvanje”. „Što ne kažeš, ženo, nemoj sutra ništa da kuvaš, nego isprži jaja!” Ali dosta je što je on to kazao, a sutra naša Zlatka već rano izjutra zove: „Mama, danas ćete kod nas da ručate. Nemojte da kuvate.” Meni je lakše. I tako me, prijo, ona mazi.

— Mazite i vi mene. Svakog dana mi tata nešto donese, kao da sam beba, smokve, urme, čokolade, pomorandže.

— Pa za koga smo stekli i za koga živimo, ako ne za vas troje?

— To i meni imate da zahvalite što se Dragan oženio Zlatom. Ja sam ih prva pozvala k nama u selo. Tu su se oni i verili — hvalila se Lola.

— Onda sam te grdila i ljutila se. Ali, bolje je kad se ne nadaš mnogo, a ono ispadne kako čovek nakad nije mogao ni da zamisli.

— Hoćemo li na kupanje? — pozva Žarko. — Danas će biti vrlo topao dan.

Deca su brzo poskakala sa stolica, srećna što će u more.

— Hoćeš li i ti sa mnom? — pitao je Dubravko Krinku. Ona je osetila njegov uznemireni pogled i okrete se mami:

— Mamice, da li bi htela da malo pogledaš u kuhinju, a ja idem sa njima.

— Idi, Kriniću! Ja neću da se kupam. Neće ni Ljubica, ni prija Mira. Mi ćemo da sedimo u bašti. Šta je to, telegram? Za koga li je?

— Gospođi Miri Župančić.

— To je od Vlatka! — uzvikne Zlata. — Mora da je Lila rodila! Daj da ja pročitam. Srećno, dobili su sina! Lila i Vlatko!

— Sina! — uzvikoše svi. — Čestitamo! Čestitamo! E, ko će sad sa vama prija-Miro? Dva unuka! Da pošaljemo odmah telegram u ime svih!

Tri prije ostadoše u bašti. Gospođa Župančić je pričala o Vlatku.

— Krasnu je ženu uzeo Vlatko. Njen otac je apotekar i Vlatko je s njim u apoteci. Predaće mu apoteku posle. Baš se radujem kad se to svršilo! Sigurno je bio lak porođaj. Ona je mlada i vrlo dobra!

— Boga ti, Anđo, a gde je Krinkina mati? — seti se njena rođaka Ljubica.

— U Beogradu živi. Sada je u Rogaškoj Slatini. Nešto joj nije u redu sa stomakom.

— A dolazi li kod Krinke?

— Dolazi. Bila je mesec dana na njihovom imanju. Dolazi i k meni, kad god sam u Beogradu. Nas dve smo postale prijateljice, kao da smo sestre. Kad god dođem u Beograd, ona me poseti, a i ja odem k njoj. Krinka je nežna prema njoj. I meni je to milo. Najzad, ona nije ništa kriva, a majka joj je. Zar je lako preživeti sve što je ona preživela? Ja bih poludela da mi je neko oteo dete. Hoćete da skuvam kafu?

— Možeš, ali samo slabiju. I nemoj da mi napuniš šolju. Evo i našeg prijatelja! Znam da će i on hteti kafu.

— Odonud, odovud, a ja uvek s vama u društvu — šalio se stari mornar. — Pobegoh od jednog devojčeta! Došla na jahtu, pa navalila na mene da je vozim. Da me je video Dubravko ne bi mi dao mira — smejao se, pričajući svoje mornarske doživljaje i o životu u Americi, koje su tri prije uvek rado slušale.

———

Vratili su se u suton sa izleta jahtom Dubravkovog oca. Mala Anđelka je već spavala u tatinom naručju. On je nosio od lađe do kuće. Glavica joj je ležala na tatinom ramenu.

— Moja mala curica je zaspala! A sad ćemo da večeramo. Je l' Anđelkica gladna?

— Jesam — jedva je odgovorila zatvorenih očiju.

— Kad je Anđelka zaspala, znači da je mnogo umorna. Inače ona je neprestano kočoperna. Sad ju je Ivo posramio!

Mali Ivo je išao, držeći svog tatu za ruku.

— Metnućemo ih odmah da spavaju. A vi, tata, čekajte dok ispričamo mami i tetama o vašem devojčetu — dirala je Krinka svekra.

— Šta sam ja znao ko je ona. Došla i pita me: „Je l' to vaša jahta, pokažite mi je". A ja sam kavaljer, kako da odbijem želju jednoj gospođici.

Zlata, Lola i Krinka udariše u smeh.

Još s kapije su veselo žagorile.

— Mama, da znaš ko je tatino devojčence? Spomenka!

— Otkud nju da nađete? — pljesnu rukama gospođa Branković. — Zar je i ona ovde? A tako vi, prijatelju, izneverili prije, i našli Spomenku!

— Sad je tata došao na red. Ona je oko sviju obletala, i oko Žarka i oko Dubravka i oko Vlatka. Dragane, je li i tebe gledala?

— Ja nju nisam gledao — branio se Dragan.

— Mora da je čula da je tata bogat. Ne boj se, nije to zbog tvojih očiju! — zadirkivao ga je Dubravko.

— Zamisli, mama, kakvo je bilo njeno iznenađenje kad smo se mi pojavili na jahti. Ona nije znala da je tata Dubravkov otac! Toliko se zbunila i ušeprtljala, a mislila je da i ona pođe na izlet. Samo da si je videla kako je Loli i meni drsko prišla i najljubaznije se obratila: „Kako si, Lolo? Baš se radujem, Krinka, što te vidim! Nisam znala da je ovo jahta tvoga svekra. Tako je lepa! Kad ste došli? Nadam se da ćemo se videti." Ali najneprijatnije joj je bilo kad je spazila Dubravka. On ju je tako pogledao da je glavom bez obzira odjurila sa jahte.

— Bogami, tata, tebe sad moramo čuvati kao šiparicu. A ona ima merak, kako sam čuo, na stariju gospodu. Pričaću ti ja o njoj, o njenim anonimnim pismima i klevetama.

Smejući se i zadirkujući starog mornara, sedoše za večeru.

— Lolo, dobila si kartu od seje.

— Pročitala sam je. Ona će ostati još desetak dana u Vrnjcima. Vrlo joj je dobro.

— Baš volim. Ja sam je i naterala da ide u Vrnjce, a posle da dođe na more.

— Ivo je zaspao!

— Da ga odnesem da spava? Srce moje malo, kako on voli izlete. Pa sve gleda u kompas.

— On će da bude dedin mornar. Najlepši mornar.

— Evice, jeste li namestili postelje?

— Sve je gotovo.

— Žarko, i ja ću da legnem. Hoćeš li i ti?

— Gotovo bih mogao i ja. Umoran sam.

— A malom Janku je sasvim dobro. Vidiš, Zlato, da je pametno što si i njega povela. Bio je vrlo veseo na jahti. Igrao se sa Ivom i Mišom. Miša im je vazdan pričao priče.

— Trebalo je da vidiš, mama, kako Ivo i mali Janko slušaju. Hajde, sine, da spavaš, pa sutra ranije da ustaneš.

— Ja još neću da legnem. Biću u bašti — reče Dubravko.

— Ja ću sići kad uspavam Ivu.

Krinka ostavi Evicu u spavaćoj sobi da leškari na divanu, a ona siđe mužu, koji je sedeo u bašti.

— Tako je lepo veče! Hoćeš li da prošetamo? — pozva je muž. — Volim da šetam onom alejom pored mora.

— I meni se ne spava. Hajdemo.

Dubravko uhvati ispod ruke svoju plavu ženu. Bila je u beloj haljini, koja joj je dosezala do polovine listova, i u kojoj je sa svojom plavom kosom ličila na devojčicu. Zastadoše jedan časak.

— Vidi, Dubravko, kako je lepa naša vila! Volim ovalne lukove vizantijskog stila. Nije obična, kao druge vile. Uvek si imao ukusa.

— Ja sam izradio nacrt za fasade i dao ga arhitekti.

— Ove stubove od mermera tako volim! Vidi, kako to lepo izgleda u noći. Otmeno i umetnički! Danas nisi bio neraspoložen. Takvog te volim, kad si veseo.

— Ja sam uvek veseo kad sam srećan.

— A znaš li da smo se na današnji dan prvi put videli na moru? Kako je lepa bila ona noć! Nikada je neću zaboraviti! Sećaš se kad sam te dočepala za ruku, misleći da ćeš se baciti u more?

— I tog časa si me uhvatila za ceo život.

— Jesi li se kadgod pokajao što si me uzeo?

Dubravko je začuđeno pogleda.

— Da se pokajem što tebe imam za ženu? — desnom rukom je steže oko stasa i privuče k sebi. — Ti si moja najbolja ženica! Dokle god me budeš volela, biću srećan.

Ona mu nasloni glavu na rame. Išli su tako zaljubljeni jedno u drugo. More je bilo tiho i srebrnasto. Videle su se siluete čamaca. Nebo je bilo puno zvezda. Kiparisi su se ocrtavali na obali. Pevao je negde muški glas. Aleja je bila pusta. Na jednoj klupici spaziše par. Začu se gitara. Išli su ćuteći i uživali u noći.

— Kako su lepe noći na Jadranu! I mi smo se zavoleli one noći — šaputala je Krinka.

On se naže i poljubi joj oči. Kako ga je ova žena uvek opijala nežnošću i lepotom. Uz ljubomoru, on ju je još strasnije voleo, večito željan njene ljubavi.

Dve muške siluete su im išle u susret.

Dubravkove oči blesnuše u mraku. To su bila ona dva mladića što pogledaju njegovu lepu ženu.

Krinka se priljubi još više uz njega i nasloni mu glavu na rame.

— Hoćeš li da se vratimo? Spava mi se!

On se naže i poljubi je među oči. Uzdrža svoju ljubomoru, a osećao je da su ona dvojica iza njih zastali.

Vraćali su se. Videše ih. Sedeli su na klupi. Kao da su hteli da ih sačekaju. Oni prođoše. Mlada žena se obisnula o mišicu svoga muža.

— Divna je ova plava ženica! — prošaputa jedan mladić. — Da li su zbilja ovako zaljubljeni?

— I on je lep čovek! Jesi li video kako nas je danas krvnički pogledao? Sigurno voli svoju ženu.

— I ja bih je voleo da je moja.

— Voleo bih je kao ljubavnicu. U braku ne postoji ljubav.

— Ali oni su muž i žena. Vidi kako ju je zagrlio. Odoše da spavaju. Blago njima. Ovako doći na more bez žene, ne vredi.

Mladić se proteže na klupi.

— Nego, video sam Spomenku. Hajde da je nađemo. Večeras ću ja s njom, a sutra je ustupam tebi.

— Kakva Spomenka! Otrcala se! Video sam jedno lepše devojče! Opasno se pogleda. Tu ću da razvijem akciju.

— Pogledaj, eno ono dvoje na balkonu. Hajdemo u inat pored njihove vile.

Mladići su se približavali, spremni da bace bezobrazan pogled, ali mladi muž obuhvati ženu oko pojasa i uzbuđen njenim mirisima odvede je u sobu.

A dva mladića ostadoše zablenuta i tužna lica. Udaljavali su se od te lepe bele vile, gde nikakvi pogledi i uzdasi nisu mogli da uznemire ljubav jedne srećne supruge i majke.

BELEŠKA O PISCU I DELU

Milica Jakovljević, jedna od najpopularnijih i najčitanijih srpskih književnica međuratnog perioda u Kraljevini Jugoslaviji i svakako najznačajniji ženski autor istog perioda, rođena je 1887. godine u Jagodini u mnogočlanoj porodici. Otac Jakov, kao udovac sa osmoro dece iz prethodnih brakova, u treći je ušao sa Simkom Jakovljević sa kojom je imao još troje dece, ćerke Milicu i Zoru, i sina Stevana. Stevan Jakovljević, mlađi brat Milice Jakovljević, takođe je bio poznati srpski pisac, autor čuvene *Srpske trilogije*.

Zbog očeve činovničke službe, porodica se često selila po Srbiji. Detinjstvo i mladost, Milica je provela u Kragujevcu. Tu je završila osnovnu i pet razreda Više ženske škole.

Pošto je želela da postane seoska učiteljica, i bila odličan đak, roditelji su je poslali na dalje školovanje u Beograd gde je pohađala Žensku učiteljsku školu. Diplomirala je na isturenom odeljenju ove škole u Kragujevcu u koji se vratila zbog neizvesne finansijske situacije njene porodice.

Ubrzo po diplomiranju, dobija mesto seoske učiteljice u istočnoj Srbiji, u mestu Krivi Vir u podnožju planine Rtanj. Posle pet godina, premeštena je u selo Obrež kod Varvarina.

Po završetku Prvog svetskog rata u kojem je izgubila oba roditelja, odlučuje da okonča rad u državnoj službi i preseli se u Beograd. Tu počinje da radi kao novinar, najpre pet godina u listu „Novosti”, a zatim neprekidno sledećih petnaest u „Nedeljnim ilustracijama”.

Po savetu kolega novinara, autorske tekstove sve vreme piše pod pseudonimom Mir-Jam, a ovo umetničko ime odabrala je u znak poštovanja prema autorki romana na čijem prevodu je u tom trenutku radila — Mirjam Hari. Pseudonim je zadržala i kad je počela da piše romane.

Pošto su novine za koje je radila prestale da izlaze 6. aprila 1941. godine, i pošto je odmah zatim, iako egzistencijalno ugrožena, odbila da radi tokom nemačke okupacije zemlje, posle Drugog svetskog rata gubi status člana Udruženja novinara Jugoslavije, uprkos činjenici da je prethodno bila njegov član gotovo dvadeset godina. Zbog nemogućnosti zaposlenja, sve do kraja života živela je u velikoj bedi, potpuno ponižena i zaboravljena. Nije pomoglo ni to što je bila rođena sestra Stevana Jakovljevića, u tom trenutku prvog rektora Beogradskog univerziteta i narodnog poslanika.

Preminula je 1952. godine od posledica upale pluća. Sahranjena je na Novom groblju u Beogradu, a vest o njenoj smrti nisu prenele nijedne novine.

Roman *To je bilo jedne noći na Jadranu* još jednom potvrđuje Mir-Jam kao nenadmašnu predstavnicu međuratnog srpskog i jugoslovenskog ljubavnog romana. Smeštena na sunčane obale Jadrana, ali i u krhke lavirinte ljudskih emocija, radnja ove tople i slikovite romantične priče prati sudbine dve sestre — sanjive i nežne Krinke, i koketne i samouverene Lole. Zajedno sa majkom, one kreću na letovanje koje će zauvek promeniti njihove živote. Iako naizgled lako i zabavno štivo, roman kroz jednostavan stil i šarmantnu naraciju uspešno osvetljava duh jednog vremena, položaj žene u društvu, univerzalne emotivne dileme. Ljubav, iskrenost, hrabrost i potraga za ličnom srećom utkani su u priču prepunu neočekivanih obrta. Ovo je roman koji nas, kroz priču o tajnama koje nas sputavaju i o hrabrosti koja je potrebna da bi se istina prihvatila, podseća da je iskrenost najjači temelj svakog novog početka, pa i velikih ljubavi koje menjaju sve.

Milica Jakovljević Mir-Jam
TO JE BILO JEDNE NOĆI NA JADRANU

London, 2025

Izdavač
Globland Books
27 Old Gloucester Street
London, WC1N 3AX
United Kingdom
www.globlandbooks.com
info@globlandbooks.com

Naslovna fotografija
Maria Kray
(https://pixabay.com/photos/
hat-fashion-beach-outdoors-cap-6801346)